at me litterulas stulti docuere parentes

Scrittori italiani e stranieri

Carlos Ruiz Zafón

L'OMBRA DEL VENTO

Traduzione di Lia Sezzi

MONDADORI

Dalla XXXII edizione il testo italiano è stato rivisto in accordo con l'autore.

www.librimondadori.it

ISBN 88-04-52733-1

© *Editorial Planeta, S.A., 2002*
© *2004 Arnoldo Mondadori Editore S.p.A., Milano*
Titolo dell'opera originale
La sombra del viento
I edizione maggio 2004
XXXII edizione marzo 2006

L'ombra del vento

*A Joan Ramon Planas,
che meriterebbe qualcosa di meglio*

Il Cimitero dei Libri Dimenticati

Ricordo ancora il mattino in cui mio padre mi fece conoscere il Cimitero dei Libri Dimenticati. Erano i primi giorni dell'estate del 1945 e noi camminavamo per le strade di una Barcellona intrappolata sotto cieli di cenere e un sole vaporoso che si spandeva sulla rambla de Santa Mónica in una ghirlanda di rame liquido.

«Daniel, quello che vedrai oggi non devi raccontarlo a nessuno» disse mio padre. «Neppure al tuo amico Tomás. A nessuno.»

«Neppure alla mamma?» domandai sottovoce.

Mio padre sospirò, trincerandosi dietro il sorriso dolente che lo seguiva come un'ombra nella vita.

«Ma certo» rispose a capo chino. «Per lei non abbiamo segreti. A lei puoi raccontare tutto.»

Subito dopo la guerra civile, il colera si era portato via mia madre. L'avevamo sepolta a Montjuïc, sotto una pioggia battente, il giorno in cui compivo quattro anni. Ricordo che quando domandai a mio padre se il cielo piangeva gli mancò la voce. Sei anni dopo, l'assenza di mia madre era ancora un grido muto, un vuoto che nessuna parola poteva colmare. Mio padre e io abitavamo in un piccolo appartamento di calle Santa Ana, vicino alla piazza della chiesa, sopra la libreria specializzata in edizioni per collezionisti e libri usati che era stata del nonno, un magico bazar che un giorno sarebbe diventato mio, diceva mio padre. Sono cresciuto tra i libri, in compagnia di amici immaginari che popolavano pagine consunte, con un profumo tutto particolare. Da bambino, prima di addormentarmi raccontavo a mia madre come era andata la giornata e quello che avevo imparato a scuola. Non potevo udire la sua voce né essere sfiorato dalle sue carezze, ma la luce e il calore del suo ricordo riscaldavano ogni angolo della casa e io, con la fede di chi conta ancora gli anni sulle dita delle mani, credevo che se avessi chiuso gli occhi e le avessi parlato, lei mi avrebbe ascoltato, ovunque si trovasse. A volte mio padre mi sentiva dal soggiorno e piangeva di nascosto.

Ricordo che quella mattina di giugno mi ero svegliato gridando. Il cuore mi batteva come se volesse aprirsi un varco nel petto e fuggire via. Mio padre, allarmato, era accorso in camera mia e mi aveva preso tra le braccia per calmarmi.

«Non mi ricordo più il viso della mamma. Non mi ricordo più il viso della mamma» dissi con un filo di voce.

Mio padre mi strinse forte.

«Non preoccuparti, Daniel. Lo ricorderò io per tutti e due.»

Ci guardammo nella penombra, cercando parole che non esistevano. Per la prima volta notai che mio padre stava invecchiando e che i suoi occhi tristi erano rivolti al passato. Si alzò in piedi e aprì le tende per far entrare la tiepida luce dell'alba.

«Su, Daniel, vestiti. Voglio mostrarti una cosa» disse.

«Adesso? Alle cinque del mattino?»

«Ci sono cose che si possono vedere solo al buio» rispose, sfoderando un sorriso enigmatico che doveva aver preso in prestito da un romanzo di Dumas.

Per strada si udivano solo i passi di qualche guardia notturna. I lampioni delle ramblas impallidivano accompagnando il pigro risveglio della città, pronta a disfarsi della sua maschera di colori slavati. All'altezza di calle Arco del Teatro svoltammo in direzione del Raval, passando sotto l'arcata avvolta nella foschia, e percorremmo quella stradina simile a una cicatrice, allontanandoci dalle luci delle ramblas mentre il chiarore dell'alba cominciava a disegnare i contorni dei balconi e dei cornicioni delle case. Mio padre si fermò davanti a un grande portone di legno intagliato, annerito dal tempo e dall'umidità. Di fronte a noi si ergeva quella che a me parve il cadavere abbandonato di un palazzo, un mausoleo di echi e di ombre.

8

«Daniel, quello che vedrai oggi non devi raccontarlo a nessuno. Neppure al tuo amico Tomás. A nessuno.»

Ci aprì un ometto con la faccia da uccello rapace e i capelli d'argento. Il suo sguardo si posò su di me, impenetrabile.

«Buongiorno, Isaac. Questo è mio figlio Daniel» disse mio padre. «Presto compirà undici anni, e un giorno manderà avanti il negozio. Ha l'età giusta per conoscere questo posto.»

Isaac ci invitò a entrare con un lieve cenno del capo. Dall'atrio, immerso in una penombra azzurrina, si intravedevano uno scalone di marmo e un corridoio affrescato con figure di angeli e di creature fantastiche. Seguimmo il guardiano fino a un ampio salone circolare sovrastato da una cupola da cui scendevano lame di luce. Era un tempio tenebroso, un labirinto di ballatoi con scaffali altissimi zeppi di libri, un enorme alveare percorso da tunnel, scalinate, piattaforme e impalcature: una gigantesca biblioteca dalla geometria impossibile. Guardai mio padre a bocca aperta e lui mi sorrise ammiccando.

«Benvenuto nel Cimitero dei Libri Dimenticati, Daniel.»

Sui ballatoi e sulle piattaforme della biblioteca scorsi una dozzina di persone. Alcune si voltarono per salutarci: riconobbi alcuni colleghi di mio padre, librai antiquari come lui. Ai miei occhi di bambino, erano una confraternita di alchimisti che cospirava all'insaputa del mondo. Mio padre si chinò su di me e, guardandomi negli occhi, mi parlò con il tono pacato riservato alle promesse e alle confidenze.

«Questo luogo è un mistero, Daniel, un santuario. Ogni libro, ogni volume che vedi possiede un'anima, l'anima di chi lo ha scritto e l'anima di coloro che lo hanno letto, di chi ha vissuto e di chi ha sognato grazie a esso. Ogni volta che un libro cambia proprietario, ogni volta che un nuovo sguardo ne sfiora le pagine, il suo spirito acquista forza. Molti anni fa, quando mio padre mi portò qui per la prima volta, questo luogo era già vecchio, quasi come la città. Nessuno sa con certezza da quanto tempo esista o chi l'abbia creato. Ti posso solo ripetere quello che mi disse mio padre: quando una biblioteca scompare, quando una libreria chiude i battenti, quando un libro si perde nell'oblio, noi, custodi di questo luogo, facciamo in modo che arrivi qui. E qui i libri che più nessuno ricorda, i libri perduti nel tempo, vivono per sempre, in attesa del giorno in cui potranno tornare nelle mani di un nuovo lettore, di un nuovo spirito. Noi li vendiamo e li compriamo, ma in realtà i libri non ci appartengono mai. Ognuno di questi libri è stato il miglior amico di qualcuno. Adesso hanno soltanto noi, Daniel. Pensi di poter mantenere il segreto?»

Il mio sguardo si smarrì nell'immensità di quel luogo, nella sua luce fatata. Annuii e mio padre sorrise.

«E sai qual è la cosa più bella?»

Scossi la testa in silenzio.

«La tradizione vuole che chi viene qui per la prima volta deve scegliere un libro e adottarlo, impegnandosi a conservarlo per sempre, a mantenerlo vivo. È una promessa molto importante» spiegò mio padre. «Oggi tocca a te.»

Mi aggirai in quel labirinto che odorava di carta vecchia, polvere e magia per una mezzora. Lasciai che la mia mano sfiorasse il dorso dei libri disposti in lunghe file, affidando la mia scelta al tatto. Tra titoli ormai illeggibili, scoloriti dal tempo, notai parole in lingue conosciute e in decine d'altre che non riuscivo a identificare. Vagai lungo gallerie e ballatoi a spirale riempiti da centinaia, migliaia di volumi che davano l'impressione di sapere di me molto più di quanto io sapessi di loro. Mi balenò in mente il pensiero che dietro ogni copertina si celasse un universo infinito da esplorare e che, fuori di lì, la gente sprecasse il tempo ascoltando partite di calcio e sceneggiati alla radio, paga della sua mediocrità. Non so dire se dipese da queste riflessioni, dal caso o dal suo parente nobile, il destino, ma in quell'istante ebbi la certezza di aver trovato il libro che avrei adottato, o meglio, il libro che avrebbe adottato me. Sporgeva timidamente da un ripiano, rilegato in pelle color vino, col titolo impresso sul dorso a caratteri dorati. Accarezzai quelle parole con la punta delle dita e le lessi in silenzio.

JULIÁN CARAX
L'ombra del vento

Non conoscevo né il titolo né l'autore, ma non m'importava. Era una decisione irrevocabile, da entrambe le parti. Presi il libro e lo sfogliai con cautela: le sue pagine palpitarono come le ali di una farfalla a cui viene restituita la libertà, sprigionando una nuvola di polvere dorata. Soddisfatto della scelta, tornai sui miei passi ripercorrendo il labirinto con il volume sottobraccio e un sorriso sulle labbra. Forse l'atmosfera magica di quel luogo mi aveva contagiato, ma ebbi la sicurezza che quel libro mi aveva atteso per anni, probabilmente da prima che nascessi.

Quel pomeriggio, di ritorno nell'appartamento di calle Santa Ana, mi rifugiai in camera mia per fare conoscenza col nuovo amico. In men che non si dica, la storia mi catturò. Era la vicenda di un uomo che cercava il suo vero padre, di cui aveva appreso l'esistenza solo grazie alle parole pronunciate dalla madre in punto di morte. Il racconto di quella ricerca si trasformava in un'odissea fantasmagorica: il protagonista lottava per ritrovare l'infanzia e la gioventù perdute, dalle quali, a poco a poco, emergeva l'ombra di un amore maledetto destinata a perseguitarlo fino all'ultimo dei suoi giorni. La struttura del romanzo mi ricordava una di quelle bambole russe che racchiudono innumerevoli miniature di se stesse; la narrazione si frammentava in mille storie, come se il racconto fosse entrato in una galleria di specchi e si fosse scisso in decine di riflessi, pur mantenendo la sua unità. Il tempo scivolò via come in un sogno. Molte ore più tardi, catturato dalla vicenda, udii appena i rintocchi in lontananza della mezzanotte dal campanile della cattedrale. Pagina dopo pagina, nella luce color rame della lampada, mi lasciai trascinare in un turbine di emozioni sconosciute, in un mondo misterioso e affascinante popolato da personaggi non meno reali dell'aria che respiravo. Mi abbandonai a quell'incantesimo fin quando la brezza dell'alba lambì i vetri della finestra e i miei occhi affaticati si posarono sull'ultima pagina. Solo allora mi sdraiai sul letto, il libro appoggiato sul petto, e ascoltai i suoni della città addormentata posarsi sui tetti screziati di porpora. Il sonno e la stanchezza bussavano alla porta, ma io resistetti. Non volevo abbandonare la magia di quella storia né, per il momento, dire addio ai suoi protagonisti.

11

Un giorno sentii dire da un cliente della libreria che poche cose impressionano un lettore quanto il primo libro capace di toccargli davvero il cuore. L'eco di parole che crediamo dimenticate ci accompagna per tutta la vita ed erige nella nostra memoria un palazzo al quale – non importa quanti altri libri leggeremo, quanti mondi scopriremo, quante cose apprenderemo o dimenticheremo – prima o poi faremo ritorno. Per me, quel libro sarà sempre il romanzo che avevo salvato dagli oscuri corridoi del Cimitero dei Libri Dimenticati.

Giorni di cenere
1945-1949

1

Un segreto conta quanto coloro da cui dobbiamo proteggerlo. Il mio primo impulso, appena mi svegliai, fu di correre a confidare al mio migliore amico l'esistenza del Cimitero dei Libri Dimenticati. Tomás Aguilar era un mio compagno di scuola che dedicava tutta la sua intelligenza e il suo tempo libero all'invenzione di marchingegni dalle scarse applicazioni pratiche, come il giavellotto aerostatico o la trottola-dinamo. Con chi altri avrei potuto condividere quel segreto? Sognando a occhi aperti, immaginavo Tomás e me, muniti di torcia e bussola, decisi a svelare i misteri di quella catacomba bibliografica. Tuttavia, fedele alla parola data, decisi di ricorrere a quello che i romanzi polizieschi definivano un diverso *modus operandi*. A mezzogiorno raggiunsi mio padre in negozio per chiedergli informazioni sul libro e su Julián Carax, convinto che fossero famosi in tutto il mondo. Intendevo procurarmi altre opere dell'autore e leggermele tutte nel giro di una settimana. Perciò mi stupì molto scoprire che mio padre, libraio esperto e buon conoscitore dei cataloghi editoriali, non aveva mai sentito nominare né *L'ombra del vento* né Julián Carax. Incuriosito, esaminò la pagina del colophon.

«A quanto pare, si tratta di uno dei duemilacinquecento esemplari pubblicati a Barcellona dalla casa editrice Cabestany, nel dicembre del 1935.»

«La conosci?»

«Ha chiuso diversi anni fa. Ma l'edizione originale non è questa, bensì quella uscita a Parigi nel novembre dello stesso anno per i tipi di Galliano & Neuval. Qualcosa non quadra.»

«Allora è una traduzione?» domandai sconcertato.

«Qui non lo dice. A prima vista non sembrerebbe.»

«È un libro scritto in spagnolo e pubblicato prima in Francia?»

«È già capitato, con i tempi che corrono» affermò mio padre. «Forse Barceló ci può aiutare.»

Gustavo Barceló, proprietario di una libreria cavernosa in calle Fernando, era il capo carismatico dei librai antiquari. Teneva sempre in bocca una pipa spenta che effondeva nell'aria aromi orientali e amava definirsi l'ultimo dei romantici. Barceló si vantava di essere un lontano discendente di lord Byron, benché fosse originario di Caldas de Montbuy, e forse per sottolineare questo fatto vestiva come un dandy dell'Ottocento, sfoggiando foulard di seta, scarpe di vernice bianca e un inutile monocolo che a detta delle malelingue non si toglieva neppure quando andava al cesso. In realtà, il suo unico consanguineo di un certo peso era suo padre, un industriale arricchitosi con mezzi più o meno leciti alla fine del secolo precedente. Mio padre mi spiegò che Gustavo Barceló avrebbe potuto vivere di rendita e che per lui la libreria era più che altro passione. Amava i libri più della sua vita e, benché lo negasse, se un cliente entrava nel suo negozio e si innamorava di un volume che non poteva permettersi, lui abbassava il prezzo fino a consentirgli di acquistarlo, o glielo regalava addirittura, nel caso lo ritenesse un vero lettore e non un dilettante farfallone. Inoltre, Barceló possedeva una memoria da elefante e una pedanteria insopportabile, ma nel suo campo era un'autorità. Quel pomeriggio, dopo aver chiuso il negozio, mio padre mi propose di passare dal caffè Els Quatre Gats, in calle Montsió, dove Barceló e il suo cenacolo si riunivano a dissertare di poeti maledetti, lingue morte e capolavori abbandonati al lavorio dei tarli.

Els Quatre Gats si trovava a due passi da casa nostra ed era uno dei posti di Barcellona che amavo di più. Lì, nel 1932, si erano conosciuti i miei genitori e io, almeno in parte, attribuivo la mia esistenza al fascino di quel vecchio caffè. Draghi di pietra vigilavano la facciata nascosta in un alternarsi di ombre e i suoi lampioni a gas congelavano il tempo e i ricordi.

All'interno si respirava l'aria di un'altra epoca. Ragionieri, sognatori e apprendisti di genio sedevano ai tavoli con i fantasmi di Pablo Picasso, Isaac Albéniz, Federico García Lorca o Salvador Dalí. In quel locale, anche un pezzente poteva sentirsi protagonista della Storia al modico prezzo di un caffè.

«Arriva Sempere, il figliol prodigo» esclamò Barceló vedendo entrare mio padre. «A cosa dobbiamo l'onore?»

«L'onore si deve a mio figlio Daniel, don Gustavo, che ha appena fatto una scoperta interessante.»

«Bene, allora sedetevi con noi. Non possiamo non celebrare questa effemeride.»

«Effemeride?» sussurrai a mio padre.

«Barceló usa solo parole sdrucciole» mi rispose a bassa voce. «Fai finta di niente, altrimenti si monta la testa.»

I suoi discepoli ci fecero posto e Barceló, che ci teneva a mostrarsi munifico, insistette per offrirci qualcosa.

«Quanti anni ha l'erede?» chiese Barceló.

«Quasi undici» dichiarai.

Barceló mi sorrise ironico.

«Cioè dieci. Non aumentarti l'età, marmocchio, ci pensa già la vita.»

Ci fu un mormorio di approvazione. Barceló chiamò il cameriere, un uomo talmente vecchio che lo si sarebbe potuto dichiarare monumento storico.

«Per il mio amico Sempere un cognac, di quello buono, e per il figlioletto, che deve crescere, un frappè. Ah, porti anche degli assaggini di prosciutto, ma non come quelli di prima, chiaro? Se vogliamo della gomma ci rivolgiamo alla Pirelli» ruggì il libraio.

Il cameriere annuì e si diresse verso il bancone strascicando i piedi.

«Come si fa, dico io, a trovare lavoro in questo paese se non mandano in pensione neanche i morti?» commentò il libraio. «Basta vedere il Cid. Non c'è niente da fare.»

Succhiò la pipa spenta mentre il suo sguardo d'aquila si posava sul libro che tenevo in mano. Nonostante quei modi da istrione, Barceló fiutava una buona preda come un lupo l'odore del sangue.

«Vediamo, cosa mi portate?» disse con finto disinteresse.

Rivolsi un'occhiata a mio padre e lui annuì. Senza esitare, diedi il libro a Barceló. Il libraio lo afferrò con mani esperte e le sue dita da pianista scivolarono sulla copertina valutando lo spessore e le condizioni del volume. Poi Barceló guardò la pagina del colophon con intensità poliziesca e un sorriso distaccato per almeno un minuto. Gli astanti lo osservavano in silenzio, come in attesa di un miracolo o del permesso per respirare di nuovo.

«Carax. Interessante» mormorò.

Tesi la mano per riprendermi il libro. Barceló inarcò le sopracciglia e me lo restituì con un sorriso glaciale.

«Dove l'hai trovato, ragazzino?»

«È un segreto» replicai, sapendo che mio padre stava ridendo sotto i baffi.

Barceló aggrottò la fronte e lo guardò.

«Mio caro Sempere, dal momento che la stimo profondamente e in virtù della nostra amicizia fraterna, facciamo duecento pesetas e non parliamone più.»

«L'affare lo deve trattare con mio figlio» affermò mio padre. «Il libro è suo.»

Barceló mi rivolse un sorriso da lupo.

«Che ne dici, ragazzino? Duecento pesetas sono una bella sommetta per una prima vendita... Sempere, suo figlio le farà concorrenza.»

I presenti risero. Barceló mi guardò compiaciuto e tirò fuori il portafoglio di pelle. Contò le duecento pesetas, che all'epoca erano un bel gruzzolo, e mi tese le banconote. Io mi limitai a scrollare la testa e Barceló si accigliò nuovamente.

«Ti ricordo che la cupidigia è un peccato mortale» aggiunse. «Forza, trecento pesetas e ti apri un bel libretto di risparmio. Alla tua età bisogna cominciare a pensare al futuro.»

Scrollai di nuovo la testa e Barceló lanciò un'occhiata di fuoco a mio padre attraverso il monocolo.

«Non mi guardi così» disse lui. «Io sono qui solo in veste di accompagnatore.»

Barceló emise un profondo sospiro e mi scrutò.

«Allora, bamboccio, ti dispiacerebbe dirmi cosa vuoi?»

«Voglio sapere chi è Julián Carax e dove posso trovare gli altri libri che ha scritto.»

Barceló si rimise in tasca il portafoglio e riconsiderò il suo avversario.

«Caspita, abbiamo qui un professore. Sempere, cosa dà da mangiare al pargolo?» disse.

Il libraio si chinò su di me e per un attimo scorsi nel suo sguardo un rispetto che prima non c'era.

«Facciamo un patto» mi disse. «Domani, che è domenica, passa dalla biblioteca dell'università e chiedi di me. Porta il libro, così lo potrò esaminare, e ti racconterò quello che so di Julián Carax. *Quid pro quo.*»

«Quid pro che?»

«Latino, ragazzo. Non esistono lingue morte ma solo cervelli in letargo. In parole povere, per fare un *duro* non bastano quattro pesetas, ma mi sei simpatico e ti voglio venire incontro.»

La pedanteria di quell'uomo sarebbe stata in grado di stecchire una mosca in volo; d'altra parte, se volevo scoprire qualcosa su Julián Carax dovevo tenermelo buono. Gli sorrisi cordiale, facendo mostra di apprezzare la sua facondia infarcita di latinorum.

«Ricorda: domani, all'università» sentenziò il libraio. «Ma porta il libro, o non se ne fa niente.»

«D'accordo.»

La conversazione divenne un mormorio e gli altri bibliofili si misero a discutere di alcuni documenti trovati nei sotterranei dell'Escorial, secondo cui Miguel de Cervantes era lo pseudonimo letterario di una baffuta matrona toledana. Barceló non diede il suo contributo alla disquisizione e si limitò a osservarmi da dietro il suo monocolo con un sorrisetto. O forse stava solo osservando il libro che tenevo tra le mani.

2

Quella domenica, sulla città gravava una cappa di afa stagnante che aveva fatto salire le colonnine dei termometri. A metà pomeriggio, con una temperatura che sfiorava i trenta gradi, imboccai calle Canuda, con il libro sottobraccio e la fronte imperlata di sudore. L'università era – ed è tuttora – uno dei tanti luoghi della città in cui le lancette del tempo si sono fermate al diciannovesimo secolo. Dal patio una scalinata in pietra conduceva a un reticolo di corridoi e sale di lettura, dove invenzioni come il telefono, la fretta o l'orologio da polso sembravano anacronismi futuristici. Il custode, o forse solo una statua in uniforme, nel vedermi non batté ciglio. Raggiunsi il primo piano e benedissi le pale fruscianti di un ventilatore che dava sollievo ai lettori appisolati, che si scioglievano come cubetti di ghiaccio su libri e giornali.

Trovai Gustavo Barceló davanti alle arcate di una loggia affacciata sul giardino interno. Nonostante il clima quasi tropicale, il libraio era vestito con l'eleganza ricercata di sempre e il suo monocolo luccicava nella penombra come una moneta in fondo a un pozzo. Accanto a lui c'era una donna con un abito di un tessuto bianco lucido, che mi sembrò un angelo scolpito nella nebbia. Udendo il suono dei miei passi, Barceló si voltò e mi fece cenno di raggiungerlo.

«Daniel, dico bene?» chiese. «Hai portato il libro?»

Annuii un paio di volte e mi accomodai sulla sedia che Barceló mi indicava, accanto a lui e alla sua misteriosa accompagnatrice. Per un paio di minuti il libraio si limitò a sorridere serenamente, incurante della mia presenza. Dopo un po' rinunciai alla speranza di essere presentato alla signora vestita di bianco. Barceló si comportava come se lei non esistesse e nessuno di noi due potesse vederla. La scrutai con la coda dell'occhio, timoroso di incrociare il suo sguardo, sempre perduto in nessun luogo. La pelle del viso e delle braccia era diafana e il volto affilato, dai lineamenti decisi, era incorniciato da una folta chioma di capelli corvini, lucenti come pietra umida. Doveva avere una ventina d'anni, ma qualcosa nel suo portamento e nella sua espressione, rassegnata come i rami di un salice piangente, faceva pensare a un essere senza età che godeva dell'eterna gioventù dei manichini dei negozi. Stavo contemplando quel collo di cigno quando mi accorsi che Barceló mi fissava.

20

«Allora, mi dici dove hai trovato il libro?» chiese.

«Lo farei, ma ho promesso a mio padre di mantenere il segreto» risposi.

«Ah, capisco. Sempere e i suoi misteri» disse Barceló. «In ogni caso, posso benissimo immaginarlo. Hai avuto una bella fortuna, ragazzo. È quel che si dice trovare un ago in un pagliaio. Posso?»

Gli porsi il libro e Barceló lo prese tra le mani con grande delicatezza.

«L'hai letto, immagino.»

«Sì, signore.»

«Ti invidio. Ho sempre pensato che il momento giusto per leggere un libro di Carax fosse quando si ha il cuore puro e tutta la vita davanti. Sapevi che questo è l'ultimo romanzo che ha scritto?»

Scossi la testa in silenzio.

«Sai quante copie come questa ci sono sul mercato, Daniel?»

«Migliaia, immagino.»

«Nessuna» precisò Barceló. «Eccetto la tua. Tutte le altre sono state bruciate.»

«Bruciate?»

Barceló mi sorrise senza rispondere sfogliando il libro e accarezzando le pagine quasi fossero di una seta unica nell'universo. La donna in bianco si voltò lentamente. Le labbra erano socchiuse in un sorriso timido e incerto mentre i suoi occhi, con le pupille bianche come il marmo, vagavano nel vuoto. Inghiottii saliva. Era cieca.

«Non conosci mia nipote Clara, vero?» chiese Barceló.

Feci un cenno di diniego, incapace di distogliere lo sguardo da quella creatura con l'incarnato di una bambola e gli occhi bianchi, gli occhi più tristi che avessi mai visto.

«In realtà, è Clara la vera esperta di Julián Carax, per questo l'ho portata con me» disse Barceló. «Anzi, pensandoci bene, credo che con il vostro permesso mi ritirerò nell'altra sala per esaminare meglio il volume mentre voi parlate delle vostre faccende. D'accordo?»

Lo guardai attonito, ma quel vecchio pirata mi diede una pacca sulle spalle e si eclissò con il libro sottobraccio.

21

«Gli hai fatto una buona impressione, sai?» disse la voce alle mie spalle.

Mi girai e vidi il dolce sorriso della nipote del libraio, il suo sguardo perduto nel vuoto. Aveva una voce flebile, fragile come il cristallo ed ebbi quasi paura di rispondere.

«Lo zio mi ha detto che ti ha offerto una bella somma per il libro di Carax, e che tu hai rifiutato» aggiunse Clara. «Ti sei guadagnato il suo rispetto.»

«Sembra proprio di sì» sospirai.

Clara sorrideva, la testa leggermente piegata, mentre le sue dita giocherellavano con un anello di zaffiri.

«Quanti anni hai?» domandò.

«Quasi undici» risposi. «E lei?»

Clara trovò divertente il mio candore.

«Quasi il doppio, anche se non è il caso che tu mi dia del lei.»

«Sembra più giovane» dissi, cercando di rimediare alla mia impertinenza.

«Mi fiderò di te, allora, dato che non conosco il mio aspetto» replicò, sempre con quel sorriso spento. «Ma se sembro più giovane, a maggior ragione devi darmi del tu.»

«Come preferisce, signorina Clara.»

Osservai attentamente le mani aperte come ali sul grembo, la vita sottile tra le pieghe dell'abito, la curva delle spalle, l'estremo pallore del collo e il disegno delle labbra. Avrei voluto toccarle. Non avevo mai avuto la possibilità di osservare una donna tanto da vicino senza che lei mi vedesse.

«Cosa stai guardando?» chiese Clara con una punta di malizia.

«Suo zio dice che è un'esperta di Julián Carax» improvvisai, con la bocca secca.

«Mio zio sarebbe capace di dire qualunque cosa pur di passare un po' di tempo da solo con un libro che lo affascina» ribatté Clara. «Ma tu ti starai chiedendo come può un cieco essere un esperto di libri, se non può leggerli.»

«Veramente non ci avevo pensato.»

«Te la cavi bene a mentire, considerando che non hai ancora undici anni. Sta' attento o diventerai come mio zio.»

Temendo di fare un'ennesima gaffe, mi limitai a rimanere seduto in silenzio, contemplandola affascinato.

«Su, avvicinati» disse lei.

«Come?»

«Avvicinati. Non aver paura, non ti mangio.»

Mi alzai dalla sedia e mi avvicinai a Clara, che tese la mano destra cercandomi a tentoni. Titubante le porsi la mia. Lei la prese con la sua sinistra e, in silenzio, mi tese la sua destra. Allora capii e la guidai verso il mio viso: aveva un tocco deciso e delicato allo stesso tempo. Le sue dita esplorarono le mie guance e gli zigomi. Rimasi immobile e trattenni il respiro mentre Clara decifrava i miei lineamenti, sorridendo compiaciuta e muovendo impercettibilmente le labbra. I suoi polpastrelli mi sfiorarono la fronte, i capelli e le palpebre, indugiando sulla bocca, seguendo la piega delle labbra con l'indice e l'anulare. Le sue dita profumavano di cannella. Il mio cuore batteva all'impazzata e ringraziavo la divina provvidenza per l'assenza di testimoni perché la vampa che mi bruciava le guance sarebbe bastata ad accendere un sigaro a un palmo di distanza.

3

In quel pomeriggio di afa e pioviggine, Clara Barceló mi rubò il cuore, il respiro e il sonno. Le sue mani, nella magica penombra di quella loggia, impressero sulla mia pelle il marchio di una maledizione che mi avrebbe perseguitato per anni. Mentre la contemplavo imbambolato, la nipote del libraio mi raccontò la sua storia e di come si era imbattuta, anche lei per caso, nelle pagine di Julián Carax. Era accaduto in un paese della Provenza. Allo scoppio della guerra civile il padre di Clara, un noto avvocato legato al governo del presidente Companys, aveva mandato la moglie e la figlia dalla sorella che viveva in Francia. Qualcuno disse che era un eccesso di prudenza, perché si era convinti che a Barcellona non sarebbe successo niente e che in Spagna, culla della civiltà cristiana, la barbarie fosse una prerogativa degli anarchici, i quali, con le loro biciclette e coi calzini bucati, non sarebbero arrivati molto lontano. Le nazioni non si guardano allo specchio, diceva sempre il padre di Clara, meno che mai quando covano una guerra. L'avvocato conosceva bene la Storia e sapeva che il futuro si legge nelle strade, nelle fabbriche e nelle caserme molto più chiaramente che sulle pagine dei giornali. Per mesi scrisse alla famiglia tutte le settimane, all'inizio dal suo studio di calle Diputación, poi senza indicare il mittente e infine di nascosto, da una cella del castello di Montjuïc dove, come accadde a molti, nessuno lo vide entrare e da cui non uscì più.

La madre di Clara leggeva le lettere ad alta voce, inghiottendo le lacrime e saltando intere frasi, che la figlia intuiva ugualmente. Più tardi, verso mezzanotte, Clara convinceva la cugina Claudette a rileggerle le lettere del padre. Era così che Clara leggeva, prendendo in prestito gli occhi altrui. Nessuno la vide mai versare una sola lacrima, né quando smisero di ricevere le lettere dell'avvocato né quando le notizie sulla guerra fecero temere il peggio.

«Mio padre era consapevole di ciò che sarebbe accaduto» disse Clara. «Rimase accanto agli amici pensando che fosse suo dovere e fu ucciso perché si dimostrò leale con chi, nel momento cruciale, lo tradì. Non fidarti mai di nessuno, Daniel, tanto meno delle persone che ammiri. Sono loro a pugnalarti alle spalle.»

Mentre Clara pronunciava queste parole con una durezza forgiata da anni di sofferenze segrete, io mi smarrivo nel suo sguardo di porcellana, in quegli occhi che non avevano più lacrime e la ascoltavo parlare di cose che non potevo capire. Clara descriveva persone, ambienti e oggetti che non aveva mai visto con una precisione e una ricchezza di dettagli degne di un pittore fiammingo. Era un linguaggio sfumato, un'impalpabile tela di ricordi intessuta del timbro delle voci e delle cadenze di passi. Mi spiegò che negli anni di esilio in Francia, lei e sua cugina Claudette avevano un precettore, un cinquantenne amante del buon vino che aveva ambizioni letterarie e si vantava di saper recitare a memoria l'*Eneide* di Virgilio, in latino e senza accento. Le due ragazze lo chiamavano Monsieur

Roquefort per via dell'afrore che emanava, nonostante i bagni di colonia e il profumo con cui si aspergeva il corpo massiccio. Monsieur Roquefort, a dispetto di alcune convinzioni bizzarre (tra cui l'incrollabile certezza che i salumi, e soprattutto il sanguinaccio che Clara e sua madre ricevevano dai parenti spagnoli, fossero un toccasana per la circolazione e la gotta), era un uomo raffinato. Sin dagli anni della gioventù si recava a Parigi una volta al mese per ampliare il suo orizzonte culturale sfogliando le ultime novità letterarie o visitando musei e, si mormorava, anche per godersi una notte di meritato svago tra le braccia di una ninfa, da lui ribattezzata Madame Bovary benché si chiamasse Hortense e fosse piuttosto pelosa in faccia. Durante quelle escursioni culturali, Monsieur Roquefort andava a curiosare su una bancarella di libri usati, di fronte a Notre-Dame dove, un pomeriggio del 1929, gli capitò fra le mani il romanzo di un autore sconosciuto, un certo Julián Carax. Monsieur Roquefort acquistò il libro, più che altro per il titolo e perché aveva l'abitudine di dedicarsi a letture poco impegnative durante il viaggio di ritorno in treno. Il romanzo si intitolava *La casa rossa* e in quarta di copertina c'era un'immagine sfocata dell'autore, forse una fotografia o uno schizzo a carboncino. Secondo la notizia biografica, Julián Carax aveva ventisette anni, era nato a Barcellona all'inizio del secolo e si era trasferito a Parigi, e scriveva in francese e si guadagnava da vivere suonando il piano in una casa di tolleranza. La presentazione, nello stile ampolloso dell'epoca, annunciava l'eccezionale opera prima di uno scrittore proteiforme, una sicura promessa per il futuro delle lettere europee, senza possibilità di confronto con altri artisti viventi. Infine, il riassunto evocava atmosfere vagamente sinistre e personaggi da romanzo d'appendice, il che agli occhi di Monsieur Roquefort era una nota di merito perché, dopo i classici, le sue letture preferite erano i romanzi a tinte forti.

La casa rossa era la storia di un individuo misterioso che rubava bambole da negozi di giocattoli e musei per poi strappar loro gli occhi e portarle nel suo rifugio, una tetra serra abbandonata sulle rive della Senna. Una notte si era introdotto nella sontuosa residenza di un magnate di avenue Foix – arricchitosi con attività illecite durante la rivoluzione industriale – per distruggere la sua collezione di bambole. La figlia del proprietario, una signorina della buona società parigina, colta e raffinata, si era innamorata del ladro. Durante la loro storia d'amore, costellata di episodi scabrosi, l'eroina scopriva le ragioni che inducevano l'enigmatico protagonista, di cui non si conosceva il nome, ad accecare le bambole. Non solo: venuta a conoscenza di un orribile segreto sul proprio padre e sulla sua collezione di bambole di porcellana, soccombeva in un finale da tragedia gotica.

Monsieur Roquefort, maratoneta delle discussioni letterarie e orgoglioso titolare di una voluminosa raccolta di lettere di rifiuto firmate da tutti gli editori di Parigi a cui inviava le sue opere in versi o in prosa, riconobbe il nome della modesta casa editrice che aveva pubblicato il romanzo, conosciuta, semmai, per i suoi libri di cucina, di ricamo e altre arti domestiche. Il proprietario della bancarella di libri usati gli disse che il romanzo era appena uscito e che aveva ricevuto solo un paio di recensioni su quotidiani di provincia, apparse nella colonna vicina ai necrologi. I critici lo avevano stroncato in poche righe, consigliando all'esordiente Carax di tenersi ben stretto il suo lavoro di pianista, perché come scrittore era negato. Monsieur Roquefort, che era un sentimentale, decise di investire mezzo franco e di portarsi via il romanzo di Carax insieme a una preziosa edizione del sublime Gustave Flaubert, di cui si sentiva l'erede incompreso.

Il treno per Lione era strapieno e Monsieur Roquefort fu costretto a dividere lo scompartimento di seconda classe con una coppia di suore che, appena il convoglio uscì dalla gare d'Austerlitz, cominciarono a lanciargli occhiate di riprovazione e a bisbigliare. Per sottrarsi a quello scrutinio Monsieur Roquefort decise di prendere dalla borsa il romanzo di Carax e di trincerarsi dietro le sue pagine. Con sua grande sorpresa, cento chilometri dopo si accorse di aver dimenticato le religiose, gli scossoni del treno e il paesaggio che scorreva al di là del finestrino come un brutto sogno dei fratelli Lumière. Lesse tutta la notte, incurante del russare delle suore e del susseguirsi di stazioni immerse nella nebbia. Quando, all'alba, girò l'ultima pagina, Monsieur Roquefort si accorse di avere gli occhi pieni di lacrime e il cuore colmo di invidia e di stupore.

Quello stesso lunedì, telefonò alla casa editrice di Parigi per chiedere informazioni sull'autore. Dovette insistere a lungo prima di ottenere una risposta sgarbata da una signorina con una voce asmatica. Il signor Carax, disse l'impiegata, non aveva lasciato nessun recapito e, comunque, non aveva più alcun rapporto con quell'editore anche perché *La casa rossa* aveva venduto esattamente settantasette copie, acquistate con ogni probabilità dalle signorine di facili costumi e dai clienti del locale dove l'autore strimpellava notturni e *polonaises*. Gli esemplari invenduti erano stati mandati al macero e trasformati in messali, blocchetti per contravvenzioni e biglietti della lotteria. La scarsa fortuna del misterioso scrittore destò la simpatia di Monsieur Roquefort, il quale, nei dieci anni successivi, durante ogni suo viaggio a Parigi avrebbe girato le librerie dell'usato in cerca di altre opere di Julián Carax. Non ne trovò mai una. Quasi nessuno conosceva l'autore, e chi lo aveva sentito nominare sapeva poco o nulla. Secondo alcuni Carax aveva pubblicato qualche altro romanzo, sempre presso case editrici minori e con tirature molto basse. Quei libri, se davvero esistevano, erano introvabili. Un giorno, un libraio gli disse che aveva avuto per le mani un romanzo di Julián Carax intitolato *Il ladro di cattedrali*, ma era stato molto tempo prima e non ne era proprio sicuro. Alla fine del 1935, a Monsieur Roquefort giunse notizia dell'uscita di un nuovo romanzo di Julián Carax, *L'ombra del vento*, pubblicato da una piccola casa editrice di Parigi. Scrisse all'editore per farsene inviare diverse copie ma non ricevette risposta. L'anno successivo, all'inizio dell'estate, il suo vecchio amico della bancarella sulle rive della Senna gli chiese se era ancora interessato a Carax. Monsieur Roquefort rispose che lui non si arrendeva mai. Era diventata una questione d'onore: per quanto il mondo si fosse intestardito a seppellire Carax nell'oblio, lui avrebbe fatto di tutto per riesumarlo. L'amico gli raccontò che qualche settimana prima era circolata una strana diceria su Carax, secondo cui finalmente la sorte arrideva allo scrittore. Doveva sposarsi con una signora benestante e dopo anni di silenzio era uscito un nuovo romanzo che aveva ottenuto una recensione favorevole su "Le Monde". Ma proprio quando sembrava che la fortuna girasse dalla sua parte Carax era stato sfidato a duello nel cimitero del Père-Lachaise. I dettagli non erano chiari; si sapeva solo che il duello era avvenuto all'alba del giorno in cui Carax doveva sposarsi, e che lo sposo non si era mai presentato in chiesa.

Si facevano le congetture più diverse: alcuni dicevano che Carax era morto in duello ed era stato sepolto in una tomba anonima; altri, più ottimisti, lo immaginavano implicato in qualche affare losco che lo aveva costretto ad abbandonare la sua promessa davanti all'altare e a fuggire da Parigi per far ritorno a Barcellona. La tomba senza nome non fu mai trovata e qualche tempo dopo circolò un'altra versione: Julián Carax, perseguitato dalla sfortuna, era morto in miseria nella sua città natale e le ragazze del bordello dove suonava il piano avevano fatto una colletta per pagargli una sepoltura decorosa. Ma quando i soldi erano arrivati a Barcellona, il cadavere era già stato sepolto in una fossa comune, insieme ai corpi di mendicanti o di sconosciuti ripescati dalle acque del porto o morti di freddo sulle scale del metrò.

Non fosse che per testardaggine, Monsieur Roquefort non dimenticò Julián Carax. Undici anni dopo avere scoperto *La casa rossa*, decise di prestare il romanzo alle sue giovani allieve, sperando che quello strano libro le conquistasse alla lettura. Clara e Claudette erano due quindicenni in piena tempesta ormonale, sensibili alle lusinghe del mondo che le chiamava dalle finestre della stanza dove studiavano. Malgrado gli sforzi del loro precettore, fino ad allora si erano mostrate immuni al fascino dei classici, alle favole di Esopo e ai versi immortali di Dante Alighieri. Monsieur Roquefort, temendo che la madre di Clara, il giorno in cui avesse capito che i suoi insegnamenti erano serviti solo a creare due analfabete con la testa piena di sciocchezze lo avrebbe licenziato seduta stante, decise di prestar loro il romanzo di Carax dicendo che si trattava di una storia d'amore, di quelle che facevano piangere, il che era vero solo in parte.

4

«Non mi ero mai sentita catturata, sedotta e avvolta da una storia come quella che narrava *La casa rossa*» mi disse Clara. «Per me la lettura era sempre stata un obbligo, una specie di obolo da versare a maestri e tutori senza sapere bene il perché. Ignoravo il piacere che può dare la parola scritta, il piacere di penetrare nei segreti dell'anima, di abbandonarsi all'immaginazione, alla bellezza e al mistero dell'invenzione letteraria. Tutte queste scoperte le devo a quel romanzo. Hai mai baciato una ragazza, Daniel?»

Mi mancò il respiro e mi sembrò di avere segatura in bocca.

«Be', sei ancora molto giovane. Ma si prova la stessa sensazione, il brivido della prima volta è indimenticabile. Viviamo in un mondo di ombre, Daniel, e la fantasia è un bene raro. Quel libro mi ha insegnato che la lettura può farmi vivere con maggiore intensità, che può restituirmi la vista. Ecco perché un romanzo considerato insignificante dai più ha cambiato la mia vita.»

A questo punto, io ero rimasto senza parole, alla mercé di quella creatura alla cui voce e al cui fascino io non sapevo, né volevo, resistere. Desiderai che Clara non smettesse più di parlare, di essere catturato dalla sua voce e che suo zio non tornasse più, per non spezzare l'incantesimo di quell'istante che apparteneva a me.

«Ho cercato per anni altri libri di Julián Carax» continuò Clara. «Andavo nelle biblioteche, nelle librerie, nelle scuole, sempre invano. Nessuno aveva sentito parlare dell'autore o dei suoi libri. Non potevo crederci. Un giorno Monsieur Roquefort venne a sapere che un tale girava librerie e biblioteche in cerca delle opere di Julián Carax e, se le trovava, le acquistava, le rubava o se ne impossessava per poi bruciarle. Nessuno sapeva chi fosse o perché lo facesse. Un altro mistero andava ad aggiungersi ai molti che già circondavano la figura di ᴄarax. Qualche tempo dopo, mia madre decise di tornare in Spagna perché era malata e Barcellona era la sua casa, il suo mondo. Io nutrivo la segreta speranza di poter scoprire qualcosa su Carax, dal momento che era nato qui ed era qui che era sparito all'inizio della guerra. Invece, pur potendo contare sull'aiuto di mio zio, non sono venuta a capo di nulla. Anche le ricerche di mia madre ebbero lo stesso esito. Al suo ritorno non trovò più la Barcellona che aveva lasciato: era diventata una città tetra, e ogni angolo, ogni strada le ricordavano mio padre. Come se non stesse già soffrendo abbastanza, mia madre si rivolse a un tale perché scoprisse come era morto. Dopo mesi di ricerche, l'investigatore riuscì solo a recuperare un orologio da polso rotto appartenuto a mio padre e a scoprire il nome dell'uomo che lo aveva ucciso nei fossati del castello di Montjuïc. Si chiamava Fumero, Javier Fumero. Ci dissero che costui – e non era l'unico – aveva iniziato la carriera come pistolero al soldo degli anarchici della FAI e aveva flirtato con libertari, comunisti e fascisti, vendendo i suoi servigi al miglior offerente. Dopo la caduta di Barcellona, era passato dalla parte dei vincitori ed era entrato nel corpo di polizia. Oggi è un ispettore conosciuto e pluridecorato. Di mio padre, invece, non si ricorda nessuno. Come puoi immaginare, mia madre si spense nel giro di pochi mesi. I medici dissero che il cuore non aveva retto e credo che per una volta avessero ragione. Dopo la morte di mia madre mi trasferii dallo zio Gustavo, l'unico parente che avevo a Barcellona. Io lo adoravo, perché quando veniva a trovarci mi regalava sempre dei libri. In questi anni è stato la mia famiglia e il mio migliore amico. Anche se può sembrare arrogante, è buono come il pane. Mi legge qualcosa tutte le sere, anche se casca dal sonno.»

«Se vuole, potrei leggerle qualcosa anch'io» proposi, pentendomi subito della mia audacia. Credevo che per Clara la mia compagnia sarebbe stata solo un fastidio, o una buffa novità di cui ridere con le amiche.

«Grazie, Daniel» rispose lei. «Ne sarei felice.»

«Quando vuole, allora.»

Annuì lentamente, cercandomi col suo sorriso.

«Purtroppo non possiedo più quella copia de *La casa rossa*» disse. «Monsieur Roquefort non ha voluto separarsene. Potrei farti un riassunto ma sarebbe come descrivere una cattedrale dicendo che è un ammasso di pietre che culminano in una guglia.»

«Lo racconterebbe molto meglio di così, ne sono certo» mormorai.

Le donne capiscono subito quando un uomo si è perdutamente innamorato di loro, soprattutto se il maschio in questione è un minorenne un po' tonto. C'erano tutte le premesse perché Clara Barceló mi mandasse a quel paese, ma mi illusi che la sua cecità mi garantisse un certo margine di sicurezza e che il mio riprovevole sentimento, la patetica devozione per una donna che aveva il doppio dei miei anni e mi superava in intelligenza e statura, sarebbe passato inosservato. Chissà cosa aveva trovato in me per offrirmi la sua amicizia: forse un pallido riflesso di se stessa, forse un'eco della sua solitudine. Nei miei sogni di adolescente, lei e io saremmo sempre stati due amanti che fuggivano in sella a un libro, pronti a dileguarsi in un mondo immaginario fatto di illusioni di seconda mano.

Barceló, con un sorriso felino sulle labbra, ricomparve solo due ore dopo, due ore che a me erano sembrate due minuti. Mi restituì il libro ammiccando.

«Controllalo bene, giovanotto, non vorrei che poi mi accusassi di averlo sostituito con un altro.»

«Mi fido di lei.»

«Bravo furbo! Alla mia ultima vittima, un turista americano convinto che la *fabada* fosse un piatto inventato da Hemingway per le feste di san Fermín, ho rifilato un esemplare di *Fuenteovejuna* firmato da Lope de Vega con una penna a sfera, pensa un po'. Sappi che nel nostro lavoro non puoi fidarti neanche degli indici.»

Quando uscimmo per strada era già sera. Si era alzato un venticello fresco e Barceló si tolse il soprabito per posarlo sulle spalle di Clara. Prima di accomiatarmi, rinnovai con studiata indifferenza la proposta di andare da loro il giorno seguente per leggere alcuni capitoli di *L'ombra del vento* a Clara. Barceló mi guardò di sottecchi e fece una breve risata.

«Non perdi tempo, ragazzo» borbottò tra i denti, in tono di approvazione.

«Be', se domani non è possibile, passerò un altro giorno o...»

«Chi deve decidere è Clara» disse il libraio. «Abbiamo già sette gatti e due pappagalli. Che differenza può fare una bestia in più o in meno?»

«Allora ti aspetto domani sera verso le sette» concluse Clara. «Sai dove abitiamo?»

5

C'è stato un tempo, da bambino, forse perché ero cresciuto in mezzo a libri e librai, in cui volevo diventare uno scrittore e vivere come il protagonista di un melodramma. Queste fantasie infantili erano ispirate da uno straordinario manufatto esposto in un negozio di calle Anselmo Clavé, proprio dietro al palazzo del Governo Militare. L'oggetto della mia adorazione, una magnifica stilografica nera decorata da un tripudio di fregi, splendeva al centro della vetrina come un gioiello della corona. Il pennino, un delirio barocco in oro e argento finemente incisi che brillava come il faro di Alessandria, era da solo un prodigio. Quando uscivo a passeggio con mio padre non avevo pace finché non mi portava a vedere la penna, appartenuta, a suo dire, addirittura a un imperatore. Io, segretamente, ero sicuro che con una tale meraviglia si potesse scrivere qualsiasi cosa, da un romanzo a un'enciclopedia, e anche lettere che non avrebbero avuto bisogno del servizio postale. Nella mia ingenuità, credevo che qualunque messaggio scritto con quella penna sarebbe arrivato a destinazione, anche nel luogo misterioso dove, secondo mio padre, si trovava la mamma.

Un giorno decidemmo di entrare nel negozio e scoprimmo che si trattava della regina delle stilografiche, una Montblanc Meinsterstück a serie limitata, appartenuta, così asseriva il negoziante, nientemeno che a Victor Hugo. Da quel pennino d'oro, ci informò, era scaturito il manoscritto de *I miserabili*.

«Proprio come la Vichy catalana sgorga dalla sorgente di Caldas» aggiunse.

Ci disse di averla acquistata da un collezionista venuto da Parigi, dopo essersi accertato che fosse autentica.

«E quale sarebbe, di grazia, il prezzo di questa fonte miracolosa?» chiese mio padre.

Udendo la cifra impallidì, ma ormai io mi ero perdutamente innamorato. Il negoziante, forse pensando di avere di fronte due scienziati, snocciolò una serie di dati incomprensibili sulle leghe di metalli preziosi e sulle lacche dell'Estremo Oriente e poi passò a esporci una teoria rivoluzionaria su emboli e vasi comunicanti, tutti elementi dell'ignota arte teutonica che consentiva a quel miracolo della tecnologia di imporre la sua supremazia grafica. Va detto però che il negoziante, benché mio padre e io avessimo un aspetto da poveracci, caricò di inchiostro la penna perché potessi tracciare il mio nome su una pergamena e inaugurare una carriera letteraria non meno brillante di quella di Victor Hugo. Quindi, dopo averla lucidata con un panno, l'uomo ripose la regina delle stilografiche sul suo trono d'onore.

«Magari un altro giorno» mormorò mio padre.

Usciti dal negozio, mi disse che non potevamo permettercela. Le entrate della libreria erano appena sufficienti per tirare avanti e pagare la retta della mia scuola. La stilografica Montblanc del venerabile Victor Hugo era destinata ad attendere. Non dissi nulla, ma il mio volto dovette tradire una profonda delusione.

«Faremo così» propose mio padre. «Quando inizierai a scrivere, torneremo qui e la compreremo.»

«E se nel frattempo la vendono?»

«Nessuno la comprerà, stai tranquillo. Ma se dovesse succedere, chiederemo a don Federico di farcene una uguale. Sai che quell'uomo ha le mani d'oro, no?»

Don Federico era l'orologiaio del quartiere, un cliente occasionale della libreria e una delle persone più gentili ed educate dell'emisfero occidentale. La sua fama di abile artigiano si estendeva dal quartiere della Ribera fino al mercato del Ninot. A dire il vero godeva anche di un altro tipo di reputazione, assai meno decorosa, dovuta alle sue malcelate predilezioni erotiche per aitanti giovanotti del sottoproletariato e a una certa tendenza a vestirsi come Estrellita Castro.

«E se don Federico avesse tutt'altro per la testa che fabbricarmi una penna?» domandai.

Mio padre aggrottò la fronte, forse temendo che le maldicenze della gente fossero giunte alle mie orecchie innocenti.

«Don Federico si intende un po' di tutti i prodotti tedeschi e se vuole ti costruisce anche una Volkswagen. E poi, sarei curioso di sapere se ai tempi di Victor Hugo esistevano già le penne stilografiche. Ci sono un sacco di furbi in giro.»

Le obiezioni di mio padre – per quanto giustificate dal punto di vista storico – mi lasciavano del tutto indifferente. Tuttavia, benché credessi a occhi chiusi nella leggenda della penna, non mi opposi all'idea che don Federico ne realizzasse una copia per me. Avevo tutto il tempo per emulare Victor Hugo. Del resto, come aveva predetto mio padre, la penna Montblanc rimase per anni nella vetrina del negozio, e noi andavamo a guardarla ogni sabato mattina.

«C'è ancora» esclamavo stupito.

«Ti sta aspettando» diceva mio padre. «È come se sapesse che un giorno sarà tua e che la userai per scrivere un capolavoro.»

«Io voglio scrivere una lettera alla mamma, così non si sentirà sola.»

Mio padre rispose impassibile.

«La mamma non è sola, Daniel. È con Dio e sa che noi le siamo vicini, anche se non possiamo vederla.»

Era la stessa teoria di padre Vicente, un anziano gesuita che insegnava nella mia scuola e spiegava ogni mistero dell'universo – dal grammofono al mal di denti – citando i versetti del Vangelo secondo Matteo, ma in bocca a mio padre una simile affermazione era poco credibile.

«E perché Dio vuole che stia con lui?»

«Non lo so, ma se un giorno lo incontriamo glielo chiederemo.»

Alla fine abbandonai l'idea della lettera e, già che c'ero, ritenni fosse giunto il momento di metter mano al capolavoro. In mancanza della stilografica, mio padre mi prestò una matita Staedtler numero due con cui scribacchiavo su un quaderno. Protagonista della mia storia era, guarda caso, una prodigiosa penna stilografica straordinariamente simile a quella del negozio in cui viveva l'anima tormentata del precedente proprietario, uno scrittore morto di fame e di freddo. Finita nelle mani di un principiante, la penna riversava sulla carta l'ultima opera dello scrittore, quella che non era riuscito a completare da vivo. Non ricordo da dove avevo preso l'idea, ma fu la più brillante della mia vita. Comunque, i tentativi di darle forma si rivelarono disastrosi. Ero vittima di un'anemia creativa: il mio stile e le mie metafore ricordavano troppo le pubblicità dei sali per pediluvi che leggevo alle fermate dei tram. Io incolpavo la matita e agognavo la penna che mi avrebbe trasformato in un grande scrittore. Mio padre seguiva le mie fatiche con un misto di orgoglio e di preoccupazione.

«Come va la tua storia, Daniel?»

«Non lo so. Se avessi la penna sarebbe tutto diverso.»

Lui diceva che ragionavo come un letterato in erba.

«Tu continua a scrivere, non perdere la fiducia. Quando avrai quasi finito la tua opera prima io ti comprerò la penna.»

«Me lo prometti?»

Lui mi rispondeva con un sorriso. Per sua fortuna, le mie aspirazioni letterarie ebbero vita breve e si limitarono a vaghe velleità, anche perché scoprii il meccano e la gran varietà di giocattoli di latta in vendita al mercato di Los Encantes, a prezzi più consoni al nostro bilancio familiare. La passione infantile è un'amante infedele e capricciosa, e ben presto nel mio cuore ci fu posto solo per le costruzioni e le barchette a molla. Smisi di chiedere a mio padre di portarmi a vedere la penna di Victor Hugo, e lui smise di menzionarla. Ma di quel periodo mi è rimasta impressa un'immagine di mio padre: un uomo magro, con un vecchio vestito troppo largo e un cappello usato comprato in calle Condal per sette pesetas, che non poteva permettersi di regalare a suo figlio una penna portentosa quanto inutile.

Quella sera, al mio ritorno dall'università, mio padre mi aspettava seduto in sala da pranzo, con la sua solita aria un po' preoccupata.

«Cominciavo a pensare che ti fossi perso» disse. «Ti ha chiamato Tomás Aguilar. Oggi dovevate vedervi, te lo sei dimenticato?»

«Barceló è un gran chiacchierone» mi giustificai. «Non sapevo come dirgli che dovevo andare via.»

«A volte è noioso, ma è un'ottima persona. Avrai fame. Merceditas ci ha portato un po' della minestra che aveva preparato per sua madre. È proprio una brava ragazza.»

Ci sedemmo a mangiare l'elemosina di Merceditas, figlia della vicina del terzo piano. A detta di tutti, sarebbe diventata suora e santa, ma io in più di un'occasione l'avevo vista asfissiare di baci un marinaio dalle mani svelte che ogni tanto la accompagnava fino al portone.

«Ti vedo meditabondo» disse mio padre.

«Sarà l'umidità che dilata il cervello, come sostiene Barceló.»

«Non credo. Cosa c'è, Daniel?»

«Niente. Stavo solo pensando.»

«A cosa?»

«Alla guerra.»

Mio padre annuì e continuò a mangiare in silenzio. Era un uomo riservato, e benché vivesse di ricordi non parlava quasi mai del passato. Io ero cresciuto con la convinzione che il quieto grigiore del dopoguerra, la miseria, i rancori inespressi, fossero normali come l'avvicendarsi delle stagioni. Ero pure convinto che la malinconia che trasudava dai muri della città ferita fosse espressione della sua anima. Una delle tante insidie dell'infanzia è che non è necessario capire per soffrire. Ma quando arriva l'età della ragione, le ferite non possono essere sanate. Quella sera d'estate, nel crepuscolo infido di Barcellona, avevo ripensato alle parole di Clara sulla scomparsa di suo padre. Nel mio piccolo mondo, la morte era una mano anonima e imprevedibile, un venditore a domicilio che si portava via madri, mendicanti e vicini novantenni come in una lotteria infernale. Faticavo ad accettare l'idea che camminasse al mio fianco, con il volto di un uomo e un cuore avvelenato dall'odio, che indossasse una divisa o un impermeabile, facesse la coda per entrare al cinema, frequentasse i bar e al mattino passeggiasse coi figli nel parco della Ciudadela, mentre di pomeriggio faceva sparire una persona nelle celle del castello di Montjuïc o in una fossa comune senza nome né cerimonia. Mi venne da pensare che, forse, il mio universo altro non era che una facciata di cartapesta. In quegli anni immobili, anche la fine dell'infanzia, come i treni delle ferrovie nazionali, arrivava quando arrivava.

Mangiammo quella minestra di avanzi con un po' di pane, mentre dalle finestre dei vicini, aperte sulla piazza della chiesa, arrivava il brusio melenso delle commedie radiofoniche.

«Allora, com'è andata con don Gustavo?»

«Ho conosciuto sua nipote Clara.»

«La cieca? Dicono che sia molto bella.»

«Può darsi. Non ci ho fatto caso.»

«Buon per te.»

«Domani, dopo la scuola, dovrei passare da loro per leggerle qualcosa e farle un po' di compagnia. Se mi dai il permesso.»

Mio padre mi guardò con l'aria di chi si domanda se è lui a invecchiare prima del tempo o se è il suo bambino a crescere troppo in fretta. Decisi di cambiare discorso, e l'unico argomento che mi venne in mente fu quello che mi rodeva dentro.

«È vero che durante la guerra portavano della gente al castello di Montjuïc e poi non se ne sapeva più nulla?»

«Te l'ha detto Barceló?» domandò serio mio padre.

«No, Tomás Aguilar. Ogni tanto a scuola racconta delle strane storie.»

Mio padre annuì lentamente.

«In tempo di guerra accadono cose orribili, Daniel, molto difficili da spiegare. Spesso neppure io so cosa significano davvero. A volte è meglio non rivangare il passato.»

Sospirò e finì la minestra di malavoglia. Io lo osservavo in silenzio.

«Prima di morire, tua madre mi ha fatto promettere che non ti avrei mai parlato della guerra. Dovevo far sì che tu non ricordassi nulla di quanto accaduto.»

Non sapevo cosa dire. Lo vidi alzare gli occhi al cielo come se cercasse qualcosa nell'aria, uno sguardo o, chissà, un silenzio di mia madre a conferma delle sue parole.

«Forse ho sbagliato a farle quella promessa. Non so.»

«Non importa, papà.»

«Sì che importa, Daniel. Tutto cambia dopo una guerra. Ed è vero che molta gente è entrata in quel castello e non ne è più uscita.»

Per un attimo i nostri sguardi si incontrarono. Poco dopo, mio padre si alzò da tavola e andò nella sua stanza, ferito da un oblio durato troppo a lungo. Sparecchiai e lavai i piatti nel piccolo acquaio di marmo della cucina. Ritornai in sala, spensi la luce e mi sedetti sulla vecchia poltrona di mio padre mentre una brezza leggera agitava le tende. Non avevo sonno né voglia di andare a letto. Mi affacciai al balcone e guardai verso i lampioni della Puerta del Ángel. C'era qualcuno, una figura immobile in un rettangolo d'ombra. Il lucore della brace di una sigaretta si rifletteva nei suoi occhi. Indossava un abito scuro e teneva una mano infilata nella tasca della giacca; nell'altra aveva la sigaretta, che disegnava una ragnatela di fumo bluastro intorno al suo profilo. Mi osservava, il volto velato dal riverbero dei lampioni. Rimase fermo per quasi un minuto, in piedi, fumando, lo sguardo fisso su di me. Poi, appena le campane della cattedrale batterono la mezzanotte, piegò leggermente la testa accennando a un saluto che lasciava intuire un sorriso invisibile. Avrei voluto ricambiare il gesto, ma ero paralizzato dalla paura. Mentre l'uomo si allontanava, vidi che zoppicava leggermente. Un velo di sudore freddo mi coprì la fronte e mi mancò il respiro. Avevo letto una descrizione di quella scena in *L'ombra del vento*: il protagonista si affacciava al balcone tutte le notti a mezzanotte, e si accorgeva di essere osservato da uno sconosciuto che fumava al buio, con gli occhi ardenti come braci. L'uomo restava lì un po', con la mano destra infilata nella tasca della giacca nera, e poi si allontanava zoppicando. Nella scena a cui avevo appena assistito, lo strano personaggio poteva essere un nottambulo qualsiasi, una figura senza volto né identità. Nel romanzo di Carax, quello sconosciuto era il diavolo.

6

Un sonno ristoratore e la prospettiva di rivedere Clara nel pomeriggio mi convinsero che ciò che avevo visto era stata solo una coincidenza. Forse, quella fantasticheria era un'avvisaglia della tanto attesa metamorfosi che, sostenevano le nostre vicine, avrebbe fatto di me, se non un buon partito, di certo un bel giovanotto. Alle sette in punto, con i miei abiti migliori e cosparso di colonia Varón Dandy rubata a mio padre, mi presentai a casa di don Gustavo Barceló, dando avvio a una carriera di lettore a domicilio e cicisbeo. Il libraio e la nipote abitavano al primo piano di un palazzo di plaza Real. Venni ricevuto da una cameriera in cuffia e grembiulino, con una vaga espressione da legionario, che mi fece una riverenza e disse, con un tono affettato e un tremendo accento di Cáceres:

«Lei dev'essere il signorino Daniel. Io sono Bernarda, per servirla.»

Ostentando un'impeccabile professionalità, la domestica mi fece strada. L'appartamento, che occupava l'intero piano del palazzo, era un susseguirsi di corridoi, saloni e verande, e a me, abituato alla modestia della mia casa, fece l'effetto di un Escorial in miniatura. Era evidente che don Gustavo, oltre che libri, incunaboli e ogni tipo di edizioni rare, collezionava statue, quadri e pale d'altare, e anche piante e animali. Seguii Bernarda lungo una loggia zeppa di piante frondose e di fiori tropicali, una vera e propria serra, dalle cui vetrate filtrava una luce dorata. Nell'aria fluttuavano le languide note di un pianoforte. Bernarda avanzava tra il fitto fogliame muovendo le braccia da scaricatore di porto a mo' di machete. Io la seguivo e mi guardavo intorno: vidi una mezza dozzina di gatti e due enormi pappagalli dai colori vistosi che, mi spiegò la domestica, Barceló aveva chiamato rispettivamente Ortega e Gasset. Clara mi stava aspettando in un salone, al limitare di quella foresta urbana. L'oggetto della mia passione indossava un vaporoso abito di cotone azzurro turchese e sedeva davanti a un piano, sotto la luce fioca di un lampadario. Clara non andava a tempo e sbagliava metà delle note, ma a me la sua serenata parve splendida. Con la schiena diritta, la testa leggermente piegata e un vago sorriso sulle labbra, sembrava una visione celestiale. Non fu necessario dire né fare nulla per annunciarmi: gli effluvi dell'acqua di colonia anticiparono le mie intenzioni. Clara smise di suonare e mi sorrise imbarazzata.

«Per un attimo ho creduto che fossi lo zio» disse. «Mi ha proibito di suonare Mompou, dice che ne faccio scempio.»

L'unico Mompou di mia conoscenza era un prete emaciato che soffriva di acidità di stomaco e ci insegnava fisica e chimica, perciò l'associazione mi sembrò grottesca e perlomeno improbabile.

«Secondo me suoni benissimo» affermai.

«Ma no. Mio zio è un melomane e mi ha trovato un maestro di musica nella speranza che possa migliorare. È un giovane compositore molto promettente. Si chiama Adrián Neri e ha studiato a Parigi e a Vienna. Devo presentartelo. Sta componendo una sinfonia per l'orchestra Città di Barcellona, dato che suo zio è nel consiglio direttivo. È un genio.»

«Lo zio o il nipote?»

«Non pensare male, Daniel. Vedrai che ti piacerà.»

Sì, come il mal di pancia, pensai.

«Ti va di fare merenda?» propose Clara. «Bernarda fa dei biscotti alla cannella squisiti.»

Mangiammo come due pascià, facendo piazza pulita di tutto il ben di Dio che la domestica aveva preparato. Non sapevo come ci si doveva comportare in quelle circostanze, ma Clara, che sembrava leggermi nel pensiero, mi propose di cominciare subito a leggere *L'ombra del vento*. Pertanto, cercando di imitare le voci degli attori che su Radio Nacional, subito dopo l'Angelus, declamavano gli slogan patriottici, mi lanciai per la seconda volta in un'appassionata lettura del romanzo. La mia voce, dapprima un po' contratta, si fece sempre più sicura. Dimenticai che stavo recitando e venni nuovamente catturato dal racconto, cogliendo cadenze ed espressioni fluide come melodie, toni, pause e allusioni che mi erano sfuggiti la prima volta. Era come se il romanzo mi apparisse sotto una nuova luce, simile al plastico di un edificio che si può osservare da differenti angolature. Lessi cinque capitoli, finché mi si seccò la gola e quattro o cinque pendole suonarono come se volessero rammentarmi che si stava facendo tardi. Chiusi il libro e guardai Clara che mi sorrideva serena.

«Ricorda vagamente *La casa rossa*» commentò. «Ma la storia è meno tetra.»

«Non ti illudere» dissi. «È solo l'inizio. Poi le cose si complicano.»

«Devi andare, vero?» chiese Clara.

«Temo di sì. Fosse per me resterei, ma...»

«Se non hai altri impegni, puoi tornare domani» suggerì Clara. «Ma non vorrei abusare della tua...»

«Alle sei?» proposi. «Così abbiamo più tempo.»

Quell'incontro nella sala da musica dell'appartamento di plaza Real, avvenuto nell'estate del 1945, fu il primo di una lunga serie che continuarono anche negli anni successivi. Dopo qualche settimana, la mia presenza nell'appartamento dei Barceló divenne quotidiana, a eccezione del martedì e del giovedì, quando Clara prendeva lezioni di musica da quel tale, Adrián Neri. Trascorrevo ore in quella casa, e imparai a conoscere ogni stanza, ogni corridoio e ogni pianta della foresta di don Gustavo. *L'ombra del vento* ci tenne occupati per due settimane, ma non fu difficile trovare qualcosa da leggere a Clara. Barceló possedeva una biblioteca favolosa e, in mancanza di altri romanzi di Julián Carax, ci dedicammo a classici minori e frivolezze d'autore. Certi pomeriggi preferivamo chiacchierare o uscire a fare una passeggiata nella piazza o fino alla cattedrale. Clara adorava sedersi ad ascoltare il mormorio della gente nel chiostro e l'eco dei passi nelle viuzze lastricate. Mi chiedeva di descriverle le facciate degli edifici, le persone, le automobili, i negozi, i lampioni e le vetrine. Spesso mi prendeva a braccetto e io la guidavo per la nostra Barcellona segreta, che solo lei e io potevamo vedere. Finivamo sempre per fare tappa in una latteria di calle Petritxol, davanti a un dolce di crema o a una cioccolata con panna. Capitava spesso che fossimo oggetto della curiosità della gente e più di un cameriere l'aveva chiamata "tua sorella maggiore", ma io non davo peso né alle spiritosaggini né alle insinuazioni. A volte, non so se per civetteria o morbosità, Clara mi faceva delle confidenze bizzarre. Mi parlò varie volte di un individuo con la voce roca che ogni tanto la avvicinava quando era fuori da sola. Lo sconosciuto le rivolgeva domande su don Gustavo e persino su di me. Una volta le aveva anche accarezzato il collo. Per me questo genere di confidenze era un vero e proprio martirio. Un giorno, Clara mi disse che aveva chiesto a quell'uomo se poteva toccargli il viso. Lui era rimasto in silenzio, un silenzio che Clara aveva interpretato come un assenso. Ma, appena l'aveva sfiorato, lo sconosciuto l'aveva bloccata, il che non le aveva impedito di sentire sotto le dita qualcosa di simile al cuoio.

«Era come se avesse una maschera di pelle» mi diceva.

«Che immaginazione fertile, Clara.»

Lei giurava e spergiurava che era vero e io finivo per crederle, tormentandomi al pensiero di quel presunto sconosciuto che le accarezzava il lungo collo mentre io non avrei mai osato farlo. Se solo avessi riflettuto, avrei capito che quella dedizione assoluta era un'inesauribile fonte di pena; ma forse era proprio perché soffrivo tanto che la adoravo sempre di più, schiavo dell'eterna stupidaggine di stare dietro a chi ci fa del male. Per tutta l'estate pensai con angoscia al giorno in cui sarei dovuto tornare a scuola e non avrei più potuto dedicare il mio tempo a Clara.

Bernarda, che malgrado l'aspetto severo aveva un gran senso materno, a furia di vedermi finì per affezionarsi a me e, a modo suo, decise di adottarmi.

«Si capisce lontano un miglio che quel ragazzo ha perso la mamma» diceva a Barceló. «Mi fa tanta pena, poverino.»

Era arrivata a Barcellona poco dopo la guerra, per fuggire dalla miseria e da un padre che la riempiva di botte dandole dell'idiota, quando non la trascinava nella porcilaia, ubriaco fradicio, e la palpeggiava finché lei, terrorizzata, scoppiava in un pianto dirotto e lui la lasciava andare, gridando che era una stupida bigotta come sua madre. Barceló l'aveva vista dietro il banco di un fruttivendolo al mercato del Borne e, senza pensarci due volte, le aveva offerto un lavoro come domestica.

«Succederà come in *Pigmalione*» disse. «Lei sarà la mia Eliza e io il suo professor Higgins.»

Bernarda, che placava la sua sete di letture sfogliando riviste illustrate, lo guardò storto.

«Sarò povera e ignorante, ma sono una donna onesta» replicò.

Barceló non era esattamente George Bernard Shaw ma, pur fallendo nell'intento di dotare la sua pupilla della favella e del fascino di Miguel Azaña, era riuscito a insegnarle le buone maniere e un linguaggio da signorina di provincia. Aveva ventotto anni, ma, secondo me, il suo sguardo ne dimostrava una decina di più. Era molto religiosa e aveva una devozione maniacale per la Madonna di Lourdes. Ogni mattina andava alla messa delle otto nella chiesa di Santa María del Mar e si confessava almeno tre volte alla settimana. Don Gustavo, che si dichiarava agnostico (ossia, secondo Bernarda, affetto da una malattia respiratoria, come l'asma, ma da ricchi), riteneva matematicamente impossibile che la domestica avesse bisogno di tutte quelle assoluzioni.

«Sei buona come il pane, Bernarda» diceva, indignato. «Chi vede il peccato dappertutto è malato nell'anima e, per parlare fuori dai denti, ha anche problemi intestinali. Tutti i santi iberici, infatti, soffrivano di stitichezza cronica.»

Nell'udire siffatte bestemmie, Bernarda si faceva cinque volte il segno della croce. Poi, prima di addormentarsi, recitava una preghiera in più per il signor Barceló: era un uomo dal cuore d'oro, ma a forza di leggere gli era andato in pappa il cervello, come a Sancho Panza. Di tanto in tanto usciva con qualche giovanotto che invariabilmente la picchiava, le rubava i suoi pochi risparmi e prima o poi la piantava. A quel punto Bernarda si chiudeva nella sua stanza a piangere per giorni interi, minacciando di uccidersi con il veleno per topi o bevendo una bottiglia di candeggina. Barceló, una volta che le aveva provate tutte per convincerla a uscire, si spaventava e chiamava il fabbro perché aprisse la porta della stanza e il suo medico curante perché somministrasse a Bernarda un forte sedativo. Quando, due giorni dopo, la poveretta si svegliava, il libraio le regalava rose, cioccolatini, un vestito nuovo, e la portava al cinema a vedere Cary Grant, che secondo lei, dopo José Antonio Primo de Rivera, era l'uomo più bello del mondo.

«Ho sentito dire che Cary Grant è dell'altra sponda» mormorava lei, mangiando un cioccolatino. «Sarà vero?»

«Sciocchezze» sentenziava Barceló. «I troppo furbi, al pari dei babbei, sono rosi dall'invidia.»

«Come parla bene il signore. Si capisce che è andato all'università del sorbetto.»

«Sorbona» la correggeva bonariamente Barceló.

Era difficile non voler bene a Bernarda. Senza che nessuno glielo avesse chiesto, cucinava e cuciva per me. Mi teneva in ordine i vestiti, mi lucidava le scarpe, mi tagliava i capelli, mi comprava vitamine e dentifricio. Un giorno mi regalò persino una mediaglietta e una boccetta di vetro piena di acqua di Lourdes: una sua sorella che viveva a San Adrián del Besós c'era andata in pellegrinaggio in autobus. A volte, mentre mi ispezionava i capelli alla ricerca di pidocchi o di altri parassiti, mi parlava a bassa voce.

«La signorina Clara è una ragazza come poche e potessi morire in questo momento se mi venisse in mente di criticarla, ma sarebbe meglio che il signorino non si facesse troppe illusioni, non so se mi sono spiegata.»

«Sta' tranquilla, Bernarda, siamo solo amici.»

«Meglio così.»

A sostegno della sua tesi, Bernarda mi raccontava la trama di uno sceneggiato in cui a un ragazzo, indebitamente innamorato della sua insegnante, in virtù di un inesorabile maleficio erano caduti denti e capelli mentre il viso e le mani gli si erano ricoperti di macchie vergognose, una specie di lebbra del libidinoso.

«La lussuria è uno dei sette vizi capitali» concludeva Bernarda. «Dia retta a me.»

Don Gustavo, pur concedendosi qualche sarcasmo, vedeva di buon occhio la mia amicizia con Clara e il mio ruolo di *chaperon*. Io attribuivo la sua tolleranza al fatto che probabilmente mi considerava inoffensivo. Ogni tanto lasciava cadere un'offerta vantaggiosa per il romanzo di Carax. Mi diceva di aver chiesto il parere di altri librai antiquari, i quali concordavano sul fatto che un Carax poteva valere una fortuna, soprattutto in Francia. Io rifiutavo e lui si limitava a sorridere con l'aria di chi ottiene sempre quello che vuole. Mi aveva dato una copia delle chiavi dell'appartamento perché potessi entrare e uscire senza dipendere dalla sua presenza o da quella di Bernarda. Con mio padre, invece, non tutto filava così liscio. Col passare degli anni aveva superato la sua innata riluttanza ad affrontare gli argomenti spinosi e uno dei primi effetti di questo cambiamento fu l'esplicita disapprovazione del mio rapporto con Clara.

«Dovresti uscire con ragazzi della tua età, come Tomás Aguilar, non con una donna in età da marito.»

«Che importanza ha l'età, se siamo solo amici?»

Quello che più mi ferì fu l'allusione a Tomás, perché da mesi non andavamo in giro insieme, mentre prima eravamo inseparabili. Mio padre mi rivolse un'occhiata di biasimo.

«Daniel, tu non sai niente delle donne, e quella si diverte a giocare con te come il gatto col topo.»

«Sei tu che non sai niente delle donne» risposi indignato. «E tanto meno di Clara.»

Di solito i nostri battibecchi non andavano oltre uno scambio di occhiate e di rimproveri. Quando non ero a scuola o con Clara, aiutavo mio padre in negozio: sistemavo nel retrobottega volumi, consegnavo le ordinazioni, sbrigavo commissioni o servivo i clienti abituali. Mio padre si lamentava che non mettevo abbastanza impegno né passione nel lavoro; io replicavo che ci passavo la vita, in quella libreria, e che non capivo perché si lamentasse. Le sere in cui non riuscivo a prendere sonno, rimpiangevo l'intimità del nostro piccolo universo, quello degli anni successivi alla morte di mia madre, gli anni della penna di Victor Hugo e dei trenini di latta. Li ricordavo come un'epoca triste e pacifica, che aveva cominciato a svanire il giorno in cui mi aveva portato al Cimitero dei Libri Dimenticati. Quando mio padre scoprì che avevo regalato il libro di Carax a Clara mi fece una sfuriata.

«Mi hai deluso, Daniel» disse. «Quando hai scelto quel libro conoscevi le regole. Sapevi che era un oggetto speciale e ti sei impegnato ad adottarlo e a conservarlo per tutta la vita.»

«Avevo dieci anni, papà, ed era un gioco. Una cosa da bambini.»

Mio padre mi guardò come se lo avessi pugnalato.

«Adesso ne hai quattordici e non solo sei ancora un bambino, ma un bambino presuntuoso che si crede un uomo. La vita ti punirà, Daniel. E molto presto.»

Io preferivo credere che mio padre fosse risentito perché passavo molto tempo dai Barceló, in un mondo di agi che lui poteva a malapena immaginare. Pensavo gli dispiacesse che la domestica di don Gustavo mi facesse da madre e che si sentisse offeso perché glielo avevo permesso. A volte, mentre ero nel retrobottega a preparare pacchi da consegnare, mi era capitato di sentire qualche cliente scherzare con mio padre.

«Sempere, si deve trovare una brava ragazza, soprattutto adesso che abbondano le belle vedove nel fiore degli anni, insomma, mi capisce. Una donna come si deve ti cambia la vita, amico mio, e ti fa ringiovanire di vent'anni. Quel che non riesce a un bel paio di tette...»

Mio padre non rispondeva mai a queste insinuazioni, ma io trovavo ogni giorno più sensati quei consigli. Una volta, durante una delle nostre cene, sempre più simili a un silenzioso duello di sguardi, decisi di affrontare l'argomento. Mio padre era un bell'uomo, elegante e curato, e mi risultava che più di una donna nel quartiere gli avesse messo gli occhi addosso.

«Per te è stato facile trovare una sostituta della mamma» disse con amarezza. «Ma per me non è così e, soprattutto, non ho intenzione di cercarla.»

Col tempo, le allusioni di mio padre e di Bernarda, e persino di Barceló, ottennero il loro scopo: una voce interiore mi diceva che mi ero cacciato in una situazione senza via d'uscita e che per Clara sarei sempre stato un ragazzino più giovane di lei di dieci anni. Ormai mi era quasi intollerabile starle accanto, sopportare il tocco leggero delle sue dita o prenderla a braccetto quando uscivamo a passeggio. Arrivò il mo-

46

mento in cui solo starle vicino mi causava una sorta di dolore fisico. Tutti se n'erano accorti, e nessuno meglio di Clara.

«Daniel, dobbiamo parlare» mi diceva. «Forse non sono stata corretta con te...»

Non le permettevo mai di continuare. Adducendo qualche pretesto, uscivo dalla stanza e scappavo. Mi sentivo come uno che si è lanciato in una corsa contro il tempo e capivo che il mondo illusorio che avevo costruito intorno a Clara si stava sgretolando, e che quella fase della mia vita si stava concludendo. Non potevo immaginare neppure lontanamente che i miei guai erano appena cominciati.

Miseria e compagnia
1950-1952

7

Il giorno del mio sedicesimo compleanno misi in atto il piano più sconsiderato che avessi mai concepito nel corso della mia breve esistenza. A mio rischio e pericolo, decisi di organizzare una cena di compleanno e di invitare Barceló, Bernarda e Clara. Mio padre tentò di dissuadermi.

«È il mio compleanno» ribattei crudelmente. «Lavoro per te tutti i santi giorni. Almeno per una volta, fammi contento.»

«Fai come credi.»

Nei mesi precedenti, la mia ambigua amicizia con Clara si era ulteriormente complicata. Ormai non leggevo quasi più per lei, e lei evitava in tutti i modi di rimanere da sola con me. Quando andavo a trovarla, o mi imbattevo nello zio che fingeva di leggere il giornale o si materializzava Bernarda, indaffarata e inquisitoria. Altre volte, invece, era con una o più amiche, signorine vereconde che io chiamavo le sorelle Anisetta. Armate di messale, vegliavano sulla virtù di Clara bersagliando il sottoscritto di occhiate torve che la dicevano lunga sull'inopportunità della mia presenza in quella casa, una vergogna per Clara e per il mondo. Ma la presenza più fastidiosa era quella del maestro Neri, con la sua maledetta sinfonia ancora incompiuta. Era un bellimbusto di San Gervasio che si atteggiava a novello Mozart ma a me, imbrillantinato com'era, ricordava piuttosto Carlos Gardel. Inoltre, mi sembrava che del genio avesse solo il brutto carattere. Adulava spudoratamente don Gustavo e faceva il cascamorto con Bernarda in cucina, mentre lei ridacchiava perché le regalava dei confetti o le toccava il sedere. In poche parole, lo detestavo cordialmente e l'antipatia era reciproca. Neri arrivava con le sue partiture e i suoi modi arroganti e mi trattava come fossi un inserviente, ricorrendo a ogni tipo di scusa per liberarsi di me.

«Non hai dei compiti da fare, *ragazzino*?»

«E lei, *maestro*, non doveva terminare una sinfonia?»

Per una ragione o per l'altra queste presenze avevano sempre la meglio. Sconfitto, battevo in ritirata, a capo chino, desiderando di avere la parlantina di don Gustavo per dire il fatto suo a quel presuntuoso.

Il giorno del compleanno, mio padre comprò dal nostro fornaio il dolce migliore e apparecchiò la tavola con le posate d'argento e il servizio buono. Accese delle candele e preparò quelli che supponeva fossero i miei piatti preferiti. Per tutto il pomeriggio non scambiammo una sola parola. Verso sera, lui si ritirò in camera, indossò il suo abito più elegante e ricomparve con un pacchetto che appoggiò sul tavolino del soggiorno. Il mio regalo. Si sedette a tavola, si versò un bicchiere di vino bianco e attese. L'invito era per le otto e mezzo, ma un'ora più tardi stavamo ancora aspettando gli ospiti. Mio padre mi osservava con profonda tristezza, senza dire nulla. Io ero furibondo.

«Sarai soddisfatto» dissi. «Non era quel che volevi?»

«No.»

Bernarda arrivò verso le dieci con una faccia da funerale e un messaggio della signorina Clara: mi faceva tanti auguri, ma purtroppo non poteva partecipare alla mia cena di compleanno. Il signor Barceló era fuori città per impegni di lavoro e Clara aveva dovuto cambiare l'orario della lezione di musica con il maestro Neri. Lei era passata perché era la sua serata libera.

«Clara non può venire perché ha una lezione di musica?» chiesi incredulo.

Bernarda abbassò gli occhi. Mi tese un pacchettino, mi diede un bacio sulle guance e le venne da piangere.

«Se non le piace, può cambiarlo» disse.

Rimasi solo con mio padre, a fissare il servizio buono, le posate d'argento e le candele che si consumavano in silenzio.

«Mi dispiace, Daniel» mormorò mio padre.

Annuii scrollando le spalle.

«Non apri il tuo regalo?» mi chiese.

Gli risposi sbattendo la porta di casa. Corsi giù per le scale e nella strada fredda e deserta, appena rischiarata dalla luce azzurrina dei lampioni, mi accorsi di trattenere a stento le lacrime, lacrime di rabbia. Avevo il cuore gonfio d'ira e lo sguardo come velato. Mi misi a camminare e non mi accorsi dello sconosciuto che mi osservava, immobile, dalla Puerta del Ángel. Era vestito di scuro, teneva la mano destra infilata nella tasca della giacca e i suoi occhi brillavano nel tenue bagliore della sigaretta. Zoppicando leggermente, mi seguì.

Dopo aver girovagato per un po' mi ritrovai ai piedi del monumento a Cristoforo Colombo, e allora andai a sedermi sui gradini che si tuffavano nell'acqua scura del porto, accanto al molo dei battelli turistici, le *golondrinas*. Qualcuno aveva organizzato un'escursione notturna e dalla processione di luci giungeva un'eco di musica e risate. Mi ricordai di quando mio padre e io andavamo fino al frangiflutti per guardare dal mare il cimitero sulla collina di Montjuïc, la sconfinata città dei morti. A volte salutavo la mamma con la mano, convinto che abitasse ancora lì e ci vedesse passare; mio padre mi imitava. Erano anni, ormai, che non salivamo insieme su una *golondrina*, ma sapevo che lui, ogni tanto, la prendeva da solo.

«È la notte ideale per i rimorsi, Daniel» disse una voce nell'oscurità. «Una sigaretta?»

Mi alzai di scatto, scosso da un brivido. Una mano usciva dalle tenebre e mi tendeva una sigaretta.

«Chi è lei?»

Lo sconosciuto fece un passo avanti senza però mostrare il volto. Una nuvola di fumo azzurro si levava dalla sigaretta. Riconobbi l'abito nero e la mano infilata nella tasca della giacca. I suoi occhi luccicavano come perle di vetro.

«Un amico» disse. «O almeno ci terrei a esserlo. Sigaretta?»

«Non fumo.»

«Fai bene, ma purtroppo non ho altro da offrirti, Daniel.»

Parlava con una voce roca e una pronuncia strascicata. Era

un suono fioco e remoto, come i dischi a settantotto giri collezionati da Barceló.

«Come sa il mio nome?»

«So molte cose di te. Il nome è quella meno importante.»

«Che altro sa?»

«Potrei farti arrossire di vergogna, ma non ne ho né il tempo né la voglia. Sappi solo che possiedi un oggetto che mi interessa. E per averlo sono disposto a pagare bene.»

«Ho l'impressione che mi abbia preso per qualcun altro.»

«Io non sbaglio mai persona. Su altre cose posso aver commesso degli errori, lo ammetto, ma non ho mai sbagliato persona. Quanto vuoi?»

«Per cosa?»

«*L'ombra del vento.*»

«Perché dovrei averlo io?»

«Non fare il furbo, Daniel. È solo una questione di prezzo. So bene che il libro è nelle tue mani. La gente parla e io ascolto.»

«Be', deve aver capito male. Non possiedo quel libro, e se anche l'avessi non lo venderei.»

«La tua coerenza è ammirevole, soprattutto in un mondo di baciapile e leccaculo, ma non vale la pena di fare la commedia con me. Quanto vuoi? Cinquemila pesetas? Io non do importanza al denaro. Il prezzo lo stabilisci tu.»

«Gliel'ho già detto: non è in vendita e non lo possiedo» risposi. «Glielo ripeto, si è sbagliato.»

Lo sconosciuto rimase in silenzio, immobile, avvolto nel fumo di una sigaretta che sembrava interminabile. I suoi abiti non emanavano odore di tabacco, ma piuttosto di carta bruciata, carta di buona qualità, come quella che si usa per i libri.

«Forse a sbagliarti sei tu» obiettò.

«Mi sta minacciando?»

«Può darsi.»

Deglutii. A dispetto della mia spavalderia, ero terrorizzato.

«Posso almeno sapere perché le interessa tanto quel libro?»

«Sono fatti miei.»

«Anche miei, dal momento che mi sta minacciando perché le venda un oggetto che non possiedo.»

«Mi sei simpatico, Daniel. Hai del fegato e sembri un tipo sveglio. Cinquemila? Potresti comprarti molti libri, tanti bei libri, non come quella porcheria che ti ostini a tener nascosta. Avanti, cinquemila pesetas e amici come prima.»

«Lei e io non siamo amici.»

«Sì, invece, ma non te ne sei ancora reso conto. Non è colpa tua, con tutti i grattacapi che hai. La tua amica Clara, ad esempio. Chi non perderebbe la testa per una donna così?»

Mi sentii gelare il sangue.

«Cosa ne sa lei di Clara?»

«Ne so molto più di te, oserei dire, e penso che ti converrebbe dimenticarla, benché sia certo che non lo farai. Anch'io ho avuto sedici anni...»

Mi invase un'angosciosa certezza. Era lui lo sconosciuto che avvicinava Clara per strada. Allora era vero, lei non mi aveva mentito. L'uomo senza nome fece un passo avanti. Io indietreggiai: non avevo mai avuto tanta paura in vita mia.

«Il libro non ce l'ha Clara, tanto vale che lo sappia. E non si azzardi mai più a toccarla.»

«Non mi importa nulla della tua amica, Daniel, e anche per te un giorno sarà così. Io voglio il libro e preferisco ottenerlo con le buone, senza fare del male a nessuno. Mi spiego?»

A corto di idee, mentii da vero vigliacco.

«Il libro ce l'ha un certo Adrián Neri, un musicista. Il nome le dice qualcosa?»

«Mai sentito, ed è quanto di peggio si possa dire di un musicista. Sicuro di non essertelo inventato?»

«Magari.»

«Allora, dal momento che siete in contatto, non avrai difficoltà a fartelo restituire. Questo genere di cose, tra amici, si risolve facilmente. O preferisci che lo chieda a Clara?»

Scossi nervosamente la testa.

«Parlerò con Neri, ma dubito che me lo restituirà. Non sono neanche sicuro che ce l'abbia ancora» dissi. «Ma perché vuole quel libro? Non mi dirà che è solo per leggerlo.»

«No, lo conosco a memoria.»

«È un collezionista?»

«Diciamo di sì.»

«Possiede altri libri di Carax?»

«Un tempo ne avevo. Sono un esperto di Julián Carax. Giro il mondo in cerca dei suoi romanzi.»

«E cosa se ne fa se non li legge?»

Lo sconosciuto emise un rantolo sordo. Solo dopo qualche secondo mi accorsi che stava ridendo.

«L'unica cosa che si deve fare, Daniel» rispose.

Tirò fuori una scatola di cerini dalla tasca, ne prese uno e lo accese. La fiamma gli illuminò il volto. Rimasi pietrificato. Era privo del naso, delle labbra e delle palpebre. Il suo viso era una maschera di cuoio scuro e spesso, una faccia divorata dal fuoco. Era quella la ruvida maschera che Clara aveva sfiorato con le dita.

«Bruciarli» sussurrò, con la voce e lo sguardo carichi di odio.

Un soffio di vento spense il cerino e il suo viso sparì nell'oscurità.

«Ci rivedremo, Daniel. Io non dimentico mai un volto e credo che da stanotte questo valga anche per te» disse con molta tranquillità. «Sono certo che prenderai la decisione giusta per il tuo bene, e per quello della tua amica Clara, e chiarirai la faccenda con quel Neri, che dal nome dev'essere uno spocchioso. Al tuo posto, non mi fiderei di lui.»

Senza aggiungere altro, lo sconosciuto si girò e, sogghignando, si dileguò nel buio del porto.

8

Una coltre di nubi che sprigionavano elettricità si stava avvicinando rapidamente dal mare. Avrei voluto mettermi a correre per non farmi sorprendere dal temporale, ma le parole di quell'individuo mi rimbombavano nella mente e rallentavano i miei movimenti. Guardai il cielo: la bufera si insinuava tra le nubi come una chiazza di sangue nero, oscurando la luna e stendendo un manto di tenebre sui tetti e sulle facciate delle case. Tentai di camminare più in fretta, ma l'angoscia aveva reso le mie gambe pesanti come il piombo. Mi riparai sotto la tettoia di un'edicola, intenzionato a mettere ordine nei miei pensieri e a decidere cosa fare. Dal porto arrivò il fragore di un tuono, simile al ruggito di un drago, e la terra tremò sotto i miei piedi. Un attimo dopo, sui marciapiedi pieni di pozzanghere i lampioni si spensero tremolando come candele. In giro non c'era anima viva; si sentiva solo il gorgogliare delle canalette di scolo che riversavano nelle fognature un'acqua putrida. La notte era nera come la pece, la pioggia un sudario. "Chi non perderebbe la testa per una donna così?" Risalii di corsa la rambla con un solo pensiero in mente: Clara.

Bernarda aveva detto che Barceló era fuori città per affari e lei di solito trascorreva la notte del suo giorno libero in casa di sua zia Reme e delle cugine a San Adrián del Besós. Dunque Clara era sola nel grande appartamento di plaza Real, alla mercé di un individuo senza volto che si aggirava per la città deserta con chissà quali propositi. Mentre correvo verso plaza Real, non riuscivo a togliermi dalla testa l'idea che regalando il libro di Carax a Clara l'avevo messa in pericolo. Arrivai nella piazza bagnato fradicio. Sotto i portici di calle Fernando, ombre furtive scivolavano lungo i muri. Mendicanti. Il portone era chiuso. Cercai le chiavi che Barceló mi aveva dato e che tenevo insieme a quelle di casa mia. Uno dei vagabondi si avvicinò per chiedermi se gli lasciavo passare la notte nell'atrio. Gli chiusi la porta in faccia prima ancora che potesse terminare la frase.

La rampa delle scale era un pozzo d'ombra, rischiarato a tratti dal bagliore dei lampi. Avanzai a tentoni e rischiai di inciampare nel primo gradino. Afferrai saldamente il corrimano e raggiunsi il pianerottolo. Tastai i muri di marmo freddo, ostile, e trovai gli stipiti dell'uscio massiccio e il batacchio di ottone; poi, individuata la toppa della serratura, introdussi la chiave. La porta si spalancò. Mi accolsero un riflesso di luce azzurrina e una gradevole folata di aria tiepida. La stanza di Bernarda si trovava sul retro dell'appartamento, accanto alla cucina. Mi avviai in quella direzione, pur sapendo che la domestica non c'era. Bussai alla porta e, dato che nessuno rispondeva, mi permisi di aprirla. Era una stanza semplice, con un grande letto, un armadio di legno scuro con gli specchi fumé e un comodino su cui Bernarda aveva schierato un battaglione di santi, madonne e immagini sacre. Richiusi la porta della stanza, mi girai e credetti di morire d'infarto: una decina di occhi azzurri e rossastri avanzavano verso di me dal fondo del corridoio. Erano i gatti di Barceló, che mi conoscevano e tolleravano la mia presenza. Un attimo dopo ero circondato da un coro di miagolii sommessi. Avendo constatato che i miei abiti fradici non emettevano alcun calore, i felini si allontanarono.

La stanza di Clara si trovava sul lato opposto dell'appartamento, di fianco alla biblioteca e alla sala da musica. I passi felpati dei gatti mi seguirono lungo il corridoio. Nella penombra squarciata dai lampi, l'appartamento dei Barceló appariva sinistro, ben diverso dall'accogliente rifugio che ormai consideravo la mia seconda casa. Raggiunsi le stanze che si affacciavano sulla piazza e mi ritrovai nella serra dei Barceló. Mentre mi aprivo un varco tra il fogliame, mi assalì un dubbio angoscioso: se lo sconosciuto senza volto fosse riuscito a introdursi nell'appartamento, la serra sarebbe stata il luogo ideale per tendermi un agguato. Mi parve di cogliere nell'aria quel suo odore di carta bruciata: no, era un aroma di tabacco. Fui colto dal panico. In quella casa nessuno fumava e la pipa di Barceló, sempre spenta, era solo un gingillo.

In effetti, nella sala da musica aleggiavano volute di fumo. Il coperchio del pianoforte era sollevato. Attraversai la stanza e aprii la porta della biblioteca. Il chiarore che filtrava dalla veranda fu un sollievo. Le pareti, tappezzate di scaffali colmi di libri, formavano un ovale al cui centro troneggiavano un tavolo da lettura e due poltrone da maresciallo di campo. Sapevo che Clara teneva il romanzo di Carax in una vetrinetta accanto all'arco della veranda. Mi avvicinai senza far rumore. Ero intenzionato a prendere il volume per consegnarlo a quel pazzo, così non ne avrei più sentito parlare. Nessuno si sarebbe accorto che mancava, eccetto il sottoscritto.

Il libro di Julián Carax mi aspettava, come sempre, all'estremità di un ripiano. Lo strinsi al petto, come se abbracciassi un vecchio amico che ero stato sul punto di tradire. Sono un giuda, pensai. Me ne sarei andato alla chetichella così come ero entrato. Avrei portato via il libro e sarei scomparso per sempre dalla vita di Clara Barceló. Uscii dalla biblioteca e guardai verso la stanza di Clara, in fondo al corridoio. La immaginai a letto, addormentata. Immaginai di accarezzarle il lungo collo e di esplorare con la punta delle dita quel corpo che aveva turbato la mia giovane esistenza. Me ne stavo andando, rassegnato a lasciarmi alle spalle sei anni di chimere, quando udii un mormorio: una voce profonda sussurrava e rideva nella stanza di Clara. Mi avvicinai pian piano e afferrai il pomolo dell'uscio con le mani che tremavano. Non potevo più tornare indietro: mi feci coraggio e spalancai la porta.

9

Clara giaceva nuda sulle lenzuola candide che rilucevano come seta bagnata. Le mani del maestro Neri le accarezzavano le labbra, il collo e il seno. I suoi occhi inanimati fissavano il soffitto e il suo corpo accoglieva avido gli affondi con cui il professore di musica la penetrava fra le cosce pallide e trementi. Le dita che sei anni prima avevano esplorato il mio viso nella penombra della biblioteca universitaria ora afferravano le natiche del maestro, madide di sudore, conficcandogli le unghie nella carne con un desiderio disperato, animalesco. Sentii che mi mancava l'aria. Li osservai per forse mezzo minuto fin quando lo sguardo di Neri, dapprima incredulo, poi furioso, si posò su di me. Si fermò, ansimando. Clara, interdetta, si strinse al corpo dell'amante, leccandogli il collo.

«Cosa c'è?» gemette. «Perché ti sei fermato?»

Gli occhi di Adrián Neri ardevano di rabbia.

«Aspetta» mormorò. «Torno subito.»

Neri scese dal letto e si avventò contro di me. Non me ne accorsi neppure. Non riuscivo a distogliere lo sguardo da Clara, sudata e ansimante, le costole visibili sotto la pelle e i seni trementi di piacere. Il professore di musica mi agguantò per il collo e mi portò fuori dalla stanza di peso. Per quanto mi dimenassi, non riuscivo a liberarmi dalla stretta di Neri, che mi trascinava lungo i corridoi come un sacco di stracci.

«Ti spacco le ossa, disgraziato» sibilò.

Aprì la porta e mi scaraventò sul pianerottolo. Il libro di Carax mi cadde dalle mani. Lui lo raccolse e me lo gettò in faccia.

«Se ti vedo ancora da queste parti o se vengo a sapere che hai avvicinato Clara per strada, giuro che ti spedisco in ospedale. Ti spacco la faccia e me ne infischio della tua età» disse. «È chiaro?»

Mi rialzai a fatica, con uno strappo nella giacca e l'orgoglio a brandelli.

«Come hai fatto a entrare?»

Non risposi. Neri sospirò, scuotendo la testa.

«Su, dammi le chiavi» ringhiò.

«Che chiavi?»

Bastò un manrovescio per farmi finire a tappeto. Mi rialzai con la bocca sanguinante e un ronzio all'orecchio sinistro, fastidioso come il fischio di un vigile urbano. Mi toccai il viso e mi accorsi di avere un labbro rotto. All'anulare del professore di musica brillava un anello con sigillo, macchiato di sangue.

«Le chiavi, ti ho detto.»

«Vada a farsi fottere» sputai.

Non vidi arrivare il cazzotto. Fu solo come se una mazza mi avesse sfondato lo stomaco. Mi accasciai come un pupazzo rotto, scivolando lungo la parete. Neri mi tirò su prendendomi per i capelli, mi frugò nelle tasche e si impossessò delle chiavi. Io caddi a terra, reggendomi lo stomaco con le mani e piagnucolando per il dolore o forse per la rabbia.

«Dica a Clara che...»

Mi sbatté la porta in faccia e mi ritrovai al buio. Cercai il libro nell'oscurità e tenendolo ben stretto scesi le scale rasentando i muri. Una volta fuori sputai sangue e respirai profondamente. Il freddo e il vento della notte penetrarono attraverso i miei vestiti inzuppati. Il taglio sul labbro bruciava.

«Si sente bene?» mi chiese una voce nell'ombra.

Era il vagabondo a cui avevo negato il mio aiuto poco prima. Lo rassicurai, vergognandomi da morire. Poi feci per andarmene.

«Aspetti almeno che spiova» suggerì il vagabondo.

Mi prese per un braccio e mi condusse nell'angolo del portico dove teneva un fagotto e un sacco pieno di abiti vecchi e sporchi.

«Ho del vino. Non è cattivo. Ne beva un sorso, la riscalderà. E servirà a disinfettare quella ferita.»

Bevvi un sorso dalla bottiglia che mi tendeva. Sapeva di gasolio misto ad aceto, ma il calore dell'alcol mi calmò i nervi e lo stomaco. Qualche goccia cadde sulla ferita e io riuscii a vedere stelle nella notte più cupa della mia vita.

«Buono, vero?» sorrise il barbone. «Coraggio, ne beva un altro sorso, che questo intruglio resuscita i morti.»

«No, grazie. Tenga» mormorai.

L'uomo bevve a garganella. Sembrava un impiegato ministeriale che non si fosse cambiato d'abito da quindici anni. Mi tese la mano e io gliela strinsi.

«Fermín Romero de Torres, attualmente disoccupato. Molto piacere.»

«Daniel Sempere, idiota integrale. Il piacere è mio.»

«Non si sottovaluti. In una notte come questa le cose sembrano peggiori di quel che sono. Guardi me, nonostante tutto sono ottimista. Sono convinto che il regime abbia i giorni contati e, in base agli indizi di cui dispongo, ritengo che gli americani non tarderanno a liberarci e a rispedire Franco a Melilla, dove aprirà un chiosco di bibite. Così potrò riavere il mio lavoro, la mia reputazione e il mio onore.»

«Di cosa si occupava?»

«Servizi segreti. Spionaggio di alto livello» dichiarò Fermín Romero de Torres. «Le posso solo dire che ero l'uomo di Maciá all'Avana.»

Un altro pazzo. Le notti di Barcellona ne offrivano un vasto campionario. Per non parlare degli idioti come me.

«Senta, quel taglio è proprio brutto. L'hanno conciata per le feste, eh?»

Mi sfiorai le labbra che sanguinavano ancora.

«C'entra una donna?» chiese. «Poteva risparmiarselo. In

questo paese, creda a me che ho girato il mondo, sono tutte frigide e bigotte. Proprio così. Se penso alla mulatta che ho lasciato a Cuba... Una cosa da non crederci. Da non crederci. Nei Caraibi la femmina ti conquista a passo di danza, ti si incolla addosso e ti sussurra: "*Ay papito*, fammi godere, fammi godere" e a un vero uomo, col sangue che gli bolle nelle vene, non resta che...»

Mi parve che Fermín Romero de Torres, o comunque si chiamasse, desiderasse un degno interlocutore almeno quanto un bagno caldo, un piatto di salsiccia con lenticchie e abiti puliti. Gli diedi retta per un po', aspettando che il dolore si calmasse. Non mi costò molta fatica, perché quel poveruomo aveva solo bisogno di qualcuno che facesse finta di ascoltarlo. Si apprestava a raccontarmi i dettagli tecnici di un piano per sequestrare la moglie di Franco quando notai che il temporale si spostava lentamente verso nord.

«Si sta facendo tardi» dissi rialzandomi.

Fermín Romero de Torres annuì tristemente e mi aiutò a tirarmi su, spazzolando via dai miei abiti inzuppati una polvere inesistente.

«Sarà per un'altra volta» concluse. «Sono troppo loquace. Comincio a parlare e... senta, a proposito del sequestro, che rimanga tra noi, eh?»

«Non si preoccupi. Sarò una tomba. E grazie per il vino.»

Mi avviai in direzione delle ramblas e dall'ingresso della piazza mi voltai a guardare le finestre buie dei Barceló. Avrei voluto odiare Clara, ma non ne ero capace. Il vero odio è un sentimento che si impara col tempo.

Giurai a me stesso che non l'avrei mai più rivista né nominata, che l'avrei cancellata dai miei ricordi. Stranamente, ero sereno. La furia che mi aveva spinto a uscire di casa in piena notte era svanita. Temetti che si sarebbe ripresentata, ancora più violenta, il giorno successivo; temetti di soccombere, vittima della gelosia e della vergogna, quando le esperienze vissute quella notte si fossero sedimentate nel mio cuore. Mancavano poche ore all'alba e mi rimaneva ancora una cosa da fare, prima di tornare a casa con la coscienza tranquilla.

Calle Arco del Teatro era una fenditura nella penombra. Un rivolo d'acqua sporca scorreva nel bel mezzo della via penetrando nel cuore del Raval come un corteo funebre. Ritrovai il vecchio portone di legno e la facciata barocca dove, sei anni prima, mi aveva portato mio padre. Mi riparai dalla pioggia sotto il portone che puzzava di piscio e legno umido. Il Cimitero dei Libri Dimenticati emanava più che mai un odore di morte. Non ricordavo il batacchio raffigurante il volto di un diavoletto; lo afferrai per le corna e bussai tre volte. All'interno risuonò l'eco dei colpi. Bussai altre sei volte, più forte, fin quando sentii una fitta alla mano. Trascorsero vari minuti e cominciai a pensare che in quel luogo non abitasse più nessuno. Mi rannicchiai contro la porta e presi il libro di Carax dalla giacca. Lo aprii e rilessi le prime righe:

Quell'estate piovve tutti i giorni, e anche se molti sostenevano che era una punizione divina perché in paese avevano aperto un casinò di fianco alla chiesa, io sapevo che la colpa era mia e soltanto mia, perché avevo imparato a mentire e le mie labbra conservavano ancora le ultime parole di mia madre: non ho mai amato l'uomo che ho sposato, ma un altro. Mi hanno ingannata dicendomi che era caduto in guerra. Cercalo e digli che sono morta pensando a lui, perché è lui il tuo vero padre.

Sorrisi al ricordo della lettura febbrile di quella lontana notte d'estate. Chiusi il libro e mi disposi a bussare per la terza e ultima volta. Non avevo ancora sfiorato il batacchio che il portone si aprì quanto bastava per mostrare il profilo del guardiano, illuminato da un lume a olio.

«Salve» sussurrai. «Isaac, vero?»

Lui mi osservò impassibile. Il chiarore della lanterna metteva in risalto i suoi lineamenti spigolosi e gli conferiva un'indubbia somiglianza col diavoletto del batacchio.

«Lei è Sempere figlio» disse.

«Ha un'eccellente memoria.»

«E lei non ha nessuna decenza. Lo sa che ore sono?»

Il suo sguardo acuto aveva già individuato la presenza di un libro sotto la mia giacca. Mi fece un cenno interrogativo. Glielo mostrai.

«Carax» disse. «Le persone che in questa città sanno chi è o hanno letto questo romanzo non arrivano a dieci.»

«Ma una di loro si sta dando da fare per bruciarlo. Non riesco a immaginare un nascondiglio più sicuro di questo.»

«Questo è un cimitero, non una cassaforte.»

«Proprio così. Il libro deve essere sepolto dove nessuno lo può trovare.»

Isaac si guardò intorno e mi fece segno di sgusciare dentro. L'atrio, buio come l'altra volta, odorava di cera bruciata e di umidità. Si udiva un gocciolio intermittente. Isaac mi chiese di reggere il lume mentre lui pescava dalla sua palandrana un mazzo di chiavi che avrebbe suscitato l'invidia di un secondino. Senza la minima incertezza, trovò quella giusta e la introdusse in un chiavistello protetto da una corazza trasparente piena di relais e ruote dentate che sembrava un enorme carillon. L'ingranaggio, quasi fosse un robot, schioccò rumorosamente e mise in moto una serie di leve che diedero vita a un incredibile balletto meccanico, bloccando il portone con un tramaglio di sbarre d'acciaio che si incastravano in una serie di orifizi del muro.

«Neanche fosse il Banco de España» commentai. «Sembra un'invenzione uscita dai libri di Jules Verne.»

«Di Kafka» precisò Isaac, mentre riprendeva il lume e si dirigeva verso l'interno dell'edificio. «Quando si renderà conto che i libri fanno compagnia ma portano solo miseria e deciderà di svaligiare una banca o di fondarne una, che è lo stesso, venga a trovarmi e le spiegherò un paio di cose su chiavistelli e serrature.»

Lo seguii lungo i corridoi affrescati con angeli e figure mitologiche. La lanterna proiettava una debole luce rossastra. Isaac zoppicava un po', e la sua palandrana di flanella sfilacciata aveva l'aspetto di un drappo funerario. Mi venne da pensare che quel personaggio, una via di mezzo tra Caronte e il bibliotecario di Alessandria, si sarebbe trovato a suo agio tra le pagine di un libro di Julián Carax.

«Cosa sa di Carax?» domandai.

Isaac si fermò in fondo al corridoio e mi guardò con aria indifferente.

«Non molto. So quello che mi hanno raccontato.»

«Chi?»

«Una persona che l'ha conosciuto bene. O almeno così credeva.»

Sentii una fitta al cuore.

«Quando è successo?»

«Quando avevo ancora tutti i capelli. Lei era in fasce e, a dire il vero, non mi sembra che abbia fatto molti progressi. Si guardi: sta tremando come una foglia» disse.

«Ho i vestiti bagnati e qui dentro fa molto freddo.»

«La prossima volta mi avvisi, così accenderò il riscaldamento per poterla ricevere con tutti gli onori, visto che è tanto cagionevole. Venga, andiamo nel mio ufficio. Lì c'è una stufa. Le darò qualcosa da mettersi addosso mentre le si asciugano i vestiti. E anche un po' di mercurocromo e di acqua ossigenata, dato che sembra appena uscito dal commissariato di Vía Layetana.»

«Non si disturbi, davvero.»

«Nessun disturbo. Lo faccio per me, non per lei. Qui dentro sono io a imporre le regole, e gli unici morti sono i libri. Ci mancherebbe solo che si pigliasse una polmonite e mi toccasse chiamare l'obitorio. Del libro ci occuperemo più tardi. In trentotto anni non ne ho ancora visto uno che si metta a correre.»

«Non sa quanto le sono grato...»

«Non dica sciocchezze. Se l'ho fatta entrare è perché ho grande stima di suo padre, sennò l'avrei lasciata sulla porta. Abbia la cortesia di seguirmi. Se fa il bravo, può darsi che le racconti quello che so del suo amico Julián Carax.»

Fu allora, mentre credeva che non potessi vederlo, che scorsi sulle sue labbra un sorriso da furfante: Isaac si divertiva a interpretare il suo ruolo di sinistro cerbero. Anch'io sorrisi. Ormai non avevo più dubbi: il volto da diavoletto del batacchio era il suo.

10

Isaac mi mise sulle spalle un paio di coperte leggere e mi offrì una bevanda fumante che sapeva di cioccolata e ratafià.

«Mi stava dicendo di Carax...»

«Non c'è molto da dire. La prima persona che me ne parlò fu Toni Cabestany, l'editore. È stato vent'anni fa, quando ancora esisteva la casa editrice. Ogni volta che tornava da un viaggio a Londra, a Parigi o a Vienna, Cabestany mi veniva a trovare per fare quattro chiacchiere. Eravamo rimasti vedovi tutti e due e lui si lamentava che ormai eravamo sposati coi libri, io con quelli vecchi e lui con quelli contabili. Eravamo buoni amici. Una volta mi raccontò che aveva appena acquistato per quattro soldi i diritti dei romanzi di un certo Julian Carax, un barcellonese che viveva a Parigi. Credo che fosse il 1928 o il 1929. A quanto pare, Carax di notte suonava il piano in un bordello di infima categoria a Pigalle e di giorno scriveva romanzi in una soffitta miserabile di Saint-Germain. Parigi è l'unica città al mondo in cui morire di fame è ancora considerata un'arte. In Francia, Carax aveva pubblicato un paio di romanzi che dal punto di vista commerciale erano stati un fallimento. A Parigi era un illustre sconosciuto, ma Cabestany era tirchio.»

«Carax scriveva in spagnolo o in francese?»

«Chi lo sa, probabilmente in entrambe le lingue. Sua madre era francese, insegnante di musica, credo, e lui viveva a Parigi da quando aveva diciannove o vent'anni. La casa editrice riceveva i manoscritti in spagnolo; che fossero una traduzione o l'originale non faceva differenza. La lingua preferita da Cabestany era quella dei soldi, il resto aveva poca importanza. Si era illuso di poter piazzare qualche migliaio di copie sul mercato spagnolo.»

«E invece?»

Isaac aggrottò la fronte e mi versò un'altra tazza di quella bevanda corroborante.

«*La casa rossa*, quello che ha venduto di più, deve aver sfiorato le novanta copie.»

«E continuò a pubblicare Carax anche se ci perdeva?»

«Proprio così, e non so spiegarmi il perché. Cabestany non era quel che si dice un romantico. Ma ogni uomo custodisce dei segreti... Tra il 1928 e il 1936 gli pubblicò otto romanzi. In realtà Cabestany faceva i soldi con i catechismi e una collana di romanzi d'appendice per signorine che avevano come protagonista Violeta LaFleur, un'eroina di provincia, e che si vendevano molto bene nelle edicole. I libri di Carax li pubblicava per il puro piacere di farlo e per confutare le teorie di Darwin.»

«Che ne è stato del signor Cabestany?»

Isaac sospirò alzando gli occhi al cielo.

«L'età ha presentato il conto anche a lui. Si ammalò ed ebbe qualche problema economico. Nel 1936, il figlio maggiore gli subentrò nella direzione della casa editrice, ma era uno di quelli che non sono neanche capaci di leggere l'etichetta delle mutande. L'impresa fallì in meno di un anno. Per fortuna, a Cabestany fu risparmiato di vedere i suoi eredi che distruggevano il frutto di una vita di lavoro e la guerra che devastava il paese. L'ha ucciso un'embolia la notte di Ognissanti, mentre fumava un Cohiba e teneva sulle ginocchia una ragazza di venticinque anni. Il figlio era fatto di tutt'altra pasta, tronfio come sanno esserlo solo gli imbecilli. Anzitutto, cercò di vendere lo stock dei libri in catalogo, l'eredità di suo padre, per trasformarli in cellulosa o qualcosa di simile. Un amico, anche lui pieno di sé, con una villa a Caldetas e una Bugatti, lo aveva convinto che i fotoromanzi e il *Mein Kampf* si sarebbero venduti come il pane e che avrebbe avuto bisogno di grandi quantità di cellulosa per soddisfare le richieste.»

«E poi?»

«Non ebbe il tempo di realizzare quel progetto. Un giorno si presentò un tale che gli fece una proposta molto generosa. Voleva comprare tutti i romanzi di Julián Carax ancora invenduti e si offriva di pagarli il triplo del loro valore.»

«Non mi dica altro. Per bruciarli» mormorai.

Isaac sorrise, sorpreso.

«Sì. Allora non è vero che non sapeva niente.»

«Chi era quella persona?»

«Un certo Aubert o Coubert, non ricordo bene.»

«Laín Coubert?»

«Lo conosce?»

«È il nome di un personaggio di *L'ombra del vento*, l'ultimo romanzo di Carax.»

Isaac si accigliò.

«Un personaggio di finzione?»

«Nel romanzo, Laín Coubert è il nome usato dal diavolo» dissi.

«Un tantino teatrale, direi. Ma chiunque fosse, non si può negare che avesse un senso dell'umorismo notevole» affermò Isaac.

Ricordando il mio recente incontro con lo sconosciuto, non riuscii a trovargli alcuna qualità, ma non volli contraddire Isaac.

«Quel tale, Coubert, o comunque si chiamasse, aveva il viso bruciato, sfigurato?» chiesi.

Isaac mi lanciò uno sguardo tra l'ironico e il preoccupato.

«Non ne ho la più pallida idea. La persona che mi ha riferito la storia non l'ha mai visto e ne è venuta a conoscenza perché Cabestany figlio, il giorno dopo, lo ha raccontato alla sua segretaria. Non ho mai sentito parlare di facce bruciate. Quel tipo sembra davvero uscito dalle pagine di un romanzo d'appendice.»

Scrollai la testa per sdrammatizzare.

«Com'è andata a finire? Il figlio dell'editore ha venduto i libri a Coubert?» domandai.

«Quell'idiota tronfio voleva fare il furbo. Chiese più soldi di quelli che Coubert gli aveva offerto e l'altro non accettò. Qualche giorno più tardi, di notte, il deposito della casa editrice Cabestany a Pueblo Nuevo bruciò fino alle fondamenta. E gratis.»

Sospirai.

«Cos'è successo ai libri di Carax? Sono andati tutti perduti?»

«Quasi tutti. Per fortuna, la segretaria di Cabestany, quando seppe della proposta, ebbe un presentimento e, di sua iniziativa, portò via dal deposito un esemplare di ogni romanzo di Carax. Era lei che teneva i contatti con lo scrittore e, nel corso degli anni, fra loro era nata una sorta di amicizia. Si chiamava Nuria e forse era l'unica persona della casa editrice, se non di tutta Barcellona, a leggere i romanzi di Carax. Nuria è attratta dalle cause perse. Da bambina portava a casa animali abbandonati. Poi si è messa ad adottare scrittori maledetti, forse perché suo padre avrebbe desiderato diventarlo e non ci è mai riuscito.»

«Ne parla come se la conoscesse bene.»

Isaac addolcì il suo ghigno da diavoletto.

«Più di quanto lei stessa creda. È mia figlia.»

Ero sempre più stupito.

«A quanto so, Carax tornò a Barcellona nel 1936. C'è chi sostiene che sia morto qui. Aveva ancora parenti in città? Qualcuno che possa darmi sue notizie?» chiesi.

«Temo di no. I genitori di Carax si erano separati parecchi anni prima, credo. La madre era partita per l'America del Sud e là si era risposata. Con il padre, che io sappia, non aveva contatti da quando era andato a Parigi.»

«Perché?»

«E che ne so? Alla gente piace complicarsi la vita, come se non fosse già abbastanza complicata.»

«Sa se è ancora vivo?»

«Me lo auguro, era più giovane di me. Ma io ormai esco poco e non leggo più i necrologi da anni, perché quelli che conosci muoiono come mosche e ci si rimane male. A dire il vero Carax era il cognome della madre, il padre si chiamava Fortuny. Di lui so solo che aveva una cappelleria nella Ronda de san Antonio e che non andava d'accordo col figlio.»

«Non potrebbe darsi, allora, che una volta tornato a Barcellona Carax si sia messo in contatto con sua figlia Nuria, dato che tra loro c'era una certa amicizia e lui non era in buoni rapporti col padre?»

Isaac fece una risata amara.

«Forse sono la persona meno indicata per risponderle. A un padre certe cose non si confidano. So che una volta, nel '32 o nel '33, Nuria andò a Parigi per conto di Cabestany e fu ospite di Julián Carax per un paio di settimane. Questo l'ho saputo da Cabestany, perché lei mi disse che aveva alloggiato in un hotel. All'epoca mia figlia era nubile e io avevo il sospetto che Carax si fosse preso una sbandata per lei. Nuria è il tipo di donna di cui ci si innamora a prima vista.»

«Intende dire che erano amanti?»

«Le piacciono i romanzi d'appendice, eh? Non mi sono mai intromesso nella vita privata di Nuria perché, a dire il vero, neppure la mia è immacolata. Se un giorno anche lei avrà una figlia, benedizione che non auguro a nessuno, in quanto è matematicamente certo che prima o poi le spezzerà il cuore, insomma, cosa stavo dicendo, sì, che se un giorno avrà una figlia, comincerà, senza rendersene conto, a dividere gli uomini in due categorie: i potenziali amanti e tutti gli altri. Chi lo nega, mente sapendo di mentire. Io avevo l'impressione che Carax appartenesse al primo gruppo, pertanto, che fosse un genio o un povero disgraziato, io l'ho sempre considerato un mascalzone.»

«Può essersi sbagliato.»

«Non si offenda, ma lei è ancora troppo giovane e in fatto di donne ha tanta esperienza quanta ne ho io a preparare *panellets*.

«Anche questo è vero» convenni. «Che fine hanno fatto i libri che sua figlia ha preso dal deposito?»

«Sono qui.»

«Qui?»

«Da dove crede sia saltato fuori il libro che ha scelto quando è venuto con suo padre?»

«Non capisco.»

«Be', è molto semplice. Una notte, poco dopo l'incendio del deposito di Cabestany, mia figlia Nuria venne qui. Era molto nervosa, diceva che quel tale, Coubert, la stava seguendo per impossessarsi dei libri e distruggerli. Nuria aveva pensato di nascondere qui i romanzi di Carax. Entrò nel salone e sparì nel labirinto come se volesse seppellire un tesoro. Non le chiesi dove li aveva nascosti e lei non me lo disse. Prima di andarsene mi promise che, non appena avesse rintracciato Carax, sarebbe tornata a riprendersi i libri. Ebbi l'impressione che fosse ancora innamorata di quell'uomo, e le domandai solo se lo aveva visto di recente, se aveva avuto sue notizie. Mi rispose che non ne sapeva più nulla da mesi, in pratica da quando le aveva spedito da Parigi le correzioni del manoscritto dell'ultimo romanzo. Non so se fosse sincera, ma so per certo che da quel giorno Nuria non ebbe più notizie di Carax e che i libri rimasero qui, a far polvere.»

«Pensa che sua figlia sarebbe disposta a parlare con me di questa storia?»

«Mah, se si tratta di parlare mia figlia è sempre disponibile. Mi chiedo se potrà raccontarle più di quanto non le abbia già detto il sottoscritto. È passato molto tempo. Le confesso che i nostri rapporti sono piuttosto freddi. Ci vediamo una volta al mese, pranziamo qui vicino e poi se ne va così com'è venuta. Anni fa si è sposata con un bravo ragazzo, un giornalista, un po' sventato, a dire il vero, di quelli che si mettono sempre nei guai per la politica, ma molto generoso. Si è sposata con il rito civile, senza invitare nessuno. Io l'ho saputo un mese dopo. Il marito si chiama Miquel. Qualcosa del genere. Suppongo che non sia orgogliosa di suo padre, e non la biasimo. Adesso è molto cambiata, pensi che ha addirittura imparato a lavorare a maglia e non si veste più come Simone de Beauvoir. Non mi stupirei se uno di questi giorni venissi a sapere che sono diventato nonno. Lei lavora in casa, traduce dal francese e dall'italiano. Chissà da chi ha ereditato questo talento, da me no di sicuro. Ecco, le scrivo l'indirizzo, ma forse non le conviene dire che la mando io.»

Isaac scarabocchiò qualche parola su un pezzo di giornale e me lo tese.

«La ringrazio. Chissà, magari ricorda qualcosa...»

Isaac sorrise mesto.

«Da bambina ricordava tutto. Tutto. Poi i figli crescono e non si sa più cosa pensano né cosa provano. Forse è giusto che sia così. Non le parli di quello che le ho raccontato, d'accordo?»

«Non si preoccupi. Secondo lei, pensa ancora a Carax?»

Isaac fece un lungo sospiro, abbassando lo sguardo.

«Come faccio a saperlo? Non so neanche se era veramente innamorata. È un segreto così intimo che non si confida a nessuno, e Nuria adesso è una donna sposata. Alla sua età, io avevo una fidanzatina che si chiamava Teresita Boadas e

71

cuciva grembiuli per le telerie Santamaría di calle Comercio. Aveva sedici anni, due meno di me, ed è stata il mio primo amore. Non mi guardi così, so bene che voi giovani non riuscite a credere che anche i vecchi hanno conosciuto l'amore. Il padre di Teresita vendeva ghiaccio al mercato del Borne ed era muto dalla nascita. Non può immaginare la mia paura il giorno in cui gli chiesi la mano della figlia e lui mi fissò negli occhi per cinque lunghissimi minuti, con un punteruolo in mano. Stavo risparmiando da due anni per comprare gli anelli quando Teresita si ammalò. Un'infezione che aveva preso al lavoro, a quanto pare. Sei mesi dopo morì di tubercolosi. Ricordo ancora i mugolii del muto durante il funerale al cimitero di Pueblo Nuevo.»

Isaac tacque. Io non mi azzardavo neppure a respirare. Un attimo dopo alzò gli occhi e mi sorrise.

«Stiamo parlando di cinquantacinque anni fa. Ma a essere sincero, non passa giorno senza che pensi a Teresita, alle nostre passeggiate fra i ruderi dell'Esposizione Universale del 1888 e a come mi canzonava quando le recitavo le poesie che componevo nel retrobottega della drogheria di mio zio Leopoldo. Mi ricordo persino il viso di una zingara che ci lesse la mano sulla spiaggia del Bogatell e ci disse che non ci saremmo mai separati. In un certo senso, era la verità. Cosa posso dirle? Sì, credo che Nuria pensi ancora a quell'uomo e non potrò mai perdonare Carax per questo. Lei è troppo giovane per sapere che queste sofferenze lasciano un segno indelebile. Se vuole il mio parere, penso che Carax fosse un seduttore e che si sia portato il cuore di mia figlia nella tomba o all'inferno. Le chiedo solo un favore: se riuscirà a parlare con Nuria o a vederla, mi faccia sapere come sta, se è felice. E se ha perdonato suo padre.»

Poco prima dell'alba, reggendo il lume a olio, mi addentrai per la seconda volta nel Cimitero dei Libri Dimenticati. Immaginavo la figlia di Isaac che camminava lungo gli stessi corridoi senza fine, mossa dalla mia identica volontà: salvare il libro. All'inizio credetti di poter ricordare il percorso compiuto la mattina in cui mio padre, tenendomi per mano, mi aveva accompagnato in quel luogo misterioso, ma ben presto dovetti accettare l'idea che era impossibile orientarsi in quell'intrico di corridoi. Per ben tre volte mi ostinai a seguire lo stesso cammino, sicuro di averlo memorizzato, e mi ritrovai al punto di partenza, dove c'era ad attendermi Isaac, sorridente.

«Pensa di tornare a riprenderselo, prima o poi?» chiese.

«Certo.»

«Allora potrebbe ricorrere a un piccolo trucco.»

«Un trucco?»

«Ragazzo mio, lei mi sembra un po' duro di comprendonio. Pensi al Minotauro.»

Ci misi un po' a capire il suggerimento. Isaac prese dalla tasca un vecchio temperino e me lo porse.

«Faccia una tacca ogni volta che imbocca un corridoio, un segno che solo lei possa riconoscere. È un legno vecchio e talmente pieno di graffi e di incisioni che se ne accorgerebbe solo chi sa quel che cerca.»

Seguii il suo consiglio e ripartii verso il cuore della struttura. Ogni volta che cambiavo direzione incidevo una C e una X sugli spigoli degli scaffali situati alla confluenza dei corridoi. Venti minuti dopo, nelle viscere dell'edificio, individuai il luogo in cui avrei seppellito il romanzo. Sulla mia destra avevo notato una lunga fila di volumi sull'alienazione dei beni, redatti dall'insigne Jovellanos, i quali, a mio parere, avrebbero sviato i sospetti delle menti più contorte. Ne spostai alcuni ed esaminai i libri della seconda fila. Sopra un letto di polvere riposavano diverse commedie di Moratín mentre una preziosa edizione di *Curial e Güelfa* se ne stava accanto al *Tractatus Logico Politicus* di Spinoza. Alla fine infilai il libro di Carax tra un bollettino di sentenze giudiziarie e alcuni romanzi di Juan Valera, un'antologia poetica del *Siglo de Oro* che decisi di portarmi via per guadagnare spazio. Mi accomiatai dal romanzo con un cenno d'intesa, quindi ricollocai sullo scaffale le opere di Jovellanos, murando il libro lì dietro.

Tornai sui miei passi seguendo le tacche che avevo inciso. Ma mentre avanzavo nella penombra, fui assalito dallo sconforto. Se infatti, per puro caso, io avevo scoperto tutto un mondo in un unico libro, tra gli innumerevoli conservati in quella necropoli, altre decine di migliaia sarebbero finiti

73

nel dimenticatoio. Ebbi la sensazione di essere circondato da milioni di pagine abbandonate, da anime e mondi senza padrone che si inabissavano in un oceano tenebroso mentre fuori di lì il genere umano, tanto più smemorato quanto più convinto di essere saggio, scivolava verso un inconsapevole oblio.

Tornai a casa all'alba. Aprii la porta in silenzio ed entrai senza accendere la luce. Dall'ingresso vidi la sala da pranzo con la tavola imbandita per la mia cena di compleanno. La torta, intatta, aspettava ancora di essere tagliata, il servizio buono di essere usato. Mio padre era seduto in poltrona e guardava la finestra. Era sveglio, indossava ancora il suo abito elegante e teneva fra le dita una sigaretta da cui si levavano pigre volute di fumo. Erano anni che non lo vedevo fumare.

«Buongiorno» sussurrò, mentre spegneva la sigaretta in un posacenere pieno di lunghi mozziconi.

Lo guardai senza rispondergli. I suoi occhi erano velati di tristezza.

«Clara ha telefonato varie volte ieri sera, un paio d'ore dopo che eri uscito» disse. «Sembrava preoccupata. Ha lasciato detto di richiamare, a qualsiasi ora.»

«Non ho intenzione di chiamarla né di rivederla» affermai.

Mio padre si limitò ad annuire in silenzio. Mi lasciai cadere su una sedia e guardai il pavimento.

«Dove sei stato?»

«In giro.»

«Mi hai fatto morire di paura.»

Nella sua voce non c'era tono di rimprovero, ma solo una profonda stanchezza.

«Lo so e mi dispiace» risposi.

«Cosa ti sei fatto al viso?»

«Sono scivolato sul marciapiede bagnato e sono caduto.»

«Quel marciapiede doveva avere un destro potente. Dobbiamo metterci qualcosa.»

«Non è niente. Non mi fa male» mentii. «Voglio solo dormire. Non mi reggo in piedi.»

«Prima di andare a letto apri almeno il tuo regalo» disse mio padre.

Mi indicò l'elegante confezione che la sera prima aveva posato sul tavolino della sala da pranzo. Esitai, poi, a un suo cenno, afferrai il pacchetto, lo soppesai e lo porsi a mio padre senza neanche aprirlo.

«Sarà meglio che tu lo restituisca. Non merito regali.»

«Si regala qualcosa per il piacere di farlo, non perché qualcuno lo meriti o meno» disse mio padre. «E ormai non posso più restituirlo. Aprilo.»

Scartai l'accurata confezione nella luce pallida del mattino. Era un astuccio di legno intagliato, rilucente, con bordi dorati. Si aprì con un suono squisito, da meccanismo di orologeria. All'interno dell'astuccio, foderato di velluto blu, c'era la Montblanc Meinsterstück di Victor Hugo, in tutta la sua bellezza. La presi e la contemplai in controluce. Sulla pinza d'oro del cappuccio era stato inciso:

Daniel Sempere, 1953

Guardai mio padre a bocca aperta. Credo di non averlo mai visto così felice. Si alzò dalla poltrona e mi abbracciò. Non riuscii a dire niente, e affidai al silenzio la mia emozione.

Forma e sostanza
1953

11

Quell'anno, l'autunno ricoprì Barcellona con un manto di foglie secche che formavano mulinelli nelle strade come una pelle di serpente. Il ricordo della notte del mio compleanno mi aveva indurito il cuore o, più semplicemente, la vita aveva concesso una tregua alle mie pene per indurmi a maturare. Io stesso ero sorpreso di non pensare quasi più a Clara Barceló, a Julián Carax o a quell'arrogante senza volto che puzzava di carta bruciata e usava il nome del personaggio di un libro. A novembre era passato un mese senza che fossi più andato in plaza Real a guardare le finestre di Clara. Il merito, devo confessarlo, non fu del tutto mio. In libreria c'era molto più lavoro di quanto mio padre e io riuscissimo a sbrigare.

«Di questo passo saremo costretti a prendere qualcuno che ci aiuti a cercare i libri per i clienti» rifletteva mio padre. «Dovrebbe essere una persona speciale, un po' poeta, un po' detective, con poche pretese economiche e disposto a compiere missioni impossibili.»

«Credo di conoscere il candidato adatto» dissi.

Trovai Fermín Romero de Torres al solito posto, sotto i portici di calle Fernando. Stava rimettendo insieme la prima pagina della "Hoja del Lunes" con pezzi di giornale raccolti dalla spazzatura. L'articolo di fondo parlava di opere pubbliche e sviluppo.

«Perdiana! Un'altra diga?» lo sentii esclamare. «Questi fascisti ci trasformeranno in un paese di beghine e di batraci.»

«Buongiorno» sussurrai. «Si ricorda di me?»

Il vagabondo alzò lo sguardo e fece un gran sorriso.

«Chi si vede! Cosa mi racconta di bello, amico mio? Accetta un sorso di vino, vero?»

«Oggi offro io» dissi. «Ha fame?»

«Be', non direi di no a un buon piatto di frutti di mare, ma sono disposto a considerare altre proposte.»

Mentre ci dirigevamo verso la libreria, Fermín Romero de Torres mi fece un resoconto dettagliato dei suoi spostamenti delle ultime settimane, volti a eludere la sorveglianza delle forze di sicurezza dello Stato, incarnate, nella fattispecie, da un certo ispettore Fumero col quale sembrava avere parecchi conti in sospeso.

«Fumero?» chiesi stupito. Era il nome del soldato che aveva ucciso il padre di Clara Barceló nel castello di Montjuïc all'inizio della guerra.

L'ometto annuì sbiancando. Aveva l'aria affamata, era sporco e puzzava come uno che vive da mesi per strada. Non aveva la minima idea di dove lo stavo portando, e colsi nel suo sguardo un lampo di inquietudine, un'ansia crescente che si sforzava di dissimulare parlando senza sosta. Giunti davanti al negozio, mi guardò preoccupato.

«Coraggio, entri. Questa è la libreria di mio padre, glielo voglio presentare.»

Il vagabondo si contrasse in un fascio di sporcizia e di nervi.

«No, no, non sono presentabile, questo è un esercizio di un certo livello; la farei vergognare...»

Mio padre comparve sulla porta, valutò il barbone con un'occhiata e mi guardò con la coda dell'occhio.

«Papà, questo è Fermín Romero de Torres.»

«Ai suoi ordini» disse, timoroso, il barbone.

Mio padre gli sorrise tendendogli la mano. L'altro non osava stringergliela, mortificato per il proprio aspetto e il lerciume che gli ricopriva la pelle.

«È meglio che me ne vada» balbettò.

Mio padre lo prese gentilmente per un braccio.

«Niente affatto, mio figlio mi ha detto che avrebbe pranzato con noi.»

Il barbone ci fissò sbigottito, spaventato.

«Perché nel frattempo non viene di sopra e si fa un bel bagno caldo?» disse mio padre. «Poi, se crede, andremo al ristorante Can Solé.»

Fermín Romero de Torres farfugliò alcune parole incomprensibili. Mio padre, senza smettere di sorridergli, lo fece salire in casa, trascinandolo quasi su per le scale, mentre io chiudevo il negozio. Dopo molte trattative, riuscimmo a togliergli i suoi stracci e a farlo entrare nella vasca da bagno. Il poverino tremava come un pollo spennato e così, nudo, sembrava uscito da una foto di guerra. Aveva segni profondi su polsi e caviglie, e il torace e la schiena erano solcati da spaventose cicatrici. Mio padre e io ci scambiammo uno sguardo inorridito, senza dire nulla.

Il barbone si lasciò lavare come un bambino, spaventato e tremante. Mentre cercavo abiti puliti nel baule, sentivo mio padre che gli parlava. Trovai un vestito smesso, una vecchia camicia e un po' di biancheria. Di quel che indossava il mendicante non si potevano riutilizzare neppure le scarpe, così ne scelsi un paio che mio padre non metteva quasi mai perché gli erano strette. Raccolsi i suoi stracci e li avvolsi in un vecchio giornale, compreso un paio di mutande che per colore e consistenza ricordavano un prosciutto stagionato, e li buttai nel secchio dell'immondizia. Quando tornai in bagno, mio padre stava radendo Fermín Romero de Torres nella vasca. Pallido e profumato di sapone, l'uomo dimostrava vent'anni di meno. A quanto pareva, avevano già fatto amicizia. Fermín Romero de Torres, forse per effetto dei sali da bagno, era partito in quarta.

«Mi creda, signor Sempere, se il destino non mi avesse assegnato un ruolo nell'ambito dello spionaggio internazionale, la mia vocazione, dico sul serio, sarebbero state le lettere. Sin da bambino ho sentito il richiamo della poesia e ho desiderato essere un Sofocle o un Virgilio, perché le tragedie e le lingue antiche mi fanno venire la pelle d'oca, ma mio padre, che Dio l'abbia in gloria, era un uomo di vedute ristrette e sognava che uno dei suoi figli entrasse nella Guardia Civil, e nessuna delle mie sette sorelle sarebbe mai stata accettata nella Benemerita, malgrado la fitta peluria in faccia che hanno sempre avuto le donne della mia famiglia, una caratteristica ereditata dalla nonna materna. Sul letto di morte, mio padre mi fece giurare che, se non avessi indossato il tricorno, sarei almeno diventato un funzionario statale, rinunciando a ogni velleità letteraria. Io sono un tipo all'antica e a un padre, anche se è un asino, bisogna obbedire, lei mi capisce. In ogni caso, non pensi che negli anni dell'avventura abbia trascurato di coltivare l'intelletto. Ho letto un bel po' e le potrei citare a memoria interi brani di *La vita è sogno*.»

«Faccia il bravo, indossi questi vestiti e stia tranquillo che qui nessuno mette in discussione la sua sconfinata cultura» dissi io, accorrendo in aiuto di mio padre.

Lo sguardo di Fermín Romero de Torres trasudava gratitudine. Uscì dalla vasca da bagno e mio padre lo avvolse in un asciugamano. Lui rideva, godendosi il contatto del telo pulito sulla pelle. Lo aiutai a infilarsi gli abiti, di qualche taglia più grandi della sua. Mio padre si tolse la cintura e me la porse perché gliela infilassi ai pantaloni.

«Adesso è un figurino» diceva mio padre. «Vero, Daniel?»

«Sembra quasi un divo del cinema.»

«Lasci perdere, non sono più quello di una volta. Ho perso la mia muscolatura erculea in prigione e da allora...»

«Be', in ogni caso ha un bell'aspetto e assomiglia a Charles Boyer» replicò mio padre. «E adesso vorrei farle una proposta.»

«Per lei, signor Sempere, sono disposto anche a uccidere. Basta che mi dica il nome dell'interessato e lo elimino senza farlo soffrire.»

«Non sarà necessario. Volevo proporle di lavorare con noi. Si tratta di rintracciare libri rari per i nostri clienti. È un lavoro da archeologo della letteratura, per così dire, e richiede una buona conoscenza dei classici e delle regole del mercato nero. Non posso pagarla molto, per il momento, ma mangerà con noi e, finché non le troveremo una buona pensione, potrà rimanere a casa nostra, se è d'accordo.»

Il mendicante, incredulo, guardò prima mio padre e poi me.

«Cosa ne pensa?» chiese mio padre. «Si unisce alla squadra?»

Mi parve che stesse per dire qualcosa, ma proprio allora Fermín Romero de Torres scoppiò a piangere.

Col suo primo stipendio, Fermín Romero de Torres si comprò un cappello da divo del cinema e un paio di galosce e volle invitare mio padre e me a mangiare uno stufato di coda di toro, specialità del lunedì di un ristorante a pochi passi da plaza Monumental. Mio padre gli aveva trovato una stanza in una pensione di calle Joaquín Costa dove, grazie all'amicizia della nostra vicina Merceditas con la padrona, Fermín Romero de Torres evitò di compilare il modulo con le generalità e così poté stare lontano dalle grinfie dell'ispettore Fumero e dei suoi sgherri. Ogni tanto ripensavo alle terribili cicatrici che gli coprivano il corpo ed ero tentato di fargli delle domande, sospettando che c'entrasse l'ispettore Fumero, ma qualcosa nel suo sguardo mi induceva a lasciar perdere. Prima o poi ce lo avrebbe raccontato lui stesso. Tutte le mattine alle sette in punto, Fermín ci aspettava davanti alla libreria, vestito in modo impeccabile e con un sorriso smagliante, pronto a lavorare dodici ore, o anche di più, senza un attimo di sosta. Gli era venuta una passione sfrenata per il cioccolato e i dolci di pastasfoglia che uguagliava il suo entusiasmo per i grandi della tragedia greca, e aveva messo su qualche chilo. Era sempre perfettamente sbarbato, si pettinava i capelli all'indietro con la brillantina e si era fatto crescere dei baffetti alla moda. Trenta giorni dopo essere uscito dalla nostra vasca da bagno, l'ex mendicante era irriconoscibile. Ma la vera sorpresa fu vederlo sul campo di battaglia. Quando mi aveva parlato dei suoi trascorsi di spia, avevo creduto che vaneggiasse e invece il suo istinto da detective era infallibile. Affidate a lui, le richieste più insolite venivano evase in pochi giorni, addirittura in qualche ora. Non c'era titolo che non conoscesse, né astuzia a cui non ricorresse per avere un libro a un buon prezzo. Grazie alle sue doti di imbonitore, riusciva a intrufolarsi nelle biblioteche private di duchesse dell'avenida Pearson o di dilettanti del circolo di equitazione, presentandosi ogni volta sotto mentite spoglie e ottenendo che gli regalassero i libri o glieli vendessero per due soldi.

La sua trasformazione da vagabondo a cittadino esemplare sembrava un miracolo, uno di quegli apologhi a cui i curati delle parrocchie povere ricorrono per dimostrare l'infinita misericordia del Signore, ma che sono troppo perfetti per essere veri, come le pubblicità delle lozioni per far crescere i capelli affisse sui tram. Una domenica, alle due del mattino, tre mesi e mezzo dopo che Fermín aveva cominciato a lavorare in libreria, a casa nostra squillò il telefono: era la proprietaria della pensione dove alloggiava. Ci disse che il signor Fermín Romero de Torres si era barricato nella sua stanza e gridava come un ossesso, prendendo a pugni le pareti e minacciando di uccidersi tagliandosi la gola con un coccio di bottiglia se qualcuno avesse tentato di entrare.

«Non chiami la polizia, per favore. Arriviamo subito.»

Corremmo in calle Joaquín Costa. Era una notte fredda e buia come la pece, spazzata da un vento gelido. Passammo di fronte alla Casa de la Misericordia e alla Casa de la Piedad, ignorando le squallide proposte che provenivano dai portici bui, nell'odore di sterco e carbone. All'angolo con calle Ferlandina imboccammo Joaquín Costa, poco più di una fenditura tra due file di alveari anneriti nell'oscurità del Raval. Il figlio maggiore della proprietaria della pensione ci aspettava in strada.

«Avete chiamato la polizia?» chiese mio padre.

«Non ancora.»

Ci precipitammo su per le scale, sporche e mal illuminate dalla luce giallastra delle lampadine che pendevano da un filo consumato. La pensione si trovava al secondo piano. Doña Encarna, vedova di un caporale della Guardia Civil, ci aspettava sulla soglia, avvolta in una vestaglia celeste e con la testa piena di bigodini.

«Signor Sempere, la mia è una casa rispettabile, di un certo livello. I clienti non mi mancano e non c'è ragione per cui io debba tollerare simili sceneggiate» disse, mentre ci precedeva lungo un corridoio umido che puzzava di ammoniaca.

«La capisco benissimo» mormorò mio padre.

Dalla stanza in fondo arrivavano le urla strazianti di Fermín Romero de Torres e dalle porte socchiuse facevano capolino i volti scarni e spaventati degli ospiti, facce da pensione e minestrina in brodo.

«Andate a dormire, cazzo, questo non è uno spettacolo di varietà» gridò doña Encarna, furibonda.

Quando fummo davanti alla porta di Fermín, mio padre bussò piano.

«Fermín? È lì? Sono Sempere.»

L'ululato che attraversò la parete mi raggelò il cuore. Persino doña Encarna perse la sua compostezza da governante e si posò le mani sul cuore, celato sotto l'adipe di un seno prorompente.

Mio padre bussò ancora una volta.

«Fermín? Su, mi apra.»

Fermín lanciò un altro ululato, scagliandosi contro le pareti della stanza e gridando frasi oscene fino a perdere la voce. Mio padre sospirò.

«Ha la chiave della stanza?»

«Naturalmente.»

«Me la dia.»

Doña Encarna esitò. I visi terrei degli altri inquilini si erano nuovamente affacciati al corridoio. Quelle urla disumane si dovevano sentire fin dal vicino edificio dello Stato maggiore dell'esercito.

«Daniel, corri a cercare il dottor Baró, che abita qui accanto, al 12 di Riera Alta.»

«Non sarebbe meglio chiamare un prete?» suggerì doña Encarna. «Mi sa che questo qui è posseduto dal demonio.»

«No. Ci vuole un medico. Coraggio, Daniel, sbrigati. E lei mi faccia il favore di darmi la chiave.»

Il dottor Baró era uno scapolo insonne che di notte leggeva Zola e guardava immagini di signorine poco vestite per vincere il tedio. Era un cliente abituale della libreria e si definiva un cavasangue di terz'ordine, ma azzeccava più diagnosi lui di molti luminari con lo studio in calle Muntaner. La sua clientela era composta soprattutto da vecchie prostitute del quartiere e poveri disgraziati che a volte non lo potevano pagare, ma che lui curava lo stesso. Secondo lui il mondo era una cloaca e aspettava solo che il Barcellona vincesse il campionato, una buona volta, per morire in pace. Mi aprì la porta in vestaglia, un po' brillo, con una sigaretta spenta tra le labbra.

«Cosa c'è, Daniel?»

«Mi manda mio padre. È un'emergenza.»

Quando arrivammo alla pensione trovammo doña Encarna singhiozzante, il resto degli inquilini pallidi come cenci e mio padre che teneva tra le braccia Fermín Romero de Torres in un angolo della camera. Fermín, completamente nudo, piangeva e tremava. Aveva sfasciato la stanza e imbrattato le pareti di sangue, o forse di escrementi. Il dottor Baró capì la situazione al volo e, con un gesto, indicò a mio padre che bisognava stendere Fermín sul letto. Li aiutò il figlio di doña Encarna, la cui massima aspirazione era fare il pugile. Fermín gemeva e si contorceva come se una bestia feroce gli stesse divorando le viscere.

«Ma cos'ha quel poveruomo, Sant'Iddio? Cos'ha?» piagnucolava doña Encarna sulla soglia, scuotendo la testa.

Il dottore gli prese il polso, esaminò le pupille con una pila e senza proferire parola preparò un'iniezione, aspirando il liquido da una fiala che aveva preso dalla valigetta.

«Reggetelo. Questo lo farà dormire. Daniel, aiutaci.»

Tra tutti e quattro riuscimmo a immobilizzare Fermín, che quando sentì la puntura dell'ago nella coscia fu scosso da una convulsione. I muscoli gli si tesero come cavi d'acciaio ma qualche secondo dopo lo sguardo gli si annebbiò e lui ricadde sul letto.

«Badi di non esagerare con le dosi, dottore. È così mingherlino che può ucciderlo» disse doña Encarna.

«Stia tranquilla. Sta solo dormendo» la rassicurò il medico, mentre esaminava le cicatrici che ricoprivano il corpo ossuto di Fermín.

Lo vidi scuotere la testa in silenzio.

«*Fills de puta*» mormorò.

«Che cicatrici sono?» domandai. «Di tagli?»

Il dottor Baró scosse di nuovo la testa senza alzare lo sguardo. Cercò una coperta tra le macerie della stanza e la stese sul paziente.

«Ustioni. Quest'uomo è stato torturato» spiegò. «Sono cicatrici provocate da una fiamma ossidrica.»

Fermín dormì per due giorni. Quando si svegliò non ricordava più nulla, solo che aveva avuto la sensazione di essere

86

rinchiuso in una cella buia. Chiese perdono in ginocchio a doña Encarna. Le promise di imbiancare le pareti della pensione e, poiché la sapeva molto devota, di far celebrare dieci messe a suo futuro suffragio nella chiesa di Belén.

«Pensi piuttosto a rimettersi in sesto e a non farmi più prendere certi spaventi, sono troppo vecchia per queste cose.»

Mio padre pagò i danni e pregò doña Encarna di dare una seconda opportunità a Fermín. Lei acconsentì di buon grado: la maggior parte dei suoi inquilini erano dei poveri disgraziati, persone sole al mondo, come lei. Una volta passata la paura, gli si affezionò ancora di più e gli fece promettere che avrebbe preso le pastiglie prescritte dal dottor Baró.

«Per lei, doña Encarna, ingoierei anche un mattone.»

Col tempo, tutti fingemmo di aver dimenticato l'accaduto, ma da allora smisi di prendere alla leggera le voci che circolavano sull'ispettore Fumero. Dopo quell'episodio, per non lasciare solo Fermín, lo portavamo quasi tutte le domeniche a far merenda al caffè Novedades, e poi andavamo al cinema Fémina, all'angolo tra calle Diputación e paseo de Gracia. Una delle maschere era amico di mio padre e ci lasciava entrare in sala dall'uscita di sicurezza della platea a metà cinegiornale, giusto quando il Generalissimo tagliava l'ennesimo nastro per inaugurare una diga, il che mandava in bestia Fermín.

«È una vergogna» diceva indignato.

«Non le piace il cinema, Fermín?»

«In tutta confidenza, penso che la settima arte sia una gran fregatura, uno specchietto per le allodole che rincretinisce la plebe ignorante, peggio del calcio e delle corride. Il cinematografo è stato inventato per intrattenere masse di analfabeti e, a cinquant'anni dalla sua nascita, non è cambiato molto.»

Tutta la sua ostilità svanì il giorno in cui scoprì Carole Lombard.

«Che davanzale, Gesù, Giuseppe e Maria, che davanzale!» esclamò, nel bel mezzo della proiezione. «Quelle non sono tette, sono due caravelle!»

«Zitto, sporcaccione, o chiamo il responsabile» borbottò una voce da confessionale un paio di file dietro di noi. «Svergognato. Che paese di porci.»

«Forse è meglio abbassare la voce, Fermín» suggerii.

Ma Fermín Romero de Torres non mi ascoltava, perso nei soavi meandri di quella portentosa scollatura, il sorriso ebete e lo sguardo rapito dalla magia del technicolor. Più tardi, mentre camminavamo lungo il paseo de Gracia, notai che il nostro detective era ancora in trance.

«Ho l'impressione che dovremmo trovarle una donna» dissi. «Una donna le allieterebbe la vita.»

Fermín Romero de Torres, col pensiero ancora rivolto a quelle deliziose conferme della legge di gravità, emise un sospiro.

«Parla per esperienza, Daniel?» chiese con aria innocente.

Mi limitai a sorridere, mentre mio padre mi osservava con la coda dell'occhio.

Da quel giorno, Fermín Romero de Torres diventò un fanatico del cinema. Mio padre, invece, preferiva trascorrere la domenica in casa a leggere. Fermín comprava enormi quantità di cioccolatini e si sedeva a rimpinzarsi nella diciassettesima fila, in attesa che apparisse la diva di turno. Se ne infischiava della trama e parlava a ruota libera fin quando una dama prosperosa non appariva sullo schermo.

«Ho riflettuto su quanto mi ha suggerito l'altro giorno, insomma, di cercarmi una donna» disse Fermín Romero de Torres. «Credo abbia ragione. Alla pensione c'è un nuovo inquilino, un ex seminarista andaluso, un tipo spiritoso, che ogni tanto rimorchia dei gran pezzi di figliola. Caspita, è proprio migliorata la razza. Non so davvero come faccia, perché lui non è un granché, magari le intontisce a forza di padrenostri. La sua stanza è accanto alla mia, e a giudicare da quel che sento il frate dev'essere un artista. Sarà il fascino della tonaca. A lei come piacciono le donne, Daniel?»

«A dire il vero, non sono un grande esperto in materia.»

«Nessuno lo è, neanche Freud; le donne per prime non lo sono, ma è come con la corrente elettrica: non c'è bisogno di prendere la scossa per capire come funziona. Coraggio, mi dica, come le piacciono? Secondo me, una donna dev'essere bene in carne, ma lei mi sembra uno che preferisce le magre. Per carità, rispetto i suoi gusti, non mi fraintenda.»

«Se devo essere sincero, non ho molta esperienza. Anzi, non ne ho affatto.»

Fermín Romero de Torres mi osservò con attenzione, incuriosito dalla mia dichiarazione di ascetismo.

«Pensavo che quella notte... sa, le botte...»

«Se il vero dolore consistesse in uno schiaffo...»

Fermín sembrò leggermi nel pensiero e mi sorrise solidale.

«Non se la prenda. Il bello delle donne è scoprirle. La prima volta è il massimo: uno non sa cos'è la vita fin quando non spoglia una donna per la prima volta. Bottone dopo bottone, come se sbucciasse una caldarrosta in una notte d'inverno. Ahhh...»

Pochi secondi dopo, Veronica Lake compariva sullo schermo e Fermín era già catapultato in un'altra dimensione. A un certo punto, approfittando di una scena in cui la diva riposava, decise di andare al bar del cinema per procurarsi altre vettovaglie. Dopo aver patito a lungo la fame, non riusciva più a trattenersi ma, grazie al suo metabolismo accelerato, aveva ancora un'aria sparuta e denutrita da dopoguerra. Rimasto da solo, guardai distrattamente la scena sullo schermo. Mentirei se dicessi che pensavo a Clara; in realtà, pensavo al suo corpo nudo, lucido di sudore e fremente di piacere sotto gli affondi del professore di musica. Distolsi lo sguardo dallo schermo e solo allora notai lo spettatore che era appena entrato. Lo vidi avanzare fino al centro della platea, sei file più avanti, e prendere posto. I cinema sono pieni di gente sola, pensai. Sola come me.

Mi sforzai di concentrarmi sul film. Il protagonista, un cinico detective dal cuore tenero, spiegava a un personaggio secondario che le donne come Veronica Lake erano la rovina dei veri uomini ma che, nonostante ciò, era impossibile non amarle disperatamente e non morire per loro, vittime dei loro tradimenti e della loro perfidia. Fermín Romero de Torres, che stava diventando un critico acuto, definiva questo genere di trama "la favola della mantide religiosa", fantasie misogine per impiegati stitici o per beghine annoiate che sognavano di darsi al vizio e vivere un'esistenza da cortigiane. Sorrisi al pensiero dei commenti a piè di pagina che il mio amico critico avrebbe di certo fatto se non fosse andato a rifornirsi di dolciumi. Ma poi vidi che lo spettatore seduto sei file più avanti si era girato e mi fissava. Il fascio di luce del proiettore, che rischiarava la platea a tratti, mi permise di riconoscere l'uomo senza volto, Coubert. I suoi occhi privi di palpebre rilucevano come l'acciaio e il suo sorriso senza labbra si dissolveva nell'oscurità. Una morsa gelida mi strinse il cuore. La musica di duecento violini irruppe sullo schermo, si udirono spari, grida, poi l'immagine sfumò. Per un attimo, la sala rimase nell'oscurità più assoluta e il solo rumore che avvertii fu il pulsare delle mie tempie. Quando lo schermo si illuminò di nuovo, l'uomo senza volto era scomparso. Mi girai e vidi una figura che si allontanava lungo il corridoio della platea, incrociando Fermín Romero de Torres che rientrava dal suo safari gastronomico. Lui individuò la nostra fila, si riaccomodò al suo posto e mi offrì una pralina, scrutandomi perplesso.

«Daniel, è più pallido delle chiappe di una suora. Si sente bene?»

Un odore indefinibile ristagnava nella sala.

«Che strano odore» osservò Fermín Romero de Torres. «Di scoreggia rancida, di notaio o di procuratore.»

«No, è odore di carta bruciata.»

«Prenda una Sugus al limone e vedrà che le passano tutti i mali.»

«Non mi va.»

«Be', la tenga, può darsi che le torni utile.»

Misi la caramella nella tasca della giacca e guardai distratto il resto del film, insensibile al fascino letale di Veronica Lake e alla sorte delle sue vittime. Fermín Romero de Torres, invece, era completamente preso dallo spettacolo e dai suoi dolciumi. Quando si riaccesero le luci, mi parve di emergere da un brutto sogno. Per un attimo pensai che la presenza di quell'uomo in platea fosse stata un'allucinazione, una beffa della memoria, ma l'occhiata che mi aveva rivolto era stata sufficiente a farmi arrivare il messaggio. Non si era dimenticato di me, né del nostro patto.

12

L'arrivo di Fermín portò con sé una serie di vantaggi, tra cui il fatto che avevo molto più tempo a disposizione. Quando non era sulle tracce di qualche volume esotico, escogitava espedienti per incrementare le vendite nel quartiere, lucidava l'insegna e le vetrine, passava un panno inumidito con alcol sul dorso dei libri per renderli belli lustri. Ne approfittai per investire il mio tempo libero in due attività che negli ultimi anni avevo trascurato: riflettere sul mistero di Carax e, soprattutto, passare più tempo col mio amico Tomás Aguilar, che mi mancava molto.

Tomás era un ragazzo serio e riservato che tutti temevano per il suo aspetto minaccioso. Aveva la struttura fisica del lottatore, due spalle da gladiatore e uno sguardo duro e penetrante. Ci eravamo conosciuti diversi anni prima alla scuola dei gesuiti di Caspe la prima settimana di lezione. Suo padre era venuto a prenderlo in compagnia di una bambina antipatica che altri non era se non la sorella di Tomás. Mi lasciai scappare una battuta infelice su di lei e, in un baleno, Tomás mi scaricò addosso una grandine di pugni che mi lasciarono dolorante per settimane. Tomás Aguilar era il doppio di me, più forte e più determinato. In quella lotta da cortile, attorniato da un circolo di mocciosi assetati di sangue, perdetti un dente e acquisii un nuovo senso delle proporzioni. Mi rifiutai di rivelare ai preti e a mio padre il nome di chi mi aveva conciato così, tacendo pure che il genitore del mio avversario incitava il figlio insieme ai nostri compagni di scuola.

«È stata colpa mia» dissi, per chiudere l'argomento.

Tre settimane più tardi, Tomás mi raggiunse durante l'intervallo. Io me la stavo facendo sotto dalla paura. Adesso mi dà il resto, pensai. Bofonchiò qualcosa, ma a un tratto mi resi conto che voleva solo chiedermi scusa perché si era trattato di un combattimento impari e ingiusto.

«Sono io che ti devo chiedere scusa, non avrei dovuto offendere tua sorella» replicai. «Volevo farlo, l'altro giorno, ma tu mi sei saltato addosso prima che potessi aprire bocca.»

Tomás, mortificato, abbassò gli occhi. Guardai quel gigante timido che vagava per le aule e i corridoi della scuola come un'anima in pena. Tutti i ragazzi – io per primo – avevano paura di lui, con il risultato che nessuno gli rivolgeva la parola né osava guardarlo in faccia. Mi chiese se volevo diventare suo amico, porgendomi la mano. La sua stretta era così vigorosa da far male, ma sopportai il dolore. Quel pomeriggio, Tomás mi invitò a fare merenda a casa sua e mi mostrò una strana collezione di marchingegni, costruiti con pezzi di scarto e rottami che teneva ammucchiati in un angolo della stanza.

«Li ho fatti io» mi spiegò orgoglioso.

Non riuscivo a capire di che aggeggi si trattasse né a cosa servissero, ma mi limitai ad annuire con aria ammirata. Sembrava quasi che quel ragazzone solitario si fosse costruito degli amici di latta e che io fossi la prima persona a cui li presentava. Erano il suo segreto. Io gli parlai di mia madre e di quanto mi mancava. Quando la mia voce si incrinò, Tomás mi abbracciò in silenzio. Avevamo dieci anni. Da quel giorno, Tomás Aguilar divenne il mio migliore amico, e io il suo.

Malgrado il suo aspetto aggressivo, che intimoriva gli altri ragazzi, Tomás era un bonaccione. Balbettava un po', soprattutto quando non parlava con sua madre, sua sorella o con me, il che non avveniva quasi mai. Le invenzioni bizzarre e i congegni meccanici erano la sua passione, e ben presto scoprii che effettuava autopsie su ogni tipo di oggetto, dai grammofoni alle calcolatrici, per carpirne i segreti. Quando non eravamo insieme e non lavorava con il padre, Tomás si chiudeva nella sua stanza per dedicarsi al suo unico passatempo. Era intelligente quanto privo di senso pratico: del mondo reale lo interessavano solo alcuni aspetti particolari, come la sincronia dei semafori della Gran Vía, i misteri delle fontane luminose di Montjuïc o i robot del luna park del Tibidabo.

Tomás lavorava tutti i pomeriggi nell'ufficio del padre e ogni tanto faceva un salto da noi in libreria. Mio padre si mostrava sempre interessato alle sue invenzioni e gli regalava manuali di meccanica o biografie di ingegneri, come Eiffel o Edison, che erano i suoi idoli. Tomás si era affezionato a mio padre, e stava progettando per lui, con risultati modesti, un sistema automatico per archiviare schede bibliografiche, utilizzando i pezzi di un vecchio ventilatore. Ci lavorava da quattro anni, ma mio padre fingeva di entusiasmarsi per ogni minimo progresso, affinché Tomás non si perdesse d'animo. All'inizio mi preoccupava come lo avrebbe accolto Fermín.

«Lei dev'essere l'amico inventore di Daniel. Sono molto contento di conoscerla. Fermín Romero de Torres, consulente bibliografico della libreria Sempere, per servirla.»

«Tomás Aguilar» balbettò il mio amico, sorridendo e stringendo la mano a Fermín.

«Faccia attenzione, la sua non è una mano, bensì una pressa idraulica, e io devo conservare intatte le mie dita da violinista per lavorare.»

Tomás, scusandosi, lo liberò dalla morsa.

«A proposito, qual è la sua opinione sul teorema di Fermat?» chiese Fermín massaggiandosi le dita.

Qualche istante più tardi, i due discutevano animatamente di matematica arcana, e per me era come se parlassero in cinese. Fermín gli dava sempre del lei o lo chiamava dottore, fingendo di non accorgersi della balbuzie di Tomás. Lui, per ricambiare l'infinita pazienza di Fermín, gli regalava scatole di cioccolatini svizzeri incartati in immagini di laghi di un azzurro impossibile, mucche su prati verde smeraldo e orologi a cucù.

«Il suo amico Tomás ha molto talento, ma è privo di buon senso e gli manca un po' di faccia tosta, requisito fondamentale per fare carriera» affermava Fermín Romero de Torres. «Gli scienziati sono così. Prenda Albert Einstein: si è dato un gran daffare a inventare formule prodigiose e la prima che ha trovato un'applicazione pratica è servita per costruire la bomba atomica, per di più senza il suo permesso. Consideri poi che il suo amico, con quella faccia da pugile, non sarà ben accetto nei circoli accademici, perché a questo mondo gli ultimi a morire sono i pregiudizi.»

Deciso a salvare Tomás dall'incomprensione e dalla solitudine, Fermín cercava di stimolare le sue latenti capacità oratorie e di far emergere il suo lato socievole.

«L'uomo, da scimmia qual è, è un animale sociale e considera il clientelismo, il nepotismo, gli intrallazzi e il pettegolezzo modelli intrinseci di comportamento etico» ragionava. «Sono leggi della biologia.»

«Non le pare di esagerare?»

«Com'è ingenuo, Daniel.»

Tomás aveva ereditato l'aria da duro di suo padre, un amministratore di proprietà immobiliari che aveva un ufficio in calle Pelayo, di fianco ai magazzini El Siglo. Il signor Aguilar apparteneva alla categoria privilegiata di coloro che hanno sempre ragione. Uomo tutto d'un pezzo, era convinto, fra l'altro, che il figlio fosse un pusillanime, nonché un ritardato mentale. Per rimediare a queste deplorevoli tare, assumeva insegnanti privati di ogni tipo affinché facessero del suo primogenito una persona normale. "Voglio che tratti mio figlio come se fosse un idiota, d'accordo?" lo avevo sentito dire in più di un'occasione. I professori tentavano di tutto, arrivando persino a supplicarlo, ma Tomás li interpellava solo in latino, lingua che parlava con la scioltezza di un papa e senza balbettare. Prima o poi, i suoi insegnanti a domicilio si licenziavano per la disperazione o per il timore che il ragazzo fosse posseduto dal demonio e li maledicesse in aramaico. L'ultima speranza rimasta al signor Aguilar era che il servizio militare trasformasse suo figlio in un vero uomo.

Tomás aveva una sorella più grande di noi di un anno, Beatriz. Dovevo a lei la nostra amicizia, perché, se non l'avessi notata quel lontano pomeriggio insieme al padre che la teneva per mano e non avessi fatto quella battuta di pessimo gusto, il mio amico non mi avrebbe preso a botte e io non avrei mai avuto il coraggio di rivolgergli la parola. Bea Aguilar era il ritratto della madre e la luce degli occhi del padre. Aveva la carnagione lattea, i capelli rossi e indossava sempre costosi abiti di seta o di lanetta. Aveva il fisico di un'indossatrice e camminava tutta impettita, piena di sé e convinta di essere la principessa delle favole che amava raccontarsi. I suoi occhi erano verdazzurri ma lei si ostinava a definirli "color di smeraldo e zaffiro". Malgrado avesse frequentato le scuole delle suore teresiane, o forse proprio per questo, quando il padre non la vedeva Bea si scolava bicchieri di liquore d'anice, indossava calze di seta e si truccava come le vamp del cinema che turbavano i sogni del mio amico Fermín. Io non la potevo vedere neppure dipinta e lei ricambiava la mia manifesta ostilità con sguardi languidi e sprezzanti. Il suo fidanzato, che stava facendo il servizio militare con il grado di sottotenente a Murcia, era un falangista imbrillantinato che rispondeva al nome di Pablo Cascos Buendía, discendente di una nobile famiglia proprietaria di numerosi cantieri navali in Galizia. Il sottotenente Cascos Buendía, che era spesso in licenza grazie a uno zio nel Governo Militare, aveva l'abitudine di propinarci tirate sulla superiorità genetica e spirituale della razza spagnola e sull'imminente tramonto dell'Impero bolscevico.

«Marx è morto» affermava in tono solenne.

«Nel 1883, per la precisione» aggiungevo io.

«Tu taci, disgraziato, o ti spacco il muso e ti mando a La Rioja.»

Più di una volta avevo colto il lieve sorriso di Bea mentre ascoltava le scempiaggini del fidanzato. A quel punto, lei cercava il mio sguardo e mi fissava. Io le sorridevo con la falsa cordialità di un nemico che ha firmato un armistizio e guardavo altrove. Sarei morto piuttosto che ammetterlo, ma in fondo quella ragazza mi faceva paura.

13

All'inizio di quell'anno, Tomás e Fermín Romero de Torres decisero di unire i loro ingegni per ideare uno stratagemma che avrebbe evitato al mio amico e a me di andare sotto le armi. Fermín, in particolare, non condivideva l'entusiasmo del signor Aguilar per l'esperienza castrense.

«Il servizio militare serve solo a confermare la percentuale di zoticoni rilevata dal censimento» sosteneva. «E per questo sono sufficienti due settimane, non ci vogliono due anni.

Esercito, matrimonio, Chiesa e banca: i quattro cavalieri dell'Apocalisse. Sì, sì, rida pure.»

Le convinzioni anarchico-libertarie di Fermín Romero de Torres avrebbero vacillato la sera di ottobre in cui ricevemmo la visita di una vecchia amica, sicuramente inviata dal destino. Mio padre si era recato ad Argentona per stimare una collezione di libri e sarebbe tornato tardi. Io mi occupavo dei clienti mentre Fermín, arrampicandosi come un equilibrista, era salito sulla scala per sistemare l'ultimo ripiano degli scaffali, a una spanna dal soffitto. Dopo il tramonto, quasi all'orario di chiusura, Bernarda comparve davanti alla vetrina. Era vestita bene, perché era giovedì, il suo giorno libero, e mi salutò con la mano. Vederla mi riempì di felicità e le feci segno di entrare.

«Com'è cresciuto!» disse sulla soglia. «Quasi quasi non la riconosco... è diventato un uomo!»

Mi abbracciò con calore, versando qualche lacrima e toccandomi la testa, forse per verificare se in sua assenza me l'ero rotta.

«A casa si sente molto la sua mancanza, signorino» disse, abbassando gli occhi.

«Anche tu mi sei mancata, Bernarda. Su, dammi un bacio.»

Mi diede un bacetto timido e io gliene schioccai due sulle guance. Si mise a ridere e le lessi negli occhi che stava aspettando che le chiedessi notizie di Clara. Ma io non avevo nessuna intenzione di farlo.

«Come sei elegante! Finalmente ci sei venuta a trovare. Qual buon vento ti porta?»

«A dire il vero, desideravo farlo da tanto tempo, ma sa com'è, sono sempre indaffarata; il signor Barceló, pur essendo un pozzo di scienza, è come un bambino, e ci vuole pazienza. Ma sono venuta soprattutto perché domani è il compleanno di mia nipote, quella di San Adrián, e mi piacerebbe farle un regalo. Pensavo a un buon libro, con molte parole e poche figure, ma siccome sono ignorante e non me ne intendo...»

Prima che potessi risponderle, il pavimento tremò: alcuni tomi rilegati di Blasco Ibáñez erano caduti dall'ultimo ripiano. Bernarda e io, spaventati, alzammo lo sguardo. Fermín stava scendendo dalla scala a mo' di trapezista, il volto illuminato da un sorriso ieratico e gli occhi pieni di una lussuria estatica.

«Bernarda, questo è...»

«Fermín Romero de Torres, consulente bibliografico della ditta Sempere e figlio, ai suoi piedi, signora» disse Fermín, facendole il baciamano.

Bernarda diventò subito rossa come un peperone.

«Lei si sbaglia, una signora, io...»

«Perlomeno marchesa» la interruppe Fermín. «Dia retta a me che frequento l'alta società dell'avenida Pearson. Mi conceda l'onore di accompagnarla al reparto dei classici per l'infanzia e l'adolescenza dove spicca, provvidenzialmente, una selezione delle migliori opere di Emilio Salgari e delle epiche imprese di Sandokan.»

«Le vite dei santi preferirei evitarle, sa, il padre della ragazza era un anarchico sfegatato.»

«Non si preoccupi, qui abbiamo nientemeno che *L'isola misteriosa* di Jules Verne, un libro di avventura dal notevole contenuto educativo, per via delle innovazioni tecnologiche.»

«Se me lo consiglia lei...»

Io li osservavo senza dire niente. Fermín era in estasi e Bernarda era imbarazzata per le attenzioni di quella caricatura d'uomo che la stordiva di chiacchiere come un imbonitore e la guardava con l'impeto che riservava ai cioccolatini Nestlé.

«E lei, signorino Daniel, cosa ne pensa?»

«L'esperto è il signor Fermín Romero de Torres, si fidi di lui.»

«Allora prendo il libro dell'isola. Me lo potete anche incartare? Quant'è?»

«Omaggio della ditta.»

«Ah no, non posso accettare.»

«Signora, se me lo concede, rendendomi l'uomo più felice di Barcellona, gradirebbe fargliene omaggio Fermín Romero de Torres.»

Bernarda ci guardò, confusa.

«Guardi, io pago sempre quello che compro e poi è un regalo per mia nipote...»

«Allora mi consentirà, a mo' di scambio, che la inviti a

prendere un aperitivo» propose Fermín, passandosi la mano sui capelli.

«Coraggio, Bernarda» dissi. «Vedrai che vi divertirete. Intanto, mentre Fermín prende la giacca, io ti incarto il libro.»

Fermín si precipitò nel retrobottega a pettinarsi, profumarsi e a infilarsi la giacca. Io gli allungai qualche soldo preso dalla cassa perché le potesse offrire qualcosa.

«Dove la porto?» mi sussurrò, nervoso come un adolescente.

«Io andrei a Els Quatre Gats» dissi. «È di buon auspicio per gli affari di cuore.»

Tesi il pacchetto a Bernarda e strizzai l'occhio a Fermín.

«Quanto le devo, signorino Daniel?»

«Te lo saprò dire. Sul libro non era segnato il prezzo, dovrò chiederlo a mio padre» mentii.

Mentre si allontanavano a braccetto lungo calle Santa Ana, pensai che forse qualcuno in cielo stava vegliando su di loro e che, per una volta, a quei due sarebbe stato concesso un briciolo di felicità. Appesi in vetrina il cartello con la scritta CHIUSO e andai nel retrobottega per controllare il registro su cui mio padre segnava le ordinazioni. Quando udii la campanella della porta, pensai che Fermín avesse dimenticato qualcosa o che fosse mio padre di ritorno da Argentona.

«Chi è?»

Attesi inutilmente una risposta, e intanto continuai a controllare l'elenco delle ordinazioni.

Sentii un rumore attutito di passi.

«Fermín? Papà?»

Mi parve di udire una risata soffocata e chiusi il registro delle ordinazioni. Forse era un cliente che non aveva notato il cartello. Poi un tonfo di libri che cadevano dagli scaffali mi fece sobbalzare. Afferrai un tagliacarte e mi avvicinai lentamente alla porta del retrobottega. Poco dopo udii dei passi che si allontanavano e di nuovo il tintinnio della porta. Mi affacciai alla soglia del retrobottega ma non vidi nessuno. Corsi verso la porta e la sprangai. Respirai profondamente, sentendomi ridicolo e codardo. Stavo per tornare nel retrobottega quando vidi un pezzo di carta sul banco. Era una vecchia fotografia – di quelle che una volta si stampavano sul cartone – con i bordi bruciacchiati e su cui sembravano esserci impronte di dita sporche di carbone. La esaminai alla luce della lampada. Due ragazzi che sorridevano al fotografo. Lui, che poteva avere diciassette o diciotto anni, aveva i capelli chiari e i lineamenti aristocratici, fragili. Lei, che sembrava appena più giovane di lui, di uno o due anni al massimo, aveva una carnagione bianchissima e un volto perfetto, incorniciato da corti capelli neri che mettevano in risalto uno sguardo radioso, avvelenato di gioia. Lui le cingeva la vita e lei sembrava sussurrargli qualcosa di spiritoso. L'immagine mi strappò un sorriso, come se in quei due ragazzi avessi riconosciuto dei vecchi amici. Dietro di loro si intravedeva la vetrina di un negozio piena di cappelli ormai fuori moda. Guardai di nuovo la coppia. Dalla foggia dei vestiti si intuiva che la fotografia era stata scattata almeno venticinque o trent'anni prima. L'immagine comunicava l'ottimismo e la speranza che ci sono solo nello sguardo dei giovani. Le fiamme avevano rovinato i contorni della fotografia, ma dietro quella vecchia vetrina si scorgeva una sagoma spettrale, un volto severo che spuntava tra le lettere della scritta.

Figli di Antonio Fortuny
Casa fondata nel 1888

La notte in cui ero stato al Cimitero dei Libri Dimenticati, Isaac mi aveva raccontato che Carax usava il cognome della madre. Il padre si chiamava Fortuny, e aveva una cappelleria nella ronda de San Antonio. Osservai meglio il ritratto e capii che quel ragazzo era Julián Carax, che mi sorrideva dal passato, ignaro delle fiamme che incombevano su di lui.

Città di ombre
1954

14

La mattina seguente, Fermín si presentò al lavoro raggiante e fischiettando boleri. In un altro momento gli avrei chiesto come era andata con Bernarda, ma non ero in vena di romanticherie. Mio padre doveva far avere dei libri al professor Javier Velázquez all'università. Poiché alla sola menzione dell'accademico a Fermín veniva l'orticaria, mi offrii di portarglieli io.

«Quel tipo è un pedante, un libertino e un leccaculo fascista» inveì Fermín, agitando un pugno in aria, come faceva quando si ergeva a fustigatore dei costumi. «Col pretesto della cattedra e degli esami finali, avrebbe fatto il servizio anche alla Pasionaria se gli fosse capitata sotto le mani.»

«Non dica spropositi, Fermín. Velázquez è un buon cliente, paga sempre in anticipo e ci fa molta pubblicità» gli ricordò mio padre.

«È denaro macchiato dal sangue di vergini innocenti» protestò Fermín. «Dio mi è testimone che non sono mai andato a letto con una minorenne, e certo non perché me ne mancasse la voglia o l'occasione; adesso ho perso smalto, ma in passato ero molto gagliardo, eppure, se mi sorgeva il dubbio che la ragazza fosse una fraschetta, pretendevo di vedere un documento d'identità o esigevo un'autorizzazione scritta del padre, per non trasgredire i principi dell'etica.»

Mio padre alzò gli occhi al cielo.

«Con lei è impossibile discutere, Fermín.»

«Quando ho ragione, ho ragione.»

Presi il pacchetto che avevo preparato la sera precedente,

un paio di Rilke e un saggio attribuito a Ortega sulle *tapas* e la profondità del sentimento nazionale, e lasciai Fermín e mio padre alla loro discussione su usi e costumi.

La giornata era splendida: il cielo era terso e spirava una brezza che profumava di autunno e di mare. La Barcellona d'ottobre è la mia preferita; la città mostra il suo volto migliore ed è un piacere dissetarsi con l'acqua della fontana di Canaletas, che miracolosamente in quel periodo non sa di cloro. Procedevo spedito, schivando lustrascarpe, passacarte che rientravano in ufficio dopo la pausa per il caffè e venditori di biglietti della lotteria. Mi lasciai alle spalle anche una squadra di spazzini che ripuliva la città con calma e precisione, usando la ramazza come se fosse un pennello. Già allora, a Barcellona circolavano numerose automobili. Quando giunsi all'altezza del semaforo di calle Balmes scorsi un capannello di grigi impiegati che si mangiavano con gli occhi una Studebaker, neanche fosse una soubrette in abiti succinti. Proseguii fino alla Gran Vía attraversando incroci dove sfrecciavano tram, automobili e qualche sidecar. Nella vetrina di un negozio un manifesto della Philips annunciava l'avvento di un nuovo messia, la televisione, che avrebbe cambiato la nostra vita trasformandoci, come gli americani, in uomini del futuro. Fermín Romero de Torres, sempre al passo coi tempi, aveva già formulato il suo vaticinio.

«La televisione, mio caro Daniel, è l'Anticristo. Mi creda, nel giro di tre o quattro generazioni la gente non sarà più nemmeno in grado di scoreggiare da sola e l'essere umano regredirà all'età della pietra, alla barbarie medievale, a uno stadio che la lumaca aveva già superato all'epoca del pleistocene. Il mondo non verrà distrutto da una bomba atomica, come dicono i giornali, ma da una risata, da un eccesso di banalità che trasformerà la realtà in una barzelletta di pessimo gusto.»

Lo studio del professor Velázquez era al secondo piano della Facoltà di Lettere, in fondo a un corridoio di mattonelle a scacchi che dava sul chiostro meridionale. Trovai il professore che fingeva di ascoltare un'alunna dal fisico mozzafiato, con un elegante abito granata stretto in vita e due polpacci da scultura ellenica inguainati in calze di seta fina. Il professor Velázquez aveva una fama di dongiovanni e correva voce che l'educazione di una signorina di buona famiglia non poteva considerarsi completa se non dopo un fine settimana trascorso in una pensioncina del lungomare di Sitges a declamare alessandrini in compagnia dell'illustre accademico. Il mio istinto di venditore mi suggerì di non interrompere la conversazione tra i due, e così mi misi a guardare con calma la studentessa. Forse dipese dalla camminata che mi aveva rinfrancato, dai miei diciotto anni o magari dall'abitudine di passare il tempo in compagnia di muse cartacee invece che di fanciulle in carne e ossa (tutte lontane anni luce dal fantasma di Clara Barceló) ma, dopo aver ispezionato ogni centimetro dell'anatomia di quella ragazza, che vedevo solo di spalle ma immaginavo a tre dimensioni, mi venne un capogiro.

«Daniel, che bella sorpresa» esclamò il professor Velázquez. «Meno male che non è venuto il buffone dell'ultima volta, quello col nome da torero. Per me, o è un ubriacone o è matto da legare. Figurati che mi ha chiesto se conoscevo l'etimologia della parola bocciolo, con un tono sarcastico del tutto fuori luogo.»

«È perché prende medicine molto forti. Ha problemi di fegato.»

«È perché è un beone» sbottò Velázquez. «Se fossi in voi, mi rivolgerei alla polizia. Scommetto che è schedato. E come gli puzzano i piedi, diamine! Questi rossi di merda non si lavano dal giorno in cui è caduta la Repubblica.»

Stavo per inventare una scusa accettabile a discolpa di Fermín quando la studentessa si girò e io rimasi di stucco.

La vidi sorridermi e sentii che mi bruciavano le orecchie.

«Ciao, Daniel» disse Beatriz Aguilar.

Le risposi con un cenno del capo, ammutolito all'idea di aver avuto certi pensieri verso la sorella del mio migliore amico.

«Vi conoscete?» chiese Velázquez, curioso.

«Daniel è un amico di famiglia» rispose Bea. «Il solo che abbia avuto il coraggio di dirmi che sono una gran smorfiosa.»

Velázquez mi fissò incredulo.

«Sono passati dieci anni» precisai. «E l'avevo detto per scherzo.»

«Be', sto ancora aspettando le tue scuse.»

Velázquez scoppiò a ridere e mi prese il pacchetto dalle mani.

«Ho l'impressione di essere di troppo» disse scartandolo. «Ah, benissimo. Daniel, di' a tuo padre che sto cercando un libro intitolato *Matamoros: lettere di gioventù da Ceuta*, di Francisco Franco Bahamonde, con prefazione e note di Pemán.»

«Senz'altro. Tra un paio di settimane le faremo sapere qualcosa.»

«Ti prendo in parola e vi lascio: trentadue cervelli vuoti mi stanno aspettando.»

Il professor Velázquez mi strizzò l'occhio ed entrò in aula, lasciandomi solo con Bea. Non sapevo dove posare lo sguardo.

«Senti, Bea, la faccenda dell'insulto, devi credermi...»

«Ti stavo prendendo in giro, Daniel. Eravamo bambini. E poi Tomás te le ha suonate a dovere.»

«E chi se lo dimentica?»

Bea mi sorrideva affabile, con l'aria di chi vuole la pace, o per lo meno una tregua.

«Non avevi tutti i torti, però. È vero che a volte faccio la smorfiosa» disse Bea. «Non ti sono molto simpatica, vero?»

La domanda mi colse alla sprovvista. Mi turbò la facilità con cui si smette di detestare un nemico quando depone le armi.

«No, non è vero.»

«Secondo Tomás, a esserti antipatica non sono io; in realtà, tu detesti mio padre ma te la prendi con me perché di lui hai paura. Non sei l'unico, di mio padre hanno paura tutti.»

Diventai pallido come un cencio ma poi, sorridendo tra me e me, le diedi ragione.

«Vuoi vedere che Tomás mi conosce meglio di quanto non mi conosca io stesso?»

«Non ti devi stupire. A mio fratello non sfugge nulla, anche se non dice mai una parola. Ma se un giorno si decidesse a parlare, tremerebbero i muri. Ti stima molto, sai?»

Mi strinsi nelle spalle abbassando lo sguardo.

«Non fa che parlare di te, di tuo padre, della libreria e di quell'amico che lavora con voi... Tomás lo considera un genio incompreso. A volte ho l'impressione che siate voi la sua vera famiglia.»

Il suo sguardo era duro, franco, senza paura. Non seppi cosa dirle e mi limitai a sorridere. Mi sentii braccato dalla sua sincerità e mi misi a guardare il patio.

«Non sapevo che studiassi qui.»

«Sono al primo anno.»

«Lettere?»

«Mio padre ritiene che le discipline scientifiche non siano adatte al sesso debole.»

«Già. Troppi numeri.»

«In realtà non mi dispiace. Adoro leggere e qui si conoscono persone interessanti.»

«Come il professor Velázquez?»

Bea sorrise, ironica.

«Sarò anche una matricola, ma so tenere a distanza i tipi di quel genere.»

Mi domandai che tipo fossi io, secondo lei.

«Il professor Velázquez è un amico di mio padre. Sono membri del consiglio direttivo dell'Associazione per la Promozione della Zarzuela e della Lirica Spagnola.»

Feci mostra di essere sinceramente impressionato.

«Come sta il tuo fidanzato, il sottotenente Cascos Buendía?»

Lei smise di sorridere.

«Pablo avrà una licenza fra tre settimane.»

«Sarai contenta.»

«Molto. È un ragazzo meraviglioso, anche se immagino cosa pensi di lui.»

Ne dubito, pensai. Bea si era fatta guardinga. Stavo per cambiare argomento ma le parole mi sfuggirono di bocca.

«Tomás mi ha detto che vi sposerete presto e che vi trasferirete a El Ferrol.»

Lei annuì, impassibile.

«Appena Pablo verrà congedato.»

«Sarai impaziente» dissi, con una sfumatura di cattiveria nella voce di cui fui il primo a sorprendermi.

«Per me è lo stesso. La sua famiglia ha proprietà in Galizia, cantieri navali, e Pablo ne dirigerà uno. Ha la vocazione del capo.»

«Si vede.»

Bea si irrigidì.

«E poi Barcellona la conosco come le mie tasche, dopo tanti anni.»

Colsi la tristezza nel suo sguardo.

«Pare che El Ferrol sia una città affascinante, molto vivace. I crostacei, poi, sono squisiti, soprattutto le granseole» dissi.

Bea scosse la testa e sospirò. Avrebbe voluto piangere di rabbia, ma era troppo orgogliosa, e così rise tranquillamente.

«Sono passati dieci anni e ti diverti ancora a offendermi, vero? Avanti, sfogati pure. Me lo merito. Pensavo che potessimo diventare amici, o almeno fingere di esserlo, ma forse valgo meno di mio fratello. Scusa se ti ho fatto perdere tempo.»

Si girò e si avviò lungo il corridoio che portava alla biblioteca. La vidi allontanarsi sulle piastrelle bianche e nere, avvolta dalla luce che entrava dalle vetrate.

«Bea, aspetta.»

La rincorsi, maledicendo il mio pessimo carattere. La raggiunsi a metà corridoio, afferrandola per un braccio. Mi fulminò con lo sguardo.

«Scusami. La colpa è mia. Sono io che non valgo quanto te e tuo fratello. Se ti ho offeso è perché invidio quell'idiota del tuo fidanzato e mi sembra impossibile che una persona come te possa andarsene a El Ferrol o in qualunque altro posto per seguirlo.»

«Daniel...»

«Ti sbagli: possiamo essere amici, se lo vuoi ancora, adesso che sai come sono. Ti stai sbagliando anche su Barcellona: pensi di conoscerla a menadito ma sono sicuro che non è vero e, se me lo permetti, te lo dimostrerò.»

Lei si illuminò, asciugandosi una lacrima che, lenta, le rigava la guancia.

«Mi auguro che tu sia sincero» disse. «Altrimenti mio fratello ti staccherà la testa come a un bambolotto.»

Le tesi la mano.

«Mi pare giusto. Amici?»

Lei me la strinse.

«A che ora finisci le lezioni venerdì?» domandai.

Ebbe un attimo di incertezza.

«Alle cinque.»

«Ci vediamo qui nel chiostro alle cinque in punto. Prima di sera, ti avrò mostrato angoli di Barcellona che non conosci. Così capirai che non puoi andare a El Ferrol con quell'idiota, di cui non oso credere che tu sia innamorata, perché se lo farai il ricordo di questa città ti perseguiterà fin nella tomba.»

«Sembri molto sicuro di te stesso, Daniel.»

Io, che non ero mai sicuro di niente, neppure di che giorno era, annuii con la tracotanza dell'ignorante. La osservai allontanarsi lungo quell'interminabile corridoio finché la sua figura svanì nella penombra, e mi domandai cosa diavolo avessi combinato.

15

La cappelleria Fortuny, o quel che ne restava, si trovava al pianoterra di un augusto edificio annerito dalla fuliggine nella ronda de San Antonio, accanto a plaza Goya. Sui vetri appannati dalla sporcizia era ancora visibile la scritta con il nome e un'insegna cigolante a forma di bombetta, che sporgeva dalla facciata, pubblicizzava modelli su misura e le ultime novità di Parigi. La porta era chiusa da un lucchetto che aveva l'aria di essere lì da almeno dieci anni. Schiacciai il naso contro il vetro nel tentativo di sbirciare all'interno.

«Se è qui per affittare, è arrivato tardi» disse una voce alle mie spalle. «L'amministratore dello stabile se n'è già andato.»

Era una donna sui sessant'anni che indossava la divisa nazionale delle vedove fedeli. Un paio di bigodini spuntavano da sotto un fazzolettone rosa e lei portava pantofole di nailon trapuntato intonate alle calze color carne. Diedi per scontato che si trattasse della portinaia.

«Il negozio è in affitto?»

«Non è venuto per questo?»

«Non proprio, ma può darsi che mi interessi.»

La portiera aggrottò la fronte, cercando di decidere se ero un perdigiorno o se poteva concedermi il beneficio del dubbio. Le rivolsi un sorriso angelico.

«È chiuso da molto tempo il negozio?»

«Da almeno dodici anni, da quando è morto il vecchio.»

«Il signor Fortuny? Lo conosceva?»

«Abito qui da quarantotto anni, ragazzo.»

«Allora ha conosciuto anche il figlio del signor Fortuny.»

«Julián? Certo.»

Estrassi dal portafoglio la fotografia bruciacchiata e gliela mostrai.

«Saprebbe dirmi se il ragazzo della foto è Julián Carax?»

Mi guardò con un po' di diffidenza. Prese la fotografia e la osservò con attenzione.

«È lui?»

«Carax era il cognome da nubile della madre» precisò la portinaia, in tono di biasimo. «Questo è Julián, sì. Era biondo, anche se nella foto i capelli sembrano più scuri.»

«Saprebbe anche dirmi chi è la ragazza?»

«Mi dica piuttosto chi è lei.»

«Ha ragione. Mi chiamo Daniel Sempere. Sto cercando informazioni sul signor Carax, su Julián.»

«Julián è andato a Parigi nel 1918 o nel '19. Il padre voleva che entrasse nell'esercito e la madre se l'è portato via per evitare che il poverino fosse arruolato, capisce? Qui rimase solo il signor Fortuny, abitava all'ultimo piano.»

«Sa se Julián è più tornato a Barcellona?»

La portinaia mi guardò compunta.

«Non lo sa? Julián morì quello stesso anno a Parigi.»

«Come sarebbe?»

«Ho detto che Julián è morto a Parigi, poco dopo essere partito. Era meglio se entrava nell'esercito.»

«Posso chiederle come l'ha saputo?»

110

«Come vuole che l'abbia saputo? Me l'ha detto suo padre.»
Annuii lentamente.

«Capisco. Le ha detto di cosa è morto?»

«Per la verità, il vecchio non mi ha detto granché. Un giorno, poco dopo che Julián se n'era andato, arrivò una lettera per lui, ma quando la diedi a suo padre lui mi disse che suo figlio era morto e che se avessero recapitato qualcos'altro per lui dovevo buttarlo via. Perché fa quella faccia?»

«Il signor Fortuny le ha mentito. Julián non è morto nel 1919.»

«Dice sul serio?»

«Julián è vissuto a Parigi almeno fino al 1935 e poi è tornato a Barcellona.»

Il viso della portinaia si illuminò.

«Allora Julián è a Barcellona? Dove?»

Annuii, sperando che la donna mi fornisse qualche altra notizia.

«Vergine santa, che bella notizia mi dà, be', sempre che sia ancora vivo... Sa, era un ragazzo molto affettuoso e aveva tanta fantasia. Era un po' strano, bisogna ammetterlo, ma ti rubava il cuore. Non sarebbe servito granché come soldato, questo lo si capiva subito. Alla mia Isabelita piaceva da morire. Ho persino creduto che si sarebbero sposati, sa, cose da ragazzi... Posso vedere di nuovo la foto?»

Gliela porsi. La portinaia la contemplava come se fosse un talismano, un biglietto di ritorno per gli anni della sua gioventù.

«Ma pensa, è come se lo vedessi in questo preciso momento... e quell'odioso viene a dirmi che è morto. Ce n'è di gente malvagia al mondo. E cosa ha fatto Julián a Parigi? Sarà diventato ricco. Ho sempre pensato che ci sarebbe riuscito.»

«Non proprio. È diventato uno scrittore.»

«Di racconti?»

«Più o meno. Scriveva romanzi.»

«Per la radio? Che meraviglia. Ah, non mi stupisce proprio. Da piccolo non faceva che raccontare storie ai bambini del quartiere. A volte, d'estate, la mia Isabelita e le sue cugine salivano in terrazza ad ascoltarlo. Dicevano che non raccontava mai la stessa storia due volte. Ma erano sempre cose di morti e di fantasmi. Era un ragazzo un po' strano, anche se, con quel padre, è già tanto che non sia finito in manicomio. È logico che, alla fine, la moglie lo abbia lasciato. Badi, io mi faccio gli affari miei, eh? Ma quell'uomo era proprio cattivo. In uno stabile si viene a sapere tutto. Lui la picchiava, sa? Si sentivano sempre urla e più di una volta è venuta la polizia. Capisco che ogni tanto un uomo deve usare le maniere forti per farsi rispettare, adesso poi che le donne non sono più sottomesse al marito come una volta, ma lui la menava senza motivo, mi capisce? L'unica amica di quella poveretta era una ragazza giovane, Viçenteta, che viveva al quarto piano. A volte la madre di Julián si rifugiava in casa sua. E le faceva delle confidenze...»

«Per esempio?»

La portinaia abbassò la voce, inarcando un sopracciglio e lanciando occhiate a destra e a sinistra.

«Che il ragazzo non era figlio del cappellaio.»

«Julián? Vuole dirmi che Julián non era figlio del signor Fortuny?»

«È quello che la francese diceva a Viçenteta, non so se per dispetto o cos'altro. A me l'ha riferito la ragazza molti anni dopo, quando Julián e sua madre non abitavano più qui.»

«Ma chi era il vero padre di Julián?»

«La francese non l'ha mai voluto dire. Forse non lo sapeva nemmeno lei. Sa come sono gli stranieri.»

«Era per quello che il marito la picchiava?»

«Chi lo sa. Tre volte l'hanno dovuta portare in ospedale, non una. Quel porco aveva il coraggio di raccontare in giro che la moglie sbatteva contro i mobili perché era sempre ubriaca. E poi lui era un attaccabrighe. Una volta accusò mio marito, che Dio l'abbia in gloria, di avergli rubato non so cosa in negozio, perché secondo lui quelli di Murcia erano tutti vagabondi e ladri, e dire che noi siamo di Úbeda...»

«Mi diceva che le sembrava di conoscere la ragazza del ritratto.»

La portinaia tornò a concentrarsi sulla fotografia.

«Non l'ho mai vista. Ha un bel viso.»

«Dalla foto sembrerebbero fidanzati» suggerii, per rinfrescarle la memoria.

«Di foto non me ne intendo. Che io sappia, Julián non aveva la fidanzata, e se anche l'avesse avuta non me l'avrebbe certo detto. Quasi non mi sono accorta che la mia Isabelita si era messa con uno... voi giovani non raccontate mai niente. Siamo noi vecchi che non sappiamo tacere.»

«Aveva amici, qualcuno in particolare che veniva a trovarlo?»

«Mah, è passato tanto tempo. E poi, negli ultimi anni, Julián si faceva vedere poco da queste parti. Aveva un amico a scuola, un ragazzo di ottima famiglia, gli Aldaya, ha presente? Non se li ricorda nessuno, ma allora erano importanti come la famiglia reale. Pieni di soldi. Lo so perché a volte mandavano un'automobile a prendere Julián. Doveva vedere che macchina, neanche quella di Franco, guardi. Con l'autista, tutta lucida. Il mio Paco, che se ne intendeva, mi disse che era una *rolsroi* o qualcosa del genere.»

«Ricorda il nome dell'amico di Julián?»

«Con un cognome come Aldaya non c'è bisogno di nomi, mi capisce? C'era anche un altro ragazzo, un po' strambo, un certo Miquel. Anche quello era un suo compagno di classe, mi pare. Non mi ricordo né il cognome né che faccia avesse.»

Eravamo a un punto morto e, temendo di perdere l'attenzione della portinaia, decisi di andare a naso.

«Nell'appartamento dei Fortuny abita qualcuno?»

«No. Il vecchio è morto senza fare testamento e la moglie, che io sappia, vive ancora a Buenos Aires e non è venuta al funerale.»

«A Buenos Aires?»

«Certo, se n'è andata il più lontano possibile. E ha fatto bene. Ha affidato tutto a un avvocato, un tipo piuttosto strano. Io non l'ho mai visto, ma mia figlia Isabelita, che abita al quinto piano, proprio sotto, dice che ogni tanto l'avvocato, siccome ha le chiavi, arriva di sera, va su e giù per ore e poi se ne va. Una volta ha persino sentito un rumore di tacchi da donna. Pensi un po'.»

«Saranno stati dei trampoli.»

Mi guardò senza capire. Per la portinaia la questione era molto seria.

«In tutti questi anni non è mai entrato nessuno lì dentro?»

113

«Un giorno è arrivato un brutto ceffo, uno di quelli che ridono sempre e non sai mai cosa pensano. Diceva di essere della Squadra Criminale e voleva vedere l'appartamento.»

«Le disse perché?»

La portinaia scosse la testa.

«Le ha detto come si chiamava?»

«Ispettore qualcosa. Non ci ho creduto che fosse un poliziotto. La faccenda puzzava, mi capisce? Sembrava una questione personale. Me la sono cavata dicendo di non avere le chiavi dell'appartamento e di rivolgersi all'avvocato, nel caso avesse bisogno di qualcosa. Mi ha detto che sarebbe tornato, ma non si è più fatto vedere. Meglio così.»

«Per caso, sa dove posso trovare quell'avvocato?»

«Dovrebbe chiederlo all'amministratore dello stabile, il signor Molins. Il suo ufficio è qui vicino, al numero 28 di calle Floridablanca, nel seminterrato. Gli dica che la manda dona Aurora.»

«La ringrazio molto. Quindi, doña Aurora, l'appartamento dei Fortuny al momento è vuoto?»

«Vuoto no, perché dopo la morte del vecchio non hanno portato via niente. A volte si sente una puzza... Secondo me ci sono i topi.»

«Pensa che sia possibile dare un'occhiata? Magari troviamo qualcosa che ci aiuta a capire cos'è veramente successo a Julián...»

«Ah, io non sono autorizzata. Deve parlarne col signor Molins, l'amministratore.»

«Ma lei ha una chiave maestra, suppongo. Anche se a quel tizio ha detto di no... sono sicuro che non le dispiacerebbe sapere cosa c'è lì dentro.»

Doña Aurora mi guardò in tralice.

«Lei è un demonio.»

La porta si aprì stridendo come la lapide di un sepolcro e sprigionando un odore fetido e viziato. Spinsi la porta verso l'interno, scoprendo un corridoio che si addentrava nelle tenebre. Puzzava di chiuso e di umidità. Matasse di sporcizia e ragnatele pendevano come capelli dagli angoli del soffitto.

Le piastrelle del pavimento erano ricoperte da uno strato di polvere, simile a cenere, su cui notai impronte che si addentravano nell'appartamento.

«Vergine santissima!» esclamò la portinaia. «C'è più merda qui che sul palo di un pollaio.»

«Se preferisce, entro da solo» proposi.

«Le piacerebbe, eh? Forza, faccia strada che la seguo.»

Chiudemmo la porta alle nostre spalle. Per qualche istante, finché i nostri occhi non si furono abituati alla penombra, rimanemmo sulla soglia. Sentivo il respiro affrettato della portinaia e l'odore del suo sudore. Mi sembrava di essere un saccheggiatore di tombe, avido e ansioso.

«Cos'è questo rumore?» domandò la portinaia inquieta.

Un batter d'ali nell'oscurità, causato dalla nostra presenza. Scorsi la pallida sagoma di un uccello che svolazzava in fondo al corridoio.

«Piccioni» affermai. «Saranno entrati da una finestra rotta e hanno fatto il nido.»

«A me fanno schifo, quei maledetti uccellacci» disse la portinaia. «Sanno soltanto cagare.»

«Stia calma, doña Aurora, attaccano solo quando hanno fame.»

Avanzammo lungo il corridoio ed entrammo in una sala da pranzo con balcone arredata con un tavolo ricoperto da una tovaglia sfilacciata che sembrava un sudario, quattro sedie e un paio di credenze con i vetri opachi per la sporcizia che custodivano vari bicchieri e un servizio da tè. In un angolo c'era il vecchio pianoforte verticale della madre di Carax, con i tasti anneriti e coperti da uno strato di polvere. Davanti al balcone c'era una poltrona sgangherata con accanto un tavolino su cui erano posati un paio di occhiali da lettura e una Bibbia rilegata in pelle chiara con fregi dorati, di quelle che si regalavano per la prima comunione. Un cordoncino rosso indicava ancora il segno.

«È lì che hanno trovato il vecchio, su quella poltrona. Il medico ha detto che era morto da due giorni. Che tristezza andarsene così, solo come un cane. Guardi, se l'è voluta, però mi ha fatto una gran pena.»

Mi avvicinai alla poltrona mortuaria del signor Fortuny. Accanto alla Bibbia c'era una scatola con fotografie in bianco e nero, vecchi ritratti da studio. Mi inginocchiai a esaminarle, timoroso: avevo l'impressione di profanare i ricordi di un infelice, ma la curiosità ebbe la meglio. La prima fotografia mostrava una giovane coppia con un bambino di circa quattro anni. Lo riconobbi dagli occhi.

«Eccoli lì. Il signor Fortuny da giovane e la moglie.»

«Julián non aveva fratelli o sorelle?»

La portinaia alzò le spalle e sospirò.

«Si diceva che lei avesse abortito a causa delle botte del marito. Alla gente piace spettegolare. Una volta, Julián raccontò ai bambini dello stabile di avere una sorella che solo lui poteva vedere, e che usciva dagli specchi come uno sbuffo di vapore e viveva con Satana in persona in un palazzo sotto un lago. La mia Isabelita ha avuto gli incubi per un mese intero. Era un ragazzino morboso, a volte.»

Diedi un'occhiata alla cucina. Il vetro della finestrella che si affacciava sul cortile interno era rotto e si udiva il battere d'ali dei piccioni.

«Gli appartamenti sono tutti uguali?» domandai.

«Quelli che si affacciano sulla strada, ossia le porte di destra della scala, sì, ma questo dell'ultimo piano è un po' diverso» mi spiegò la portinaia. «Da quella parte ci sono la cucina e un ripostiglio che dà sul cortiletto. Su quel corridoio ci sono tre stanze e in fondo c'è un bagno. Ben sistemata è una casa accogliente, non creda. È simile a quello della mia Isabelita, anche se è in uno stato pietoso.»

«Qual era la camera di Julián?»

«La prima porta è la camera matrimoniale; poi c'è una stanza più piccola. Immagino sia quella.»

Il corridoio aveva le pareti scrostate. La porta del bagno, in fondo, era socchiusa. Dallo specchio un volto mi osservava: avrebbe potuto essere il mio oppure quello della sorella immaginaria che viveva negli specchi dell'appartamento. Cercai di aprire la seconda porta.

«È chiusa a chiave» dissi.

La portinaia fece tanto d'occhi.

«Qui le porte non hanno la serratura.»

«Questa sì.»

«L'avrà fatta mettere il vecchio, perché negli altri appartamenti...»

Abbassai lo sguardo e notai che le impronte sulla polvere
si fermavano davanti alla porta chiusa.

«Qualcuno è entrato nella stanza» dissi. «Di recente.»

«Non mi spaventi.»

Raggiunsi l'altra porta. Era priva di serratura e nell'aprirsi
emise un cigolio rugginoso. Al centro della stanza troneggiava
un letto sfatto, con le lenzuola giallastre come sudari, su cui
incombeva un crocefisso. C'erano un armadio socchiuso, un
comò con una piccola specchiera, un bicchiere, una brocca e
una sedia. Sotto il ripiano di vetro del comodino erano infilati
foto di antenati, annunci mortuari e biglietti della lotteria. Sul
comodino c'erano un carillon di legno intagliato e un orologio
da taschino fermo sulle cinque e venti. Caricai il carillon ma si
inceppò dopo qualche nota. Aprii il cassetto del comodino e
trovai solo un vecchio astuccio per occhiali, un tagliaunghie,
una fiaschetta e una medaglia della Madonna di Lourdes.

«Da qualche parte deve pur esserci la chiave di quella
stanza» dissi.

«Ce l'avrà l'amministratore. Senta, forse è meglio se ce ne
andiamo.»

Lo sguardo mi cadde sul carillon. Alzai il coperchio: una
chiave dorata bloccava il meccanismo. La presi: il carillon ri-
cominciò il suo tintinnio e riconobbi una melodia di Ravel.

«La chiave dev'essere questa» dissi alla portinaia.

«Se la stanza è chiusa, sarà per qualche motivo. Non fosse
che per rispettare la memoria...»

«Se preferisce, può aspettarmi giù, doña Aurora.»

«Lei è un demonio. Coraggio, apra.»

16

Mentre infilavo la chiave nella toppa sentii sulle dita uno
spiffero d'aria fredda. Sulla porta della stanza del figlio il signor Fortuny aveva fatto montare un catenaccio più grande
di quello della porta d'ingresso. Doña Aurora mi osservava

inquieta, come se stessimo per scoperchiare il vaso di Pandora.

«Questa stanza dà sulla strada?» domandai.

«No, ha una finestra che si affaccia sul cortiletto.»

Spinsi la porta verso l'interno. Un pozzo di oscurità si aprì davanti a noi, impenetrabile. Il tenue chiarore alle nostre spalle ci precedette come un respiro che riusciva appena a introdursi nelle tenebre. La finestra che dava sul cortile era coperta dalle pagine ingiallite di un giornale. Strappai quei fogli e una striscia di luce vaporosa penetrò nelle tenebre.

«Gesù, Giuseppe e Maria» mormorò la portinaia accanto a me.

La stanza era infestata di crocefissi. Alcuni, appesi a cordicelle, pendevano dal soffitto; altri erano inchiodati ai muri. Ce n'erano decine. Negli angoli, incisi con un taglierino sui mobili e sulle piastrelle, dipinti in rosso sugli specchi. I passi che avevo notato sulla soglia avevano lasciato impronte sulla polvere intorno alla rete di un letto, uno scheletro di ferro e di legno tarlato. In un angolo della stanza, sotto la finestrella, c'era uno scrittoio con il ribaltino, chiuso, su cui erano posati tre crocefissi di metallo. Lo aprii lentamente. Poiché non c'era traccia di polvere nella cerniera dell'anta, immaginai che fosse stato aperto di recente. Aveva sei cassetti e le serrature erano state forzate. Li controllai uno per uno: vuoti.

Mi inginocchiai davanti allo scrittoio e passai le dita sui graffi del legno. Immaginai le mani di Julián Carax che tracciavano quegli scarabocchi, geroglifici di cui si era perso il significato. In fondo alla scrivania vidi una pila di taccuini e un recipiente con matite e penne. Presi uno dei taccuini e lo sfogliai: era pieno di disegni e di frasi sparse, esercizi di matematica, riflessioni, citazioni di libri, abbozzi di poesie. I quaderni sembravano tutti uguali. Qualche disegno si ripeteva, con leggere variazioni, pagina dopo pagina. Mi colpì la figura di un uomo che sembrava fatto di fiamme; in un'altra, una specie di angelo o di rettile si attorcigliava intorno a una croce. Notai gli schizzi di una grande casa tutta torrioni e arcate, simile a una cattedrale. Il tratto era sicuro e denotava una certa attitudine al disegno, ma le immagini non erano che bozzetti.

Stavo per rimettere a posto l'ultimo quaderno senza neppure guardarlo, quando qualcosa scivolò dalle pagine e cadde sul pavimento. Era una foto in cui compariva la stessa ragazza del ritratto bruciacchiato presa di fronte alla cappelleria. La giovane donna era in un sontuoso giardino, e tra le fronde degli alberi si scorgevano i contorni della casa che avevo appena visto nei disegni dell'adolescente Carax. La riconobbi subito: era la villa di El Frare Blanc, nell'avenida del Tibidabo. Sul retro della fotografia c'era scritto:

Con amore, Penélope.

Me la infilai in tasca, chiusi lo scrittoio e sorrisi alla portinaia.

«Fatto?» domandò, ansiosa di andarsene.

«Quasi» risposi. «Mi ha detto che poco dopo la partenza di Julián per Parigi era arrivata una lettera indirizzata a lui, e che il padre le disse di buttarla via...»

Dopo un attimo di esitazione, la portinaia annuì.

«La lettera l'ho messa nel cassetto del mobile dell'anticamera, casomai la francese prima o poi tornasse. Sarà ancora lì.»

Aprimmo il primo cassetto del mobile. In mezzo a una gran quantità di orologi fermi, bottoni e monete fuori corso da almeno vent'anni c'era una busta ocra.

«Lei l'ha letta?»

«Dica un po', per chi mi ha preso?»

«Non si offenda. Mi sembra normale, date le circostanze, in fondo credeva che il povero Julián fosse morto...»

La portinaia, con gli occhi bassi e scrollando le spalle, si avviò verso la porta d'ingresso. Ne approfittai per infilare la lettera nella tasca interna della giacca e chiusi il cassetto.

«Non vorrei che si facesse un'idea sbagliata» disse la donna.

«Stia tranquilla. Cosa c'era scritto?»

«Era una lettera d'amore, come quelle che si ascoltano alla radio, ma più triste, sì, perché pareva proprio vera. Pensi che mentre la leggevo mi veniva da piangere.»

«Ha il cuore grande come una casa, doña Aurora.»

«E lei è un demonio.»

Quel pomeriggio, dopo aver promesso a doña Aurora che l'avrei tenuta al corrente delle mie indagini su Julián Carax, andai dall'amministratore. Il signor Molins, che aveva conosciuto tempi migliori, si era installato in un ufficio scalcinato di un seminterrato di calle Floridablanca. Molins era un buontempone che parlava masticando un mozzicone di sigaro. Non si capiva se fosse sveglio o dormisse perché respirava rumorosamente, come uno che russa. Aveva i capelli unti e schiacciati sulla fronte e due occhi porcini, e indossava un abito per cui non gli avrebbero dato neppure dieci pesetas a un mercatino dell'usato, compensato da una cravatta dagli sgargianti colori tropicali. A giudicare dalle apparenze, in quell'ufficio ormai amministravano solo ragnatele o catacombe della Barcellona di prima della Restaurazione.

«Scusi il disordine, stiamo rinnovando i locali» disse Molins.

Per rompere il ghiaccio, feci il nome di doña Aurora come se si trattasse di una vecchia amica di famiglia.

«Ah, da giovane era un bel bocconcino» commentò Molins. «Con gli anni si è lasciata andare; è vero che neanch'io sono più lo stesso. Lei non mi crederà, ma alla sua età ero un adone. Le ragazze si inginocchiavano ai miei piedi per scongiurarmi di fare un figlio con loro. Il ventesimo secolo è una merda. Be', non importa. In cosa posso esserle utile, ragazzo?»

Imbastii una storiella più o meno plausibile su una mia lontana parentela con i Fortuny. Molins ascoltò le mie chiacchiere per cinque minuti, poi si mise a scartabellare nello schedario per darmi l'indirizzo dell'avvocato che si occupava degli affari di Sophie Carax, la madre di Julián.

«Vediamo un po'... José María Requejo, calle León XIII, 59. La corrispondenza, però, la mandiamo ogni sei mesi a una casella postale dell'ufficio centrale di Vía Layetana.»

«Conosce il signor Requejo?»

«Mi è capitato di parlare al telefono con la sua segretaria. È strano, ma con loro tutte le pratiche si sbrigano per posta e le segue la mia impiegata, che oggi è andata dal parrucchiere. Gli avvocati di oggi non sono più seri come quelli di una volta, vanno sempre di fretta. I gentiluomini, in quella professione, si contano sulle dita di una mano.»

Sembrava che neppure degli indirizzi ci si potesse più fidare. Una rapida occhiata allo stradario che l'amministratore teneva sulla scrivania confermò i miei sospetti: l'indirizzo

120

dell'avvocato Requejo era falso. Lo comunicai al signor Molins, che accolse la notizia come se fosse una battuta.

«Roba da matti» disse ridendo. «Che le dicevo? Furfanti.»

L'amministratore si appoggiò allo schienale della poltrona emettendo uno dei suoi respiri rauchi.

«Non avrebbe il numero della casella postale?»

«Dovrebbe essere il 2837, se non leggo male, ma la mia segretaria scrive i numeri con i piedi. D'altra parte le donne non sono portate per la matematica; quello per cui sono portate è...»

«Posso vedere la scheda?»

«Ma certo. Faccia pure.»

Me la tese. I numeri erano scritti chiaramente: la casella postale era la 2321. Pensai con orrore allo stato della contabilità in quell'ufficio.

«Conosceva bene il signor Fortuny?» domandai.

«Abbastanza. Era un uomo molto serio. Quando venni a sapere che la francese lo aveva lasciato, gli proposi di andare a puttane, insieme a un gruppo di amici, in un localino di mia conoscenza dalle parti di La Paloma. Per tirarlo su di morale, no? Da allora non mi ha più rivolto la parola né salutato quando mi incontrava per strada, neanche fossi diventato invisibile. Pensi un po'.»

«Sono stupefatto. Che altro può dirmi della famiglia Fortuny?»

«Erano altri tempi. A dire il vero ho conosciuto anche il vecchio Fortuny, il fondatore della cappelleria. Del figlio, cosa vuole che le dica. Lei, però, era una gran donna. E perbene, sa, nonostante i pettegolezzi che circolavano...»

«Come il fatto che Julián non fosse figlio del signor Fortuny?»

«E lei come fa a saperlo?»

«Gliel'ho detto, sono un loro lontano parente. Le voci girano.»

«Non è mai stato provato.»

«Ma si diceva» lo incalzai.

«La gente mette il becco dappertutto. L'uomo non discende dalla scimmia bensì dalla gallina.»

«E cosa si mormorava in giro?»

«Le andrebbe un bicchierino di rum? È di Igualada, ma il sapore ricorda alla lontana quello cubano.»

«No, grazie, ma lei si serva pure. Nel frattempo, mi dica...»

Antoni Fortuny, che tutti chiamavano il cappellaio, aveva cono-sciuto Sophie Carax nel 1899, sul sagrato della cattedrale di Barcel-lona. Aveva appena fatto un voto a sant'Eustachio, che secondo la tradizione era il santo più incline a compiere miracoli d'amore fra tutti quelli dotati di cappella personale. Antoni Fortuny, che aveva già trent'anni e rischiava di restare scapolo, voleva una moglie e la voleva subito. Sophie era una giovane francese, viveva in un pensio-nato per signorine in calle Riera Alta e impartiva lezioni di solfeggio e pianoforte ai rampolli delle famiglie altolocate di Barcellona. Era orfana e possedeva solo la sua gioventù e la formazione musicale che le aveva dato il padre, pianista in un teatro di Nîmes, prima di mori-re di tubercolosi nel 1886. Antoni Fortuny, invece, era quasi un be-nestante. Aveva appena ereditato il negozio del padre, una rinomata cappelleria nella ronda de San Antonio dove aveva imparato il me-stiere che sognava di insegnare al proprio figlio, prima o poi. Sophie Carax gli apparve fragile, bella, giovane, docile e feconda: sant'Eu-stachio non si era smentito. Dopo quattro mesi di corte serrata, Sophie accettò la sua proposta di matrimonio. Il signor Molins, ami-co del vecchio Fortuny, mise in guardia Antoni: Sophie sembrava una ragazza seria, ma forse quelle nozze erano troppo convenienti per lei, era meglio aspettare perlomeno un anno... Antoni Fortuny disse di sapere quanto bastava della sua futura sposa, il resto non gli interessava. Celebrarono le nozze nella basilica del Pino e trascorsero i tre giorni della luna di miele alle terme di Mongat. Il giorno prima di partire, il cappellaio chiese al signor Molins come doveva compor-tarsi nell'intimità dell'alcova. Molins, sarcastico, gli rispose di do-mandarlo alla moglie. I coniugi Fortuny tornarono a Barcellona do-po appena due giorni e i vicini notarono che Sophie piangeva quando entrò in casa. Molti anni più tardi, Viçenteta giurò che Sophie le ave-va rivelato che il cappellaio non l'aveva nemmeno sfiorata e che quando lei aveva cercato di sedurlo, l'aveva trattata come una prosti-tuta, disgustato. Sei mesi più tardi, Sophie annunciò al marito che aspettava un figlio. Il figlio di un altro uomo.

Antoni Fortuny, che aveva sempre visto suo padre picchiare la madre, si regolò di conseguenza. Smise di batterla solo quando si rese conto che un altro colpo l'avrebbe uccisa. Malgrado ciò, Sophie si rifiutò di dire chi fosse il padre della creatura che portava in grembo. Antoni Fortuny, con la sua logica peculiare, stabilì che si trattava del demonio, perché il bambino era il figlio del peccato e il peccato ha un solo padre: il Maligno. Convinto che il peccato fosse entrato in casa sua e tra le cosce della moglie, il cappellaio prese l'abitudine di appendere crocefissi ovunque: sui muri, in tutte le stanze e sul soffitto. Quando Sophie lo vide riempire di croci la camera da letto in cui l'aveva relegata, si spaventò e con gli occhi colmi di lacrime gli domandò se per caso era impazzito. Lui, furente, la prese a schiaffi. «Sei una puttana, come tutte le altre», le urlò in faccia, buttandola fuori di casa a calci dopo averla scorticata a cinghiate. Il giorno dopo, quando Antoni Fortuny aprì l'uscio per scendere in negozio, Sophie era ancora sul pianerottolo, coperta di sangue secco e tremante di freddo. I medici fecero il possibile per le fratture della mano destra: Sophie Carax non avrebbe più suonato il piano, ma partorì un bambino a cui diede il nome di Julián, in ricordo del padre perduto troppo presto, come tutto ciò che aveva nella vita. Dapprima Fortuny pensò di ripudiarla, poi capì che lo scandalo non avrebbe giovato alla sua attività. Nessuno avrebbe acquistato cappelli da un cornuto. Sophie si trasferì in una stanza buia e fredda sul retro dell'appartamento, dove diede alla luce il suo bambino assistita da due vicine. Antoni tornò a casa solo tre giorni dopo. «Questo è il figlio che Dio ti ha dato» annunciò Sophie. «Se vuoi punire qualcuno, punisci me, non una creatura innocente. Il bambino ha bisogno di una casa e di un padre. I miei peccati non sono i suoi. Ti prego di avere pietà di noi.»

I primi mesi furono difficili. Antoni Fortuny aveva degradato la moglie al rango di serva: non dividevano più né il letto né la tavola e raramente scambiavano qualche parola che non riguardasse questioni di natura domestica. Una volta al mese, nelle notti di luna piena, Antoni Fortuny si presentava in camera di Sophie all'alba e, senza dire una parola, la possedeva con impeto ma con scarsa perizia. Approfittando di questi rari e bellicosi momenti di intimità, Sophie cercava di ammansirlo, sussurrandogli parole d'amore e accarezzandolo. Il cappellaio si mostrava indifferente a tali frivolezze e la furia del suo desiderio svaporava nel giro di qualche minuto. Quegli incontri tumultuosi non diedero alcun frutto. Qualche an-

no dopo, Antoni Fortuny smise di recarsi nella camera di Sophie e preferì cercare conforto nella lettura delle Sacre Scritture.

Con l'aiuto dei Vangeli, il cappellaio si sforzava di far nascere nel suo cuore l'amore per quel bimbo dallo sguardo intenso che viveva in un mondo tutto suo e immaginava ombre dove non ce n'erano. Per quanto si impegnasse, non sentiva alcun legame col piccolo Julián e non si riconosceva in lui. Il bambino, d'altra parte, non dimostrava un particolare interesse per i cappelli né per gli insegnamenti del catechismo. A Natale, Julián si divertiva a spostare le statuine del presepe e a inventare storie in cui il Bambino Gesù veniva rapito dai Re magi per fini oscuri. Poi gli venne la mania di disegnare angeli coi denti da lupo e di inventarsi racconti di fantasmi incappucciati che uscivano dai muri e si nutrivano delle idee della gente addormentata. Col passare del tempo, il cappellaio perse ogni speranza di raddrizzare il ragazzo e di riportarlo sulla retta via. Quel bambino non era un Fortuny e non lo sarebbe mai stato. A scuola si annoiava e tornava a casa coi quaderni pieni di scarabocchi: esseri mostruosi, serpenti alati e palazzi animati che camminavano e divoravano gli incauti passanti. Era già evidente che viveva in un mondo dove la fantasia aveva sostituito la banalità del quotidiano. Delle numerose delusioni collezionate nel corso della sua esistenza, nessuna afflisse Antoni Fortuny più di quel figlio che il demonio gli aveva inviato per farsi beffe di lui.

A dieci anni, Julián dichiarò di voler fare il pittore, come Velázquez, per realizzare le tele che il maestro non aveva potuto dipingere perché era stato costretto a ritrarre quegli imbecilli della famiglia reale. Come se non bastasse, a Sophie – per sconfiggere la solitudine o per onorare la memoria di suo padre – venne in mente di dargli lezioni di piano. Julián, che adorava la musica, la pittura e tutte le arti considerate dai più poco redditizie, apprese senza difficoltà i primi rudimenti dell'armonia e ben presto cominciò a inventarsi sue composizioni, invece di esercitarsi sulle noiose partiture del libro di solfeggio. Già allora, Antoni Fortuny imputava buona parte delle deficienze del ragazzo a un regime alimentare influenzato, a suo dire, dalla cucina francese della madre. Poiché l'eccesso di grassi era causa di decadenza morale e danneggiava le facoltà intellettive, proibì tassativamente a Sophie di cucinare col burro. I risultati, tuttavia, non furono quelli sperati.

Quando Julián ebbe dodici anni, il suo interesse per la pittura e *per Velázquez diminuì, ma le illusioni del cappellaio ebbero vita breve. Julián aveva smesso di sognare il Prado per coltivare un vizio ancora più pernicioso: aveva scoperto la biblioteca di calle del Carmen e trascorreva lo scarso tempo libero concessogli dal lavoro in cappelleria in quel santuario dei libri, a divorare tomi di letteratura, di poesia e di storia. La vigilia del suo tredicesimo compleanno, Julián comunicò al padre di voler diventare come Robert Louis Stevenson, uno sconosciuto, per di più straniero. Il cappellaio gli rispose che a malapena sarebbe diventato uno scalpellino. A quel punto si convinse che il figlio era davvero stupido.*

Di notte, Antoni Fortuny si rigirava nel letto in preda alla rabbia e alla frustrazione. Nel profondo del cuore voleva bene a quel ragazzo, si diceva, e, benché non lo meritasse, voleva bene anche a quella sgualdrina che lo aveva ingannato sin dal primo giorno. Li amava a modo suo, che era il modo giusto. Implorava Dio di indicargli il modo per poter essere felici tutti e tre, ancora meglio se a modo suo. Supplicava il Signore di inviargli un segno, un sussurro, un barlume della sua presenza. Ma Dio, nella sua infinita saggezza – forse anche un po' seccato per la valanga di richieste che gli pervenivano da tante anime travagliate – non gli rispondeva. Mentre Antoni Fortuny era tormentato dal rimorso e dall'angoscia, Sophie, nell'altra stanza, intristiva guardando naufragare la sua vita in un mare di inganni, di abbandono, di colpa. Non amava l'uomo di cui era la serva, ma sentiva di appartenergli, e l'idea di abbandonarlo portando con sé il figlio le pareva inconcepibile. Ripensava con amarezza al vero padre di Julián e col tempo giunse a odiarlo, ad aborrire tutto ciò che rappresentava, ovvero tutto ciò a cui lei stessa anelava. Incapaci di dialogare, Sophie e il marito urlavano l'una contro l'altro. Insulti e recriminazioni volavano come coltelli, trafiggendo chiunque si trovasse sulla loro traiettoria, e cioè, il più delle volte, Julián. Poi, al cappellaio restava solo un vago ricordo delle ragioni che lo avevano indotto a picchiare la moglie. Rammentava solo la rabbia e la vergogna. Allora si riprometteva di non batterla più e di consegnarsi alle autorità, se fosse stato necessario, perché lo rinchiudessero in prigione.

Antoni Fortuny era certo che con l'aiuto di Dio sarebbe diventato un uomo migliore di quanto non fosse stato suo padre. Ma prima o poi i suoi pugni tornavano a colpire l'inerme Sophie e alla fine

Fortuny decise che, se loro due non potevano essere marito e moglie, sarebbero stati l'aguzzino e la sua vittima. Fu così, tacitando pensieri ed emozioni, che passarono gli anni per la famiglia Fortuny: dimenticarono le parole per esprimere i loro sentimenti e si trasformarono in estranei che abitavano sotto lo stesso tetto, uno fra i tanti di quella città infinita.

Erano le due e mezzo passate quando tornai alla libreria, accolto da un'occhiata sarcastica di Fermín che, appollaiato su una scala, lustrava una collezione degli *Episodi nazionali* dell'insigne Benito Pérez Galdós.

«Chi non muore si rivede. La davamo per disperso, Daniel.»

«Ho perso tempo lungo la strada. Dov'è mio padre?»

«Ha deciso di consegnare personalmente i volumi ordinati dai clienti. Mi ha incaricato di dirle che nel pomeriggio sarebbe andato a Tiana a stimare la biblioteca privata di una vedova. Con la sua aria serafica le stende tutte. Ha detto di non aspettarlo per chiudere.»

«Era arrabbiato?»

Fermín scese dalla scala con l'agilità di un gatto.

«Figuriamoci, suo padre è un santo. E poi è contento che lei si sia trovato una fidanzata.»

«Cosa?»

Fermín mi fece l'occhiolino e si inumidì le labbra.

«Birbante, la teneva nascosta, eh? Una bambola che fermerebbe il traffico. E che classe. Si capisce che ha frequentato buone scuole, anche se ha una certa malizia nello sguardo... Se Bernarda non mi avesse rubato il cuore, perché ancora non le ho raccontato del nostro aperitivo... abbiamo fatto scintille, come nella notte di san Giovanni.»

«Fermín» lo interruppi. «Di cosa sta parlando?»

«Della sua fidanzata.»

«Io non ho la fidanzata, Fermín.»

«Be', adesso voi giovani usate altri termini, "ghirlfrend" o...»

«Fermín, ricominciamo da capo. Di cosa sta parlando?»

Fermín Romero de Torres mi guardò sconcertato, congiungendo le punte delle dita di una mano e gesticolando alla siciliana.

«Allora, una mezzora fa è passata di qui una bellissima signorina che ha chiesto di lei. Suo padre e il sottoscritto eravamo entrambi presenti e posso garantirle che la ragazza non era affatto un fantasma. Sono persino in grado di descriverle il suo profumo. Lavanda, ma con una sfumatura più dolce. Come una ciambella appena sfornata.»

«La ciambella ha per caso detto di essere la mia fidanzata?»

«Non in modo esplicito, ma ha fatto un sorrisetto, può immaginarlo, e ha detto che l'aspettava venerdì pomeriggio. Noi ci siamo limitati a fare due più due.»

«Bea» mormorai.

«Dunque esiste» sottolineò Fermín, sollevato.

«Sì, ma non è la mia fidanzata» replicai.

«E cosa aspetta a farsi avanti?»

«È la sorella di Tomás Aguilar.»

«Il suo amico inventore?»

Annuii.

«A maggior ragione. Senta un po', se anche fosse la sorella di Gil Robles, io non mi farei scrupoli. È uno schianto. Al posto suo, farei i salti mortali dalla gioia.»

«Bea il fidanzato ce l'ha già. È un sottotenente che sta facendo il servizio militare.»

Fermín, indispettito, sbuffò.

«Ah, l'esercito, covo di una tribù di scimmie. Meglio, così può mettergli le corna senza rimorso.»

«Lei vaneggia, Fermín. Bea si sposerà appena il sottotenente sarà congedato.»

Fermín mi lanciò uno sguardo complice.

«Si dia da fare, tanto quella non si sposa.»

«Cosa ne sa lei?»

«Di donne e di questioni mondane, parecchio più di lei. Come ci insegna Freud, la donna desidera il contrario di ciò che pensa o afferma, il che, a ben vedere, non è affatto un problema, in quanto l'uomo, come tutti sanno, obbedisce invece agli stimoli del proprio apparato genitale o digestivo.»

«Lasci perdere la psicologia, Fermín, ho già capito dove vuole arrivare. Se ha qualcosa da dire, sia sintetico.»

«Allora glielo spiego in due parole: quella non aveva l'aria di una che si sposa con un milite.»

«Ah no? Che aria aveva?»

«Morbosa» disse Fermín, inarcando le sopracciglia con fare misterioso. «E lo consideri un complimento.»

Aveva ragione, come sempre. Decisi di portare il gioco sul suo terreno.

«A proposito, mi racconti come è andata con Bernarda. Vi siete già baciati?»

«Lei mi offende, Daniel. Le ricordo che sta parlando con un professionista della seduzione, e baciarsi al primo incontro è da dilettanti. Le vere donne si conquistano a poco a poco. È una tattica psicologica, come le mosse del torero.»

«Insomma, le ha risposto picche.»

«A Fermín Romero de Torres non risponde picche nemmeno san Rocco. Il fatto è che gli uomini, tornando a Freud e mi perdoni la metafora, si scaldano come lampadine: bollenti in un attimo, fredde un istante dopo. Le donne, invece, ed è una verità scientifica, si scaldano come un ferro da stiro, mi capisce? A poco a poco, a fuoco lento, come una buona *escudella*, la zuppa di carne con cavolo e ceci. Ma una volta che si sono scaldate, non le ferma più nessuno. Come gli altiforni della Biscaglia.»

Meditai per qualche secondo sulle teorie termodinamiche di Fermín.

«È la strategia che intende adottare con Bernarda?» domandai. «Mettere il ferro sul fuoco?»

Fermín mi strizzò l'occhio.

«Quella donna è un vulcano in procinto di eruttare, ha una libido incandescente e il cuore di una santa» sentenziò. «A dire il vero, mi ricorda la mia bella mulatta dell'Avana, che era tanto devota ai suoi santi africani. Ma dal momento che sono un gentiluomo vecchio stampo, non ne ho approfittato e mi sono accontentato di un casto bacio sulla guancia. Non ho fretta, sa? Il meglio si fa attendere. Certi sempliciotti pensano che, se toccano il culo a una donna e lei non protesta, il più è fatto. Principianti. Il cuore della donna è un meccanismo complesso, insensibile ai rozzi ragionamenti del maschio avventuriero. Se si vuole davvero possedere una donna, bisogna imparare a pensare come lei. Tutto il resto, il morbido involucro che ti fa perdere la ragione e l'onore, viene di conseguenza.»

Applaudii con solennità.

«Fermín, lei è un poeta.»

«No, mi ritengo piuttosto un pragmatico come Ortega. La poesia, per quanto piacevole, è un artificio, mentre le mie parole sono più reali del pane col pomodoro. Non a caso il maestro diceva: mostratemi un dongiovanni e smaschererò il finocchio che è in lui. Per me sono importanti le cose che durano. Lei mi è testimone: io farò di Bernarda una donna, se non perbene, perché lo è già, quanto meno felice.»

Approvai con un sorriso. Il suo entusiasmo era contagioso e il suo eloquio irresistibile.

«Abbia cura di lei, Fermín. Bernarda è tanto buona e ha già avuto troppe delusioni.»

«Crede che non me ne sia accorto? Ce l'ha stampato in fronte come il contrassegno del patronato delle vedove di guerra. Glielo dice uno che, quando vuole, sa essere un emerito figlio di puttana: colmerò di felicità quella donna, fosse anche l'ultima cosa che faccio in questo mondo.»

«Mi dà la sua parola?»

Mi tese la mano con la serietà di un cavaliere medievale. Gliela strinsi.

«Parola di Fermín Romero de Torres.»

Nel primo pomeriggio in negozio entrarono solo un paio di curiosi, perciò dissi a Fermín che me la sarei sbrigata da solo.

«Coraggio, vada da Bernarda e la porti al cinema o a guardare le vetrine di calle Puertaferrisa, che le piace da morire.»

Fermín non se lo fece dire due volte e corse a farsi bello nel retrobottega, dove teneva un completo di ricambio nonché vari flaconi di acqua di colonia e creme assortite in un nécessaire che avrebbe fatto invidia a doña Concha Piquer. Quando fu pronto sembrava il protagonista di un film con trenta chili di meno. Indossava un vecchio vestito di mio padre e un cappello di feltro di almeno due misure più grande, problema che risolveva inserendo fogli di giornale sotto la fascia interna.

«A proposito, Fermín, prima che vada... volevo chiederle un favore.»

«Lo consideri già fatto. Lei ordina e io obbedisco.»

«Vorrei che non ne facesse parola con mio padre.»

Fece un gran sorriso.

«Ah, birbone. C'entra quella bella figliola, eh?»

«No. Si tratta di una faccenda molto complicata, un enigma. Pane per i suoi denti, insomma.»

«Anche in fatto di ragazze ho una discreta esperienza. Glielo dico nel caso che abbia bisogno di una consulenza tecnica. In tutta confidenza, per certe faccende sono come un medico. Senza complimenti.»

«Lo terrò presente. Adesso però vorrei scoprire a chi è intestata una casella postale dell'ufficio centrale di Vía Layetana. È la numero 2321. E, se fosse possibile, sapere chi ritira la corrispondenza. Mi può dare una mano?»

Con una biro, Fermín si annotò il numero sul collo del piede, sotto il calzino.

«È facilissimo. Non c'è organismo ufficiale che mi possa resistere. Mi dia qualche giorno e le farò un rapporto completo.»

«Siamo intesi: non una parola con mio padre.»

«Non si preoccupi. Faccia conto che io sia la sfinge di Cheope.»

«La ringrazio. E adesso vada a divertirsi.»

Gli feci il saluto militare e lo guardai mentre si allontanava, spavaldo come un gallo. Dopo cinque minuti udii la campanella della porta e sollevai lo sguardo dalle colonne piene di numeri e cancellature del registro delle ordinazioni. Era entrato un tizio con un impermeabile grigio e un cappello di feltro. Aveva occhi azzurri inespressivi, baffetti sottili e un sorriso falso da commesso viaggiatore. Mi dispiacque che Fermín fosse appena uscito, perché era abilissimo nel liberarsi dei venditori di canfora e cianfrusaglie che ogni tanto capitavano in libreria. Il cliente mi rivolse un sorriso untuoso, afferrando un volume a caso da una pila di libri ancora da prezzare. Tutto in lui lasciava trasparire un profondo disprezzo per quanto lo circondava. Non riuscirai a vendermi neanche uno spillo, pensai.

«Quante parole» disse.

«È un libro, e si dà il caso che contenga un certo numero di parole. In cosa posso esserle utile?»

L'uomo rimise il libro sulla pila, ignorando la mia domanda.

«Proprio così. La lettura è un'attività per la gente che non ha niente da fare. Come le donne. Chi lavora per campare non perde tempo a leggere storielle. Nella vita bisogna sgobbare. Dico bene?»

«È un punto di vista. Cercava qualcosa in particolare?»

«Non è un punto di vista, è un dato di fatto. È il problema di questo paese, la gente non vuole lavorare. Siamo pieni di fannulloni, non le pare?»

«Non saprei. Può darsi. Qui, come vede, ci limitiamo a vendere libri.»

L'uomo si avvicinò al banco, mentre i suoi occhi perlustravano il negozio e ogni tanto mi scrutavano. L'aspetto e i modi di quell'individuo avevano qualcosa di vagamente familiare, ma non riuscivo a capire cosa mi ricordava. Faceva pensare a una figura dei tarocchi o all'incisione di un incunabolo. Era una presenza inquietante, una sorta di maledizione vestita a festa.

«Se mi dice in cosa posso esserle utile...»

«Veramente sono qui per esserle utile io. È suo il negozio?»

«No. Il proprietario è mio padre.»

«E si chiama?»

«Io o mio padre?»

L'uomo fece un sorriso. Uno di quelli che sorridono sempre, pensai.

«Dunque l'insegna Sempere e figli include anche lei.»

«Esatto. Posso chiederle qual è la ragione della sua presenza qui, se non è interessato ai libri?»

«La ragione della mia presenza, una visita di pura cortesia, è metterla in guardia. Mi è giunta voce che frequentate individui poco raccomandabili, in particolar modo invertiti e delinquenti.»

131

Lo guardai sbigottito.

«Come?»

«Sto parlando di ladri e finocchi. Sa a chi mi riferisco, vero?»

«Non ne ho la più pallida idea e non mi interessa ascoltarla ulteriormente.»

L'uomo annuì con un'espressione ostile.

«Invece le toccherà farlo. Immagino sia al corrente della condotta riprovevole del signor Federico Flaviá.»

«Don Federico è l'orologiaio del quartiere e un'eccellente persona. Dubito davvero che sia un delinquente.»

«Mi riferivo ai finocchi. Mi risulta che sia un noto pederasta e che frequenti il vostro esercizio, per acquistare, suppongo, romanzi d'amore e pubblicazioni pornografiche.»

«E a lei cosa importa?»

Per tutta risposta lui tirò fuori il portafoglio e lo aprì sul banco. Vidi un tesserino della polizia bisunto con la foto dell'uomo, appena un po' più giovane. Arrivai a leggere fin dove diceva "Ispettore Capo Francisco Javier Fumero Almuñiz".

«Ragazzo, veda di parlarmi con il dovuto rispetto o vi do una lezione coi fiocchi, a lei e a suo padre, accusandovi di vendere spazzatura bolscevica. Sono stato chiaro?»

Avrei voluto replicare, ma le parole mi si congelarono sulle labbra.

«In ogni caso, non sono qui per quel finocchio. Prima o poi finirà in commissariato, come tutti quelli della sua risma, e provvederò di persona a fargli passare certe voglie. Mi preoccupa, invece, che abbiate dato lavoro a un volgare ladruncolo, un farabutto della peggior specie.»

«Non so davvero a chi si riferisca, ispettore.»

Fumero rise nel suo modo servile e mellifluo.

«Dio solo sa che nome starà usando adesso. Qualche anno fa si faceva chiamare Wilfredo Camagüey, asso del mambo, e diceva di essere un esperto di riti vudù, professore di ballo di don Juan Borbón e amante di Mata Hari. In altre occasioni ha usato nomi di diplomatici, di artisti di varietà o di toreri. Ormai abbiamo perso il conto.»

«Mi dispiace, non conosco nessun Wilfredo Camagüey.»

132

«Non ne dubito, ma sa di chi parlo, vero?»

«No.»

Fumero ridacchiò di nuovo. Quella risata innaturale era il suo biglietto da visita.

«Ci prova gusto a complicare le cose, vero? Sono venuto qui in via amichevole per avvertirvi che chi frequenta un indesiderabile finisce per scottarsi e lei mi tratta come se fossi un imbroglione.»

«Niente affatto. La ringrazio della sua visita e dei suoi consigli, ma le assicuro che non...»

«Non mi prenda per il culo. Se mi girano i coglioni le mollo due sberle e vi chiudo la baracca, chiaro? Ma oggi sono di buonumore, quindi le lascio il tempo per riflettere. Se si accompagna a ladri e finocchi, una ragione ci sarà. A me piacciono le cose chiare: o si è con me o si è contro di me. Così è la vita. Sono stato chiaro?»

Rimasi in silenzio. Fumero annuì, ridacchiando ancora una volta.

«Molto bene, Sempere. Veda lei. Noi due abbiamo cominciato male. Se è in cerca di guai, li avrà. La vita non è un romanzo, bisogna scegliere da che parte stare. Ed è evidente che lei ha scelto di schierarsi dalla parte dei perdenti.»

«Devo chiederle il favore di andarsene.»

Si diresse verso la porta con la sua risata sibillina.

«Ci rivedremo. E dica al suo amico che l'ispettore Fumero lo tiene d'occhio e gli manda tanti saluti.»

Camminai su e giù dietro il banco per un quarto d'ora, poi chiusi il negozio in anticipo per fare un giro e calmarmi. Non riuscivo a togliermi dalla mente le allusioni e le minacce di quell'apprendista macellaio. Mi chiesi se dovevo informare mio padre e Fermín, ma, considerando che l'intenzione di Fumero era proprio quella di instillare il dubbio, l'ansia e la paura, mi sembrò più opportuno non stare al suo gioco. D'altra parte, le insinuazioni sul passato di Fermín mi preoccupavano. Mi vergognai di aver dato credito, anche solo per un attimo, alle parole del poliziotto. Alla fine, dopo aver riflettuto a lungo, decisi di temporeggiare sperando che non accadesse nulla. Tornando a casa, passai di fronte all'orologería e da dietro il banco don Federico mi salutò e mi fece cenno di entrare. L'orologiaio era una persona gentile e affabile che non dimenticava mai una ricorrenza, sempre disposto a dare una mano a tutti. Al pensiero che fosse sulla lista nera dell'ispettore Fumero rabbrividii e mi domandai se non fosse il caso di avvisarlo, anche se ero indeciso su come procedere perché non volevo essere indiscreto. Piuttosto confuso, entrai in negozio e gli sorrisi.

«Hai una brutta cera, Daniel.»

«È stata una giornataccia» dissi. «Come vanno le cose, don Federico?»

«A gonfie vele. La qualità degli orologi è sempre più scadente e il lavoro non manca. Se continua così, dovrò prendere un aiutante. Ho pensato al tuo amico inventore che ha il pallino della meccanica. Credi che gli interesserebbe?»

Immaginai la reazione del padre di Tomás Aguilar all'idea che il figlio accettasse un impiego nel negozio di don Federico, checca ufficiale del quartiere.

«Gliene parlerò.»

«A proposito, Daniel, ho qui la sveglia che tuo padre ha portato a riparare due settimane fa. Non so cosa le sia successo, ma a parer mio non vale la pena aggiustarla. Conviene piuttosto comprarne una nuova.»

Ricordai che, quando la calura delle notti estive diventava asfissiante, mio padre dormiva sul balcone.

«È caduta in strada» dissi.

«Mi pareva. Fatemi sapere cosa devo fare. Gli posso dare una Radiant a un ottimo prezzo. Anzi, prendila adesso, così la prova. Se gli va bene poi me la paga e sennò me la restituisce.»

«Grazie mille, don Federico.»

L'orologiaio incartò l'oggetto in questione.

«Alta tecnologia» affermò. «Mi è piaciuto molto il libro che mi ha venduto Fermín l'altro giorno. Uno di Graham Greene. Assumere quell'uomo è stato davvero un affare.»

«Sì, è proprio bravo.»

«Ho notato che non porta mai l'orologio. Digli di passare da me che ci metteremo d'accordo.»

«Senz'altro. Grazie, don Federico.»

Mentre mi tendeva la sveglia, l'orologiaio mi guardò corrugando la fronte.

«Sicuro che sia tutto a posto, Daniel? Solo una brutta giornata?»

Glielo confermai con un sorriso.

«Certo, don Federico. Mi stia bene.»

A casa trovai mio padre addormentato sul divano col giornale sul petto. Posai la sveglia sul tavolo e su un foglietto di carta scrissi: "da parte di don Federico: butta via quella vecchia" e andai silenziosamente in camera mia. Sdraiato sul letto, nella penombra, mi addormentai pensando all'ispettore, a Fermín e all'orologiaio. Quando mi svegliai erano le due del mattino. Andai in corridoio e vidi che mio padre si era ritirato in camera sua con la sveglia nuova. Nell'appartamento regnava l'oscurità e il mondo, là fuori, mi sembrava più buio e insidioso che nelle altre notti. In realtà, non avevo mai preso sul serio l'ipotesi che l'ispettore Fumero fosse una persona in carne e ossa. Andai in cucina a bere un bicchiere di latte freddo, augurandomi che Fermín fosse al sicuro nella sua pensione.

Tornai a letto, feci uno sforzo per scacciare l'immagine del poliziotto e tentai inutilmente di prendere sonno. Accesi la luce, intenzionato ad aprire la busta indirizzata a Julián Carax che, quella mattina, avevo portato via dalla casa della ronda de San Antonio e che avevo infilato nella tasca della giacca. La misi sulla scrivania, sotto la luce della lampada. Era una busta di carta pergamena, con i bordi ruvidi. Il timbro postale, appena un'ombra, recava la data: 18 ottobre 1919. Il sigillo di ceralacca si era staccato, con ogni probabilità grazie alle arti di doña Aurora. Sul lembo era rimasta una macchia rossastra, simile all'impronta di un bacio lasciata da un rossetto, dove era possibile leggere il mittente:

Penélope Aldaya
Avenida del Tibidabo 32, Barcellona

Aprii la busta, che conteneva un foglio color ocra accuratamente piegato a metà. Le parole tracciate con l'inchiostro blu si inseguivano nervose, dapprima un po' sbiadite e poi sempre più decise. Tutto in quella lettera rievocava un'epoca lontana: la calligrafia schiava del calamaio, i caratteri incisi sul foglio spesso dalla punta del pennino, la rugosità della carta. Posai il foglio sul piano di legno e lessi la lettera.

Caro Julián,
stamani Jorge mi ha confermato che hai lasciato Barcellona per inseguire le tue illusioni. Ho sempre temuto che quei sogni ti avrebbero impedito di essere mio per sempre o di chiunque altro. Avrei tanto desiderato vederti un'ultima volta, guardarti negli occhi e dirti ciò che non riesco ad affidare alla carta. Nessuno dei nostri progetti è andato a buon fine. Ti conosco troppo bene e so che non mi scriverai, che non mi comunicherai neppure il tuo indirizzo, che vorrai diventare un altro. So che mi odierai perché non mi trovavo dove ti avevo promesso di essere. Penserai che ti ho ingannato. Che non ho avuto coraggio.

Ti ho spesso immaginato su quel treno, solo, a rimuginare sul mio tradimento. Che bugie ti hanno raccontato sul mio conto, Julián? Perché vi hai creduto?

Ora che ti ho perso, so di aver perso tutto. Malgrado ciò, non posso permettere che tu scompaia per sempre dalla mia vita e mi dimentichi senza sapere che non ti serbo rancore, che fin dall'inizio sentivo che ti avrei perso e che tu non avresti mai visto in me quello che io vedevo in te. Voglio che tu sappia che ti ho amato fin dal primo giorno e che continuo ad amarti, ora più che mai, anche se non vuoi sentirtelo dire.

Ti sto scrivendo di nascosto. Jorge ha giurato che ti ucciderà se ti rivedrà ancora. Non mi permettono più di uscire di casa e neanche di affacciarmi alla finestra. Sono certa che non mi perdoneranno mai. Una persona di fiducia mi ha promesso che ti spedirà questa lettera. Non la nomino per non comprometterla. Non so se le mie parole ti giungeranno, ma se così sarà e deciderai di tornare per me, troverai il modo di farlo. Mentre ti scrivo, ti immagino su quel treno, col tuo bagaglio di sogni e col cuore spezzato, in fuga da tutti noi e da te stesso. Sono tante le cose che non posso raccontarti, Julián. Cose che entrambi ignoravamo e di cui è meglio che tu rimanga all'oscuro.

Il mio desiderio più grande è che tu sia felice, Julián, che tutto ciò a cui aspiri diventi realtà e che, anche se mi dimenticherai, un giorno tu possa comprendere quanto ti ho amato.

Per sempre tua,
Penélope

17

Le parole di Penélope Aldaya, che quella notte lessi e rilessi fino a impararle a memoria, cancellarono il malessere che mi aveva provocato la visita dell'ispettore Fumero. Dopo una notte insonne passata a riflettere su quella lettera e a immaginare la voce di Penélope, uscii di casa all'alba. Mi vestii in silenzio e lasciai un biglietto sul mobile dell'ingresso per avvertire mio padre che sarei arrivato in libreria alle nove e mezzo. Le strade, nel chiarore azzurro del primo mattino, erano deserte e costellate di pozzanghere, perché durante la notte era piovuto. Mi abbottonai il giaccone fino al collo e mi diressi a passo veloce verso plaza de Cataluña. Dalle scale del metrò, nella prima luce si levava un tiepido muro di vapore. Allo sportello delle ferrovie catalane comprai un biglietto di terza classe per la stazione del Tibidabo e salii su un vagone stipato di fattorini, domestiche e manovali con i loro panini grossi come mattoni avvolti in fogli di giornale. Appoggiai la testa contro il finestrino e socchiusi gli occhi, cercando rifugio nell'oscurità dei tunnel mentre il treno attraversava il sottosuolo della città per lasciarmi ai piedi del Tibidabo. Quando risalii in superficie, trovai un'altra Barcellona: era giorno e un raggio di luce purpurea squarciava le nubi illuminando le facciate dei palazzi e delle eleganti dimore che fiancheggiavano l'avenida del Tibidabo. Il piccolo tram blu iniziava, pigro, il suo viaggio tra la nebbia. Lo rincorsi e saltai sulla piattaforma posteriore sotto lo sguardo del bigliettaio. La vecchia carrozza in legno era quasi vuota: c'erano solo due frati e una donna pallida vestita a lutto che ondeggiavano appisolati secondo il movimento della vettura, trainata da cavalli invisibili.

«Scendo subito, all'altezza del numero trentadue» dissi al bigliettaio, con un gran sorriso.

«Per me è come se scendesse a Finisterre» ribatté lui. «Qui hanno pagato il biglietto anche i soldati di Cristo. O sgancia i soldi o cammina. E passo sopra a come è salito.»

I due frati, coi sandali ai piedi e l'austero saio marrone dei francescani, confermarono mostrando i rispettivi biglietti rosa.

«Allora scendo» dissi. «Non ho moneta.»

«Come preferisce. Ma aspetti la prossima fermata. Non voglio incidenti.»

Il tram blu risaliva la collina senza fretta, sfiorando le ombre dei grandi alberi dei parchi di quelle dimore, simili a castelli, che io immaginavo popolati di statue, fontane, scuderie e cappelle segrete. Mi sporsi dalla piattaforma e tra la vegetazione di un giardino intravidi la villa di El Frare Blanc. All'angolo con Román Macaya il tram rallentò fin quasi a fermarsi. Il manovratore suonò la campanella e il bigliettaio mi guardò severo.

«Si sbrighi, furbacchione, il numero trentadue è proprio davanti a lei.»

Il tram blu proseguì la sua corsa e il suo allegro sferragliare si allontanò nella foschia del mattino. La residenza degli Aldaya si trovava sull'altro lato della strada, dietro una cancellata in ferro battuto coperta di edera e fogliame. C'era anche una porticina. Sopra le sbarre, imprigionato tra due serpenti di ferro nero, spiccava il numero 32. L'interno della proprietà era praticamente invisibile: non si scorgevano che gli archi di un lugubre torrione. Sbirciai dal buco della serratura della porticina, da cui scendeva una striscia di ruggine, ma vidi solo erbacce e la vasca di una fontana da cui emergeva una mano protesa verso il cielo. Ci misi un po' a rendermi conto che si trattava di una mano di pietra e che nella vasca c'era una sagoma indistinta. Più in là, tra le erbacce, si intravedeva una scalinata in marmo con i gradini rotti e coperta di detriti e foglie secche. La fortuna degli Aldaya era tramontata da molto tempo: quel luogo sembrava un sepolcro.

Decisi di dare un'occhiata al retro della villa e girai l'angolo della via. Da lì, in effetti, si vedeva meglio una delle torri. A un tratto, notai con la coda dell'occhio un tizio macilento, con addosso un grembiule blu, che mi osservava diffidente. L'uomo stava ammucchiando a colpi di ramazza le foglie secche cadute sul marciapiede. Immaginai si trattasse del custode di una delle proprietà vicine e gli sorrisi cordiale, come sa fare solo chi ha trascorso ore e ore dietro il banco di un negozio.

«Buongiorno» esordii. «Mi sa dire se la casa degli Aldaya è chiusa da molto tempo?»

L'ometto mi guardò come se gli avessi chiesto la formula della quadratura del cerchio e si toccò il mento con le dita giallastre, chiaro indizio della sua predilezione per le Celtas senza filtro. Purtroppo, però, non avevo sigarette da offrirgli. Frugai comunque nelle tasche della giacca alla ricerca di qualcosa per propiziarmelo.

«Saranno almeno venti o venticinque anni, e speriamo che vada avanti così» disse il custode col tono remissivo di chi ha sempre fatto una vita da schiavo.

«Vive qui da molto?»

«Sono al servizio dei signori Miravell dal 1920.»

«Non sa dove sia andata a finire la famiglia Aldaya?»

«Be', hanno perso quasi tutto con la Repubblica» disse. «Chi semina zizzania... Il poco che so l'ho sentito dire dai signori Miravell, che erano amici della famiglia. Il figlio maggiore, Jorge, pare sia emigrato in Argentina. Forse avevano delle fabbriche da quelle parti. Cadono sempre in piedi, quelli. Non è che avrebbe una sigaretta?»

«No, mi dispiace. Però posso offrirle una caramella Sugus, che, come è stato scientificamente dimostrato, contiene la stessa quantità di nicotina di un Montecristo e in più un mucchio di vitamine.»

Il portiere aggrottò la fronte incredulo, poi accettò. Gli tesi la Sugus al limone che mi aveva dato Fermín un'eternità di tempo prima e che avevo ripescato da una piega della fodera della tasca. Mi augurai che fosse ancora commestibile.

«Buona» esclamò il custode, succhiando la caramella gommosa.

«Lei sta gustando l'orgoglio dell'industria dolciaria nazionale. Il Generalissimo le divora come fossero confetti. Mi dica, ha mai sentito parlare della figlia degli Aldaya, Penélope?»

Il portiere si appoggiò alla ramazza, nella posa del pensatore di Rodin.

«Guardi che si sbaglia. Gli Aldaya non avevano figlie. Erano tutti maschi.»

«Ne è sicuro? A me risulta che nel 1919 in questa casa abitava una ragazza di nome Penélope Aldaya. Doveva essere la sorella di Jorge.»

«Non lo escludo, ma io sono arrivato nel 1920.»

«Chi sono adesso i proprietari?»

«Che io sappia, la casa è ancora in vendita, e parlavano di demolirla per costruirci una scuola. Sarebbe la cosa migliore da fare. Buttarla giù fino alle fondamenta.»

«Perché?»

Il custode mi fece un sorriso confidenziale. Nell'arcata superiore gli mancavano almeno quattro denti.

«Quella gente, gli Aldaya, avevano qualcosa da nascondere, non so se mi spiego.»

«Veramente no. Che cosa si diceva in giro?»

«Se lo può immaginare. Le solite cose. Io non ci ho mai creduto troppo, badi bene, ma pare che più di qualcuno se la sia fatta addosso, là dentro.»

«Non vorrà dirmi che la casa è stregata» domandai, reprimendo un sorriso.

«Rida pure. Ma sa... *vox populi*.»

«Lei ha visto qualcosa?»

«Visto no. Però ho sentito.»

«Sentito cosa?»

«Diversi anni fa, una notte, ho accompagnato Joanet, perché lui ha insistito, badi bene, mica avevo perso niente là dentro... dicevo, ho sentito un rumore strano, come uno che piangeva.»

Il custode si esibì in un'imitazione del suono che aveva udito. A me sembrò un tisico che canticchiava il ritornello di una canzone.

«Sarà stato il vento» suggerii.

«Forse, ma avevo una fifa maledetta. Dica un po', non è che per caso ha un'altra caramella?»

«Prenda una pasticca Juanola. Sono tonificanti, dopo il dolce.»

«Proviamo» disse il custode.

Gli diedi l'intero pacchetto. La liquirizia gli sciolse la lingua.

«Detto tra noi, qui c'è sotto un mistero. Una volta Joanet, il figlio del signor Miravell, che è grosso il doppio di lei, si figuri che gioca nella nazionale di pallamano... dunque, dicevo, alcuni conoscenti del signorino Joanet avevano sentito parlare della casa degli Aldaya e l'hanno convinto. E lui ha convinto me ad accompagnarlo, perché parlava tanto ma non aveva il coraggio di entrare da solo. Cosa vuole, un giovanotto viziato. Si è messo in testa di andarci di notte per fare il galletto con la fidanzata e per poco non si piscia addosso. Lei la sta vedendo di giorno, ma di notte questa casa è diversa. Insomma, Joanet dice di essere salito fino al secondo piano – io l'ho aspettato sulla porta, perché è contro la legge, anche se allora la casa era già abbandonata da almeno dieci anni – e di aver sentito qualcosa di strano. Gli è sembrato di udire una voce in una stanza, ma, quando ha cercato di entrare, la porta gli si è chiusa in faccia. Cosa mi dice?»

«Una corrente d'aria» azzardai.

«O qualcos'altro» precisò il custode a voce bassa. «L'hanno detto alla radio l'altro giorno: l'universo è pieno di misteri. Pare che abbiano trovato la vera Sindone a Sardanyola. L'avevano cucita dietro lo schermo di un cinema per nasconderla ai musulmani, che vogliono usarla come prova per sostenere che Cristo era nero. Cosa mi dice?»

«Sono senza parole.»

«Appunto. Sono misteri. Dovrebbero buttarla giù, quella casa e spargere calce sul terreno.»

Ringraziai il signor Remigio per le informazioni e cominciai a scendere lungo il viale. Guardai la collina del Tibidabo, circondata da vaporose nubi mattutine. Per un attimo fui tentato di prendere la funicolare e di raggiungere la cima per andare a zonzo tra le giostre e le attrazioni del vecchio luna park, ma avevo promesso di essere in libreria entro le nove e mezzo. Mentre mi dirigevo verso la stazione del metrò pensavo a Julián Carax che percorreva quello stesso marciapiede e ammirava le facciate solenni dei palazzi, uguali a come le vedevo io ora, le loro scalinate e i giardini pieni di statue, forse aspettando quel cigolante tram blu che scalava il cielo in punta di piedi. All'inizio del viale presi dalla tasca la fotografia di Penélope Aldaya che sorrideva nel giardino della residenza di famiglia. Gli occhi riflettevano la purezza della sua anima e la fiducia in un avvenire meraviglioso. "Con amore, Penélope."

Immaginai Julián Carax alla mia età, con quel ritratto tra le mani, all'ombra dello stesso albero sotto cui mi trovavo io. Mi sembrava quasi di vederlo, sorridente e sicuro di sé, con lo sguardo rivolto verso un futuro promettente, grande come quel viale. Per un attimo, pensai che lì gli unici fantasmi erano quelli dell'assenza e della perdita, e che quella luce che mi sorrideva era effimera. Ci sarebbe stata solo per qualche secondo, finché il mio sguardo avesse potuto coglierla.

18

Di ritorno, vidi che la libreria era già aperta e ne approfittai per salire in casa a fare colazione. Mio padre mi aveva lasciato sul tavolo della sala da pranzo pane tostato, marmellata e un termos di caffè. Dieci minuti dopo, scesi in negozio entrando dal retro. Aprii l'armadio e indossai il grembiule da lavoro per proteggere gli abiti dalla polvere. In fondo all'armadio, in una scatola di latta che aveva contenuto biscotti di Camprodrón, tenevo un assortimento di cianfrusaglie che non mi decidevo mai a buttar via: orologi, stilografiche rotte, vecchie monete, figurine, biglie di vetro, bossoli di proiettili che avevo trovato nel parco del Laberinto e cartoline della Barcellona d'inizio secolo. Lì in mezzo ritrovai il pezzo di giornale su cui Isaac Monfort aveva annotato l'indirizzo di sua figlia Nuria, la notte in cui ero andato al Cimitero dei Libri Dimenticati per nascondere *L'ombra del vento*. Lo osservai nella luce polverosa fra scaffali e casse impilate. Chiusi la scatola, misi l'indirizzo nel portafoglio e uscii dal retrobottega deciso a tenermi occupato a qualunque costo.

«Buongiorno» esclamai.

Fermín stava svuotando alcuni scatoloni inviati da un collezionista di Salamanca e mio padre era impegnato a decifrare il catalogo in tedesco di un apocrifo luterano che aveva il nome di un insaccato di qualità.

«E un pomeriggio anche migliore» canticchiò Fermín, alludendo al mio appuntamento con Bea.

Non gli risposi neppure e affrontai l'inevitabile impresa

142

mensile di aggiornare il registro contabile controllando fatture, bolle di spedizione, crediti e debiti. La radio trasmetteva una selezione delle più belle melodie di Antonio Machín, un cantante molto in voga all'epoca, cullando la nostra serena monotonia. I ritmi caraibici innervosivano mio padre, che però portava pazienza perché a Fermín ricordavano la sua amata Cuba. La scena si ripeteva tutte le settimane: mio padre fingeva di non sentire e Fermín, infervorato, ancheggiava al ritmo della musica, riempiendo le pause pubblicitarie con aneddoti del suo soggiorno all'Avana. Dalla porta aperta del negozio entrava un profumo di caffè e pane fresco che induceva all'ottimismo. Un momento dopo, la nostra vicina, Merceditas, di ritorno dal mercato della Boquería, si affacciò sulla soglia.

«Buongiorno, signor Sempere» cinguettò.

Mio padre le rispose con un sorriso impacciato. Avevo l'impressione che Merceditas gli piacesse, ma che la sua etica da frate certosino gli impedisse di uscire dal suo inespugnabile isolamento. Fermín contemplava l'ondeggiare sensuale dei suoi fianchi come se la ragazza fosse una torta alla panna. Merceditas aprì un sacchetto di carta, tirò fuori tre mele belle lustre e ce le offrì. Probabilmente nutriva ancora l'illusione di poter lavorare in libreria e non faceva il minimo sforzo per dissimulare l'antipatia che le ispirava Fermín, l'usurpatore.

«Guardi che meraviglia. Le ho viste e ho pensato: queste sono per i signori Sempere» disse. «So che a voi intellettuali piacciono le mele, come a Isaac Peral.»

«Isaac Newton, tesoro» la corresse Fermín, implacabile.

Merceditas gli rivolse un'occhiata assassina.

«Eccolo qui l'intelligentone. Mi ringrazi piuttosto per non averle portato un limone.»

«Un tal dono, il frutto del peccato originale, proveniente dalle sue caste mani, mi accende il...»

«Fermín, per favore» lo interruppe mio padre.

«Sì, signor Sempere» disse Fermín.

Merceditas stava per rispondergli a tono quando dalla strada arrivò un clamore di voci. Smettemmo tutti di parlare, in attesa. Si levavano voci di sdegno, accompagnate da mormorii crescenti. Merceditas mise la testa fuori dalla porta. Vedemmo passare alcuni negozianti che imprecavano fra i denti. Poco dopo entrò da noi Anacleto Olmo, vicino di casa e portavoce ufficioso della Real Academia de la Lengua nel nostro stabile. Don Anacleto, laureato in letteratura e cultura spagnola, nonché professore di liceo, abitava con sette gatti nell'appartamento del secondo piano. Nel tempo libero arrotondava lo stipendio scrivendo risvolti di copertina per una prestigiosa casa editrice e si mormorava che componesse versi erotici firmandosi con lo pseudonimo di Rodolfo Pitón. A tu per tu, don Anacleto era una persona alla mano, ma in pubblico si sentiva obbligato a interpretare il ruolo del rapsodo, utilizzando un linguaggio aulico che gli era valso l'appellativo di *Gongorino*.

Quel mattino, il professore era rosso per l'indignazione e le sue mani, che impugnavano il pomolo d'avorio del bastone, erano scosse da un tremito. Tutti e quattro lo fissammo perplessi.

«Cosa succede, don Anacleto?» domandò mio padre.

«Mi dica che è morto Franco» esclamò Fermín speranzoso.

«Stia zitto, villano» lo interruppe Merceditas. «Lasci parlare il professore.»

Don Anacleto inspirò profondamente e, dopo aver ritrovato la compostezza, ci riferì i fatti con la sua solita magniloquenza.

«Amici, la vita è una tragedia e persino le più nobili creature del Signore debbono assaporare il fiele di un destino capriccioso e ostinato. Questa notte, mentre i laboriosi abitanti della città dormivano il meritato sonno dei giusti, don Federico Flaviá i Pujades, nostro stimato vicino che tanto ha contribuito al benessere del quartiere nella sua veste di orologiaio, e che conduce il suo esercizio appena tre porte più avanti rispetto alla presente libreria, è stato arrestato dalle forze di sicurezza dello Stato.»

Mi sentii mancare.

«Gesù, Giuseppe e Maria» recitò Merceditas.

Fermín sbuffò: il capo dello Stato godeva ancora di ottima salute. Don Anacleto prese fiato e continuò.

«A giudicare dal fededegno resoconto che ho raccolto da

fonti vicine al commissariato di polizia, due insigni membri della Squadra Criminale in incognito hanno sorpreso don Federico, poco dopo la mezzanotte di ieri, vestito da donna, mentre intonava canzonette licenziose sul palco di un tugurio di calle Escudillers, davanti a un pubblico composto, a quanto pare, di ritardati mentali. Tali creature dimenticate da Dio, fuggite quello stesso pomeriggio dall'istituto di un ordine religioso, eccitate dallo spettacolo, si erano calate i pantaloni e ballavano con le pudenda erette e la bava alla bocca.»

Vista la piega che prendeva il racconto, Merceditas si fece il segno della croce.

«Alcune madri di quei poveri innocenti, una volta informate del fattaccio, hanno sporto denuncia per pubblico scandalo e attentato alla più elementare morale. La stampa, avvoltoio che si nutre di orrori e disgrazie, non ha tardato a fiutare il lezzo di carogna e, grazie alla soffiata di uno spione professionista, dopo neppure quaranta minuti dall'irruzione dei due rappresentanti dell'autorità, era già presente nel locale nella persona di Kiko Calabuig, cronista del quotidiano "El Caso", più conosciuto come "spalamerda", che si è affrettato a consegnare il suo articolo di cronaca nera in tempo per l'edizione odierna in cui, va da sé, si qualifica lo spettacolo tenutosi nel sordido locale come dantesco, con titoli a caratteri cubitali.»

«Non posso crederci» disse mio padre. «Pareva proprio che don Federico si fosse dato una calmata.»

Don Anacleto annuì con foga da predicatore.

«Sì, ma non dimentichi la saggezza dei proverbi, testimonianza ed espressione del nostro sentire più genuino, che recitano: il lupo perde il pelo ma non il vizio e non di solo bromuro vive l'uomo. E non ha ancora sentito il peggio.»

«Allora venga al sodo, eccellenza, che una tale profusione di metafore mi ha fatto venir voglia di andare al cesso» sbottò Fermín

«Non faccia caso a quel maleducato, io adoro il suo modo di parlare. Sembra di ascoltare un cinegiornale, professore» intervenne Merceditas.

145

«Grazie, mia cara, ma non sono che un umile pedagogo. Stavo appunto per informarvi, senza ulteriori preamboli o digressioni, che a quanto pare l'orologiaio, il quale al momento del suo arresto rispondeva al nome d'arte di *La Bella Sbarazzina*, era già stato fermato in simili circostanze un paio di volte, peraltro registrate negli schedari dei custodi della pace.»

«Sarebbe più corretto definirli malfattori muniti di distintivo.»

«Lasciamo stare la politica. Ma posso dirvi che, dopo aver buttato giù dal palco il povero don Federico con un colpo di bottiglia ben assestato, i due agenti lo hanno condotto al commissariato di Vía Layetana. In altre circostanze, la faccenda avrebbe potuto risolversi con qualche battutaccia e un paio di schiaffoni o un'ammenda di poco conto, ma si è dato lo sfortunato caso che bazzicasse da quelle parti il famigerato ispettore Fumero.»

«Fumero» mormorò Fermín, cui era bastato sentire quel nome per trasalire.

«Lui in persona. Come vi dicevo, il capo della sicurezza cittadina, reduce da una trionfale retata in un locale che organizzava corse di scarafaggi in calle Vigatans, è stato informato dell'accaduto dall'angosciata madre di uno dei ragazzi del Cottolengo, Pepet Guardiola, presunto ideatore della fuga. L'ispettore, che pare avesse in corpo dodici caffè corretti, ha deciso di intervenire. Valutate le aggravanti del caso, Fumero ha fatto presente al sergente di guardia che un tale esempio di (cito il vocabolo nonostante la presenza di una signorina, per la sua pregnanza in relazione agli eventi) frociaggine meritava una punizione esemplare e che ciò di cui aveva bisogno l'orologiaio, ovvero don Federico Flaviá i Pujades, celibe e nativo di Ripollet, per il suo bene e per quello delle anime innocenti dei ragazzi mongoloidi – la cui presenza era di per sé superflua ma, date le circostanze, determinante – era trascorrere la notte in una cella comune in compagnia di una pleiade selezionata di delinquenti. Come saprete, tali celle sono famose tra i malfattori per le loro precarie condizioni sanitarie; inoltre, l'inserimento di un comune cittadino tra gli

146

ospiti fissi diviene immancabilmente un pretesto per far baldoria, dovuto all'inaspettato divertimento e alla novità, che spezzano la monotonia della vita carceraria.»

A questo punto, don Anacleto tracciò un affettuoso ritratto della vittima, ben nota a tutti i presenti.

«Non c'è bisogno di ricordarvi che il signor Flaviá i Pujades è persona di indole mite e delicata, tutta bontà e pietà cristiana. Se una mosca entra nel suo negozio, lui, invece di ucciderla a ciabattate, spalanca porte e finestre affinché l'insetto, creatura del Signore, sia restituito all'ecosistema. Don Federico è un uomo di fede, molto pio e impegnato nelle attività della parrocchia che, tuttavia, è da sempre costretto a convivere con una tenebrosa propensione al vizio, la quale, in un numero assai limitato di casi, lo ha sopraffatto e spinto ad andarsene in giro vestendo panni femminili. La sua abilità nel riparare meccanismi di ogni genere, dagli orologi da polso fino alle macchine per cucire, era proverbiale e lui, come persona, era stimato da quanti lo conoscevano e frequentavano il suo negozio, compresi coloro che non avevano mai visto di buon occhio le sue rare scappatelle notturne con parrucca, ventaglio e abiti a pois.»

«Ne parla come se fosse morto» disse Fermín sgomento.

«Morto no, grazie a Dio.»

Tirai un sospiro di sollievo. Don Federico viveva con la madre ottantenne, completamente sorda, conosciuta nel quartiere come *la Pepita* e famosa per le sue flatulenze da uragano, capaci di stordire anche i passerotti che saltellavano sul davanzale della finestra.

«Pepita non poteva certo immaginare» riprese il docente «che il suo Federico aveva trascorso la notte in una lurida cella, dove un manipolo di delinquenti e di magnaccia se l'erano giocato ai dadi come se fosse una meretrice per poi, una volta sazi delle sue magre carni, dargli una caterva di botte, mentre gli altri carcerati scandivano allegramente in coro rime scurrili di questo tenore: "Culattone, culattone, schifoso frocione"».

Calò un silenzio di tomba. Merceditas singhiozzava e Fermín le si avvicinò per consolarla e cingerla in un tenero abbraccio, ma lei si scostò prontamente.

19

«Immaginate la scena» concluse don Anacleto tra la costernazione generale.

L'epilogo della vicenda non era meno atroce. A metà mattina, un furgone grigio della polizia aveva lasciato don Federico davanti al portone di casa, insanguinato, con gli abiti a brandelli, senza la parrucca né la sua collezione di bigiotteria fine. Gli avevano orinato addosso e aveva la faccia piena di tagli e contusioni. Il figlio della fornaia lo aveva trovato così, che piangeva e tremava come un bambino.

«È un'infamia» dichiarò Merceditas, a debita distanza dalle mani di Fermín. «Poverino, è buono come il pane e non fa del male a nessuno. Gli piace travestirsi ed esibirsi su un palcoscenico, e allora? La gente è proprio cattiva.»

Don Anacleto taceva e fissava il pavimento.

«Non cattiva» replicò Fermín. «Idiota. È ben diverso. La malvagità presuppone un certo spessore morale, forza di volontà e intelligenza. L'idiota invece non si sofferma a ragionare, obbedisce all'istinto, come un animale nella stalla, convinto di agire in nome del bene e di avere sempre ragione. Si sente orgoglioso in quanto può rompere le palle, con licenza parlando, a tutti coloro che considera diversi, per il colore della pelle, perché hanno altre opinioni, perché parlano un'altra lingua, perché non sono nati nel suo paese o, come nel caso di don Federico, perché non approva il loro modo di divertirsi. Nel mondo c'è bisogno di più gente cattiva e di meno rimbambiti.»

«Non dica stupidaggini. Quel che manca è la carità cristiana, non la cattiveria. Sembra di vivere fra gli animali» lo rimbeccò Merceditas. «Certa gente non si perde una messa, ma a nostro signore Gesù Cristo, quasi quasi, non dà più ascolto neanche Dio.»

«Merceditas, non tiri in ballo l'industria del messale, che quella è parte del problema e non la soluzione.»

«Ecco l'ateo. Ma si può sapere cosa le ha fatto il clero?»

«Su, non litigate» disse mio padre. «E lei, Fermín, veda se don Federico ha bisogno di qualcosa in farmacia o che gli facciamo la spesa al mercato.»

«Sì, signor Sempere. Immediatamente. Lo sa che ho il vizio di perdermi nelle discussioni.»

«La sua perdizione sono la faccia tosta e l'insolenza» precisò Merceditas. «Blasfemo. Dovrebbe lavarsi l'anima con l'acido muriatico.»

«Guardi, Merceditas, giusto perché è una brava persona, anche se un po' limitata e più ignorante di una capra, e perché in questo momento abbiamo un'emergenza sociale e dobbiamo unire i nostri sforzi, sennò le avrei messo in chiaro un paio di punti cardinali.»

«Fermín!» lo riprese mio padre.

Fermín tacque e si affrettò a uscire. Merceditas seguì la sua ritirata con uno sguardo di riprovazione.

«Datemi retta, prima o poi quell'uomo finirà per procurarvi dei guai. Secondo me, minimo minimo è un anarchico, o un massone e magari anche ebreo. Con quel naso...»

«Non ci badi. È un bastian contrario.»

Merceditas scrollò la testa, irritata.

«Bene, adesso vi devo lasciare perché ho molti impegni e i minuti contati. Arrivederci.»

La salutammo con riverenza guardandola uscire, dritta come un fuso, e avanzare con passo marziale lungo il marciapiede. Mio padre fece un respiro profondo, quasi volesse appropriarsi della pace ritrovata. Don Anacleto, in piedi accanto a lui, era pallido e demoralizzato.

«Viviamo in un paese di merda» sentenziò, rinunciando per una volta al linguaggio forbito.

«Si faccia coraggio, don Anacleto. È sempre stato così, qui e ovunque. In certi momenti, quando le cose brutte ti toccano da vicino, vediamo tutto nero. Stia tranquillo, don Federico si riprenderà presto. È più forte di quanto pensiamo.»

Il professore scrollava la testa, avvilito.

«È come la marea» disse. «La barbarie, intendo. Si ritira e uno pensa di essere in salvo, ma poi torna, torna sempre... e ci sommerge. È quel che vedo tutti i giorni a scuola. Dio mio. Scimmie, in classe non ho altro che scimmie. Darwin era un illuso, glielo garantisco. Ma quale evoluzione, figuriamoci! Per uno che usa il cervello, devi vedertela con nove oranghi.»

149

Mio padre e io annuimmo docilmente. Il professore ci salutò e uscì a capo chino dal negozio, più vecchio di cinque anni rispetto a quando era entrato. Mio padre e io ci scambiammo uno sguardo che valeva mille parole. Perché non gli avevo parlato della visita dell'ispettore Fumero in negozio? La disavventura di don Federico era solo un avvertimento. Fumero aveva usato quel poveretto per spedirci un telegramma.

«Cos'hai, Daniel? Sei bianco come uno straccio.»

Abbassai gli occhi. Poi gli raccontai dello spiacevole incontro della sera precedente con l'ispettore Fumero, delle sue insinuazioni. Mio padre mi ascoltò dominando a stento la rabbia.

«È colpa mia» dissi. «Avrei dovuto dirvelo.»

«No, Daniel, non potevi saperlo.»

«Ma...»

«Non devi neppure pensarci. E con Fermín, acqua in bocca. Dio solo sa come reagirebbe se venisse a sapere che quell'individuo è sulle sue tracce.»

«Dovremo pur fare qualcosa, no?»

«Faremo in modo che non si cacci nei guai.»

Annuii poco convinto e mi rimisi al lavoro, sostituendo Fermín. Mio padre, che era tornato a occuparsi della corrispondenza, tra un paragrafo e l'altro mi lanciava occhiate furtive. Io facevo finta di niente.

«Com'è andata ieri col professor Velázquez?» domandò, per cambiare argomento.

«Bene, era molto soddisfatto dei libri. Mi ha chiesto di procurargli un volume di lettere di Franco.»

«Il *Matamoros*. Ma è un testo apocrifo, uno scherzo di Madariaga. Cosa gli hai detto?»

«Che tra un paio di settimane al massimo gli avremmo fatto sapere.»

«Bravo. Diremo a Fermín di occuparsene e gli chiederemo un prezzo esorbitante.»

Tornammo alle nostre rispettive occupazioni. Mio padre, però, continuava a guardarmi. Ci siamo, pensai.

«Ieri è passata di qui una ragazza molto simpatica. Fermín dice che è la sorella di Tomás Aguilar, è vero?»

«Sì.»

Mio padre annuì con un'espressione di stupore compiaciuto. Mi concesse un minuto di tregua e poi tornò alla carica, questa volta col tono di chi si è appena ricordato qualcosa.

«A proposito, Daniel, prevedo che oggi ci sarà poco movimento in negozio, quindi, se vuoi prenderti il pomeriggio libero... Mi pare che tu stia lavorando troppo.»

«Sto benissimo, grazie.»

«Figurati che stavo giusto pensando di lasciare Fermín in libreria e di andarmene al teatro del Liceo con Barceló. Questo pomeriggio va in scena il *Tannhäuser* e lui mi ha invitato perché ha diversi biglietti per la platea.»

Mio padre fingeva di leggere la corrispondenza: era un pessimo attore.

«Da quando ti piace Wagner?»

Si strinse nelle spalle.

«A caval donato... E poi con Barceló non importa che opera rappresentino, non fa che criticare l'orchestra, l'esecuzione dei cantanti, i costumi... Mi chiede spesso di te. Potresti andare a trovarlo in negozio.»

«Uno dei prossimi giorni.»

«Allora, se sei d'accordo, lasciamo qui Fermín e andiamo a svagarci un po'. Ce lo meritiamo. Se hai bisogno di un po' di soldi...»

«Papà, Bea non è la mia fidanzata.»

«E chi ha parlato di fidanzate? L'hai detto tu. Semmai prendili dalla cassa, ma lascia un appunto, così Fermín non si spaventa quando chiude i conti della giornata.»

Detto questo, con fare svagato, scomparve nel retrobottega. Guardai l'orologio: erano le dieci e mezzo del mattino. Dovevo vedere Bea nel chiostro dell'università alle cinque e, date le premesse, la giornata rischiava di diventare più lunga de *I fratelli Karamazov*.

Poco dopo Fermín tornò dalla casa dell'orologiaio con notizie rassicuranti: un aguerrito gruppo di vicine si dava il turno per prendersi cura del povero don Federico. Il medico gli aveva trovato tre costole rotte, contusioni varie e una lacerazione rettale da manuale di chirurgia.

«Gli ha comprato qualcosa?» domandò mio padre.

«In casa c'erano medicine e pomate sufficienti per aprire una farmacia, cosicché mi sono permesso di portargli dei fiori, un flacone di colonia Nenúco e tre confezioni di marmellata di pesche, la preferita di don Federico.»

«Ha fatto bene. Poi mi dirà quanto le devo» disse mio padre. «Come l'ha trovato?»

«A pezzi, inutile mentire. Era rannicchiato nel letto, gemeva e diceva che voleva morire. A vederlo così, mi ha preso una furia omicida e mi è venuta voglia di presentarmi armato fino ai denti davanti alla sede della Squadra Criminale per far fuori una mezza dozzina di sbirri, a cominciare da quella piaga infetta di Fumero.»

«Fermín, non complichi le cose. Le proibisco di prendere iniziative.»

«Ai suoi ordini, signor Sempere.»

«E Pepita come l'ha presa?»

«Con esemplare presenza di spirito. Le vicine l'hanno drogata con il brandy. Quando l'ho vista io, giaceva sul divano, russando come un trombone e mollando dei peti che bucavano la tappezzeria.»

«Forma e sostanza. Fermín, oggi pomeriggio dovrebbe occuparsi lei del negozio. Io passo un attimo da don Federico e poi esco con Barceló. E Daniel ha da fare.»

Alzai lo sguardo giusto in tempo per sorprendere Fermín e mio padre che si scambiavano un'occhiata.

«Bella coppia di ruffiane» esclamai.

Ridevano ancora quando uscii dal negozio, furibondo.

Le strade di Barcellona erano spazzate da un vento freddo e un sole sfolgorante incendiava di riflessi ramati tegole e campanili del Barrio Gótico. Era troppo presto per recarmi all'università, all'appuntamento con Bea, perciò decisi di tentare la sorte e di andare da Nuria Monfort, nella speranza che abitasse ancora all'indirizzo fornitomi tempo addietro dal padre.

Plaza de San Felipe Neri è uno spiraglio di luce nel dedalo di viuzze del Barrio Gótico, accanto alle antiche mura romane. Colpi di mitragliatrice, risalenti all'epoca della guerra civile, sfregiavano ancora le pareti della chiesa. Quel mattino, un gruppo di ragazzini giocava alla guerra, indifferente alla memoria delle pietre. Una giovane donna dai capelli striati d'argento li osservava seduta su una panchina, con un libro in grembo e un sorriso distratto. Nuria Monfort viveva in un vecchio edificio all'imbocco della piazza, la cui data di costruzione, il 1801, era ancora visibile sull'arco di pietra annerita che sovrastava il portone. In fondo a un androne scuro c'era una scala a chiocciola. Cercai sulle cassette della posta i nomi degli inquilini, scritti su cartoncini ingialliti, fino a quando lessi:

Miquel Moliner / Nuria Monfort
3°-2ª

Salii lentamente quegli scalini in miniatura, da casa delle bambole, temendo che l'edificio potesse crollare sotto un passo più energico. Su ogni pianerottolo c'erano due porte, ma non c'erano né il numero né la targhetta col nome. Giunto al terzo piano scelsi un uscio a caso e bussai piano. La scala aveva un odore di umidità, di vecchie pietre e di argilla. Bussai ancora senza ottenere risposta. Decisi di provare all'altra porta e bussai energicamente tre volte. Si sentiva una radio che trasmetteva a tutto volume il programma "Momenti di riflessione con padre Martín Calzado".

Venne ad aprire una signora in vestaglia a quadri turchesi, con un paio di pantofole ai piedi e i bigodini in testa. Nella penombra mi sembrò un palombaro. Dietro di lei, la voce vellutata di padre Martín Calzado citava lo sponsor del programma, i prodotti di bellezza Aurorín, preferiti dai pellegrini del santuario di Lourdes e vera e propria benedizione per foruncoli e verruche ribelli.

«Buonasera. Sto cercando la signora Monfort.»

«Nurieta? Ha sbagliato porta, ragazzo. È quella di fronte.»

«Mi deve scusare. Ho bussato e non mi ha risposto nessuno.»

«Non è un creditore, vero?» domandò la vicina, mossa da un dubbio repentino ed evidentemente fondato.

«No. Mi manda il padre della signora Monfort.»

«Ah, d'accordo. Nurieta sarà in piazza a leggere. Non l'ha vista quando è salito?»

Ridiscesi in strada e constatai che la donna con i capelli striati d'argento e il libro tra le mani era ancora seduta sulla panchina della piazza. La osservai con attenzione. Nuria Monfort era più che attraente: aveva lineamenti da modella di rivista, ma la giovinezza sembrava essere fuggita dal suo sguardo. C'era qualcosa del padre in quella corporatura esile. Immaginai che avesse una quarantina d'anni per via delle ciocche argentee e di qualche ruga su un volto che, nella penombra, poteva dimostrarne dieci di meno.

«Signora Monfort?»

Mi guardò senza vedermi, come se fosse in trance.

«Mi chiamo Daniel Sempere. Tempo fa ho avuto il suo indirizzo da suo padre. Mi ha detto che forse poteva darmi notizie di Julián Carax.»

A queste parole, il suo viso si indurì. Aver menzionato il padre non era stata una mossa felice.

«Cosa vuole?» mi domandò con diffidenza.

Capii che se non fossi riuscito a conquistare subito la sua fiducia, non avrei ottenuto niente. Mi restava una sola carta da giocare: raccontarle la verità.

«Mi permetta di spiegarle. Otto anni fa, quasi per caso, al Cimitero dei Libri Dimenticati ho trovato un romanzo di Julián Carax che lei aveva nascosto lì per impedire a un uomo, che si fa chiamare Laín Coubert, di distruggerlo» dissi.

Mi guardò dritto negli occhi, immobile. Sembrava quasi che temesse che il mondo intorno a lei potesse frantumarsi.

«Le ruberò solo qualche minuto» aggiunsi. «Glielo prometto.»

Lei annuì stancamente.

«Come sta mio padre?» domandò, evitando il mio sguardo.

«Bene, a parte gli acciacchi dell'età. Sente molto la sua mancanza.»

Nuria Monfort si lasciò sfuggire un sospiro che non riuscii a decifrare.

«Non voglio parlarne per strada. Andiamo di sopra.»

20

Nuria Monfort viveva al buio. Un corridoio angusto, da cui intravidi una camera da letto senza finestre, portava a una sala da pranzo che fungeva anche da cucina, da biblioteca e da studio. Non c'era altro, a parte un bagno minuscolo, senza neanche una doccia, da cui arrivavano effluvi di varia natura, dalla puzza della cucina del bar sotto casa fino al tanfo di fogne e tubature vecchie di un secolo. L'alloggio era immerso in una perenne penombra; le pareti erano scrostate e l'ambiente impregnato dell'odore di tabacco forte, di freddo e di solitudine. Nuria Monfort mi osservava mentre fingevo di non aver notato la povertà del suo alloggio.

«Leggo giù in strada perché qui c'è poca luce» disse. «Mio marito ha promesso di regalarmi una lampada da tavolo quando tornerà a casa.»

«Suo marito è in viaggio?»

«Miquel è in carcere.»

«Mi scusi, non sapevo...»

«Perché avrebbe dovuto saperlo? Non me ne vergogno, mio marito non è un criminale. Quest'ultima volta l'hanno arrestato perché aveva stampato volantini per il sindacato dei metallurgici. È successo due anni fa. I vicini pensano che sia in America. Neanche mio padre ne è al corrente, e preferirei che non lo venisse a sapere.»

«Stia tranquilla. Non gli dirò nulla.»

Nella stanza calò il silenzio. Supposi che mi considerasse una spia di Isaac.

«Dev'essere difficile mandare avanti la casa da sola» dissi stupidamente, tanto per riempire quel vuoto.

«Non è facile. Guadagno qualcosa facendo traduzioni, ma con un marito in carcere il denaro non basta mai. Gli avvocati mi hanno dissanguata e sono piena di debiti. Tradurre rende poco, come scrivere.»

Mi osservò come se si aspettasse una risposta. Mi limitai a sorridere docilmente.

«Traduce libri?»

«Non più. Adesso traduco opuscoli, contratti e documenti

per la dogana, sono pagati meglio. Coi romanzi si guadagna una miseria, in ogni caso sempre più che a scriverli. I vicini hanno cercato di cacciarmi un paio di volte, non tanto per il ritardo con cui pago le spese ma perché sono una donna che parla le lingue e porta i pantaloni... C'è chi mi accusa di tenere una casa d'appuntamenti qui dentro. Figuriamoci, vivrei in ben altre condizioni.»

Mi augurai che la penombra celasse il mio rossore.

«Mi scusi. Non so perché le racconto queste cose. La sto mettendo in imbarazzo.»

«È colpa mia. Gliel'ho chiesto io.»

Nuria Monfort fece una risata nervosa. Quella donna trasmetteva un profondo senso di solitudine.

«Lei assomiglia a Julián» disse improvvisamente. «Nello sguardo, nei gesti. Anche lui si comportava come fa lei adesso. Ti osservava in silenzio, senza far trasparire nulla di ciò che pensava, e tu ti lasciavi andare e gli raccontavi come una stupida cose che avresti fatto meglio a tacere... Posso offrirle qualcosa? Un caffelatte?»

«No, grazie. Non si disturbi.»

«Nessun disturbo. Lo prendo anch'io.»

Quella bevanda calda doveva essere il suo pranzo. Rifiutai di nuovo. Lei andò verso un angolo della stanza dove c'era un fornellino elettrico.

«Si metta comodo» disse, dandomi le spalle.

Mi guardai intorno e mi domandai come avrei potuto. Lo studio di Nuria Monfort consisteva in una scrivania sistemata di fianco al balcone, su cui troneggiava una macchina da scrivere Underwood con accanto una lampada a petrolio e uno scaffale pieno di dizionari e manuali. Non c'erano foto di famiglia, ma la parete di fronte alla scrivania era tappezzata di cartoline, raffiguranti tutte un ponte che ricordavo di aver visto da qualche parte, non riuscivo a ricordare dove fosse, forse a Parigi o a Roma. La scrivania era un modello di ordine e di precisione quasi maniacali: le matite, ben appuntite, erano allineate alla perfezione e i fogli e le cartellette disposti su tre file simmetriche. Quando mi girai, vidi che Nuria Monfort mi stava osservando dal corridoio, in silenzio, con l'espressione di chi guarda un estraneo per strada o sul metrò. Si accese una sigaretta. Nuria Monfort era, suo malgrado, una donna fatale, di quelle che abbagliavano Fermín quando emergevano dalle nebbie di una stazione di Berlino, circondate da un alone di luce. Ma sembrava che non sapesse cosa farsene, del suo fascino.

«Non c'è molto da dire» esordì. «Ho conosciuto Julián più di vent'anni fa, a Parigi. Lavoravo per la casa editrice Cabestany, che aveva comprato i diritti dei suoi romanzi per due soldi. Iniziai a lavorare per loro come contabile, ma quando il signor Cabestany scoprì che parlavo francese, italiano e un po' di tedesco mi affidò il settore acquisti e mi promosse a sua segretaria personale. Una delle mie mansioni era mantenere la corrispondenza con autori ed editori stranieri, è così che sono entrata in contatto con Julián Carax.»

«Suo padre mi ha detto che eravate buoni amici.»

«Mio padre le avrà detto che abbiamo avuto un'avventura o qualcosa del genere. Non è vero? Lui crede che io corra dietro a chiunque porti i calzoni, come una cagna in calore.»

La sua franchezza mi lasciò senza parole. Cercai invano una risposta accettabile, mentre Nuria Monfort, sorridendo, scrollava il capo.

«Non gli dia retta. Mio padre se l'è messo in testa dopo che sono andata a Parigi nel 1933 per seguire alcuni contratti stipulati dal signor Cabestany con Gallimard. Rimasi lì una settimana, ospite di Julián, è vero, ma solo perché il signor Cabestany preferiva risparmiare il denaro dell'albergo. Romantico, no? Fino ad allora con Julián Carax avevo mantenuto esclusivamente rapporti epistolari per definire dettagli relativi ai diritti d'autore, alle correzioni delle bozze o alla pubblicazione delle opere. Tutto ciò che sapevo o immaginavo di lui lo avevo appreso dalla lettura dei suoi manoscritti.»

«Le ha raccontato qualcosa della sua vita a Parigi?»

«No. Julián non amava parlare di sé o dei suoi libri. Non mi sembrò che fosse felice a Parigi; del resto, mi diede l'impressione di essere una di quelle persone che non possono essere felici da nessuna parte. In realtà, non l'ho conosciuto bene, lui non te lo permetteva. Era molto riservato e, a volte, sembrava che non provasse più alcun interesse per il mondo o per la gente. Secondo il signor Cabestany era molto timido e un po' lunatico, ma io credo che Julián vivesse nel passato, prigioniero dei suoi ricordi. Julián viveva per se stesso e per i suoi libri, nelle storie dei suoi romanzi, come un recluso di lusso.»

«Sembra quasi che lo invidi.»

«Esistono carceri peggiori delle parole, Daniel.»

Mi limitai ad approvare, senza capire a chi o a cosa stesse alludendo.

«Le ha mai parlato dei suoi anni a Barcellona?»

«Molto poco. La settimana in cui fui ospite a casa sua, a Parigi, accennò alla sua famiglia. La madre era francese, insegnante di musica; il padre aveva una cappelleria o qualcosa del genere. So che era molto religioso e severo.»

«Andava d'accordo con lui?»

«No. Era così da sempre. In realtà, Julián era andato a Parigi per non essere costretto ad arruolarsi nell'esercito, come aveva stabilito suo padre. La madre aveva giurato che, pur di evitargli un simile destino, lo avrebbe separato da quell'uomo.»

«Quell'uomo era suo padre, dopotutto.»

Nuria Monfort sorrise appena, con un velo di tristezza all'angolo delle labbra e nello sguardo stanco.

«Se anche lo fosse stato, non si comportò mai come un padre e Julián non lo considerò mai tale. Mi disse che, prima di sposarsi, la madre aveva avuto una relazione con un individuo di cui si era sempre rifiutata di rivelare il nome. Quell'uomo era il vero padre di Julián.»

«Sembra l'inizio di *L'ombra del vento*. Le avrà detto la verità?»

Nuria Monfort annuì.

«Fin da bambino Julián aveva assistito alle violente scenate del cappellaio, così lo chiamava, che insultava e picchiava la moglie e poi entrava nella sua stanza per ricordargli che era il figlio del peccato, che aveva ereditato il carattere debole e meschino della madre e che sarebbe sempre stato un disgraziato, un fallito.»

«Julián provava rancore nei confronti del padre?»

«Il tempo attenua i contrasti. Non mi sembrava che Julián lo odiasse. Forse sarebbe stato meglio. La mia impressione è che, a forza di assistere a quelle scenate, avesse perso ogni rispetto per lui. Julián ne parlava con distacco, come di un passato morto e sepolto, ma questi ricordi non si cancellano. Le parole che hanno avvelenato il cuore di un figlio, pronunciate per meschinità o per ignoranza, si sedimentano nella memoria e lasciano un marchio indelebile.»

Mi domandai se parlava per esperienza e pensai al mio amico Tomás Aguilar, che sopportava stoicamente le concioni del suo augusto genitore.

«Quanti anni aveva allora Julián?»

«Otto o dieci, credo. Appena raggiunse l'età per arruolarsi nell'esercito, la madre se lo portò a Parigi. Non credo che abbiano neppure salutato il cappellaio, e lui non capì mai perché lo avessero abbandonato.»

«Julián le ha mai nominato una certa Penélope?»

«Penélope? Non mi pare. Me lo ricorderei.»

«Era una sua fidanzata, quando ancora viveva a Barcellona.»

Tirai fuori la fotografia di Carax e di Penélope Aldaya e gliela porsi. Le si illuminò il volto nel vedere un Julián adolescente. Era malata di nostalgia e di solitudine.

«Com'era giovane... Questa è Penélope?»

Feci cenno di sì.

«Molto bella. Julián riusciva sempre a circondarsi di ragazze carine.»

Come lei, pensai.

«Sa se aveva molte...?»

Lei sorrise di nuovo con amarezza.

«Fidanzate? Amiche? Non lo so. A dire il vero, non l'ho mai sentito parlare di nessuna donna in particolare. Una volta, per provocarlo, gliel'ho chiesto. Sa che si guadagnava da vivere suonando il piano in un bordello, no? Gli domandai se riusciva a resistere alle tentazioni, dal momento che era attorniato da bellezze così disponibili. Non apprezzò la battuta. Mi rispose che non aveva il diritto di amare nessuno e che meritava di restare solo.»

«Le disse perché?»

«Julián non dava mai spiegazioni.»

«Eppure, poco prima di tornare a Barcellona, nel 1936, Julián Carax stava per sposarsi.»

«Così si diceva.»

«Non ci crede?»

Scrollò le spalle, scettica.

«Come le ho detto, Julián non ha mai accennato a qualche donna in particolare, tanto meno a una con cui intendesse sposarsi. Venni a sapere delle presunte nozze con molto ritardo. Neuval, l'ultimo editore di Carax, raccontò a Cabestany che la promessa sposa era una donna più vecchia di lui di vent'anni, una vedova ricca e malata che pare lo avesse più o meno mantenuto per molti anni. I medici le davano sei mesi di vita, al massimo un anno, e Neuval sosteneva che intendesse sposare Julián in modo che lui ereditasse i suoi beni.»

«Però la cerimonia non ebbe mai luogo.»

«Ammesso che un progetto simile ci sia mai stato o che quella vedova sia esistita davvero.»

«Pare che Carax sia stato sfidato a duello, all'alba dello stesso giorno in cui si doveva celebrare il matrimonio. Sa da chi o perché?»

«A detta di Neuval si trattava di una persona vicina alla vedova. Un lontano parente preoccupato che l'eredità finisse nelle mani di un estraneo. Neuval pubblicava soprattutto romanzi d'appendice e forse si era fatto influenzare da quel genere di letture.»

«Mi sembra scettica sulla faccenda delle nozze e del duello.»

«Non ci ho mai creduto.»

«Cosa pensa che sia successo, allora? Perché Carax è tornato a Barcellona?»

Sorrise mestamente.

«Mi pongo questa domanda da diciassette anni.»

Nuria Monfort si accese un'altra sigaretta e me ne offrì una. Fui tentato di accettare, ma rifiutai.

«Qualche sospetto almeno lo avrà» dissi.

«So solo che nell'estate del 1936, poco dopo l'inizio della guerra, un addetto dell'obitorio municipale telefonò alla casa editrice per avvertire che, tre giorni prima, avevano ricevuto il cadavere di un certo Julián Carax. Lo avevano trovato morto in un vicolo del Raval, vestito di stracci e con un foro di proiettile all'altezza del cuore. Aveva con sé un libro, una copia di *L'ombra del vento*, e il passaporto. Dal timbro risultava che aveva passato la frontiera con la Francia un mese prima. Dove fosse stato per tutto quel tempo, nessuno lo sa. La polizia avvertì il padre, ma lui si rifiutò di riconoscere la salma, sostenendo di non avere figli. Nessuno reclamò il cadavere. Due giorni dopo, finì in una fossa comune del cimitero di Montjuïc. Non ho neanche potuto portare dei fiori sulla sua tomba, perché non mi hanno saputo dire dov'era stato sepolto. Qualche giorno dopo, l'impiegato dell'obitorio, che aveva tenuto il libro trovato nella giacca di Julián, decise di avvertire la casa editrice Cabestany. È così che sono venuta a saperlo, e ancora adesso non riesco a trovare una spiegazione. Se a Barcellona c'era una persona a cui Julián poteva chiedere aiuto quella ero io. Avrebbe potuto anche rivolgersi al signor Cabestany. Eravamo i suoi unici amici. Venimmo a sapere del suo ritorno solo quando era già morto...»

«Ha potuto scoprire qualcos'altro dopo la notizia della sua morte?»

«No. Nei primi mesi di guerra sono stati in molti a scomparire senza lasciare tracce. Ora si evita di parlarne, ma le tombe anonime come quella di Julián sono tante. Chiedere notizie era come sbattere la testa contro un muro. Con l'aiuto del signor Cabestany, che era già molto malato, ho presentato un esposto alla polizia e mi sono messa in contatto con chiunque potesse avere informazioni. Ho solo ottenuto che un giovane ispettore, un tipo sinistro e arrogante, mi consigliasse di non fare più domande e di mostrarmi più collaborativa, perché il paese stava combattendo una crociata, disse proprio così. Si chiamava Fumero, non ricordo altro. Adesso pare sia diventato un personaggio importante e i giornali lo nominano spesso. Magari ne ha sentito parlare.»

Feci un colpetto di tosse.

«Vagamente.»

«Non sentii più parlare di Julián fin quando un tale contattò la casa editrice per acquistare le copie invendute dei romanzi di Carax.»

«Laín Coubert.»

Nuria Monfort annuì.

«Ha idea di chi fosse quell'uomo?»

«Ho solo un sospetto. Nel marzo del 1936 – lo ricordo perché stavamo lavorando all'edizione di *L'ombra del vento* – un tale chiamò la casa editrice per avere l'indirizzo di Carax, dicendo di essere un suo vecchio amico e che voleva recarsi a Parigi per fargli una sorpresa. Me lo passarono e io gli risposi che non ero autorizzata a fornirgli quell'informazione.»

«Le disse chi era?»

«Un certo Jorge.»

«Jorge Aldaya?»

«Può darsi. Lo avevo sentito nominare spesso da Julián. Dovevano essere compagni di classe al San Gabriel. A volte parlava di lui come del suo migliore amico.»

«Sapeva che Jorge Aldaya era il fratello di Penélope?»

Nuria Monfort aggrottò la fronte, stupita.

«Glielo diede, poi, l'indirizzo di Julián a Parigi?» domandai.

«No. Non mi fidavo.»

«E Aldaya cosa disse?»

«Rise di me, affermando che se lo sarebbe procurato comunque, e riattaccò.»

Qualcosa la tormentava. Cominciai a sospettare che piega stesse prendendo la conversazione.

«Ma lei ha sentito parlare ancora di lui, non è così?»

Annuì, nervosa.

«Come le dicevo, poco dopo la morte di Julián quell'uomo si presentò in casa editrice. Il signor Cabestany non lavorava più e il figlio maggiore aveva preso le redini dell'impresa. Quel tale, Laín Coubert, si offrì di comprare tutte le copie invendute dei romanzi di Julián. Pensai che si trattasse di uno scherzo di cattivo gusto: Laín Coubert era un personaggio di *L'ombra del vento*.

«Il diavolo.»

Nuria Monfort annuì.

«È riuscita a vedere questo Laín Coubert?»

Lei si accese la terza sigaretta.

«No, ma ascoltai parte della conversazione che ebbe con il figlio del signor Cabestany nel vecchio ufficio del padre.»

Lasciò la frase in sospeso, come se avesse paura di concluderla o non riuscisse a farlo. La sigaretta le tremava tra le dita.

«La voce» disse. «Era la stessa dell'uomo che aveva telefonato sostenendo di essere Jorge Aldaya. Il figlio di Cabestany tentò di spillargli più soldi e quel tale, Coubert, lo invitò a riflettere sull'offerta. Quella stessa notte, il magazzino della casa editrice a Pueblo Nuevo bruciò con dentro tutti i libri di Julián.»

«Tranne le copie che lei aveva sottratto e messo in salvo nel Cimitero dei Libri Dimenticati.»

«Proprio così.»

«Ma perché qualcuno voleva bruciare i libri di Julián Carax?»

«Perché si bruciano i libri? Per stupidità, per ignoranza, per odio... chi lo sa.»

«Ma lei che idea si è fatta?» insistetti.

«Julián viveva nelle pagine dei suoi romanzi. Il corpo finito all'obitorio era solo una parte di lui. La sua anima è nelle storie che ha raccontato. Una volta gli ho chiesto a chi si ispirava per creare i suoi personaggi; lui mi rispose che erano tutti una proiezione di se stesso.»

«Quindi, se qualcuno si proponesse di distruggerlo, dovrebbe distruggere quelle storie e quei personaggi. Non è così?»

Di nuovo quel mesto sorriso di donna stanca, sconfitta.

«Lei mi ricorda Julián» disse. «Prima che perdesse la fiducia.»

«La fiducia in cosa?»

«In tutto.»

Si avvicinò e prese tra le sue la mia mano tremante, accarezzandomi il palmo in silenzio, quasi volesse predirmi il futuro. Ero turbato: immaginavo le curve del suo corpo, celate sotto quegli abiti vecchi, logori, e desideravo toccarla, sentirla ardere di desiderio. Mi bastò guardarla per rendermi conto che sapeva a cosa stavo pensando. Mi parve più sola che mai, ma i suoi occhi erano sereni.

«Julián è morto solo, convinto che nessuno si sarebbe ricordato di lui o dei suoi libri, pensando che la sua vita fosse stata inutile» disse. «Gli avrebbe fatto piacere sapere che qualcuno voleva ricordarlo. Diceva sempre: esistiamo fintanto che siamo ricordati.»

Provai il desiderio quasi doloroso di baciare quella donna, un'ansia che non avevo mai provato prima, neppure con Clara Barceló. Mi lesse nel pensiero.

«È tardi, Daniel» sussurrò.

Una parte di me avrebbe voluto restare, perdersi nell'intimità della penombra accanto a quella sconosciuta che, nei miei gesti e nei miei silenzi, scorgeva un ricordo di Julián Carax.

«Sì» balbettai.

Senza parlare, lei mi accompagnò alla porta. Il corridoio mi sembrò lunghissimo. Nuria Monfort aprì l'uscio e mi ritrovai sul pianerottolo.

«Se vede mio padre, gli dica che sto bene. Gli menta.»

La salutai con un filo di voce, ringraziandola per avermi dedicato il suo tempo, e le porsi la mano. Nuria Monfort ignorò il mio gesto formale: mi appoggiò le mani sulle braccia, piegò la testa e mi diede un bacio sulla guancia. Cercai la sua bocca. Mi parve che le labbra si schiudessero e che le sue dita si protendessero verso il mio viso. Poi Nuria Monfort mi respinse.

«È meglio che se ne vada, Daniel» sussurrò.

Chiuse la porta, forse perché non la vedessi piangere. Attesi qualche istante sul pianerottolo: avvertivo la sua presenza immobile dall'altro lato dell'uscio. Vidi muoversi lo spioncino della porta di fronte. Feci un saluto alla vicina e mi precipitai giù per le scale. Avevo il volto e la voce di Nuria Monfort impressi nell'anima, e il ricordo della sua bocca e il profumo del suo corpo mi accompagnarono lungo le strade affollate di gente anonima che usciva da uffici e negozi. Appena imboccata calle Canuda fui investito da una folata di vento freddo; l'aria fresca sul viso mi rinvigorì e mi incamminai verso l'università. Attraversai le ramblas e mi addentrai nel buio cunicolo che è calle Tallers pensando a Nuria Monfort, seduta in quella stanza scura, intenta a riordinare le sue matite, le sue cartellette e i suoi ricordi in silenzio, con gli occhi gonfi di lacrime avvelenate.

21

La sera scese quasi a tradimento. L'aria fredda spazzava le strade, mentre un manto color porpora tingeva ogni angolo della città. Allungai il passo e venti minuti più tardi vidi la facciata dell'università, simile a una nave ocra arenata nella notte. Nella guardiola il custode della Facoltà di Lettere stava leggendo l'edizione pomeridiana di "El Mundo Deportivo", su cui scrivevano le più importanti firme del momento. Erano rimasti pochi studenti. I miei passi rimbombavano lungo i corridoi, dove la luce giallastra di due lampadine scalfiva appena la penombra. Temetti che Bea mi avesse preso in giro, dandomi appuntamento a quell'ora insolita, per vendicarsi della mia arroganza. Le chiome argentee degli aranci del chiostro frusciavano e il chioccolio della fontana era un'eco tra gli archi del porticato. Mi guardai intorno, preparandomi a una delusione o, chissà, a un sollievo codardo. Lei era lì, seduta accanto alla fontana, lo sguardo rivolto verso il chiostro. Per un attimo, mi sembrò Nuria Monfort che sognava a occhi aperti su una panchina della piazza. Vedendola senza libri e quaderni, immaginai che quel pomeriggio non avesse avuto lezioni e che si trovasse lì solo per incontrarsi con me. Mi feci coraggio ed entrai nel chiostro. Bea udì i miei passi, si girò e mi sorrise sorpresa, come se fossi capitato lì per caso.

«Pensavo che non saresti venuto» disse Bea.

«Anch'io di te» risposi.

Se ne stava seduta con le ginocchia unite e le mani in grembo. Mi domandai come fosse possibile sentire tanto distante una persona e nel contempo essere in grado di leggere ogni sua espressione.

«Sono venuta per dimostrarti che l'altro giorno ti sbagliavi, Daniel. Io mi sposerò con Pablo e, per quante meraviglie tu possa mostrarmi stasera, non riuscirai a farmi cambiare idea. Andrò con lui a El Ferrol appena avrà terminato il servizio militare.»

La fissai con la faccia di chi ha appena perso un treno. Per due giorni avevo nutrito un'illusione e adesso il mondo mi crollava addosso.

«Pensavo che saresti venuta perché ti faceva piacere vedermi» replicai, con un sorriso afflitto.

Di fronte a questa obiezione disarmante, lei avvampò.

«No, sto scherzando. Ma quando ho promesso di mostrarti un volto della città che non conosci parlavo sul serio. Così non potrai scordarti di me e neanche di Barcellona, ovunque tu vada.»

Bea sorrise con una certa tristezza ed evitò il mio sguardo.

«Volevo andare al cinema per non vederti, sai?» disse.

«Perché?»

Lei scrollò le spalle e alzò gli occhi al cielo, come se volesse catturare al volo le parole che stava per pronunciare.

«Perché temevo che potessi avere ragione» confessò.

Sospirai. Ci avvolgevano l'imbrunire e quel silenzio in abbandono che unisce gli estranei. Mi sentii in grado di dire qualsiasi cosa, sia pure per l'ultima volta.

«Lo ami o no?»

Mi offrì un sorriso che non riusciva a fissarsi.

«Non è affar tuo.»

«È vero» ammisi. «La cosa riguarda solo te.»

Il suo sguardo divenne duro.

«Che t'importa?»

«Non è affar tuo» risposi.

Non sorrise più. Le tremavano le labbra.

«Tutti sanno che stimo Pablo. La mia famiglia e...»

«Ma io sono praticamente un estraneo» la interruppi. «Mi piacerebbe sentirtelo dire.»

«Che cosa?»

«Che lo ami. Che non ti sposi con lui solo per andartene da casa, per allontanarti da Barcellona e dalla tua famiglia, per scappare dove non possano più farti soffrire. Che la tua è una scelta, non una fuga.»

Negli occhi di Bea brillavano lacrime di rabbia.

«Non hai il diritto di parlarmi così, Daniel. Tu non mi conosci.»

«Dimmi che mi sbaglio e me ne vado subito. Lo ami?»

Ci fissammo a lungo, senza parlare.

«Non lo so» sussurrò alla fine. «Non lo so.»

«Qualcuno ha detto che nel momento in cui ti soffermi a pensare se ami o meno una persona, hai già la risposta» affermai.

Bea cercò una traccia di ironia sul mio volto.

«Chi l'ha detto?»

«Un certo Julián Carax.»

«È un tuo amico?»

«Più o meno» risposi, non senza un certo stupore.

«Me lo devi presentare.»

«Questa sera, se vuoi.»

Uscimmo dall'università sotto un cielo livido e ci avviammo senza una meta per le strade, più per abituarci alle nostre reciproche andature che per arrivare da qualche parte. Ci rifugiammo nell'unico argomento che ci accomunava: suo fratello Tomás. Bea parlava di lui quasi fosse una persona a cui vuoi bene ma che conosci poco. Evitava di guardarmi negli occhi e sorrideva nervosa. Si era pentita di aver ammesso i suoi dubbi nel chiostro dell'università e rimuginava le sue parole, tormentandosi.

«Senti, riguardo a quello che ho detto prima» disse di punto in bianco. «Non ne parlerai con Tomás, vero?»

«Né con lui né con nessun altro.»

Si lasciò sfuggire una risatina.

«Non capisco cosa mi sia successo. Scusami se te lo dico, ma a volte è più facile confidarsi con un estraneo. Chissà perché.»

Scrollai le spalle.

«Forse perché un estraneo ci vede come siamo realmente, e non come vogliamo far credere di essere.»

«Un'altra frase del tuo amico Carax?»

«No, l'ho appena inventata per far colpo su di te.»

«E tu, come mi vedi?»

«Come un mistero.»

«È uno strano complimento. Il più strano che abbia mai ricevuto.»

«Non è un complimento. È una minaccia.»

«Che significa?»

«I misteri vanno svelati.»

«Potrei deluderti.»

«O magari sorprendermi. Il che vale anche per te.»

167

«Tomás non mi ha mai detto che hai una gran faccia tosta.»

«La poca che ho la riservo tutta per te.»

«Perché?»

Perché mi fai paura, pensai.

Entrammo in un vecchio caffè di fianco al teatro Poliorama e ci sedemmo a un tavolino appartato ordinando panini al prosciutto crudo e due caffelatte per riscaldarci. Poco dopo, il cameriere, un tipo male in arnese con un'aria da diavolo zoppo, si avvicinò al nostro tavolo.

«Siete voi che avete ordinato i panini al prosciutto?»

Entrambi annuimmo.

«A nome della direzione, sono spiacente di comunicarvi che non è rimasta neanche una fetta di prosciutto. Possiamo prepararveli con salsiccia nera, bianca, mista, polpette o salame. Tutti generi di prima qualità, freschissimi. Abbiamo anche sardine marinate, se non intendete ingerire alimenti a base di carne per motivi religiosi. Dal momento che è venerdì...»

«Per me solo un caffè» rispose Bea.

Io stavo morendo di fame.

«Ci porti due porzioni di patate, un po' di pane e un caffè anche per me.»

«Subito, signore. E perdonate ancora la scarsezza di generi alimentari. Normalmente siamo forniti di tutto, persino di caviale bolscevico. Ma stasera hanno giocato la semifinale di Coppa Europa e abbiamo avuto una grande affluenza di clienti. La partita del secolo.»

Il cameriere se ne andò facendo un piccolo inchino. Bea lo guardava divertita.

«Che strano accento. È di Jaén?»

«Di Santa Coloma de Gramanet» precisai. «Si vede che non prendi spesso la metropolitana.»

«Mio padre dice che il metrò è pieno di gentaglia e che quando una donna viaggia da sola gli zingari allungano le mani.»

Mi astenni dal fare commenti e Bea scoppiò in un'allegra risata. Appena ci ebbero servito i caffè e le patate mi ingozzai senza ritegno. Bea non assaggiò neanche un boccone. Teneva la tazza fumante tra le mani e mi fissava tra la curiosità e lo stupore.

«Allora, cosa volevi mostrarmi?»

«Varie cose. In realtà quello che voglio mostrarti fa parte di una storia. Non mi hai detto, l'altro giorno, che ti piace leggere?»

Bea annuì inarcando le sopracciglia.

«Bene, in questa storia c'entrano i libri.»

«I libri?»

«Libri maledetti, l'uomo che li ha scritti, un misterioso personaggio uscito dalle pagine di un romanzo per poterlo bruciare, un tradimento e un'amicizia perduta. È una storia d'amore, di odio e di sogni vissuti all'ombra del vento.»

«Sembra il risvolto di copertina di un romanzetto da quattro soldi, Daniel.»

«Non per niente lavoro in una libreria. Ma questa è una storia vera. Vera come il fatto che questo pane è vecchio almeno di tre giorni. E come tutte le storie vere comincia e finisce in un cimitero, anche se molto particolare.»

Bea sorrise come un bambino cui si promette un indovinello o un gioco di prestigio.

«Ti ascolto.»

Bevvi l'ultimo sorso di caffè e la fissai per qualche istante. Pensai che avrei voluto immergermi in quello sguardo sfuggente, che sembrava traslucido, vuoto. Pensai alla solitudine che mi avrebbe aggredito quella notte, una volta svanito l'effetto dei trucchi destinati a impressionarla. Pensai al poco che avevo da offrirle e al tanto che avrei voluto ricevere.

«Ti fuma il cervello, Daniel» disse. «Cosa stai tramando?»

Iniziai da quell'alba lontana in cui mi ero svegliato piangendo, incapace di ricordare il volto di mia madre, e mi fermai solo quando riemersi dalla vaga nostalgia del mondo in penombra che avevo intuito quello stesso mattino a casa di Nuria Monfort. Bea mi ascoltava in silenzio, attenta. Le raccontai della mia prima visita al Cimitero dei Libri Dimenticati e della febbrile lettura notturna di *L'ombra del vento*. Le parlai del mio incontro con l'uomo senza volto e della lettera di Penélope Aldaya, che portavo sempre con me, senza sapere bene perché. Le confidai di non aver mai baciato Clara Barceló né nessun'altra donna, e il mio turbamento quando, qualche ora prima, le labbra di Nuria Monfort avevano sfiorato le mie. Solo allora – le dissi – avevo compreso che si trattava di una storia di gente sola, di assenza e di perdita e che proprio per questo vi avevo cercato rifugio, fino a confonderla con la mia vita. Che mi sentivo come chi fugge nelle pagine di un romanzo perché gli oggetti del suo amore sono soltanto ombre che vivono nell'anima di uno sconosciuto.

«Non aggiungere altro» mormorò Bea. «Andiamoci subito.»

Era già notte quando arrivammo al Cimitero dei Libri Dimenticati, in calle Arco del Teatro. Afferrai il batacchio a forma di diavoletto e bussai tre volte. Soffiava un vento freddo, impregnato di un odore di carbone. Bea e io cercammo riparo sotto la volta dell'entrata. Incontrai lo sguardo di Bea solo a qualche centimetro dal mio. Di lì a poco si udirono dei passi leggeri dall'altra parte del portone e la voce pigra del guardiano che chiedeva chi era.

«Sono Daniel Sempere, Isaac.»

Lo sentii imprecare a bassa voce, poi iniziò il concerto di scricchiolii e lamenti del chiavistello kafkiano. Alla fine, la porta si aprì di qualche centimetro e apparve il volto di Isaac Monfort, illuminato dalla luce di un lume. Quando mi vide, sospirò e alzò gli occhi al cielo.

«Potevo risparmiarmi la domanda» disse. «Chi altri potrebbe essere a quest'ora?»

Isaac indossava una curiosa palandrana, una via di mezzo tra una vestaglia e un pastrano dell'esercito russo. Aveva un paio di pantofole felpate e un berretto di lana a quadri con tanto di nappa.

«Spero di non averla buttata giù dal letto» dissi.

«Macché. Avevo appena iniziato a recitare le preghiere.»

Guardò Bea come se avesse visto una bomba innescata ai suoi piedi.

«Spero di sbagliarmi» disse minaccioso.

«Isaac, questa è la mia amica Beatriz. Col suo permesso, mi piacerebbe mostrarle il posto. Stia tranquillo, è la discrezione fatta persona.»

«Sempere, ho conosciuto dei lattanti che avevano più buonsenso di lei.»

«Le ruberò solo un attimo.»

Isaac, più sospettoso di un poliziotto, sottopose Bea a un interrogatorio.

«È consapevole di frequentare un ritardato mentale?»

Bea gli sorrise cortese.

«Mi sto abituando all'idea.»

«Divina innocenza. Conosce le regole?»

Bea annuì. Isaac imprecò nuovamente a bassa voce e ci fece cenno di entrare, accertandosi, come sempre, che la strada fosse deserta.

«Ho visto sua figlia Nuria» dissi con noncuranza. «Sta bene. Lavora molto, ma sta bene. Le manda i suoi saluti.»

«Sì, e frecce avvelenate. Non sa proprio mentire, Sempere, ma apprezzo le sue buone intenzioni. Coraggio, entrate.»

Una volta nell'atrio mi tese il lume e richiuse il chiavistello.

«Quando avete finito sapete dove trovarmi.»

Lo spettrale labirinto dei libri si levava nelle tenebre. Il lume proiettava una bolla di chiarore vaporoso ai nostri piedi. Bea, attonita, scrutava dalla soglia quel dedalo di gallerie e corridoi. Sul suo volto riconobbi l'espressione che mio padre doveva aver visto sul mio anni prima e sorrisi. Ci inoltrammo in quel labirinto scricchiolante, seguendo le tacche che avevo inciso durante la mia ultima incursione.

«Vieni, voglio mostrarti una cosa» dissi.

Più di una volta persi l'orientamento e fummo costretti a tornare sui nostri passi, in cerca dell'ultima tacca. Bea mi osservava inquieta e affascinata. La mia bussola mentale suggeriva che il nostro percorso si era perso in un intrico di spirali che si addentravano verso le viscere del labirinto. Alla fine riuscii a individuare il corridoio giusto, simile a una passerella sospesa nell'oscurità. Mi inginocchiai davanti all'ultimo scaffale e ritrovai il mio vecchio amico dove l'avevo lasciato, nascosto dietro una muraglia di volumi impolverati che alla luce del lume sfavillavano come brina. Presi il libro e lo tesi a Bea.

«Ti presento Julián Carax.»

«*L'ombra del vento*» lesse Bea, accarezzando le lettere sbiadite della copertina.

«Posso prenderlo?» domandò.

«Tutti meno questo.»

«Non è giusto. Dopo il tuo racconto, è questo il libro che voglio.»

«Un'altra volta, forse. Ma non oggi.»

Glielo tolsi dalle mani e lo rimisi nel suo nascondiglio.

«Tornerò da sola e lo prenderò senza che tu lo venga a sapere» disse.

«Non lo troveresti mai.»

«Questo lo credi tu. Ho visto le tacche sul legno e conosco anch'io il racconto del Minotauro.»

«Isaac non ti farebbe entrare.»

«Ti sbagli. Gli sono più simpatica di te.»

«Come lo sai?»

«So leggere gli sguardi.»

Mio malgrado, le credetti, e abbassai il mio.

«Scegline un altro. Guarda, questo sembra interessante. *Il maiale della Meseta, questo sconosciuto: una ricerca sulle origini della pancetta iberica*, di Anselmo Torquemada. Ha sicuramente venduto più copie di qualsiasi romanzo di Julián Carax. Del maiale non si butta via niente.»

«Quest'altro mi attira di più.»

«*Tess d'Urbervilles*. È la versione originale. Te la senti di leggere Thomas Hardy in inglese?»

Mi diede un'occhiata torva.

«Aggiudicato, allora.»

«Non vedi? Sembrava proprio che mi stesse aspettando, sepolto in questo luogo, da ancora prima che nascessi.»

La guardai attonito. Bea accentuò il sorriso.

«Cosa ho detto?» chiese.

Senza riflettere su ciò che facevo, le sfiorai le labbra con un bacio.

Quando arrivammo davanti alla casa di Bea era quasi mezzanotte. Avevamo percorso il tragitto in silenzio, immersi nei nostri pensieri. Bea camminava con il suo *Tess* sotto il braccio e io la seguivo col suo sapore sulle labbra. Ripensavo allo sguardo inquisitorio di Isaac quando avevamo lasciato il Cimitero dei Libri Dimenticati, così simile a quello di mio padre quando si domandava se sapevo quello che stavo facendo. Avevo trascorso le ultime ore di quella giornata in un'altra dimensione, in un mondo di contatti fuggevoli e di sguardi che non capivo e che mi avevano profondamente turbato. Ora che ero tornato a quella realtà sempre in agguato fra le ombre dell'Ensanche, la magia lasciava il posto a un'ansia dolorosa, a un desiderio senza nome. Mi bastò guardare Bea per capire che le mie inquietudini erano appena un soffio nella tempesta che la travolgeva dentro. Davanti al portone ci fissammo, senza far nulla per dissimulare ciò che sentivamo. Una guardia notturna si avvicinava lentamente, fischiettando boleri al ritmo del suo tintinnante mazzo di chiavi.

«Vuoi che non ci vediamo più?» le dissi, incerto.

«Non so, Daniel. Sono molto confusa. È questo che vuoi?»

«No, affatto. E tu?»

Si strinse nelle spalle, abbozzando un sorriso senza forza.

«Tu cosa pensi?» domandò. «Ti ho mentito nel chiostro, sai?»

«A che proposito?»

«Non è vero che oggi non desideravo vederti.»

La guardia notturna, abituata agli interminabili addii degli innamorati, ci gironzolava intorno con un sorrisetto e l'aria di chi la sa lunga.

«Fate con comodo» disse. «Vado a fumarmi una sigaretta.»

Attesi che si fosse allontanato.

«Quando possiamo rivederci?»

«Non lo so, Daniel.»

«Domani?»

«Per favore, Daniel. Non lo so.»

Annuii. Mi accarezzò il viso.

«È meglio che tu vada, adesso.»

«Sai almeno dove trovarmi, no?»

Fece segno di sì.

«Aspetterò.»

«Anch'io.»

Mi separai da Bea senza staccare il mio sguardo dal suo. La guardia notturna era già accorsa ad aprirle il portone.

«Canaglia» mi sussurrò, con una punta di ammirazione. «Tu sì che hai buon gusto.»

173

Attesi che il pesante battente si richiudesse alle spalle di Bea e mi allontanai, girandomi di tanto in tanto. Mentre camminavo nella notte, mi sembrava che tutto fosse possibile e che persino le strade deserte e il vento ostile profumassero di speranza. In plaza de Cataluña uno stormo di piccioni si era riunito al centro della spianata, ricoprendola di un ondulante manto di ali bianche. Intendevo schivarlo, ma mi accorsi che lo stormo si apriva al mio passaggio senza alzarsi in volo per poi serrare nuovamente le fila. Il rintocco delle campane della cattedrale annunciò la mezzanotte proprio mentre raggiungevo il centro della piazza. Incagliato in quell'oceano di piume argentate, mi soffermai a pensare che quella giornata era stata la più singolare e la più bella della mia vita.

22

Passando di fronte alla vetrina della libreria vidi che la luce era ancora accesa. Sospettai che mio padre avesse trovato una scusa pur di aspettarmi in piedi e chiedermi come era andato il mio incontro con Bea. Una figura smilza stava sistemando una pila di libri. Battei con le nocche sul vetro. Fermín alzò lo sguardo, sorpreso di vedermi. Mi fece cenno di entrare e di passare nel retrobottega.

«Ancora al lavoro, Fermín? È tardissimo.»

«In realtà, tra un po' andrò da don Federico. Devo dare il cambio a Eloy, quello del negozio di ottica. Io d'altra parte dormo poco, due o tre ore al massimo. Ma neppure lei scherza, Daniel. Se rientra a mezzanotte passata, vuol dire che il suo incontro con la ragazza è stato un successo clamoroso.»

Scrollai le spalle.

«Non saprei.»

«Ha allungato le mani?»

«No.»

«Buon segno. Mai fidarsi di quelle che si lasciano toccare al primo appuntamento, e ancora meno delle gattemorte che hanno bisogno del permesso del parroco. Il filetto, mi si consenta il paragone alimentare, si trova nel mezzo. Se ne ha l'occasione, non si tiri indietro, ma se vuole fare sul serio, come me con Bernarda, si ricordi questa regola d'oro.»

«Lei fa sul serio?»

«Più che sul serio. Il mio è un amore spirituale. E questa Beatrice, com'è? Nessun dubbio che sia una vera bellezza, ma il *quid* della faccenda è: appartiene alla categoria delle donne che ti fanno innamorare o di quelle che ti fanno soltanto girare la testa?»

«Non ne ho idea» risposi. «A tutt'e due le categorie, direi.»

«Guardi, Daniel, è un po' come la pesantezza di stomaco. Avverte un fastidio qui, alla bocca dello stomaco, come se avesse inghiottito un mattone? O è una sensazione di febbre?»

«Propenderei per il mattone» dissi, anche se non avrei scartato l'altra ipotesi.

«Allora la cosa è seria. Che Dio l'aiuti. Su, si sieda che le preparo una tisana.»

Ci sedemmo al tavolo del retrobottega, circondati dai libri e dal silenzio. La città era addormentata e la libreria pareva una barca alla deriva in un oceano di quiete e ombra. Nel tendermi la tazza fumante, Fermín sorrise con un certo imbarazzo. Gli frullava qualcosa in testa.

«Posso rivolgerle una domanda personale, Daniel?»

«Naturalmente.»

«La prego di darmi una risposta sincera» disse, schiarendosi la voce. «Lei crede che io possa diventare padre?»

Evidentemente colse la perplessità sul mio volto perché si affrettò a precisare:

«Non mi riferivo alla paternità biologica. Sono sempre stato bruttino, ma, grazie a Dio, ho ricevuto in dono dalla natura la virilità di un toro. Mi riferisco a un altro genere di padre. Un buon padre, insomma.»

«Un buon padre?»

«Sì, come il suo. Un uomo intelligente e sensibile, capace di ascoltare, educare e rispettare una creatura senza farle scontare i propri difetti. Una persona che un figlio possa ammirare, e a cui vorrebbe assomigliare.»

«Perché me lo domanda, Fermín? Ero convinto che non

175

credesse nel matrimonio e nella famiglia. Il giogo e tutto il resto, ricorda?»

Fermín annuì.

«È vero, è roba da dilettanti. Il matrimonio e la famiglia sono un guscio vuoto e spetta a noi riempirlo di significato. Senza contenuto, sono solo un campionario di ipocrisie. Ciarpame e chiacchiere. Ma se l'amore è autentico, non quello che si sbandiera ai quattro venti, ma quello che si dimostra coi fatti...»

«Sembra un altro uomo, Fermín.»

«Lo sono. Bernarda mi ha fatto desiderare di essere migliore di quel che sono.»

«Come mai?»

«Per meritarla. Lei non può capire perché è giovane, ma col tempo si renderà conto che è più importante cedere che dare. Bernarda e io abbiamo parlato a lungo. È nata per essere madre, lei lo sa bene. La sua gioia più grande, io credo, sarebbe avere dei figli. E a me quella donna piace più delle pesche sciroppate. Si figuri che per lei sono persino disposto a rimettere piede in una chiesa, dopo trentadue anni di totale astinenza clericale, per recitare i salmi di san Serafino o di qualsiasi altro beato.»

«Come corre, Fermín. Vi conoscete appena...»

«Alla mia età, Daniel, se non hai le idee chiare sei fottuto. Ci sono due o tre ragioni per cui vale la pena di vivere, tutto il resto è letame. In passato ho fatto molte sciocchezze, ma ora il mio unico desiderio è rendere felice Bernarda e morire tra le sue braccia, quando sarà il momento. Voglio essere di nuovo un uomo rispettabile. Non per me, io me ne infischio del rispetto di quel branco di scimmie che sono gli esseri umani, ma per lei. Perché Bernarda crede negli sceneggiati, nei preti, nella rispettabilità e nella Madonna di Lourdes. È fatta così e io le voglio bene per come è, e non le toglierei un solo pelo di quelli che ha sul mento. Per questo desidero che sia fiera di me. Voglio che pensi: il mio Fermín è un grand'uomo, come Cary Grant, Hemingway o Manolete.»

Incrociai le braccia sul petto e ponderai la faccenda.

«Ne ha già parlato con Bernarda? Dell'idea di mettere al mondo un figlio, intendo?»

«Per chi mi ha preso? Le sembra che io vada in giro a proporre alle donne di farsi mettere incinte? Non che mi manchi la voglia, eh? Fosse per questo, Merceditas, quell'allocca, sarebbe già gravida di tre gemelli e vivrei da re, ma...»

«L'ha detto a Bernarda che vorrebbe formare una famiglia?»

«Non è necessario, Daniel. Per certe cose non servono le parole.»

Annuii.

«Allora, per quanto possa valere la mia opinione, ritengo che sarà un padre e un marito esemplare, anche se non crede nelle convenzioni, anzi, proprio per questo, così non darà nulla per scontato.»

Fermín sprizzava felicità da tutti i pori.

«Lo pensa davvero?»

«Certo.»

«Ah, mi toglie un gran peso. Al solo pensiero di diventare come mio padre, mi viene voglia di farmi sterilizzare.»

«Stia tranquillo, Fermín. Del resto, dubito che un intervento chirurgico potrebbe arginare la sua foga.»

«Giusto» ammise. «Su, vada a riposare. Non intendo farle perdere altro tempo.»

«Non mi sta facendo perdere tempo, Fermín. E poi sento che stanotte non chiuderò occhio.»

«Mal che si vuol non duole... A proposito, si ricorda di quella casella postale?»

«Ha già scoperto qualcosa?»

«Non le avevo detto di lasciar fare a me? Ieri, all'ora di pranzo, ho fatto una capatina alla Posta centrale e ho scambiato due chiacchiere con un vecchio conoscente che lavora lì. La casella 2321 è intestata a un certo José María Requejo, un avvocato che ha lo studio in calle León XIII. Mi sono permesso di verificare l'indirizzo e ho potuto constatare, senza sorpresa, che è falso, ma suppongo che lei lo sapesse già. Da diversi anni, a ritirare la corrispondenza indirizzata alla casella postale è sempre la stessa persona. Lo so perché alcune lettere di uno studio di amministrazione di immobili sono inviate a mezzo raccomandata e, per poterle ritirare, è necessario firmare una ricevuta e mostrare un documento.»

«Chi le ritira? Un impiegato dell'avvocato Requejo?» domandai.

«Non l'ho ancora accertato, ma ne dubito. Posso aver preso un granchio, ma ho l'impressione che questo Requejo sia reale quanto la Madonna di Fatima. Ma conosco il nome della persona che ritira la corrispondenza: si chiama Nuria Monfort.»

Impallidii.

«Nuria Monfort? Ne è sicuro, Fermín?»

«Io stesso ho visto la sua firma su alcune ricevute. Accanto c'è anche il numero del documento d'identità. Deduco dalla sua faccia che la notizia la sorprende.»

«Non poco.»

«Senta, ma chi è questa Nuria Monfort? L'impiegato con cui ho parlato se la ricorda benissimo perché ha ritirato la posta solo un paio di settimane fa e, a suo parere, è meglio della Venere di Milo, con le tette ancora più sode. Non ho motivo di dubitare del suo giudizio, perché prima della guerra era docente di estetica, ma essendo un lontano cugino di Largo Caballero si è ridotto a leccare marche da bollo da una peseta...»

«Proprio oggi sono stato da quella donna, a casa sua» mormorai.

Fermín mi guardò incredulo.

«Da Nuria Monfort? Comincio a pensare di averla sottovalutata, Daniel. È diventato un casanova.»

«Non si faccia strane idee, Fermín.»

«Peggio per lei. Alla sua età ero come il cabaret El Molino, aperto la sera, il pomeriggio e il mattino.»

Guardai quell'ometto ossuto, tutto naso, con la pelle giallastra, e capii che stava diventando il mio migliore amico.

«Posso confidarmi con lei, Fermín? C'è una cosa su cui mi sto lambiccando il cervello da parecchio tempo.»

«Ma certo. Soprattutto se è piccante e c'entra con la maliarda delle poste.»

Quella notte, per la seconda volta, raccontai la storia misteriosa di Julián Carax. Fermín ascoltava con estrema attenzione, prendendo appunti su un quaderno e interrompendomi ogni tanto per avere chiarimenti su qualche dettaglio la cui importanza mi sfuggiva. Più mi addentravo nei meandri del racconto, più si precisavano i suoi molti punti oscuri. Decisi, allora, di concentrare tutti i miei sforzi nel tentativo di capire perché Nuria Monfort mi avesse mentito. Perché da anni ritirava la posta indirizzata allo studio di un avvocato inesistente che, almeno in apparenza, amministrava l'appartamento della famiglia Fortuny-Carax nella ronda de San Antonio? Senza volerlo, formulai i miei dubbi ad alta voce.

«Non possiamo ancora sapere perché quella donna le ha mentito» disse Fermín. «Ma possiamo sbilanciarci a supporre che, se l'ha ingannata a questo proposito, probabilmente le ha mentito anche su altre cose.»

Sospirai, confuso.

«Cosa suggerisce di fare, Fermín?» chiesi.

Fermín Romero de Torres fece un sospiro da filosofo.

«Ecco cosa possiamo fare. Domenica prossima, se non ha impegni, ci presentiamo come se niente fosse al collegio San Gabriel e vediamo di indagare sulle origini dell'amicizia tra questo Carax e l'altro ragazzo, il riccone...»

«Aldaya.»

«Vedrà, io ci so fare coi preti, sarà per la mia aria da certosino gaglioffo. Quattro salamelecchi e me li metto in tasca.»

«Dice?»

«Può starne certo. Li farò cantare come il coro delle voci bianche di Monserrat.»

23

Trascorsi il sabato in trance, dietro il banco della libreria, sperando di veder comparire Bea come per magia. A ogni squillo del telefono mi precipitavo a rispondere, strappando il ricevitore dalle mani di mio padre o di Fermín. A metà pomeriggio avevano chiamato una ventina di clienti e io continuavo a non avere notizie di Bea. Mi rassegnai, così, all'idea che il mondo e la mia misera esistenza fossero giunti alla fine. Nel frattempo, approfittando dell'assenza di mio padre che si era recato a San Gervasio per stimare una collezione privata, Fermín mi impartì l'ennesima lezione sui segreti degli intrighi amorosi.

«Cerchi di calmarsi o le verranno i calcoli al fegato» mi consigliò. «Corteggiare una donna è come ballare il tango: tutta scena assurda. Ma l'uomo è lei e quindi le tocca prendere l'iniziativa.»

La faccenda buttava male.

«L'iniziativa? Io?»

«Cosa pretende? È il prezzo che dobbiamo pagare per il privilegio di pisciare in piedi.»

«Ma Bea mi ha detto che si sarebbe fatta viva lei.»

«Non conosce le donne, Daniel. Mi gioco la gratifica di Natale che in questo preciso momento la fanciulla è a casa, languidamente affacciata a una finestra, tipo signora delle camelie, ad aspettare che lei la sottragga alle grinfie di quello zoticone di suo padre e la trascini in un'incontenibile spirale di lussuria e peccato.»

«Sicuro?»

«Ne ho la certezza matematica.»

«E se avesse deciso di non vedermi più?»

«Guardi, Daniel, le donne, con rare eccezioni, quali la sua vicina Merceditas, sono più intelligenti di noi o, perlomeno, più sincere con se stesse rispetto a ciò che vogliono. Che poi te lo facciano sapere è un altro paio di maniche. La femmina, Daniel, è un enigma della natura. È una babele, un labirinto. Se le lascia il tempo di pensare, non ha più scampo. Si ricordi: cuore caldo e mente fredda. È il codice del seduttore.»

Fermín stava per ragguagliarmi sulle tecniche dell'arte della seduzione quando fummo interrotti dalla campanella della porta e vedemmo entrare Tomás Aguilar. Sentii un tuffo al cuore. La provvidenza mi negava Bea ma mi mandava il fratello. Lugubre araldo, pensai. Tomás non sembrava molto in forma.

«Che faccia scura, don Tomás» disse Fermín. «Le posso offrire un caffè?»

«Perché no?» rispose Tomás, laconico come sempre.

Fermín gli versò una tazza dell'intruglio che teneva in caldo nel suo termos e che sprigionava un aroma di Jerez.

«Qualche problema?» domandai.

Tomás fece spallucce.

«Niente di nuovo. Oggi mio padre ha la luna storta, così sono uscito a prendere una boccata d'aria.»

Mi schiarii la gola.

«Come mai?»

«Va' a saperlo. Ieri sera Bea è rientrata tardissimo. Mio padre la stava aspettando in piedi, un po' di malumore, come sempre. Lei si è rifiutata di dire dove era stata e con chi e lui è andato su tutte le furie. Ha urlato come un ossesso fino alle quattro del mattino dandole della sgualdrina o peggio, minacciando di sbatterla in convento e di cacciarla di casa a calci se fosse rimasta incinta.»

Fermín mi guardò allarmato. Gocce di sudore sempre più freddo mi scendevano lungo la schiena.

«Stamane» seguitò Tomás «Bea si è chiusa a chiave nella sua stanza e non è uscita per tutto il giorno. Mio padre si è piazzato in sala da pranzo a leggere "ABC" e ad ascoltare zarzuelas alla radio a tutto volume. Nell'intervallo di *Luisa Fernanda* ho deciso di uscire perché stavo impazzendo.»

«Sua sorella sarà andata a spasso col fidanzato, no?» disse Fermín, con la precisa volontà di provocare. «È normale.»

Gli mollai un calcio da dietro il banco, e Fermín lo schivò con agilità felina.

«Il suo fidanzato sta facendo il servizio militare» precisò Tomás. «Avrà una licenza tra un paio di settimane. E poi, quando esce con lui rientra al massimo alle otto.»

«E non ha idea di dove sia stata e con chi?»

«Le ha appena detto di no, Fermín» intervenni, impaziente di cambiare argomento.

«E nemmeno suo padre?» insistette Fermín, che se la godeva un mondo.

«No. Ma ha giurato che scoprirà chi è e che gli spaccherà le gambe e la faccia.»

Diventai livido. Fermín mi versò una tazza del suo intruglio ancora prima che gliela chiedessi. Lo bevvi d'un fiato. Sapeva di gasolio tiepido. Tomás mi osservava in silenzio, con lo sguardo impenetrabile e scuro.

«Avete sentito?» esclamò Fermín. «Un rullo di tamburi.»

«No.»

«Erano le mie budella. Mi è venuta una fame... Se non vi dispiace faccio un salto dal panettiere a comprare qualche croissant. E magari a fare due chiacchiere con la nuova commessa, appena arrivata da Reus, che è una da intingerci il pane o quel che capita. Si chiama María Virtudes, ma secondo me la bambina ha un vizietto... Vi lascio, così potete parlare delle vostre cose, eh?»

In dieci secondi Fermín si dileguò, pregustando la merenda e le grazie della fanciulla. Tomás e io rimanemmo soli, in un silenzio più solido del franco svizzero.

«Tomás» dissi. «Ieri sera tua sorella era con me.»

Il suo sguardo era impenetrabile. Mi schiarii la gola.

«Di' qualcosa» esclamai.

«Tu sei matto.»

Per un interminabile minuto si udì solo il rumore della strada. Tomás reggeva tra le mani la tazza di caffè ancora piena.

«È una cosa seria?» domandò.

«Ci siamo visti solo una volta.»

«Questa non è una risposta.»

«Ti dispiacerebbe?»

Si strinse nelle spalle.

«Saprai tu quel che fai. Smetteresti di vederla solo perché te lo chiedo io?»

«Sì» mentii. «Ma non chiedermelo.»

Tomás chinò la testa.

«Tu non conosci Bea» mormorò.

Tacqui. Per qualche istante nessuno dei due pronunciò una parola. Guardavamo le sagome grigie che sostavano davanti alla vetrina, con la speranza che qualcuno entrasse a strapparci da quel silenzio avvelenato. Dopo un po', Tomás posò la tazza sul banco e si avviò verso la porta.

«Te ne vai?»

Annuì.

«Ci vediamo domani?» dissi. «Potremmo andare al cinema, con Fermín, come ai vecchi tempi.»

Lui si fermò sulla soglia.

«Te lo dirò una volta sola, Daniel: non fare del male a mia sorella.»

Uscendo, incrociò Fermín che tornava dal fornaio carico di paste. Fermín lo osservò perdersi nella sera, scuotendo il capo. Appoggiò il vassoio sul banco e mi tese una ciambella ancora calda. Non sarei riuscito a mandar giù neppure un'aspirina.

«Stia tranquillo, Daniel, vedrà che gli passa. È normale che tra amici ci sia qualche screzio.»

«Non so» mormorai.

24

La domenica mattina alle sette eravamo seduti al caffè Canaletas, dove bevvi un pessimo caffelatte con brioche così stantie da essere immangiabili anche imburrate. Avevano una certa somiglianza con la pietra pomice. Un cameriere coi baffi alla Clark Gable e un simbolo della Falange sul risvolto della giacca ci servì canticchiando. Quando gli chiedemmo la ragione della sua allegria, rispose di essere padre da ventiquattr'ore. Ci congratulammo e lui volle a tutti i costi regalarci una sigaretta a testa da fumare durante la giornata in onore del suo primogenito. Il mio amico lo guardava di sottecchi. Chissà cosa stava pensando.

Appena il cameriere se ne fu andato, Fermín inaugurò la giornata investigativa ricapitolando la vicenda.

«La storia inizia con la sincera amicizia tra due ragazzi, Julián Carax e Jorge Aldaya, compagni di classe sin dall'infanzia, come don Tomás e lei. Per molti anni va tutto bene: i due sono inseparabili e li attende un brillante futuro. A un certo punto, tuttavia, sorge un contrasto che rovina la loro amicizia. Come direbbe un drammaturgo da salotto, il contrasto ha nome di donna: Penélope. Molto omerico. Mi segue?»

Nella mia mente risuonarono le parole pronunciate da Tomás Aguilar la sera prima: «Non fare del male a mia sorella». Mi venne la nausea.

«Nel 1919, Julián Carax parte per Parigi quale prosaico Odisseo» continuò Fermín. «La lettera di Penélope, da lui mai ricevuta, ci rivela che la giovane è rinchiusa nella propria casa, prigioniera della famiglia per motivi oscuri, e che l'amicizia tra Aldaya e Carax è finita per sempre. A giudicare da quanto scrive Penélope, suo fratello Jorge ha giurato che se rivedrà ancora l'ex amico Julián lo ucciderà. Sono parole grosse, se si tratta solo della fine di un'amicizia. Non c'è bisogno di essere Pasteur per dedurre che il contrasto ha a che vedere con il rapporto tra Penélope e Carax.»

Avevo la fronte imperlata di sudore freddo. Sentii che il caffelatte e i quattro bocconi che avevo inghiottito mi salivano in gola.

«Pertanto, dobbiamo supporre che Carax non sia mai venuto a conoscenza della situazione di Penélope, poiché non ricevette la sua lettera. Julián si perde tra le nebbie di Parigi, dove condurrà una vita grama facendo il pianista in un bordello e scrivendo romanzi senza successo. Dei suoi anni a Parigi, avvolti nel mistero, resta solo una produzione letteraria dimenticata e pressoché scomparsa. Sappiamo inoltre che, a un certo punto, decide di impalmare una misteriosa e benestante signora che ha il doppio dei suoi anni. Tale matrimonio, se ci atteniamo alle testimonianze, ha tutta l'aria di essere un atto di carità, il dono estremo di un'amica in fin di vita, più che un matrimonio d'amore. La mecenate, infatti, decide di lasciare in eredità i suoi beni a quello scrittore squattrinato e di accomiatarsi dalla vita terrena con una fine a beneficio del mondo delle arti. I parigini sono fatti così.»

«Magari era un amore sincero» affermai con un filo di voce.

«Cosa c'è Daniel, non si sente bene? È bianco come un lenzuolo e suda come un dannato.»

«Sto benissimo» mentii.

«Allora, stavo dicendo... L'amore è come un insaccato: c'è il prosciutto e c'è la mortadella. Tutto ha una sua ragion d'essere e una sua utilità. Carax dichiarava di non meritare l'amore di nessuno e, infatti, non abbiamo notizia di qualche idillio significativo durante la sua permanenza a Parigi. È probabile che, lavorando in una casa d'appuntamenti, soddisfacesse le sue pulsioni primarie grazie al cameratismo che unisce gli impiegati di una stessa ditta, quasi beneficiasse di un extra o, ancora meglio, di un pacco natalizio. Ma le nostre sono pure supposizioni. Torniamo, dunque, al momento in cui viene annunciato il matrimonio tra Carax e la sua mecenate. Proprio adesso ricompare nella torbida vicenda Jorge Aldaya, che si mette in contatto con l'editore di Carax a Barcellona per ottenere il recapito dello scrittore. Poco dopo, all'alba del giorno delle sue nozze, Julián Carax si batte in duello con uno sconosciuto nel cimitero del Père-Lachaise e scompare. Il matrimonio non sarà mai celebrato e, a partire da questo momento, tutto si ingarbuglia.»

Fermín fece una pausa e mi rivolse un'occhiata da agente segreto.

«Carax, probabilmente, passa il confine e, con notevole tempismo, torna a Barcellona nel 1936, allo scoppio della guerra civile. Non è chiaro cosa faccia e dove viva in quelle settimane. Possiamo presumere che resti un mese in città senza mai mettersi in contatto con nessuno, né con suo padre né con l'amica Nuria Monfort. Qualche tempo dopo viene trovato morto per strada, ucciso da un colpo di pistola. A questo punto, entra in scena un losco individuo che dice di chiamarsi Laín Coubert, come un personaggio dell'ultimo romanzo di Carax, il quale è niente meno che il principe degli inferi. Obiettivo dichiarato del nostro diavoletto è cancellare dalla faccia della terra quel poco che rimane di Carax bruciando i suoi libri. Per dare un ultimo tocco al melodramma, il volto dell'uomo è sfigurato dal fuoco. Si tratta di un essere perfido, fuggito dalle pagine di un romanzo gotico, nella cui voce, per confondere ulteriormente le acque, Nuria Monfort riconosce quella di Jorge Aldaya.»

«Le ricordo che Nuria Monfort mi ha mentito» dissi.

«Certo, ma anche se Nuria Monfort le ha mentito è possibile che l'abbia fatto più che altro per omissione e forse per non essere mescolata agli eventi. Sono poche le ragioni per dire la verità, mentre quelle per mentire sono infinite. Dica un po', è sicuro di sentirsi bene? È bianco come un cadavere.»

Scossi la testa e corsi verso il gabinetto.

Vomitai la colazione, la cena e buona parte della rabbia che avevo dentro. Mi bagnai il viso con l'acqua gelida del rubinetto e osservai la mia immagine riflessa nello specchio verdastro su cui qualcuno aveva scritto con un pastello a cera: "Girón cornuto". Tornato al tavolo, vidi che Fermín stava pagando il conto al banco e discuteva di calcio con il cameriere che ci aveva servito.

«Va meglio?» domandò.

Annuii.

«È un calo di pressione» disse Fermín. «Tenga, mangi una Sugus. Vedrà che le passa tutto.»

Una volta in strada, insistette per prendere un taxi fino al San Gabriel e che lasciassimo il metrò per un'altra occasione. La mattina era troppo bella, sosteneva, per infognarsi in quelle trappole per topi che erano i tunnel della metropolitana.

«Un taxi fino a Sarriá ci costerà una fortuna» obiettai.

«Offre il fondo di previdenza dei cretini» tagliò corto Fermín. «Il patriota ha sbagliato a darmi il resto e abbiamo fatto un affare. Inoltre, lei non è in condizioni di viaggiare sottoterra.»

Muniti di quei fondi illeciti, attendemmo il passaggio di un taxi all'inizio della rambla de Cataluña. Ne lasciammo passare diversi. Fermín, che non viaggiava mai in automobile, voleva concedersi il lusso di salire su una vettura spaziosa ed elegante, come minimo una Studebaker. Passò più di un quarto d'ora e ci sfilarono davanti numerosi taxi prima che individuasse un veicolo di suo gradimento e lo fermasse con gesti teatrali. Prese posto sul sedile anteriore e qualche secondo dopo era già impegnato in una diatriba sull'oro di Mosca e su Josif Stalin, idolo e guida spirituale del tassista.

«Le grandi figure di questo secolo sono tre: Dolores Ibárruri, Manolete e Stalin» sentenziò l'uomo, pronto a intrattenerci con un'agiografia dell'illustre compagno.

Io viaggiavo comodamente sul sedile posteriore, indifferente al comizio, godendomi l'aria fresca che entrava dal finestrino. Il tassista parlava del leader sovietico e Fermín, tutto contento di essere scarrozzato da una Studebaker, lo interrompeva con interventi di dubbio interesse storiografico.

«Ho sentito dire che da quando ha ingoiato un nocciolo di nespola ha problemi alla prostata e che adesso riesce a orinare solo se gli fischiettano *L'Internazionale*» buttò lì Fermín.

«Propaganda fascista» ribatté il tassista, più devoto che

mai. «Il compagno piscia come un toro, con tale abbondanza da fare invidia al Volga.»

Il dibattito proseguì lungo tutta la Vía Augusta fino alla zona alta della città. La giornata era chiara e una brezza fresca vestiva il cielo di un azzurro ardente. All'incrocio con calle Ganduxer, il tassista svoltò a destra e cominciò a risalire il paseo de la Bonanova.

Il collegio San Gabriel sorgeva all'interno di un parco, in fondo a una strada stretta e tortuosa che partiva dalla Bonanova. Era un palazzo gotico di mattoni rossi, con vetrate a forma di pugnale, sovraccarico di archi e torrioni che sovrastavano le chiome dei platani come guglie di una cattedrale. Salutammo il tassista e ci addentrammo nel parco costellato di fontane con cherubini coperti di muffa e percorso da serpeggianti sentieri di ghiaia. Lungo il cammino, Fermín mi impartì una delle sue impagabili lezioni di storia sociale.

«Il San Gabriel, che adesso sembra il mausoleo di Rasputin, un tempo era una delle scuole più esclusive di Barcellona. Il suo declino iniziò all'epoca della Repubblica, quando gli arricchiti di allora, industriali e banchieri ai cui rampolli era sempre stato negato l'accesso al collegio perché i loro cognomi puzzavano di nuovo, decisero di creare le proprie scuole per essere trattati con rispetto e, a loro volta, impedire ai figli degli altri di iscriversi. Il denaro è un virus: dopo aver corrotto l'anima di chi lo possiede, va in cerca di nuove vittime da contagiare. Ecco perché un cognome dura meno di un confetto. All'epoca del suo massimo splendore, diciamo tra il 1880 e il 1930, il San Gabriel ospitava il fior fiore della gioventù blasonata. Gli Aldaya e compagnia bella frequentavano questo postaccio per fraternizzare coi loro simili, per sentir messa e ripetere fino alla nausea soporifere lezioni di storia.»

«Ma Julián Carax non era uno di loro» dissi.

«Be', a volte alcune prestigiose istituzioni mettono a disposizione una o due borse di studio per i figli del giardiniere o di qualche lustrascarpe, per dimostrare la loro generosità e carità cristiana» spiegò Fermín. «Il sistema più efficace per rendere inoffensivi i poveri è insegnare loro a imitare i ricchi. È questo il veleno con cui il capitale acceca i...»

187

«Lasci perdere i discorsi sovversivi, Fermín. Non vorrei che uno di questi sacerdoti la sentisse e ci sbattesse fuori a calci nel sedere» lo interruppi. Un paio di preti ci stava osservando, con curiosità diffidente, dall'alto della scalinata che portava all'atrio del collegio.

Uno di loro ci venne incontro con un sorriso di circostanza e le mani incrociate sul petto, come un vescovo. Doveva avere una cinquantina d'anni, era magro e allampanato, con una capigliatura rada che gli conferiva l'aspetto di un uccello rapace. Aveva uno sguardo penetrante e odorava di colonia fresca e naftalina.

«Buongiorno. Sono padre Fernando Ramos» disse. «Posso esservi utile?»

Fermín gli porse la mano. Il sacerdote la guardò per un istante prima di stringergliela, con un sorriso freddo.

«Fermín Romero de Torres, consulente bibliografico di Sempere e figli, felicissimo di poter salutare la sua devotissima eccellenza. Questi è il mio collaboratore e amico Daniel, giovane di promettente avvenire e spiccate virtù cristiane.»

Padre Fernando ci guardò imperturbabile. Io avrei voluto sprofondare.

«Il piacere è mio, signor Romero de Torres» rispose cordialmente. «Posso chiedervi cosa vi ha condotto alla nostra umile istituzione?»

Decisi di intervenire prima che Fermín dicesse qualche altra eresia e fossimo costretti a fuggire a gambe levate.

«Padre Fernando, stiamo cercando due ex alunni del San Gabriel: Jorge Aldaya e Julián Carax.»

Padre Fernando strinse le labbra e inarcò un sopracciglio.

«Julián è morto una quindicina di anni fa e Aldaya è emigrato in Argentina» rispose seccamente.

«Li conosceva?» chiese Fermín.

Lo sguardo affilato del sacerdote si fermò su ognuno di noi prima di rispondere.

«Siamo stati compagni di classe. Posso sapere il motivo del vostro interesse?»

Stavo pensando a una risposta accettabile ma Fermín mi precedette.

«Deve sapere che siamo entrati in possesso di alcuni oggetti che appartengono, o appartenevano, poiché la legge al riguardo è piuttosto confusa, ai due soggetti testé menzionati.»

«Che genere di oggetti, se è lecito domandarlo?»

«Scongiuro sua eccellenza di comprendere la nostra reticenza, ma Dio solo sa quanti scrupoli di coscienza ed esigenze di segretezza siano in gioco, validissime ragioni che, purtuttavia, non intaccano la totale fiducia che sua eminenza e l'ordine da lei rappresentato con tanto vigore e pietà ci ispirano» disse Fermín a tutta velocità.

Padre Fernando lo guardava stupito. Intervenni di nuovo, prima che Fermín riprendesse fiato.

«Gli oggetti a cui si riferisce il signor Romero de Torres sono ricordi di famiglia dal puro valore affettivo. Ciò che invece desidereremmo, padre, se per lei non è un disturbo, è che ci parli di Julián e di Aldaya quando erano studenti.»

Padre Fernando ci guardava con diffidenza. Era ovvio che le nostre spiegazioni non lo avevano convinto. Con un'occhiata, implorai Fermín di escogitare uno stratagemma che ci ingraziasse il prete.

«Lei assomiglia un po' a Julián da giovane, sa?» disse improvvisamente padre Fernando.

Fermín colse la palla al balzo. Ecco, pensai, o la va o la spacca.

«Che occhio di lince, eminenza» finse di stupirsi Fermín. «La sua perspicacia ci ha smascherati senza misericordia. Come minimo la faranno cardinale, se non papa.»

«Di cosa sta parlando?»

«Non è evidente, illustrissimo?»

«Veramente no.»

«Possiamo contare sul segreto della confessione?»

«Questo è un giardino, non una chiesa.»

«Ci basta la sua discrezione di religioso.»

«D'accordo.»

Fermín fece un profondo sospiro e mi guardò con aria affranta.

«Daniel, non possiamo continuare a ingannare questo santo soldato di Cristo.»

«No, no davvero» confermai, senza capire dove voleva andar a parare.

Fermín si avvicinò al sacerdote e gli sussurrò:

«Reverendo, abbiamo fondati motivi per ritenere che il qui presente Daniel sia un figlio segreto del defunto Julián Carax. Ecco perché vogliamo che ci parli di lui, affinché il qui presente possa riscattare dall'oblio il ricordo di un genitore di cui la parca ha privato un pargoletto innocente.»

Padre Fernando mi fissò sbalordito.

«È vero?»

Annuii. Fermín, compunto, mi diede dei colpetti affettuosi sulla spalla.

«Lo guardi, poverino, è alla disperata ricerca di un padre che si è perduto nelle nebbie della memoria. Cosa c'è di più triste? Me lo dica, eccellenza.»

«Avete qualche prova delle vostre affermazioni?»

Fermín mi afferrò per il mento e gli mostrò il mio viso in testimonianza.

«Esiste prova più lampante, vossignoria, di questo faccino, muto attestato della discendenza in questione?»

Il sacerdote tentennava ancora.

«Mi aiuterà, padre?» implorai. «Per favore...»

Padre Fernando sospirò, a disagio.

«Suppongo non ci sia nulla di male» disse. «Cosa volete sapere?»

«Tutto» esclamò Fermín.

25

Padre Fernando rievocava i suoi ricordi con un tono da omelia, costruendo le frasi con sobrietà e precisione, dotandole di una cadenza che sembrava racchiudere una morale aggiunta che non riusciva mai a materializzarsi. Lunghi anni di insegnamento avevano forgiato quello stile fermo e didascalico, tipico di chi è abituato ad avere un uditorio ma, nello stesso tempo, si domanda se qualcuno lo stia ascoltando.

«Se la memoria non mi inganna, Julián Carax divenne un

allievo del San Gabriel nel 1914. Facemmo subito amicizia perché appartenevamo entrambi a quell'esiguo gruppo di studenti che non proveniva da famiglie benestanti. Ci chiamavano il commando Mortidallavoglia. Ciascuno di noi aveva la sua storia: io mi ero iscritto grazie a una borsa di studio, perché mio padre aveva lavorato venticinque anni nelle cucine della scuola, mentre Julián era stato ammesso per intercessione del signor Aldaya, che era cliente della cappelleria Fortuny, di proprietà del padre di Julián. Erano altri tempi, naturalmente. Allora, il potere si concentrava nelle mani di poche famiglie e dinastie. Sto parlando di un mondo ormai scomparso, i cui resti – per fortuna – sono stati spazzati via dalla Repubblica. Di quell'epoca oggi rimangono solo nomi senza volto sulla carta intestata di imprese, banche o consorzi. Come tutte le città antiche, Barcellona è un ammasso di rovine. Le glorie del passato di cui molti vanno fieri, palazzi, fabbriche e monumenti, i simboli in cui ci identifichiamo, non sono altro che cadaveri, reliquie di una civiltà estinta.»

Padre Fernando fece una pausa solenne, come se l'assemblea dei fedeli dovesse intonare qualche latinata o una replica del messale.

«Amen, reverendo padre. Parole sante» disse Fermín per rompere l'imbarazzante silenzio.

«Stava accennando al primo anno di mio padre in questa scuola» gli rammentai con garbo.

Padre Fernando annuì.

«A quei tempi si faceva già chiamare Carax, benché il suo primo cognome fosse Fortuny. All'inizio, alcuni ragazzi lo prendevano in giro per questo e perché era uno dei Mortidallavoglia, naturalmente. Si burlavano anche di me in quanto ero il figlio del cuoco. Sa come sono gli adolescenti. Il loro cuore trabocca di bontà, ma ripetono quello che sentono a casa.»

«Angioletti» disse Fermín.

«Cosa ricorda di mio padre?»

«Mah, è passato tanto tempo... Il miglior amico di suo padre non era Jorge Aldaya, ma un ragazzo che si chiamava Miquel Moliner. Miquel veniva da una famiglia ricca quanto quella di Aldaya e probabilmente è stato l'allievo più stravagante che abbia mai frequentato questa scuola. Il rettore diceva che era indemoniato perché recitava Marx in tedesco durante la messa.»

«Inequivocabile indizio di possessione» confermò Fermín.

«Miquel e Julián andavano molto d'accordo. A volte ci riunivamo tutti e tre durante la ricreazione di mezzogiorno e Julián ci raccontava delle storie; altre, invece, parlava della sua famiglia e degli Aldaya...»

Il sacerdote sembrò esitare.

«Alla fine dei nostri studi, Miquel e io continuammo a vederci per qualche tempo. Julián era già andato a Parigi e Miquel sentiva la sua mancanza. Parlava spesso di lui e, ogni tanto, ricordava qualche sua confidenza. Poi, quando entrai in seminario, Miquel disse che ero passato al nemico: lo disse scherzando ma da allora ci allontanammo.»

«Sapeva che Miquel si è sposato con una certa Nuria Monfort?»

«Miquel si è sposato?»

«La cosa la sorprende?»

«No, però... Non so. Non ho più sue notizie da anni. Da prima della guerra.»

«Le aveva mai parlato di Nuria Monfort?»

«No, mai. E neppure del fatto che avesse intenzione di sposarsi o che avesse una fidanzata... Sentite, non so se faccio bene a raccontarvi queste cose. Si tratta dei segreti di Julián e di Miquel ed era sottinteso che dovessero rimanere tali.»

«E negherebbe a un figlio la possibilità di sapere qualcosa del padre che non ha conosciuto?» domandò Fermín.

Padre Fernando era combattuto tra il dubbio e il desiderio di lasciarsi andare alle reminiscenze.

«In effetti, è passato tanto di quel tempo che ormai ha poca importanza. Ricordo ancora il giorno in cui Julián ci raccontò come aveva conosciuto gli Aldaya e come, senza che se ne accorgesse, quell'incontro gli aveva cambiato la vita...»

Un pomeriggio di ottobre del 1914, un marchingegno che molti scambiarono per un panteon su ruote si fermò davanti alla cappelleria Fortuny nella ronda de San Antonio. Ne emerse la figura impo-

nente di don Ricardo Aldaya, uno degli uomini più ricchi non solo di Barcellona ma dell'intera Spagna, il cui impero tessile si estendeva su un vasto territorio bagnato dai principali corsi d'acqua della Catalogna. Con la mano destra reggeva le redini delle banche e delle proprietà immobiliari di mezza provincia; con la sinistra, sempre indaffarata, muoveva i fili della giunta consiliare, del municipio, di diversi ministeri, della curia e della dogana marittima.

Quell'uomo a capo scoperto, con folti mustacchi e basette regali, che metteva tutti in soggezione, era entrato nella bottega di don Antonio Fortuny perché aveva bisogno di un cappello. Si era guardato intorno distrattamente, aveva squadrato il cappellaio e il suo aiutante, il giovane Julián, e aveva affermato: «Mi è stato detto che qui, a dispetto delle apparenze, si fanno i migliori cappelli di Barcellona. L'autunno si preannuncia rigido e io avrò bisogno di sei cilindri, una dozzina di bombette, diversi berretti da caccia e qualcosa di speciale da indossare alle Cortes di Madrid. Sta prendendo nota o vuole che glielo ripeta?». Ebbe così inizio un periodo di proficua collaborazione tra padre e figlio, che unirono le forze per soddisfare al meglio le richieste di don Ricardo Aldaya. Julián, che leggeva i giornali ed era consapevole della posizione sociale di quel cliente, si disse che non poteva deludere il padre in un frangente di tale importanza. Da quando era entrato in negozio quel pezzo grosso, il cappellaio non stava più nella pelle. Aldaya gli aveva promesso che avrebbe raccomandato agli amici la cappelleria Fortuny, se fosse stato soddisfatto del lavoro. Il negozio, dignitoso ma modesto, sarebbe passato alle alte sfere, provvedendo di copricapo testine e testone di deputati, sindaci, cardinali e ministri. La settimana trascorse in un baleno: Julián non andò a scuola e lavorò diciotto, venti ore al giorno nel laboratorio del retrobottega. Suo padre, al settimo cielo, di tanto in tanto lo abbracciava e un giorno gli diede un bacio senza rendersene conto. A Sophie, per la prima volta in quattordici anni, regalò addirittura un vestito e un paio di scarpe nuove. Il cappellaio sembrava un altro uomo. Una domenica mattina dimenticò persino di andare a messa e nel pomeriggio, con gli occhi lucidi, strinse Julián tra le braccia e gli disse: «Il nonno sarebbe orgoglioso di noi».

L'operazione più delicata dell'ormai scomparsa scienza della cappelleria, dal punto di vista tecnico e diplomatico, era prendere le misure. Il cranio di don Ricardo Aldaya aveva le dimensioni di un

melone e in più era bitorzoluto. Il cappellaio si rese conto delle diffi-
coltà non appena il cliente entrò nel negozio e la sera, quando Ju-
lián affermò che quella testa gli ricordava alcune rocce del massic-
cio di Montserrat, Fortuny gli diede ragione. «Papà, con tutto il
rispetto, io sono più abile di voi, che vi innervosite subito, a pren-
dere misure. Lasciate fare a me.» Il cappellaio acconsentì di buon
grado e, il giorno successivo, Julián attese che Aldaya arrivasse
sulla sua elegante Mercedes Benz per condurlo in laboratorio.
Quando il magnate capì che le misure le avrebbe prese un ragazzi-
no di quattordici anni, diede in escandescenze: «Che storia è que-
sta? Un poppante? Mi state prendendo in giro?». Julián, per nulla
intimorito, rispose: «Signor Aldaya, non intendiamo affatto pren-
derla in giro, ma questa chierica sembra la plaza de Arenas, e se
non ci sbrighiamo a confezionarle un set di cappelli, prima o poi la
sua pelata verrà presa per il piano urbanistico di Cerdá». Udendo
le parole del figlio, Fortuny si sentì morire. Aldaya fulminò Julián
con lo sguardo e poi rise come non rideva da anni.

«Questo ragazzo farà strada, Fortunato» sentenziò Aldaya, che
non aveva ancora imparato il cognome del cappellaio.

In realtà, don Ricardo Aldaya ne aveva fin sopra i radi capelli
che tutti lo temessero, lo adulassero e si prosternassero al suo co-
spetto come zerbini. Disprezzava i leccapiedi, i pavidi e chiunque
mostrasse una qualche debolezza fisica, mentale o morale. Quando
si imbatté in quell'umile apprendista che aveva tanta prontezza di
spirito da farsi beffe di lui, Aldaya si convinse di aver trovato la
cappelleria ideale e raddoppiò l'ordinazione. Nel corso della setti-
mana si presentò puntuale a tutti gli appuntamenti per consentire
a Julián di prendergli le misure e provargli i modelli. Antoni For-
tuny si stupiva ogni volta di come il personaggio più in vista del-
l'alta società catalana ridesse di gusto alle battute del figlio che per
lui era quasi un estraneo, con cui non parlava mai e che non aveva
mai mostrato di avere il minimo senso dell'umorismo. L'ultimo
giorno, Aldaya prese in disparte il cappellaio.

«Senta, Fortunato, suo figlio è un ragazzo in gamba, non può
tenerlo in questa povera bottega a spolverare ragnatele.»

«Il nostro è un esercizio di tutto rispetto, don Ricardo, e il ragazzo
ha una certa attitudine per il lavoro, anche se gli manca la pratica.»

«Sciocchezze. Che istituto frequenta?»

«Va alla scuola pubblica di...»

«È una fabbrica di poveracci. Il talento e la genialità bisogna coltivarli fin da giovani, sennò si guastano e, alla lunga, danneggiano chi li possiede. Sono doti che vanno incanalate. Mi capisce, Fortunato?»

«Guardi che si è fatto un'idea sbagliata di mio figlio. Di geniale non ha un bel niente. È già tanto se prende la sufficienza in geografia... Secondo i professori ha un mucchio di grilli per la testa ed è un ribelle, come sua madre, del resto, ma qui almeno potrà sempre esercitare una professione onorata e...»

«Mi sta annoiando, Fortunato. Oggi stesso vedrò i membri del consiglio direttivo del San Gabriel e proporrò di ammettere suo figlio nella stessa classe del mio primogenito, Jorge. Non farlo sarebbe un delitto.»

Il cappellaio sgranò gli occhi. Il San Gabriel era il vivaio del fior fiore dell'alta società.

«Ma don Ricardo, non potrei sostenere le spese...»

«Lei non dovrà sborsare un centesimo. Dell'istruzione di Julián mi occupo io. In quanto padre del ragazzo, lei ha solo l'obbligo di accettare.»

«Mi farebbe piacere, è ovvio, ma...»

«Niente ma, allora. Sempre che Julián sia d'accordo, naturalmente.»

«Lui farà quanto gli si ordina, ci mancherebbe altro.»

In quel momento, Julián uscì dal retrobottega con una forma tra le mani.

«Don Ricardo, se vuole accomodarsi...»

«Dimmi, Julián, cosa pensi di fare nel pomeriggio?» chiese Aldaya. Perplesso, Julián guardò prima il padre e poi l'industriale.

«Be', darò una mano qui in negozio.»

«E poi?»

«Pensavo di andare in biblioteca.»

«Ti piacciono i libri, eh?»

«Sì, signore.»

«Hai letto Conrad? Cuore di tenebra?»

«Tre volte.»

Il cappellaio, scuro in volto, non si raccapezzava.

«Si può sapere chi è questo Conrad?»

Aldaya lo zittì con un gesto imperioso.

«A casa ho una biblioteca di quattordicimila volumi, Julián. Da ragazzo leggevo molto, ma adesso non ne ho più il tempo. Ora che ci penso, ho ben tre copie firmate da Conrad in persona. Mio figlio Jorge non entra in biblioteca neanche a trascinarlo con la forza. L'unica che in casa pensa e legge è mia figlia Penélope, perciò tutti quei libri stanno andando in malora. Ti piacerebbe vederli?»

Julián annuì in silenzio. Il dialogo fra i due e quei nomi sconosciuti inquietarono il cappellaio. I romanzi, come tutti sapevano, erano uno svago per femmine e nullafacenti. Quel titolo, poi, **Cuore** di tenebra, gli puzzava di peccato mortale.

«Fortunato, suo figlio viene con me. Voglio presentarlo al mio Jorge. Non si preoccupi, glielo riportiamo sano e salvo. Dimmi, ragazzo, sei mai salito su una Mercedes Benz?»

Julián immaginò che fosse il nome del panteon imperiale utilizzato dall'industriale per i suoi spostamenti e scosse la testa.

«Bene, è giunto il momento. Ti sembrerà di salire in cielo, ma da vivo.»

Antoni Fortuny vide i due allontanarsi sulla lussuosa vettura e fu invaso da una grande tristezza. Quella sera, mentre cenava con Sophie (che indossava il vestito e le scarpe nuove e aveva i lividi coperti), si domandò dove avesse sbagliato, stavolta. Giusto quando Iddio gli restituiva un figlio, Aldaya glielo portava via.

«Togliti quel vestito, che sembri una donnaccia. E non mettere mai più in tavola un vino costoso. Quello allungato con l'acqua va benissimo. Non c'è niente da festeggiare.»

Julián non aveva mai attraversato l'avenida Diagonal in vita sua. Quel viale fiancheggiato da parchi, case patrizie e ville che presidiavano l'avanzata della città era una frontiera proibita. Oltre la Diagonal si estendevano villaggi, colline e luoghi misteriosi, ricchi e leggendari. Durante il tragitto, Aldaya gli parlò del San Gabriel, dei suoi futuri amici, di un destino impensabile fino a qualche ora prima.

«Cosa vorresti fare nella vita, Julián?»

«Non so. Non mi dispiacerebbe essere uno scrittore. Un romanziere.»

«Come Conrad, eh? Sei molto giovane, è comprensibile. E dimmi, una carriera in una banca non ti attira?»

«Non saprei, signore. Non ho mai visto più di tre pesetas tutte insieme. Per me l'alta finanza è un mistero.»

Aldaya scoppiò in una sonora risata.

«*Te lo posso spiegare in due parole, Julián. Il trucco consiste nell'accumulare pesetas non a tre, ma a tre milioni alla volta. In tal caso, non c'è mistero che tenga. Neppure la santissima Trinità.*»

Mentre l'auto risaliva l'avenida del Tibidabo, con quelle case che sembravano cattedrali, a Julián parve di entrare in paradiso. A metà collina, l'autista svoltò e varcò il cancello di una delle ville, dove un esercito di domestici era pronto ad accogliere il proprietario. Julián riuscì solo a vedere una maestosa residenza di tre piani. Non aveva mai immaginato che persone in carne e ossa potessero abitare in un posto così. Nella casa, attraversò un vestibolo a volte da cui partiva uno scalone in marmo con pesanti tendaggi di velluto ed entrò in una grande sala con le pareti completamente tappezzate di libri.

«*Che te ne pare?*» domandò Aldaya.

Lui quasi non lo sentì.

«*Damián, dica a Jorge di scendere subito in biblioteca.*»

I domestici, senza viso né presenza che si notasse, scattavano al minimo ordine del padrone, efficienti e docili come una squadra di insetti ben addestrati.

«*Avrai bisogno di un nuovo guardaroba, Julián. C'è gente ignorante che dà molta importanza alle apparenze... Se ne occuperà Jacinta, non preoccuparti. E non parlarne con tuo padre, è meglio, non vorrei che si seccasse. Ecco Jorge. Jorge, ti presento un bravo ragazzo che diventerà tuo compagno di classe. Julián Fortu...*»

«*Julián Carax*» precisò lui.

«*Julián Carax*» ripeté Aldaya, compiaciuto. «*Suona bene. Questo è mio figlio Jorge.*»

Julián gli tese la mano e Jorge Aldaya gliela strinse fiaccamente. Aveva un viso delicato e il pallore di chi è cresciuto nella bambagia. Jorge indossava abiti e scarpe che a Julián parvero di un lusso principesco. La sua aria di superiorità non ingannò Julián, che aveva percepito l'insicurezza dietro quella corazza di cortesia formale.

«*Davvero non hai letto nessuno di questi libri?*» gli domandò.

«*I libri sono noiosi.*»

«*I libri sono specchi: riflettono ciò che abbiamo dentro*» rispose Julián.

Don Ricardo Aldaya scoppiò di nuovo a ridere.

«*Bene, vi lascio soli, così fate conoscenza. Julián, ti accorgerai* che Jorge, nonostante la sua aria da bambino viziato, non è stupido come sembra. Qualcosa ha preso da suo padre.»

Le parole di Aldaya caddero sul ragazzo come una pugnalata senza, però, che il suo sorriso cedesse di un solo millimetro. Julián si pentì della sua risposta e provò compassione per Jorge.

«Tu devi essere il figlio del cappellaio» disse lui, senza malizia. «Mio padre ti nomina spesso, ultimamente.»

«Sono la novità del momento. Spero non ti dispiaccia. Per quanto possa sembrare un ficcanaso saputello, neanch'io sono stupido come sembro.»

Jorge gli sorrise con gratitudine. È il sorriso di un ragazzo che non ha amici, pensò Julián.

«Vieni, ti mostro il resto della casa.»

Si avviarono verso l'entrata principale per andare in giardino. Mentre attraversavano il vestibolo, lo sguardo di Julián si posò su una figura che saliva lo scalone appoggiandosi al corrimano. Gli sembrò una visione: era una ragazza che poteva avere dodici o tredici anni, accompagnata da una donna matura, minuta e rosea, di sicuro la governante. La ragazza indossava un elegante abito di satin blu che le lasciava scoperte le spalle e il lungo collo di un bianco latteo. Per un istante, i loro sguardi si incontrarono e lei accennò un sorriso. Poi la governante le mise un braccio intorno alle spalle e le due scomparvero lungo un corridoio del piano superiore. Julián guardò Jorge.

«Quella è Penélope, mia sorella. La conoscerai. Ha sempre la testa nelle nuvole, non fa altro che leggere. Vieni, ti voglio mostrare la cappella del seminterrato. Le cuoche dicono che è stregata.»

Julián lo seguì docilmente, con la sensazione che il mondo gli scivolasse addosso. Solo allora, da quando era salito sulla Mercedes Benz di don Ricardo Aldaya, comprese di essere una pedina del destino. L'aveva sognata un'infinità di volte, su quella scala, con quell'abito blu e quell'espressione negli occhi grigio chiaro, senza sapere chi fosse né perché gli sorridesse. In giardino si lasciò portare da Jorge fino alle rimesse e ai campi da tennis, poco più distanti. Poi si voltò e lei era là, appena un'ombra dietro le imposte del secondo piano. Ma sentiva che gli stava sorridendo e che anche lei, chissà come, lo aveva riconosciuto.

L'immagine di Penélope Aldaya sullo scalone gli tenne compagnia durante le prime settimane al San Gabriel. Quella nuova realtà era piena di contraddizioni e non tutto gli piaceva. Gli allievi si comportavano come principi mentre i loro colti insegnanti parevano servi deferenti. Il primo ragazzo con cui Julián fece amicizia, a parte Jorge Aldaya, fu Fernando Ramos, figlio di uno dei cuochi del collegio, che mai avrebbe immaginato che un giorno avrebbe indossato la tonaca e avrebbe insegnato in quelle stesse aule. Fernando, a cui i compagni avevano dato il nomignolo di Fornelletto, trattandolo alla stregua di un domestico, era sveglio e intelligente e aveva un solo amico, Miquel Moliner, un ragazzo un po' strano che in seguito sarebbe diventato il miglior amico di Julián. Dotato di grande acume e poca pazienza, Miquel Moliner si divertiva a punzecchiare gli insegnanti contestando ogni loro affermazione e passandola al vaglio di una critica spietata. I compagni temevano la sua lingua affilata e lo consideravano una specie di marziano, il che, a ben vedere, non era un'idea così peregrina. Benché si atteggiasse a bohémien, Miquel era figlio di un industriale che si era arricchito fino all'inverosimile grazie alla fabbricazione di armi.

«Carax, vero? Mi dicono che tuo padre fa cappelli» disse quando Fernando Ramos li presentò.

«Julián per gli amici. Mi dicono che il tuo fa cannoni.»

«Li vende soltanto. L'unica cosa che sa fare è ammassare denaro. I miei pochi amici, tra cui annovero Nietzsche e il qui presente compagno Fernando, mi chiamano Miquel.»

Miquel Moliner era un ragazzo malinconico che nutriva un interesse morboso per tutto ciò che riguardava la morte e tutti gli argomenti di genere funebre, materia alla cui considerazione dedicava buona parte del suo tempo e del suo talento. Sua madre era deceduta tre anni prima in uno strano incidente domestico che un medico insipiente aveva osato definire suicidio. Era stato Miquel a trovare il cadavere nel pozzo della villa estiva di famiglia, ad Argentona. Dopo aver ripescato il cadavere, si scoprì che le tasche del cappotto della donna erano piene di pietre. C'era anche una lettera scritta in tedesco, la sua lingua materna, che il signor Moliner, il quale non si era mai dato il disturbo di impararla, bruciò immediatamente senza permettere a nessuno di leggerla. Miquel Moliner scorgeva la morte ovunque, tra le foglie secche degli alberi, tra gli uccellini caduti dal nido, in mezzo ai vecchi e nello scrosciare della pioggia. Era molto portato per il disegno e spesso lo si vedeva davanti a un foglio con un carboncino in mano, intento a raffigurare sempre la stessa donna sullo sfondo nebbioso di una spiaggia deserta, una donna che Julián immaginava fosse la madre.

«Cosa farai da grande, Miquel?»

«Io non diventerò grande» rispondeva.

La sua vera passione, oltre al disegno e al gusto di contraddire i suoi simili, erano gli scritti di un medico austriaco sconosciuto che poi sarebbe diventato famoso: Sigmund Freud. Miquel Moliner, che grazie alla sua defunta madre leggeva e scriveva il tedesco alla perfezione, possedeva l'opera omnia del medico viennese. Gli piaceva interpretare i sogni di amici e conoscenti per poi procedere ad analizzare il paziente. Miquel diceva sempre che sarebbe morto giovane e che non gliene importava. A forza di pensare alla morte, rifletteva Julián, aveva finito per trovarla più attraente della vita.

«Quando morirò, tutto quello che possiedo sarà tuo, Julián» diceva. «Eccetto i sogni.»

Oltre a Fernando Ramos, Moliner e Jorge Aldaya, Julián divenne amico di Javier, un ragazzo timido e scontroso, figlio unico dei custodi del San Gabriel, che vivevano in una casetta all'ingresso del parco. Javier, che gli altri ragazzi trattavano alla stregua di un servo, come Fernando, vagabondava in solitudine nei cortili dell'istituto, senza legare con nessuno. Conosceva a menadito ogni anfratto dell'edificio, le cantine, i passaggi che portavano alle torri, nascondigli e labirinti di cui nessuno ricordava più l'esistenza. Era il suo mondo segreto, il suo rifugio. Javier portava sempre con sé un temperino, sottratto da un cassetto di casa, con cui intagliava figure in legno che teneva nella colombaia. Suo padre Ramón, il custode, era un reduce della guerra di Cuba, dove aveva perso una mano e (si mormorava con una certa malizia) il testicolo destro per una fucilata sparata da Theodore Roosevelt in persona. Convinto che l'ozio fosse il padre dei vizi, Ramón il Monocoglione (come l'avevano soprannominato gli alunni) aveva affibbiato al figlio il compito di raccogliere le foglie secche della pineta e del cortile delle fontane. Pur essendo un brav'uomo, Ramón era un po' rozzo e fatalmente destinato a frequentare cattive compagnie, e la peggiore di tutte era quella della moglie. Il Monocoglione aveva sposato una matrona ottusa che, malgrado l'aspetto da sguattera, coltivava ambizioni da principessa. La signora aveva il vezzo di mostrarsi in deshabillé davanti al *figlio e agli studenti della scuola, scatenando ogni volta lazzi e commenti crudeli. Il suo nome di battesimo era María Craponcia, ma lei si faceva chiamare Yvonne, perché le sembrava più fine. Yvonne tormentava il figlio per carpirgli informazioni sui suoi presunti rapporti con la crema della società barcellonese, indispensabile lasciapassare per l'agognata ascesa sociale della famiglia. Faceva i conti in tasca a questo e a quello, sognando di frequentare il bel mondo agghindata come una scimmia, certa che, prima o poi, sarebbe stata invitata a prendere il tè coi pasticcini nei migliori salotti.*

Javier evitava il più possibile di rimanere in casa e accettava volentieri le incombenze affidategli dal padre, per quanto ingrate fossero. Approfittava di qualunque occasione per stare da solo e rifugiarsi nel suo mondo segreto a intagliare figure di legno. Certi studenti appena lo scorgevano lo schernivano e gli tiravano pietre. Un giorno lo avevano colpito in fronte, facendolo cadere a terra, e Julián provò una tale pena per lui che accorse in suo aiuto a offrirgli la sua amicizia. Vedendolo avvicinarsi, Javier pensò che Julián volesse dargli il colpo di grazia, mentre gli altri si piegavano in due dalle risate.

«Mi chiamo Julián» disse, porgendogli la mano. «Stavo andando in pineta con gli amici per giocare a scacchi e mi sono chiesto se ti avrebbe fatto piacere unirti a noi.»

«Non so giocare a scacchi.»

«Neanch'io ero capace, fino a due settimane fa. Però Miquel è un buon insegnante.»

Il ragazzo, che si aspettava di essere deriso o aggredito da un momento all'altro, lo guardava con diffidenza.

«Non so se i tuoi amici accetteranno la mia compagnia.»

«L'idea è stata loro. Allora, ti va?»

Da quel giorno Javier, terminati i suoi lavori, si unì di tanto in tanto al gruppo, anche se rimaneva in silenzio ad ascoltare. Aldaya lo temeva un po' mentre Fernando, che aveva sperimentato di persona il disprezzo altrui a causa delle sue umili origini, si faceva in quattro per mostrarsi gentile con lui. Il meno persuaso era Miquel Moliner, che gli insegnava i rudimenti del gioco degli scacchi e intanto lo analizzava con occhio clinico.

«Quello è suonato. Acchiappa gatti e piccioni, li tortura col suo coltello per ore e poi li seppellisce nella pineta. Proprio un bel divertimento!»

«Chi te l'ha detto?»

«Me l'ha raccontato lui l'altro giorno, mentre gli spiegavo la mossa del cavallo. Mi ha anche detto che sua madre gli entra nel letto e lo tocca.»

«Ti stava prendendo in giro.»

«Non credo. Quel ragazzo non è normale, Julián, e probabilmente la colpa non è sua.»

Pur sforzandosi di non dar peso agli avvertimenti di Miquel, Julián non poteva non riconoscere quanto fosse difficile stabilire un rapporto d'amicizia con il figlio del custode. Yvonne, d'altro canto, non vedeva di buon occhio né Julián né Fernando Ramos. Di tutti quei signorini, erano gli unici a non avere un centesimo. Il padre di Julián non era che un bottegaio e la madre una modesta insegnante di musica. «Quella gente non ha denaro né classe né eleganza, amore mio» lo ammoniva la madre. «Dovresti frequentare Aldaya, invece, che appartiene a un'ottima famiglia». «Sì, mamma» rispondeva lui. «Farò come volete.» Col tempo, Javier diventò un po' più socievole: di tanto in tanto pronunciava qualche parola e stava intagliando un gioco di scacchi da regalare a Miquel Moliner, come ringraziamento per le sue lezioni. Un bel giorno, quando ormai nessuno lo credeva possibile, gli amici scoprirono che Javier era anche capace di sorridere e che la sua risata era bella e candida come quella di un bambino.

«Hai visto? È un ragazzo uguale a noi» affermò Julián.

Miquel Moliner rimaneva della sua opinione e osservava quell'adolescente ombroso con scrupolosità quasi scientifica.

«Javier è ossessionato da te, Julián» gli disse una volta. «È disposto a tutto pur di ottenere la tua approvazione.»

«Che sciocchezze! Per questo ha un padre e una madre, io sono solo un amico.»

«Un incosciente, ecco quello che sei. Suo padre è un povero disgraziato che non riesce neanche a trovarsi le chiappe quando si siede sul cesso e doña Yvonne è un'arpia col cervello di una pulce che trascorre le giornate mezza nuda sperando che qualcuno la veda. È convinta di essere una grande attrice e finisce per sembrare qualcosa di molto peggio. Quel ragazzo è in cerca di un sostituto e tu, angelo salvatore, cadi dal cielo e gli tendi la mano. Il nostro san Julián de la Fuente, patrono dei diseredati.»

«Il dottor Freud ti ha rimbecillito, Miquel. Tutti abbiamo bisogno di amici. Anche tu.»

«Quel ragazzo non avrà mai amici. Ha l'anima di un ragno. E se non mi credi, dai tempo al tempo. Chissà cosa sogna...»

Miquel Moliner non poteva immaginare che i sogni di Francisco Javier non erano molto diversi da quelli del suo amico Julián. Un giorno, qualche mese prima che Julián venisse ammesso alla scuola, mentre il figlio del custode stava raccogliendo le foglie secche nel cortile, era arrivata la lussuosa automobile di don Ricardo Aldaya. Quel pomeriggio l'industriale non era solo: lo accompagnava un angelo luminoso avvolto in abiti di seta che levitava a un palmo da terra. L'angelo, ossia la figlia Penélope, scese dalla Mercedes e andò verso la fontana, facendo roteare l'ombrellino, per giocare con l'acqua. Come sempre, era accompagnata dalla governante Jacinta, attenta al minimo gesto della ragazza. Avrebbe anche potuto scortarla un esercito di valletti: Javier non riusciva a toglierle gli occhi di dosso. Evitava di battere le palpebre nel timore che quella visione potesse dileguarsi e la contemplava immobile, trattenendo il respiro. Qualche istante dopo, come se avesse avvertito la presenza del ragazzo, Penélope alzò lo sguardo. La bellezza di quel volto gli risultò intollerabile. Javier credette di scorgere un vago sorriso sulle labbra della fanciulla. Atterrito, corse a nascondersi sulla torre delle cisterne accanto alla colombaia, il suo nascondiglio preferito. Le mani gli tremavano ancora quando afferrò gli attrezzi per intagliare un pezzo di legno su cui riprodurre i tratti di quel volto. Quella notte, quando rientrò a casa, molto più tardi del solito, la madre lo aspettava scarmigliata e furiosa. Il ragazzo abbassò lo sguardo per impedirle di scorgere nei suoi occhi il riflesso della ragazza e di indovinare i suoi pensieri.

«Dove sei stato, moccioso di merda?»

«Perdonatemi, mamma. Mi sono perso.»

«Tu ti sei perso il giorno in cui sei nato.»

Anni dopo, ogni volta che avrebbe infilato la rivoltella nella bocca di un prigioniero e premuto il grilletto l'ispettore capo Francisco Javier Fumero si sarebbe ricordato di quando vide il cranio della madre esplodere come un'anguria matura vicino a un chiosco di Las Planas e non provò niente, se non quel senso di fastidio che suscitano le cose morte. La Guardia Civil, chiamata dal proprietario della rivendita, trovò il ragazzo – seduto su un sasso con in grembo un fucile ancora *caldo – che fissava impassibile il corpo decapitato di María Craponcia, alias Yvonne, coperto di insetti. Quando vide le guardie si limitò a scrollare le spalle. Aveva il volto macchiato da spruzzi di sangue che parevano pustole di vaiolo. Le guardie trovarono Ramón il Monocoglione accovacciato tra le erbacce accanto a un albero, a trenta metri dal luogo della disgrazia. Tremava come un bambino e pronunciava frasi senza senso. Il tenente della Guardia Civil, dopo una serie di congetture, stabilì che si era trattato di un tragico incidente; perlomeno, così scrisse nel verbale. Quando domandò al ragazzo se potevano fare qualcosa per lui, Francisco Javier Fumero chiese di poter conservare quel vecchio fucile, perché da grande voleva fare il soldato...*

«Si sente bene, signor Romero de Torres?»

L'inaspettata comparsa di Fumero nel racconto di padre Fernando Ramos, che sul sottoscritto aveva avuto l'effetto di una doccia fredda, su Fermín ebbe conseguenze ben più evidenti. Diventò giallo e cominciarono a tremargli le mani.

«È un calo di pressione» improvvisò, con un filo di voce. «A noi del sud il clima catalano ogni tanto gioca brutti scherzi.»

«Vuole un bicchiere d'acqua?» chiese il prete, preoccupato.

«Se per sua signoria riveritissima non è troppo disturbo. E magari anche un cioccolatino, sa, per il glucosio...»

Il sacerdote gli versò un bicchiere d'acqua e Fermín lo vuotò in un sorso.

«Ho delle caramelle di eucalipto. Vanno bene lo stesso?»

«Dio gliene renda merito.»

Fermín mise in bocca una manciata di caramelle. Qualche minuto più tardi aveva ripreso un po' di colore.

«Quel ragazzo, il figlio del custode che ha sacrificato lo scroto per difendere le colonie spagnole, è proprio sicuro che si chiamasse Fumero, Francisco Javier Fumero?»

«Sicurissimo. Lo conoscete, per caso?»

«No» rispondemmo all'unisono.

Padre Fernando aggrottò la fronte.

«Non mi stupirebbe. Francisco Javier è diventato tristemente famoso.»

«Non siamo certi di aver compreso...»

«Avete capito benissimo. Francisco Javier Fumero, oggi

ispettore capo della Squadra Criminale di Barcellona, purtroppo è conosciuto anche da chi non ha mai lasciato queste mura. E lei, quando ho pronunciato il suo nome, per poco non sveniva.»

«Adesso che vostra riverenza mi ci fa pensare, quel nome mi è vagamente familiare.»

Padre Fernando ci guardò severo.

«Dite la verità, questo ragazzo non è il figlio di Julián Carax.»

«È un figlio spirituale, eminenza, il che, sul piano morale, è assai più importante.»

«Che razza di imbroglio è questo? Chi vi manda?»

Ebbi la netta sensazione che da un momento all'altro saremmo stati cacciati in malo modo, e decisi di giocare la carta della sincerità.

«Ha ragione, padre. Non sono il figlio di Julián Carax, ma non ci manda nessuno. Qualche anno fa ho letto per caso un suo romanzo, un libro considerato introvabile, così ho cercato di saperne di più sull'autore e di chiarire le circostanze della sua morte. Il signor Romero de Torres si è offerto di aiutarmi» dissi.

«Che libro era?»

«*L'ombra del vento*. Lo ha letto?»

«Ho letto tutti i romanzi di Julián.»

«Li ha ancora?»

Il sacerdote scosse la testa.

«Posso chiederle che fine hanno fatto?»

«Anni fa qualcuno è entrato nella mia stanza e li ha bruciati.»

«Ha idea di chi possa essere stato?»

«Fumero, naturalmente. Non è per questo che siete qui?»

Fermín e io ci scambiammo uno sguardo perplesso.

«L'ispettore Fumero? Perché avrebbe dovuto bruciare quei libri?»

«E chi se no? L'ultimo anno di scuola, Francisco Javier tentò di uccidere Julián con lo schioppo del padre. Se Miquel non lo avesse fermato...»

«Perché cercò di ucciderlo? Julián era il suo unico amico, no?»

«Francisco Javier era ossessionato da Penélope Aldaya. Nessuno se n'era accorto, neppure la stessa Penélope, che con ogni probabilità non sapeva neanche che lui esisteva. Fumero aveva nascosto il suo segreto per anni. A quanto pare, spiava Julián e un giorno, forse, lo vide baciare Penélope. Non so. Quel che so è che tentò di ucciderlo davanti a tutti. Miquel Moliner, che stava all'erta, gli balzò addosso e lo bloccò. Accanto all'ingresso c'è ancora il foro della pallottola. Ogni volta che ci passo davanti mi rammento di quel giorno.»

«Cosa accadde a Fumero?»

«Lui e la sua famiglia furono cacciati dal San Gabriel. Suppongo che Francisco Javier abbia trascorso un po' di tempo in una casa di correzione. Tornammo ad avere sue notizie solo alcuni anni dopo, quando sua madre morì in quello che venne fatto passare per un incidente di caccia. Miquel aveva avuto ragione fin dall'inizio: Francisco Javier Fumero è un assassino.»

«Se le raccontassi...» sussurrò Fermín.

«Be', vi sarei grato se mi raccontaste qualcosa voi, qualcosa di vero, intendo.»

«Possiamo garantirle che non è stato Fumero a bruciare i suoi libri.»

«Allora chi è stato?»

«Un uomo col volto sfigurato dal fuoco che si fa chiamare Laín Coubert.»

«Non è...?»

«Sì, è il nome di un personaggio di Carax. Il diavolo.»

Padre Fernando si appoggiò allo schienale della poltrona, confuso almeno quanto noi.

«In tutta questa vicenda appare sempre più importante il ruolo di Penélope Aldaya, che è anche la persona di cui meno sappiamo» precisò Fermín.

«Temo di non potervi aiutare. L'ho solo intravista, da lontano, due o tre volte. Tutto quel che so di lei me l'ha raccontato Julián, e non è molto. L'unica persona che ogni tanto nomina Penélope è Jacinta Coronado.»

«E chi sarebbe?»

«La governante. Aveva cresciuto i due ragazzi Aldaya e li adorava, soprattutto Penélope. A volte veniva a prendere Jorge a scuola, perché don Ricardo non gradiva che i suoi figli trascorressero un solo secondo senza essere sorvegliati da una persona di fiducia. Jacinta era un angelo. Sapeva che anch'io, come Julián, venivo da una famiglia modesta e ci portava sempre la merenda, convinta che patissimo la fame. Le avevo spiegato che mio padre era il cuoco del collegio, che da mangiare ne avevo, ma lei continuava imperterrita. A volte la aspettavo all'entrata e scambiavamo quattro chiacchiere. È la donna più buona che abbia mai conosciuto. Non aveva figli e neanche un fidanzato, che si sapesse. Si era dedicata anima e corpo a Jorge e Penélope. La amava profondamente. Ancora adesso parla di lei...»

«È rimasto in contatto con Jacinta?»

«Quando posso la vado a trovare all'ospizio di Santa Lucía. Jacinta è molto anziana ed è sola al mondo. Non ha nessuno. Il Signore, per motivi imperscrutabili, non sempre ci premia in questa vita.»

Fermín e io ci scambiammo un'occhiata.

«E Penélope? Non è mai andata a trovare la sua vecchia governante?»

Lo sguardo di padre Fernando si incupì.

«Nessuno sa che fine abbia fatto Penélope. Per Jacinta, quella ragazza era tutto. Quando gli Aldaya emigrarono in America la sua vita non ebbe più scopo.»

«Perché non l'hanno portata con loro? E Penélope, è partita per l'Argentina col resto della famiglia?» domandai.

«Non lo so. Nessuno ha più visto Penélope né saputo nulla di lei dopo il 1919.»

«L'anno in cui Carax è andato a Parigi» osservò Fermín.

«Spero che non andrete a disturbare quella povera vecchia per rattristarla con ricordi dolorosi.»

«Per chi ci ha preso, vossignoria?» rispose Fermín.

Quando capì che non avrebbe saputo altro, padre Fernando ci strappò la promessa di tenerlo informato sui risultati delle nostre indagini. Fermín, per tranquillizzarlo, si offrì di giurarglielo sul Nuovo Testamento che il sacerdote teneva sulla scrivania.

«Lasci stare il Vangelo. Mi basta la sua parola.»

«Non me ne fa passare una, eh? Che caratterino!»

«Venite, vi accompagno all'uscita.»

Ci scortò in giardino, fermandosi a un paio di metri dal

cancello. Padre Fernando guardò quel tratto di via serpeggiante che conduceva al mondo reale come se temesse di dissolversi, se fosse avanzato di un solo passo. Mi domandai quando fosse stata l'ultima volta in cui padre Fernando si era allontanato dalle mura del San Gabriel.

«Ero molto addolorato quando ho appreso la notizia della scomparsa di Julián» disse in tono sommesso. «Benché il tempo e gli eventi ci abbiano allontanati, siamo stati grandi amici, Miquel, Aldaya, Julián e io. E anche Fumero. Ero convinto che non ci saremmo mai separati, ma la vita ci riserva sempre delle sorprese. Non ho più avuto amici come loro e non li avrò mai più. Le auguro di trovare quel che cerca, Daniel.»

26

Eravamo quasi a metà mattina quando tornammo sul paseo de la Bonanova. Eravamo entrambi pensierosi, soprattutto Fermín, che di certo non si era aspettato di veder comparire l'ispettore Fumero in quella vicenda. Un velo di nuvole scure si allargava come sangue sparso e distillava schegge di luce del colore delle foglie morte.

«Sbrighiamoci. Tra un po' verrà giù il diluvio» dissi.

«Macché. Quelle nuvole sono come la notte, come lividure. Non hanno fretta.»

«Non mi dirà che è anche meteorologo.»

«Vivendo per strada si impara assai più di quanto sia auspicabile sapere. Senta, tutti quei discorsi su Fumero mi hanno fatto venire una fame da lupo. Perché non andiamo al bar di plaza de Sarriá e ordiniamo due panini con la frittata di cipolle?»

Ci avviammo verso la piazza, invasa da stormi di piccioni e orde di nonnini che ingannavano il tempo gettando molliche ai pennuti, e ci sedemmo accanto alla porta del bar. In un paio di minuti, Fermín fece fuori due panini, il suo e il mio, due cioccolatini, una birra alla spina e un triplo rum. Come dolce mangiò una Sugus. Un uomo, seduto al tavolino di fianco, lo osservava da dietro le pagine di un quotidiano. Probabilmente si stava ponendo la mia stessa domanda.

«Dove mette tutta quella roba, Fermín?»

«Ah, noi Romero de Torres abbiamo sempre avuto un metabolismo accelerato. Mia sorella Jesusa, che riposi in pace, faceva merenda con una frittata di sei uova con aglio e sanguinaccio e poi a cena si abboffava come un cosacco. La chiamavano *Fegatella*, perché soffriva di alitosi, poverina. Eravamo due gocce d'acqua, sa? Aveva la mia stessa faccia ed era secca come me. Una volta un medico di Cáceres disse a mia madre che i Romero de Torres erano l'anello mancante tra l'uomo e il pesce martello, perché il novanta per cento del nostro organismo è costituito da cartilagine, concentrata perlopiù nel naso e nel padiglione auricolare. In paese tutti confondevano la povera Jesusa con il sottoscritto, perché era piatta come una tavola e aveva cominciato a radersi prima di me. È morta di tisi a ventidue anni, vergine senza scampo e segretamente innamorata di un pretonzolo che ogni volta che la incontrava per strada le diceva: "Ciao Fermín, ormai sei un uomo fatto". Ironia del destino.»

«Le mancano?»

«Chi, la mia famiglia?»

Fermín scrollò le spalle e sorrise con aria nostalgica.

«Mah, i ricordi sono ingannevoli. Pensi a padre Fernando... e a lei? Le manca sua madre?»

Abbassai lo sguardo.

«Molto.»

«Sa cosa mi ricordo di più della mia?» disse Fermín. «Il suo profumo. Sapeva sempre di pulito, di pane appena sfornato, anche se aveva sgobbato nei campi tutto il giorno o aveva addosso lo stesso grembiule da una settimana. Lei sapeva di tutte le cose buone che ci sono al mondo. E guardi che era una contadina ignorante, eh? Bestemmiava come un carrettiere, ma profumava come una principessa. O almeno, così sembrava a me. E per lei? Qual è il più bel ricordo che ha di sua madre, Daniel?»

Esitai un istante, graffiando le parole che mi sfuggivano dalle labbra.

«Non mi ricordo più niente di mia madre, né il suo viso né la sua voce né il suo profumo. I miei ricordi sono svaniti il giorno in cui ho trovato il libro di Julián Carax.»

«Non ha una sua foto?» mi chiese dopo un po'.

«Mi sono sempre rifiutato di guardarle» dissi.

«Perché?»

Era un segreto che non avevo mai rivelato a nessuno, neppure a mio padre o a Tomás.

«Perché ho paura. Ho paura di cercare una foto di mia madre e di scoprirvi un'estranea. Forse le sembrerà una sciocchezza.»

Fermín scosse la testa.

«Quindi crede che se riuscirà a riscattare dall'oblio Julián Carax potrà ricordare il volto di sua madre?»

Lo guardai in silenzio. Nel suo sguardo non c'era traccia di ironia né di un giudizio. Per un attimo, Fermín Romero de Torres mi parve l'uomo più saggio dell'universo.

«Forse» risposi.

Verso mezzogiorno salimmo su un autobus per il centro. Ci sedemmo davanti, così Fermín poté mettersi a discorrere con il conducente dei notevoli progressi tecnici ed estetici compiuti dal trasporto pubblico, perlomeno rispetto all'ultima volta che ne aveva usufruito, verso il 1940, soprattutto in materia di segnaletica. Sull'autobus, in effetti, una scritta ammoniva: "È proibito sputare e usare parole sconvenienti". Fermín lo lesse con la coda dell'occhio e decise di rendergli omaggio con un sonoro scaracchio che gli attirò le occhiatacce di tre pie donne, con il loro bravo messale, che viaggiavano in fondo all'autobus.

«Selvaggio» mormorò una di loro, che somigliava in modo impressionante al ritratto ufficiale del generale Yagüe.

«Eccole là» disse Fermín. «Le tre patrone di Spagna: santa Oppressione, santa Pudibonda e santa Acida. Questo paese è diventato una barzelletta.»

«Ha ragione» disse il conducente. «Con Azaña si stava meglio. E il traffico, poi, non ne parliamo. È uno schifo.»

Un uomo seduto vicino alle donne si mise a ridere. Lo riconobbi: era il nostro vicino di tavolo al bar. Dava l'impressione di parteggiare per Fermín, come se sperasse di vederlo litigare con le beghine. Ci scambiammo un'occhiata. Lui mi sorrise cordialmente e tornò al suo giornale. All'altezza di calle Granduxer vidi che Fermín, raggomitolato nel suo impermeabile, si era appisolato, con la bocca aperta e un'espressione beata.

L'autobus stava attraversando l'elegante quartiere del paseo de san Gervasio quando d'improvviso Fermín si svegliò.

«Ho sognato padre Fernando» mi disse. «Era il centravanti del Real Madrid e teneva sollevata la coppa del campionato, tutta luccicante come oro.»

«Cosa vorrà dire?»

«Se Freud non si inganna, significa che il prete ci ha segnato un gol.»

«Mi è sembrato una persona onesta.»

«Anche a me, fin troppo. I sacerdoti in odore di santità li spediscono nelle missioni, così se li mangiano le zanzare o i piranha.»

«Che esagerato.»

«Lei è un ingenuo, Daniel. Scommetto che crede ancora al topolino dei denti. Vuole un esempio? Ha preso per oro colato le bugie di Nuria Monfort su Miquel Moliner. Quella donna, che guarda caso ha sposato un amico d'infanzia di Aldaya e Carax, le ha rifilato più frottole di un editoriale dell'"Osservatore Romano". E adesso salta fuori la storia di Jacinta, la buona governante, che sarà anche vera ma è più patetica di una commedia di Alejandro Casona. Per non parlare della partecipazione straordinaria di Fumero nel ruolo di ammazzasette.»

«Ritiene che padre Fernando ci abbia mentito?»

«No, sono d'accordo con lei, ha l'aria di essere una persona onesta; ma indossa pur sempre la tonaca e, per restare in tema, penso che abbia recitato solo mezzo rosario. Se ci ha mentito lo ha fatto per pudore, e oltretutto non lo ritengo capace di inventarsi di sana pianta una storia simile. Se fosse un bugiardo matricolato, invece di dare lezioni di algebra e di latino, se ne starebbe al vescovado, con un ufficio da cardinale e dolcetti di marzapane per il caffè.»

«Cosa suggerisce di fare, allora?»

«Prima o poi dovremo riesumare la mummia, l'angelica vecchietta, e vedere cosa succede. Nel frattempo cercherò di raccogliere informazioni su quel Miquel Moliner. Sarebbe anche opportuno tenere d'occhio Nuria Monfort, che dev'essere un'acqua cheta, per usare un'espressione cara a mia madre buonanima.»

«Su di lei si sbaglia» replicai.

«Le mostrano un bel paio di tette ed è convinto di aver visto santa Teresa del Gesù, il che alla sua età è scusabile. Lasci fare a me, Daniel, che ho imparato a resistere alle malie dell'eterno femminino. Alla mia età, l'afflusso di sangue alla testa supera di gran lunga quello diretto alle parti basse.»

«Lei sì che parla chiaro.»

Fermín prese il portafoglio e ne calcolò rapidamente il contenuto.

«Niente male» dissi. «È quel che rimane del resto sbagliato di stamattina?»

«Una parte soltanto. Oggi esco con Bernarda e a quella donna non riesco proprio a dire di no. Sarei anche capace di rapinare il Banco de España per soddisfare i suoi capricci. E lei cosa conta di fare oggi?»

«Niente di speciale.»

«E la fanciulla?»

«Che fanciulla?»

«La signorina sofisticata, no? La sorella di Aguilar.»

«Non so.»

«Lo sa, lo sa; è solo che le mancano i coglioni, detto papale papale, per prendere il toro per le corna.»

Il bigliettaio, che rigirava in bocca uno stuzzicadenti con una destrezza da giocoliere, si avvicinò in tono svogliato e ci disse: «Dovete scusarmi, ma quelle signore laggiù chiedono se potete utilizzare un linguaggio più decoroso».

«E una bella merda» rispose Fermín ad alta voce.

Il bigliettaio si girò verso le tre donne e alzò le spalle, come per dire che aveva fatto il possibile e non era disposto a menar le mani per una questione di pudore semantico.

«Le persone insoddisfatte provano un gran piacere a ficcare il naso nelle esistenze altrui» borbottò Fermín. «Di cosa stavamo parlando?»

«Della mia mancanza di coraggio.»

«In effetti, si tratta di un caso clinico. Mi dia retta: vada a cercare la sua ragazza. La vita è breve, soprattutto la parte migliore. Ha sentito cosa diceva il prete?»

«Ma non è la mia ragazza.»

«Allora si dia una mossa prima che qualcun altro gliela soffi, per esempio quel soldatino di piombo.»

«Bea non è un trofeo.»

«No, è una benedizione» disse Fermín. «Mi ascolti, Daniel. In genere il destino si apposta dietro l'angolo, come un borsaiolo, una prostituta o un venditore di biglietti della lotteria, le sue incarnazioni più frequenti. Ma non fa mai visite a domicilio. Bisogna andare a cercarlo.»

Durante il resto del tragitto riflettei su questa perla filosofica mentre Fermín schiacciava un altro pisolino, attività per la quale possedeva un talento invidiabile. Scendemmo dall'autobus all'incrocio tra Gran Vía e paseo de Gracia sotto un minaccioso cielo di cenere che si mangiava la luce. Fermín si abbottonò l'impermeabile fino al collo e disse che doveva correre alla pensione per farsi bello in vista dell'appuntamento con Bernarda.

«Una presenza modesta come la mia richiede una toilette di almeno novanta minuti. La forma conta quanto la sostanza: è la triste realtà di quest'epoca di ciarlatani. *Vanitas peccata mundi.*»

Si allontanò lungo la Gran Vía, uno spaventapasseri avvolto in un impermeabile grigio che svolazzava come una bandiera consunta. Mi incamminai verso casa, deciso a scegliere un bel libro e a isolarmi dal mondo, ma, appena girai l'angolo di calle Santa Ana, sentii un tuffo al cuore. Fermín, come sempre, aveva visto giusto. Il destino mi attendeva davanti alla libreria, con un vestito di lana grigia, scarpe nuove e calze di seta, e studiava il proprio riflesso nella vetrina.

«Mio padre crede che io sia alla messa di mezzogiorno» disse Bea, senza distogliere lo sguardo dalla sua immagine.

«È quasi la verità. A venti metri da qui, nella chiesa di Santa Ana, ne celebrano a tutte le ore.»

Parlavamo come due estranei che si sono fermati per combinazione davanti alla stessa vetrina, senza guardarci.

«Non è il caso di scherzare. Mi sono procurata un foglietto per vedere qual era l'argomento del sermone. Mi chiederà di fargli un riassunto.»

«Tuo padre è un pignolo.»

«Ha giurato che ti spezzerà le gambe.»

«Prima deve scoprire chi sono. E finché le ho intere, corro più veloce di lui.»

Bea gettava occhiate nervose ai passanti che camminavano frettolosi nella mattina grigia e ventosa.

«Cosa ci trovi da ridere?» disse. «Mio padre parla sul serio.»

«E chi ride? Sto morendo di paura, ma sono anche felice di vederti.»

Bea si lasciò sfuggire un sorriso a mezz'asta.

«Anch'io» ammise.

«L'hai detto come se confessassi di avere chissà quale malattia.»

«Peggio ancora: credevo che se ti avessi rivisto alla luce del giorno sarei rinsavita.»

Mi domandai se si trattava di un complimento o di una condanna.

«Non devono vederci insieme per strada, Daniel.»

«Se preferisci possiamo entrare in negozio. Nel retrobottega abbiamo una caffettiera e...»

«No. Non devono vedermi entrare o uscire da qui. Se qualcuno ci notasse, potrei sempre dire che ho incontrato il migliore amico di mio fratello. Se ci vedessero due volte insieme, desteremmo dei sospetti.»

Sospirai.

«Chi dovrebbe vederci? A chi potrebbe importare?»

«Tu non hai idea di quanto sia pettegola la gente, e mio padre conosce mezza Barcellona.»

«Perché sei venuta, allora?»

«Sono venuta a messa, ricordi? L'hai detto tu stesso. A venti metri da qui...»

«Mi spaventi, Bea. Menti ancora meglio di me.»

«Tu non mi conosci, Daniel.»

«L'ha detto anche tuo fratello.»

I nostri sguardi si incontrarono nella vetrina.

«La notte scorsa mi hai mostrato qualcosa di unico» sussurrò Bea. «Adesso tocca a me.»

Aggrottai la fronte, incuriosito. Bea aprì la borsa, prese un cartoncino piegato e me lo porse.

«Non sei l'unico depositario dei segreti di Barcellona, Daniel. Ho una sorpresa per te. Ti aspetto a questo indirizzo oggi pomeriggio alle quattro. Non dirlo a nessuno.»

«Come farò a capire che si tratta del posto giusto?»

«Lo capirai.»

La scrutai diffidente, temendo che volesse prendersi gioco di me.

«Se non verrai, capirò» disse. «Capirò che non vuoi più vedermi.»

Senza darmi il tempo di risponderle, mi voltò le spalle e si allontanò a passo veloce in direzione delle ramblas. Rimasi lì col bigliettino in mano e la parola sulle labbra, seguendola con lo sguardo finché svanì nella penombra grigia del temporale che si avvicinava. Aprii il cartoncino: vergato in inchiostro blu, c'era un indirizzo che conoscevo bene.

Avenida del Tibidabo 32

27

Il temporale non attese la sera per scatenarsi. I primi lampi mi sorpresero appena salii a bordo di un autobus della linea 22. Il veicolo non fece in tempo a girare attorno a plaza Molina e a imboccare calle Balmes, che la città era già scomparsa dietro una cortina di velluto liquido, e io avevo solo un misero ombrello.

«Forza e coraggio» disse il conducente quando prenotai la fermata.

Alle quattro e dieci l'autobus mi lasciò in un punto solitario in fondo a calle Balmes, alla mercé del temporale. Davanti a me, l'avenida del Tibidabo scompariva in un miraggio acquoso sotto cieli di piombo. Contai fino a tre e mi misi a correre. Poco dopo, inzuppato fino al midollo, battendo i denti per il freddo, mi fermai sotto un portone per riprendere fiato e calcolare la lunghezza del tragitto che mi restava da percorrere. Raffiche di pioggia gelata velavano i profili spettrali delle dimore signorili, sulle quali incombeva il torrione di villa

Aldaya. Il vento agitava le chiome degli alberi del parco. Mi scostai dagli occhi un ciuffo di capelli fradici e ripresi a correre in direzione della casa, attraversando il viale deserto.

La porticina della cancellata oscillava. Poco più avanti, un vialetto serpeggiante conduceva all'edificio. Entrai. Tra le erbacce si intravedevano piedistalli di statue abbattute senza pietà. Una, in particolare, mi colpì: un angelo vendicatore che giaceva nella fontana al centro del giardino. Il marmo annerito luccicava sotto la superficie dell'acqua che debordava dalla vasca. Una mano dell'angelo emergeva dall'acqua e un dito accusatore, affilato come una baionetta, indicava l'ingresso principale. Il portone in rovere intagliato era socchiuso. Lo spinsi e feci qualche passo in un ingresso cavernoso. Sulle pareti guizzava la luce di una candela.

«Pensavo che non saresti più venuto» disse Bea.

La sua sagoma si stagliava su un corridoio scavato nella penombra, avvolta dal chiarore moribondo di una loggia che si apriva in fondo. Era seduta su una seggiola, contro la parete, con una candela ai suoi piedi.

«Chiudi la porta» mi disse senza muoversi. «La chiave è nella serratura.»

Obbedii. La serratura emise un cigolio sepolcrale. Udii alle mie spalle i suoi passi leggeri e avvertii il tocco delle sue dita sui miei vestiti fradici.

«Stai tremando. Di paura o di freddo?»

«Non ho ancora deciso. Perché siamo qui?»

Sorrise nella penombra e mi prese per mano.

«Non lo sai? Pensavo che l'avresti indovinato...»

«So solo che questa era la casa degli Aldaya. Come hai fatto a entrare e come sapevi...?»

«Vieni, accendiamo un fuoco, così ti scaldi.»

Mi guidò fino alla loggia che dava sul patio. Era un ampio salone con snelle colonne di marmo che serpeggiavano fino a un soffitto a cassettoni che cadeva a pezzi. Sui muri erano visibili i segni dei quadri e degli specchi che un tempo avevano decorato la stanza e sul pavimento di marmo c'erano ancora le tracce dei mobili. In un angolo, un caminetto era pieno di legna da ardere e c'erano dei vecchi giornali e un attizzatoio. C'era odore di fuoco recente e di carbonella. Bea si inginocchiò, inserì i fogli di carta tra i ciocchi e vi accostò un fiammifero, scatenando in fretta una corona di fiamme. Le sue mani si muovevano con abilità ed esperienza. Supponevo che mi credesse divorato dalla curiosità e dall'impazienza, perciò ostentai un'aria flemmatica, per dimostrarle che se voleva giocare a chi conosceva più misteri non avrebbe avuto partita facile. Lei sorrideva trionfante; le mie mani tremanti, invece, vanificavano il mio proposito.

«Vieni spesso qui?» domandai.

«Oggi è la prima volta. Sei curioso?»

«Un po'.»

Si inginocchiò davanti al caminetto e stese sul pavimento una coperta pulita che aveva tolto da una borsa di tela. Profumava di lavanda.

«Coraggio, siediti qui, accanto al fuoco, non vorrei che ti beccassi una polmonite per colpa mia.»

Il calore mi restituì alla vita. Bea osservava le fiamme in silenzio, ipnotizzata.

«Pensi di raccontarmi il tuo segreto?» domandai.

Lei si accomodò su una delle sedie. Io rimasi accanto al fuoco, osservando il vapore che abbandonava i miei abiti come un'anima in fuga.

«Il vero nome di quello che tu chiami palazzo Aldaya è "L'angelo della nebbia", ma quasi nessuno lo sa» disse Bea. «La società di mio padre sta tentando di vendere questa proprietà da almeno quindici anni. L'altro giorno, quando mi raccontavi di Julián Carax e di Penélope Aldaya, non ho collegato le due cose. Ma poi, a casa, mi sono ricordata di aver sentito nominare da mio padre la famiglia Aldaya e questa casa in particolare. Ieri sono andata nel suo ufficio e il segretario di mio padre, Casasús, mi ha raccontato la storia della villa. Sapevi che non era la loro residenza ufficiale, ma una delle dimore estive della famiglia?»

Scossi la testa.

«La residenza principale degli Aldaya era un palazzotto che sorgeva all'angolo tra le odierne calle Bruch e calle Mallorca e fu abbattuto nel 1925 per costruire un nuovo isolato.

Era stato progettato nel 1896 da Puig i Cadafalch, su incarico del nonno di Penélope e Jorge, Simón Aldaya, quando la zona era una distesa di terreni abbandonati. Il figlio maggiore del patriarca Simón, don Ricardo Aldaya, acquistò "L'angelo della nebbia" da un personaggio a dir poco pittoresco e a un prezzo irrisorio, perché la casa aveva una cattiva fama. Casasús mi ha detto che era ritenuta maledetta e che perfino gli agenti immobiliari accampavano ogni genere di scuse pur di non doverla mostrare ai clienti...»

28

Quel pomeriggio, mentre mi scaldavo davanti al caminetto, Bea mi spiegò come "L'angelo della nebbia" fosse diventato proprietà della famiglia Aldaya. La storia, un melodramma dai risvolti scabrosi, era degna della penna di Julián Carax. La casa era stata costruita nel 1899 dallo studio di architetti Naulí, Martorrell i Bergadá su incarico di un eccentrico finanziere catalano, Salvador Jausà, che ci avrebbe vissuto solamente un anno. Jausà, orfano dall'età di sei anni e di umili origini, aveva fatto fortuna a Cuba e a Portorico. Si diceva che fosse una delle tante eminenze grigie responsabili della caduta di Cuba e della guerra con gli Stati Uniti, in cui la Spagna aveva perso le ultime colonie. Dal Nuovo Mondo, oltre a un patrimonio cospicuo, aveva portato con sé anche una moglie nordamericana, una damigella dell'alta società di Philadelphia che non conosceva una parola di spagnolo, e una domestica mulatta, al suo servizio sin da quando viveva a Cuba, che viaggiava con sette bauli e un macaco in gabbia vestito da arlecchino. Il terzetto aveva preso alloggio all'hotel Colón in plaza de Cataluña, in attesa di trasferirsi in una residenza che rispondesse ai gusti e ai desideri di Jausà.

Nessuno dubitava che la domestica – una bellezza eburnea dallo sguardo e dai fianchi mozzafiato, come dicevano le cronache dell'epoca – fosse la sua amante, ispiratrice di piaceri illeciti e innominabili. Che fosse anche una strega, era solo una logica conseguenza. La bellezza aggressiva e l'aria enigmatica di Marisela, come Jausà chiamava la donna, divennero il bersaglio preferito delle signore della buona società che si riunivano a sgranocchiare pasticcini per combattere la noia e i calori autunnali. Circolavano voci non confermate secondo cui la femmina africana, istigata da oscure potenze infernali, fornicava all'amazzone, cioè a cavalcioni dell'uomo, commettendo perlomeno cinque o sei peccati mortali tutti insieme. Qualcuno scrisse anche al vescovo per ottenere una benedizione speciale volta a proteggere l'anima immacolata delle famiglie altolocate di Barcellona da un'influenza tanto nefasta. Come se non bastasse, tutte le domeniche mattina Jausà usciva in carrozza con moglie e amante, imponendo quello spettacolo di depravazione agli sguardi innocenti dei fanciulli che camminavano lungo il paseo de Gracia per andare alla messa delle undici. Persino i giornali riferirono dell'alterigia di quella negra, che guardava i barcellonesi "come una regina della giungla guarderebbe una tribù di pigmei".

Benché a Barcellona fosse già scoppiata la febbre modernista, Jausà spiegò agli architetti che avrebbero progettato la sua nuova dimora di volere qualcosa di diverso. Nel suo vocabolario, "diverso" era il re degli aggettivi. Per anni Jausà era passato davanti alle residenze neogotiche erette dai magnati dell'industria statunitense sulla Quinta Strada, nel tratto compreso tra la 58esima e la 72esima, sul lato orientale di Central Park. Ebbro di sogni americani, il finanziere non volle sentir ragioni ed escluse senza possibilità di appello l'idea di costruire una dimora seguendo i criteri del modernismo; del resto, si era anche rifiutato di prendere un palco al teatro del Liceo, definendolo una babele di sordi frequentata da gente sgradevole. Voleva che la sua casa sorgesse lontano dalla città, nella zona dell'avenida del Tibidabo, che all'epoca era relativamente isolata. Voleva vedere Barcellona in distanza, diceva, e come unica compagnia voleva un giardino con statue di angeli, da collocare (secondo le istruzioni fornite da Marisela) ai vertici di un tracciato raffigurante una stella a sette punte, né una di più né una di meno. Deciso a realizzare i suoi progetti a ogni costo, Salvador Jausà inviò per tre mesi gli architetti a New York perché studiassero le deliranti residenze che ospitavano il commodoro Vandervilt, i discendenti di John Jacob Astor, Andrew Carnegie e le cinquanta famiglie da cui dipendevano le sorti di quel grande paese. Li esortò ad assimilare lo stile e le tecniche dello studio di architetti Stanford, White & McKim e li diffidò dal comparirgli davanti con un progetto che rispondesse ai gusti di coloro che definiva con disprezzo "salumieri e fabbricanti di bottoni".

Un anno più tardi, i tre architetti si presentarono nelle lussuose stanze dell'hotel Colón per sottoporgli il loro progetto. Jausà, accompagnato dalla mulatta Marisela, li ascoltò in silenzio, quindi chiese quanto sarebbe costato realizzarlo in sei mesi. Frederic Martorrell, socio principale dello studio, tossicchiò e, per discrezione, gli scrisse la cifra su un foglietto di carta. Senza battere ciglio, il magnate firmò un assegno per l'intero ammontare e congedò la comitiva. Sette mesi dopo, nel luglio del 1900, Jausà, sua moglie e la domestica Marisela prendevano possesso della casa. Nell'agosto dello stesso anno, la polizia trovò entrambe le donne morte e Salvador Jausà in fin di vita, nudo e ammanettato alla poltrona del suo studio. Il sergente incaricato del caso scrisse nel rapporto che le pareti della casa erano imbrattate di sangue, che gli angeli nel giardino erano stati mutilati e i loro volti dipinti, come se indossassero maschere tribali, e che si erano trovate tracce di cera nera sui piedistalli. L'inchiesta durò otto mesi; nel frattempo, Jausà aveva perso l'uso della parola.

Secondo la polizia, Jausà e la moglie erano stati avvelenati con un estratto vegetale da Marisela, nelle cui stanze furono rinvenute alcune boccette della sostanza. Contro ogni logica, Jausà sopravvisse al veleno ma divenne muto e sordo; aveva una metà del corpo paralizzata e fu tormentato per il resto dei suoi giorni da dolori lancinanti. La signora Jausà fu trovata distesa sul suo letto con addosso solamente i gioielli e un bracciale di brillanti. La polizia ipotizzava che, una volta commesso il delitto, Marisela si fosse tagliata le vene con un coltello e avesse vagato per la casa schizzando di sangue le pareti fino a crollare a terra, morta, in una stanza dell'ultimo piano. Si riteneva che il movente fosse stata la gelosia: a quanto sembrava, la consorte del magnate era incinta. Si diceva anche che Marisela avesse disegnato un teschio con ceralacca calda sul ventre nudo della signora. Il caso fu archiviato qualche mese più tardi, chiuso per sempre come le labbra di Salvador Jausà. Per la buona società di Barcellona, che non ricordava un simile scandalo a memoria d'uomo, era colpa di quella marmaglia di arricchiti, gentaglia venuta dall'America per minare la fibra morale del paese. Molti, in privato, si rallegrarono che le stravaganze di Salvador Jausà fossero finite. Naturalmente si sbagliavano: erano appena iniziate.

Benché la polizia e gli avvocati avessero deciso di archiviare il caso, Jausà non si diede per vinto. Fu in quel periodo che conobbe don Ricardo Aldaya, un facoltoso industriale dalla meritata fama di dongiovanni e dal temperamento leonino, interessato ad acquistare la proprietà, dato che il valore dei terreni nella zona stava salendo vertiginosamente. Jausà si rifiutò di vendere, ma invitò Ricardo Aldaya a visitare la casa per assistere a un esperimento scientifico e soprannaturale, così lo definì. L'industriale rimase esterrefatto: Jausà aveva davvero perso la ragione. Nessuno aveva più messo piede lì dentro dalla fine delle indagini. Le macchie scure del sangue di Marisela deturpavano ancora le pareti. Inoltre, l'eccentrico finanziere aveva ingaggiato un pioniere della novità tecnologica del momento, il cinematografo. L'uomo si chiamava Fructuós Gelabert e aveva accolto le istanze di Jausà in cambio di cospicui finanziamenti destinati alla realizzazione di alcuni studi cinematografici, mosso dalla convinzione che nel corso del ventesimo secolo le immagini animate avrebbero sostituito le religioni positive. A quanto pare, Jausà credeva che lo spirito della negra Marisela vagasse ancora per la casa e affermava di sentire la sua presenza, la sua voce, il suo odore e, addirittura, di essere stato sfiorato dalle sue mani nell'oscurità. Il personale di servizio era fuggito alla ricerca di impieghi più tranquilli nella vicina Sarriá, dove non mancavano famiglie incapaci di riempire un secchio d'acqua o di rammendarsi i calzini.

Ben presto Jausà, rimasto solo con le sue manie e i suoi fantasmi, si convinse che la chiave del mistero consisteva nel renderli visibili. Lui aveva già assistito ad alcune proiezioni cinematografiche a New York e, come la defunta Marisela, riteneva che l'obiettivo della cinepresa risucchiasse le anime, quella del soggetto filmato e quella dello spettatore. Pertanto, aveva affidato a Fructuós Gelabert l'incarico di girare metri e metri di pellicola nei corridoi della casa allo scopo di catturare segni ed entità ultraterrene. Ma fino a quel momento, a dispetto del nome di battesimo del tecnico, ogni tentativo si era rivelato infruttuoso.

Tutto cambiò quando Gelabert ricevette un nuovo tipo di materiale sensibile prodotto nella fabbrica di Thomas Edison a Menlo Park, New Jersey, che consentiva di filmare in condizioni di luce precarie. Mediante un procedimento poco ortodosso, un assistente di Gelabert aveva versato uno spumante del Penedés nella vasca dello sviluppo e sulla pellicola erano apparse forme bizzarre. Era questo il filmato che Jausà voleva mostrare a don Ricardo Aldaya la sera in cui lo invitò nella sua spettrale residenza, al numero 32 dell'avenida del Tibidabo.

Aldaya pensò che Gelabert, temendo che Jausà gli tagliasse le sovvenzioni, l'avesse abbindolato. Ma Jausà non nutriva il minimo dubbio sulla veridicità del risultato, anzi, laddove altri intravedevano vaghi contorni e ombre, lui era certo di scorgere anime. Giurava di vedere la figura di Marisela materializzarsi dapprima in un sudario e poi in un lupo che camminava sulle zampe posteriori. Ricardo Aldaya, che nel filmato scorse solo macchie confuse, in seguito avrebbe affermato che tanto il film quanto l'operatore puzzavano di vino e di altre bevande alcoliche. Ciononostante, da scaltro uomo d'affari qual era, l'industriale capì di poter trarre vantaggi da quella messinscena; un milionario pazzo, solo e ossessionato dall'idea di catturare ectoplasmi, era la vittima ideale. Decise di assecondarlo e lo incitò a perseverare. Per settimane, Gelabert e i suoi uomini girarono chilometri di pellicola che avrebbero poi sviluppato in differenti contenitori utilizzando apposite soluzioni chimiche diluite con Aromas de Monserrat, un vino rosso benedetto nella parrocchia del Ninot, e con vari tipi di spumante dei vigneti di Tarragona. Tra una proiezione e l'altra, Jausà trasferiva poteri, firmava autorizzazioni e conferiva il controllo dei suoi beni a Ricardo Aldaya.

Jausà scomparve nel nulla una notte di novembre del 1900, durante un temporale. A quanto pare, stava esaminando una delle bobine speciali di Gelabert quando accadde qualcosa. Don Ricardo Aldaya incaricò il tecnico di recuperare la pellicola in questione e, dopo averla visionata in privato, le diede fuoco e suggerì a Gelabert di dimenticarsi della faccenda, con l'aiuto di un assegno di indiscutibile generosità. All'epoca, Aldaya era già diventato titolare di quasi tutte le proprietà dello scomparso Jausà. Per alcuni la defunta Marisela era tornata dall'Averno per riprenderselo; altri sostennero che un mendicante molto somigliante al milionario si aggirò per mesi nella zona della Ciudadela fin quando una misteriosa carrozza nera lo travolse in pieno giorno senza fermarsi. Ma ormai era troppo tardi: la macabra leggenda del palazzotto e il ritmo del *son montuno* nelle sale da ballo della città avevano attecchito.

Qualche mese dopo la scomparsa di Jausà, don Ricardo Aldaya si trasferì con la famiglia nella residenza dell'avenida del Tibidabo, dove sarebbe nata la figlia minore, Penélope. Per festeggiare l'evento, Aldaya ribattezzò la proprietà "Villa Penélope", ma il nome non venne mai usato. La casa aveva una sua personalità e si mostrava refrattaria alla presenza dei nuovi proprietari, che si lamentavano di continui rumori notturni, improvvisi odori sgradevoli e inspiegabili correnti d'aria fredda che la percorrevano come sentinelle erranti. Nello scantinato inferiore si trovava una specie di cripta vuota, in quello superiore una cappella dominata da un grande Cristo su croce policroma nel quale la servitù ravvisava un'inquietante somiglianza con Rasputin, personaggio assai popolare all'epoca. I libri della biblioteca cambiavano posto o li si trovava girati al contrario. Al terzo piano, in una stanza da letto inutilizzabile a causa di inspiegabili macchie di umidità che sembravano volti, i fiori freschi marcivano in pochi minuti e si sentivano volare mosche invisibili.

Secondo le cuoche, alcuni generi alimentari, come lo zucchero, scomparivano come per magia dalla dispensa e ogni mese, con la luna nuova, il latte si tingeva di rosso. Di tanto in tanto si trovavano uccellini o piccoli roditori morti davanti alla porta di qualche stanza e venivano a mancare cose, soprattutto gioielli, oltre ai bottoni degli abiti riposti negli armadi e nei cassetti. Qualche volta capitava che le cose sottratte ricomparissero alcuni mesi dopo, in qualche angolo della casa o sepolte in giardino. Ma di solito non si trovavano più. Don Ricardo diceva che erano solo superstizioni, tipiche di chi è ricco e sfaccendato, e che sarebbe bastata una settimana di digiuno per guarire da quelle fisime. Con meno filosofia prendeva, invece, i furti dei preziosi della sua signora. Almeno cinque domestiche furono licenziate con l'accusa di aver rubato i gioielli, benché tutte protestassero piangendo la loro innocenza. Per i più maliziosi quei furti si dovevano all'incresciosa abitudine di don Ricardo di infilarsi nel cuore della notte nelle camere da letto delle giovani domestiche. Le sue prodezze amatorie erano note almeno quanto la sua ricchezza e di quel passo, si diceva, i suoi bastardi sarebbero diventati così numerosi che prima o poi avrebbero fondato un sindacato. Purtroppo, però, in casa non scomparivano solo i gioielli: col trascorrere del tempo, la famiglia aveva perso la gioia di vivere.

Gli Aldaya non furono mai felici in quel palazzo ottenuto grazie ai raggiri di don Ricardo. La moglie lo supplicava di vendere la proprietà, di trasferire la famiglia in una casa in città o di tornare a vivere nella residenza commissionata dal nonno Simón, il patriarca del clan, a Puig i Cadafalch. Ma Ricardo Aldaya non voleva sentir ragioni, anche perché non era quasi mai a casa. Una volta, il piccolo Jorge sparì per otto ore e la madre e il personale di servizio lo cercarono inutilmente in tutta la villa. Quando il bambino ricomparve, pallido e smarrito, disse di essere sempre stato in biblioteca in compagnia di una negra che gli aveva mostrato vecchie fotografie e gli aveva predetto che tutte le femmine della famiglia Aldaya sarebbero morte in quella casa per espiare i peccati dei loro uomini. La strana signora rivelò al piccolo Jorge anche la data del decesso della madre: il 12 aprile 1921. Naturalmente, della donna nera non c'era traccia; tuttavia, molti anni dopo, la signora Aldaya fu trovata senza vita nel suo letto all'alba del giorno preannunciato. Tutti i suoi gioielli erano scomparsi. Quando fu drenato il pozzo del cortile, uno degli inservienti li trovò tra la melma del fondo, insieme a una bambola appartenuta alla figlia Penélope.

Una settimana dopo, don Ricardo Aldaya decise di sbarazzarsi della casa. Il suo impero finanziario era ferito a morte e, secondo alcuni, la colpa era di quella villa maledetta che portava disgrazia a chiunque vi abitasse. Secondo altri, più cauti, Aldaya non aveva saputo cogliere le trasformazioni del mercato ed era solo riuscito a distruggere quanto il patriarca Simón aveva costruito. Riccardo Aldaya dichiarò che avrebbe lasciato Barcellona e si sarebbe trasferito con la famiglia in Argentina, dove le sue industrie tessili prosperavano. Molti dissero che fuggiva dalla catastrofe e dalla vergogna.

Nel 1922 "L'angelo della nebbia" fu messo in vendita a un prezzo ridicolo, e all'inizio suscitò un grande interesse, dovuto alla curiosità e al crescente prestigio della zona. I potenziali acquirenti, tuttavia, si tirarono indietro dopo aver visitato la casa. Nel 1923 la villa fu chiusa e il titolo di proprietà trasferito a una società immobiliare a cui Aldaya doveva del denaro, perché provvedesse a venderla, ad abbatterla o a farne ciò che credeva più opportuno. La casa rimase in vendita per anni. La società in questione, la Botell i Llofré, fallì nel 1939, quando i due titolari furono incarcerati con accuse mai chiarite. Entrambi morirono a causa di un incidente avvenuto nella prigione di San Viçens nel 1940, e la società fu assorbita da un consorzio finanziario di Madrid che aveva tra i suoi soci tre generali, un banchiere svizzero e il direttore esecutivo dell'impresa, il signor Aguilar, padre di Tomás e di Bea. Neanche gli agenti del signor Aguilar erano riusciti a vendere la casa, neppure a un prezzo di gran lunga inferiore al suo valore. E da almeno dieci anni nessuno vi era più entrato.

«Fino a oggi» concluse Bea, per immergersi di nuovo in uno dei suoi silenzi.

Col tempo, mi ci sarei abituato, vedendola rinchiudersi lontano, con lo sguardo smarrito e la voce interrotta.

«Ci tenevo a mostrarti questo posto, volevo farti una sorpresa. Dopo il racconto di Casasús, mi sono detta che ti dovevo portare qui, perché questa casa è parte della tua storia, di quella di Carax e di Penélope. Ho preso la chiave dall'ufficio di mio padre. Nessuno sa che siamo qui: è il nostro segreto. Volevo condividerlo con te, ma mi domandavo se saresti venuto.»

«Ne eri sicura, invece.»

Sorrise, annuendo.

«Nulla succede per caso, non credi? Tutto, in fondo, è governato da un'intelligenza oscura. Non è un caso che tu abbia trovato il romanzo di Julián Carax nel Cimitero dei Libri Dimenticati né che adesso ci troviamo qui, tu e io, nella casa che apparteneva agli Aldaya. Il tutto fa parte di qualcosa che non riusciamo a intendere, ma che ci possiede.»

Mentre parlava, le avevo goffamente posato una mano sulle caviglie ed ero risalito fino alle ginocchia. Bea la guardò come se fosse un insetto. Mi domandai cosa avrebbe fatto Fermín al mio posto. Dov'era la sua scienza adesso che ne avevo bisogno?

«Tomás dice che non hai mai avuto una fidanzata» affermò Bea, come se questo spiegasse tutto.

Ritrassi la mano e abbassai gli occhi, umiliato. Mi parve di scorgere un sorriso sulle sue labbra, ma preferii far finta di niente.

«A quanto pare tuo fratello non è poi così taciturno. Cos'altro si dice di me in giro?»

«Si dice che per anni sei stato innamorato di una donna più grande di te e che quell'esperienza ti ha spezzato il cuore.»

«Più che altro, un labbro per non parlare della dignità ridotta a brandelli.»

«Secondo Tomás non sei più uscito con altre ragazze perché nessuna regge il confronto con quella donna.»

Il buon Tomás e i suoi colpi bassi.

«Si chiama Clara» ammisi.

«Lo so. Clara Barceló.»

«La conosci?»

«Tutti conosciamo una Clara Barceló. Il nome è un dettaglio trascurabile.»

Rimanemmo qualche istante in silenzio a osservare le fiamme che scoppiettavano nel caminetto.

«Ieri notte, dopo che ci siamo lasciati, ho scritto una lettera a Pablo» disse Bea.

Mi schiarii la gola.

«Il tuo fidanzato sottotenente? Perché?»

Bea tirò fuori una busta dalla tasca della giacca e me la mostrò. Era chiusa e affrancata.

«Gli ho scritto che voglio sposarmi al più presto, possibilmente entro un mese, e che intendo lasciare Barcellona per sempre.»

Affrontai il suo sguardo impenetrabile, quasi tremando.

«Perché me lo dici?»

«Perché voglio sapere da te se devo spedirla o no. Per questo ti ho chiesto di venire qui oggi, Daniel.»

Fissai la busta che rigirava tra le mani.

«Guardami» disse.

Obbedii, ma non ebbi il coraggio di rispondere. Bea si alzò, andò in fondo al salone e aprì una delle vetrate. La rincorsi, la fermai e le strappai la busta dalle mani. La pioggia le sferzava il viso, lavando via le sue lacrime di rabbia. La presi per mano e la riportai davanti al camino acceso. Lei evitava di guardarmi. Gettai la busta nel fuoco. La lettera si accartocciò tra le fiamme. Bea si inginocchiò accanto a me con gli occhi pieni di lacrime. La abbracciai e sentii il calore del suo respiro sul collo.

«Non lasciarmi, Daniel» sussurrò.

L'uomo più saggio che abbia mai conosciuto, Fermín Romero de Torres, un giorno mi aveva spiegato che nella vita non c'è nulla di paragonabile all'emozione che si prova quando si spoglia una donna per la prima volta. Non mi aveva mentito, ma mi aveva taciuto parte della verità. Non mi aveva detto dello strano tremore che trasforma ogni bottone, ogni cerniera in un'impresa da titani. Non mi aveva detto della malia di un corpo palpitante, dell'incantesimo di un bacio né di quel miraggio che sembrava ardere in ogni poro della pelle. Sapeva che il miracolo avviene una sola volta nella vita ed è fatto di trame segrete che, una volta svelate, svaniscono per sempre. Mille volte ho tentato di rivivere l'emozione di quel pomeriggio con Bea nella grande casa dell'avenida del Tibidabo, quando lo scrosciare della pioggia cancellò il mondo. Mille volte ho desiderato naufragare in quel ricordo, di cui mi resta solo un'immagine rubata al calore delle fiamme: Bea, nuda e scintillante di pioggia, distesa accanto al fuoco, mi fissa con uno sguardo sincero che non avrei mai dimenticato. Mi chinai su di lei e le accarezzai il ventre con la punta delle dita. Bea chiuse gli occhi e mi sorrise, sicura e forte.

«Fammi quello che vuoi» sussurrò.

Avevo diciassette anni e la vita sulle labbra.

29

Quando uscimmo dalla casa, ormai avvolta in ombre azzurre, era buio e il temporale aveva lasciato il posto a una pioggerella fredda. Con un'occhiata, Bea mi invitò a tenere le chiavi. Camminammo in silenzio, mano nella mano, fino al paseo de san Gervasio, alla ricerca di un taxi o di un autobus.

«Non potremo rivederci prima di martedì» disse con voce tremula, come se d'improvviso dubitasse del mio desiderio di rivederla.

«Ti aspetterò qui» dissi.

Diedi per scontato che ci saremmo rivisti lì, in quella vecchia villa, perché il resto della città non ci apparteneva. La sua solidità mi sembrava addirittura diminuire via via che ci allontanavamo dall'avenida del Tibidabo. Le strade erano praticamente deserte.

«Qui non troveremo niente» disse Bea. «Ci conviene scendere lungo calle Balmes.»

Proseguimmo a passo sostenuto, camminando sotto gli alberi per ripararci dalla pioggerella e, forse, per evitare di guardarci. Di tanto in tanto Bea accelerava l'andatura e, per un attimo, pensai che se l'avessi lasciata andare si sarebbe messa a correre. Ero ancora stordito dal profumo del suo corpo e ardevo dal desiderio di baciarla, di sussurrarle un mare di sciocchezze, a costo di rendermi ridicolo. Ma Bea era assente, e il suo silenzio era come un grido.

«Cosa ti succede?» mormorai.

Nel suo sorriso c'erano paura e solitudine. Mi vidi attraverso i suoi occhi: un ragazzo insignificante che per qualche ora si era creduto il padrone del mondo, senza sapere che avrebbe potuto perdere tutto da un momento all'altro. Continuai a camminare senza attendere una risposta. Poco dopo udimmo il rumore del traffico e l'aria si accese di luci che sembravano una muraglia invisibile.

«Separiamoci qui» disse Bea, lasciando la mia mano.

I fanalini dei taxi posteggiati all'angolo della via parevano una fila di lucciole.

«Come preferisci.»

Mi baciò sulla guancia. I suoi capelli odoravano di cera.

«Bea» dissi con un filo di voce, «io ti amo...»

Mi sfiorò le labbra con le dita per impedirmi di continuare, come se le mie parole la ferissero.

«Martedì alle sei, d'accordo?» domandò.

Annuii con un rapido cenno del capo. La vidi salire su un taxi e perdersi nell'oscurità, come una sconosciuta qualsiasi. Uno dei conducenti, che non ci aveva tolto gli occhi di dosso, mi osservava incuriosito.

«Andiamo a casa, giovanotto?»

Salii sul taxi senza pensare. L'autista mi scrutava dallo specchietto e io seguivo con lo sguardo le luci dell'auto davanti a noi, due punti luminosi che si perdevano in un pozzo buio.

Riuscii a prendere sonno solo quando l'alba sparse sulla finestra della mia stanza cento toni di grigio, non saprei dire quale più pessimista. Poco dopo, Fermín mi svegliò lanciando sassolini sui miei vetri dalla piazza della chiesa. Mi infilai la prima cosa che trovai e scesi ad aprirgli. Lui era euforico, come tutti i lunedì mattina. Sollevammo la saracinesca della libreria ed esponemmo il cartello con la scritta APERTO.

«Che brutte occhiaie, Daniel. Sembrano terreni arati. Ne deduco che ha centrato il bersaglio.»

Una volta nel retrobottega indossai il mio grembiule blu e gli lanciai il suo con un gesto stizzito. Fermín lo afferrò al volo, sfoderando un sorriso ironico.

«O il bersaglio ha centrato entrambi» dissi.

«Gli aforismi li lasci a Ramón Gómez de la Serna, i suoi fanno pena. Coraggio, racconti.»

«Cosa vuole che le racconti?»

«Decida lei. Il numero delle stoccate o i giri d'onore nell'arena.»

«Non sono dell'umore giusto, Fermín.»

«Ah, gioventù! Ma non se la prenda con me, perché le porto notizie fresche riguardo alla nostra indagine sul suo amico Julián Carax.»

«Sono tutto orecchi.»

Mi lanciò la sua occhiata da agente segreto, sollevando un sopracciglio.

«Ieri sera, dopo aver riaccompagnato a casa Bernarda, con la virtù intatta ma con i segni di un paio di pizzicotti sulle chiappe, ho approfittato di un attacco di insonnia, dovuto alla fregola vespertina, per recarmi in uno dei più noti ritrovi dei bassifondi barcellonesi, ossia la bettola di Eliodoro Salfumán, alias *Pichafreda*, sita in un locale malsano ma assai vivace di calle de Sant Jeroni, cuore pulsante e orgoglio del Raval.»

«Stringa, per carità.»

«Arrivo subito al punto. Una volta sul posto, conquistata la fiducia di alcuni frequentatori abituali, miei ex colleghi, ho svolto delle indagini su un certo Miquel Moliner, marito della sua Mata Hari Nuria Monfort e presunto ospite delle carceri cittadine.»

«Presunto?»

«Proprio così: mai parola fu meglio impiegata. Gli informatori della suddetta bettola, che per quanto attiene alla popolazione carceraria sono assai più aggiornati e affidabili dei confidenti del Palazzo di Giustizia, mi hanno assicurato che nessun Miquel Moliner è mai stato detenuto nelle carceri di Barcellona da dieci anni a questa parte.»

«Sarà in un altro penitenziario.»

«Ad Alcatraz, a Sing-Sing o nella Bastiglia. Daniel, quella donna le ha mentito.»

«Forse ha ragione.»

«Senza forse, lo riconosca.»

«E adesso? Miquel Moliner è una falsa pista.»

«Falsa come la sua Nuria.»

«Cosa suggerisce di fare?»

«Esplorerei altre possibilità. Tanto per cominciare, direi di fare una visitina alla vecchietta, la governante della storiella che ci ha propinato ieri mattina il reverendo.»

«Non sospetterà che sia scomparsa anche la governante.»

«No, ma è giunto il momento di bandire le incertezze. Non dobbiamo più bussare alle porte come questuanti, bensì intrufolarci dall'entrata posteriore. È d'accordo con me?»

«In tutto e per tutto, Fermín.»

«Allora rispolveri la tenuta da chierichetto perché questo pomeriggio, dopo aver chiuso la libreria, faremo una visita caritatevole alla vecchia all'ospizio di Santa Lucía. E adesso mi racconti come è andata ieri con la sua puledrina. Veda di non nascondermi nulla o le verranno dei foruncoli orrendi.»

Gettai la spugna e gli aprii il mio cuore. Al termine della confessione, partecipe delle mie angosce esistenziali da collegiale, Fermín mi stupì con un abbraccio improvviso e partecipe.

«È innamorato» sussurrò commosso, dandomi dei colpetti sulla spalla. «Povero ragazzo.»

Quel pomeriggio uscimmo dal negozio in gran fretta. Mio padre ci guardò accigliato: ormai doveva aver subodorato che eravamo invischiati in qualcosa di torbido con tutti quei nostri andirivieni. Fermín borbottò un'improbabile scusa, sostenendo di dover effettuare alcune consegne urgenti. Un giorno o l'altro, mi ripromisi, avrei raccontato tutto a mio padre.

Lungo il cammino Fermín, col suo gusto per il romanzo d'appendice, mi tratteggiò un quadro a tinte fosche della nostra meta. L'ospizio di Santa Lucía era una istituzione sinistra che occupava un antico palazzo fatiscente in calle Moncada. Era un luogo spettrale, una via di mezzo tra un girone infernale e un obitorio. La sua storia era a dir poco singolare. A partire dall'undicesimo secolo l'edificio aveva ospitato alcune famiglie nobili di Barcellona, per poi diventare un carcere, una residenza di cortigiane, una biblioteca di codici proibiti, una caserma, un atelier di scultura, un lazzaretto e un convento. Verso la metà dell'Ottocento, quando ormai era in rovina, il palazzo era stato trasformato in un museo di deformità e atrocità circensi da uno stravagante impresario che si faceva chiamare Laszlo de Vicherny, duca di Parma e alchimista privato dei Borbone, il cui vero nome era Baltasar Deulofeu i Carallot, nato a Esparraguera, di professione gigolò e impostore.

Il sedicente impresario si vantava di possedere la più ampia collezione mai esistita di feti umanoidi in diverse fasi di deformazione conservati in formalina, per non parlare di un'altra raccolta, ben più vasta, di ordini di cattura emessi dalle polizie di mezza Europa e America. Le attrazioni del *Tenebrarium* (così Deulofeu aveva chiamato la sua creazione) comprendevano anche sedute spiritiche e negromantiche, combattimenti di galli, topi, cani, donne mascoline, scherzi di natura o misti, con possibilità di effettuare scommesse, un postribolo specializzato in menomati e fenomeni da baraccone, un casinò, un ufficio legale e finanziario, una distilleria di filtri d'amore e un palcoscenico che ospitava manifestazioni di folclore catalano, spettacoli di burattini e danze di ballerine esotiche. L'annuale recita natalizia, a cui partecipavano in qualità di attori i componenti di quella variegata corte dei miracoli, era famosa anche oltre i confini della regione.

Lo strepitoso successo del *Tenebrarium* durò una quindicina d'anni, fin quando si scoprì che Deulofeu aveva sedotto moglie, figlia e nuora del governatore militare nel giro di una settimana. Sul centro ricreativo e sul suo fondatore si abbatté la più crudele delle vendette. Prima che Deulofeu potesse filarsela e assumere la sua ennesima identità, una banda di uomini mascherati gli diede la caccia nei vicoli del quartiere di Santa María e lo impiccò a un lampione della Ciudadela. Dopodiché il cadavere venne bruciato e dato in pasto ai cani randagi. Una ventina d'anni dopo, senza che nessuno si fosse preoccupato di recuperare le singolari collezioni di Laszlo de Vicherny, il *Tenebrarium* divenne un ente caritatevole pubblico, retto da un ordine di religiose.

«Le Sorelle dell'Ultimo Supplizio, un nome così» disse Fermín. «Purtroppo non lasciano entrare nessuno (coscienza sporca, oserei dire), quindi dovremo usare un sotterfugio.»

Negli ultimi tempi, l'ospizio di Santa Lucía aveva reclutato i suoi inquilini tra i moribondi, gli anziani abbandonati, i dementi, gli indigenti e gli sventurati dei bassifondi barcellonesi. Per loro fortuna, una volta ricoverati, quegli infelici non vivevano a lungo, dato che le condizioni sanitarie e lo squallore del luogo non favorivano la longevità. Secondo Fermín, i corpi dei defunti venivano portati via poco prima dell'alba e facevano il viaggio verso la fossa comune su un carro donato da una ditta di Hospitalet de Llobregat specializzata nella lavorazione della carne e nella produzione di salumi, un'azienda di dubbia reputazione che, effettivamente, qualche anno dopo, sarebbe stata coinvolta in un brutto scandalo.

«Si sta inventando tutto» protestai, sconvolto da quello scenario dantesco.

«La mia fantasia non arriva a tanto, Daniel. Aspetti e vedrà. Ho visitato l'edificio in una triste occasione circa dieci anni fa e le garantisco che sembrava avessero assunto il suo amico Julián Carax come decoratore. Avremmo dovuto portarci delle foglie d'alloro per difenderci dai miasmi. Sarà già un'impresa riuscire a varcare la soglia.»

Con tali aspettative, entrammo in calle Moncada, a quell'ora già un budello di tenebre, fiancheggiato da vecchi palazzi trasformati in magazzini e officine. I rintocchi delle campane della basilica di Santa María del Mar sottolineavano il rimbombo dei nostri passi. Poi un odore acre e pungente pervase la fredda aria invernale.

«Cos'è questa puzza?»

«Siamo arrivati» annunciò Fermín.

30

Un portone di legno mezzo marcio immetteva in un cortile dove alcune lampade a gas illuminavano debolmente gronde e angeli i cui lineamenti si disfacevano nella pietra invecchiata. Una scalea conduceva all'ingresso principale, da cui usciva una luce giallognola. Il chiarore che si sprigionava da quel rettangolo tingeva di ocra il vapore dei miasmi che uscivano fuori. Da lassù una figura angolosa seguiva i nostri passi con uno sguardo scuro come l'abito che indossava. Fra le mani teneva un secchio di legno da cui si levava un fetore indescrivibile.

«AveMariaPurissimaSenzaPeccatoConcepita» recitò Fermín.

«E la cassa?» replicò dall'alto una voce grave e reticente.

«La cassa?» esclamammo all'unisono Fermín e io.

«Non siete delle pompe funebri?» disse la suora con voce stanca.

Mi domandai se fosse un commento sul nostro aspetto o una semplice domanda. Fermín approfittò subito dell'imprevisto

«La cassa è nel furgone, ma prima vorremmo dare un'occhiata al cliente. Questioni tecniche.»

Ebbi un conato di vomito.

«Di solito viene il signor Collbató in persona» disse la suora.

«Il signor Collbató la prega di scusarlo, ma doveva occuparsi di una imbalsamazione assai complicata. Un forzuto del circo.»

«Lavorate con il signor Collbató?»

«Siamo, rispettivamente, il suo braccio destro e sinistro. Wilfredo Velludo, per servirla, e questo è Sansón Carrasco, mio fido assistente.»

«Molto piacere» dissi.

La suora ci guardò distrattamente e annuì.

«Benvenuti al Santa Lucía. Sono suor Hortensia, vi ho fatti chiamare io. Venite.»

Seguimmo la suora in religioso silenzio lungo un corridoio dove c'era lo stesso odore dei tunnel del metrò. Oltrepassammo alcuni stanzoni senza porte rischiarati da candele, zeppi di letti addossati alle pareti e coperti da zanzariere simili a sudari. Si udivano lamenti e si scorgevano forme umane oltre il tessuto dei cortinaggi.

«Da questa parte» disse suor Hortensia, che ci precedeva di qualche metro.

Entrammo in un ampio salone con il soffitto a cupola dove in passato doveva esserci il palcoscenico del *Tenebrarium*. Nella penombra, vidi quelle che mi sembrarono statue di cera abbandonate in un angolo della stanza, figure dagli occhi vitrei che riflettevano la fiamma delle candele come monetine di latta. Pensai si trattasse di residui del vecchio museo, ma

poi mi resi conto che si muovevano, anche se molto lentamente e senza fare rumore. Avevano addosso stracci color cenere ed era impossibile distinguerne il sesso o stabilirne l'età.

«Il signor Collbató ci ha raccomandato di non toccare
niente» disse suor Hortensia, come per scusarsi. «Ci siamo li-
mitate a mettere il poveretto nella prima cassa che abbiamo
trovato, perché cominciava ormai a disfarsi.»

«Avete fatto bene. Le precauzioni non sono mai troppe»
disse Fermín.

Gli rivolsi uno sguardo disperato ma lui mi rassicurò con
un gesto. Suor Hortensia si fermò davanti a una specie di
cella buia e priva di ventilazione, in fondo a uno stretto corridoio. Staccò dalla parete una delle lampade a gas lì appese
e ce la porse.

«Ci vorrà molto? Io avrei da fare.»

«Non si preoccupi. Torni pure alle sue occupazioni, ce la
sbrighiamo da soli. Non si preoccupi.»

«Se avete bisogno di me mi trovate nel seminterrato, nella
corsia degli allettati. Se potete, portatelo fuori dall'ingresso
posteriore in modo che non lo vedano gli altri.»

«Lasci fare a noi» sussurrai con un filo di voce.

Suor Hortensia mi osservò con una vaga curiosità per
qualche istante. Vista da vicino era vecchia quasi come gli inquilini dell'ospizio.

«Non le pare che il suo assistente sia un po' troppo giovane per questo lavoro?»

«La realtà della vita non conosce età, sorella» rispose Fermín.

La suora mi sorrise con dolcezza, annuendo. Non c'era
diffidenza nel suo sguardo, solo una vaga tristezza.

«Anche così...» mormorò.

Scomparve nell'oscurità, reggendo il secchio e trascinandosi dietro la sua ombra come un velo nuziale. Fermín mi
spinse all'interno della cella, una nicchia ricavata da una
grotta umida. Dal tetto pendevano catene con ganci all'estremità e il pavimento sconnesso era percorso da un reticolo di
tubi. Al centro, su una lastra di marmo grigio, c'era una cassa di legno da imballaggio. Fermín sollevò la lampada e
scorgemmo la sagoma del defunto che emergeva in mezzo

alla paglia. Lineamenti incartapecoriti, impassibili, duri e senza vita. La pelle gonfia era color porpora. Gli occhi, bianchi come gusci d'uovo, erano aperti.

Mi venne il voltastomaco e scostai lo sguardo.

«Su, rimbocchiamoci le maniche» disse Fermín.

«È impazzito?»

«Intendo dire che dobbiamo trovare la famosa Jacinta prima che ci becchino.»

«Come?»

«Chiedendo in giro.»

Dopo esserci assicurati che suor Hortensia non fosse nei paraggi, tornammo nell'ampio salone dove eravamo appena passati. Le larve umane che lo popolavano seguivano ogni nostro movimento con sguardi curiosi o impauriti e, in alcuni casi, avidi.

«Faccia attenzione, Daniel, questi ruderi, se solo potessero, le succhierebbero il sangue per tornare giovani» disse Fermín. «Anche se, per via dell'età, sembrano tutti miti come agnellini, tra loro c'è un mucchio di figli di puttana, proprio come fuori. Anzi, questi sono i più pericolosi perché hanno seppellito tutti gli altri. Non si faccia intenerire. Coraggio, cominci da quelli là, che a quanto vedo non hanno i denti.»

Se le parole di Fermín avevano lo scopo di incoraggiarmi, fallirono miseramente. Guardai quei relitti umani che languivano in un angolo della stanza. Erano un esempio concreto del vuoto morale dell'universo, della brutalità con cui scartava pezzi ormai inservibili. Fermín parve leggermi nel pensiero e annuì.

«Diciamo la verità, madre natura è una gran puttana, questa è la triste realtà» affermò. «Forza, buttiamoci nella mischia.»

Dalla prima tornata di interrogatori ricavai solo occhiate stolide, gemiti, rutti e frasi incoerenti. Dopo un quarto d'ora raggiunsi Fermín, nella speranza che fosse stato più fortunato di me. A lui era andata anche peggio.

«Come faremo a trovare Jacinta Coronado qui dentro?»

«Non lo so. Questa è una gabbia di matti. Ho provato anche con le Sugus, ma le scambiano per supposte.»

«E se lo chiedessimo a suor Hortensia? Le diciamo la verità e basta.»

«La verità è l'ultima risorsa, Daniel, specialmente se si ha a che fare con una suora. Prima spariamo tutte le altre cartucce. Guardi quel gruppetto, ha l'aria di essere molto animato; forse non sono rimbambiti del tutto. Vada e li torchi.»

«E lei cosa pensa di fare?»

«Io le copro le spalle nel caso rispunti il pinguino. Al lavoro.»

Con scarse, per non dire nulle, speranze di successo mi diressi verso il gruppetto di anziani che occupavano un angolo della stanza.

«Buonasera» dissi, pentendomi subito, visto che lì dentro era sempre sera. «Cerco la signora Jacinta Coronado. Co-ro-na-do. Qualcuno di voi la conosce o è in grado di dirmi dove posso trovarla?»

Davanti a me, quattro sguardi abbruttiti dall'avidità. Qui c'è una parvenza di vita, pensai. Forse non tutto è perduto.

«Jacinta Coronado?» ripetei.

I quattro anziani si scambiarono delle occhiate. Uno di loro, grassottello e completamente glabro, aveva l'aria di essere il capo. Sembrava diverso dagli altri ospiti di quel mortorio: ricordava un Nerone soddisfatto che pizzicava l'arpa mentre Roma bruciava ai suoi piedi. Con fare maestoso, l'imperatore mi sorrise burlone; speranzoso, ricambiai il sorriso.

Il vecchietto mi indicò di avvicinarmi, come se volesse parlarmi in segreto. Esitai, ma finii per assecondarlo.

«Sa dirmi dove posso trovare la signora Jacinta Coronado?» domandai ancora una volta.

Accostai l'orecchio alle labbra dell'ospite e sentii il tepore fetido del suo alito. Non mi morse, ma liberò una flatulenza di proporzioni omeriche. I suoi compagni scoppiarono a ridere battendo le mani. Indietreggiai, ma quella ventosità mefitica mi aveva già raggiunto. Solo allora mi accorsi di un anziano curvo, appoggiato a un bastone, con una lunga barba da profeta, capelli radi e occhi vivaci, che guardava il gruppo con disprezzo.

«Sta perdendo il suo tempo, ragazzo. Juanito sa solo scoreggiare mentre gli altri ridono e aspirano il tanfo. Come vede, l'organizzazione sociale dell'ospizio non differisce molto da quella del mondo esterno.»

L'anziano filosofo si esprimeva con voce grave e proprietà di linguaggio. Mi squadrò, soppesandomi.

«Lei sta cercando Jacinta, se non ho capito male.»

Non credevo alle mie orecchie. Una manifestazione di vita intelligente in quell'antro degli orrori.

«Come mai la cerca?»

«Sono suo nipote.»

«E io sono il marchese del Piffero. Un gran bugiardo, ecco cos'è. Mi dica perché la cerca o mi fingo pazzo. Qui non è difficile. E non si illuda di ottenere informazioni da quei disgraziati.»

Juanito e i suoi ammiratori ridevano a crepapelle. Il solista concesse un bis, un'emissione meno sonora e prolungata della prima, una specie di sibilo simile alla foratura di uno pneumatico. Il controllo degli sfinteri di Juanito, bisognava ammetterlo, rasentava il virtuosismo. Mi arresi all'evidenza.

«È vero. Non sono un parente della signora Coronado, ma ho bisogno di parlarle. È una questione della massima importanza.»

L'anziano si avvicinò. Aveva lo sguardo astuto di un felino e il sorriso di un bambino che la sa lunga.

«Mi può aiutare?» supplicai.

«Dipende dall'aiuto che potrà darmi lei.»

«Sarò felicissimo di darle una mano, se posso. Vuole che porti un messaggio alla sua famiglia?»

L'anziano fece un'amara risata.

«È la mia famiglia che mi ha sbattuto qui dentro. Sanguisughe, capaci di sfilare le mutande a un morto quando sono ancora calde. Per me, possono dannarsi all'inferno o finire in una fossa comune. Li ho mantenuti e sopportati anche troppo a lungo. No, quello che voglio è una donna.»

«Eh?»

L'anziano mi guardò spazientito.

«La giovane età non giustifica la sua poca perspicacia, ragazzo. Le ho detto che voglio una donna. Una femmina, una puledra di razza. Giovane, sotto i cinquantacinque, sana, senza piaghe né fratture.»

«Non sono sicuro di aver capito...»

«Mi ha capito eccome. Prima di andare all'altro mondo voglio spassarmela con una donna che abbia tutti i denti e non si pisci addosso. Non importa se non è una bellezza, tanto sono mezzo cieco e, alla mia età, qualunque femmina che abbia un po' di carne addosso è una Venere. Sono stato chiaro?»

«Come un libro aperto. Ma non vedo dove potrei trovarle una donna...»

«Ai miei tempi, un settore dell'economia forniva i servizi di signore compiacenti. So bene che il mondo cambia, ma non negli aspetti essenziali. Me ne trovi una, formosa e calda, e concludiamo l'affare. Se poi non mi crede capace di avere rapporti con una donna, sappia che mi accontenterei di toccarle il didietro e di contemplare le sue grazie. Vantaggi dell'esperienza.»

«Mi risparmi i dettagli. Non posso accontentarla subito, però.»

«Sarò anche un vecchio bavoso, ma non sono scemo. Lo so bene. Mi basta la sua parola.»

«E se fingessi di accettare solo per farmi dire dove si trova Jacinta Coronado?»

Il vecchietto mi fece un sorriso furbo.

«Mi dia la sua parola e lasci a me gli scrupoli di coscienza.»

Mi guardai attorno: Juanito stava dando inizio alla seconda parte del suo recital. Non avevo scelta.

La richiesta del nonnino mi sembrò l'unica cosa che avesse un senso in quel purgatorio.

«Le do la mia parola. Farò il possibile.»

L'anziano fece un sorriso che gli andava da un orecchio all'altro: contai tre denti.

«Bionda, anche ossigenata. Con un bel paio di meloni e se è possibile una voce squillante, perché dei cinque sensi l'udito è quello che mi funziona meglio.»

«Vedrò di accontentarla. Ma adesso mi dica dove posso trovare Jacinta Coronado.»

31

«Cosa ha promesso a quel matusalemme?»

«Non ha sentito?»

«L'avrà detto per scherzo, spero.»

«Non mentirei mai a un vecchietto che ha un piede nella fossa, per quanto spudorato sia.»

«Questo le fa onore, Daniel, ma come pensa di far entrare una mercenaria in questo pio albergo?»

«Pagando il triplo della tariffa, suppongo. Dei dettagli si occuperà lei.»

Fermín, rassegnato, alzò le spalle.

«Be', ogni promessa è debito. Ci verrà in mente qualcosa. Ma la prossima volta che apre una trattativa su simili argomenti, faccia parlare me.»

«D'accordo.»

Proprio come mi aveva spiegato il vecchio satiro, Jacinta Coronado era alloggiata nel sottotetto, a cui si accedeva da uno scalone al terzo piano. Secondo il vegliardo, quello era il rifugio dei pochi ospiti ai quali la Parca non aveva concesso la grazia di perdere la ragione, che, tra l'altro, offriva l'indubbio vantaggio di abbreviare l'esistenza degli internati. Un tempo, in quell'ala appartata c'erano le stanze di Baltasar Deulofeu, alias Laszlo de Vicherny, stanze dalle quali sovrintendeva alle attività del *Tenebrarium* e, tra vapori e oli profumati, coltivava le raffinate tecniche amatorie giunte dall'Oriente. Quanto rimaneva dell'equivoco splendore di un tempo erano gli effluvi e i profumi, anche se di tutt'altra natura. Jacinta Coronado sonnecchiava su una sedia di vimini, avvolta in una coperta.

«Signora Coronado?» dissi a voce alta, presumendo che la poveretta fosse sorda, rimbambita o entrambe le cose.

L'anziana ci osservò con una sorta di attenzione circospetta. Il suo sguardo era appannato e la testa ricoperta da pochi ciuffi di capelli biancastri. Notai che mi guardava incuriosita, come se mi avesse già visto ma non ricordasse dove. Temevo che Fermín mi presentasse come il figlio di Carax o qualcosa del genere, invece lui si limitò a inginocchiarsi accanto all'anziana e a stringerle la mano tremante e grinzosa.

«Jacinta, io mi chiamo Fermín e questo giovanotto è Daniel. Ci manda un suo amico, padre Fernando Ramos, che oggi non è potuto venire a trovarla perché doveva celebrare dodici messe, sa com'è, con tutti i santi che ci sono nel calendario, ma le manda tantissimi saluti. E lei come sta?»

L'anziana gli sorrise con dolcezza. Fermín le accarezzò il viso e la fronte e lei socchiuse gli occhi come un gatto. Mi venne un nodo alla gola.

«Che domanda stupida, vero?» riprese Fermín. «Sono certo che in questo momento vorrebbe tanto essere in giro a ballare. Perché lei ha i piedi di una ballerina, gliel'avranno già detto.»

Non lo avevo mai visto trattare nessuno con tanta tenerezza, neanche Bernarda. Erano solo moine, ma la sua espressione era sincera e il tono convinto.

«Quanti complimenti» sussurrò la vecchietta, con la voce incerta di chi non è più abituato a parlare o non ha niente da dire.

«Ne merita molti di più, Jacinta. Le possiamo fare qualche domanda? Come nei concorsi della radio, ha presente?»

Per tutta risposta, l'anziana batté le palpebre.

«Direi che si tratta di un sì. Si ricorda di Penélope, Jacinta? Penélope Aldaya? È di lei che volevamo chiederle.»

Lo sguardo di Jacinta si ravvivò.

«La mia bambina» mormorò, e parve che stesse per scoppiare a piangere.

«Proprio lei. Si ricorda, vero? Noi siamo amici di Julián. Julián Carax. Il ragazzo che scriveva racconti del terrore, rammenta anche lui, vero?»

Gli occhi dell'anziana brillavano: le parole e le carezze di Fermín sembravano a tratti infonderle forza.

«Padre Fernando, del San Gabriel, ci ha detto che lei amava immensamente Penélope. Lui le vuole molto bene, Jacinta, e la ricorda tutti i giorni, lo sa? Se non viene a trovarla più spesso è perché il nuovo vescovo, che è un invidioso, gli appioppa tante di quelle messe da renderlo afono.»

«Ma lei mangia abbastanza?» domandò la vecchietta.

«Mangio a quattro palmenti, Jacinta, ma brucio tutto. In ogni caso, sotto i vestiti sono d'acciaio, tutto muscoli. Tocchi, tocchi. Come Charles Atlas, però più peloso.»

Jacinta sembrò tranquillizzata. Aveva occhi solo per Fermín. Quanto a me, mi aveva completamente dimenticato.

«Cosa ci può dire di Penélope e di Julián?»

«Me l'hanno portata via, la mia bambina» disse.

Stavo per intromettermi ma Fermín mi fermò con un'occhiata.

«Chi le ha portato via Penélope, Jacinta? Se lo ricorda?»

«Il signore» disse, levando gli occhi al cielo come se temesse che qualcuno potesse udirla.

Fermín seguì lo sguardo dell'anziana.

«Si riferisce a Dio onnipotente, imperatore dei cieli, o al padre della signorina Penélope, don Ricardo?»

«Come sta Fernando?» domandò lei.

«Il prete? Come una rosa. Un giorno o l'altro lo faranno papa e la porterà ad abitare nella Cappella Sistina. Le manda tanti saluti.»

«È l'unico che viene a trovarmi. Sa che non ho più nessuno.»

Fermín mi guardò di sottecchi e intuii che stavamo pensando la stessa cosa. Jacinta Coronado era molto più lucida di quanto si potesse immaginare. Il suo corpo si stava spegnendo, ma il cuore e la mente non avevano ancora perduto la capacità di soffrire. Chissà quanti altri anziani come lei, come il vecchietto lascivo che ci aveva indicato dove trovarla, erano prigionieri di quell'inferno.

«Se viene a farle visita è perché le vuole molto bene, Jacinta. Perché si ricorda delle merende che lei gli portava quando era ragazzo, ce l'ha raccontato, sa? Rammenta, Jacinta? Si ricorda di quando andava a prendere Jorge a scuola, di Fernando e di Julián?»

«Julián...»

La voce era un soffio, ma il sorriso la tradiva.

«Si ricorda di Julián Carax, Jacinta?»

«Mi ricordo del giorno in cui Penélope mi ha detto che si sarebbe sposata con lui...»

Fermín e io ci guardammo sbalorditi.

«Sposata? Quando è successo, Jacinta?»

«La prima volta che l'ha visto. Aveva tredici anni e non sapeva ancora chi fosse e neppure come si chiamava.»

«Ma come poteva sapere che si sarebbe sposata con lui?»
«Perché l'aveva visto. In sogno.»

Da bambina, María Jacinta Coronado era convinta che il mondo finisse alle porte di Toledo e che oltre i confini della città ci fossero solo tenebre e oceani di fuoco. Questa idea le era venuta in sogno quando aveva quattro anni, durante una febbre violenta che l'aveva quasi uccisa. I sogni erano cominciati dopo quella malattia misteriosa, attribuita da alcuni alla puntura di un enorme scorpione rosso che un giorno era comparso in casa per poi svanire nel nulla e da altri alle male arti di una suora che di notte entrava nelle case per avvelenare i bambini e che anni dopo sarebbe morta giustiziata con la garrotta, recitando il Padre nostro al contrario con gli occhi fuori dalle orbite, mentre da una nube rossa che aveva coperto la città scendeva una pioggia di scarafaggi morti. Nei suoi sogni, Jacinta vedeva il passato, il futuro, e a volte coglieva i segreti e i misteri delle vecchie strade di Toledo. Il personaggio che le appariva più spesso era Zacarías, un angelo vestito di nero, sempre accompagnato da un gatto scuro con gli occhi gialli e l'alito sulfureo. Zacarías sapeva tutto. Le aveva predetto il giorno e l'ora in cui sarebbe morto suo zio Venancio, il venditore ambulante di unguenti e acque benedette. Le aveva mostrato il luogo dove sua madre, donna timorata di Dio, nascondeva le lettere di uno studente di medicina povero in canna ma dalle solide conoscenze anatomiche, nella cui stanza del callejón de Santa María aveva avuto un assaggio delle gioie del paradiso. Le aveva annunciato che nel suo ventre albergava uno spirito morto e maligno e che avrebbe conosciuto l'amore di un solo uomo, un amore egoista che le avrebbe spezzato il cuore. Le aveva detto che avrebbe visto morire ciò che aveva di più caro e che prima di raggiungere il cielo sarebbe stata all'inferno. Quando arrivò la prima mestruazione, Zacarías e il suo gatto sulfureo scomparvero dai suoi sogni, ma Jacinta ebbe modo di ricordare le visite dell'angelo nero perché tutte le sue profezie si erano tragicamente avverate.

Così, quando i medici le dissero che non avrebbe potuto avere figli, Jacinta non si stupì. Non si stupì neppure, anche se soffrì molto, quando suo marito, dopo tre anni di matrimonio, la lasciò per un'altra dicendole che lei era un campo arido che non dava frutti, perché non era una donna. In assenza di Zacarías (che per lei era un emis-

sario del cielo in quanto, sebbene di nero vestito, era pur sempre un angelo luminoso, e il più bell'uomo che avesse mai visto e sognato), Jacinta parlava con Dio nella solitudine della sua casa, senza vederlo né attendersi risposta, perché il mondo era una valle di lacrime e le sue, in fin dei conti, erano una goccia nel mare. I suoi monologhi avevano un unico tema: Jacinta voleva essere madre.

Un giorno, mentre pregava nella cattedrale, le si avvicinò un uomo nel quale riconobbe Zacarías. Come sempre, era vestito di nero e teneva in braccio il suo malefico gatto. Non era affatto invecchiato e aveva magnifiche unghie da duchessa, lunghe e affilate. L'angelo le rivelò che Dio non intendeva rispondere alle sue suppliche e che quindi aveva inviato lui, Zacarías, per dirle che, in un modo o nell'altro, avrebbe avuto la creatura tanto desiderata. Si chinò su di lei, le sussurrò all'orecchio la parola Tibidabo e la baciò teneramente sulla bocca. Appena fu sfiorata da quelle labbra fini, di caramello, Jacinta ebbe una visione: avrebbe avuto una bambina senza necessità di avere rapporti con un uomo (il che, se ripensava al marito ansimante, che le copriva la testa con un cuscino e sibilava «non guardare, troia», era un sollievo). Avrebbe ricevuto in dono quella bambina in una città molto lontana, incastonata tra alte montagne e un mare luminoso, una città di splendidi palazzi. Jacinta non fu in grado di stabilire se Zacarías le era apparso in sogno o se l'angelo l'aveva davvero avvicinata nella cattedrale di Toledo, con il suo gatto e le sue unghie scarlatte. Ma non aveva dubbi sulla veridicità delle sue profezie. Quello stesso pomeriggio interpellò il diacono della parrocchia, un uomo istruito che conosceva il mondo (si diceva che fosse arrivato fino ad Andorra e masticasse il basco). Il diacono, anche se non gli risultava che vi fosse un angelo Zacarías nelle legioni alate, ascoltò con attenzione il racconto della visione di Jacinta. Dopo aver riflettuto a lungo, basandosi soprattutto sulla descrizione di una strana cattedrale che, come spiegò la donna, sembrava un gigantesco pettine di cioccolato, le disse: «Jacinta, tu hai visto Barcellona, la grande ammaliatrice, e quella basilica è il tempio espiatorio della Sagrada Familia». Due settimane dopo, munita di un voluminoso fagotto, di un messale e del suo primo sorriso dopo cinque anni, Jacinta partì per Barcellona, certa che le parole dell'angelo si sarebbero avverate.

Dopo mesi di ardue vicissitudini, Jacinta trovò lavoro in uno dei magazzini di Aldaya e figli, accanto ai padiglioni della vecchia

Esposizione Universale della Ciudadela. Nel frattempo, la Barcellona dei suoi sogni era diventata una città nemica, piena di palazzi difesi da alte cancellate e di fabbriche che ammorbavano l'aria con esalazioni di carbone e zolfo. Fin dal primo giorno, Jacinta capì che quella città era donna, che era vanitosa e crudele, e imparò a temerla, a non guardarla negli occhi. Viveva da sola in una squallida pensione della Ribera, dove il suo salario le consentiva a malapena di pagarsi una stanza senza finestra, rischiarata solo dalle candele che lei rubava nella cattedrale e che lasciava accese tutta la notte per spaventare i ratti che si erano mangiati le orecchie e le dita del bambino di Ramoneta, una prostituta che aveva la stanza accanto alla sua ed era l'unica persona con cui aveva fatto amicizia in undici mesi di permanenza a Barcellona. Quell'inverno piovve quasi tutti i giorni, una nera pioggia di fuliggine e arsenico. Jacinta cominciò a temere che Zacarías l'avesse ingannata e che sarebbe morta di freddo, di fame e di solitudine in quell'orribile città.

Per sopravvivere, Jacinta andava a lavorare al magazzino prima dell'alba e ne usciva solo a notte fatta. Don Ricardo Aldaya la vide mentre curava la figlia di uno dei gestori, che si era ammalata di consunzione. I suoi modi premurosi lo colpirono, e decise di portarla a casa sua perché accudisse la moglie, incinta del suo primogenito. Le preghiere di Jacinta erano state accolte. Quella notte le ricomparve in sogno Zacarías. Non vestiva più di nero: era nudo e aveva la pelle ricoperta di squame. Il gatto era scomparso e un serpente bianco gli si attorcigliava attorno al busto. I capelli gli erano cresciuti fino alla vita e il suo bel sorriso, quel sorriso di caramello che aveva baciato nella cattedrale di Toledo, scopriva una fila di denti triangolari come quelli dei pesci d'alto mare che agitavano la coda sulle bancarelle del mercato. Molti anni dopo, Jacinta avrebbe descritto la sua visione a un diciottenne Julián Carax, senza dimenticare che, quando aveva lasciato la stanza della Ribera per trasferirsi nella villa degli Aldaya, aveva saputo che quella notte la sua amica Ramoneta era stata assassinata a coltellate davanti al portone e che il bambino era morto di freddo tra le braccia del cadavere. Appresa la notizia, gli inquilini della pensione si erano contesi i pochi averi della defunta. L'unico oggetto a essere stato risparmiato era il suo tesoro più prezioso: un libro. Jacinta lo conosceva bene perché ogni tanto Ramoneta, che era analfabeta, le chiedeva di leggerle una o due pagine.

Quattro mesi più tardi nacque Jorge Aldaya e Jacinta, per quanto si proponesse di donargli tutto l'affetto che la madre, una dama invaghita del proprio riflesso nello specchio, non seppe o non volle mai dargli, comprese che non era lui la creatura promessa da Zacarías. Da quel momento, Jacinta si lasciò alle spalle la gioventù e divenne una donna che del passato conservava solo lo stesso nome e lo stesso volto. L'altra Jacinta era morta nella pensione della Ribera, insieme a Ramoneta. Adesso viveva all'ombra dello sfarzo degli Aldaya, lontana dalla città ostile che tanto aveva odiato e in cui non si avventurava neppure nel suo giorno di libertà, una volta al mese. Imparò a vivere attraverso gli altri, in quella famiglia che godeva di una fortuna che a stento riusciva a capire. Viveva in attesa della creatura, una bambina, femmina come la città, su cui avrebbe riversato tutto il suo amore. Ogni tanto Jacinta si domandava se quella tranquillità sonnolenta, quei giorni placidi, fossero la felicità, e si illudeva che Dio, nel suo infinito silenzio, avesse esaudito le sue preghiere.

Penélope Aldaya nacque nella primavera del 1902. Don Ricardo era già diventato proprietario della casa dell'avenida del Tibidabo; la servitù diceva che era in preda a qualche potente maleficio, ma Jacinta non aveva paura perché sapeva che tutto si spiegava con la presenza che lei sola poteva vedere: l'ombra di Zacarías, sempre meno somigliante all'angelo di un tempo e sempre più simile a un lupo che camminava sulle zampe posteriori.

Penélope fu una bambina pallida e delicata, un fiore di serra. Per anni Jacinta vegliò il suo sonno, cucinò personalmente tutti i suoi pasti e le cucì i vestiti; era al suo fianco le infinite volte in cui si ammalò, quando pronunciò le prime parole e quando diventò donna. La signora Aldaya non era che uno dei tanti ornamenti della casa. Ogni sera, prima di ritirarsi, andava nella stanza di Penélope per dirle che la amava più di ogni altro essere al mondo. La governante non disse mai alla bambina che le voleva bene: sapeva che l'affetto lo si dimostra in silenzio, coi fatti, non con le parole. In cuor suo, Jacinta disprezzava la signora Aldaya, una creatura fatua che invecchiava sotto il peso dei gioielli con cui il marito, che da tempo attraccava in altri porti, comprava il suo silenzio. La odiava perché, tra tante donne, Dio aveva scelto proprio lei per mettere al mondo Penélope mentre il suo ventre, il ventre della vera madre, era vuoto e sterile. A poco a poco, come se le parole del suo ex marito fossero state profetiche,

Jacinta perse anche le forme della donna. Aveva perso peso e la sua sagoma ricordava l'aspetto austero che conferiscono la pelle stanca e le ossa. I suoi seni erano rimpiccioliti sino a trasformarsi in soffi di pelle, i suoi fianchi sembravano quelli di un ragazzo e le sue carni dure e spigolose scivolavano sotto lo sguardo di Ricardo Aldaya, che in fatto di donne era di bocca buona, come ben sapevano tutte le domestiche di quella casa e delle case di amici e parenti. Meglio così, si diceva Jacinta, non aveva tempo per sciocchezze.

Il suo tempo era tutto per Penélope. Leggeva per lei, la accompagnava ovunque, le faceva il bagno, la vestiva, la spogliava, la pettinava, la portava fuori, la metteva a letto e la svegliava, ma soprattutto parlava con lei. Tutti la consideravano una governante lunatica, una zitella che nella vita non aveva nient'altro che il suo lavoro, e nessuno conosceva la verità: Jacinta era non solo la madre di Penélope ma anche la sua migliore amica. Dal giorno in cui la bambina aveva iniziato a parlare e a esprimere i suoi pensieri, il che avvenne molto presto, avevano condiviso i loro segreti, i loro sogni e le loro vite.

Col tempo il legame si rafforzò e quando Penélope entrò nell'adolescenza erano compagne inseparabili. La bambina gracile di una volta stava diventando una donna di luminosa bellezza. Penélope era un raggio di sole. L'arrivo di quel ragazzo enigmatico, Julián, a casa Aldaya la mise in apprensione. Jacinta intuì subito che tra lui e Penélope c'era un flusso magnetico, un vincolo speciale, simile a quello che legava lei e Penélope ma nello stesso tempo diverso. Più intenso, pericoloso. All'inizio pensò che avrebbe avuto una profonda avversione per quel ragazzo; ben presto, però, si rese conto che non lo detestava affatto, che non sarebbe mai riuscita a odiarlo. Penélope soccombeva al fascino di Julián Carax e Jacinta si lasciava coinvolgere, tanto da desiderare solo ciò che desiderava la ragazza. Nessuno si avvide di ciò che stava accadendo, ma come sempre il destino aveva ordito la sua trama e, quando la storia cominciò, il finale era già stato scritto.

Trascorsero lunghi mesi di sguardi e sospiri prima che Julián Carax e Penélope Aldaya potessero vedersi da soli. I loro incontri erano affidati al caso: si sfioravano nei corridoi, si guardavano seduti a tavola, si sognavano. Si parlarono per la prima volta nella biblioteca della casa, una sera di tempesta in cui a Villa Penélope brillava la tremula luce dei candelabri. Solo qualche istante rubato, sufficiente perché Julián riconoscesse negli occhi della ragazza la stessa fiamma *che ardeva nel suo cuore. Nessuno sembrava accorgersene, nessuno tranne Jacinta, che assisteva con inquietudine crescente al gioco di sguardi fra Penélope e Julián, e temeva per loro.*

Di notte Julián scriveva racconti in cui dava voce al suo amore per Penélope. Poi, con una scusa qualunque, si recava nella casa dell'avenida del Tibidabo e attendeva l'occasione per sgattaiolare nella stanza di Jacinta e affidarle le pagine scritte da consegnare alla ragazza. Ogni tanto la governante gli dava un biglietto di Penélope che Julián leggeva e rileggeva all'infinito. Quel gioco sarebbe durato mesi. Mentre il destino complottava alle loro spalle, Julián faceva carte false per stare accanto a Penélope e Jacinta lo aiutava per veder felice la sua pupilla. Julián, d'altro canto, aveva deciso di sacrificare la propria spontaneità sull'altare della convenienza. Cominciò a mentire a don Ricardo riguardo ai suoi progetti per il futuro, a mostrarsi interessato a una carriera in banca e nel mondo della finanza, a fingere un affetto e un'amicizia che non provava per Jorge Aldaya in modo da giustificare la sua assidua presenza in casa loro. Imparò a dire solo ciò che gli altri volevano sentirsi dire, a interpretare i loro sguardi e le loro aspettative. Aveva la sensazione di svendere la sua anima e temeva che il giorno in cui fosse riuscito a realizzare il suo sogno avrebbe potuto offrire a Penélope solo l'ombra del Julián di un tempo. A volte nelle sue notti insonni provava l'impulso di gridare al mondo i suoi veri sentimenti e di affrontare don Ricardo Aldaya per dirgli in faccia che non era interessato alla sua ricchezza, ai suoi progetti e alla sua compagnia; che voleva solo Penélope, per portarla il più lontano possibile dal mondo vuoto di cui era diventato prigioniero. Ma con la luce del giorno il suo coraggio veniva meno.

Ogni tanto Julián si confidava con Jacinta che, suo malgrado, gli si affezionava sempre di più. Quando andava a prendere Jorge a scuola, la governante faceva avere a Julián i messaggi di Penélope. Fu così che conobbe Fernando, il solo che si sarebbe ricordato di lei quando, molti anni dopo, avrebbe atteso la morte nell'inferno del Santa Lucía, come le aveva predetto l'angelo Zacarías. Talvolta la governante portava con sé Penélope per consentire un breve incontro tra i due giovani, vedendo crescere un amore che lei non aveva mai conosciuto, che le era stato negato. Jacinta aveva notato anche il ragazzo introverso che tutti chiamavano Francisco Javier, figlio dei custodi del San Gabriel. In più di un'occasione lo sorprese a spiare i due giovani, a fissare Penélope con gli occhi spalancati. Jacinta portava sempre con sé una fotografia scattata dal ritrattista ufficiale degli Aldaya, Recasens: un'immagine innocente di Julián e Penélope, presa sulla soglia della cappelleria della ronda de San Antonio alla presenza di don Ricardo e di Sophie Carax.

Un giorno, mentre aspettava Jorge nel cortile della scuola, la governante dimenticò la borsa accanto alla fontana e quando tornò a riprenderla notò il giovane Fumero che gironzolava lì intorno. Quella sera Jacinta cercò la foto e non la trovò, e capì che il ragazzo l'aveva rubata. Alcune settimane più tardi, Francisco Javier Fumero avvicinò la governante per pregarla di far avere a Penélope un suo dono. Quando Jacinta gli domandò di cosa si trattasse, il ragazzo tirò fuori da un panno una figura intagliata nel legno di pino. Jacinta riconobbe le fattezze di Penélope e rabbrividì. Il ragazzo si allontanò senza attendere una risposta. Sulla via del ritorno, Jacinta gettò la rozza scultura dal finestrino dell'automobile, quasi si trattasse di una carogna puzzolente. Da allora Jacinta si svegliò spesso all'alba, in un bagno di sudore, oppressa da un incubo: l'immagine di quel ragazzo dallo sguardo torvo che si avventava su Penélope con la fredda brutalità di un insetto.

Quando Jorge tardava a uscire dall'aula, Jacinta si fermava a chiacchierare con Julián. Anche lui si era affezionato a quella donna dall'aspetto austero, in cui nutriva più fiducia che in se stesso. Così, se aveva qualche cruccio, lei e Miquel Moliner erano i primi, e spesso gli unici, a saperlo. Una volta, Julián confidò a Jacinta di aver visto la madre parlare con don Ricardo Aldaya nel cortile delle fontane, mentre aspettavano l'uscita degli alunni. Don Ricardo sembrava gradire molto la compagnia di Sophie. Julián si era allarmato, perché sapeva del vorace appetito dell'industriale per le grazie muliebri, di qualunque ceto sociale, a cui sembrava sottrarsi solo la sua santa sposa.

«*Stavo dicendo a tua madre che la nuova scuola ti piace molto.*»

Don Ricardo si era accomiatato dai due con un gesto di complicità e si era allontanato ridendo. Per tutto il tragitto verso casa la madre era rimasta in silenzio, offesa, senza dubbio, dai complimenti salaci che doveva averle rivolto don Ricardo Aldaya.

Sophie disapprovava i suoi rapporti sempre più stretti con gli Aldaya e anche il fatto che avesse voltato le spalle ai vecchi amici del quartiere e alla sua famiglia, ma non diceva niente. Il cappel-

laio, invece, non nascondeva il suo risentimento. L'entusiasmo motivato dalla prospettiva di allargare la clientela ai notabili barcellonesi era rapidamente svanito. Vedeva il figlio molto di rado e aveva dovuto assumere come apprendista un ragazzo del quartiere, Quimet, vecchio amico di Julián. Antoni Fortuny si sentiva a suo agio solo quando parlava di cappelli e relegava i suoi sentimenti nella cella buia del suo cuore, fin quando, inevitabilmente, marcivano. Era sempre più intrattabile e non gli andava bene niente, né gli sforzi del povero Quimet, che ce la metteva tutta per imparare il mestiere, né i tentativi di Sophie di rendere meno duro l'oblio a cui li aveva condannati Julián.

«Tuo figlio si crede chissà chi perché quei riccastri lo tengono con loro come una scimmia del circo» diceva con aria cupa, avvelenato dal rancore.

Un bel giorno, quasi tre anni dopo la prima visita di don Ricardo Aldaya nel suo negozio, il cappellaio ordinò a Quimet di stare al banco dicendo che lui non sarebbe rientrato prima di mezzogiorno. Dopodiché si recò negli uffici del consorzio Aldaya del paseo de Gracia e chiese di don Ricardo.

«Chi ho l'onore di annunciare?» domandò un impiegato altezzoso.

«Il suo cappellaio personale.»

Don Ricardo lo ricevette, piuttosto sorpreso ma bendisposto, pensando che Fortuny volesse consegnargli una fattura. I piccoli commercianti non conoscevano il galateo del denaro.

«Cosa posso fare per lei, caro Fortunato?»

Senza preamboli, Antoni Fortuny gli spiegò di essere profondamente deluso da Julián.

«Mio figlio, don Ricardo, è un ragazzo pigro, ignorante, senza talento e sventato come sua madre. Sarà sempre un fallito, mi creda. È privo di ambizione e di carattere. Lei non lo conosce, ma le assicuro che è bravissimo a imbrogliare gli estranei, a far credere di sapere tutto quando in realtà non sa niente. È un mediocre. Lo conosco meglio di chiunque altro e mi sembrava giusto avvertirla.»

Don Ricardo Aldaya ascoltò il discorso del cappellaio in silenzio.

«È tutto, Fortunato?»

L'industriale premette un pulsante sulla scrivania e, pochi istanti dopo, comparve l'impiegato che lo aveva ricevuto.

«Il signor Fortunato se ne va, Balcells» disse. «Vuole essere così cortese da accompagnarlo all'uscita?»

Il tono impersonale di Aldaya irritò il cappellaio.

«Se permette, don Ricardo, mi chiamo Fortuny, non Fortunato.»

«È lo stesso. Lei è un uomo tristissimo, Fortuny. Le sarei grato se non si facesse più vedere.»

Quando fu di nuovo in strada, Fortuny si sentì abbandonato da tutti, vittima di un complotto. Nei giorni successivi, la distinta clientela procuratagli da Aldaya iniziò a inviargli messaggi annullando le ordinazioni e saldando i conti. Nel giro di qualche settimana, fu costretto a licenziare Quimet perché non c'era più lavoro. In fondo non era una gran perdita. Anche quel ragazzo era pigro e mediocre, come tutti.

Fu allora che la gente del quartiere cominciò a notare che il signor Fortuny era invecchiato, che era diventato ancora più solitario e più scorbutico. Non parlava con nessuno e trascorreva le giornate in negozio a guardare i passanti con un misto di disprezzo e nostalgia. Per consolarsi, si diceva che la moda era cambiata, che i giovani non usavano più il cappello e che chi lo portava si rivolgeva ai negozi dove vendevano copricapo confezionati, meno costosi e di foggia più moderna. Un giorno dopo l'altro, la cappelleria Fortuny e figli scivolava in un letargo di ombre e silenzi.

«State aspettando che muoia» rimuginava. «Può darsi che vi accontenti.»

In realtà, anche se non lo sapeva, Antoni Fortuny aveva cominciato a morire molto tempo prima.

Ormai Julián viveva nel mondo degli Aldaya, accanto a Penélope, l'unico futuro che potesse concepire. Per quasi due anni si amarono in segreto, rischiando di essere scoperti in qualsiasi momento. Zacarías, a modo suo, aveva messo in guardia Jacinta: le ombre che minacciavano Julián e Penélope stavano stringendo il cerchio. Il primo segnale lo si ebbe un giorno di aprile del 1918. Jorge Aldaya compiva diciotto anni e don Ricardo aveva deciso di organizzare (o meglio, aveva dato ordine che si organizzasse) un grandioso ricevimento che il figlio non desiderava e al quale lui non poteva essere presente, a causa di un'improrogabile riunione di affari, ossia un incontro nella suite blu dell'hotel Colón con una deliziosa dama di compagnia appena arrivata da San Pietroburgo. Per l'occasione, il *giardino della villa era stato addobbato con centinaia di luminarie, bandierine e gazebo pronti ad accogliere gli invitati.*

Alla festa avrebbero partecipato quasi tutti i compagni di scuola di Jorge Aldaya. Su richiesta di Julián, era stato invitato anche Francisco Javier Fumero, nonostante Miquel Moliner li avesse avvertiti che il figlio del custode del San Gabriel si sarebbe trovato a disagio. Infatti, dopo aver ricevuto un invito formale, Francisco Javier lo declinò. Quando doña Yvonne, sua madre, lo venne a sapere, poco mancò che lo scuoiasse. Non si trattava forse di un preludio del suo imminente ingresso in società? Il passo successivo, era ovvio, sarebbe stato un invito della signora Aldaya a un tè coi pasticcini. Doña Yvonne investì dunque i pochi soldi risparmiati dal magro stipendio del marito nell'acquisto di un completo alla marinara per il figlio.

Francisco Javier aveva diciassette anni e quell'abito blu coi pantaloni corti, che rispecchiava i gusti raffinati di doña Yvonne, gli dava un aspetto grottesco e umiliante. Obbligato dalla madre, Francisco Javier accettò l'invito e passò un'intera settimana a incidere un tagliacarte da regalare a Jorge. Il giorno della festa, doña Yvonne si prese la briga di scortare il figlio fin sulla soglia di casa Aldaya. Voleva respirare aria di nobiltà e assistere al trionfale ingresso del sangue del suo sangue in quelle stanze, che ben presto si sarebbero aperte anche per lei. Quando venne il momento di indossare l'abito alla marinara, Francisco Javier si accorse che gli stava stretto. Yvonne improvvisò una modifica e così arrivarono tardi alla festa. Nel frattempo, approfittando della confusione e dell'assenza di don Ricardo (che in quel momento stava festeggiando a suo modo, rendendo omaggio al meglio della razza slava), Julián aveva raggiunto Penélope in biblioteca, dove non c'era pericolo di imbattersi in qualche esponente della colta ed elegante alta società. Troppo impegnati a baciarsi, Julián e Penélope non videro la ridicola coppia che si avvicinava alla casa: Francisco Javier, vestito da marinaretto che va a fare la prima comunione e rosso di vergogna, a rimorchio di doña Yvonne che per l'occasione aveva scovato nell'armadio un cappellone adorno di nastri intonato all'abito con pieghe e ghirlande che la faceva somigliare a una bancarella di dolci o, nelle parole di Miquel Moliner, il primo ad avvistare la coppia, a un bisonte travestito da Madame Recamier. Due maggiordomi ricevevano gli ospiti all'entrata. Doña Yvonne, gonfiando il petto, annunciò loro l'arrivo del figlio, don Francesco Javier Fumero de Sotoceballos. I due non si lasciarono impressionare e risposero beffardi che a loro quel nome non diceva niente. A denti stretti, Yvonne intimò al figlio di mostrare l'invito. Purtroppo però, nella fretta di sistemare il vestito, il biglietto era rimasto sul tavolo da cucito di doña Yvonne.

Francisco Javier cercò di chiarire il malinteso, ma si impappinò, e le risate dei domestici non gli facilitarono il compito. Madre e figlio furono invitati a togliersi di torno. Doña Yvonne li redarguì dicendo che non sapevano con chi avevano a che fare. I maggiordomi le risposero che il posto da sguattera era già occupato. Dalla finestra della sua stanza, Jacinta notò che Francesco Javier si allontanava e poi si fermava di colpo. Il ragazzo era poi tornato sui suoi passi, indifferente all'indegno spettacolo della madre che copriva di improperi quei servi arroganti, e li aveva visti: Julián stava baciando Penélope davanti alla vetrata della biblioteca. I loro erano i baci appassionati di chi si appartiene e non si cura del resto del mondo.

Il giorno dopo, durante la ricreazione di mezzogiorno, Francisco Javier arrivò in cortile all'improvviso. La notizia della sceneggiata di sua madre aveva già fatto il giro della scuola e gli studenti sghignazzavano facendo battute sul suo vestito da marinaretto. Ma l'ilarità generale svanì di colpo quando gli studenti si accorsero che il ragazzo imbracciava il fucile del padre. Si fece silenzio e molti se la svignarono. Solo il gruppetto formato da Aldaya, Moliner, Fernando e Julián non si mosse. Senza dire una parola, Francesco Javier sollevò il fucile e prese la mira. Secondo tutti i testimoni, il suo volto era impassibile come quando rastrellava le foglie secche in giardino. Il primo proiettile sfiorò la testa di Julián. Il secondo gli avrebbe trapassato la gola, se Miquel Moliner non si fosse gettato sul figlio del custode e non gli avesse strappato il fucile. Julián Carax era attonito, incapace di muoversi. Era convinzione generale che il bersaglio fosse Jorge Aldaya, responsabile indiretto dell'umiliazione subita il pomeriggio precedente. Solo più tardi, dopo l'arrivo della Guardia Civil e dopo che i custodi erano stati cacciati, Miquel Moliner si avvicinò a Julián e gli disse, senza vantarsi, che gli aveva salvato la vita. Ma Julián non poteva immaginare che quella fase della sua esistenza si stava concludendo.

Di lì a poco Julián e i suoi compagni avrebbero lasciato il San Gabriel. Avevano tutti dei progetti per l'anno successivo o vi ave-

vano provveduto le rispettive famiglie. Jorge Aldaya sapeva che il padre lo avrebbe mandato a studiare in Inghilterra e Miquel Moliner si sarebbe iscritto all'Università di Barcellona. Fernando Ramos aveva espresso il desiderio di entrare nel seminario della Compagnia, una decisione caldamente appoggiata dagli insegnanti, ai quali, vista la sua particolare condizione, pareva la scelta più saggia. Quanto a Francisco Javier Fumero, si sapeva solo che, per intercessione di don Ricardo Aldaya, era stato rinchiuso in un riformatorio della Valle di Arán dove lo attendeva un lungo inverno. Julián, vedendo che i suoi compagni avevano già scelto la loro strada, si domandava cosa ne sarebbe stato di lui. I suoi sogni e le sue aspirazioni letterarie gli sembravano ogni giorno più inconsistenti. Il suo unico desiderio era vivere accanto a Penélope.

Mentre Julián si interrogava sul suo futuro, altri lo progettavano per lui. Don Ricardo Aldaya gli teneva in serbo un posto nella sua impresa. Antoni Fortuny aveva invece deciso che, se il figlio non intendeva lavorare nella cappelleria, poteva scordarsi di vivere alle sue spalle. Aveva dunque avviato in segreto le pratiche per arruolare Julián nell'esercito, convinto che alcuni anni di vita dura lo avrebbero guarito dalle manie di grandezza. Julián ignorava entrambi i piani e il giorno in cui ne venne a conoscenza era troppo tardi. I suoi pensieri erano assorbiti da Penélope e gli incontri furtivi non gli bastavano più: insisteva per vederla più spesso, incurante del rischio. Jacinta li aiutava in tutti i modi, ricorrendo a ogni tipo di astuzia. Anche lei si rendeva conto che ogni minuto trascorso insieme da Penélope e Julián non faceva che renderli più smaniosi. Aveva imparato a riconoscere nello sguardo dei due giovani la sfida e l'arroganza del desiderio: una cieca volontà di essere scoperti, di rendere pubblico il loro segreto per non doversi più nascondere. A volte, mentre Jacinta le rimboccava le coperte, Penélope piangeva sconsolata e le confessava di voler fuggire con Julián, di voler prendere il primo treno e andare dove nessuno li conoscesse. Jacinta, che ricordava quanto fosse ostile il mondo oltre i cancelli della residenza Aldaya, si spaventava e la dissuadeva. Penélope era una ragazza arrendevole e la paura che scorgeva sul volto di Jacinta bastava a calmarla. Ma per Julián la faccenda si complicava.

Quell'ultima primavera al San Gabriel, Julián scoprì che ogni tanto don Ricardo Aldaya e sua madre Sophie si incontravano in segreto. La cosa lo impensierì. Sulle prime temette che l'industriale volesse aggiungere un'appetitosa conquista alla sua collezione; ben presto, tuttavia, capì che gli incontri, che avvenivano in qualche caffè del centro, si limitavano a semplici conversazioni. Sophie osservava il segreto su tali incontri. Quando Julián decise di affrontare l'argomento con don Ricardo e gli domandò cosa stava succedendo tra lui e la madre, l'industriale scoppiò a ridere.

«*Non ti sfugge nulla, eh, Julián? Anch'io volevo parlartene. Tua madre e io stiamo discutendo del tuo futuro. Mi ha cercato qualche settimana fa, era preoccupata perché tuo padre l'anno prossimo vuole mandarti nell'esercito. Lei, com'è logico, desidera il meglio per te e mi ha chiesto di aiutarla a trovare una soluzione. Puoi stare tranquillo, parola di Ricardo Aldaya: non diventerai mai carne da macello. Tua madre e io abbiamo grandi progetti per te. Fidati di noi.*»

Julián avrebbe tanto desiderato farlo, ma don Ricardo tutto gli ispirava meno che fiducia. Si confidò con Miquel Moliner, che approvò i suoi progetti di fuga.

«*Se davvero vuoi fuggire con Penélope, prega Dio e procurati del denaro.*»

Ma Julián non aveva neanche un centesimo.

«*La soluzione si trova*» *disse Miquel.* «*Altrimenti a cosa servono gli amici ricchi?*»

Fu così che Miquel e Julián cominciarono a preparare la fuga degli amanti. La meta, su suggerimento di Moliner, doveva essere Parigi. Diceva che Julián era destinato a diventare un artista bohémien, ossia un morto di fame, quindi Parigi era lo scenario ideale. Penélope parlava un po' di francese e per Julián, grazie agli insegnamenti di Sophie, si trattava di una seconda lingua.

«*Inoltre, Parigi è grande ed è facile far perdere le proprie tracce, ma è anche abbastanza piccola da offrire buone opportunità di lavoro*» *sosteneva Miquel.*

Mise insieme una somma ragguardevole, aggiungendo ai suoi risparmi di anni quanto era riuscito a spillare al padre con i pretesti più fantasiosi. Solo Miquel sapeva dove sarebbero andati.

«*E mi cucirò la bocca appena il treno avrà lasciato la stazione.*»

Quel pomeriggio, dopo avere messo a punto alcuni dettagli con Moliner, Julián si recò nella casa dell'avenida del Tibidabo per spiegare il piano a Penélope.

«Le cose che ti dirò non le devi raccontare a nessuno. A nessuno. Neppure a Jacinta» esordì Julián.

La ragazza lo ascoltò attonita e affascinata. Miquel aveva previsto tutto: avrebbe comprato i biglietti sotto falso nome e avrebbe incaricato uno sconosciuto di ritirarli alla biglietteria della stazione. Se per caso la polizia fosse riuscita a rintracciarlo, l'uomo avrebbe fornito la descrizione di un tale che non assomigliava affatto a Julián. Julián e Penélope si sarebbero incontrati sul treno per non essere visti insieme sulla banchina. La fuga sarebbe avvenuta di domenica, a mezzogiorno. Julián si sarebbe recato da solo alla Estación de Francia, dove avrebbe trovato Miquel ad aspettarlo con i biglietti e il denaro.

La parte più delicata era quella che riguardava Penélope. Doveva ingannare Jacinta chiedendole di inventarsi una scusa per farla uscire in anticipo dalla messa delle undici e riportarla a casa. Lungo la strada, Penélope l'avrebbe pregata di lasciarla andare all'appuntamento con Julián, promettendole di tornare a casa prima che rientrasse il resto della famiglia, e si sarebbe recata alla stazione. Sapevano entrambi che, se le avessero detto la verità, Jacinta non l'avrebbe mai lasciata partire. La amava troppo.

«È un piano perfetto, Miquel» aveva esclamato Julián.

Miquel annuì tristemente.

«Salvo che per un dettaglio. Il dolore che darete a molte persone andandovene per sempre.»

Julián aveva pensato a sua madre e a Jacinta. Non immaginava che Miquel Moliner si riferisse a se stesso.

La difficoltà maggiore fu convincere Penélope della necessità di mantenere all'oscuro Jacinta. Il treno per Parigi partiva all'una del pomeriggio e prima che fosse notata l'assenza della ragazza loro due sarebbero già stati oltre frontiera. A Parigi avrebbero alloggiato in un alberghetto, sotto falso nome, come marito e moglie. Solo allora avrebbero spedito a Miquel Moliner una lettera indirizzata alle rispettive famiglie in cui confessavano il loro amore e le rassicuravano, una lettera piena di affetto per i genitori, in cui avrebbero annunciato le loro nozze in chiesa chiedendo perdono e comprensione. Miquel Moliner avrebbe infilato la lettera in un'altra busta e l'avrebbe spedita da una località dei dintorni.

«Quando?» domandò Penélope.

«Tra sei giorni» rispose Julián. «Domenica prossima.»

Per non destare sospetti, Miquel riteneva opportuno che nei giorni precedenti la fuga Julián e Penélope non si vedessero. Si dovevano mettere d'accordo e incontrarsi solo sul treno per Parigi. Ma sei giorni senza di lei, senza poterla toccare, gli sembravano un'eternità. I due suggellarono il patto, il loro matrimonio segreto, con un bacio.

Fu allora che Julián condusse Penélope al terzo piano, nella camera di Jacinta. Lì c'erano solo le stanze della servitù e Julián credette che nessuno li avrebbe visti. Si spogliarono, frenetici, per poi abbandonarsi in silenzio. Impararono a memoria i segreti dei loro corpi, cancellando con il sudore e la saliva quei sei lunghi giorni di separazione. Julián la prese per terra, sulle assi del pavimento. Penélope lo accolse a occhi aperti, le gambe avvinghiate al suo torso e le labbra socchiuse. Non c'era traccia di fragilità né di infanzia nel suo sguardo ardente, nel suo corpo caldo che chiedeva di più. Poi, il viso poggiato sul candido ventre di lei e le mani sul suo seno, Julián capì che dovevano separarsi. Si era appena rialzato quando la porta della stanza si aprì lentamente e una donna comparve sulla soglia. Per un attimo, Julián pensò che fosse Jacinta, ma poi vide che si trattava della signora Aldaya. Lei li fissò con una sorta di fascinazione e ripugnanza. Riuscì solo a balbettare: «Dov'è Jacinta?». Subito dopo, si girò e se ne andò in silenzio mentre Penélope si rannicchiava sul pavimento e Julián sentiva che il mondo andava in pezzi.

«Vattene, Julián. Vattene prima che arrivi mio padre.»

«Ma...»

«Vattene.»

Julián annuì.

«Qualunque cosa succeda, domenica ti aspetto su quel treno.»

Penélope accennò un sorriso.

«Ci sarò, ma adesso vattene, ti prego.»

Penélope era ancora nuda quando lui uscì dalla stanza e scese la scala di servizio fino alle rimesse, per poi allontanarsi nella notte più fredda della sua vita.

I giorni seguenti furono una tortura. Julián aveva trascorso una notte insonne, aspettando che da un momento all'altro arrivassero i sicari di don Ricardo. Il giorno dopo, a scuola, non notò cambiamenti nei modi di Jorge Aldaya. Julián, divorato dall'angoscia, raccontò tutto a Miquel Moliner. Miquel, con la sua solita flemma, scosse la testa in silenzio.

«*Tu sei matto, Julián, ma non è una novità. Quel che mi stupisce è che in casa Aldaya non sia ancora scoppiato il finimondo. A pensarci bene, però, non è così strano. Se vi ha scoperti la signora Aldaya è possibile che sia ancora incerta sul da farsi. Le ho parlato tre volte in tutto e sono giunto a due conclusioni: uno, l'età mentale della signora Aldaya è di circa dodici anni; due, è affetta da narcisismo cronico, pertanto è incline a prendere in considerazione solo ciò che le fa comodo.*»

«*Risparmiami le tue diagnosi, Miquel.*»

«*Intendo dire che molto probabilmente sta ancora riflettendo su come, quando e a chi raccontarlo. Innanzitutto deve valutare le conseguenze che potrebbero ricadere su di lei: l'eventuale scandalo, la collera di suo marito... Del resto, ne sono certo, non gliene importa un fico secco.*»

«*Credi che non dirà niente?*»

«*Forse ci metterà due o tre giorni. Non la ritengo capace di nascondere un segreto del genere al marito. E la vostra fuga? Hai cambiato idea?*»

«*No.*»

«*Bene. Ora è impossibile tornare indietro.*»

I giorni della settimana si consumarono in una lenta agonia. Julián, sempre più inquieto, andava a scuola e fingeva di seguire le lezioni, ma riusciva solo a scambiare qualche occhiata nervosa con Miquel Moliner, che era addirittura più preoccupato di lui. Jorge Aldaya, invece, era gentile come sempre. L'autista di don Ricardo passava tutti i pomeriggi a prendere Jorge, ma senza Jacinta. Julián aveva la morte nel cuore e quasi desiderava che succedesse un putiferio, pur di mettere fine a quell'attesa estenuante. Il giovedì pomeriggio, al termine delle lezioni, Julián si illuse che per una volta la sorte gli fosse favorevole. La signora Aldaya non aveva parlato, per la vergogna, per stupidaggine o per uno dei tanti motivi elencati da Miquel. Poco importava. Ciò che contava era che Penélope mantenesse il segreto fino a domenica. Quella notte, dopo diversi giorni, Julián dormì. La mattina del venerdì trovò padre Romanones che lo aspettava davanti al cancello della scuola.

«*Devo parlarti, Julián.*»

«*Mi dica, padre.*»

«*Ho sempre saputo che questo giorno sarebbe arrivato e ti confesso che sono lieto di essere io a comunicarti la notizia.*»

«Che notizia, padre?»

Julián Carax non era più uno studente del San Gabriel. La sua presenza in cortile, nelle aule e addirittura nei giardini non era più gradita. I suoi materiali scolastici e i suoi libri di testo erano diventati proprietà dell'istituto.

«Il termine tecnico è espulsione immediata» riassunse padre Romanones.

«Posso chiederle il motivo?»

«Me ne vengono in mente una decina, ma sono certo che saprai scegliere il più adatto. Buongiorno, Carax. E buona fortuna, ne avrai bisogno.»

Trenta metri più in là, nel cortile delle fontane, un gruppo di studenti lo osservava. Alcuni ridevano, salutandolo con la mano; altri lo guardavano stupiti, con un'aria di commiserazione. Solo uno gli sorrideva con tristezza: il suo amico Miquel, che gli fece un cenno e pronunciò in silenzio due parole: «A domenica».

Tornando a casa, Julián vide la Mercedes di don Ricardo Aldaya parcheggiata davanti alla cappelleria. Si fermò all'angolo della via e attese. Poco dopo, don Ricardo uscì dal negozio, salì sull'auto e se ne andò. Julián si nascose in un portone. Poi fece le scale di corsa ed entrò in casa. Trovò la madre in lacrime.

«Cosa hai fatto, Julián?» mormorò, senza ira.

«Perdonatemi, mamma...»

Sophie strinse il figlio tra le braccia. Era invecchiata e dimagrita, come se le avessero rubato la gioventù. "Io più degli altri" pensò Julián.

«Ascoltami, Julián. Tuo padre e don Ricardo Aldaya si sono messi d'accordo per farti entrare nell'esercito. È questione di qualche giorno. Aldaya ha molte conoscenze... Devi fuggire, Julián. Devi andartene dove non possano trovarti.»

Nello sguardo della madre Julián scorse l'ombra di un tormento interiore.

«Cos'altro vi preoccupa, mamma? Mi nascondete qualcosa?»

Sophie, le labbra tremanti, lo fissò.

«Devi andartene. Dobbiamo andarcene entrambi per sempre.»

Julián la abbracciò con forza e le sussurrò all'orecchio: «Non preoccupatevi per me, mamma. Non preoccupatevi».

Julián passò il sabato nella sua stanza, fra i suoi libri e i suoi tac-

cuini. Il cappellaio era sceso in negozio di buonora e non era rientrato che a notte fonda. "Non ha neppure il coraggio di dirmelo" pensò Julián. Quell'ultima notte, con gli occhi velati di lacrime, si gettò alle spalle gli anni trascorsi in quella stanzetta fredda e scura a rincorrere sogni che, ora ne era certo, non si sarebbero mai avverati. All'alba della domenica, mise qualche vestito e dei libri in una borsa, baciò sulla fronte Sophie che dormiva in sala da pranzo, rannicchiata fra coperte, e se ne andò. Le strade erano ricoperte da una foschia azzurrina e luccichii di rame guizzavano sopra i terrazzi della città vecchia. Camminò lentamente, dicendo addio a ogni portone, a ogni strada, chiedendosi se il tempo cancella davvero i brutti ricordi e se sarebbe riuscito a dimenticare la solitudine che tanto spesso aveva accompagnato i suoi passi per quelle vie.

La Estación de Francia era deserta e i binari parevano scintillanti spade d'acciaio. Julián si sedette su una panca dell'atrio e aprì un libro. Le ore volarono mentre lui si immergeva nella magia delle parole, mutava nome e pelle e si immedesimava nei sogni di personaggi fittizi che ormai erano il suo unico conforto. Sapeva che Penélope non avrebbe preso quel treno con lui. Verso mezzogiorno, Miquel Moliner arrivò e gli diede il biglietto e il denaro che era riuscito a racimolare, e i due amici si abbracciarono in silenzio. Julián non aveva mai visto piangere Miquel Moliner. L'orologio scandiva i minuti in fuga.

«Aspettiamo ancora un po'» mormorava Miquel scrutando l'ingresso della stazione.

All'una e cinque, il capostazione chiamò per l'ultima volta i passeggeri in partenza per Parigi. Il convoglio si stava già muovendo quando Julián si girò per salutare l'amico. Miquel Moliner lo guardava dalla banchina, le mani sprofondate nelle tasche.

«Scrivi» gli disse.

«Appena arrivo ti scriverò» rispose Julián.

«No, non a me. Scrivi dei libri. Scrivili per me. Per Penélope.»

Julián annuì, e solo allora comprese quanto gli sarebbe mancato l'amico.

«E conserva i tuoi sogni» disse Miquel. «Non puoi sapere quando ne avrai bisogno.»

«Sempre» sussurrò Julián, ma il ruggito del treno soffocò le sue parole.

«Penélope mi raccontò l'accaduto la sera stessa in cui sua madre li sorprese nella mia stanza. Il giorno dopo, la signora mi fece chiamare e mi domandò cosa sapevo di Julián. Le dissi che era un bravo ragazzo, amico di Jorge... Lei mi ordinò di non far uscire Penélope dalla sua stanza. Don Ricardo era in viaggio d'affari a Madrid. Quando rientrò, il venerdì, la signora lo informò di ciò che era successo. Io ero presente. Don Ricardo balzò su dalla poltrona e appioppò alla signora un ceffone che la stese a terra. Poi, gridando come un pazzo, la obbligò a ripetere quanto aveva appena detto. Lei era terrorizzata. Non avevamo mai visto il signore in quello stato, mai. Sembrava posseduto da una schiera di demoni. Paonazzo di rabbia, andò nella stanza di Penélope, la prese per i capelli e la tirò giù dal letto. Io cercai di fermarlo ma lui mi respinse a calci. Subito dopo fece chiamare il medico della famiglia perché visitasse Penélope. Quando il dottore terminò, parlò con il signore. Chiusero a chiave Penélope nella sua stanza e la signora mi disse di fare la valigia.

Non mi permisero di vederla né di salutarla. Don Ricardo minacciò di denunciarmi alla polizia se avessi fatto parola con qualcuno dell'accaduto. Mi cacciarono quella stessa notte, buttandomi in strada, dopo diciotto anni di servizio ininterrotto. Due giorni dopo, in una pensione di calle Muntaner, ricevetti la visita di Miquel Moliner. Mi spiegò che Julián era fuggito a Parigi e voleva sapere cos'era successo a Penélope, cosa le aveva impedito di recarsi in stazione. Per settimane bussai alle porte di quella casa, implorando di poter vedere Penélope, ma mi impedirono di oltrepassare il cancello. Per intere giornate me ne stetti appostata all'angolo della via, sperando di vederla. Non la vidi mai. Non usciva di casa. Qualche tempo dopo, il signor Aldaya chiamò la polizia e mi fece internare nel manicomio di Horta, sostenendo che ero una sconosciuta, una pazza che perseguitava la sua famiglia e i suoi figli. Rimasi lì due anni, prigioniera come un animale in gabbia. Appena mi dimisero andai alla casa dell'avenida del Tibidabo per vedere Penélope.»

«E la vide?» chiese Fermín.

«La casa era stata messa in vendita. Mi dissero che gli Aldaya si erano trasferiti in Argentina. Scrissi all'indirizzo che mi venne dato ma le lettere tornarono indietro chiuse...»

«Cosa ne è stato di Penélope? È riuscita a scoprirlo?»

Jacinta scosse la testa e si mise a piangere come una fontana.

Fermín la prese tra le braccia e la cullò. Il corpo rattrappito di Jacinta Coronado pareva quello di una bambina e accanto a lei Fermín sembrava un gigante. Avrei avuto mille domande, ma il mio amico mi aveva fatto capire chiaramente che la visita era terminata. Diede un'occhiata al tugurio sporco e freddo dove Jacinta Coronado trascorreva i suoi ultimi giorni.

«Andiamocene, Daniel. Vada avanti, io arrivo subito.»

Obbedii. Quando mi girai, solo per un attimo, vidi che Fermín si inginocchiava davanti all'anziana e la baciava sulla fronte. Lei lo guardò con il suo sorriso sdentato.

«Mi dica, Jacinta» lo udii domandare. «Le piacciono le Sugus, vero?»

Nel nostro periplo verso l'uscita incappammo nel titolare delle pompe funebri e nei suoi aiutanti, due tizi con un grugno da scimmia carichi degli attrezzi del mestiere: una bara di pino, una corda e alcune vecchie lenzuola. Emanavano un odore di formalina misto al profumo dolciastro di una colonia dozzinale e avevano un gran brutto aspetto. Fermín indicò la cella dove riposava il defunto e benedisse i tre, che chinarono il capo e si fecero il segno della croce.

«Andate in pace» borbottò Fermín mentre mi trascinava verso l'uscita, dove una suora che reggeva un lume a olio ci puntò addosso due occhi accusatori.

Una volta fuori di lì, il tetro budello di calle Moncada mi parve una valle di gloria e speranza. Fermín, al mio fianco, respirava con sollievo l'aria fresca della sera. Ma il colloquio con Jacinta ci aveva scosso più di quanto avremmo voluto ammettere.

«Daniel, le andrebbe di mandar giù qualche crocchetta di prosciutto e un frizzantino allo Xampañet, che è qui a due passi, tanto per rifarci la bocca?»

«Con piacere.»

«Non ha appuntamento con la fanciulla?»

262

«Domani.»

«Ah, birboncello. Ci facciamo pregare, eh? Sta imparando in fretta.»

Ci eravamo appena incamminati verso quella taverna chiassosa, quando tre uomini ci sbarrarono la strada. Due si piazzarono alle nostre spalle, così vicini che sentivamo il loro respiro sul collo. Il terzo, meno robusto ma dall'aria assai più sinistra, si piantò davanti a noi. Aveva lo stesso impermeabile e lo stesso sorriso untuoso e compiaciuto del nostro ultimo incontro.

«Guarda un po' chi si rivede. Il mio vecchio amico, l'uomo dai mille volti» disse l'ispettore Fumero.

Fermín riuscì solo a emettere un gemito soffocato e mi parve di udire le sue giunture scricchiolare dal terrore. Nel frattempo i due scagnozzi, con tutta probabilità agenti della Squadra Criminale, ci avevano immobilizzato torcendoci un braccio dietro la schiena.

«Dalla tua espressione deduco che ti illudevi di avermi seminato, eh? Non puoi essere così idiota da aver creduto di poter uscire dalla fogna e spacciarti per un cittadino esemplare. Sei stupido, ma non fino a questo punto. Inoltre, stai ficcando il naso, che nel tuo caso è piuttosto ingombrante, in faccende che non ti riguardano. Brutto segno... Cosa ci facevi dalle monache? Te ne stai scopando qualcuna? Come lo prendono adesso?»

«Io rispetto i culi altrui, signor ispettore, soprattutto se hanno pronunciato i voti. Se lei facesse lo stesso, eviterebbe di spendere un bel po' di grana in penicillina e andrebbe di corpo più regolarmente.»

Nella risatina di Fumero si insinuò la collera.

«Così mi piaci. Coi coglioni di un toro. Se tutti i ladruncoli fossero come te, il mio lavoro sarebbe una festa. Di' un po', come ti fai chiamare adesso? Gary Cooper? Coraggio, dimmi perché hai ficcato il tuo nasone nell'ospizio di Santa Lucía e ti lascio andare con qualche ammaccatura soltanto. Avanti, parla. Cosa ci facevate qui?»

«Una faccenda personale. Siamo venuti a trovare un parente.»

«Sì, la buona donna di tua madre. Ringrazia che oggi sono

263

di buonumore, sennò ti avrei già portato in commissariato per darti una ripassatina con la fiamma ossidrica. Su, da bravo, di' la verità al tuo amico ispettore. Cosa ci facevate qui? Vedi di collaborare, così mi risparmi la fatica di cambiare i connotati al bel signorino che ti sei scelto come mecenate.»

«Provi solo a toccarlo e le giuro che...»

«Ma sentilo. Me la sto facendo nei pantaloni dalla fifa.»

Fermín si schiarì la voce, facendo appello al poco coraggio di cui ancora disponeva.

«Nei pantaloni da marinaretto che le ha comprato la sua augusta madre, l'illustre sguattera? Sarebbe proprio un peccato, perché mi hanno detto che il modellino le donava.»

L'ispettore Fumero impallidì.

«Cosa hai detto, bastardo?»

«Dicevo che, a quanto pare, lei ha ereditato il buon gusto e la grazia di doña Yvonne Sotoceballos, dama di alto lignaggio.»

Fermín non era un uomo robusto e il primo pugno lo fece stramazzare a terra. Era finito in una pozzanghera e Fumero cominciò ad assestargli calci nello stomaco, nelle reni e sul viso. Al quinto persi il conto. Fermín, raggomitolato a terra, non era in grado di difendersi. I due poliziotti, che ridevano per obbligo o piaggeria, mi trattenevano con mano ferma.

«Tu non ti impicciare» mi sussurrò uno di loro. «Non ho voglia di romperti un braccio.»

Io mi divincolai e vidi il volto dell'agente che mi aveva appena parlato. Era l'uomo con l'impermeabile che qualche giorno prima leggeva il giornale nel bar di plaza Sarriá, lo stesso che ci aveva seguito sull'autobus e aveva riso delle battute di Fermín.

«Non sopporto la gente che fruga nella merda e nel passato» sbraitava Fumero, girando attorno a Fermín. «La devi piantare, hai capito? Questo vale per te e per quello scemo del tuo amico. Sta' attento, ragazzo, e impara, che poi tocca a te.»

Rimasi a guardare mentre l'ispettore Fumero, alla fioca luce di un lampione, massacrava Fermín a calci. Il rumore sordo, terribile, dei colpi che si abbattevano senza pietà sul mio amico mi fa male ancora adesso. Mi rifugiai nella provvidenziale stretta dei poliziotti, tremando e versando lacrime codarde in silenzio.

Quando Fumero si stancò di prendere a calci un corpo inerte, aprì l'impermeabile, abbassò la cerniera dei pantaloni e orinò a lungo sull'ormai immobile Fermín, un mucchio di stracci in una pozza d'acqua sporca. Io seguitavo a tacere. Poi l'ispettore venne verso di noi, ansante e sudato. Uno degli agenti gli tese un fazzoletto con cui si asciugò viso e collo. Fumero mi si avvicinò fino ad avere il viso a pochi centimetri dal mio e mi piantò lo sguardo negli occhi.

«Non vale neanche la pena picchiarti, ragazzo. È questo il problema del tuo amico, sceglie sempre di stare dalla parte sbagliata. La prossima volta gli farò male sul serio, e sono sicuro che la colpa sarà tua» disse.

Credetti che fosse arrivato il mio turno e che mi avrebbe preso a schiaffi. Anzi, lo speravo. Speravo che le botte avrebbero cancellato l'onta della mia viltà, la vergogna di non aver mosso un dito per aiutare Fermín mentre lui, come sempre, cercava di proteggermi.

Ma arrivò solo la frustata di quegli occhi sprezzanti. Fumero si limitò a un buffetto sulla guancia.

«Tranquillo, ragazzino. Io non mi sporco le mani con i vigliacchi.»

I due poliziotti mostrarono di apprezzare la battuta, più rilassati, ora che lo spettacolo era finito, e percepii il loro desiderio di andarsene. I tre si allontanarono ridendo nell'oscurità. Corsi da Fermín che stava tentando di rialzarsi e di ritrovare i denti caduti nella pozzanghera. Gli sanguinavano la bocca, il naso, le orecchie e le palpebre. Nel vedermi sano e salvo abbozzò un sorriso, ma sembrava più di là che di qua. Mi inginocchiai accanto a lui e lo sostenni. È più leggero di Bea, pensai.

«Fermín, per l'amor di Dio, dobbiamo andare in ospedale.»

Lui fece segno di no.

«Mi porti da lei.»

«Da chi?»

«Da Bernarda. Se devo crepare, voglio che la morte mi trovi tra le sue braccia.»

32

Quella sera tornai nell'appartamento di plaza Real dove avevo giurato di non mettere più piede. Un paio di avventori dello Xampañet, che avevano assistito all'aggressione, mi aiutarono a portare Fermín fino al posteggio dei taxi di calle Princesa, mentre un cameriere chiamava il numero che gli avevo dato per avvertire del nostro arrivo. Il tragitto mi parve lunghissimo: Fermín aveva perso conoscenza prima che la vettura partisse e io lo tenevo fra le braccia, cercando di trasmettergli il calore del mio corpo. Gli sussurravo con voce tremante che eravamo quasi arrivati, che sarebbe andato tutto bene. Il conducente ci lanciava occhiate dallo specchietto retrovisore.

«Badi che non voglio problemi. Se questo tira le cuoia, vi faccio scendere.»

«Chiuda il becco e acceleri.»

Trovammo Gustavo Barceló e Bernarda che ci attendevano davanti al portone del palazzo con il dottor Soldevila. Appena Bernarda ci vide tutti e due coperti di sangue le venne un attacco isterico. Il dottore prese il polso a Fermín e ci assicurò che il paziente era vivo. Lo trasportammo su per le scale e lo stendemmo sul letto nella stanza di Bernarda. L'infermiera che era arrivata insieme al medico tolse i vestiti a Fermín. Il dottor Soldevila ci pregò di uscire e chiuse la porta dicendo solo: «Sopravviverà».

Bernarda si disperava in corridoio, perché adesso che aveva trovato un brav'uomo, Dio permetteva che glielo ammazzassero di botte. Don Gustavo la portò in cucina e le offrì il conforto di una bottiglia di brandy. Quando l'eloquio della domestica diventò incomprensibile, il libraio si servì una dose generosa di liquore e la tracannò d'un fiato.

«Mi dispiace. Non sapevo dove andare» balbettai.

«Stai tranquillo, hai fatto bene. Soldevila è il miglior traumatologo di Barcellona» disse, senza rivolgersi a nessuno in particolare.

«Grazie» mormorai.

Barceló emise un profondo sospiro e versò anche a me del

brandy. Rifiutai, e il bicchiere finì nelle avide mani di Bernarda che lo vuotò in un attimo.

«Fatti una doccia e mettiti dei vestiti puliti» mi disse Barceló. «A tuo padre verrebbe un infarto se ti vedesse conciato così.»

«Non è necessario, sto bene» replicai.

«Allora fatti passare la tremarella. Coraggio, usa il mio bagno, c'è il boiler. La strada la conosci. Nel frattempo chiamerò tuo padre e gli dirò che... be', non lo so. Mi verrà in mente qualcosa.»

Annuii.

«Qui sei sempre a casa tua, Daniel» disse Barceló mentre mi allontanavo lungo il corridoio. «Ci sei mancato.»

Trovai il bagno ma non l'interruttore della luce. Tutto sommato preferivo lavarmi così, nel vago chiarore che entrava dalla finestrella. Mi tolsi i vestiti macchiati di sangue e di fango ed entrai nella vasca imperiale di don Gustavo. L'acqua era bollente e il getto degno di un hotel di lusso, dove peraltro non ero mai stato. Rimasi a lungo sotto l'acqua scrosciante della doccia, immobile.

Il rumore sordo dei colpi che cadevano su Fermín mi martellava nelle orecchie e non riuscivo a scacciare dalla mente né le parole di Fumero né la faccia del poliziotto che mi aveva immobilizzato. Quando l'acqua diventò tiepida, supposi che il boiler fosse quasi vuoto. La sfruttai fino all'ultima goccia e chiusi il rubinetto. Dalla tenda della doccia scorsi una donna ferma sulla porta. Il suo sguardo vuoto brillava come quello di un gatto.

«Esci pure, Daniel. A dispetto della mia cattiveria, non ho ancora riacquistato la vista.»

«Ciao, Clara.»

Mi porse un asciugamano. Me lo avvolsi intorno ai fianchi, pudico come un'educanda, mentre Clara, intuendo i miei movimenti, sorrideva maliziosa nella penombra.

«Non ti ho sentita entrare.»

«Non ho bussato. Perché ti lavi al buio?»

«Come fai a sapere che la luce è spenta?»

«Non sentivo il ronzio della lampadina» disse. «Non sei più tornato per salutarmi.»

Sì che sono tornato, avrei voluto rispondere, ma eri molto occupata. La risposta svanì dalle mie labbra insieme al rancore e all'amarezza che avevo covato tanto a lungo. D'improvviso tutto mi sembrò ridicolo.

«Lo so. Scusami.»

Uscii dalla vasca e appoggiai i piedi su un tappetino di spugna. Nella stanza satura di vapore, guardai Clara. Era la stessa dei miei ricordi: avevo tratto poco profitto da quegli anni di assenza.

«Hai cambiato la voce, Daniel» disse. «Anche tu sei cambiato?»

«Sono lo stupido di sempre, se è questo che vuoi sapere.»

E ancora più codardo, pensai. Anche al buio, Clara aveva sempre quel suo sorriso dolente. Tese la mano e, come durante il nostro primo incontro nella biblioteca dell'università, compresi ciò che voleva. Guidai le sue dita verso il mio viso umido e lasciai che mi riscoprisse mentre le sue labbra si muovevano impercettibilmente.

«Non volevo farti del male, Daniel. Perdonami.»

Le baciai la mano nell'oscurità.

«Perdonami tu.»

La scenetta melodrammatica terminò con l'arrivo di Bernarda. Benché fosse praticamente ubriaca, mi vide nudo e gocciolante mentre baciavo la mano di Clara al buio.

«Che sfacciataggine, signorino Daniel. Gesù, Giuseppe e Maria. Non c'è peggior sordo...»

Girò i tacchi e ci lasciò soli. Mi augurai che, smaltita la sbornia, il ricordo di ciò che aveva visto svanisse dalla sua mente come un brandello di sogno. Clara mi porse i vestiti che teneva appoggiati sul braccio sinistro.

«Lo zio mi ha dato un suo completo di quando era giovane. Dice che ti andrà a pennello. Ora ti lascio così puoi vestirti. Non avrei dovuto entrare senza bussare.»

Mi infilai la biancheria, morbida e profumata, quindi una camicia di cotone rosa, i calzini, il gilè, i pantaloni e la giacca. Nello specchio vidi un piazzista a cui mancava solo il sorriso. In cucina trovai il dottor Soldevila che ci aggiornò sulle condizioni del paziente.

«Il peggio è passato» disse. «Non c'è da preoccuparsi. Questo genere di ferite sembra sempre più grave di quanto non lo sia. Il suo amico ha una frattura al braccio sinistro e due costole rotte, ha perso tre denti e presenta contusioni multiple e tagli, ma per fortuna non ci sono emorragie interne né sintomi di lesioni cerebrali. I giornali che il paziente aveva infilato sotto gli abiti per proteggersi dal freddo e per apparire più muscoloso, così mi ha detto, hanno agito da armatura, smorzando i colpi. Qualche istante fa ha ripreso conoscenza e mi ha pregato di riferirvi che si sente energico come un ragazzo di vent'anni e che vorrebbe un panino col sanguinaccio, un cioccolatino e delle caramelle Sugus al limone. In linea di principio non mi opporrei, ma per il momento credo sia meglio una dieta a base di succhi di frutta, yogurt e un po' di riso in bianco. Inoltre, a riprova della sua vigoria, mi ha anche pregato di dirvi che, mentre l'infermiera Amparito gli dava dei punti sulla gamba, ha avuto un'erezione che sembrava un iceberg.»

«È che lui è molto virile» mormorò Bernarda in tono di scusa.

«Possiamo vederlo?»

«È ancora presto. Forse fra qualche ora. È meglio che stanotte riposi perché domani vorrei portarlo in ospedale per sottoporlo a un elettroencefalogramma, non si sa mai. Tuttavia, mi sento di affermare che il signor Romero de Torres si riprenderà nel giro di qualche giorno. A giudicare dalle cicatrici che ha sul corpo, quest'uomo se l'è cavata in frangenti ben peggiori. Se avete bisogno di una copia del referto per la denuncia...»

«Non è necessario» lo interruppi.

«Ragazzo, la avverto che le conseguenze potevano essere molto serie. La polizia va informata.»

Barceló mi osservava vigile. Cercai il suo aiuto con lo sguardo.

«Abbiamo tutto il tempo per presentare la denuncia, dottore, non si preoccupi» disse Barceló. «Per il momento accertiamoci che il paziente stia bene domattina di buonora. Mi recherò io stesso in commissariato. Anche le autorità hanno diritto a un po' di pace e di tranquillità notturna.»

Ovviamente, il medico non vedeva di buon occhio il mio suggerimento di nascondere l'incidente alla polizia, ma, ve-

dendo che Barceló si faceva carico della situazione, si rassicurò, alzò le spalle e tornò dal paziente. Barceló mi indicò di
seguirlo nel suo studio. Bernarda sospirava accoccolata su
uno sgabello, intontita dal brandy e dallo spavento.

«Coraggio, Bernarda, reagisca. Ci faccia un caffè, bello forte.»

«Subito, signore.»

Barceló e io entrammo nello studio, una caverna odorosa
di tabacco da pipa il cui fumo aleggiava tra colonne di libri e
pile di carte. Ogni tanto arrivavano fin lì gli accordi stonati
del piano di Clara. Le lezioni del maestro Neri, a quanto pare, erano state poco proficue, almeno in campo musicale. Il
libraio mi indicò una sedia e si mise a trafficare con la pipa

«Ho chiamato tuo padre. Gli ho detto che Fermín ha avuto
un piccolo incidente e che l'hai portato qui.»

«Se l'è bevuta?»

«Non credo.»

Barceló accese la pipa e si appoggiò allo schienale della
poltrona con l'aria di un mefistofele soddisfatto. Dall'altra
parte della casa, Clara maltrattava Debussy. Il libraio alzò gli
occhi al cielo.

«Che fine ha fatto il maestro di musica?» domandai.

«L'ho licenziato. Abuso di cattedra.»

«Ah.»

«Sei sicuro di non averle prese anche tu? Stai parlando a
monosillabi. Da ragazzino eri più loquace.»

La porta dello studio si aprì ed entrò Bernarda, malferma
sulle gambe, reggendo un vassoio con due tazze fumanti e
una zuccheriera. Temetti che mi avrebbe rovesciato addosso
il caffè bollente.

«Con permesso. Il signore lo prende corretto col brandy?»

«No, sarà meglio che per stanotte lasciamo da parte la bottiglia di Lepanto. Su, vada a dormire, Bernarda. Daniel e io
rimaniamo svegli nel caso occorra qualcosa. Visto che
Fermín è nella sua stanza, lei può dormire nella mia.»

«Ah, neanche per sogno.»

«È un ordine. Non discuta. La voglio sotto le coperte tra
cinque minuti.»

«Ma signore...»

«Guardi che si gioca la gratifica di Natale, Bernarda.»

«Come comanda, signor Barceló. Però mi corico sopra le coperte. Ci mancherebbe altro.»

Barceló attese che Bernarda si ritirasse, poi mise sette cucchiaini di zucchero nella tazza e mescolò il caffè, sorridendo dietro la cortina di fumo del tabacco olandese.

«Come vedi, reggo la casa con il pugno di ferro.»

«Già. È diventato un orco, don Gustavo.»

«E tu uno scapestrato. Ora che nessuno ci sente, Daniel, puoi anche dirmi perché non vuoi informare la polizia.»

«Perché lo sanno già.»

«Vuoi dire che...?»

Annuii.

«In che pasticcio vi siete cacciati, se è lecito chiederlo?»

Sospirai.

«Posso darvi una mano?»

Barceló aveva concesso una breve tregua al suo sarcasmo e mi sorrideva benevolo.

«C'entra per caso quel libro di Carax che non hai voluto vendermi quando avresti dovuto?»

Il mio stupore fu evidente.

«Io potrei aiutarvi» affermò. «Ho ciò che a voi manca: denaro e un po' di sale in zucca.»

«Mi creda, don Gustavo, ho già coinvolto troppe persone.»

«Che differenza fa una in più? Coraggio, racconta. Fai finta che io sia il tuo confessore.»

«Sono anni che non mi confesso.»

«Si vede.»

33

Gustavo Barceló mi ascoltò con il fare salomonico di un medico di nunzio apostolico. Le mani intrecciate sotto il mento e i gomiti appoggiati alla scrivania, annuiva di tanto in tanto, quasi avesse individuato qualche peccato veniale nel mio racconto e si stesse formando una sua opinione sui fatti a mano a mano che vuotavo il sacco. Se mi fermavo, lui inarcava le sopracciglia e, con un gesto della mano, mi spronava a proseguire. Ogni tanto mi chiedeva di fare una pausa per prendere un appunto o fissava il vuoto come se stesse valutando le implicazioni di quanto gli raccontavo. Il più delle volte si inumidiva le labbra socchiuse in un sorriso sornione che io non potevo evitare di attribuire alla mia ingenuità o alla goffaggine delle mie congetture.

«Se pensa che le stia raccontando delle assurdità, me lo dica.»

«Al contrario. Parlare è da stupidi, tacere è da codardi, ascoltare è da saggi.»

«Chi l'ha detto? Seneca?»

«No. Braulio Recolons, proprietario di una salumeria in calle Aviñón, che si diletta di aforismi. Continua, per favore. Mi parlavi di quella deliziosa fanciulla...»

«Si chiama Bea. Questi però sono fatti miei e non c'entrano con il resto della storia.»

Barceló se la rideva. Stavo per riprendere il filo del racconto quando il dottor Soldevila comparve sulla soglia dello studio, esausto.

«Scusate, io avrei finito. Il paziente sta bene, fin troppo, direi. Quell'uomo ci seppellirà tutti. Adesso sostiene che i calmanti gli hanno dato alla testa e, in effetti, è sovreccitato. Non vuole riposare e insiste per discutere in privato con il signor Daniel di certe faccende che non ha voluto spiegarmi, perché afferma di non credere nel giuramento di Ippocrate, o di Ipocrita, come dice lui.»

«Andiamo subito da lui. Deve scusarlo, dev'essere una conseguenza del trauma che ha subito.»

«Può darsi, ma non escluderei l'impudenza. Non fa che toccare il sedere all'infermiera e recitare ditirambi in lode delle sue cosce tornite.»

Accompagnammo alla porta il medico e l'infermiera e li ringraziammo calorosamente. Nella stanza di Bernarda, scoprimmo che la domestica aveva disubbidito agli ordini di Barceló e dormiva profondamente sul letto, accanto a Fermín, vinta dallo spavento, dal brandy e dalla stanchezza. Lui, tutto bendato e con un braccio al collo, le accarezzava con dolcezza i capelli. Del viso, oltre alle ecchimosi, si vedevano solo il nasone, le orecchie smisurate e degli occhi da topolino. Ci accolse con un sorriso sdentato, facendo il segno della vittoria.

«Come si sente?» gli chiesi.

«Come un giovanotto» bisbigliò, per non svegliare Bernarda.

«Non racconti storie, che sembra una merda. È sicuro di stare bene? Non le gira la testa? Non sente degli strani rumori?»

«Adesso che me lo dice, ogni tanto mi sembra di sentire un mormorio dissonante, come se una scimmia cercasse di suonare il piano.»

Barceló aggrottò la fronte. Clara stava pestando sulla tastiera.

«Non si preoccupi, Daniel. Ho sopportato di peggio. Quel Fumero non sa fare il suo mestiere.»

«Ah, e così a malmenarla è stato l'ispettore Fumero in persona» disse Barceló. «Vedo che bazzicate le alte sfere.»

«Non ero ancora arrivato a questo punto della storia» mi giustificai.

Fermín mi guardò allarmato.

«Si tranquillizzi, Fermín. Daniel mi stava mettendo al corrente dell'imbroglio in cui vi siete cacciati. Devo riconoscere che è una vicenda emozionante. E lei, Fermín, da quanto tempo non si confessa? L'avverto che ho studiato due anni in seminario.»

«Avrei detto tre, don Gustavo.»

«Ogni cosa va perduta, a cominciare dalla vergogna. Entra in questa casa per la prima volta e finisce a letto con la domestica.»

«La guardi, poverina. È il mio angelo. Sappia che ho intenzioni serie, don Gustavo.»

«Le sue intenzioni riguardano lei e Bernarda, che non è più una bambina. Allora, volete spiegarmi cosa state combinando?»

«A che punto è arrivato, Daniel?»

«Al secondo atto: l'entrata in scena della *femme fatale*» precisò Barceló.

«Nuria Monfort?» domandò Fermín.

Barceló si leccò le labbra.

«Perché, ce n'è più di una? Sembra il ratto delle Sabine.»

«La prego di abbassare la voce, dal momento che siamo in presenza della mia promessa.»

«Non tema, la sua promessa si è scolata mezza bottiglia di brandy Lepanto. Non la sveglierebbero neanche le cannonate. Dica a Daniel di raccontarmi il resto: tre teste pensano meglio di due, soprattutto se la terza è la mia.»

Fermín si strinse nelle spalle, per quanto glielo permettevano fasciature e cerotti.

«Io non mi oppongo, Daniel. Ma la decisione spetta a lei.»

Ormai rassegnato a prendere a bordo anche don Gustavo, proseguii la narrazione fino al momento in cui Fumero e i suoi uomini ci avevano teso l'imboscata in calle Moncada, qualche ora prima. A quel punto, Barceló si mise a camminare su e giù per la stanza. Fermín e io lo guardavamo ansiosi mentre Bernarda continuava a dormire come un ghiro.

«Che angioletto» sussurrava Fermín.

«Qui i conti non tornano» disse alla fine il libraio. «Che l'ispettore Fumero ci sia dentro fino al collo è evidente, ma ancora non sappiamo come e perché. Poi c'è quella donna...»

«Nuria Monfort.»

«Senza dimenticare il ritorno di Julián Carax a Barcellona, di cui nessuno era a conoscenza, e la sua uccisione nelle vie della città un mese dopo. È chiaro che la donzella mente, anche sui tempi della vicenda.»

«Io l'ho sempre sostenuto» disse Fermín. «Ma qui ci sono molto entusiasmo giovanile e poca visione dell'insieme.»

«Senti chi parla, san Giovanni della Croce.»

«Calma. Cerchiamo di attenerci ai fatti. Nel racconto di Daniel c'è qualcosa che mi ha colpito più di tutto il resto, e non mi riferisco alla natura rocambolesca della vicenda, bensì a un dettaglio essenziale e apparentemente banale» intervenne Barceló.

«Ci illumini, don Gustavo.»

«Non mi convince che il cappellaio si sia rifiutato di riconoscere il cadavere di Julián sostenendo di non avere figli. È un comportamento che definirei contro natura. Non c'è genitore al mondo che agirebbe così, per quanto malanimo possa esserci tra un padre e un figlio. La morte fa emergere il nostro lato più sensibile. Davanti a un feretro, ricordiamo solo le cose buone e vediamo solo ciò che ci garba.»

«Che bella frase, don Gustavo» esclamò Fermín. «Le dispiace se la aggiungo al mio repertorio?»

«Ci può sempre essere un'eccezione» obiettai. «A quanto ne sappiamo, il signor Fortuny era un originale.»

«Ci stiamo basando su pettegolezzi di terza mano» disse Barceló. «Quando tutti dipingono uno come un mostro, ci sono due possibilità: o era un santo o non ce la raccontano giusta.»

«Non sarà che il cappellaio le è simpatico perché era cornuto?» domandò Fermín.

«Quando ci si basa sulle testimonianze di una portinaia, io diffido, con tutto il rispetto per quella professione.»

«Allora non possiamo essere sicuri di niente. Tutte le nostre informazioni, come dice lei, sono di terza o di quarta mano.»

«Non fidarti mai di chi si fida di tutti» chiosò Barceló.

«Che acume, don Gustavo» disse Fermín. «Lei è uno scrigno di perle. Che chiaroveggenza.»

«L'unica cosa chiara è che avete bisogno del mio aiuto, logistico e pecuniario, se intendete sbrogliare la matassa prima che l'ispettore Fumero vi prenoti una suite nella prigione di San Sebas. È d'accordo, Fermín?»

«Io sono agli ordini di Daniel. Se per lui va bene, sono d'accordo anch'io.»

«Daniel, tu cosa dici?»

«State dicendo tutto voi. Lei cosa propone?»

«Ecco il mio piano: appena Fermín si rimetterà in sesto, tu, Daniel, farai visita alla signora Nuria Monfort e metterai le carte in tavola. Le farai capire che sai che ti nasconde qualcosa; molto o poco, lo vedremo.»

«Perché?» domandai.

«Per tastare il terreno. Non ammetterà nulla, naturalmente, o ti racconterà altre bugie. L'importante, per usare una metafora taurina, è conficcare una banderilla nel garrese e vedere dove ci porta il toro o, in questo caso, la vitellina. Subito dopo entra in scena lei, Fermín. Mentre Daniel getta l'esca, lei sorveglia con discrezione la sospetta, in attesa che abbocchi. Appena lo farà, dovrà seguirla.»

«Dà per scontato che andrà da qualche parte» replicai.

«Uomo di poca fede! Lo farà, prima o poi. E ho l'impressione che agirà senza indugio. È tipico della psicologia femminile.»

«Nel frattempo lei cosa farà, dottor Freud?» domandai.

«Non ti riguarda. Lo saprai a tempo debito e allora mi ringrazierai.»

Cercai lo sguardo di Fermín ma il poveretto si era addormentato con Bernarda tra le braccia. Sorrideva beato, aveva reclinato la testa sul petto e dalla bocca colava un filo di saliva. Bernarda russava come un trombone.

«Speriamo che stavolta sia quello giusto» sussurrò Barceló.

«Fermín è un tipo speciale» dissi.

«Dev'esserlo per forza, perché non credo che l'abbia conquistata con la sua prestanza. Su, andiamo.»

Spegnemmo la luce e uscimmo senza far rumore, lasciando i due colombi al loro meritato riposo. Dalla vetrata del corridoio vidi che albeggiava.

«Supponiamo che le dica di no» dissi a bassa voce. «Che le chieda di lasciar perdere.»

Barceló sorrise.

«Troppo tardi, Daniel. Avresti dovuto vendermi quel libro molti anni fa, quando te l'avevo proposto.»

Rincasai al sorgere del sole, con addosso quell'assurdo vestito e con la sensazione di essere un naufrago sopravvissuto a un'interminabile notte lungo strade umide e rilucenti di scarlatto. Trovai mio padre addormentato in poltrona col suo libro preferito in grembo, il *Candido* di Voltaire: lo rileggeva un paio di volte all'anno, le uniche volte in cui lo sentivo ridere di gusto. Lo guardai: era incanutito e la pelle degli zigomi era flaccida. Un tempo mi sembrava quasi invincibile, e ora mostrava tutta la sua fragilità: era uno sconfitto e non sapeva di esserlo. Del resto, forse, lo eravamo entrambi. Gli rimboccai la coperta che da anni diceva di voler donare a un ente di beneficenza e lo baciai sulla fronte, per proteggerlo dalle trame invisibili che lo allontanavano da me, da quell'appartamento modesto e dai miei ricordi. Avrei voluto che quel bacio ingannasse il tempo, che lo inducesse a non fermarsi, a tornare a un altro giorno, a un'altra vita.

34

Non feci che sognare a occhi aperti per tutta la mattina, rievocando le morbide curve di Bea e quella sua fragranza di dolce appena sfornato. Ricordavo con precisione stupefacente ogni dettaglio del suo corpo, il luccichio della mia saliva sulle sue labbra, la peluria bionda, quasi trasparente, che le scendeva lungo il ventre e che il mio amico Fermín, nelle sue conferenze di logistica corporea, chiamava "il sentiero per Jerez".

Guardai l'orologio per la centesima volta e constatai che avrei dovuto aspettare ancora un bel po' prima di poterla vedere – e toccare – di nuovo. Cercai di sistemare le fatture del mese, ma il fruscio della carta mi ricordava la biancheria che scivolava lungo i fianchi e le cosce di doña Beatriz Aguilar, sorella del mio migliore amico d'infanzia.

«Daniel, ti vedo distratto. Sei preoccupato per Fermín?» domandò mio padre.

Annuii vergognandomi come un ladro. Solo qualche ora prima lui ci aveva rimesso un paio di costole per salvarmi la pelle e io pensavo ai ganci di un reggiseno.

«Parli del lupo...»

Alzai gli occhi: Fermín Romero de Torres, indomito, entrò in negozio con un sorriso trionfale e un garofano fresco all'occhiello.

«Le ha dato di volta il cervello? Non dovrebbe essere a casa a riposare?»

«Riposerò nella tomba. Sono un uomo d'azione. E se qui manco io non vendete neanche un catechismo.»

Contravvenendo alle prescrizioni del medico, Fermín intendeva rimettersi subito all'opera. Aveva il volto giallastro e tumefatto, zoppicava vistosamente e si muoveva come un pupazzo rotto.

«Torni immediatamente a letto, Fermín, per l'amor di Dio» esclamò mio padre.

«Non se ne parla neanche. È un dato statistico: muore più gente nel proprio letto che in trincea.»

Tutte le nostre esortazioni caddero nel vuoto. Alla fine mio padre si arrese: qualcosa, nello sguardo di Fermín, faceva capire che la sofferenza che più paventava era la solitudine della sua stanza alla pensione.

«Va bene, ma se solo solleva qualcosa più pesante di una matita, mi sentirà.»

«Ai suoi ordini. Ha la mia parola che oggi non solleverò neanche un dubbio.»

Detto fatto, Fermín si mise il grembiule e, munito di straccio e di alcol, si installò dietro il banco a lucidare copertine e dorso di una quindicina di copie usate di *Il cappello a tre punte: storia della benemerita in versi alessandrini*, opera di Fulgencio Capón, astro nascente osannato dai critici della Spagna intera. Ogni tanto Fermín mi strizzava l'occhio, come il proverbiale diavolo zoppo.

«Ha le orecchie rosse come due gamberi, Daniel.»

«Sarà a forza di sentire le sue facezie.»

«Saranno i bollenti spiriti. Quando rivede la fanciulla?»

«Non sono fatti suoi.»

«Ah, ah, evitiamo il piccante? Guardi che è un vasodilatatore fantastico.»

«Mi lasci in pace.»

Come accadeva spesso negli ultimi tempi, il pomeriggio fu piuttosto fiacco. Un cliente con un tono di voce grigio come il suo soprabito chiese se avevamo dei libri di Zorrilla, convinto che narrassero le avventure di una giovane prostituta nella Madrid degli Asburgo. Mio padre, allibito, non seppe cosa rispondergli. Fermín accorse in suo aiuto, e una volta tanto fu conciso.

«Guardi che Zorrilla è un drammaturgo. Ma forse potrebbe interessarle il don Giovanni. Ci sono molti intrighi amorosi e il protagonista ha anche una relazione con una suora.»

«Lo prendo.»

Quando il treno mi lasciò ai piedi della collina del Tibidabo il sole era già tramontato. Nella foschia violacea distinsi il tram blu che risaliva il viale. Decisi di non aspettare e mentre calava l'oscurità mi incamminai verso la mia meta. Qualche minuto dopo arrivai all'"Angelo della nebbia". Con la chiave che mi aveva affidato Bea aprii la porticina ed entrai in giardino, lasciandola accostata per lei. Ero in anticipo: secondo i miei calcoli, Bea sarebbe arrivata per lo meno dopo mezz'ora. Volevo stare un po' da solo in quella casa prima che Bea la riempisse della sua presenza. Mi soffermai a guardare la fontana e la mano dell'angelo che emergeva dall'acqua tinta di scarlatto. L'indice, accusatore, sembrava affilato come un pugnale. Mi avvicinai alla vasca e osservai il volto di pietra, senza sguardo né anima, che tremolava sotto la superficie.

Salii la scalinata e mi accorsi che la porta d'ingresso era socchiusa di qualche centimetro. La serratura sembrava intatta, e supposi di essermi dimenticato di chiudere a chiave due sere prima. Spinsi delicatamente l'uscio e fui investito dall'odore della casa, un misto di legna bruciata, umidità e fiori marci. Presi la scatola di fiammiferi che mi ero procurato prima di uscire dalla libreria e mi inginocchiai ad accendere una delle candele lasciate da Bea. Nel cerchio di luce ambrata rividi le pareti striate di umidità, il soffitto scrostato e le porte sgangherate.

Lentamente, una dopo l'altra, come in un rituale, accesi tutte le candele che Bea aveva disseminato nel salone. Un alone di luce morbida, simile a una ragnatela imprigionata nell'oscurità, palpitava nell'aria. Mi sedetti davanti al caminetto del salone, accanto alle coperte sporche di cenere che avevamo lasciato lì. Mi aspettavo che nella casa regnasse il silenzio, invece era abitata da mille voci: gli scricchiolii del legno, il vento fra le tegole del tetto, un'infinita varietà di ticchettii che correvano lungo le pareti e sotto il pavimento.

Dopo una mezz'ora, infreddolito e assonnato, decisi di alzarmi e, per scaldarmi, camminai avanti e indietro. Nel camino c'erano solo i resti di un tizzone e immaginai che all'arrivo di Bea l'ambiente sarebbe stato talmente freddo da ispirarmi solo momenti di purezza e castità, a dispetto delle mie fantasie degli ultimi giorni. Spinto da esigenze meno poetiche ma assai più urgenti della contemplazione dell'opera distruttrice del tempo, presi una candela e mi avventurai alla ricerca di un qualche materiale combustibile con cui riscaldare la sala e quel paio di coperte stese davanti al camino, estranee ai caldi ricordi che io ne conservavo.

Le mie nozioni di letteratura vittoriana mi suggerirono di iniziare l'esplorazione dal seminterrato dove, con ogni probabilità, c'erano le cucine e il deposito del carbone. Dovevo solo trovare una porta o una rampa di scale che mi conducesse al piano inferiore. Scelsi un uscio di legno scolpito in fondo a un corridoio. Era un lavoro pregevole, decorato con figure di angeli e con una grande croce nel mezzo. Il pomello si trovava al centro, proprio sotto la croce. Tentai di girarlo ma non si mosse: la serratura doveva essere inceppata o arrugginita. L'unico modo di aprire quella porta era forzarla con una leva o abbatterla a colpi d'ascia, alternative entrambe impraticabili. La osservai con attenzione, trovandola più simile a un sarcofago che a una porta, e mi domandai cosa ci fosse dall'altra parte.

Dopo aver guardato meglio gli angeli scolpiti sulla porta decisi di lasciar perdere e mi allontanai. Stavo per desistere quando vidi una porticina sul lato opposto del corridoio, che in un primo momento presi per quella di un ripostiglio. Girai senza sforzo il pomello e mi trovai davanti una ripida scala buia. Mi arrivò alle narici un intenso odore di terra bagnata. Quell'odore, così stranamente familiare, e quel pozzo di oscurità fecero riaffiorare dall'infanzia un ricordo perduto, sepolto sotto una cappa di paura.

Un pomeriggio di pioggia sul lato est del cimitero di Montjuïc, guardando il mare dietro una foresta di mausolei, di croci e di lapidi incise con visi di teschi e bambini senza labbra né sguardi, un bosco che puzzava di morte, una ventina di adulti di cui ricordavo solo gli abiti neri intrisi di pioggia, la mano di mio padre che stringeva forte la mia, come se così volesse soffocare le sue lacrime, mentre le inutili parole di un sacerdote cadevano nella fossa di marmo in cui tre uomini senza volto calavano una bara grigia su cui, come

280

cera fusa, battevano le gocce d'acqua del temporale, e in quel rumo-
re mi sembrava di sentire mia madre che mi supplicava di liberarla
da quel carcere di pietra e di tenebre mentre io, tremante, dentro di
me sussurravo a mio padre di non stringermi così forte la mano,
che mi stava facendo male, e quell'odore di terra fresca, terra di ce-
nere e di pioggia, si portava via tutto, odore di morte e di assenza.

Scesi i gradini quasi a tentoni. Quando arrivai nel seminterrato sollevai la candela e mi guardai intorno: non c'era traccia
di cucine o di depositi di legna. Davanti a me si apriva un corridoietto che terminava in una stanza semicircolare. Davanti a
me c'era l'effigie di un uomo dallo sguardo intenso sul cui
volto scorrevano lacrime di sangue. Le braccia erano aperte
come ali e una corona di spine gli cingeva le tempie. Mi si ac-
capponò la pelle. Dopo qualche istante mi resi conto che si
trattava di un Cristo ligneo appeso alla parete di una cappella.
In un angolo c'era una dozzina di torsi femminili, privi di
braccia e di testa, piantati su treppiedi. Erano tutti diversi uno
dall'altro e riproducevano le forme di donne di età differenti,
col nome scritto a carboncino sul ventre: Isabel, Eugenia,
Penélope. Grazie alle mie reminiscenze letterarie capii che si
trattava dei resti di una consuetudine caduta in disuso, un ricordo dei tempi in cui le famiglie agiate usavano manichini
fatti su misura per la confezione di abiti e corredi. Nonostante
lo sguardo minaccioso del Cristo, non seppi resistere alla tentazione di tendere la mano verso quello di Penélope Aldaya e
di accarezzarne la vita sottile.

In quel momento udii un rumore di passi al piano superiore e immaginai che Bea fosse arrivata e mi stesse cercando.
Uscii dalla cappella e tornai verso la scala, ma un attimo prima di risalire notai la presenza di una caldaia e di un impianto
di riscaldamento apparentemente in buono stato. Mi ricordai
di quello che mi aveva detto Bea, che l'immobiliare aveva rea-
lizzato alcune migliorie per invogliare i potenziali acquirenti.
Esaminai l'impianto, un sistema a radiatori alimentato da una
piccola caldaia. C'erano anche secchi di carbone e pezzi di legno e taniche di latta che probabilmente contenevano cherosene. Aprii lo sportello della caldaia: sembrava tutto in ordine.

Far funzionare quell'arnese mi parve un'impresa disperata, ma riempii di carbone e di legna il fornelletto e li innaffiai di cherosene. Udii uno scricchiolio e mi voltai di scatto, scrutando l'oscurità. Ero turbato dall'assurda fantasia dei chiodi insanguinati che si staccavano dalla croce e di quel Cristo macabro che avanzava verso di me con un sorriso crudele.

Al contatto con la fiamma della candela, la caldaia si accese con una vampata e un fragore metallico. Chiusi lo sportello e mi allontanai di qualche passo. Per quanto a fatica, l'impianto sembrava funzionare, e decisi di tornare di sopra. Nel salone mi aspettavo di vedere Bea, ma di lei non c'era traccia. Ero arrivato da almeno un'ora e il timore che l'oggetto dei miei desideri non comparisse divenne concreto. Per calmare l'inquietudine, decisi di andare in cerca di prove che confermassero la resurrezione della caldaia, ma tutti i radiatori che trovai erano freddi come il ghiaccio. Tutti meno uno. In una stanzetta di quattro o cinque metri quadrati, un piccolo bagno situato proprio sopra la caldaia, si avvertiva un certo tepore. Mi inginocchiai e constatai soddisfatto che le piastrelle erano tiepide. Bea mi trovò in quella posizione, a quattro zampe, mentre tastavo il pavimento con un sorriso ebete stampato in faccia.

Come unica giustificazione di quanto accadde quella sera, posso solo dire che, a diciott'anni, la mancanza di esperienza e l'eccezionalità delle circostanze sono in grado di trasmutare un vecchio bagno in un paradiso. Non fu difficile convincere Bea a prendere due candele e le coperte e a rifugiarci in quella minuscola stanza con appliques da museo. Le motivazioni addotte, di natura climatica, e il tepore emanato dalle piastrelle vinsero le sue resistenze, dettate dal timore che l'edificio prendesse fuoco. Un attimo dopo la spogliavo nella penombra, con movimenti goffi, mentre lei mi fissava sorridendo come per dimostrarmi che allora e sempre, qualsiasi cosa avessi potuto pensare, lei ci aveva già pensato.

Era seduta con le spalle appoggiate alla porta della stanza, le braccia inerti e i palmi delle mani rivolti verso di me. Ricordo il collo eretto e il suo sguardo di sfida, mentre le accarezzavo la gola con la punta delle dita. Ricordo che afferrò le mie mani e se le posò sui seni. Ricordo come le tremavano le labbra quando le stuzzicai i capezzoli, come scivolò a terra mentre affondavo il viso fra le sue gambe e le sue cosce candide si aprivano per me.

«Lo avevi già fatto, Daniel?»

«In sogno.»

«Sto parlando sul serio.»

«No. E tu?»

«No. Neanche con Clara Barceló?»

Risi, probabilmente di me stesso.

«Cosa ne sai tu di Clara Barceló?»

«Niente.»

«Io ancor meno.»

«Non ci credo.»

Mi chinai su di lei e la guardai negli occhi.

«Non l'ho mai fatto con nessun'altra.»

Bea sorrise. Le accarezzai le cosce e cercai le sue labbra, e mi convinsi che il cannibalismo era la quintessenza della saggezza.

«Daniel?» disse lei.

«Sì?» domandai.

Non ebbe il tempo di rispondermi. Udimmo il sibilo di una ventata fredda e, nell'interminabile secondo che precedette lo spegnersi delle candele, comprendemmo che la magia di quel momento si era infranta e che al di là della porta c'era qualcuno. Vidi il terrore sul volto di Bea. Un attimo dopo, il buio. Poi venne il colpo sull'uscio, brutale, come se un pugno di acciaio avesse picchiato sulla porta quasi scardinandola.

Bea sussultò e io la abbracciai. Ci spostammo in un angolo della stanza un istante prima che un altro colpo violento si abbattesse sull'uscio, spingendolo con una forza tremenda contro la parete. Bea lanciò un urlo e mi strinse forte. Per una frazione di secondo, tra le spirali di fumo delle candele ormai spente, intravidi la sagoma di un uomo sulla soglia.

Sporsi la testa fuori dalla porta temendo, o forse desiderando, di scorgere uno sconosciuto, magari un vagabondo che si era intrufolato in quella casa disabitata per ripararsi dal freddo. Ma non vidi nessuno, solo qualche riflesso di luce bluastra che trapelava dalle fessure delle imposte. Bea, che tremava rannicchiata in un angolo del bagno, sussurrò il mio nome.

«Non c'è nessuno» dissi. «Sarà stato un colpo di vento.»

«Il vento non prende a pugni le porte, Daniel. Andiamo via.»

Tornai in bagno e raccolsi i nostri abiti.

«Tieni, rivestiti. Voglio dare un'occhiata.»

«Preferirei andare via.»

«Lasciami solo controllare una cosa.»

Ci rivestimmo al buio, in fretta. In pochi secondi il nostro fiato diventò vapore ghiacciato. Raccolsi una candela da terra e la riaccesi. Nella casa c'era una corrente di aria fredda, come se qualcuno avesse spalancato porte e finestre.

«Vedi? È stato il vento.»

Bea si limitò a scuotere la testa. Ci avviammo verso il salone, proteggendo la fiamma con le mani. Bea camminava molto vicina a me, quasi senza respirare.

«Cosa stiamo cercando, Daniel?»

«Soltanto un minuto.»

«No. Andiamo via.»

«Va bene.»

Eravamo nell'atrio quando mi accorsi che la porta di legno intagliato in fondo al corridoio, quella che avevo inutilmente cercato di aprire una o due ore prima, era socchiusa.

«Cosa c'è?» chiese Bea.

«Aspettami qui.»

«Daniel, per favore...»

Imboccai il corridoio, reggendo la candela tra le mani. Bea mi seguì controvoglia. Dietro la porta c'erano scalini di marmo che si immergevano in un pozzo d'oscurità. Cominciai a scendere mentre Bea, impaurita, reggeva la candela sulla soglia.

«Per favore, Daniel, andiamocene...»

Scesi un gradino dopo l'altro sino in fondo. La candela illuminava fiocamente una sala rettangolare, dalle nude pareti di pietra ricoperte di crocefissi. Faceva un freddo terribile, lì sotto. In mezzo alla sala, su una lastra di marmo, mi parve di notare due oggetti simili, entrambi bianchi ma di dimensioni diverse. Poiché riflettevano il chiarore della candela con maggiore intensità rispetto al resto degli oggetti della stanza, immaginai che fossero smaltati. Ma fu solo dopo aver fatto un passo avanti che compresi: erano due bare. Una misurava poco più di mezzo metro. Un brivido gelido mi corse lungo la schiena. Era la bara di un bambino. Mi trovavo in una cripta.

Quasi senza rendermi conto di quello che facevo, mi diressi verso la lastra di marmo e mi fermai solo quando fui abbastanza vicino da poterla toccare. Le due bare erano coperte da un manto di polvere grigia. Posai la mano sulla cassa più grande e, lentamente, tolsi la cenere che si era depositata sul coperchio. Nella luce della candela lessi:

†

PENÉLOPE ALDAYA
1902-1919

Ero paralizzato dal terrore. Qualcosa si stava muovendo nell'oscurità. Sentii un soffio di aria fredda e arretrai di qualche passo.

«Fuori di qui» mormorò una voce dal profondo delle tenebre.

La riconobbi subito. Laín Coubert. La voce del diavolo.

Risalii precipitosamente la scala, afferrai Bea per un braccio e la trascinai verso la porta. La candela era caduta e correvamo al buio. Bea, allarmata, non capiva le ragioni del mio panico improvviso. Non aveva visto né sentito niente. Ma non era il momento di darle spiegazioni: mi aspettavo che da un istante all'altro qualcuno uscisse dalle tenebre e ci si parasse davanti, ma la porta principale ci aspettava in fondo al corridoio, in un rettangolo di luce disegnato dai suoi contorni.

«È chiuso» bisbigliò Bea.

Mi tastai le tasche in cerca della chiave. Mi voltai, e per una frazione di secondo ebbi la certezza che due punti luminosi stessero avanzando lentamente verso di noi dal fondo del corridoio. Due occhi. Finalmente trovai la chiave e la introdussi disperato nella serratura. Aprii la porta e spinsi fuori Bea. Doveva aver colto il terrore nei miei gesti perché attraversò il giardino di corsa e si fermò solo quando, senza più fiato e coperti di sudore freddo, ci ritrovammo sul marciapiede dell'avenida del Tibidabo.

285

«Cos'è successo, Daniel? C'era qualcuno?»

«No.»

«Sei pallido.»

«Sono sempre pallido. Dai, andiamo.»

«E la chiave?»

L'avevo lasciata nella toppa. Non avevo intenzione di tornare indietro a recuperarla.

«L'ho persa nella fretta. La cercheremo un'altra volta.»

Ci allontanammo di buon passo, attraversando il viale e rallentando solo quando fummo a un centinaio di metri dalla villa, ormai quasi confusa nella notte. Mi accorsi che avevo ancora la mano sporca di cenere e ringraziai il buio della notte che celava a Bea le lacrime di terrore che mi scivolavano lungo le guance.

Percorremmo calle Balmes fino a plaza Núñez de Arce, dove trovammo un taxi solitario. Scendemmo fino a Consejo de Ciento senza dire una sola parola. Bea mi prese la mano e, in un paio di occasioni, vidi che mi scrutava, seria. Mi chinai per baciarla ma lei non aprì le labbra.

«Quando ci vediamo?»

«Ti chiamerò domani o dopodomani.»

«Me lo prometti?»

Lei annuì.

«Chiamami a casa o in libreria. Il numero è lo stesso. Ce l'hai, vero?»

Annuì di nuovo. Dissi al tassista di fermarsi all'angolo tra Montaner e Diputación e mi offrii di accompagnarla fino al portone, ma Bea rifiutò. Se ne andò senza neanche lasciare che le sfiorassi la mano. Dal taxi la vidi correre verso la casa. Le luci dell'appartamento degli Aguilar erano accese e il mio amico Tomás era in piedi dietro la finestra della sua stanza, dove avevamo trascorso tanti pomeriggi chiacchierando o giocando a scacchi. Lo salutai con un cenno della mano e un sorriso forzato che probabilmente non poteva vedere. Non mi rispose. Rimase immobile dietro i vetri, a fissarmi con indifferenza. Qualche secondo dopo scomparve e la luce si spense. Ci stava aspettando, pensai.

35

Quando tornai a casa, trovai sulla tavola i resti di una cena per due. Mio padre era già andato a dormire e mi domandai se non si fosse finalmente deciso a invitare Merceditas lì. Entrai nella mia stanza senza accendere la luce e mi sedetti sul bordo del letto. Ma sul letto c'era qualcuno, disteso sulle coperte come un cadavere, con le mani incrociate sul petto. Per un istante il mio cuore cessò di battere; subito dopo, però, sentii un ronfare sonoro e distinsi l'inconfondibile profilo di un naso senza paragoni. Accesi la lampada sul comodino e vidi Fermín Romero de Torres che, sorridendo estasiato, emetteva mugolii di piacere. Io sbuffai e il bell'addormentato sollevò le palpebre. Parve stupito di vedermi: evidentemente si aspettava ben altra compagnia. Si strofinò gli occhi e si guardò intorno disorientato.

«Spero di non averla spaventata. Bernarda dice che quando dormo assomiglio a Boris Karloff.»

«Cosa ci fa nel mio letto, Fermín?»

Socchiuse gli occhi con una certa nostalgia.

«Sognavo Carole Lombard. Eravamo a Tangeri, in un bagno turco, e io la ungevo tutta di olio, quello che si usa per il culetto dei neonati. Ha mai spalmato d'olio una donna, pian piano, per benino?»

«Fermín, è mezzanotte e mezza e sto morendo di sonno.»

«Mi scusi, Daniel, ma il suo signor padre ha insistito perché cenassimo insieme. Poi mi è venuta una gran sonnolenza, perché la carne di manzo a me fa questo effetto, e suo padre mi ha suggerito di stendermi sul suo letto, dicendo che non le sarebbe dispiaciuto.»

«Infatti non mi dispiace, Fermín. Mi ha solo colto alla sprovvista. Rimanga pure qui a sognare Carole Lombard, che di certo la sta aspettando. Si metta sotto le coperte, però. È una notte da lupi e non vorrei che si ammalasse. Io dormirò in soggiorno.»

Fermín annuì docilmente. Le contusioni sul viso si stavano scurendo e la sua testa, incorniciata da una barba di due giorni e dalla capigliatura rada, sembrava un frutto troppo maturo caduto dall'albero. Presi una coperta dall'armadio e ne diedi un'altra a Fermín, poi spensi la luce e andai in soggiorno, dove mi attendeva la poltrona di mio padre. Mi avvolsi nella coperta e cercai una posizione comoda, convinto che non avrei chiuso occhio. L'immagine delle due bare bianche nell'oscurità mi perseguitava. Chiusi gli occhi e mi sforzai di evocare Bea nuda, distesa sulle coperte nella stanza da bagno, alla luce delle candele. Mentre mi perdevo in quelle fantasticherie, mi parve di udire il rumore lontano del mare e credetti di essermi arreso al sonno senza rendermene conto. Forse stavo navigando verso Tangeri. Ma era solo il russare ritmico di Fermín e un attimo dopo il mondo svanì. In tutta la mia vita non ho dormito meglio né più profondamente di quella notte.

Il mattino dopo pioveva a catinelle. Le strade erano torrenti e la pioggia tamburellava con rabbia sulle imposte. Il telefono suonò alle sette e mezzo. Mi precipitai a rispondere col cuore in gola. Fermín, in accappatoio e pantofole, e mio padre, con la caffettiera in mano, si scambiarono un'ennesima occhiata complice.

«Bea?» sussurrai al ricevitore, girando loro le spalle.

All'altro capo del filo si udivano dei sospiri.

«Bea, sei tu?»

Nessuno rispose e un attimo dopo la comunicazione si interruppe. Attesi accanto all'apparecchio un intero minuto, sperando che squillasse di nuovo.

«Chiunque fosse, richiamerà, Daniel. Vieni a fare colazione» disse mio padre.

Chiamerà più tardi, mi dissi anch'io, l'avranno sorpresa al telefono. Non doveva essere facile eludere il coprifuoco del signor Aguilar, ma non c'era motivo di preoccuparsi. Mi sedetti a tavola. Forse era colpa della pioggia, ma il cibo aveva perso ogni sapore.

Aprimmo la libreria, ma un'interruzione di corrente lasciò al buio tutto il quartiere fino a mezzogiorno.

«Ci mancava anche questa» disse mio padre.

Alle tre cominciarono le infiltrazioni d'acqua in negozio. Fermín si offrì di andare a chiedere in prestito a Merceditas dei secchi, dei piatti o un qualsiasi altro recipiente utile all'uopo, ma mio padre glielo proibì. Il diluvio non cessava. Per ingannare il tempo raccontai a Fermín ciò che era accaduto la sera precedente, evitando però di riferirgli ciò che avevo visto nella cripta. Fermín mi ascoltò con grande interesse ma, nonostante le sue insistenze, mi rifiutai di descrivergli i seni di Bea. La sera pioveva ancora.

Dopo cena mio padre si mise a leggere e io, col pretesto di sgranchirmi le gambe, mi diressi verso la casa di Bea. All'angolo della via, mentre fissavo le finestre dell'appartamento, mi domandai cosa fossi andato a fare lì. Spiare, curiosare, fare la figura del cretino furono alcune delle risposte che mi vennero in mente. Ciononostante – privo di dignità e di un abbigliamento adatto alla temperatura gelida – al riparo dal vento sotto un portone sul lato opposto della strada, rimasi fermo per una mezz'ora, senza mai staccare gli occhi dalle finestre dell'appartamento. Vidi passare le sagome del signor Aguilar e di sua moglie. Di Bea, nessuna traccia.

Rientrai a casa verso mezzanotte, intirizzito e angosciato. Chiamerà domani, mi ripetevo, cercando di prendere il sonno. Ma Bea non chiamò il giorno dopo né quello successivo né in tutta quella settimana, la più lunga e l'ultima della mia vita.

Sette giorni dopo sarei morto.

36

Solo chi dispone di appena una settimana di vita è capace di sprecare il suo tempo come feci io in quei giorni. Passavo ore e ore accanto al telefono, rodendomi l'anima, così succube della mia stessa cecità che ero a stento capace di intuire quanto il destino dava ormai per scontato. Il lunedì, verso mezzogiorno, andai alla Facoltà di Lettere sperando di trovare Bea. Sapevo che non gradiva che ci vedessero insieme, ma preferivo affrontare le sue ire piuttosto che macerarmi nell'incertezza.

Chiesi in segreteria dove fosse l'aula del professor Velázquez e attesi. Venti minuti più tardi le porte si spalancarono e vidi passare il docente, azzimato e tronfio come al solito, seguito da un codazzo di ammiratrici. Attesi altri cinque minuti: Bea non c'era. Decisi di entrare nell'aula. Tre fanciulle con la faccia da lezione di catechismo chiacchieravano passandosi appunti. Quella che sembrava la leader del gruppo mi scoccò un'occhiata inquisitoria.

«Scusate, cercavo Beatriz Aguilar. Sapete se frequenta questo corso?»

Le tre ragazze si scambiarono uno sguardo e mi sottoposero a un'accurata radiografia.

«Sei il suo fidanzato?» domandò una di loro. «Il sottotenente?»

Il mio sorriso vago fu interpretato come una conferma. Solo una delle tre lo ricambiò, timidamente. Le altre due mi affrontarono baldanzose.

«Ti immaginavo diverso» disse la generalessa.

«E l'uniforme?» domandò il secondo ufficiale, squadrandomi.

«Sono in licenza. Sapete se è già andata via?»

«Beatriz oggi non è venuta a lezione» affermò la capa con aria di sfida.

«Ah, no?»

«No» confermò l'altra. «Se sei il suo fidanzato dovresti saperlo.»

«Sono il suo fidanzato, non un poliziotto.»

«Su, andiamocene, è solo un buffone» disse la capa.

Mi passarono accanto con un'aria di sufficienza e un sorrisino. La terza, che era rimasta indietro di qualche passo, prima di uscire dall'aula e dopo essersi assicurata che le altre due non la vedessero, mi sussurrò:

«Beatriz non è venuta neanche venerdì.»

«Sai perché?»

«Tu non sei il suo fidanzato, vero?»

«No. Solo un amico.»

«Credo sia malata.»

«Malata?»

«Così ha detto la compagna che le ha telefonato a casa. Adesso devo andare.»

E raggiunse le amiche, che la aspettavano impazienti nel chiostro con occhi saettanti, senza darmi neppure il tempo di ringraziarla.

«Sarà successo qualcosa, Daniel. La morte di una prozia, un pappagallo con gli orecchioni, un brutto raffreddore, a forza di andare col culo all'aria... Per quanto possa sembrarle strano, l'universo non ruota intorno agli istinti del suo basso ventre. Altri fattori condizionano il corso dell'umanità.»

«Crede che non lo sappia? Forse non mi conosce, Fermín.»

«Se il buon Dio mi avesse dotato di un bacino adeguato, avrei potuto partorirla io, tanto bene la conosco. Mi dia retta, cerchi di non pensarci ed esca a prendere un po' d'aria. L'ansia è la ruggine dell'anima.»

«Le sembro ridicolo?»

«No, ossessionato. Alla sua età si tende a enfatizzare certi contrattempi, ma tutto ha un limite. Stasera io e lei andiamo a sollazzarci in un locale di gran moda di calle Platería di cui si raccontano meraviglie. Mi hanno detto che sono appena arrivate da Ciudad Real delle nordiche da cardiopalmo. Offro io.»

«E Bernarda cosa dirà?»

«Le ragazze le lascio a lei. Io la aspetterò, sfogliando qualche rivista e godendomi a distanza le loro grazie. Ormai mi sono convertito alla monogamia, se non *in mentis* per lo meno *de facto*.»

«La ringrazio molto, Fermín, ma...»

«Un diciottenne che rifiuta un'offerta del genere non è nel pieno possesso delle sue facoltà mentali. È necessario un intervento urgente. Tenga.»

Si frugò nelle tasche e mi tese qualche moneta. Mi domandai se si trattava del denaro con cui intendeva finanziare la spedizione a quel lussuoso covo di ninfe.

«Con questi spiccioli non ci augurano neanche la buonasera.»

«Lei è proprio un pollo, Daniel. Credeva davvero che l'avrei portata in un lupanare, così poi tornava da suo padre, l'uomo più santo che abbia mai conosciuto, impestato di gonorrea? La storia delle ragazze me la sono inventata per fare appello all'unica parte del suo corpo che sembra funzionare e per vedere se reagiva. Le monete sono per il telefono pubblico, così potrà parlare con la sua innamorata con un po' d'intimità.»

«Bea mi ha detto che mi avrebbe chiamato lei.»

«Le ha anche detto che l'avrebbe chiamata venerdì, e oggi è lunedì. Veda lei. Amare le donne non significa credere a tutto quello che dicono.»

Un attimo dopo, convinto dai suoi argomenti, ero già nella più vicina cabina telefonica. Composi il numero degli Aguilar e, al quinto squillo, qualcuno sollevò il ricevitore senza dire niente. Trascorsero cinque secondi eterni.

«Bea?» bisbigliai. «Sei tu?»

La risposta mi fece l'effetto di una martellata nello stomaco.

«Figlio di puttana, ti farò sputare l'anima a bastonate.»

In quella voce c'era una rabbia contenuta. Fredda e serena. Soprattutto questo mi fece paura. Immaginavo il signor Aguilar che reggeva la cornetta del telefono, lo stesso che avevo usato tante volte per avvertire mio padre che avrei fatto tardi, dopo aver trascorso il pomeriggio con Tomás. Rimasi ad ascoltare il respiro affrettato del padre di Bea e mi domandai se avesse riconosciuto la mia voce.

«Non dici niente, disgraziato? Se fossi un uomo, dopo quello che hai fatto avresti almeno il coraggio di mostrare la faccia. Lei ha più coglioni di te. Si è rifiutata di rivelare il tuo nome e non lo dirà mai. La conosco. E siccome non hai il coraggio delle tue azioni, sarà lei a pagare per le tue colpe.»

Quando riagganciai mi tremavano le mani. Ero sconvolto. Non avevo previsto che la mia telefonata avrebbe potuto aggravare la situazione di Bea. Avevo pensato solo a me stesso e così avevo tradito chi dicevo di amare. Era già accaduto quando l'ispettore Fumero aveva pestato a sangue Fermín; era accaduto di nuovo adesso, e avevo abbandonato Bea al suo destino. E lo avrei fatto ancora, appena si fosse ripresentata l'occasione. Camminai per una decina di minuti, nel tentativo di calmarmi. Mi domandai se non sarebbe stato più saggio richiamare e confessare tutto al signor Aguilar, dirgli chiaro e tondo che ero pazzo di sua figlia. Se poi voleva rompermi la faccia, magari indossando la sua uniforme dell'esercito, che facesse pure. Era suo diritto.

Stavo rientrando in negozio quando notai un uomo che mi osservava dal marciapiede di fronte. Sulle prime pensai che fosse don Federico, l'orologiaio, ma era un tipo molto più alto e robusto. Lo fissai e, con mia grande sorpresa, lui piegò leggermente la testa, come se volesse salutarmi e non gli importasse di essere stato scoperto. La luce del lampione gli cadeva di profilo sul viso. Quei lineamenti mi erano familiari. Fece un passo avanti e, mentre si abbottonava l'impermeabile, mi sorrise; poi si diresse verso le ramblas e si confuse tra la folla. Allora lo riconobbi: era l'agente di polizia che mi aveva immobilizzato mentre l'ispettore Fumero si accaniva sul povero Fermín. Quando tornai in libreria, il mio amico mi fissò con aria interrogativa.

«Cos'è quella faccia?»

«Fermín, abbiamo un problema.»

Quella sera decidemmo di inaugurare il piano concordato con don Gustavo Barceló.

«Innanzitutto verifichiamo se ci tengono effettivamente sotto sorveglianza. Adesso, come se niente fosse, facciamo un salto a Els Quatre Gats e vediamo se quel tale è ancora appostato lì fuori. E non una parola a suo padre, sennò come minimo gli vengono i calcoli al fegato.»

«Che scusa mi invento stavolta? Ormai ha mangiato la foglia.»

«Gli dica che va a comprare dei semi di zucca o un preparato per il budino.»

«Perché proprio a Els Quatre Gats?»

«Perché da qualche parte dobbiamo pur parlare e lì preparano i migliori panini con la salsiccia nel raggio di cinque chilometri. Non stia a cavillare e faccia quel che le dico, Daniel.»

Ero disposto a tutto pur di scacciare i pensieri che mi assillavano. Dopo aver promesso a mio padre che sarei tornato per l'ora di cena, uscii dalla libreria. Quando raggiunsi Fermín all'angolo di Puerta del Ángel, lui mi fece segno di proseguire.

«Il segugio è a venti metri da noi. Non si giri.»

«È quello di prima?»

«Non credo, a meno che l'umidità non l'abbia ristretto. Questo è un sempliciotto. Va in giro con un giornale sportivo di sei giorni fa. Fumero sta reclutando apprendisti al Cottolengo.»

A Els Quatre Gats, l'agente in incognito si sedette a un tavolino non distante dal nostro, fingendo di leggere le cronache delle partite di una settimana prima. Ogni venti secondi ci dava un'occhiata.

«Poverino, guardi come suda» disse Fermín, scuotendo la testa. «La vedo frastornato, Daniel. È riuscito a parlare con la ragazza?»

«Ha risposto suo padre.»

«Una conversazione amichevole e cordiale?»

«Più che altro un monologo.»

«Capisco. Devo arguire che non la tratta ancora come un futuro genero?»

«Mi ha detto testualmente che mi farà sputare l'anima a bastonate.»

«Sarà stata una figura retorica.»

In quel momento, arrivò un cameriere a prendere le ordinazioni. Fermín, fregandosi le mani, ordinò da mangiare per un reggimento.

«E lei non prende niente, Daniel?»

Scossi la testa. Il cameriere tornò con due vassoi di stuzzichini, panini e birre. Fermín pagò con una banconota e gli disse di tenere il resto.

«Capo, lo vede quel tipo seduto accanto alla finestra, quello vestito da Grillo Parlante, con la testa sprofondata nel giornale come in un cartoccio di caldarroste?»

Il cameriere annuì con aria complice.

«Sarebbe così cortese da riferirgli che l'ispettore Fumero gli manda un messaggio urgente? Deve recarsi *ipso facto* al mercato della Boquería a comprare cento pesetas di ceci lessi e portarli al più presto in commissariato, anche in taxi se necessario, se non vuole farsi affettare lo scroto. Devo ripeterglielo?»

«Non è necessario, signore. Cento pesetas di ceci lessi o lo scroto.»

Fermín gli allungò un'altra moneta.

«Dio la benedica.»

Il cameriere fece un piccolo inchino e andò a riferire il messaggio allo sbirro. Il poliziotto strabuzzò gli occhi e dopo aver tentennato per quindici secondi si precipitò in strada. Fermín non fece una piega. In un altro momento avrei trovato la scena esilarante, ma quella sera non riuscivo a togliermi dalla testa il pensiero di Bea.

«Daniel, torni sulla terra, dobbiamo discutere di lavoro. Domani stesso andrà a trovare Nuria Monfort, come avevamo stabilito.»

«E cosa le dico?»

«Gli argomenti non le mancheranno. Basterà attuare il piano del signor Barceló. Le dica di aver scoperto che le ha mentito su Carax, che il suo presunto marito Miquel Moliner non è in carcere, che è lei a ritirare la corrispondenza indirizzata al vecchio appartamento dei Fortuny-Carax utilizzando una casella postale intestata a uno studio di avvocati inesistente. Insomma, la punguli un po'. Ricorra a toni drammatici e prospetti scenari catastrofici. Poi, con un colpo di scena, se ne vada e la lasci cuocere nel brodo dell'incertezza.»

«Nel frattempo...»

«Nel frattempo io mi apposterò per poi seguirla. Le dico subito che sarò camuffato.»

«Non funzionerà, Fermín.»

«Abbia fede. Ma cosa ha detto il padre di quella ragazza per ridurla così? È per via delle minacce? Non si faccia impressionare.»

«Vuole sapere la verità?»

«La verità secondo san Daniel martire?»

«Rida pure. Me lo merito.»

«Non rido di lei, Daniel, ma mi dispiace vederla così afflitto, neanche indossasse un cilicio. Non ha fatto niente di male. Il mondo è pieno di aguzzini e non mi sembra il caso di flagellarsi con l'impegno di un Torquemada masochista.»

«Parla per esperienza?»

Fermín scrollò le spalle.

«Non mi ha mai detto come è incappato in Fumero» insistetti.

«Vuole sentire una storia edificante?»

«Solo se le va di raccontarmela.»

295

Fermín si versò un bicchiere di vino e lo bevve in un sorso.

«Amen» disse. «Quello che posso raccontare di Fumero è *vox populi*. La prima volta che ho sentito parlare di lui, il futuro ispettore era un pistolero al soldo degli anarchici. Godeva di un'ottima reputazione, perché agiva senza remore. Gli bastava un nome per liquidare il tizio con una pallottola in faccia, in pieno giorno e in una pubblica via. Era uno di quegli uomini molto apprezzati in epoche turbolente. Inoltre non sapeva cosa fossero la lealtà e gli ideali, non gli importava un accidente della causa che serviva, fintanto che questa serviva a lui. Il mondo pullula di gentaglia come lui, ma pochi possiedono il suo talento. Dopo si mise al servizio dei comunisti e da lì ai fascisti il passo fu breve. Faceva il doppio gioco e prendeva denaro da tutti. Io lo tenevo d'occhio da tempo. All'epoca lavoravo per il governo della Generalitat. A volte mi prendevano per il fratello brutto di Companys, cosa di cui andavo fiero.»

«Che lavoro faceva?»

«Un po' di tutto. Oggi la mia attività verrebbe definita spionaggio, ma in tempo di guerra siamo tutti spie. Parte del mio lavoro consisteva nel sorvegliare i tipi come Fumero, i più pericolosi. Sono serpi, esseri amorali che durante le guerre spuntano come funghi. In tempo di pace, invece, si mettono la maschera. Ma sono sempre lì, e sono migliaia. Comunque presto o tardi scopri il loro gioco. Nel mio caso, a dire il vero, più tardi che presto. Appena Barcellona cadde diventai un criminale e i miei superiori furono costretti a nascondersi come topi. Naturalmente, toccò a Fumero dirigere le operazioni "di pulizia". Le esecuzioni, a colpi di pistola, avvenivano per strada oppure nel castello di Montjuïc. Io venni arrestato al porto mentre cercavo un imbarco per alcuni dei miei capi su una nave greca. Mi portarono a Montjuïc e mi tennero per due giorni in una cella completamente buia, senza acqua né aria. Poi vennero a prendermi, e Fumero e un tipo che parlava solo tedesco mi appesero a testa in giù. Il crucco mi spogliò bruciando i vestiti con una fiamma ossidrica. Sembrava che avesse una certa esperienza. Una volta che fui nudo e coi peli del corpo bruciacchiati, Fumero mi disse che, se non gli rivelavo dove erano nascosti i miei superiori, avrebbe dato inizio alla festa. Io non sono un eroe, Daniel. Non lo sono mai stato, ma usai il poco coraggio che avevo per insultare sua madre e tutti i suoi antenati. A un cenno di Fumero, il tedesco mi iniettò un liquido in una coscia e attese qualche minuto; poi, mentre l'altro fumava e mi guardava sorridendo, cominciò ad arrostirmi con la fiamma ossidrica. Lei ha visto le cicatrici.»

Annuii. Fermín parlava con tono sereno, senza emozione.

«Quelle cicatrici non sono nulla. Le peggiori sono quelle che non si vedono. Resistetti per un'ora, o forse fu solo un minuto, non lo so. Ma finii per dare nomi, cognomi e persino la taglia della camicia di tutti i miei superiori e anche di chi non lo era. Mi abbandonarono in un vicolo di Pueblo Seco, nudo e con la pelle ustionata. Una brava donna mi accolse in casa sua e mi curò per un paio di mesi. I comunisti le avevano ucciso il marito e i due figli sulla porta di casa, e lei non sapeva perché. Quando fui di nuovo in piedi, venni a sapere che tutti i miei superiori erano stati catturati e giustiziati qualche ora dopo il mio tradimento.»

«Fermín, se non se la sente di continuare...»

«No, no. È bene che sappia chi è la persona che le sta davanti. Quando tornai a casa, scoprii che il governo l'aveva espropriata, al pari di tutto ciò che possedevo. Ero diventato un mendicante a mia insaputa. Cercai un lavoro ma me lo negarono. L'unica cosa facile da procurarsi era il vino sfuso, bastavano pochi centesimi. È un veleno che agisce lentamente, che ti corrode le viscere come l'acido, e io speravo che prima o poi facesse il suo effetto. Mi ero anche illuso di poter tornare a Cuba, dalla mia mulatta, ma mi arrestarono il giorno in cui tentai di imbarcarmi su un cargo per l'Avana. Ho perso il conto del tempo che ho passato in gattabuia. Dopo il primo anno, capii che stavo perdendo tutto, anche la ragione. Una volta uscito di galera, cominciai a vivere per strada, dove mi ha trovato lei molti anni dopo. Erano tanti quelli come me, compagni di prigione o di amnistia; i più fortunati avevano qualcuno che li aspettava a casa, qualcuno o qualcosa da cui tornare. Tutti gli altri, compreso il sottoscritto, andarono a ingrossare le fila dei reietti. E il giorno in cui ti danno la tessera di quel club, diventi un socio vitalizio. In genere andavamo in giro solo di notte, per non attirare l'attenzione. Ne ho conosciuti tanti come me, ma raramente li ho rivisti una seconda volta. Non campano tanto i barboni. La gente ti guarda schifata, anche quelli che ti fanno l'elemosina, ma il disprezzo altrui non è niente paragonato alla ripugnanza che provi per te stesso: un cadavere che cammina, che sente i morsi della fame, che puzza e si ostina a non voler morire. Ogni tanto Fumero e i suoi uomini mi mettevano dentro accusandomi di qualche furto o di aver molestato bambine all'uscita di un collegio di suore. Un altro mese alla Modelo, un po' di legnate e poi di nuovo sulla strada. Non ho mai compreso la ragione di quelle farse, ma immagino che la polizia avesse bisogno di una lista di sospetti a cui attingere in caso di necessità. Durante uno dei miei tanti incontri con Fumero, che nel frattempo era diventato una persona rispettabile, gli domandai perché non mi aveva ucciso come gli altri. Mi rispose ridendo che esistevano punizioni peggiori della morte. Lui non uccideva mai i traditori, disse, li lasciava marcire.»

«Fermín, lei non è un traditore. Non poteva fare altro. Lei è il mio migliore amico.»

«Io non merito la sua amicizia, Daniel. Lei e suo padre mi avete salvato e ora la mia vita vi appartiene. Il giorno in cui mi ha tolto dalla strada, Fermín Romero de Torres è risorto.»

«Mi sbaglio o non è il suo vero nome?»

Fermín fece segno di no. «L'ho letto su una locandina della plaza de las Arenas. Il mio vero nome l'ho sotterrato anni fa. L'uomo che un tempo abitava questo corpo è morto, anche se a volte riappare negli incubi. Lei, Daniel, mi ha insegnato ad avere di nuovo fiducia in me stesso e mi ha dato una ragione per continuare a vivere, la mia Bernarda.»

«Fermín...»

«Non dica niente, Daniel. Mi perdoni solamente, se può.»

Lo abbracciai in silenzio e lo lasciai piangere. Gli avventori ci guardavano, ma dopo un po' decisero di ignorarci. Poi, mentre lo accompagnavo alla pensione, Fermín mi supplicò:

«Senta... non dica a Bernarda quello che le ho raccontato.»

«Né a Bernarda né a nessun altro. Sarò una tomba, Fermín.»

Ci salutammo con una stretta di mano.

37

Passai la notte in bianco. Sdraiato sul letto, con la luce accesa, guardavo la splendida Montblanc con cui non scrivevo una riga da anni e che stava diventando il più bel paio di guanti mai regalato a un monco. Pensai di andare dagli Aguilar e, in mancanza di alternative, consegnarmi al padre di Bea, ma dopo aver riflettuto a lungo giunsi alla conclusione che un'irruzione notturna in quella casa avrebbe solo peggiorato le cose. All'alba ero sfinito, e il mio egoismo mi suggerì che la soluzione migliore era prendere tempo in attesa che si calmassero le acque.

In libreria la mattinata fu tranquilla e ne approfittai per dormire in piedi con la grazia e l'equilibrio di un fenicottero, almeno così disse mio padre. A mezzogiorno, come avevamo stabilito la sera prima, io mi inventai l'ennesima scusa per uscire e Fermín disse di dover andare dal medico per farsi togliere dei punti. Mio padre non si insospettì. L'idea di mentirgli sistematicamente cominciava a darmi fastidio e nel corso della mattinata avevo confidato i miei scrupoli a Fermín.

«Daniel, i rapporti tra padre e figlio si basano su un'infinità di piccole bugie dette a fin di bene. I regali portati da Gesù Bambino, il topolino dei denti e molte altre ancora... Questa è una delle tante. Non deve sentirsi in colpa.»

Al momento opportuno, uscii in fretta per andare da Nuria Monfort, emozionato all'idea di rivederla. Plaza de San Felipe Neri era invasa da un pigro stormo di piccioni. Speravo di trovare Nuria Monfort seduta sulla panchina con il suo libro, ma la piazza era deserta. La attraversai sotto lo sguardo vigile di decine di volatili, guardandomi intorno alla ricerca di Fermín camuffato da chissà chi. Entrai nell'androne e appurai che il nome di Miquel Moliner compariva ancora sulla cassetta delle lettere. Poteva essere la prima delle tante incongruenze che avrei fatto notare a Nuria Monfort. Per un istante, mentre salivo quella scala buia, sperai di non trovarla in casa: solo chi appartiene alla stessa razza può provare pena per un imbroglione. Indugiai sul pianerottolo per farmi coraggio e ordire una scusa plausibile per la mia visita. La radio della vicina trasmetteva un concorso di argomento religioso, "Il santo in paradiso", che ogni martedì a mezzogiorno teneva incollata all'apparecchio tutta la Spagna.

E adesso, per venticinque pesetas, ci dica, Bartolomé, sotto quali spoglie compare il Maligno ai saggi del tabernacolo nella parabola dell'arcangelo e la zucchina del libro di Giosuè? a) un capretto; b) un mercante di giare; c) un saltimbanco con una scimmia.

Quando udii gli applausi del pubblico presente negli studi di Radio Nacional, bussai con decisione alla porta di Nuria Monfort. Per un attimo mi illusi che non ci fosse nessuno. Stavo per andarmene quando sentii un suono attutito di passi e una lacrima di luce fece brillare lo spioncino. La chiave girò nella toppa e io inspirai profondamente.

38

«Daniel» mormorò sorridendo in controluce.

Il fumo azzurrino della sigaretta le velava il viso. Le labbra le brillavano di carminio scuro, umide, e lasciavano tracce come di sangue sul filtro che lei reggeva fra l'indice e l'anulare. Alcune persone le si ricorda, altre le si sogna. Per me, Nuria Monfort aveva la qualità di un miraggio: non dubitavo che esistesse ma avevo l'impressione che potesse svanire da un momento all'altro. La seguii nella saletta in penombra dove c'erano la sua scrivania, i suoi libri e le sue matite perfettamente allineate.

«Pensavo che non ti avrei più rivisto.»

«Spiacente di deluderla.»

Si accomodò sulla sedia della scrivania, accavallando le gambe e appoggiandosi allo schienale. Distolsi lo sguardo da quel bel collo e mi concentrai su una macchia di umidità della parete. Mi avvicinai alla finestra e diedi una rapida occhiata alla piazza. Fermín non si vedeva. Avvertivo il respiro di Nuria Monfort alle mie spalle, l'intensità del suo sguardo. Parlai senza voltarmi.

«Qualche giorno fa, un mio caro amico ha scoperto che l'amministratore del vecchio appartamento dei Fortuny-Carax ha sempre spedito la corrispondenza fermoposta a uno studio di avvocati che a quanto pare non esiste. Questo stesso amico è venuto a sapere che chi ha ritirato la corrispondenza negli ultimi anni presso la casella postale ha usato il suo nome, signora Monfort...»

«Taci.»

Mentre mi giravo notai che cercava di ritrarsi nell'ombra.

«Mi giudichi senza conoscermi.»

«Mi aiuti a conoscerla meglio, allora.»

«Con chi ne hai parlato? Chi ne è al corrente?»

«Fin troppe persone. Da un po' di tempo sono pedinato dalla polizia.»

«Fumero?»

Annuii. Le tremavano le mani.

«Tu non sai cosa hai fatto, Daniel.»

«Me lo dica lei» risposi, con una durezza che non sentivo.

«Credi che aver trovato per caso un libro ti dia il diritto di entrare nella vita di persone che non conosci, di immischiarti in cose che non puoi capire e che non ti riguardano?»

«Adesso mi riguardano, che le piaccia o no.»

«Non sai quel che dici.»

«Sono stato alla villa degli Aldaya. So che Jorge Aldaya si nasconde lì. So che è stato lui ad assassinare Carax.»

Mi fissò a lungo.

«Fumero sa questo?» mi domandò.

«Non ne ho idea.»

«Ti converrebbe saperlo. Ti ha seguito fin lì?»

I suoi occhi ardevano di collera. Ero entrato in casa sua per accusarla, per ergermi a giudice, ma adesso sembravo io il colpevole.

«Credo di no. Lei lo sapeva? Sapeva che è stato Aldaya a uccidere Julián e che si nasconde in quella casa... Perché non me l'ha detto?»

Il suo sorriso era una smorfia amara.

«Non capisci, vero?»

«Ho capito che ha mentito per difendere l'assassino di un

uomo che lei chiamava suo amico, che ha coperto questo delitto per anni, che ha protetto un pazzo il cui unico obiettivo era cancellare ogni traccia di Julián Carax bruciando i suoi libri. Ha mentito riguardo a suo marito, il quale non si trova in carcere e a quanto pare neanche in questa casa. Ecco quello che ho capito.»

«Vattene, Daniel. Vattene e non tornare mai più. Hai già combinato abbastanza guai.»

Mi avviai verso la porta d'ingresso ma poi mi fermai e tornai sui miei passi. Nuria Monfort era seduta sul pavimento, le spalle appoggiate alla parete. La sua apparente sicurezza non esisteva più.

Attraversai plaza de San Felipe Neri sentendo il peso del dolore che tormentava quella donna, una sofferenza di cui mi sentivo inspiegabilmente complice e strumento. «Tu non sai cosa hai fatto, Daniel.» Desideravo solo allontanarmi da lì. Passando di fronte alla chiesa notai di sfuggita un prete magro come un chiodo, con un gran naso, che mi benediceva dal sagrato tenendo in mano un breviario e un rosario.

39

Arrivai a casa con tre quarti d'ora di ritardo. Mio padre diede un'occhiata impaziente all'orologio.

«Ti pare l'ora di tornare? Sapete che devo andare a San Cugat da un cliente e mi piantate in asso.»

«Fermín è ancora dal medico?»

Mio padre mi rispose con un cenno sbrigativo, come faceva quando era di cattivo umore.

«Ah, guarda che c'è una lettera per te. L'ho lasciata accanto alla cassa.»

«Papà, scusami ma...»

Lui si mise impermeabile e cappello e se ne andò senza salutarmi. Conoscendolo, sapevo che la sua rabbia sarebbe sbollita ancora prima che lui arrivasse in stazione. Mi stupiva invece l'assenza di Fermín. Lo avevo visto col suo assurdo travestimento da sacerdote in plaza de San Felipe Neri, in attesa che Nuria Monfort lo guidasse nelle fauci del gran segreto. Non avevo molta fiducia in quel piano e ritenevo che se Nuria Monfort fosse uscita di casa al massimo sarebbe andata dal panettiere all'angolo o in farmacia. Un piano davvero efficace. Mi avvicinai alla cassa e diedi un'occhiata alla lettera che era arrivata per me. La busta, bianca e rettangolare, pareva una lapide su cui, al posto della croce, campeggiava un'intestazione minacciosa.

GOVERNO MILITARE DI BARCELLONA
UFFICIO DI RECLUTAMENTO

«Alleluia» mormorai.

Sapevo già cosa conteneva la busta. Tuttavia la aprii, spinto dall'impulso di toccare il fondo. Erano poche righe, due paragrafi di prosa involuta. Mi si comunicava che nel giro di due mesi, io, Daniel Sempere Martín, avrei avuto il privilegio di adempiere uno dei più sacri doveri del maschio iberico: servire la Patria e indossare l'uniforme in difesa dei valori spirituali dell'Occidente cristiano. Sperai che almeno Fermín riuscisse a farci sorridere recitando la sua parodia di *La fine del complotto giudeo-massonico*. Due mesi. Otto settimane. Sessanta giorni. E avrei potuto continuare a suddividere il tempo fino a toccare la cifra chilometrica di cinque milioni e centottantaquattromila secondi di libertà. Chissà se don Federico, che secondo mio padre era in grado di fabbricare una Volkswagen, poteva costruirmi un orologio dotato di freni a disco che rallentasse il corso del tempo. E qualcun altro, magari, avrebbe dovuto spiegarmi come avrei fatto a non perdere Bea per sempre. In quel mentre udii la campanella della porta e mi preparai a vedere Fermín che rientrava alla base con le pive nel sacco.

«Guarda un po'. L'erede a guardia del maniero, com'è giusto, ma con una faccia da funerale. Animo ragazzo» disse Gustavo Barceló, che indossava un elegante cappotto cammello e brandiva un inutile bastone con il manico d'avorio come se fosse un pastorale. «Non c'è tuo padre, Daniel?»

«Mi spiace, don Gustavo. È andato da un cliente.»

«Perfetto. Non sono qui per lui. È meglio che non sappia quanto sto per dirti.»

Si sfilò i guanti e osservò il negozio con aria distratta.

«E il nostro collega Fermín?»

«Impegnato sul fronte.»

«Immagino si stia prodigando per risolvere il caso Carax.»

«Ci si dedica anima e corpo. L'ultima volta che l'ho visto portava la sottana e impartiva la benedizione *urbi et orbi*.»

«Capisco... La colpa è mia. Non avrei dovuto suggerirvi questo piano.»

«Mi sembra preoccupato. È successo qualcosa?»

«Non proprio. O meglio, in un certo senso, sì.»

«Mi dica, don Gustavo.»

Il libraio mi sorrise docilmente. Il suo consueto fare altero e la sua arroganza da salotto avevano battuto in ritirata. Al loro posto mi parve di cogliere una certa gravità, un'ombra di cautela e non poca preoccupazione.

«Stamani ho conosciuto don Manuel Gutiérrez Fonseca, un signore di cinquantanove anni, scapolo e impiegato all'obitorio municipale di Barcellona dal 1924. Trent'anni di servizio sulla soglia delle tenebre. La frase è sua. Don Manuel è un gentiluomo all'antica, garbato, cortese e disponibile. Vive da quindici anni in una camera ammobiliata in calle de la Ceniza, insieme a dodici parrocchetti che hanno imparato a fischiettare la marcia funebre. È abbonato al loggione del Liceo e ama Verdi e Donizetti. Sostiene che nel suo lavoro è fondamentale seguire il regolamento, specialmente nelle situazioni in cui uno non sa che pesci pigliare. Quindici anni fa, don Manuel aprì una borsa di tela che gli aveva consegnato la polizia e si trovò davanti la testa del suo più caro amico d'infanzia. Il resto del corpo era in un sacco a parte. Don Manuel, affranto, seguì il regolamento.»

«Desidera un caffè, don Gustavo? È diventato giallo.»

«Ti ringrazio.»

Presi il termos e gli versai il caffè in una tazza mettendoci otto cucchiaini di zucchero. La bevve d'un fiato.

«Si sente meglio?»

«Sì, grazie. Dunque, il fatto è che don Manuel era in servizio il giorno in cui portarono all'obitorio la salma di Julián Carax, nell'agosto del 1936. Naturalmente, don Manuel non si ricordava di questo nome, ma una controllatina agli archivi e un generoso contributo destinato a rimpinguare il suo fondo pensione gli hanno rinfrescato la memoria. Mi segui?»

Annuii.

«Don Manuel ha un ricordo preciso di quella giornata perché, mi ha confessato, è stata una delle rare volte in cui ha violato il regolamento. La polizia disse che il cadavere era stato rinvenuto in un vicolo del Raval poco prima dell'alba. La salma era giunta all'obitorio a metà mattina. Il morto aveva con sé solo un libro e un passaporto che lo identificava come Julián Carax, nato a Barcellona nel 1900. Sul passaporto, un timbro della frontiera di La Junquera testimoniava che Carax era rientrato in Spagna da un mese. La causa della morte, apparentemente, era una ferita di arma da fuoco. Don Manuel non è un medico, ma con l'esperienza ha imparato molte cose. A suo parere, il colpo, all'altezza del cuore, era stato sparato a bruciapelo. I dati sul passaporto consentirono di rintracciare il signor Fortuny, padre di Carax, che si presentò la sera stessa all'obitorio per il riconoscimento della salma.»

«Fin qui tutto corrisponde al racconto di Nuria Monfort.»

«È vero. Ma Nuria Monfort non ti ha detto che don Manuel, sospettando che la polizia non avesse alcun interesse a risolvere il caso e avendo notato che il libro trovato nelle tasche del cadavere era stato scritto dallo scomparso, telefonò alla casa editrice nel pomeriggio, quando ancora il signor Fortuny non era arrivato.»

«Secondo Nuria Monfort l'impiegato dell'obitorio chiamò la casa editrice solo tre giorni dopo il ritrovamento del cadavere, quando ormai era stato sepolto in una fossa comune.»

«Don Manuel, invece, sostiene di aver telefonato il giorno in cui la salma fu portata all'obitorio. Dice di aver parlato con una signorina molto gentile che lo ringraziò per aver chiamato, e ricorda che rimase colpito dal suo tono di voce, perché, per usare le sue parole, "sembrava che lo sapesse già".»

«E del signor Fortuny cosa ha detto? È vero che si rifiutò di riconoscere il cadavere del figlio?»

«Era il dettaglio che più mi incuriosiva. Don Manuel afferma che nel tardo pomeriggio si presentò un vecchietto scortato da due agenti di polizia, il signor Fortuny. La parte più difficile di quel lavoro, a cui non si fa il callo neanche dopo molti anni, è quando i familiari devono riconoscere il cadavere di un loro congiunto. È sempre molto penoso, ma lo strazio è assai maggiore quando il morto è una persona giovane e sono i genitori, o un coniuge, a dover procedere al riconoscimento. Don Manuel ricorda bene il signor Fortuny: aveva varcato la soglia dell'obitorio sorretto da due poliziotti e non faceva che gemere ripetendo: «Cosa hanno fatto a mio figlio? Cosa gli hanno fatto?».

«Vide il cadavere?»

«Don Manuel avrebbe voluto proporre ai due agenti di lasciar perdere. Fu la prima e unica volta in cui ebbe la tentazione di non rispettare il regolamento. La salma era in cattive condizioni, l'uomo era morto da più di ventiquattr'ore quando lo avevano portato all'obitorio, non dal mattino come sosteneva la polizia. Temeva che, alla vista del cadavere, il vecchietto avrebbe avuto un malore. Il signor Fortuny si rifiutava di accettare la realtà, farfugliava che il suo Julián non poteva essere morto... A quel punto don Manuel sollevò il telo e i due agenti chiesero al vecchietto se il cadavere era quello di suo figlio Julián.»

«E poi?»

«Il signor Fortuny osservò la salma in assoluto silenzio per circa un minuto. Dopodiché fece dietrofront e se ne andò.»

«Se ne andò?»

«Esatto.»

«E la polizia non glielo impedì? Non erano lì per identificare il cadavere?»

«In teoria sì, ma don Manuel ricorda che c'era anche un'altra persona nella stanza, un terzo poliziotto che era entrato mentre gli agenti accompagnavano il signor Fortuny davanti al cadavere. Aveva assistito alla scena in disparte, appoggiato alla parete, con una sigaretta in bocca. Don Manuel se lo ricorda perché quando gli disse che il regolamento vietava tassativamente di fumare nella camera mortuaria, uno degli agenti gli fece cenno di tacere. Appena il signor Fortuny se ne andò, il terzo poliziotto si avvicinò al morto, diede un'occhiata al cadavere e gli sputò in faccia. Poi intascò il passaporto e ordinò che il corpo fosse mandato a Can Tunis per essere sepolto in una fossa comune il mattino seguente.»

«Qualcosa non quadra.»

«Lo pensava anche don Manuel, specialmente perché una simile procedura contrastava col regolamento. "Ma se non sappiamo nemmeno chi è" protestò. I poliziotti lo ignorarono. Allora don Manuel li sfidò: "O lo sapete fin troppo bene? È evidente che quest'uomo è morto da almeno un giorno". Don Manuel aveva la mania del regolamento, ma non era uno stupido. Quando il terzo poliziotto lo guardò negli occhi e gli domandò se intendeva accompagnare l'estinto nel suo ultimo viaggio, don Manuel si spaventò sul serio. Quell'uomo aveva lo sguardo di un pazzo e l'espressione di uno che non scherza. Don Manuel si giustificò dicendo di voler solo applicare il regolamento, il quale non contemplava la possibilità di seppellire subito uno sconosciuto. «Lo decido io chi è quell'uomo» ribatté il poliziotto. Afferrò il registro e firmò accanto al nome del morto. Don Manuel sostiene che non dimenticherà mai quella firma, perché durante la guerra civile, e negli anni successivi, l'avrebbe vista decine di volte sulle pagine del registro dei decessi, vicino all'elenco dei cadaveri anonimi che arrivavano da non si sa dove e che nessuno era in grado di identificare.»

«L'ispettore Francisco Javier Fumero.»

«Orgoglio e pilastro del corpo di polizia. Sai cosa significa, Daniel?»

«Che abbiamo preso lucciole per lanterne fin dall'inizio.»

Barceló afferrò bastone e cappello e si avviò verso la porta, sconfortato.

«Significa che il bello comincia adesso» disse.

40

Per tutto il pomeriggio non feci che meditare sulla lettera che annunciava il mio imminente arruolamento e aspettare che si facesse vivo Fermín. Mancava poco all'orario di chiusura e non lo si vedeva ancora. Chiamai la pensione di calle Joaquín Costa e doña Encarna, con la voce impastata, mi disse che Fermín era uscito al mattino e da allora non l'aveva più visto.

«Se non torna entro mezz'ora, troverà la cena fredda. Questo non è il Ritz. Non gli sarà capitato qualcosa?»

«Stia tranquilla, doña Encarna. Doveva sbrigare una commissione e avrà fatto tardi. In ogni caso, se lo vedesse prima di andare a dormire, le sarei infinitamente grato se gli dicesse di chiamarmi. Sono Daniel Sempere, il vicino della sua amica Merceditas.»

«Senz'altro. Ma guardi che io alle otto e mezzo sono già sotto le coperte.»

Subito dopo chiamai i Barceló, sperando che Fermín fosse passato di lì per vuotare la dispensa o imboscarsi con Bernarda in qualche ripostiglio. Non mi aspettavo che avrebbe risposto Clara.

«Daniel, che sorpresa.»

Anche per me, pensai. Dopo aver fatto sfoggio di un repertorio di perifrasi degno di don Anacleto, buttai lì con nonchalance il vero motivo della mia telefonata.

«No. Oggi Fermín non è venuto. Sono stata con Bernarda tutto il pomeriggio, me ne sarei accorta. Abbiamo parlato di te, sai?»

«Una conversazione noiosa.»

«Bernarda dice che sei un bel ragazzo. Anzi, che ormai sei un uomo.»

«Prendo molte vitamine.»

Un lungo silenzio.

«Daniel, pensi che un giorno potremo essere ancora amici? Quanto tempo dovrà passare perché tu mi perdoni?»

«Siamo già amici, Clara, e non ho nulla da perdonarti. Lo sai bene.»

«Mio zio dice che stai ancora indagando su Julián Carax. Vieni a trovarmi, così mi racconti le novità. Anch'io ho delle cose da dirti.»

«Va bene. Uno di questi giorni.»

«Mi sposo, Daniel.»

308

Ebbi la sensazione di sprofondare nel pavimento o di essere improvvisamente rimpicciolito.

«Daniel, sei ancora lì?»

«Sì.»

«Sei sorpreso?»

Mi sforzai di sembrare disinvolto, nonostante il rospo che stavo ingoiando.

«Mi sorprende che tu non l'abbia ancora fatto. Non ti sono certo mancati i pretendenti. Chi è il fortunato?»

«Non lo conosci. Si chiama Jacobo, è un amico dello zio Gustavo, un dirigente del Banco de España. Ci siamo conosciuti durante un concerto organizzato dallo zio. Jacobo adora la musica lirica. Ha qualche anno più di me ma siamo buoni amici. È la cosa più importante, non credi?»

Mi venne in mente una battuta velenosa, ma mi morsi la lingua.

«Certo... be', allora tanti auguri.»

«Non mi perdonerai mai, vero? Per te sarò sempre la perfida Clara Barceló.»

«Sarai sempre e solo Clara Barceló e basta. E anche questo lo sai bene.»

Una densa cortina di silenzio, quasi palpabile.

«E tu, Daniel? Fermín dice che hai una fidanzata bellissima.»

«Scusami, devo lasciarti, Clara. È appena entrato un cliente. Ti chiamo tra qualche giorno, così ti dico quando posso venire a trovarti. Ancora tanti auguri.»

Riagganciai il ricevitore e sospirai.

Mio padre rientrò con l'aria abbattuta e poca voglia di chiacchierare. Mentre apparecchiavo preparò la cena, senza chiedere notizie di Fermín né di come era andata la giornata in negozio. Cenammo con lo sguardo piantato sul piatto, ascoltando distrattamente le sciocchezze trasmesse alla radio. Mio padre non toccò quasi cibo: si limitava a mescolare quella brodaglia insipida, quasi stesse cercando pepite d'oro sul fondo del piatto.

«Non hai mangiato niente.»

Lui si alzò per spegnere la radio.

«Cosa dice la lettera dell'esercito?» mi domandò.

«Parto tra due mesi.»

Mio padre invecchiò di dieci anni in un istante.

«Barceló parlerà con certi suoi amici, così dopo l'addestramento mi manderanno al Comando militare di Barcellona. Qualche sera potrò anche dormire a casa» dissi.

Mio padre non sembrava convinto. Incapace di sostenere il suo sguardo addolorato, mi alzai per sparecchiare. Lui rimase seduto a fissare il vuoto, con le dita intrecciate sotto il mento. Avevo appena iniziato a lavare i piatti quando si udì un rimbombo di passi sulle scale. Passi decisi e nervosi, che si posavano con forza sui gradini e non annunciavano niente di buono. Mio padre e io ci scambiammo uno sguardo perplesso. I passi si fermarono sul nostro pianerottolo. Mio padre, inquieto, si alzò da tavola. Una frazione di secondo più tardi, qualcuno picchiò alla porta e una voce tonante, vagamente familiare, intimò:

«Aprite! Polizia!»

Una ridda di pensieri taglienti come spade mi attraversò la mente. Una nuova raffica di colpi fece tremare la porta. Mio padre alzò la grata dello spioncino.

«Cosa volete a quest'ora?»

«O apre questa porta o la sfondiamo a calci, signor Sempere. Non me lo faccia ripetere.»

Riconobbi la voce di Fumero e fui colto dal panico. Mio padre mi interrogò con lo sguardo e, al mio cenno di assenso, aprì. Sulla soglia comparvero in controluce Fumero e i suoi due guardaspalle. Tre impermeabili grigi indossati da tre marionette color cenere.

«Dov'è?» gridò Fumero, dando uno spintone a mio padre e dirigendosi verso il soggiorno.

Mio padre cercò di fermarlo ma fu bloccato da uno dei due scagnozzi che lo afferrò per un braccio e lo spinse contro la parete. Era lo stesso agente che aveva pedinato Fermín e me, quello che mi aveva immobilizzato davanti all'ospizio di Santa Lucía e che mi aveva seguito un paio di sere prima. Mi rivolse un'occhiata neutra. Andai incontro a Fumero con tutta la finta calma di cui ero capace. Aveva gli occhi iniettati di sangue e un graffio recente sulla guancia destra.

«Dov'è?»

«Chi?»

Fumero chinò la testa, imprecando a bassa voce. Quando la rialzò, il viso era contratto in un ghigno. Solo allora mi accorsi che impugnava una pistola. Senza distogliere lo sguardo dal mio, col calcio dell'arma spaccò un vaso pieno di fiori appassiti che era sul tavolo, spargendo tutt'intorno acqua e gambi vizzi. Mio malgrado, sobbalzai. Udivo gridare mio padre, immobilizzato dalla presa ferrea dei due agenti, ma le sue parole mi sembravano lontanissime. Ora la canna gelida del revolver era premuta sulla mia guancia. Sentii l'odore della polvere da sparo.

«Non cercare di farmi fesso, ragazzino di merda, o tuo padre dovrà raccogliere da terra il tuo cervello. Chiaro?»

Fumero mi premeva la canna della pistola contro lo zigomo. Mi stava lacerando la pelle, ma non fiatai.

«Te lo chiedo per l'ultima volta. Dov'è?»

Mi vidi riflesso nelle pupille dell'ispettore, che si contraevano lentamente man mano che alzava il cane della pistola.

«Non è qui. Non lo vedo da mezzogiorno. È la verità.»

Fumero rimase immobile per mezzo minuto, inumidendosi le labbra.

«Lerma» gridò. «Dia un'occhiata.»

Uno dei due agenti ispezionò l'appartamento mentre mio padre lottava per liberarsi.

«Se mi hai mentito e lo troviamo qui, giuro che spezzo le gambe a tuo padre» sibilò Fumero.

«Mio padre non sa niente. Lo lasci in pace.»

«Sei tu che non sai quel che fai. Ma appena avrò messo le mani sul tuo amico, questo bel gioco finirà. Non ci saranno giudici né botte né ospedali. Questa volta mi toglierò il gusto di eliminarlo e non sarà una morte indolore. Puoi riferirglielo se lo vedi. Perché lo stanerò, dovesse nascondersi sotto una montagna. E poi verrà il tuo turno.»

L'agente Lerma tornò in sala e guardò Fumero facendo un cenno di diniego. Lui lasciò andare il cane e abbassò la pistola.

«Peccato» disse Fumero.

«Di cosa è accusato? Perché lo cerca?»

311

Fumero mi girò le spalle e raggiunse i due agenti che lasciarono andare mio padre.

«Si pentirà di tutto questo» sbottò mio padre.

Gli occhi dell'ispettore si posarono su di lui. Istintivamente, mio padre indietreggiò. Temetti che la visita di Fumero si sarebbe protratta ancora a lungo. Invece, ridacchiando, uscì senza aggiungere altro. Lerma lo aveva seguito a ruota mentre il terzo poliziotto, la mia sentinella, si attardò sulla soglia a fissarmi, quasi volesse dirmi qualcosa.

«Palacios!» urlò Fumero, e la sua voce riecheggiò nelle scale.

Palacios se ne andò. Uscii sul pianerottolo. Dalle porte accostate spuntavano i volti intimoriti di alcuni vicini. Le tre figure minacciose dei poliziotti scesero le scale e l'eco violenta dei loro passi in ritirata si allontanò come una risacca avvelenata, lasciando una scia di paura e buio.

A mezzanotte udimmo nuovamente bussare alla porta, ma questa volta i colpi erano deboli, quasi timorosi. Mio padre, che mi stava disinfettando con l'acqua ossigenata la ferita sullo zigomo, si fermò. Ci guardammo. Si udirono altri tre colpi.

Forse era Fermín, pensai, che aveva assistito alla scena nascosto sulle scale.

«Chi è?» chiese mio padre.

«Sono don Anacleto, signor Sempere.»

Mio padre aprì la porta sollevato. Il professore era pallido come un cencio.

«Che succede, don Anacleto? Non si sente bene?»

Il professore teneva un giornale piegato tra le mani e ce lo tese. La carta era ancora tiepida e l'inchiostro era fresco.

«È l'edizione di domani» mormorò don Anacleto. «Pagina sei.»

Vidi subito le due fotografie sotto il titolo. La prima, che mostrava un Fermín meno emaciato e con più capelli, doveva risalire a quindici o vent'anni prima. La seconda era il viso di una donna con la pelle di alabastro e gli occhi chiusi. Non la riconobbi subito perché mi ero abituato a vederla nella penombra della sua casa.

UN MENDICANTE ASSASSINA UNA DONNA
IN PIENO GIORNO
Barcellona/ notizia d'agenzia (Redazione)

La polizia sta cercando il mendicante che questo pomeriggio ha ucciso a coltellate Nuria Monfort Masdedeu, di quarantatré anni, residente a Barcellona.

Il delitto è avvenuto a metà pomeriggio nel quartiere di San Gervasio, dove la vittima è stata aggredita senza apparenti motivi dal mendicante che, secondo informazioni fornite dal commissariato di polizia, la stava seguendo per ragioni ancora sconosciute.

Pare che l'assassino, Antonio José Gutiérrez Alcayete, di cinquantun anni e nato a Villa Inmunda, provincia di Cáceres, sia uno squilibrato con precedenti penali, evaso sei anni fa dal carcere Modelo, che è riuscito a sfuggire alle autorità assumendo via via identità diverse. Al momento del delitto era vestito da sacerdote. È armato e la polizia lo ritiene altamente pericoloso. Non si sa ancora se la vittima e il suo assassino si conoscessero, anche se fonti del commissariato tendono a suffragare tale ipotesi, né quale sia stato il movente del delitto. Alla vittima sono state inferte sei ferite d'arma bianca al ventre, al collo e al petto. Dell'aggressione, avvenuta nei pressi di una scuola, sono stati testimoni numerosi alunni che si sono subito rivolti ai loro insegnanti, i quali hanno chiamato la polizia e richiesto l'invio di un'ambulanza. Dal rapporto delle forze dell'ordine risulta che le ferite inferte alla vittima erano mortali. La donna è giunta cadavere al Policlinico di Barcellona alle 18.15.

41

Nessuna notizia di Fermín per tutta la giornata. Mio padre decise di tenere aperta la libreria per far vedere che tutto continuava come sempre. La polizia aveva piazzato un agente davanti al portone dello stabile e un altro controllava plaza de Santa Ana dal portale della chiesa come un santo dell'ultima ora. Batteva i denti per il freddo, sotto la pioggia che cadeva senza sosta dall'alba, il fiato visibile nell'aria e le mani sprofondate nelle tasche dell'impermeabile. I vicini si tenevano alla larga, sbirciando attraverso la vetrina, e non un solo cliente si azzardò a entrare.

«Dev'essersi sparsa la voce» dissi.

Mio padre, che quella mattina non mi aveva ancora rivolto la parola, si limitò ad annuire. Il giornale con la notizia dell'assassinio di Nuria Monfort era appoggiato sul banco e, ogni venti minuti, lui rileggeva l'articolo. Sembrava calmo, ma supponevo che si dominasse a stento.

«Puoi leggerlo finché vuoi, tanto sono tutte menzogne» dissi.

«Conoscevi quella donna?» domandò mio padre.

«L'avevo vista un paio di volte.»

Ripensai al bel viso di Nuria Monfort e la mia reticenza mi diede la nausea. Risentii il profumo della sua pelle e il contatto delle sue labbra; mi rammentai di quella scrivania perfettamente ordinata e della sua espressione triste e saggia. "Un paio di volte."

«Come mai?»

«Era una vecchia amica di Julián Carax. Sono stato a casa sua per chiederle di parlarmi di lui. Tutto qui. Era la figlia di Isaac, il custode. Mi ha dato lui il suo indirizzo.»

«Fermín la conosceva?»

«No.»

«Come fai a esserne così sicuro?»

«Come fai a dubitare di lui e a dar credito a certe fandonie? Di lei Fermín sapeva solo quello che gli avevo raccontato.»

«Per questo la seguiva?»

«Sì.»

«Glielo avevi chiesto tu?»

«Non puoi capire, papà.»

«No, infatti. Non capisco né te né lui né...»

«Papà, noi conosciamo Fermín. Sono solo menzogne.»

«Lo conosciamo, dici? Ma se non sapevamo neppure il suo vero nome.»

«Ti sbagli su di lui.»

«No, Daniel, sei tu che ti sbagli. Chi ti ha dato il diritto di interferire nella vita altrui?»

«Sono libero di parlare con chi voglio.»

«Senza tener conto delle conseguenze?»

«Stai insinuando che quella donna è morta per colpa mia?»

314

«Quella donna aveva un nome e un cognome, e tu la conoscevi.»

«Non è necessario che me lo ricordi» risposi, sull'orlo delle lacrime.

Mio padre mi contemplò con tristezza, facendo segno di no.

«Dio mio, chissà come soffre il povero Isaac» mormorò mio padre.

«Non è colpa mia se è morta» sussurrai, sperando di riuscire a convincere anche me stesso.

Mio padre andò nel retrobottega, scuotendo la testa.

«Spero che tu sia in grado di capire di cosa sei o non sei responsabile. A volte non ti riconosco più.»

Afferrai l'impermeabile e uscii in strada, dove nessuno mi conosceva né poteva vedere ciò che nascondevo nel cuore.

Vagai sotto la pioggia gelida, senza meta. Camminavo pensando a Nuria Monfort distesa su una fredda lastra di marmo, il corpo straziato dalle coltellate. A ogni passo, la città svaniva intorno a me. All'incrocio con calle Fontanella scesi dal marciapiede senza vedere il semaforo e il bolide che procedeva a tutta velocità. Un attimo prima dell'irreparabile, qualcuno alle mie spalle mi strattonò. L'autobus sfrecciò a pochi centimetri dalla mia faccia: ancora un decimo di secondo e avrei fatto una brutta fine. Quando mi ripresi dallo shock, il mio salvatore, che indossava un impermeabile grigio, si stava già allontanando lungo il marciapiede. Poi attraversò la strada e si fermò a guardarmi. Nonostante la pioggia battente, lo riconobbi: era Palacios, il terzo poliziotto. Un muro di traffico lo nascose alla vista e quando la strada fu di nuovo sgombra lui era scomparso.

Inquieto e confuso, m'incamminai verso la casa di Bea. Non potevo più aspettare. Avevo bisogno di ritrovare la fiducia, e lei era la mia unica ancora di salvezza. Salii le scale e, ancora trafelato, bussai tre volte alla porta degli Aguilar e mi armai di coraggio. Era troppo tardi per tornare indietro. Se fosse comparso il signor Aguilar, pronto a spaccarmi la faccia, tanto meglio. Bussai di nuovo. Mi accorsi di essere bagnato fradicio e mi ravviai i capelli. Un occhio scuro e sospettoso mi esaminò dallo spioncino.

«Chi è?»

Riconobbi la voce di Cecilia, una delle domestiche della famiglia Aguilar.

«Sono Daniel Sempere, Cecilia.»

La grata dello spioncino si riabbassò, seguita dal clangore delle serrature e dei chiavistelli. L'uscio si aprì lentamente e comparve Cecilia, in cuffia e grembiulino, reggendo un portacandele. Dalla sua espressione allarmata capii che il mio stato era deplorevole.

«Buonasera, Cecilia. C'è Bea?»

Mi guardò perplessa. La mia presenza in quella casa, negli ultimi tempi sempre più rara, era associata a Tomás, il mio vecchio compagno di scuola.

«La signorina Beatriz non c'è.»

«È uscita?»

Cecilia, che non aveva di certo coraggio da vendere, annuì.

«Mi sa dire quando tornerà?»

La domestica alzò le spalle.

«È andata dal medico con i signori un paio d'ore fa.»

«Dal medico? È malata?»

«Non lo so.»

«Da che dottore sono andati?»

«Non glielo so dire.»

Non era il caso di tormentare Cecilia. L'assenza dei genitori di Bea era un vantaggio.

«E Tomás è in casa?»

«Sì. Si accomodi, lo avverto subito.»

Entrai nell'ingresso e attesi. In passato sarei andato direttamente nella stanza di Tomás, ma era trascorso tanto di quel tempo dall'ultima volta in cui ero stato in quella casa, che mi sentivo un estraneo. Cecilia mi lasciò solo al buio. Udii la voce di Tomás in lontananza e poi di nuovo dei passi che si avvicinavano. Mi stavo inventando una scusa per quella visita improvvisa quando ricomparve Cecilia contrita. Il sorriso forzato che avevo stampato sulle labbra svanì come neve al sole.

«Il signor Tomás è molto occupato e non può riceverla.»

«Gli ha detto chi sono? Daniel Sempere.»

«Sì. Mi ha detto di dirle di andarsene.»

Sentii freddo allo stomaco.

«Mi dispiace» aggiunse Cecilia.

Non trovai le parole per rispondere. La domestica aprì la porta di quella che per me, fino a qualche tempo prima, era una seconda casa.

«Ha bisogno di un ombrello?»

«No, grazie, Cecilia.»

«Mi dispiace» ripeté lei.

«Non preoccuparti, Cecilia.»

La porta si chiuse alle mie spalle. Attesi qualche istante e poi scesi stancamente le scale. La pioggia continuava a cadere. Mi allontanai giù per la via. All'angolo, mi voltai: Tomás mi osservava dalla finestra della sua stanza, impassibile. Lo salutai con la mano ma non mi rispose. Un attimo dopo scomparve. Per qualche minuto sperai inutilmente che ricomparisse, poi me ne andai sotto la pioggia incessante che si portò via le mie lacrime.

42

Tornando a casa, passai davanti al cinema Capitol, dove due operai appollaiati su un'impalcatura guardavano un cartellone appena incollato che si afflosciava sotto la pioggia. Avvistai da lontano la sentinella di turno, stoica come una sfinge, che sorvegliava l'entrata della libreria. Passai davanti all'orologeria proprio nel momento in cui don Federico Flaviá si affacciava sulla soglia del negozio per guardare il cielo. Sul volto aveva ancora i segni della sua breve permanenza in commissariato. Indossava un bel completo grigio e teneva tra le dita una sigaretta che non si era preso la briga di accendere. Lo salutai e lui mi sorrise cordialmente.

«Cos'hai contro gli ombrelli, Daniel?»

«Cosa c'è di più bello della pioggia, don Federico?»

«La polmonite. Entra, l'ho aggiustato.»

Lo guardai incerto. Don Federico, senza smettere di sorridere, mi guardò con intenzione e, una volta nel suo bazar delle meraviglie, mi consegnò un sacchetto di carta.

«Adesso esci, ma fai attenzione a quello là. Non ci ha mai tolto gli occhi di dosso.»

Guardai nel sacchetto. Conteneva un libriccino rilegato in pelle. Un breviario. Don Federico mi accompagnò verso l'uscita prevenendo eventuali domande con un gesto d'assenso. Una volta in strada mi disse ad alta voce:

«Ricordati di non forzare l'ingranaggio quando lo carichi, eh?»

«Va bene, don Federico. Grazie.»

Mi avvicinai alla libreria sotto gli occhi dell'agente in borghese e nel passargli davanti lo salutai con la stessa mano in cui tenevo il sacchetto che mi aveva dato don Federico. L'agente lo fissò con un certo interesse. Entrai in negozio. Mio padre, in piedi dietro il banco, sembrava non essersi mai mosso da quando ero uscito.

«Senti, Daniel, riguardo a prima...»

«Non importa. Avevi ragione.»

«Stai tremando.»

Non dissi niente e lui andò a prendere il termos. Ne approfittai per chiudermi nel gabinetto del retrobottega e dare un'occhiata al breviario. Dalle pagine uscì un foglietto che fluttuò nell'aria come una farfalla. Lo afferrai al volo. Il messaggio di Fermín era scritto a caratteri microscopici su una cartina da sigarette. Riuscii a decifrarlo solo tenendolo in controluce.

Carissimo Daniel,
Non deve credere a una sola parola di quello che dicono i giornali sull'assassinio di Nuria Monfort. Come sempre, è una montatura. Io sto bene e mi trovo al sicuro. Non mi cerchi. Distrugga queste righe dopo averle lette. Non è necessario che ingoi il foglietto, può bruciarlo o sminuzzarlo. Sarò io a mettermi in contatto con lei, grazie alla mia scaltrezza e ai buoni servigi di un amico. La prego di trasmettere il contenuto di questo messaggio, con ogni discrezione alla mia amata. Lei non faccia niente. Il suo amico, il terzo uomo

FRdT

Mi accingevo a rileggere il biglietto quando bussarono piano alla porta del gabinetto.

«Posso?» domandò una voce sconosciuta.

Sentii un tuffo al cuore. Appallottolai il foglietto, tirai la catena e, approfittando del rumore, lo ingoiai. Sapeva di cera e di caramelle Sugus. Aprii la porta: era il poliziotto che un attimo prima montava la guardia fuori dalla libreria.

«Mi deve scusare. Sarà per via della pioggia ma mi stavo pisciando addosso, per non dire altro...»

«Prego» dissi, facendomi da parte. «È tutto suo.»

«La ringrazio.»

L'agente mi squadrò con la sua faccia da furetto. Il suo sguardo cadde sul breviario che avevo in mano.

«Se non leggo qualcosa, non c'è verso» spiegai.

«A me succede lo stesso. E poi dicono che gli spagnoli non leggono. Me lo presta?»

«Sul serbatoio c'è l'ultimo Premio della Critica» risposi. «Infallibile.»

Mi allontanai e raggiunsi mio padre che mi aveva preparato una tazza di caffelatte.

«Perché hai fatto entrare quel tipo?»

«Mi ha detto che si stava cagando addosso. Dovevo lasciarlo in strada?»

«Almeno così si scaldava.»

Mio padre aggrottò la fronte.

«Ti spiace se vado di sopra?»

«Vai pure. E mettiti qualcosa di asciutto o ti beccherai un malanno.»

L'appartamento era freddo e silenzioso. Sbirciai dalla finestra della mia stanza: la seconda sentinella era ancora là, sul sagrato della chiesa di Santa Ana. Mi tolsi i vestiti e mi infilai un pigiama di flanella e una vestaglia che era appartenuta a mio nonno. Spensi la luce e mi sdraiai sul letto ad ascoltare il picchiettare della pioggia sui vetri e a pensare a Bea. La notte precedente non avevo chiuso occhio e ben presto mi addormentai. Sognai una parca incappucciata, un essere spettrale che si librava su Barcellona trascinandosi dietro centinaia di piccole bare bianche che spargevano una scia di fiori neri su cui era inciso col sangue il nome di Nuria Monfort.

Mi svegliai in un'alba umida e grigia. Indossai degli abiti pesanti, calzai degli stivali e uscii senza fare rumore. Sulle ramblas brillavano le luci dei chioschi di giornali. Raggiunsi l'edicola all'angolo di calle Tallers e comprai il quotidiano. Lo sfogliai fino alla sezione dei necrologi. Sotto una croce c'era il nome di Nuria Monfort: le esequie sarebbero state celebrate quel pomeriggio, alle quattro, nel cimitero di Montjuïc. In preda a una profonda tristezza, lasciai le luci delle ramblas e tornai a casa facendo un lungo giro. Mio padre stava ancora dormendo e io andai in camera mia. Mi sedetti alla scrivania, presi un foglio bianco e la mia meravigliosa Montblanc. Avrei voluto che la penna mi guidasse, ma cercai invano le parole che sarebbe stato giusto dedicare a Nuria Monfort: non riuscii a scrivere una sola riga, non riuscii a provare nient'altro che l'inesplicabile terrore del vuoto lasciato da una vita recisa con violenza. Ero certo che un giorno l'avrei ritrovata, che avrei conservato per sempre il suo ricordo, la sua immagine, un'immagine che non mi apparteneva e di cui forse non ero degno. Te ne sei andata in silenzio, pensai, proprio come hai vissuto.

43

Verso le tre del pomeriggio presi l'autobus che dal paseo de Colón mi avrebbe portato al cimitero di Montjuïc. Dai finestrini vidi la fitta foresta di alberi pavesati delle imbarcazioni ormeggiate nel porto. L'autobus, quasi vuoto, girò intorno alla collina di Montjuïc diretto all'entrata est del grande cimitero cittadino. Ben presto rimasi l'unico passeggero a bordo.

«A che ora c'è l'ultima corsa?» chiesi al conducente.

«Alle quattro e mezzo.»

L'autista mi lasciò davanti all'ingresso del cimitero. Anche da lì, ai piedi della collina, era visibile la sconfinata città dei morti che si inerpicava sui fianchi dell'altura fino alla cima. Viali di tombe e di lapidi, vicoli di mausolei coronati da angeli e boschi di sepolcri si moltiplicavano l'uno nell'altro. La città dei morti era un immenso ossario di mausolei monumentali custoditi da eserciti di statue muschiose che marcivano nel fango. Inspirai profondamente e mi addentrai in quel labirinto desolato che ben conoscevo: mia madre riposava a un centinaio di metri da dove mi trovavo. Camminai fra le tombe, avvertendo il vuoto e la disperazione, l'orrore silenzioso dei volti prigionieri per sempre di ritratti sbiaditi, vegliati da lumini e da fiori vizzi. Scorsi in lontananza il fioco tremolio delle lampade a gas e, poco dopo, distinsi le sagome di sei persone sullo sfondo di un cielo di cenere. Allungai il passo e mi fermai appena riuscii a udire le parole del sacerdote.

La bara, una cassa di pino grezzo, era per terra nel fango, accanto a due becchini appoggiati alle loro pale. Il vecchio Isaac, il custode del Cimitero dei Libri Dimenticati, non era venuto al funerale della figlia. Riconobbi la dirimpettaia di Nuria che singhiozzava, sorretta da un uomo con le spalle curve. Il marito, pensai. Accanto a loro c'era una donna sui quarant'anni, vestita di grigio, con in mano un mazzo di fiori. Piangeva in silenzio, con le labbra serrate, senza guardare la fossa. Non l'avevo mai vista. In disparte, col solito impermeabile scuro e le mani che reggevano il cappello dietro la schiena, c'era il poliziotto che mi aveva salvato la vita il giorno prima, Palacios. Alzò gli occhi e mi fissò per qualche istante. Solo le vacue parole del sacerdote ci separavano da un baratro di silenzio. Guardai la bara sporca di fango, immaginando Nuria distesa là dentro, e mi accorsi che stavo piangendo solo quando la sconosciuta in grigio mi porse un fiore del suo mazzo. Prima di andarmene, attesi che il gruppo si disperdesse e che, a un cenno del sacerdote, i becchini si disponessero a eseguire il loro lavoro alla luce delle lampade. Misi il fiore nella tasca del cappotto e mi allontanai, senza riuscire a pronunciare una sola parola di commiato.

Cominciava a fare buio quando uscii dal cimitero. Avevo perso l'ultimo autobus e mi attendeva una lunga camminata sulla strada che costeggia il porto, ai piedi della necropoli. A una ventina di metri dall'entrata del cimitero era ferma un'automobile nera con i fari accesi. Al volante c'era un uomo che fumava una sigaretta. Quando ci passai accanto, Palacios spalancò la portiera e mi fece cenno di salire.

«Vieni, ti do un passaggio. A quest'ora non ci sono più autobus.»

Esitai un istante.

«Preferisco andare a piedi.»

«Non dire sciocchezze. Sali.»

Aveva il tono di chi è abituato a dare ordini e a essere obbedito subito.

«Per favore» aggiunse.

Salii in macchina e il poliziotto mise in moto.

«Enrique Palacios» disse tendendomi la mano.

Non gliela strinsi.

«Mi può lasciare in paseo de Colón.»

L'auto partì bruscamente. Per qualche minuto nessuno dei due parlò.

«Mi dispiace molto per quanto è successo alla signora Monfort.»

Dette da lui, quelle parole erano un insulto.

«Le sono grato per avermi salvato la vita l'altro giorno, ma deve sapere che non mi importa un cazzo dei suoi sentimenti, signor Enrique Palacios.»

«Non è come pensi, Daniel. Io vorrei aiutarti.»

«Se si illude che le dica dov'è Fermín, può anche farmi scendere.»

«Non mi interessa dove si nasconde il tuo amico. Non sono in servizio.»

Tacqui.

«Comprendo la tua diffidenza, ma devi ascoltarmi. Le cose si sono spinte troppo in là. Quella donna non doveva morire. Lascia perdere questa faccenda e dimenticati per sempre di Carax.»

«Quello che è successo non dipende da me. Io sono solo uno spettatore. È il suo capo che ha allestito lo spettacolo, con il vostro aiuto.»

«Sono stanco di funerali, Daniel. Non ci tengo affatto a venire al tuo.»

«Meglio così, perché non è invitato.»

«Non sto scherzando.»

«Neanch'io. Mi faccia il favore di fermarsi.»

«Tra due minuti siamo arrivati.»

«Non importa. Qui dentro c'è puzza di morte. Mi faccia scendere.»

Palacios rallentò e accostò. Scesi sbattendo la portiera ed evitando il suo sguardo. Attesi che ripartisse ma Palacios non si decideva a riavviare il motore. Quando mi voltai verso di lui abbassò il finestrino. Il suo volto esprimeva un dolore sincero a cui, però, mi rifiutai di credere.

«Nuria Monfort è morta tra le mie braccia, Daniel» disse. «Credo che le sue ultime parole fossero per te.»

«Cosa ha detto?» domandai, raggelato. «Ha fatto il mio nome?»

«No, ma credo che parlasse di te. Ha detto che esistono carceri peggiori delle parole e poi, prima di spirare, mi ha chiesto di dirti di lasciarla libera.»

Lo guardai perplesso.

«Di lasciar libera chi?»

«Una certa Penélope. Ho immaginato che fosse la tua fidanzata.»

Palacios riavviò il motore. Inebetito, guardai le luci posteriori dell'auto che si perdevano nel crepuscolo azzurro e scarlatto. Proseguii verso il paseo de Colón, pensando alle ultime parole, in apparenza incoerenti, pronunciate da Nuria Monfort. In plaza del Portal de la Paz mi fermai davanti al molo dei battelli turistici. Mi sedetti sui gradini che si tuffavano nell'acqua torbida del porto, dove, una notte di due anni prima, avevo visto Laín Coubert, l'uomo senza volto.

«Esistono carceri peggiori delle parole» mormorai.

Solo allora compresi che il messaggio di Nuria Monfort non era destinato a me. Non ero io a dover lasciare libera Penélope. Le sue ultime parole erano state per l'uomo che aveva amato in silenzio per quindici anni: Julián Carax.

44

Quando arrivai in plaza de San Felipe Neri era già sera. La panchina su cui sedeva Nuria Monfort il giorno del nostro primo incontro era illuminata da un lampione, coperta di scritte incise con il temperino: nomi intrecciati di coppie di innamorati, insulti e promesse di fedeltà eterna. Alzai lo sguardo e vidi una luce tremula, color rame, alle finestre del terzo piano. Una candela.

Salii le scale a tentoni. Dalla porta socchiusa dell'appartamento di Nuria Monfort filtrava una debole luce. Posai la mano tremante sul pomolo dell'uscio. Udii un gemito e un respiro affannoso. Per un attimo, mi illusi che Nuria Monfort mi stesse aspettando, rannicchiata contro la parete della sala, nella stessa posizione in cui l'avevo lasciata. In silenzio, come per non disturbarla, entrai. Le tende del balcone ondeggiavano inquiete. Una persona seduta accanto alla finestra della saletta teneva una candela tra le mani. Era Isaac Monfort. Le sue lacrime rilucevano come gocce di resina. Si voltò col viso solcato da lacrime.

«Non l'ho vista al cimitero» dissi.

Scosse il capo asciugandosi gli occhi con la manica del cappotto.

«Neanche Nuria c'era» rispose. «I morti non partecipano ai loro funerali.»

Si guardò intorno, quasi volesse indicarmi che la figlia si trovava in quella stanza, seduta accanto a noi nella penombra, e udiva le nostre parole.

«Sa che non ero mai stato qui?» disse. «Era sempre Nuria a venire da me.» "Per voi è più comodo, papà" – sosteneva. "Non dovete fare le scale." Io le dicevo: "Visto che non mi inviti non vengo", e lei replicava: "Si invitano solo gli estranei, papà. Voi siete sempre il benvenuto". In più di quindici anni non sono venuto a trovarla una sola volta. Ho sempre disapprovato che abitasse in questo quartiere. "C'è poca luce. L'edificio è vecchio" obiettavo. Lei mi dava ragione, come quando le rimproveravo di aver scelto una vita senza futuro e un marito senza arte né parte. È facile giudicare gli altri, ma ci rendiamo conto di quanto sia meschino il nostro disprezzo solo quando li abbiamo persi, quando ce li portano via. Sì, perché ci sono appartenuti...»

Nella voce del vecchio, priva del suo velo di ironia, risuonava un dolore infinito, come il suo sguardo improvvisamente spento.

«Nuria le voleva molto bene, Isaac. Ne sono certo. E si

sentiva amata da lei, anche se non ne parlava» improvvisai.

Il vecchio Isaac scosse di nuovo la testa. Sorrideva, ma lacrime silenziose gli solcavano le guance, senza tregua.

«Può darsi che, a modo suo, mi amasse; anch'io del resto l'ho amata a modo mio. Ma non ci conoscevamo, forse perché non gliel'ho mai permesso o non ho fatto nessuno sforzo per conoscerla. Eravamo diventati due estranei che si salutano per pura cortesia, per abitudine. E credo che sia morta senza perdonarmi.»

«Isaac, le assicuro che...»

«Daniel, lei è giovane e pieno di buona volontà, ma anche se ho bevuto e straparlo, non riuscirà a ingannare un vecchio miserabile.»

Abbassai lo sguardo.

«Secondo la polizia l'uomo che l'ha uccisa è un suo amico» disse Isaac.

«La polizia mente.»

«Lo so.»

«Le assicuro...»

«Non è necessario, Daniel. So che sta dicendo la verità» disse Isaac, prendendo una busta dalla tasca del cappotto.

«Il pomeriggio prima di morire Nuria è venuta a trovarmi, come faceva una volta. Ricordo che allora pranzavamo in un caffè di calle de la Guardia dove la portavo da bambina. Chiacchieravamo di libri, di vecchi libri. Ogni tanto mi parlava del suo lavoro, dettagli senza importanza, come si fa con uno che si è incontrato sull'autobus... Un giorno mi disse che le rincresceva avermi deluso. Le domandai da dove le era venuta quell'idea assurda. "Dai vostri occhi, papà" rispose. Fino a ieri non avevo mai preso in considerazione la possibilità di essere stato una delusione anche peggiore, per lei. Tendiamo a considerare le persone come biglietti della lotteria e crediamo che siano funzionali alle nostre aspettative.»

«Isaac, con tutto il rispetto, ha bevuto come una spugna e sta farneticando.»

«Il vino rende stolto il saggio e saggio lo stolto. Sono abbastanza sobrio da rendermi conto che mia figlia non aveva fiducia in me. Si fidava più di lei, Daniel, nonostante l'avesse vista solo un paio di volte.»

«Si sbaglia, Isaac.»

«L'altro ieri Nuria mi ha portato questa busta. Era molto preoccupata, ma non ha voluto dirmi perché. Mi ha solo chiesto di conservarla, aggiungendo che se le fosse successo qualcosa avrei dovuto consegnarla a lei.»

«Se le fosse successo qualcosa?»

«Proprio così. Era talmente angosciata che mi sono offerto di accompagnarla dalla polizia, forse loro potevano aiutarla. Mi ha risposto che il commissariato era il posto meno indicato a cui rivolgersi. L'ho pregata di raccontarmi cos'era accaduto ma mi ha detto che aveva fretta e mi ha fatto promettere che avrei consegnato la busta a lei, Daniel, se non fosse tornata a riprendersela entro un paio di giorni. Mi ha anche chiesto di non aprirla.»

Isaac me la tese. Era aperta.

«Le ho mentito, come sempre» disse.

Guardai nella busta. Conteneva un plico di fogli scritti a mano.

«Li ha letti?» chiesi.

Lui annuì lentamente.

«Cosa c'è scritto?»

Le labbra gli tremavano. Era invecchiato di cent'anni dall'ultima volta che l'avevo visto.

«È la storia che cercava, Daniel. La storia di una donna che non ho mai conosciuto, anche se portava il mio stesso nome e nelle sue vene scorreva il mio sangue. Adesso è sua.»

Infilai la busta nella tasca del cappotto.

«Ora la devo pregare di lasciarmi solo, in compagnia di Nuria. Poco fa, mentre leggevo queste pagine, ho avuto la sensazione di ritrovarla. Riesco solo a ricordarla da piccola. Era una bambina taciturna e riflessiva, sa? Osservava tutto e non rideva mai. Adorava le fiabe e mi chiedeva di leggergliene una dopo l'altra, finché non imparò a farlo da sola. Non ho mai visto un bambino così precoce. Sognava di diventare una scrittrice e di redigere enciclopedie e trattati di storia e filosofia. Secondo sua madre ero io il responsabile delle as-

326

surde ambizioni di nostra figlia: Nuria mi adorava e, poiché era convinta che il padre amasse solo i libri, voleva scrivere dei libri per avere il suo amore.»

«Isaac, non mi sembra il caso che rimanga solo stanotte. Perché non viene con me? Andiamo a casa da mio padre, così gli farà un po' di compagnia.»

Isaac scosse il capo.

«Ho da fare, Daniel. Ora vada e legga quei fogli. Le appartengono.»

Isaac distolse lo sguardo e io andai verso la porta. Ero quasi sulla soglia quando, in un sussurro, mi giunse la sua voce.

«Daniel?»

«Sì?»

«Stia molto attento.»

Per strada provai la sgradevole sensazione di essere incalzato dall'oscurità. Mi misi a camminare in fretta, quasi correndo. Mio padre mi aspettava sprofondato nella poltrona del soggiorno, il suo rifugio, con un album di fotografie aperto in grembo. Quando mi vide, il sollievo gli illuminò il viso.

«Ero preoccupato» disse alzandosi. «Com'è stato il funerale?»

Non risposi. Annuendo con gravità, mio padre cambiò argomento.

«Se hai fame, ti riscaldo la cena.»

«No, grazie. Ho già mangiato.»

Lui mi guardò negli occhi e annuì di nuovo. Cominciò a togliere i piatti dalla tavola. In quel momento, senza sapere perché, mi avvicinai e lo strinsi tra le braccia. Lui, sorpreso, ricambiò il mio abbraccio.

«Cosa c'è, Daniel?»

Lo strinsi ancora più forte.

«Ti voglio bene» sussurrai.

Quando cominciai a leggere il manoscritto di Nuria Monfort rintoccavano le campane della cattedrale. La sua calligrafia minuta e precisa mi rammentò l'ordine della sua scrivania. Sembrava aver cercato nelle parole la serenità che la vita le aveva negato.

Nuria Monfort:
memorie di spettri
1933-1955

1

Solo il rimorso offre una seconda opportunità. Julián Carax e io ci conoscemmo nel settembre del 1933. Io lavoravo per Toni Cabestany, l'editore che lo aveva scoperto nel 1927 durante uno dei suoi viaggi "di ricognizione editoriale" a Parigi. Julián si guadagnava da vivere suonando il piano in un bordello e scriveva di notte. La proprietaria del locale, una certa Irène Marceau, conosceva diversi editori e, ricorrendo a suppliche e favori o a minacce di indiscrezioni, era riuscita a far pubblicare i romanzi di Julián Carax, che non avevano avuto alcun successo. Cabestany ne aveva acquistato i diritti di pubblicazione in Spagna e in Sudamerica per una cifra irrisoria che comprendeva la traduzione in spagnolo da parte dell'autore degli originali, scritti in francese. Aveva predisposto una tiratura di tremila esemplari a titolo, ma i primi due usciti in Spagna furono un fallimento completo: avevano venduto sì e no un centinaio di copie ciascuno. Ciononostante, ogni due anni ricevevamo un nuovo manoscritto di Julián, che Cabestany pubblicava senza batter ciglio affermando che aveva preso un impegno con l'autore, che il denaro non era tutto e che bisognava favorire la buona letteratura.

Un giorno, incuriosita, gli domandai perché continuava a pubblicare i romanzi di Carax pur sapendo di rimetterci. Per tutta risposta, Cabestany prese un libro di Julián dalla sua biblioteca e mi suggerì di leggerlo. Due settimane dopo avevo letto tutti i suoi romanzi. Allora gli domandai com'era possibile che ne vendessimo così pochi.

«Non ne ho idea» rispose Cabestany. «Ma continueremo a provarci.»

Quel nobile proposito mal si conciliava con l'idea che mi ero fatta di Cabestany. Chissà, forse mi ero sbagliata a giudicarlo un arido materialista. Intanto l'aura di mistero che circondava Julián Carax mi incuriosiva sempre di più. Un paio di volte al mese qualcuno telefonava alla casa editrice per avere il suo indirizzo, sempre la stessa persona che dava ogni volta un nome diverso. Io rispondevo che Julián Carax viveva a Parigi, come si poteva desumere dai risvolti di copertina. In seguito, l'uomo smise di telefonare, ma per ogni evenienza avevo provveduto a cancellare l'indirizzo di Carax dall'archivio della casa editrice. Ero la sola a scrivergli e lo sapevo a memoria.

Qualche mese dopo, per puro caso, mi capitarono tra le mani le fatture della tipografia. Mi bastò un'occhiata per capire che la pubblicazione dei romanzi di Julián Carax era finanziata da una persona che non avevo mai sentito nominare: Miquel Moliner. Oltretutto, i costi di stampa e di distribuzione dei volumi erano inferiori alla somma pagata dal signor Moliner. Le cifre parlavano chiaro: pur pubblicando libri che finivano direttamente in magazzino, la casa editrice ci guadagnava. Non ebbi il coraggio di parlarne con Cabestany perché avevo paura di perdere il lavoro, ma presi nota dell'indirizzo di Miquel Moliner. Trascorsero diversi mesi prima che gli scrupoli di coscienza avessero la meglio sui miei timori e decidessi di andare dal signor Moliner per dirgli che il signor Cabestany lo stava imbrogliando. Sorridendo, lui mi disse che ne era al corrente.

«Ognuno segue la propria vocazione.»

Gli domandai se fosse stato lui a telefonarci per avere l'indirizzo di Carax. Mi disse di no e, con aria preoccupata, mi raccomandò di non dare quel recapito a nessuno.

Miquel Moliner era un uomo enigmatico. Abitava da solo in un palazzetto fatiscente di calle Puertaferrisa ereditato dal padre, che aveva fatto soldi a palate vendendo armi e, si diceva, fomentando guerre. Lui però conduceva un'esistenza quasi monacale e usava quel denaro lordo di sangue per far restaurare musei, chiese, scuole, biblioteche, ospedali e per far pubblicare le opere dell'amico di gioventù, Julián Carax, nella sua città natale.

«Di soldi ne ho fin troppi; quello che mi manca è un amico come Julián» era la spiegazione che dava.

Era in pessimi rapporti con i fratelli e con il resto della famiglia, e ormai li considerava degli estranei. Non si era sposato e usciva assai di rado dal palazzo. Ne occupava solo il piano superiore, dove aveva il suo studio e dove scriveva articoli e rubriche per giornali e riviste di Madrid e Barcellona, traduceva testi tecnici dal tedesco e dal francese e preparava per la stampa enciclopedie e manuali scolastici. Miquel Moliner soffriva di una forma acuta di laboriosità e benché rispettasse e addirittura invidiasse l'ozio altrui, lo rifuggiva come la peste. Lungi dal vantarsi della propria etica del lavoro, scherzava su quella coazione a produrre definendola una forma di vigliaccheria.

«Quando si lavora non si ha il tempo di guardare la vita negli occhi.»

Cominciammo a vederci spesso e diventammo buoni amici. In effetti, avevamo molte cose in comune, fin troppe. Miquel mi parlava di libri, del suo amato dottor Freud, di musica, ma soprattutto del suo vecchio amico Julián, che era stato a scuola con lui al San Gabriel. Mi mostrò varie fotografie e alcuni racconti scritti da Julián quando era ragazzo. Miquel era rimasto molto legato a Julián e fu grazie ai suoi ricordi che imparai a conoscerlo. A un anno dal nostro primo incontro, Miquel Moliner mi confessò di essersi innamorato di me. Non volevo ferirlo ma neanche ingannarlo. Era impossibile ingannare Miquel. Gli dissi che lo stimavo moltissimo, che lo consideravo il mio migliore amico, ma che non lo amavo. Miquel disse che lo sapeva già.

«Tu sei innamorata di Julián, ma non te ne sei ancora resa conto.»

Nell'agosto del 1933, Julián mi informò che stava terminando un nuovo romanzo, *Il ladro di cattedrali*. Cabestany, che a settembre avrebbe dovuto recarsi a Parigi per firmare alcuni contratti con Gallimard, era immobilizzato da un attacco di gotta e per premiare la mia dedizione al lavoro decise che sarei andata in Francia al posto suo, così avrei anche ritirato il nuovo romanzo di Carax. Scrissi a Julián per comunicargli che sarei arrivata a metà settembre e per pregarlo di prenotarmi un hotel economico. Mi rispose che poteva ospitarmi a casa sua, così avrei potuto utilizzare il denaro dell'hotel per altre spese. Il giorno prima di partire chiesi a Miquel se desiderava mandare un messaggio a Julián. Rifletté a lungo e poi disse di no.

Vidi Julián per la prima volta alla Gare d'Austerlitz. A Parigi era già autunno e la stazione era avvolta nella nebbia. Scesi dal treno e attesi sulla banchina mentre gli altri passeggeri si dirigevano verso l'uscita. Ben presto mi ritrovai sola e la mia attenzione fu attratta da un uomo con un soprabito nero che, a pochi passi di distanza, mi osservava fumando una sigaretta. Durante il viaggio mi ero chiesta come avrei fatto a riconoscere Julián, dal momento che le fotografie che avevo visto risalivano a tredici o quattordici anni prima. Sulla banchina eravamo rimasti solo io e quell'uomo. Non poteva essere lui. Julián aveva trentadue anni e quell'individuo era più vecchio: aveva i capelli bianchi e un'espressione di malinconia o di tristezza. Troppo pallido e troppo magro, o forse erano solo la nebbia e la stanchezza del viaggio. Mi ero abituata a figurarmi un Julián adolescente. Mi avvicinai allo sconosciuto e lo fissai negli occhi.

«Julián?»

L'uomo sorrise e annuì. Julián Carax aveva il sorriso più bello del mondo. Era tutto ciò che restava di lui.

Julián viveva nel quartiere di Saint-Germain, in una soffitta di due locali: il soggiorno, con una minuscola cucina, che aveva un terrazzino con vista sui tetti e sulle torri di Notre-Dame, e una stanza con un letto singolo. Il bagno era in fondo al corridoio del piano inferiore, in comune coi vicini. Nel suo insieme, l'alloggio era più piccolo dell'ufficio del signor Cabestany. Finsi di ammirare la casa; Julián aveva fatto del suo meglio per renderla accogliente, lucidando perfino il pavimento, e si sentiva ancora l'odore penetrante della cera. Le lenzuola erano nuove e decorate con figure di draghi e castelli. Erano lenzuola per bambini. Julián disse che erano di ottima qualità e di averle scelte perché quelle senza disegni costavano il doppio ed erano più banali.

Il soggiorno era arredato con una vecchia scrivania di legno, rivolta verso le torri della cattedrale, dove c'erano la Underwood che aveva comprato con un anticipo di Cabestany e due risme di fogli, una in bianco e l'altra scritta su entrambe le facciate. Julián viveva con un grosso gatto bianco di nome Kurtz. Il felino, accanto al padrone, mi scrutava con sospetto leccandosi le zampe. Nella stanza c'erano solo due sedie, un appendiabiti e poco altro. Lo spazio era occupato quasi tutto dai libri che coprivano le pareti, dal pavimento fino al soffitto, disposti su due file. Mentre mi guardavo intorno, Julián sospirò.

«Qui vicino c'è un hotel. È pulito, economico e rispettabile. Mi sono permesso di prenotare...»

Non sarebbe stata una cattiva idea, ma temevo di offenderlo.

«Qui starò benissimo, sempre che non sia un disturbo per te o per Kurtz.»

Kurtz e Julián si scambiarono un'occhiata. Julián scrollò la testa e il gatto lo imitò. Solo allora mi accorsi di quanto si somigliassero. Julián volle cedermi la stanza da letto. Lui dormiva molto poco e si sarebbe sistemato in soggiorno su una brandina prestatagli dal suo vicino, Monsieur Darcieu, un anziano illusionista che leggeva la mano alle signorine in cambio di un bacio. Ero molto stanca, e quella notte dormii come un sasso. Quando mi svegliai, all'alba, vidi che Julián era uscito. Kurtz dormiva sulla macchina da scrivere. Ronfava come un mastino. Sulla scrivania c'era il manoscritto del libro che ero venuta a ritirare.

Il ladro di cattedrali

Come in tutti i romanzi di Julián, c'era la dedica scritta a mano:

A P.

Fui tentata di leggere qualche pagina, ma mi accorsi che Kurtz mi osservava. Allora, come avevo visto fare a Julián, scossi la testa. Il gatto fece altrettanto e io rimisi a posto i fogli. Poco dopo, Julián tornò con pane fresco, un termos di caffè e formaggio e facemmo colazione vicino alla finestra. Julián parlava senza sosta, evitando il mio sguardo. Nella luce dell'alba sembrava un bambino invecchiato. Si era rasato con cura e aveva indossato un bel completo di cotone color panna un po' liso. Mi raccontò dei misteri di Notre-Dame, di una chiatta fantasma che di notte solcava la Senna per raccogliere le anime degli amanti infelici che si erano gettati nelle sue acque gelide, e un'infinità di altre storie. Io lo osservavo in silenzio, cercando in lui l'autore dei libri che avevo quasi imparato a memoria, il ragazzo che Miquel Moliner mi aveva descritto tante volte.

«Quanto ti fermerai a Parigi?» domandò.

Calcolai che gli impegni con Gallimard mi avrebbero tenuta occupata due o tre giorni. Il primo appuntamento era fissato per quel pomeriggio. Gli dissi che prima di ripartire intendevo dedicare un paio di giorni alla visita della città.

«Parigi esige più di due giorni» affermò Julián.

«Non voglio abusare della generosità del signor Cabestany.»

«Cabestany è un pirata, ma sa bene che per conoscere Parigi non bastano due giorni, né due mesi né due anni.»

«Non posso restare due anni a Parigi, Julián.»

Julián mi guardò a lungo e poi mi domandò sorridendo: «Perché no? C'è qualcuno che ti aspetta?».

Le pratiche con Gallimard e le visite di cortesia presso le altre case editrici mi tennero impegnata per tre giornate, come avevo previsto. Julián mi aveva procurato una guida, Hervé, un ragazzo di tredici anni che conosceva la città come le sue tasche. Hervé mi indicava in quali bistrot pranzare, che strade evitare, cosa vedere. Mi attendeva per ore davanti agli uffici degli editori, sempre sorridente, rifiutandosi di accettare anche un solo centesimo di mancia. Parlava un buffo miscuglio di spagnolo, italiano e portoghese.

«Signore Carax ya me ha pagato con tuoda generosidade pos meus serviçios...»

Hervé era l'orfano di una delle dipendenti di Irène Marceau e viveva all'ultimo piano del bordello. Julián gli aveva insegnato a leggere, a scrivere e a suonare il piano e tutte le domeniche lo portava a teatro o a un concerto. Hervé idolatrava Ju-

336

lián e pur di compiacerlo mi avrebbe scortata fino al polo Nord. Il terzo giorno che trascorremmo insieme mi chiese se ero la fidanzata del *signore* Carax. Gli risposi che ero solo un'amica di passaggio a Parigi e lui mi sembrò alquanto deluso.

Julián passava le notti seduto alla scrivania con Kurtz in grembo, a rileggere il manoscritto o anche solo a contemplare le torri della cattedrale. Una notte il rumore della pioggia sui tetti tenne sveglia anche me e lo raggiunsi nell'altra stanza. Per un po' rimanemmo entrambi in silenzio, poi, quando il temporale cessò, gli domandai chi era P.

«Penélope» rispose.

Lo pregai di parlarmi di lei e dei suoi tredici anni di esilio a Parigi. Sottovoce, al buio, Julián mi disse che Penélope era l'unica donna che avesse mai amato.

Una notte d'inverno del 1921, Irène Marceau incontrò un giovane che vagava per le strade di Parigi in stato confusionale e vomitando sangue. Aveva con sé solo qualche spicciolo e un piego di fogli scritti a mano. Irène li lesse e pensò di essersi imbattuta in un autore famoso che aveva alzato il gomito. Pensò anche che un editore generoso l'avrebbe lautamente ricompensata nel momento in cui l'artista fosse tornato in sé. Questa, almeno, era la sua versione. Julián invece era convinto che gli avesse salvato la vita per compassione. Rimase sei mesi in una stanza dell'ultimo piano del bordello di Irène. I medici la avvertirono: se quel ragazzo avesse ricominciato ad avvelenarsi, nessuna medicina avrebbe potuto salvarlo. Aveva lo stomaco e il fegato danneggiati e per il resto dei suoi giorni sarebbe stato costretto a nutrirsi solo di latte, formaggio e pane morbido. Quando Julián fu di nuovo in grado di parlare, Irène gli domandò chi fosse.

«Nessuno» rispose Julián.

«Allora ti informo che nessuno vive alle mie spalle. Cosa sai fare?»

Julián disse che sapeva suonare il piano.

«Sentiamo.»

Julián si sedette al pianoforte del salone e, davanti a un pubblico di quindici prostitute adolescenti, interpretò un notturno di Chopin. Tutte lo applaudirono, ma Irène disse che quella era una musica da mortorio, mentre loro facevano affari con i vivi. Allora Julián eseguì un *ragtime* e un paio di pezzi di Offenbach.

«Così va meglio.»

Quell'impiego gli garantiva uno stipendio, un tetto e due pasti caldi al giorno.

A Parigi sopravvisse grazie alla carità di Irène Marceau, la sola persona che lo incoraggiasse a scrivere. Lei leggeva soprattutto storie romantiche e biografie di martiri e i romanzi cupi di Julián non le andavano a genio. Nonostante le sue riserve, Irène lo aveva messo in contatto con l'editore dei suoi primi romanzi, gli aveva trovato la soffitta in cui si era rifugiato, lo vestiva e ogni tanto lo obbligava a uscire, facendosi accompagnare a messa la domenica e a passeggiare alle Tuileries. Ed era lei a comprargli i libri. In cambio Irène Marceau gli chiedeva solo la sua amicizia e la promessa che non avrebbe smesso di scrivere. In seguito gli permise di portarsi nella soffitta qualcuna delle sue ragazze, non foss'altro che per dormire abbracciati, dato che erano sole come lui e avevano un gran bisogno di affetto.

«Il mio vicino, il signor Darcieu, mi considera l'uomo più fortunato dell'universo.»

Gli domandai perché non era più tornato a Barcellona a cercare Penélope. Lui si chiuse in un lungo silenzio e quando trovai il suo volto nell'oscurità mi accorsi che era bagnato di lacrime. Mi inginocchiai accanto a lui e lo strinsi tra le braccia. Rimanemmo così, in silenzio, finché l'alba non ci sorprese. Non ricordo più chi dei due baciò per primo l'altro. So solo che le nostre labbra si sfiorarono e che mi abbandonai mentre le lacrime rigavano anche il mio volto. Quel mattino, come tutti gli altri delle due settimane che trascorsi con Julián, ci amammo sul pavimento, sempre in silenzio. Poi, quando ci sedevamo in un bistrot o passeggiavamo per le strade di Parigi, lo guardavo negli occhi e mi rendevo conto che amava ancora Penélope. Arrivai a odiare quella ragazza – Penélope, per me, ha sempre avuto diciassette anni – che aveva cominciato a visitare i miei sogni. Telegrafai una scusa a Cabestany per rimandare il mio ritorno. Non mi importava di rinunciare al lavoro o all'esistenza monotona che conducevo a Barcellona. Forse ero talmente insoddisfatta che sono caduta nelle braccia di Julián Carax come le ragazze di Irène Marceau, che si accontentavano di un simulacro di affetto. Ma nel corso di quelle due settimane, per la prima e unica volta nella mia vita sono stata me stessa e ho intuito che non avrei mai amato nessun altro come amavo Julián.

Un giorno Julián si addormentò tra le mie braccia, esausto. La sera prima, mentre passavamo davanti a un negozio di oggetti usati, mi aveva mostrato una penna stilografica, esposta in vetrina da anni, che secondo il proprietario era appartenuta a Victor Hugo. Julián non poteva permettersela ma si fermava ogni giorno ad ammirarla. Mi vestii senza far rumore e andai in quel negozio. La penna costava un occhio della testa e io non avevo con me tutto quel denaro; il negoziante però mi disse che avrebbe accettato un assegno in pesetas da riscuotere presso una qualsiasi banca spagnola con una filiale a Parigi. Prima di morire, mia madre aveva risparmiato per comprarmi l'abito da sposa e la penna di Victor Hugo sostituì il mio velo nuziale. Sapevo che era una pazzia, ma non ho mai speso dei soldi con tanto piacere. Quando uscii dal negozio con in mano quell'astuccio favoloso, fui avvicinata da una signora molto elegante, coi capelli grigi e gli occhi di un azzurro intenso. Mi si avvicinò e si presentò. Era Irène Marceau, la protettrice di Julián. La mia guida, Hervé, le aveva parlato di me. Voleva conoscermi e sapere se ero colei che Julián aveva atteso per tutti quegli anni. Non fu necessario risponderle. Irène mi sorrise con dolcezza e si accomiatò dandomi un bacio sulle guance. In quel momento capii che Julián non sarebbe mai stato mio, che lo avevo perduto ancora prima di conoscerlo. Rientrando a casa con l'astuccio nella borsa, trovai Julián già sveglio. Mi spogliò in silenzio e facemmo l'amore per l'ultima volta; mi domandò perché piangevo e gli risposi che erano lacrime di felicità. Poco dopo, quando Julián andò a comprare qualcosa da mangiare, feci i bagagli e appoggiai l'astuccio con la penna sulla macchina da scrivere. Infilai il manoscritto del romanzo nella valigia e uscii. Sul pianerottolo incontrai Monsieur Darcieu, l'anziano illusionista che leggeva il destino alle ragazze in cambio di un bacio. Prese la mia mano sinistra e mi guardò con tristezza.

«*Vous avez poison au coeur, Mademoiselle.*»

Quando volli pagargli il suo onorario fu lui a baciarmi la mano.

Giunsi alla Gare d'Austerlitz appena in tempo per prendere il treno delle dodici diretto a Barcellona. Il controllore che mi vendette il biglietto mi domandò se mi sentivo bene, io lo rassicurai e mi sedetti in uno scompartimento vuoto. Alla partenza del treno guardai fuori dal finestrino e vidi Julián sulla banchina. Chiusi gli occhi e li riaprii solo dopo che il treno lasciò la stazione e quella città stregata dove non sarei potuta tornare mai più. Arrivai a Barcellona all'alba del giorno seguente. Quel giorno compivo ventiquattro anni e sapevo di essermi lasciata alle spalle il meglio della vita.

2

Al mio ritorno a Barcellona lasciai passare un po' di tempo prima di andare a trovare Miquel Moliner. Volevo smettere di pensare a Julián per non dover mentire a Miquel nel caso mi avesse chiesto di lui. Invece, il giorno in cui ci rivedemmo non fu necessario dirgli niente: Miquel mi guardò negli occhi e capì. Era ancora più magro e più pallido di quando ero partita per Parigi, sicuramente a causa dei ritmi di lavoro che si imponeva. Mi confessò di aver speso quasi tutto il suo denaro in donazioni filantropiche. Gli avvocati dei fratelli stavano tentando di farlo sloggiare dal palazzetto di Puertaferrisa, perché una clausola del testamento del vecchio Moliner stabiliva che Miquel avrebbe potuto risiedervi solo se avesse mantenuto la proprietà in buono stato. In caso contrario, la residenza di famiglia sarebbe passata ai fratelli.

«Anche se era in punto di morte, mio padre sapeva che avrei dilapidato i suoi soldi, fino all'ultimo centesimo, in ciò che più detestava.»

I suoi compensi di editorialista e di traduttore non gli permettevano di mantenere una proprietà così grande.

«Non è difficile guadagnare soldi» disse. «Ma guadagnarli dedicandosi a qualcosa di utile.»

Gli tremavano le mani e mi venne il sospetto che avesse iniziato a bere. Lo andavo a trovare tutte le domeniche e lo convincevo a uscire, a staccarsi per qualche ora dalla sua scrivania e dalle sue enciclopedie. Sapevo che gli faceva male vedermi, sebbene non avesse più parlato di matrimonio, e ogni tanto coglievo il suo sguardo pieno di desiderio. Ma mi ostinavo a imporgli quella crudeltà per puro egoismo, perché solo lui conosceva la verità su Julián e Penélope.

Durante i mesi che trascorsi lontano da Julián, il fantasma di Penélope Aldaya mi divorava il sonno e il pensiero. Rivedevo il disappunto sul volto di Irène Marceau quando aveva compreso che non ero io la donna a lungo attesa da Julián. Penélope Aldaya, nella perfezione della sua assenza, era una rivale con cui non potevo competere, una luce che mi rendeva indegna e volgare. Non credevo che fosse possibile provare tanto odio, pur senza volerlo, nei confronti di una persona che non avevo mai visto. Ero certa che, se me la fossi trovata di fronte in carne e ossa, sarei riuscita a spezzare quell'incantesimo e a rendere la libertà a Julián, riconquistando così anche la mia. Mi dissi che si trattava solo di pazientare. Prima o poi Miquel mi avrebbe raccontato la verità.

Un giorno, mentre passeggiavamo nel chiostro della cattedrale, Miquel mi fece capire di essere ancora innamorato di me. Era solo al mondo, senza speranze, e io ero cosciente di ciò che facevo quando lo portai a casa mia. Sapevo che lo stavo ingannando, e che pure lui lo sapeva, ma non aveva altro al mondo. Fu così che diventammo amanti, per disperazione. Nel suo sguardo ardeva la passione che avrei voluto veder brillare negli occhi di Julián. Mi concedevo a lui per vendicarmi di Julián e di Penélope, dell'amore che mi veniva negato. Miquel lo sapeva ma non intendeva rinunciare a me. Beveva sempre di più e, a volte, non era neppure in grado di fare l'amore. Allora scherzava amaramente, dicendo che eravamo diventati due vecchi coniugi a tempo di record. Ci stavamo distruggendo, mossi dalla viltà e dal risentimento. Una notte, dopo un anno dal mio viaggio a Parigi, gli chiesi di parlarmi di Penélope. Miquel aveva bevuto e diventò violento. Mi rinfacciò di non averlo mai amato, mi accusò di essere una prostituta. Mi strappò di dosso i vestiti, ma prima che mi obbligasse con la forza fui io a offrirmi senza opporre resistenza, versando lacrime silenziose. Miquel tornò in sé e mi supplicò di perdonarlo. Come avrei voluto amarlo ed essere felice al suo fianco! Nel buio della stanza, gli chiesi perdono per tutto il male che gli avevo fatto. Lui mi disse che mi avrebbe raccontato la verità su Penélope Aldaya, dal momento che ci tenevo tanto. Ma anche in questo mi sbagliavo.

Quando Miquel Moliner, quella lontana domenica del 1919, si era recato alla Estación de Francia per consegnare i biglietti a Julián e salutarlo, sapeva già che Penélope non avrebbe preso quel treno. Due giorni prima la signora Aldaya aveva informato don Ricardo, appena rientrato da Madrid, di aver sorpreso Julián e Penélope nella stanza di Jacinta. Era stato Jorge a confidare a Miquel quanto era accaduto in casa Aldaya, facendogli giurare il silenzio. Don Ricardo in un parossismo d'ira, urlando come un forsennato, era andato nella stanza di Penélope, che, terrorizzata, si era chiusa dentro a chiave. Don Ricardo buttò giù la porta a calci mentre Penélope implorava perdono in ginocchio e le diede un manrovescio così violento da gettarla a terra, gridandole parole irripetibili. I membri della famiglia e il personale di servizio, atterriti e impotenti, attendevano al piano inferiore. Jorge corse a rifugiarsi nella sua stanza, al buio, ma anche lì gli giungevano le urla del padre. Jacinta fu licenziata in tronco e don Ricardo non si degnò neppure di vederla. Ordinò ai domestici di buttarla fuori di casa e minacciò di fare altrettanto con chiunque avesse mantenuto rapporti con lei.

Don Ricardo scese in biblioteca verso mezzanotte. Aveva chiuso la figlia nella vecchia stanza di Jacinta e proibì a chicchessia di parlarle. Jorge udì i genitori confabulare al piano di sotto. Il medico arrivò all'alba e la signora Aldaya lo accompagnò da Penélope. Quando ebbe terminato, il medico si limitò ad annuire e a intascare il suo compenso. Don Ricardo gli consigliò di tenere la bocca chiusa, se voleva continuare a esercitare la professione. Persino Jorge capì cosa intendeva dire suo padre.

Jorge era sinceramente preoccupato per Penélope e Julián. Non aveva mai visto il padre così fuori di sé. Per quanto fosse grave il disonore, non si spiegava quel furore incontrollabile. C'è qualcos'altro, disse, qualcos'altro. Don Ricardo aveva fatto in modo che Julián venisse espulso dal San Gabriel e aveva intimato al padre del ragazzo, il cappellaio, di spedirlo immediatamente nell'esercito. Miquel decise di tacere la verità a Julián. Se gli avesse rivelato che don Ricardo Aldaya teneva rinchiusa Penélope e che lei portava in grembo il loro figlio, Julián non sarebbe mai salito sul treno per Parigi, e restare a Barcellona significava morte certa. Preferì ingannarlo e lasciarlo partire con la speranza che prima o poi Penélope lo avrebbe raggiunto. Quando si accomiatò da Julián quel giorno in stazione, Miquel volle credere che non tutto era perduto.

Qualche giorno dopo, appena si seppe che Julián era scomparso, successe il finimondo. Schiumante di rabbia, don Ricardo gli sguinzagliò dietro la polizia, senza esito. Allora accusò il cappellaio di aver sabotato il loro piano e minacciò di farlo finire sul lastrico. Antoni Fortuny, ignaro di tutto, accusò a sua volta Sophie di aver organizzato la fuga di quel figlio degenere e la minacciò di buttarla in strada per sempre. L'unico a intuire che l'artefice della precipitosa partenza di Julián era Miquel Moliner fu Jorge Aldaya, che due settimane più tardi si presentò a casa sua. Non era più il ragazzo timoroso e preoccupato dei giorni precedenti; era un Jorge Aldaya adulto, non più innocente. Qualunque fosse la ragione della rabbia cieca di don Ricardo, Jorge l'aveva scoperta. Ma il motivo della sua visita era un altro: sapeva che era stato Miquel a organizzare la fuga di Julián e pertanto gli disse che non erano più amici e che non intendeva vederlo mai più; infine lo minacciò di morte se avesse divulgato i segreti della famiglia Aldaya.

Una settimana dopo, Miquel ricevette una lettera da Parigi. Julián, sotto falso nome, gli comunicava il suo indirizzo, gli diceva di star bene, di sentire molto la sua mancanza e gli chiedeva notizie della madre e di Penélope. Accludeva una lettera destinata a quest'ultima perché Miquel la spedisse da Barcellona, la prima delle tante che Penélope non avrebbe mai letto. Miquel, per prudenza, lasciò passare qualche mese. Scriveva ogni settimana a Julián, raccontandogli solo quel che giudicava opportuno, ossia ben poco. Gli mandava soldi, libri e il conforto della sua amicizia. Tutte le lettere di Julián ne contenevano una per Penélope che Miquel spediva ogni volta da un diverso ufficio postale, pur sapendo che era inutile. Julián chiedeva con insistenza notizie di Penélope ma Miquel non poteva raccontargli niente. Aveva soltanto saputo da Jacinta che la ragazza non era più uscita dalla casa sull'avenida del Tibidabo dopo che il padre l'aveva rinchiusa nella stanza al terzo piano.

Una notte Jorge Aldaya gli si parò davanti a due isolati da casa. «Sei venuto a uccidermi?» gli domandò Miquel. Jorge gli disse che voleva fare un favore a lui e al suo amico. Gli consegnò una lettera perché la recapitasse a Julián, ovunque si fosse nascosto. «Per il bene di entrambi» aggiunse. La busta conteneva un biglietto scritto da Penélope Aldaya.

> *Caro Julián,*
> *con queste poche righe desidero annunciarti il mio matrimonio e pregarti di non scrivermi più, di dimenticarmi e di rifarti una vita. Non ti serbo rancore, ma non sarei sincera se ti tacessi che in realtà non ti ho mai amato e che non potrò mai amarti. Ti auguro di essere felice, ovunque tu sia.*
>
> *Penélope*

Miquel lesse e rilesse la lettera mille volte. La calligrafia era quella di Penélope, ma lui non credette neanche per un istante che avesse scritto quelle righe di sua volontà. "Ovunque tu sia..." Penélope sapeva benissimo dov'era Julián: era a Parigi che la aspettava. Se fingeva di ignorare dove fosse, arguì Miquel, era solo per proteggerlo. Proprio per tale motivo, non riusciva a capire cosa poteva averla indotta a scrivere quelle righe. Di quali altri castighi poteva minacciarla suo padre, che già la teneva segregata da mesi? Più di chiunque altro, Penélope doveva sapere che quella lettera avrebbe ferito a morte Julián, un ragazzo di diciannove anni, solo in una città lontana, abbandonato da tutti, la cui unica speranza era quella di ricongiungersi con l'amata. Perché voleva allontanarlo da lei? Alla fine Miquel decise di non spedire la lettera, non senza prima avere scoperto come mai Penélope l'aveva scritta. Non voleva essere lui ad affondare il pugnale nel cuore dell'amico.

Nel frattempo, grazie ad amicizie influenti, don Ricardo Aldaya era riuscito a far rinchiudere nel manicomio Jacinta Coronado, che da mesi piantonava la casa mendicando notizie di Penélope. Quando Miquel Moliner andò a trovarla, un medico giovane e affabile gli spiegò che la paziente doveva rimanere tre mesi in isolamento, in modo da diventare più trattabile. Miquel decise di recarsi alla pensione dove Jacinta aveva alloggiato dopo essere stata licenziata. La padrona si ricordò che la donna aveva lasciato un messaggio per lui e tre settimane di affitto da pagare. Miquel saldò il conto senza discutere e dal biglietto di Jacinta venne a sapere che Laura, una delle cameriere degli Aldaya, era stata licenziata quando si era scoperto che aveva spedito di nascosto una lettera di Penélope per Julián. L'unico indirizzo a cui la ragazza poteva averla mandata era quello dei genitori di Julián, alla ronda de San Antonio, nella speranza che loro la facessero arrivare al figlio.

Intenzionato a recuperare quella lettera, Miquel decise di andare dai Fortuny per parlare con Sophie. Ma la donna non abitava più lì: Sophie Carax aveva lasciato il marito qualche giorno prima, o almeno così mormoravano i vicini. Miquel allora si rivolse al cappellaio, che passava le giornate chiuso in negozio a rodersi il fegato, e gli domandò se aveva visto una lettera per Julián arrivata qualche giorno prima.

«Io non ho figli» gli rispose il cappellaio.

Miquel Moliner non poteva sapere che quella lettera era finita nelle mani della portinaia e che molti anni dopo tu, Daniel, l'avresti ritrovata e avresti letto le parole scritte da Penélope, questa volta sincere, e che Julián non lesse mai.

Mentre usciva dalla cappelleria Fortuny, una vicina di casa, che disse di chiamarsi Viçenteta, gli domandò se per caso stava cercando Sophie.

«Sì. Sono un amico di Julián» rispose Miquel.

Viçenteta gli confidò che Sophie aveva preso alloggio in una misera pensione dietro alle Poste in attesa di imbarcarsi sulla

345

nave per l'America. Miquel ci andò. Salì una scala dai gradini sbrecciati, trovò Sophie Carax in una umida e scura stanza del quarto piano. La madre di Julián guardava fuori dalla finestra, seduta su una branda, con accanto due grandi valigie simili a bare, tutto ciò che restava dei suoi ventidue anni a Barcellona.

Dopo aver letto il biglietto firmato da Penélope che Jorge Aldaya aveva consegnato a Miquel, Sophie pianse lacrime di rabbia.

«Lei lo sa» mormorò. «Povera ragazza, lo sa...»

«Sa cosa?» chiese Miquel.

«La colpa è mia» disse Sophie. «La colpa è solo mia.»

Miquel, che stringeva le mani della donna tra le sue, non capiva. Sophie non ebbe il coraggio di guardarlo negli occhi.

«Penélope e Julián sono fratelli» sussurrò.

3

Molti anni prima di diventare la schiava di Antoni Fortuny, Sophie Carax era una donna che viveva del proprio talento. Era arrivata a Barcellona appena diciannovenne, in cerca di una promessa di lavoro che non si sarebbe mai realizzata. Prima di morire suo padre le aveva procurato referenze per entrare al servizio dei Benarens, un'agiata famiglia di commercianti alsaziani che risiedeva in quella città.

«Quando morirò, va' da loro» le disse. «Ti accoglieranno come una figlia.»

In effetti, Monsieur Benarens la accolse con molto calore. Madame Benarens, pure lei impietosita, le diede cento pesetas e la mise alla porta.

«Tu hai tutta la vita davanti mentre io ho solo questo marito disgraziato.»

Sophie trovò lavoro in una scuola di musica di calle Diputación come insegnante privata di pianoforte e solfeggio. All'epoca usava che le fanciulle di buona famiglia ricevessero un'educazione musicale, quanto bastava per suonare *polonaises* nei salotti e tenersi lontane da conversazioni pericolose e letture discutibili. Sophie Carax iniziò a peregrinare da un palazzo all'altro, dove domestiche inamidate e mute la introducevano nelle sale da musica in cui gli odiosi rampolli dell'aristocrazia industriale la aspettavano per burlarsi del suo accento, della sua timidezza e della sua condizione di serva. Col tempo imparò a concentrarsi sui pochi allievi che si distinguevano da quella massa di bestie profumate e a dimenticarsi degli altri.

In quel periodo Sophie conobbe Antoni Fortuny, un giovane cappellaio (lui stesso si faceva chiamare così, con orgoglio professionale) deciso a farle la corte a qualsiasi costo. Le aveva già chiesto di sposarlo e le rinnovava la sua proposta almeno una volta al mese. Dopo ogni appuntamento, Sophie si riprometteva di non vederlo più, perché non voleva ferirlo, ma il cappellaio tornava alla carica invitandola a ballare, ad andare a passeggio o a prendere la cioccolata coi biscotti in calle Canuda. Per Sophie, sola a Barcellona, era difficile resistere alle attenzioni di Antoni Fortuny, anche se le bastava guardarlo per rendersi conto che non l'avrebbe mai amato, almeno non come sognava di poter amare qualcuno. Ma la lusingava vedere nel suo sguardo rapito la donna che avrebbe voluto essere.

Per vanità o per debolezza, Sophie continuava ad accettare la corte del cappellaio, un antidoto contro la solitudine e la nostalgia, certa che prima o poi avrebbe preso il largo, appena avesse incontrato una ragazza più adatta a lui. Vedeva Antoni Fortuny tutte le domeniche, dopo la messa, e il resto della settimana impartiva lezioni di piano. La sua allieva prediletta, Ana Valls, era una ragazza molto intelligente, figlia di un produttore di macchine tessili venuto su dal nulla a prezzo di enormi sacrifici, soprattutto altrui. Ana ambiva a diventare una musicista celebre e interpretava per Sophie brevi brani che lei stessa componeva ispirandosi alle arie di Grieg e Schumann, con risultati promettenti. Il signor Valls, pur ritenendo che le donne fossero capaci di comporre solo ricami a punto croce, assecondava le ambizioni della figlia nella speranza di poterla accasare più facilmente con qualche erede con un cognome importante; era risaputo che la gente raffinata apprezzava le giovinette in età da marito dotate di qualche qualità insolita.

Fu in quella casa che Sophie conobbe uno dei principali finanziatori del signor Valls: don Ricardo Aldaya, futuro campione della plutocrazia catalana di fine secolo. Qualche mese prima Ricardo Aldaya aveva sposato un'ereditiera dalla bellezza accecante e dal nome impronunciabile, e infatti si mormorava che neppure il suo novello sposo trovasse alcuna bellezza in lei e che non si fosse mai scomodato a pronunciare il suo nome. Era stato un matrimonio tra banche, non un colpo di fulmine, diceva il signor Valls.

Appena Sophie incontrò lo sguardo di don Ricardo Aldaya capì di essere perduta. Lui aveva occhi da lupo, affamati e penetranti, che si facevano strada e sapevano dove assestare il morso al bisogno letale. Aldaya le baciò la mano con lentezza, sfiorandole le nocche con le labbra. Se il cappellaio era cortese e premuroso, don Ricardo era l'incarnazione dell'uomo che ottiene sempre ciò che vuole. Dal suo sorriso crudele lei intuì che le aveva letto nell'anima e aveva indovinato i suoi desideri, e che se ne faceva beffe. Sophie sentì quel vago disprezzo che suscitano in noi le cose che ci attraggono senza che ne siamo consapevoli. Si disse che non lo voleva più vedere, che avrebbe rinunciato alla sua allieva preferita pur di non doverlo incontrare ancora. Aver riconosciuto il suo predatore in quell'uomo vestito di lino risvegliò il suo istinto di fuga. Balbettò una scusa per ritirarsi, davanti a un perplesso signor Valls, alla sonora risata di Aldaya e allo sguardo triste della piccola Ana, che capiva le persone ancor meglio della musica e sapeva di aver perso la sua insegnante di pianoforte.

Una settimana dopo, don Ricardo Aldaya attese Sophie davanti alla scuola di calle Diputación, sfogliando un giornale. Si guardarono e senza dire una parola lui la portò in un edificio a due isolati da lì. Era un immobile nuovo, ancora vuoto. Don Ricardo spalancò la porta dell'appartamento al piano nobile e le cedette il passo. Sophie entrò in un labirinto di corridoi e verande dalle pareti spoglie e dai soffitti invisibili. Non c'erano mobili né quadri né lampade, nessun oggetto che potesse fare di quel luogo un'abitazione. Don Ricardo Aldaya chiuse la porta ed entrambi si guardarono.

«Ti ho pensato per tutta la settimana» disse Ricardo. «Se per te non è stato così, dimmelo. Ti lascerò andare via e non ti cercherò più.»

Sophie tacque.

I loro incontri clandestini durarono novantasei giorni. Si vedevano nell'appartamento vuoto all'angolo tra calle Diputación e rambla de Cataluña tutti i martedì e i giovedì alle tre del pomeriggio, mai per più di un'ora. A volte Sophie restava lì dopo che Aldaya se n'era andato, a piangere in un angolo della stanza. Poi, la domenica, tentava di ritrovare negli occhi del cappellaio qualcosa dell'antica Sophie. Antoni Fortuny non vedeva i lividi, i tagli e le bruciature sulla sua pelle; non vedeva la disperazione nel suo sorriso. Non vedeva niente. Forse fu per questo che lei accettò la sua proposta di matrimonio. Portava in grembo il figlio di Aldaya ma aveva paura di dirglielo tanto quanto temeva di perderlo. Ancora una volta, fu Aldaya a intuire ciò che lei non riusciva a confessargli. Le diede cinquecento pesetas, un indirizzo di calle Platería e le ordinò di sbarazzarsi della creatura. Al suo rifiuto, don Ricardo Aldaya la schiaffeggiò finché le sanguinarono le orecchie e minacciò di farla uccidere se avesse detto a qualcuno della loro relazione o sostenuto che il figlio era suo. Quando raccontò al cappellaio che dei malviventi l'avevano aggredita in plaza del Pino, lui le credette. Quando gli disse che sarebbe stata felice di diventare sua moglie, lui le credette. Il giorno delle nozze consegnarono in chiesa una grande corona funebre. Tra i presenti l'errore del fiorista provocò un'ilarità nervosa. Ma Sophie non rise: don Ricardo Aldaya si era ricordato di lei nel giorno del suo matrimonio.

4

Sophie Carax non avrebbe mai immaginato che molti anni dopo don Ricardo (ormai un uomo maturo alla guida dell'impero familiare e padre di due adolescenti) si sarebbe rifatto vivo per conoscere il figlio di cui aveva voluto disfarsi con cinquecento pesetas.

«Sarà perché sto invecchiando» fu la sua spiegazione, «ma voglio conoscere quel ragazzo e offrirgli le opportunità che spettano a chi ha il mio sangue. In tutti questi anni non ho mai pensato a lui ma adesso non riesco a pensare ad altro.»

Jorge, il suo primogenito, era un ragazzo timido e riservato che del padre non aveva nulla, a parte il cognome. Un giorno don Ricardo si era svegliato nel letto di una domestica con la sensazione di non essere più lo stesso. In preda al panico, si era guardato allo specchio, nudo, e aveva visto un estraneo. Quello non era lui.

Decise di ritrovare l'uomo che era stato. Sapeva del figlio del cappellaio e, a modo suo, non aveva dimenticato Sophie. Don Ricardo non dimenticava mai nulla. Quando conobbe il ragazzo trovò finalmente qualcuno che non lo temeva, che osava sfidarlo e addirittura burlarsi di lui. Rivide in Julián il vigore e l'ambizione tenace e silenziosa che trae in inganno gli stolti e consuma dentro. Dio gli aveva restituito la sua gioventù. Sophie, il fantasma della donna che ricordava, non aveva la forza di osteggiarlo. Il cappellaio era un buffone, uno zotico astioso e gretto. Decise di sottrarre Julián a quel mondo asfittico per spalancargli le porte del suo paradiso finanziario. Avrebbe studiato al San Gabriel, goduto dei privilegi riservati alla sua classe e sarebbe stato iniziato alle attività paterne: don Ricardo esigeva un degno successore. Jorge sarebbe sempre stato un inetto. Penélope, la bella Penélope, era donna e pertanto tesoro, non tesoriere. Julián, che aveva un animo da poeta, e quindi da assassino, riuniva in sé tutte le qualità necessarie. Era solo questione di tempo. Don Ricardo calcolava che sarebbero occorsi dieci anni per plasmare quel ragazzo a sua immagine e somiglianza. Mai, neppure una volta, durante gli anni che Julián trascorse con gli Aldaya come uno di loro – il prescelto – fu sfiorato dal sospetto che il ragazzo non volesse nulla da lui, eccetto Penélope. Era lontanissimo dal pensare che Julián lo disprezzasse e che stesse recitando quella parte solo per stare accanto a Penélope. Per possederla totalmente. In questo si assomigliavano.

Quando la moglie gli rivelò di aver sorpreso Julián e Penélope in atteggiamento inequivocabile, il mondo gli crollò addosso. L'orrore e lo sdegno per l'oltraggio subito, per essere stato beffato e pugnalato alle spalle dal ragazzo in cui aveva riposto tutte le sue speranze gli offuscarono la ragione. Così, quando il medico confermò che la ragazza era stata deflorata e che probabilmente era incinta, don Ricardo precipitò nel gorgo dell'odio cieco. Il giorno in cui rinchiuse Penélope nella stanza del terzo piano fu l'inizio della sua lenta, inconsapevole agonia, il primo passo verso l'autodistruzione.

Ingiunse al cappellaio, che tanto aveva disprezzato, di mandare subito Julián nell'esercito, dove la sua morte sarebbe apparsa accidentale. Proibì a chiunque, tranne alla moglie, di vedere Penélope per tutto il tempo in cui la ragazza rimase prigioniera in quella stanza che sapeva di morte e di malattia. Intanto i suoi soci avevano deciso di esautorarlo utilizzando i suoi stessi capitali. L'impero Aldaya si stava sgretolando, in riunioni riservate e manovre di corridoio a Madrid e nelle banche di Ginevra. Julián ovviamente era fuggito e don Ricardo, in fondo, era orgoglioso del ragazzo, pur volendolo morto. Si era comportato proprio come avrebbe fatto lui. Qualcun altro avrebbe pagato per le sue colpe.

Il 26 settembre 1919 Penélope Aldaya diede alla luce un bambino senza vita. Se un medico avesse potuto visitarla, si sarebbe accorto che la creatura era in pericolo e che bisognava intervenire con un taglio cesareo. Se un medico avesse assistito al parto, forse avrebbe potuto fermare l'emorragia che uccise Penélope mentre lei graffiava la porta sbarrata urlando e dall'altra parte dell'uscio suo padre piangeva in silenzio e la madre lo fissava terrorizzata. Se un medico fosse stato presente avrebbe accusato don Ricardo Aldaya di omicidio, l'unico termine che poteva definire quanto accaduto in quella cella. Ma non c'era nessuno. Quando aprirono la porta e trovarono Penélope morta in una pozza di sangue, con una creatura livida tra le braccia, nessuno ebbe il coraggio di parlare. I due corpi furono sepolti nella cripta della villa, senza cerimonie né testimoni, mentre le lenzuola furono bruciate e la stanza venne chiusa con un muro di mattoni.

Fu Jorge Aldaya, sopraffatto dal senso di colpa e dalla vergogna, a raccontare tutto a Miquel Moliner, che allora decise di spedire a Julián la lettera in cui Penélope affermava di non amarlo e gli chiedeva di dimenticarla, annunciandogli il proprio matrimonio. Ritenne preferibile che Julián desse credito a quella bugia e si ricostruisse una vita all'ombra della menzogna piuttosto che rivelargli la verità. Due anni dopo, quando la signora Aldaya morì, qualcuno parlò degli influssi malefici della casa, ma il figlio Jorge sapeva che a ucciderla erano stati il peso del rimorso, l'eco delle urla strazianti di Penélope e dei suoi colpi disperati contro quella porta chiusa. All'epoca, la famiglia era già caduta in disgrazia e la fortuna degli Aldaya franava come un castello di sabbia in balia delle onde, oggetto dell'avidità, del desiderio di rivalsa e dell'ineluttabilità della Storia. Segretari e tesorieri organizzarono la fuga in Argentina, dove avrebbero ripreso la loro attività su basi più modeste. Bisognava andare lontano, lontano dalla Spagna e dagli spettri che si aggiravano nei corridoi di villa Aldaya.

Partirono all'alba di un giorno del 1926 e viaggiarono sotto falso nome a bordo della nave che, attraverso l'Atlantico, li avrebbe condotti fino a Buenos Aires. Jorge e suo padre dividevano una cabina. Il vecchio Aldaya si reggeva a malapena in piedi. Ai medici cui aveva impedito di vedere Penélope era mancato il coraggio di dirgli la verità, ma don Ricardo sapeva che la morte si era imbarcata con loro su quella nave. Durante la lunga traversata, mentre scrutava l'orizzonte seduto in coperta, capì che non avrebbe più rivisto terra. A volte si sedeva a poppa e guardava i pescecani che seguivano la nave da quando avevano lasciato Tenerife. Sentì dire a uno degli ufficiali che quel corteo sinistro era un fatto normale sulle rotte transoceaniche. Le bestie si cibavano dei rifiuti che venivano gettati in mare. Ma don Ricardo Aldaya sapeva che quei demoni seguivano lui. "Mi state aspettando" pensava, riconoscendo in loro il vero volto di Dio. Fu allora che, in mancanza di alternative, si fece promettere da Jorge che avrebbe osservato le sue ultime volontà.

«Troverai Julián Carax e lo ucciderai. Giuramelo.»

Un mattino, due giorni prima dell'arrivo a Buenos Aires, Jorge si svegliò e vide che la cuccetta di suo padre era vuota. Salì sul ponte a cercarlo, ma trovò soltanto la sua vestaglia, ancora tiepida, a poppa. La scia del piroscafo fendeva le acque calme dell'oceano perdendosi tra la foschia salmastra.

Allora notò che i pescecani non li seguivano più e gli parve di scorgere in lontananza un cerchio di pinne. Da quel momento nessun passeggero avvistò più gli squali e quando Jorge Aldaya sbarcò a Buenos Aires e l'ufficiale della dogana gli domandò se viaggiava solo, lui rispose di sì. Era molto tempo che viaggiava da solo.

5

Dieci anni dopo, Jorge Aldaya, ridotto all'ombra di se stesso, tornò a Barcellona. In Argentina le avversità che avevano colpito la famiglia Aldaya nel Vecchio Mondo si erano moltiplicate. Jorge si era visto costretto ad affrontare da solo la realtà e ad accollarsi il lascito di don Ricardo, compito superiore alle sue forze. Era giunto a Buenos Aires con l'anima avvelenata dal rimorso. L'America, avrebbe detto in seguito a mo' di scusa o di epitaffio, è un sogno ingannevole, una terra di sciacalli e lui, assuefatto alle mollezze della vecchia Europa, non aveva resistito. Nel giro di pochi anni perdette tutto, a cominciare dalla reputazione. Gli era rimasto solo l'orologio d'oro, regalo del padre per la prima comunione: lo vendette per acquistare il passaggio in nave per Barcellona. L'uomo che tornò in Spagna era quasi un mendicante, un grumo di amarezze e fallimenti ossessionato dal rimpianto per ciò di cui era stato defraudato e dall'odio nei confronti di chi considerava responsabile della sua rovina: Julián Carax.

Memore della promessa fatta al padre, appena giunto a Barcellona tentò di rintracciare Julián Carax. Ma il suo ex amico sembrava essersi volatilizzato e la città era molto diversa da quella che Jorge ricordava. Fu in quel periodo che, per una di quelle casualità che sembrano un disegno del destino, ritrovò un vecchio compagno di gioventù. Dopo una lunga gavetta nei riformatori e nelle prigioni di Stato, Francisco Javier Fumero si era arruolato nelle forze armate, ottenendo il grado di tenente. Sarebbe certamente diventato generale se non fosse stato espulso dall'esercito dopo uno scandalo mai chiarito. Ma lui si era già fatto un nome, ed era un uomo temuto. Francisco Javier Fumero, l'adolescente introverso che raccoglieva le foglie secche nel cortile del San Gabriel, era diventato un feroce assassino. Si diceva che eliminasse gente importante per de-

naro, che liquidasse personaggi politici su commissione, che fosse la morte personificata.

Nella sala fumosa del caffè Novedades Aldaya e Fumero si riconobbero subito. Aldaya era debilitato da una febbre di cui incolpava un insetto delle selve americane. «Anche le zanzare sono delle gran figlie di puttana laggiù» diceva. Fumero lo ascoltava con un interesse venato di repulsione. Lui amava tutti gli insetti, ne ammirava il senso di disciplina, la forza e la capacità organizzativa. Non conoscevano la pigrizia, l'insubordinazione, la sodomia o la degenerazione della razza. Ma i suoi preferiti erano gli aracnidi, abilissimi nel tessere trappole al centro delle quali, con infinita pazienza, attendevano le prede destinate a finire nella loro tela, per stupidità o per sbadataggine. Aldaya era un caso evidente di decadimento fisico e morale. Era invecchiato, trasandato, privo di tono muscolare. Fumero detestava gli smidollati. Gli davano il vomito.

«Javier, sto malissimo. Mi daresti una mano per qualche giorno?» lo implorò Aldaya.

Fumero decise di ospitare Jorge Aldaya a casa sua. Abitava in un tetro appartamento di calle Cadena, nel Raval, in compagnia di numerosi insetti custoditi in boccette da farmacia e di una mezza dozzina di libri. Fumero odiava la parola scritta almeno quanto amava gli insetti. Quelli, però, non erano libri qualsiasi, erano i romanzi di Julián Carax pubblicati da Cabestany. Pagò le due puttane che vivevano nell'appartamento di fronte – madre e figlia che si prestavano alle sue richieste quando la clientela scarseggiava, soprattutto a fine mese – perché si occupassero di Aldaya mentre lui era al lavoro. Non doveva morire, non ancora.

Francisco Javier Fumero era entrato nella Squadra Criminale, dove c'era sempre posto per un professionista capace di affrontare e risolvere con discrezione le questioni più ingrate affinché le persone rispettabili potessero continuare a vivere di illusioni. Gliel'aveva detto il tenente Durán, il suo superiore.

«Fare il poliziotto non è un lavoro, è una missione» proclamava Durán. «La Spagna ha bisogno di più gente con i coglioni e di meno chiacchiere.»

Purtroppo, di lì a poco, il tenente Durán avrebbe perso la vita a causa di un incidente avvenuto durante una retata alla Barceloneta.

Erano lì per arrestare alcuni anarchici e, nella confusione,

Durán si era sfracellato cadendo da un lucernario. Si disse che la Spagna aveva perduto un uomo lungimirante, un pensatore che non temeva l'azione. Fumero lo sostituì con orgoglio, dicendosi che aveva fatto bene a spingerlo, perché Durán era troppo anziano per quel lavoro. I vecchi – come gli storpi, gli zingari e gli invertiti – lo disgustavano, anche se non erano flaccidi. Dio, a volte, commetteva dei piccoli errori ed era dovere di ogni uomo perbene porvi rimedio e mantenere presentabile il mondo.

Qualche settimana dopo aver incontrato Fumero al caffè Novedades, nel marzo del 1936, Jorge Aldaya cominciò a sentirsi un po' meglio. Si scusò per come lo aveva trattato in passato e, con le lacrime agli occhi, gli raccontò la sua storia per filo e per segno. Fumero lo ascoltava in silenzio e annuiva di tanto in tanto, domandandosi se doveva eliminarlo subito o se era il caso di concedergli ancora un po' di tempo. Si domandava pure se la lama del coltello avrebbe ucciso subito quell'essere esangue, dalle carni maleodoranti e infiacchite dall'indolenza. Decise di rimandare la vivisezione. Quella storia gli interessava, soprattutto la parte che riguardava Carax.

Sapeva che Carax viveva a Parigi. Nessuno, però, sembrava conoscere il suo indirizzo, tranne un'impiegata della casa editrice, una certa signorina Monfort, che però si rifiutava di fornirlo. Fumero l'aveva seguita un paio di volte, all'uscita dall'ufficio. Aveva persino viaggiato sul tram a pochi passi da lei. Le donne non lo notavano mai, e se capitava si giravano dall'altra parte fingendo di non averlo visto. Una sera, dopo averla seguita fin sul portone di casa, Fumero tornò nel suo appartamento e si masturbò immaginando di far penetrare la lama del suo pugnale nelle carni di quella donna, due o tre centimetri per volta, con sapiente lentezza, fissandola negli occhi. Chissà se allora si sarebbe degnata di dargli l'indirizzo di Carax e di trattarlo con il rispetto dovuto a un ufficiale di polizia.

Julián Carax era l'unica persona che Fumero si era proposto di uccidere senza riuscirci, forse perché era stato il primo e lui era ancora inesperto. Quando Jorge Aldaya pronunciò l'odiato nome, l'ispettore sorrise nel modo che spaventava tanto le sue vicine, passandosi la lingua sul labbro superiore. Il ricordo di Carax che baciava Penélope Aldaya nella villa sull'avenida del Tibidabo era ancora vivido. La sua Penélope. L'aveva amata intensamente, di un amore puro, pensava Fumero, come quelli che si vedono nei film. Andava al cinema alme-

355

no un paio di volte alla settimana e proprio in una sala cinematogra-
fica si era reso conto che Penélope era stato il grande amore della sua
vita. Tutte le altre, a partire dalla madre, erano solo delle puttane.
Alla fine del racconto di Jorge Aldaya il poliziotto decise che dopotut-
to non gli conveniva ucciderlo e ringraziò il destino che li aveva fatti
incontrare. Fumero, come accadeva nei film, ebbe una rivelazione
improvvisa: Aldaya gli avrebbe servito gli altri su un piatto d'argen-
to. Prima o poi, sarebbero caduti tutti nella sua rete.

6

Nell'inverno del 1934, i fratelli Moliner riuscirono a sfrattare
Miquel dal palazzetto di Puertaferrisa, che ancora oggi è abbandonato. Il loro intento era solo privarlo del poco che gli
rimaneva, dei suoi libri e della sua libertà, da cui si sentivano
minacciati e offesi. Lui non mi disse nulla né mi chiese aiuto.
Venni a sapere che viveva come un indigente dai due brutti
ceffi che, su incarico dei fratelli, stavano facendo l'inventario
della proprietà per liquidare i suoi pochi beni. Da diverse
notti Miquel dormiva in una topaia di calle Canuda, in una
stanza senza finestre simile a una bara, su una branda da
carcerato. Decisi di portarlo a casa mia. Tossiva continua-
mente ed era molto provato. Era solo un raffreddore trascurato, diceva, un malanno da vecchia zitella, che avrebbe finito per sparire. Due settimane dopo era peggiorato.
Dato che vestiva sempre di nero, tardai ad accorgermi delle
macchie di sangue sulle maniche della giacca. Il medico che lo
visitò mi chiese perché avevo aspettato tanto a chiamarlo: Miquel aveva la tubercolosi. Malato e senza un soldo, viveva di
ricordi e di rimorsi. Era l'uomo più fragile e buono che abbia
mai conosciuto, il solo amico che abbia mai avuto. Ci sposammo in municipio una mattina di febbraio e il nostro viaggio di
nozze consistette nel salire sul Tibidabo con la funicolare per
ammirare dal belvedere la città immersa nella foschia. Non dicemmo a nessuno che ci eravamo sposati, né a Cabestany né a
mio padre né ai parenti di Miquel, che lo davano per morto.
Scrissi invece una lettera a Julián, ma non la spedii. Qualche

mese dopo bussò alla nostra porta un individuo cencioso, con lo sguardo stralunato e la pelle lucida di sudore che disse di chiamarsi Jorge Aldaya. Con un sorriso amaro, Aldaya dichiarò: «Siamo tutti maledetti, Miquel. Tu, Julián, Fumero e io». Disse che voleva riconciliarsi con Miquel e mettersi in contatto con Julián Carax, a cui doveva riferire un messaggio molto importante del suo defunto padre, don Ricardo Aldaya. Miquel disse di non sapere dove si trovava Julián.

«Non ci sentiamo da anni» spiegò. «L'ultima volta che ho ricevuto sue notizie viveva in Italia.»

Aldaya si aspettava quella risposta.

«Mi deludi, Miquel. Pensavo che il tempo e i guai ti avessero reso più saggio.»

«Ci sono delusioni che fanno onore a chi le ispira.»

Jorge Aldaya, rachitico, sul punto di sbriciolarsi in pezzi di fiala, scoppiò a ridere.

«Fumero vi manda i suoi auguri più sinceri per il vostro matrimonio» disse, e se ne andò.

Quelle parole mi gelarono il sangue. Miquel non disse nulla ma più tardi, mentre fingevamo di dormire, mi convinsi che Aldaya aveva ragione. Eravamo maledetti.

Per parecchi mesi non avemmo più notizie di Julián né di Aldaya. Miquel aveva alcune collaborazioni fisse sulla stampa di Barcellona e di Madrid e lavorava senza sosta alla macchina da scrivere sfornando quello che definiva mangime per lettori da tram. Io ero sempre impiegata alla casa editrice Cabestany, forse perché volevo sentirmi vicina a Julián. Lui mi mandò poche righe per dirmi che stava scrivendo un nuovo romanzo, *L'ombra del vento*, e che sperava di terminarlo nel giro di qualche mese. Non faceva cenno a quanto accaduto a Parigi, anzi, il suo tono era più freddo del solito. Eppure non riuscivo a odiarlo. Cominciavo ad avere il sospetto che per me Julián fosse una malattia.

Miquel non si faceva illusioni sulla natura dei miei sentimenti. Mi amava profondamente e in cambio mi chiedeva solo un po' di compagnia e di discrezione. Non si lamentava e non mi rimproverava mai. Col tempo in me nacque un'infinita tenerezza per lui, qualcosa di diverso dall'amicizia e dalla compassione che pesava su di noi come una condanna. Miquel aveva aperto un libretto di risparmio a mio nome e vi depositava i modesti proventi delle sue collaborazioni editoriali. Non rifiutava mai un lavoro e usava tre pseudonimi, sgobbando quattordici, sedici ore al giorno. Quando gli domandavo perché si ammazzava di fatica, diceva sorridendo che si sarebbe annoiato a stare con le mani in mano. Non ci furono mai menzogne tra di noi, neppure di quelle mute. Miquel sapeva di essere molto malato, di avere pochi mesi di vita.

«Se mi dovesse accadere qualcosa, promettimi che prenderai quei soldi e ti risposerai, avrai dei figli e dimenticherai tutti noi, me per primo.»

«Con chi dovrei sposarmi, Miquel? Non dire sciocchezze.»

A volte lo sorprendevo mentre mi guardava da un angolo con un sorriso trasognato, quasi fossi il suo più grande tesoro. Veniva a prendermi tutti i pomeriggi quando uscivo dalla casa editrice, concedendosi l'unica pausa della giornata. Camminava curvo, la tosse non gli dava requie e, benché tentasse di dissimularlo, era ogni giorno più debole. Mi portava in un caffè o a guardare le vetrine in calle Fernando, poi tornavamo a casa, e lui continuava a lavorare fino alle ore piccole. Benedicevo ogni minuto trascorso insieme e la notte, mentre dormivamo abbracciati, mi tormentavo per non essere stata capace di ricambiare il suo amore, per non avergli potuto dare quello che avevo offerto a Julián. Mi proponevo di dimenticarlo e di rendere felice Miquel. Ero stata l'amante di Julián per due settimane ma sarei stata la moglie di Miquel per il resto della vita. Se un giorno leggerai queste pagine e mi giudicherai, come ho fatto io mentre le scrivevo e ripercorrevo il cammino segnato dal rimorso che è stata la mia esistenza, ricordami così, Daniel.

Appena il manoscritto dell'ultimo romanzo di Julián arrivò alla casa editrice, lo mandai in tipografia senza neppure leggerlo, per dispetto o per paura. Coi suoi ultimi risparmi, Miquel ne aveva finanziato la pubblicazione e a Cabestany, che cominciava ad avere dei problemi di salute, non importava altro. Quella settimana, il medico di Miquel venne da me in ufficio. Era molto preoccupato per lui e mi disse che se non avesse ridotto i ritmi di lavoro e non si fosse preso un periodo di riposo, anche il poco che la medicina poteva fare per combattere la tisi sarebbe stato vano.

«Dovrebbe trasferirsi in montagna, andarsene da Barcellona. Non ha sette vite come i gatti e io non sono una balia. Cerchi di farlo ragionare. Io ci ho provato, ma non mi ascolta.»

All'ora di pranzo decisi di passare da casa per parlarne con lui. Stavo aprendo la porta quando sentii che Miquel stava discutendo con qualcuno. Pensai che fosse con un collega del giornale finché non colsi il nome di Julián. Udii dei passi che si avvicinavano alla porta e corsi a nascondermi sul pianerottolo del solaio. Da lì vidi l'ospite.

Un uomo vestito di nero, con i lineamenti sfuggenti e le labbra sottili come una cicatrice. Aveva occhi privi di espressione, gli occhi di un pesce. Prima di scendere le scale, si fermò sul pianerottolo. Trattenendo il fiato, mi appiattii contro la parete. L'uomo, come se avesse sentito il mio odore, si leccava le labbra contratte in un sorriso feroce. Attesi che l'eco dei suoi passi si allontanasse prima di entrare in casa. Nell'aria ristagnava un sentore di canfora. Miquel era seduto accanto alla finestra con le braccia abbandonate lungo i fianchi. Gli tremavano le labbra. Gli domandai chi fosse quell'individuo e cosa volesse.

«Era Fumero. Ha portato notizie di Julián.»

«Cosa c'entra lui con Julián?»

Miquel mi rivolse uno sguardo esausto.

«Julián si sposa.»

La notizia mi tolse ogni parola. Mi lasciai cadere su una sedia e Miquel mi prese le mani fra le sue. Poi mi raccontò quello che gli aveva detto Fumero. Grazie ai suoi contatti con la polizia parigina, l'ispettore era riuscito a scoprire dove viveva Julián e lo stava tenendo d'occhio. Secondo Miquel la faccenda andava avanti da mesi, se non da anni. Ciò che lo preoccupava non era tanto il fatto che Fumero avesse rintracciato Carax – prima o poi doveva succedere – ma che avesse scelto quel momento per informarlo delle improbabili nozze di Julián. La cerimonia era prevista per l'inizio dell'estate del 1936 e della sposa si sapeva solo il nome: Irène

Marceau, la proprietaria del bordello dove Julián suonava il piano da diversi anni.

«Non capisco» balbettai. «Julián sposa la sua mecenate?»

«Proprio così. Non è un matrimonio, è un contratto.»

Irène Marceau aveva venticinque o trent'anni più di lui. Secondo Miquel, aveva deciso di convolare a nozze con Julián per consentirgli di ereditare i suoi beni e garantirgli un futuro tranquillo.

«Ma lo aiuta già. Lo ha sempre aiutato.»

«Si sarà resa conto che un giorno lei non ci sarà più» affermò Miquel.

Quelle parole ci toccavano troppo da vicino. Mi inginocchiai e lo abbracciai, soffocando le lacrime.

«Julián non ama quella donna, Nuria» disse, senza capire che piangevo per lui.

«Julián non ama nessuno, tranne se stesso e i suoi maledetti libri» mormorai.

Miquel mi fissava con il suo sguardo da bambino saggio.

«Mi domando che interesse abbia Fumero a tirar fuori questa storia proprio adesso.»

Non tardammo a scoprirlo. Qualche giorno dopo ricevemmo una visita di Jorge Aldaya, sempre più stravolto. Fumero gli aveva raccontato che Julián Carax avrebbe sposato una donna ricchissima con una cerimonia fastosa. Da giorni Aldaya era torturato dalla visione del responsabile delle sue disgrazie che si dava alla bella vita, godendo di una ricchezza che lui aveva visto sfumare. Fumero si era ben guardato dal dirgli che Irène Marceau era la tenutaria di un bordello e non una principessa viennese. Gli aveva anche taciuto che la futura sposa aveva trent'anni più di Julián e che quel matrimonio era solo un atto di carità. Non gli aveva riferito né dove né quando si sarebbero celebrate le nozze. Si era limitato a spargere i semi di una fantasia che divorava all'interno il poco che le febbri avevano lasciato in quel corpo rinsecchito e maleolente.

«Fumero ti ha mentito, Jorge» disse Miquel.

«E tu, re dei bugiardi, osi incolpare il prossimo!» urlò Aldaya.

Le intenzioni omicide di Jorge, ridotto ormai a uno scheletro, erano palesi, e Miquel intuì quale fosse la strategia del poliziotto. Non era forse stato lui a insegnargli a giocare a scacchi quando erano ragazzi? Fumero aveva la crudeltà di una mantide religiosa e la pazienza degli immortali. Miquel spedì una lettera a Julián per metterlo sull'avviso.

Quando venne il momento, Fumero disse ad Aldaya che Julián si sarebbe sposato di lì a tre giorni, ma che lui, essendo un ufficiale di polizia, non poteva farsi coinvolgere. Aldaya invece avrebbe potuto recarsi a Parigi per sventare le nozze. Come? domandò Aldaya, impaziente. Sfidando Julián a duello il giorno del matrimonio, disse Fumero. Gli procurò anche l'arma con cui Jorge si illudeva di fermare il cuore del maledetto che aveva distrutto la dinastia degli Aldaya. Dal rapporto della polizia di Parigi risultò che l'arma ritrovata ai suoi piedi era difettosa e che non c'era da stupirsi se gli era esplosa in faccia. Quando gliela consegnò, in una custodia, sulla banchina della Estación de Francia, Fumero sapeva già come sarebbe andata. Sapeva che l'odio cieco e l'impazienza avrebbero impedito a un febbricitante Jorge Aldaya di uccidere Julián Carax in un duello d'onore. In ogni caso, la sua stessa arma era destinata a toglierlo di mezzo. Non era Carax a dover morire in quel duello, ma Aldaya. Solo così la sua esistenza vuota, il suo corpo e la sua anima malati, a cui Fumero aveva concesso qualche mese di sopravvivenza, sarebbero serviti a qualcosa.

Fumero sapeva bene che Julián non avrebbe mai accettato di battersi con il suo vecchio amico ridotto in quello stato, perciò istruì Aldaya su come comportarsi. Doveva confessare a Julián che la lettera scrittagli da Penélope anni addietro, in cui lei gli annunciava le sue nozze e gli chiedeva di dimenticarla, era un inganno. Doveva rivelargli che era stato lui stesso a obbligare la sorella a mettere nero su bianco quelle menzogne, mentre lei, in lacrime, proclamava il suo amore per Julián. Doveva dirgli che Penélope aveva atteso il suo ritorno con l'anima e il cuore a pezzi, struggendosi per lui. Questo sarebbe bastato. Sarebbe bastato perché Carax premesse il grilletto e gli scempiasse la faccia. Sarebbe bastato perché dimenticasse ogni progetto di nozze e pensasse solo a tornare a Barcellona in cerca di Penélope e di una vita gettata al vento. E a Barcellona, al centro dell'enorme ragnatela che lui aveva pazientemente tessuto, Julián avrebbe trovato ad attenderlo Fumero.

7

Julián Carax attraversò la frontiera francese pochi giorni prima dello scoppio della guerra civile e un paio di settimane dopo che la tipografia aveva finito di stampare la prima e unica edizione di *L'ombra del vento*, destinata al grigio anonimato e all'invisibilità come i precedenti romanzi. Miquel non riusciva quasi più a lavorare, benché si mettesse alla macchina da scrivere due o tre ore al giorno. La debolezza e la febbre gli impedirono di mettere le parole nero su bianco. A causa dei ritardi nelle consegne aveva perso parecchie collaborazioni e alcuni quotidiani, dopo aver ricevuto minacce anonime, non pubblicavano più i suoi articoli. Altri giornali temevano di pubblicare i suoi articoli, avendo ricevuto diverse minacce anonime. Gli rimaneva solo una colonna quotidiana sul «Diario de Barcelona» che firmava Adrián Maltés. La guerra civile era alle porte e preferivano non correre rischi. Senza più lavoro e troppo debole persino per lamentarsi, Miquel scendeva in piazza o andava fino all'avenida de la Catedral portandosi dietro uno dei libri di Julián, quasi si trattasse di un amuleto. L'ultima volta che il medico lo aveva pesato non arrivava a sessanta chili. Insieme ascoltammo alla radio la notizia della sollevazione militare in Marocco e qualche ora più tardi un giornalista collega di Miquel ci informò che Cansinos, il caporedattore, era stato freddato con uno sparo alla nuca davanti al caffè Canaletas. Nessuno aveva avuto il coraggio di avvicinarsi e il corpo era rimasto sul marciapiede in un lago di sangue.

I brevi ma intensi giorni del terrore non si fecero attendere. Le truppe del generale Goded marciarono lungo la Diagonal e il paseo de Gracia in direzione del centro, dove risuonarono i primi spari. Era domenica e la gente era uscita a passeggiare o a far merenda nei chioschi della Carretera de Las Planas. Non era che l'inizio: nei due anni seguenti gli or-

362

rori della guerra sarebbero stati la nostra più assidua compagnia. Qualche ora dopo, tuttavia, le truppe del generale Goded si arresero, per un miracolo o per la mancanza di coordinamento tra i comandanti. Il governo di Lluís Companys sembrava aver ripreso il controllo della situazione anche se nelle settimane successive divenne evidente che la partita era tutt'altro che chiusa.

Ormai a Barcellona il potere era nelle mani dei sindacati anarchici. Dopo alcuni giorni di scontri nelle strade, si diffuse la notizia che i quattro generali ribelli erano stati giustiziati nel castello di Montjuïc. Un amico di Miquel, un giornalista britannico che era presente, disse che il plotone di esecuzione era formato da sette uomini, ma che all'ultimo momento decine di miliziani si erano uniti al festino. I corpi erano stati maciullati dalle pallottole. Qualcuno credette che l'episodio segnasse la fine del conflitto, che le truppe fasciste non sarebbero mai entrate a Barcellona e che la ribellione si sarebbe esaurita in poco tempo. Invece era il preludio di una guerra feroce.

Venimmo a sapere che Julián era a Barcellona il giorno della resa di Goded. Irène Marceau ci aveva scritto per dirci che Julián aveva ucciso Jorge Aldaya in duello, nel cimitero del Père-Lachaise. Ancora prima che Aldaya spirasse, una telefonata anonima aveva informato dell'accaduto la polizia di Parigi e Julián era fuggito. Non avevamo il minimo dubbio su chi fosse l'autore di quella telefonata. Attendemmo trepidanti che Julián si mettesse in contatto con noi per avvertirlo del pericolo e per evitare che cadesse in una trappola peggiore di quella tesagli da Fumero: scoprire la verità. Tre giorni dopo Julián non aveva ancora dato alcun segno di vita. Sapevo bene cosa stava pensando Miquel: Julián era tornato per Penélope, non per noi.

«Cosa accadrà quando saprà la verità?» gli domandavo.

«Faremo in modo che non succeda» rispondeva Miquel.

Julián non avrebbe tardato a rendersi conto che la famiglia Aldaya era scomparsa senza lasciare tracce e che non sarebbe stato semplice ritrovare Penélope. Compilammo una lista dei luoghi dove avrebbe potuto cercarla e iniziammo i nostri giri. La residenza dell'avenida del Tibidabo, resa inaccessibile da catene e da una cascata di edera, era abbandonata da anni. Il fioraio che vendeva rose e garofani all'angolo della strada ricordava, in effetti, una persona che di recente si era avvicinata alla casa, un uomo di una certa età, claudicante.

«Pensi che quando gli ho offerto un garofano da mettere all'occhiello mi ha risposto con una parolaccia e ha detto che in tempo di guerra non si comprano fiori.»

Non aveva notato nessun altro. Miquel comprò qualche rosa appassita e gli lasciò il telefono del "Diario de Barcelona" perché lo avvertisse nel caso vedesse qualcuno che somigliava a Julián. La tappa successiva fu il San Gabriel, dove Miquel rivide Fernando Ramos, il suo vecchio compagno di scuola.

Fernando, che si era fatto prete e insegnava latino e greco, fu molto turbato nel vedere Miquel così malato. Ci disse che Julián non era stato lì, ma promise che ci avrebbe contattato nel caso gli avesse chiesto aiuto, e che avrebbe tentato di trattenerlo. Chi invece ci aveva preceduti, ammise preoccupato, era Fumero, l'ispettore Fumero, come si faceva chiamare ora, che gli aveva consigliato di guardarsi le spalle.

«In guerra muore tanta gente e le divise, da prete o da soldato, non fermano le pallottole.»

Secondo Fernando Ramos non era chiaro a quale gruppo appartenesse Fumero e lui, d'altra parte, non aveva avuto il coraggio di domandarglielo. È impossibile descrivere quei primi giorni di guerra a Barcellona, Daniel. Negli sguardi della gente c'erano odio e paura e nelle strade regnava un silenzio che prendeva allo stomaco. Di giorno in giorno, di ora in ora, arrivavano notizie allarmanti. Ricordo una sera in cui Miquel e io camminavamo lungo le ramblas diretti a casa. In giro non c'era anima viva. Osservando le facciate delle case, le imposte che occultavano sguardi sospettosi, Miquel disse che si sentiva il rumore dei coltelli che venivano affilati.

Il giorno successivo ci recammo alla cappelleria Fortuny, senza grandi speranze di trovarvi Julián. Un vicino ci disse che il cappellaio, terrorizzato dai combattimenti degli ultimi giorni, si era barricato in negozio. Bussammo a lungo, ma lui si rifiutò di aprirci. Quel pomeriggio c'era stata una sparatoria a un isolato da lì e sul selciato si vedevano ancora le macchie di sangue. I cani randagi stavano divorando la carcassa di un cavallo e alcuni bambini li prendevano a sassate. Riuscimmo solo a intravedere il volto atterrito del cappellaio oltre la grata della porta. Quando gli dicemmo che stavamo cercando Julián, lui ci rispose che suo figlio era morto e che se non ce ne andavamo immediatamente avrebbe chiamato la polizia.

Per giorni e giorni chiedemmo di Julián in bar e negozi, in hotel e pensioni, nelle stazioni ferroviarie e nelle banche dove avrebbe potuto cambiare del denaro... Non avevano notato nessuno che gli somigliasse. Temendo che fosse caduto nelle mani di Fumero, Miquel chiese a un collega giornalista, in buoni rapporti col commissariato, di verificare se lo avevano arrestato, ma nulla avvalorava questa ipotesi. Julián, a due settimane dal suo ritorno a Barcellona, sembrava svanito nel nulla.

Miquel non riusciva a dormire. Un pomeriggio tornò a casa con una bottiglia di Porto. Gliel'aveva regalata il vicedirettore comunicandogli che non potevano più pubblicare i suoi articoli.

«Non vogliono guai e li capisco.»

«Cosa farai?»

«Tanto per cominciare, ho intenzione di ubriacarmi.»

In realtà, Miquel bevette solo mezzo bicchiere di vino mentre io, pian piano, finii la bottiglia, a stomaco vuoto. Verso mezzanotte crollai sul divano. Sognai che Miquel mi dava un bacio sulla fronte e mi copriva con un panno. Mi svegliai con la testa che mi scoppiava, intenzionata a maledire Miquel e la sua bella idea di farmi ubriacare, ma mi resi conto di essere sola in casa. Aveva lasciato un messaggio sulla macchina da scrivere: mi diceva di non preoccuparmi e di aspettarlo, sarebbe tornato a casa con Julián al più presto. Concludeva dicendo che mi amava. Il foglio mi cadde dalle mani. Solo allora mi accorsi che Miquel aveva tolto le sue cose dalla scrivania, come se pensasse di non tornare a usarla, e capii che non lo avrei rivisto mai più.

8

Quel pomeriggio, il fioraio aveva chiamato la redazione del "Diario de Barcelona" lasciando un messaggio per Miquel. Aveva visto l'uomo che gli avevamo descritto aggirarsi come uno spettro nei pressi della villa. A mezzanotte Miquel giunse al numero 32 dell'avenida del Tibidabo, un deserto illuminato dal chiarore lunare che filtrava tra le chiome degli alberi. Benché non lo vedesse da diciassette anni, Miquel riconobbe il passo di Julián lieve, quasi felino. Era entrato nel giardino saltando il muro di cinta ed era accanto alla fontana, inquieto come un animale braccato. Miquel avrebbe potuto chiamarlo ma preferì non attirare l'attenzione di eventuali testimoni; aveva l'impressione che, da dietro le finestre delle dimore vicine, sguardi furtivi fendessero il buio della notte. Girò intorno alla proprietà e, all'altezza dei vecchi campi da tennis, notò le tacche nella pietra che Julián aveva usato come gradini. Scalò il muro, mentre il dolore al petto gli annebbiava la vista. Si sdraiò in cima al muro e sussurrò il nome di Julián. L'uomo che si muoveva intorno alla fontana si fermò di colpo. Miquel scorse il luccichio di due occhi e si domandò se Julián lo avrebbe riconosciuto, dopo diciassette anni e ridotto in quello stato. L'uomo si avvicinò con cautela. Nella mano destra stringeva un oggetto lungo e brillante. Un pezzo di vetro.

«Julián...» mormorò Miquel.

L'altro si bloccò. Miquel udì il rumore del vetro che si infrangeva sulla ghiaia e vide emergere dall'oscurità il volto di Julián. Un volto scarno, con la barba lunga.

«Miquel?»

Troppo debole per saltare a terra o per ridiscendere sul marciapiede, Miquel tese un braccio. Julián si sollevò sul muro, afferrò con forza il pugno dell'amico e gli posò il palmo della mano sul viso. Si guardarono a lungo, in silenzio.

«Dobbiamo andarcene, Julián. Fumero ti sta addosso. Il duello con Aldaya era un tranello.»

«Lo so» disse Carax, con voce incolore.

«La casa è disabitata da anni» aggiunse Miquel. «Su, aiutami a scendere e andiamo via.»

Carax scavalcò il muro di cinta e una volta sul marciapiede afferrò l'amico per le braccia, stupendosi di quanto fosse leggero, appena un mucchietto di ossa sotto i vestiti troppo larghi. Si allontanarono lungo calle Román Macaya. Julián gli aveva messo un braccio intorno alle spalle e lo portava quasi di peso.

«Ma cos'hai?»

«Non è niente. Solo un po' di febbre. Mi sto già riprendendo.»

Julián preferì non fargli domande. Scesero lungo calle León XIII fino all'incrocio con paseo de san Gervasio, dove scorsero le luci di un caffè. Si sedettero a un tavolo in fondo, lontano dalla porta d'entrata e dalle vetrate. Un paio di avventori appoggiati al banco fumavano ascoltando la radio. Un cameriere dal colorito terreo che teneva gli occhi bassi prese l'ordinazione. Brandy, caffè e qualcosa da mangiare.

Miquel non toccò cibo; Carax, apparentemente affamato, mangiò per entrambi. I due amici si studiavano nella luce scialba del locale, inseguendo lontani ricordi. L'ultima volta che si erano visti erano due ragazzi e adesso uno era un fuggiasco e l'altro un moribondo. Si stavano domandando se il loro destino era stato deciso dalle carte toccate loro in sorte o dal modo in cui le avevano giocate.

«Non ti ho mai ringraziato per tutto l'aiuto che mi hai dato, Miquel.»

«Ho fatto solo ciò che dovevo e volevo. Non devi ringraziarmi.»

«Come sta Nuria?»

«Come l'hai lasciata.»

Carax abbassò gli occhi.

«Ci siamo sposati un anno fa. Non te l'ha scritto?»

Julián si sentì gelare le labbra e scosse lentamente la testa.

«Non hai diritto di rimproverarla, Julián.»

«Lo so. Non ho nessun diritto e basta.»

«Perché non ci hai cercato?»

«Non volevo coinvolgervi.»

«Questo non dipende più da te, ormai. Ma dove sei stato? Eravamo convinti che la terra ti avesse inghiottito.»

«Quasi. Sono stato a casa. Da mio padre.»

Miquel lo fissò stupito. Julián gli spiegò che, una volta giunto a Barcellona, non sapendo dove rifugiarsi, si era recato all'indirizzo dei genitori, convinto che lì non abitasse più nessuno. La cappelleria era aperta e dietro il banco c'era un uomo anziano, calvo, con lo sguardo spento. Quando Antoni Fortuny aveva visto lo sconosciuto fermo al di là della vetrina, Julián avrebbe voluto fuggire, ma non era riuscito a muoversi. Il cappellaio, senza dire una parola, aveva fatto entrare il figlio in negozio. Poi aveva abbassato la saracinesca e lo aveva abbracciato singhiozzando.

Il cappellaio gli disse che due giorni prima era stata lì la polizia. Un certo Fumero, uno scellerato che era stato al soldo dei militari insorti e che poi si era messo con gli anarchici, lo aveva informato dell'imminente ritorno di Carax a Barcellona. Aveva ucciso a sangue freddo Jorge Aldaya a Parigi, gli aveva detto, ed era ricercato per altri reati, ma Antoni Fortuny non l'aveva nemmeno ascoltato. Fumero era convinto che, nella remota eventualità di un ritorno del figliol prodigo, il cappellaio non avrebbe esitato a informare la polizia. Fortuny gli disse che l'avrebbe fatto, ma lo indignò che una serpe come Fumero potesse dare per scontata la sua collaborazione. Appena quel losco individuo fu uscito dal negozio, lui si recò alla cappella della cattedrale dove aveva conosciuto Sophie e supplicò il santo di guidare i passi del figlio e di ricondurlo a casa prima che fosse troppo tardi.

«Qualunque sia la ragione che ti ha riportato a Barcellona, permettimi di aiutarti, figlio mio. Tu starai nascosto in casa. La tua camera è come l'hai lasciata, puoi fermarti quanto vuoi.»

Julián gli disse di essere tornato per Penélope Aldaya e il cappellaio gli promise che l'avrebbe trovata. Poi li avrebbe aiutati a fuggire in un luogo sicuro, lontani dalle grinfie di Fumero e dal passato, lontani da tutto.

Julián rimase nella casa della ronda de San Antonio mentre il cappellaio girava la città in cerca di notizie su Penélope. Passava le giornate nella sua vecchia stanza, identica a come la ricordava, anche se adesso gli sembrava tutto più piccolo. Ma forse era soltanto l'esistenza ad aver ristretto il suo orizzonte.

Ritrovò vecchi quaderni, le matite a cui aveva fatto la punta poco prima di partire per Parigi, i libri che aspettavano di essere letti e i vestiti di quando era ragazzo, puliti e appesi nell'armadio. Il cappellaio gli disse che Sophie lo aveva lasciato poco dopo la sua fuga e che per molti anni non aveva più dato sue notizie. Un giorno, però, gli aveva spedito una lettera da Bogotá. Si era stabilita laggiù e viveva con un altro uomo; da allora si scrivevano regolarmente. «Parliamo sempre di te» ammise il cappellaio, «perché non abbiamo nient'altro da dirci.» A Julián venne da pensare che il cappellaio si fosse innamorato della moglie solo dopo averla perduta per sempre.

«Si ama davvero una sola volta nella vita, Julián, anche se non ce ne rendiamo conto.»

Antoni Fortuny, impegnato in una corsa contro il tempo nel tentativo di fare ammenda, era convinto che per Julián Penélope fosse quell'unico vero amore e sperava che ritrovandola, anche lui, di riflesso, si sarebbe riscattato, colmando almeno in parte il vuoto che gli pesava sulla pelle e sulle ossa come la rabbia di una maledizione.

Il cappellaio non lasciò nulla di intentato ma dovette arrendersi all'evidenza: a Barcellona nessuno sapeva più niente di Penélope e della famiglia Aldaya. Uomo di umili origini, costretto a lavorare per vivere, riteneva che il denaro e il lignaggio garantissero l'immortalità. Invece quindici anni di dissesti finanziari erano bastati a cancellare dalla faccia della terra i palazzi, le industrie e le vestigia di una grande stirpe. Molti riconoscevano il nome Aldaya ma quasi nessuno lo associava a una famiglia potente. Il giorno in cui Miquel Moliner e Nuria Monfort bussarono alla porta della cappelleria chiedendo di Julián, Antoni Fortuny li prese per agenti inviati da Fumero. Nessuno gli avrebbe strappato un'altra volta il figlio, neanche il padreterno che da sempre ignorava le sue suppliche. Se solo si fosse azzardato a separarlo di nuovo da Julián, lui gli avrebbe cavato gli occhi senza esitare.

L'uomo che il fioraio aveva visto nei pressi di villa Aldaya era Fortuny. E sempre il fioraio aveva scambiato per brutto carattere la determinazione di chi ha finalmente uno scopo nella vita e lo persegue con caparbietà, incalzato dal tempo.

Purtroppo, il Signore non aveva dato ascolto neppure alle ultime, accorate preghiere del cappellaio, che non era riuscito a trovare quanto cercava: la salvezza del figlio e la propria nel volto di una ragazza di cui nessuno si ricordava. Quante anïme disperate ti servono, Signore, per saziare il tuo appetito?, si domandava il cappellaio. Dio lo guardava e taceva.

«Non la trovo, Julián... Ti giuro che...»

«State tranquillo, papà. È compito mio. Mi avete già aiutato tanto.»

Quella notte, Julián aveva deciso di uscire in strada e mettersi in cerca di Penélope.

Miquel ascoltava il racconto dell'amico in preda a sentimenti contrastanti. Non si accorse del cameriere che parlava al telefono bisbigliando né delle occhiate furtive che lanciava verso l'entrata mentre lavava i bicchieri con uno zelo davvero eccessivo, visto che nel locale la sporcizia regnava sovrana. Avrebbe dovuto immaginare che Fumero era già stato in quel caffè, in decine di caffè come quello, a due passi da villa Aldaya, in modo da essere tempestivamente avvertito della presenza di Carax. Quando l'auto della polizia si fermò davanti al bar e il cameriere si rintanò in cucina, Miquel sentì la rassegnazione della fatalità. Carax la vide nel suo sguardo ed entrambi si voltarono nello stesso istante. Tre impermeabili grigi si dirigevano verso l'ingresso del caffè. Fumero non c'era. Aveva mandato avanti i suoi scagnozzi.

«Andiamocene, presto!»

«Non c'è modo di fuggire» disse Carax, con molta calma.

Aveva in mano un revolver e il suo sguardo era freddo e determinato. Il tintinnio della porta coprì il suono della radio. Miquel gli strappò la pistola e lo fissò.

«Dammi i tuoi documenti, Julián.»

I tre poliziotti si sedettero al banco. Uno di loro li guardava e gli altri si tastavano le tasche dell'impermeabile.

«I documenti, Julián. Dammeli.»

Julián fece un cenno di diniego.

«Mi rimangono uno, forse due mesi di vita, se sono fortu-

370

nato. Uno di noi deve uscire vivo da qui, Julián. Tu hai più possibilità. Non so se troverai Penélope, ma Nuria ti aspetta.»

«Nuria è tua moglie.»

«Ricordati del nostro patto. Quando morirò, tutto quello che è mio sarà tuo...»

«... eccetto i sogni.»

Si sorrisero per l'ultima volta. Julián gli tese il suo passaporto. Miquel lo infilò in tasca, vicino alla copia di *L'ombra del vento* che portava sempre con sé dal giorno in cui l'aveva ricevuta.

«A presto» sussurrò Julián.

«Non c'è fretta. Posso aspettare.»

Appena i poliziotti si voltarono verso di loro, Miquel si alzò e si diresse verso il banco. I tre videro solo un moribondo dal passo incerto avanzare verso di loro con un sorriso sulle labbra bianche da cui scendeva un filo di sangue. Quando si resero conto che impugnava una pistola Miquel era a pochi passi da loro. Uno dei tre non fece in tempo a gridare perché lo sparo gli spappolò la mandibola. Il corpo cadde in ginocchio, ai piedi di Miquel. Gli altri due agenti sfilarono dalla fondina le loro armi. Il secondo sparo attraversò lo stomaco del poliziotto più vecchio, gli spezzò la colonna vertebrale e fece schizzare un pugno di viscere sul banco. Miquel non ebbe il tempo di sparare un'altra volta. Il terzo agente gli aveva ficcato la canna della pistola tra due costole.

«Fermo, figlio di puttana, o ti giuro che ti faccio a pezzi.»

Sempre sorridendo, Miquel alzò lentamente il revolver e lo puntò contro il viso del poliziotto. Non doveva avere più di venticinque anni e gli tremavano le labbra.

«Di' a Fumero, da parte di Carax, che mi ricordo ancora il suo vestitino da marinaretto.»

Non avvertì alcun dolore. Il colpo lo scagliò contro le vetrate con la violenza di una martellata che spazzò via tutti i suoni e i colori. Un freddo intenso gli serrò la gola e la luce divenne un pulviscolo. Miquel Moliner fece appena in tempo a girarsi verso il suo amico Julián per vederlo fuggire in strada. Aveva trentasei anni, più di quanti avesse mai sperato di vivere. Prima di cadere sul marciapiede coperto di schegge di vetro insanguinato, era già morto.

9

Quella notte, mentre Julián si metteva in salvo, un furgone senza targa accorse alla chiamata dell'assassino di Miquel. Non so come si chiamasse e non credo che abbia mai saputo chi aveva ucciso. Le guerre personali, come ogni altra guerra, non sono molto diverse dagli spettacoli di marionette. Due uomini portarono via i corpi degli agenti e consigliarono al proprietario del caffè di dimenticare l'accaduto. Non bisogna mai sottovalutare la propensione all'oblio generata dalle guerre, Daniel. Il cadavere di Miquel fu abbandonato in un vicolo del Raval dodici ore più tardi per evitare che la sua morte venisse collegata a quella dei due agenti. Quando il corpo arrivò all'obitorio, era morto da due giorni. Miquel aveva lasciato a casa i suoi documenti, perciò gli trovarono addosso solo un passaporto intestato a Julián Carax, con una fotografia molto rovinata, e un libro, *L'ombra del vento*. La polizia giunse alla logica conclusione che l'ucciso fosse proprio Carax, il cui domicilio risultava ancora essere l'appartamento dei Fortuny nella ronda de San Antonio.

Fumero, prontamente informato, andò all'obitorio. Il cappellaio era lì per identificare il corpo. Non vedeva il figlio da due giorni e temeva il peggio. Così, quando riconobbe nel cadavere l'uomo che una settimana prima aveva bussato alla porta del negozio in cerca di Julián (e che lui aveva preso per uno sbirro di Fumero), ammutolì e se ne andò. La polizia interpretò quella reazione come la conferma del riconoscimento. Fumero, che aveva assistito alla scena, si avvicinò al cadavere. Erano diciassette anni che non vedeva Julián Carax. Quando riconobbe Miquel Moliner, sorrise e firmò il rapporto del medico legale, confermando che si trattava del corpo di Julián Carax e ordinandone l'immediata sepoltura in una fossa comune di Montjuïc.

A lungo mi sono domandata perché Fumero avrebbe dovuto comportarsi così, ma era solo un logico modo di agire. Morendo con l'identità di Julián involontariamente Miquel gli aveva fornito un alibi perfetto. Julián Carax non esisteva più e nulla poteva più mettere in relazione Fumero con l'uo-

·mo che, prima o poi, avrebbe stanato e ucciso. C'era una guerra e nessuno avrebbe fatto domande sulla morte di uno sconosciuto. Julián si era trasformato in un'ombra. Per due interminabili giorni rimasi a casa, in attesa del ritorno di Miquel o di Julián. Credevo di impazzire. Il terzo giorno era lunedì e andai in ufficio. Qualche settimana prima il signor Cabestany era stato ricoverato in ospedale e il figlio maggiore, Álvaro, aveva preso in mano le redini dell'attività. Non dissi nulla a nessuno. Non avrei saputo con chi confidarmi.

Quel pomeriggio telefonò un impiegato dell'obitorio, il signor Manuel Gutiérrez Fonseca, per comunicarmi che, avendo ricevuto il cadavere di un certo Julián Carax, il cui nome corrispondeva all'autore del libro che l'uomo aveva nella tasca della giacca, si era sentito in dovere di informare la casa editrice. A suo parere, inoltre, nell'espletamento delle procedure relative al riconoscimento della salma la polizia aveva operato quantomeno con una certa superficialità. Mi sentii morire. Sulle prime pensai che si trattasse dell'ennesima trappola di Fumero. Ma nella voce del signor Gutiérrez Fonseca, che si esprimeva con la precisione di un burocrate, si percepiva un'inquietudine autentica. Per fortuna avevo risposto io alla telefonata, Álvaro era uscito a pranzo ed ero sola nell'ufficio del signor Cabestany, altrimenti non avrei saputo come giustificare le mie lacrime e il tremito delle mie mani.

Ringraziai cortesemente il signor Gutiérrez Fonseca, riagganciai, chiusi la porta dell'ufficio e mi morsi i pugni per non gridare. Poi mi lavai il viso e me ne andai, lasciando detto che non stavo bene e che l'indomani mattina sarei arrivata prima del solito. In strada mi sforzai di non correre per non dare nell'occhio. Quando arrivai a casa e infilai la chiave nella toppa, mi accorsi che la serratura era stata forzata. Mi fermai. La maniglia si stava abbassando. Credetti che fosse giunta la mia ora, e mi rattristò il pensiero di dover morire così, su una scala buia, senza sapere cosa fosse successo a Miquel. La porta si spalancò: di fronte a me c'era Julián Carax. Che Dio mi perdoni, ma in quel momento mi sembrò di rinascere e ringraziai il cielo per avermi restituito Julián invece che Miquel.

Ci abbracciammo, ma quando tentai di baciarlo Julián

scostò il viso. Chiusi la porta e lo presi per mano. Sdraiati sul letto, ci stringemmo in silenzio mentre il sole tramontava e in lontananza, come tutte le sere da quando era iniziata la guerra, echeggiavano spari isolati. Julián piangeva tra le mie braccia e mi invase uno sfinimento invincibile. Complice l'oscurità, ci svestimmo dei nostri abiti impregnati di paura e di morte. Avrei voluto ricordare Miquel ma la passione travolse anche la vergogna e il dolore. Volli perdermi e non tornare indietro, pur sapendo che, all'alba, ci saremmo guardati negli occhi e ci saremmo disprezzati.

10

Mi svegliò il picchiettio della pioggia. Il letto era vuoto, la stanza umida e grigia.

Trovai Julián che accarezzava i tasti della macchina da scrivere di Miquel. Il suo sorriso distante mi tolse ogni illusione. Provai l'impulso di ferirlo rivelandogli la verità. Avrei potuto dirgli che Penélope era morta, che lui viveva nell'inganno, che io ero tutto ciò che gli restava al mondo.

«Non avrei mai dovuto tornare a Barcellona» mormorò.

Mi inginocchiai accanto a lui.

«Quello che cerchi non è qui, Julián. Andiamo via da questa città finché siamo in tempo.»

Julián mi guardò.

«Cosa mi stai nascondendo?» domandò.

Feci segno di no, inghiottendo saliva. Julián si limitò ad annuire.

«Stasera voglio andare là.»

«Julián, ascoltami...»

«Devo farlo.»

«Allora verrò con te.»

«No.»

«Non voglio restare qui ad aspettarti.»

«Questa è una cosa che riguarda solo me, Nuria.»

Mi chiesi se si rendeva conto della crudeltà delle sue parole.

«Non è vero.»

Fece per accarezzarmi la guancia ma mi scostai.

«Dovresti odiarmi, Nuria. Ti porterebbe fortuna.»

«Lo so.»

Trascorremmo tutta la giornata all'aperto, lontani dall'atmosfera greve della mia casa, dall'odore dei nostri corpi intrappolato tra le lenzuola. Julián voleva vedere il mare. Lo accompagnai alla Barceloneta e camminammo lungo la spiaggia quasi deserta, una lingua di sabbia che sfumava nella caligine. Ci sedemmo sulla rena della battigia, come fanno i vecchi e i bambini. Julián sorrideva, perduto nei suoi ricordi.

Al tramonto risalimmo vía Layetana in tram fino al paseo de Gracia, attraversammo plaza Lesseps e proseguimmo lungo l'avenida de la República Argentina fino al capolinea. Julián osservava le strade come se temesse che la città potesse svanire alle sue spalle. A un certo punto strinse la mia mano e la baciò senza parlare. Un signore anziano in compagnia di una bambina vestita di bianco, che ci osservava compiaciuto, ci domandò se eravamo fidanzati. Era ormai sera quando arrivammo in avenida del Tibidabo. Scavalcammo il muro di cinta dal lato dei campi da tennis. Una pioggerella impalpabile tingeva d'argento i muri di pietra di villa Aldaya. La riconobbi subito, perché l'avevo vista molte volte, descritta nei libri di Julián. In *La casa rossa*, era un palazzo dalle dimensioni mutevoli, al cui interno si moltiplicavano corridoi, verande, solai e scale senza fine, dove le stanze apparivano e scomparivano inghiottendo gli incauti che vi si avventuravano. Il portone era chiuso da catene e da un lucchetto grande come un pugno e sulle vetrate del primo piano c'erano assi di legno coperte di edera. Nell'aria aleggiava un odore di terra bagnata e di foglie marce; la pietra scura e scivolosa riluceva sotto la pioggia come lo scheletro di un rettile gigante.

Davanti al portone, massiccio come quello di una prigione, Julián prese una boccetta dalla tasca della giacca. Svitò il tappo e un odore nauseabondo mi pizzicò le narici. Tenendo il lucchetto per un'estremità, versò l'acido nella serratura; il metallo sfrigolò come ferro rovente emettendo uno sbuffo di vapore giallastro. Julián lasciò agire l'acido per qualche istante, prese un sasso da terra, spaccò il lucchetto e diede un calcio alla porta, che si aprì lentamente, come la pietra di un sepolcro. L'odore di chiuso ci investì, denso e umido. Julián si era procurato un accendino a benzina e fece qualche passo nell'oscurità tenendolo sollevato come una lanterna. Nella casa non c'era alcun tipo di suppellettile. Camminavamo su un tappeto di polvere dove le uniche impronte erano le nostre. Le pareti spoglie e le porte senza maniglie tremolavano al chiarore ambrato della fiamma. La villa sembrava un enorme guscio vuoto. Ci fermammo ai piedi dello scalone. Julián guardò verso l'alto. Avrei voluto sorridergli, ma riuscii solo a cogliere il guizzo dei suoi occhi nella penombra. Lo seguii su per i gradini, lì dove Penélope gli era apparsa per la prima volta. Sapevo dove stavamo andando e mi invase un freddo che non aveva nulla dell'atmosfera umida e corrosiva di quel luogo.

Salimmo al terzo piano e prendemmo un corridoio che conduceva all'ala sud della casa, dove il soffitto era più basso e le porte più strette. Lì c'erano le stanze della servitù e l'ultima, ne ero certa, era quella di Jacinta Coronado. Era lì che Julián aveva visto Penélope per l'ultima volta, che aveva fatto l'amore con una ragazza destinata a morire dissanguata, rinchiusa tra quelle quattro pareti che erano diventate la sua cella. Prima che potessi trattenerlo, Julián era già sulla soglia. Lo raggiunsi, e tutto ciò che vidi fu una stanza nuda. Sotto la polvere del pavimento erano visibili i segni di un vecchio letto sulle assi di legno e alcune macchie scure al centro della stanza. Julián fissò sconcertato quel vuoto per almeno un minuto. Riconosceva a stento la vecchia stanza di Jacinta e forse tutto gli sembrava uno scherzo crudele del destino. Lo afferrai per un braccio e lo portai verso le scale.

«Qui non c'è niente, Julián» mormorai. «Hanno venduto tutto prima di partire per l'Argentina.»

Lui annuì distrattamente e scendemmo a pianterreno. Julián andò nella biblioteca, ma anche lì trovò solo pareti vuote e un camino ostruito da detriti. Le pareti, pallide di morte, fremevano alla luce della fiamma. I creditori e gli usurai si erano portati via la memoria della famiglia e l'avevano dispersa nelle botteghe dei rigattieri.

«Sono tornato per niente.»

Meglio così, pensai, mentre contavo i passi che ci separavano dall'atrio. Se fosse uscito da quella casa portando con sé solo una sensazione di vuoto, seppure dolorosa, forse ci rimaneva qualche speranza. Gli diedi il tempo di assorbire il colpo.

«Adesso lo vedi che non c'è nulla. È solo un vecchio palazzo in rovina. Andiamo a casa» dissi.

Julián annuì sconfortato. Lo presi per mano e lo guidai verso l'uscita. A qualche metro da noi, la luce filtrava dal portone socchiuso. Ma quando eravamo ormai sulla soglia la mano di Julián si sottrasse alla mia stretta.

«Cosa c'è?»

Julián non rispose. Fissava il corridoietto delle cucine. La fiamma incerta dell'accendino illuminò una porta murata, una parete irregolare di mattoni rossi fissati con la malta. Un brivido freddo mi corse lungo la schiena. Tutte le altre porte della casa erano aperte, senza serrature né maniglie, ma c'era quel muro di mattoni rossi in fondo a quel corridoio. Julián ci appoggiò il palmo della mano.

«Julián, per favore, andiamo via.»

L'impatto del pugno sulla parete produsse un rimbombo sordo. Lui posò l'accendino a terra e mi fece segno di allontanarmi di qualche passo.

«Julián...»

Il primo calcio provocò una pioggia di polvere rossastra. Mi sembrò che gli fossero scricchiolate le ossa, ma lui cominciò a sferrare calci e pugni contro il muro con la furia di un prigioniero che si apre un varco verso la libertà. Quando il primo mattone si spezzò e cadde dall'altra parte, gli sanguinavano i pugni e le braccia. Julián raddoppiò gli sforzi per ingrandire la breccia, con una foga quasi sovrumana. Uno dopo l'altro, i mattoni cedettero e la parete fu abbattuta. Solo allora, sudato e con le mani scorticate, lui si fermò e posò l'accendino su un mattone. Oltre il muro demolito c'era una porta di legno intagliato con figure di angeli. Julián la sfiorò come se dovesse leggere un geroglifico e la spalancò.

Una tenebra azzurrata, densa e gelatinosa, si sprigionava da una scala di pietra nera. Julián si girò verso di me con lo sguardo di chi presagisce una sventura. Lo implorai di non scendere ma lui sparì nell'oscurità. Mi voltò la schiena, esausto, e si immerse nel buio. Mi affacciai al varco fra i mattoni e lo vidi scendere per la scala, quasi traballando. La fiamma tremava, ridotta a un guizzo di blu trasparente.

«Julián?»

Non mi rispose. Scorgevo la sua ombra immobile in fondo alla scala. Scesi anch'io. Eravamo in una stanza fredda, rettangolare, con le pareti rivestite di marmo. Le due lapidi erano ricoperte da un velo di ragnatele che al calore dell'accendino si dissolse come una filaccia di seta. Dalle lettere incise sul marmo bianco, colavano nere lacrime di umidità. Erano una accanto all'altra, maledette e inseparabili.

PENÉLOPE ALDAYA	DAVID ALDAYA
1902-1919	1919

11

Ho rivissuto quella scena mille volte, cercando di immaginare lo strazio di Julián quando comprese di aver atteso per diciassette anni una morta, di aver perduto il frutto del loro amore e di aver vagheggiato un'esistenza impossibile. Di solito si ha la fortuna, o la disgrazia, di assistere al lento sfacelo della propria vita senza quasi rendersene conto. Per Julian, invece, questo accadde nel giro di pochi secondi. Temetti che sarebbe fuggito da quel luogo maledetto e che non lo avrei rivisto mai più. Forse sarebbe stato meglio così.

A poco a poco l'accendino si spense. Quando ritrovai Julián nel buio tremava violentemente. Si rannicchiò in un angolo della stanza, senza parlare, senza piangere. Lo abbracciai e lo baciai sulla fronte. Ero convinta che in cuor suo lo avesse sempre saputo e che quella terribile conferma lo avrebbe liberato una volta per tutte. Era finita, ormai più niente lo legava a Barcellona. Mi illusi che il nostro destino potesse cambiare e che Penélope ci avesse perdonato.

Presi l'accendino e gli illuminai il viso, obbligandolo a guardarmi. I suoi occhi fissavano il vuoto e l'odio gli scorreva nelle vene come un veleno. Mi odiava perché lo avevo ingannato. Odiava Miquel, che gli aveva fatto dono di un'esistenza dolorosa come una ferita aperta. Ma odiava soprattutto l'uomo che riteneva colpevole di quella catastrofe, di quella scia di morte e di dolore: se stesso. Odiava i libri a cui aveva dedicato la vita e che nessuno leggeva. Odiava la propria esistenza, fatta di inganni e di menzogne. Odiava ogni secondo, ogni respiro sottratto alla morte.

Mi guardava senza battere ciglio, come si guarda un estraneo o un oggetto sconosciuto. Io facevo segno di no, lentamente, cercandogli le mani. Si alzò bruscamente e quando tentai di trattenerlo mi respinse con violenza. L'uomo che si allontanò senza dire una parola era un altro. Julián Carax era morto. Lo cercai in casa e in giardino senza trovarlo. Scavalcai il muro di cinta e gridai il nome di Julián lungo il viale deserto. Quando tornai a casa erano quasi le quattro del mattino. L'appartamento era pieno di fumo e c'era puzza di bruciato. Julián era stato lì. Spalancai le finestre. Sulla scrivania trovai l'astuccio della stilografica che avevo acquistato a Parigi, la penna di Victor Hugo. Il fumo veniva dalla stufa a legna. Quando aprii lo sportello vidi che Julián l'aveva riempita con i suoi romanzi presi dagli scaffali. Si intravedeva ancora qualche titolo sui dorsi in pelle. Il resto era cenere.

Quel giorno, appena arrivai al lavoro, il figlio di Cabestany mi chiamò nel suo ufficio. Álvaro Cabestany mi disse che quel mattino si era presentato un certo Laín Coubert, che aveva manifestato l'intenzione di acquistare tutte le copie invendute dei romanzi di Julián Carax. Lui gli aveva detto che ne avevamo un magazzino pieno a Pueblo Nuevo, ma che trattandosi di volumi molto richiesti, li avrebbe ceduti solo a un prezzo superiore a quello proposto da Coubert. Quest'ultimo aveva rifiutato e se n'era andato piuttosto contrariato. Cabestany figlio, che nel frattempo si era pentito, voleva che cercassi quel tale, Laín Coubert, e accettassi la sua offerta. Gli spiegai che Laín Coubert non esisteva, che era un personaggio dei romanzi di Carax, e che quell'uomo non era affatto interessato all'acquisto dei libri, ma solo a scoprire dov'erano. Poiché sapevo che il signor Cabestany teneva nella biblioteca del suo ufficio una copia di ogni opera che pubblicava, compresi i romanzi di Julián Carax, vi entrai di nascosto e me li portai via.

Quella sera andai da mio padre, al Cimitero dei Libri Dimenticati, e li nascosi dove nessuno, specialmente Julián, potesse trovarli. Quando uscii era già notte. Camminai fino alla Barceloneta e sulla spiaggia cercai il punto da dove avevo contemplato il mare insieme a Julián. Guardai verso la città: in lontananza, nel cielo, si alzava una colonna di fumo e il bagliore delle fiamme arrossava il mare. Era il rogo del magazzino di Pueblo Nuevo. Quando i pompieri riuscirono a domare l'incendio, poco prima dell'alba, non era rimasto più nulla, tranne la struttura in mattoni e metallo. Parlai con Lluís Carbó, che lavorava da dieci anni nel magazzino come guardiano notturno. Senza più sopracciglia né peli sulle braccia, la pelle lustra come bronzo umido, fissava incredulo le macerie fumanti. Mi raccontò che l'incendio era divampato poco dopo mezzanotte e che le fiamme avevano divorato decine di migliaia di libri. Lluís stringeva ancora al petto gli unici libri che era riuscito a salvare, alcuni volumi di versi di Verdaguer e due tomi della *Storia della Rivoluzione francese*. Varie persone del sindacato erano accorse a dare una mano. Una di loro mi disse che i pompieri avevano trovato un corpo pressoché carbonizzato e che, quando si erano accorti che respirava ancora, l'avevano portato all'Hospital del Mar.

Lo riconobbi dagli occhi. Il fuoco gli aveva divorato la pelle, le mani, i capelli, e il corpo avvolto nelle bende era un'unica piaga. Lo avevano sistemato in una stanza in fondo a un corridoio da dove si vedeva il mare, imbottito di morfina, in attesa che morisse. Feci per prendergli la mano ma una delle infermiere mi avvertì che era rimasta sotto le bende ben poca carne. Il fuoco gli aveva arso le palpebre e gli occhi fissavano perennemente il vuoto. L'infermiera che mi trovò accasciata sul pavimento mi domandò se lo conoscevo e io dissi che era mio marito. Quando arrivò il prete che voleva impartirgli l'estrema unzione, lo cacciai urlando. Tre giorni dopo Julián era ancora vivo. Per i medici era un fatto che si spiegava soltanto con la sua disperata volontà di vivere. Si sbagliavano. Era l'odio a mantenerlo in vita. Una settimana dopo, quel corpo che si rifiutava di morire venne registrato col nome di Miquel Moliner. Sarebbe rimasto in ospedale altri undici mesi. Undici mesi di silenzio e di sguardi febbrili.

Andavo a trovarlo tutti i giorni. Le infermiere cominciarono a darmi del tu e a invitarmi a pranzare con loro. Erano donne sole, forti, che attendevano il ritorno dei loro uomini dal fronte. Ogni tanto qualcuno tornava. Mi insegnarono a disinfettare le ferite di Julián, a sostituire le medicazioni, a cambiare le lenzuola con un corpo inerte steso sul letto. Mi prepararono anche all'idea che non avrei più rivisto l'uomo di un tempo. Dopo tre mesi gli togliemmo le bende dal viso. Il volto di Julián era una maschera di pelle carbonizzata, un teschio in cui le orbite degli occhi sembravano enormi. Le infermiere non dicevano niente ma ne avevano quasi paura. Secondo i medici, una volta rimarginate le ferite, sul viso e sul corpo si sarebbe formata una sorta di epidermide squamosa e violacea. Nessuno osava pronunciarsi sul suo stato mentale. Presumevano che Julián – Miquel – avesse perduto la ragione, che sopravvivesse grazie alle cure ossessive di una moglie devota. Io lo guardavo negli occhi e sapevo che Julián era lucido e si consumava nell'attesa.

Non aveva più le labbra, ma i medici ritenevano che le corde vocali non avessero subito danni irreparabili e che le ustioni sulla lingua e la laringe fossero ormai guarite. Secondo loro il mutismo di Julián era un sintomo di demenza. Un pomeriggio, sei mesi dopo l'incendio, mentre eravamo soli nella stanza, mi chinai su di lui e lo baciai sulla fronte.

«Ti amo» gli dissi.

Dalla smorfia ferina che era diventata la sua bocca uscì un rantolo e gli occhi gli si riempirono di lacrime. Feci per asciugargliele con un fazzoletto e lui ripeté quel suono amaro.

«Lasciami stare» aveva detto.

La casa editrice Cabestany chiuse due mesi dopo l'incendio del magazzino di Pueblo Nuevo. Prima di morire, il vecchio Cabestany, ottimista impenitente fino alla fine, aveva pronosticato che il figlio l'avrebbe fatta fallire in sei mesi. Cercai impiego in altre case editrici, ma c'era la guerra, e di lavoro non se ne trovava. Si pensava che il conflitto non sarebbe durato a lungo e che le cose sarebbero migliorate. In realtà, ci attendevano altri due anni di guerra e ciò che venne dopo fu, se possibile, anche peggio. A un anno dall'incendio, i medici mi dissero che era inutile prolungare la degenza di Julián. Erano momenti difficili e avevano bisogno della stanza. Mi consigliarono di farlo ricoverare in un istituto come l'ospizio di Santa Lucía, ma mi rifiutai. Nell'ottobre del 1937 lo portai a casa. Non aveva più detto una parola dopo quel "lasciami stare".

Gli dicevo tutti i giorni che lo amavo. Lui stava seduto su una poltrona davanti alla finestra, sotto varie coperte. Lo nutrivo con succhi di frutta, pane e, quando lo trovavo, latte. A poco a poco Julián riprese un po' di peso. Ogni giorno leggevo per lui un paio d'ore: Balzac, Zola, Dickens... A poco a poco il suo corpo recuperava volume. Qualche tempo dopo cominciò a muovere mani e braccia e a girare il collo. A volte quando rincasavo trovavo le coperte e qualche oggetto per terra. Un giorno lo trovai che si trascinava sul pavimento. Una notte, un anno e mezzo dopo l'incendio, mi svegliai di soprassalto durante un temporale; si era seduto accanto a me sul letto e mi accarezzava i capelli. Mi asciugai le lacrime e gli sorrisi. Era riuscito a trovare uno degli specchi che avevo nascosto e, con una voce fioca, mi disse che si era trasformato in uno dei mostri creati dalla sua fantasia, in Laín Coubert. Volevo baciarlo per dimostrargli che non mi faceva ribrezzo ma lui si ritrasse e anche in seguito non mi avrebbe permesso di toccarlo. Quando usciva a comprare qualcosa da mangiare, Julián, che stava recuperando le forze, gironzolava per casa. I risparmi di Miquel finirono e fui costretta a vendere alcuni gioielli e qualche oggetto. Alla fine mi risolsi a sacrificare la penna di Victor Hugo che avevo acquistato a Parigi. La portai in un negozio dietro al Governo Militare che trattava questo genere di articoli. Il proprietario non parve impressionato nel sentire che la stilografica era stata del grande scrittore francese, ma dovette riconoscere che si trattava di un'opera d'arte e mi offrì una somma equa, considerate le ristrettezze del momento.

Confessai a Julián di aver venduto la penna. Temevo che si infuriasse, invece mi disse che avevo fatto bene, che non l'aveva mai meritata. Un giorno, uno dei tanti in cui ero uscita a cercare lavoro, tornando a casa non trovai Julián. Quando rientrò, all'alba, gli domandai dov'era stato e lui per tutta risposta vuotò le tasche del cappotto – un vecchio cappotto di Miquel – e posò una manciata di soldi sul tavolo. Da allora cominciò a uscire quasi tutte le notti. Al buio, con un impermeabile, i guanti, la sciarpa e il cappello, era un'ombra fra tante. Non mi diceva mai dove andava e tornava quasi sempre con denaro o gioielli. Dormiva al mattino, seduto sulla poltrona, con gli occhi aperti. Una volta gli trovai in tasca un coltello a serramanico. Sulla lama a doppio filo c'erano delle macchie scure.

Fu allora che si cominciò a parlare di uno strano individuo che di notte rompeva le vetrine delle librerie e bruciava i libri. Lo strano vandalo era riuscito a introdursi anche in alcune biblioteche e nella casa di qualche collezionista. Ogni volta sottraeva due o tre volumi e li bruciava. Nel febbraio del 1938 domandai al proprietario di una libreria antiquaria se era possibile reperire sul mercato romanzi di Julián Carax. Mi rispose di no: uno sconosciuto li aveva fatti sparire. Lui stesso aveva venduto le poche copie in suo possesso a un tipo bizzarro che nascondeva il viso e parlava con una voce roca.

«Fino a qualche tempo fa si poteva trovare qualche esemplare presso privati, qui e in Francia, ma adesso molti collezionisti preferiscono disfarsene. Hanno paura e non gli do torto» mi disse.

Le assenze di Julián divennero sempre più lunghe, protraendosi per intere settimane. Agiva di notte e non tornava mai a mani vuote. Non dava mai spiegazioni o raccontava storie strampalate. Una volta mi disse di essere stato a Parigi, Lione, Nizza. Ogni tanto arrivavano lettere dalla Francia indirizzate a Laín Coubert. Erano tutte di librai antiquari o di collezionisti che avevano rintracciato la copia di un romanzo di Julián Carax. Allora scompariva per qualche giorno e poi tornava, agitato, con gli abiti che puzzavano di bruciato e di rancore.

Durante una delle sue assenze mi imbattei in Antoni Fortuny che vagava nel chiostro della cattedrale come un invasato. Lo riconobbi perché mi ero recata da lui due anni prima, insieme a Miquel, a chiedergli notizie di Julián. Ci sedemmo in un angolo. Il cappellaio mi disse di sapere che il figlio era ancora vivo e che si nascondeva da qualche parte, ma che non poteva mettersi in contatto con noi per ragioni oscure. «C'è di mezzo quell'anima nera di Fumero.» Gli dissi che condividevo i suoi timori. La guerra si stava rivelando una manna per quel poliziotto spregiudicato. Ogni mese cambiava alleati e dagli uni e dagli altri veniva accusato di essere una spia, uno sbirro, un assassino, un cospiratore, un intrigante. Altri vedevano in lui un eroe, un salvatore o un demiurgo. Poco importava. Tutti lo temevano e tutti lo volevano come amico. Occupato dagli intrighi della guerra, Fumero sembrava aver dimenticato Julián. Forse, come il cappellaio, lo immaginava ormai lontano.

Il signor Fortuny mi domandò se ero una vecchia amica del figlio e io gli risposi di sì. Mi pregò di parlargli di Julián, dell'uomo che era diventato, perché lui, mi confessò, non lo conosceva. «La vita ci ha divisi, sa?» Mi disse di aver setacciato tutte le librerie di Barcellona in cerca dei romanzi di Julián senza trovarne una sola copia. Gli avevano raccontato che un pazzo andava in giro a bruciarli. Fortuny era convinto che si trattasse di Fumero e io non lo contraddissi, per pietà o per un oscuro risentimento. Gli feci credere che Julián fosse tornato a Parigi e che stesse bene, e gli mentii dicendo che, a quanto sapevo, lo stimava molto e che, appena le circostanze lo avessero consentito, si sarebbero ritrovati. «La colpa è di questa maledetta guerra» disse lui. Volle a tutti i costi lasciarmi il suo indirizzo e quello dell'ex moglie Sophie, con cui aveva ripreso i contatti dopo un lungo periodo di "incomprensioni". Sophie si era trasferita a Bogotá e viveva con un medico facoltoso, mi disse. Aveva aperto una scuola di musica e gli scriveva regolarmente per chiedere notizie di Julián.

«È il suo ricordo a tenerci uniti. Commettiamo molti errori nella vita, signorina, e quando ci ravvediamo è troppo tardi. Mi dica, lei è credente?»

Mi accomiatai con la promessa di informare lui e Sophie nel caso avessi ricevuto notizie di Julián.

«La madre ne sarebbe molto felice. Per voi donne i sentimenti sono la cosa più importante» affermò mestamente il cappellaio. «Per questo vivete più a lungo.»

Pur avendo sentito raccontare su di lui tante storie virulente, mi fece compassione quell'anziano che si aggrappava alla speranza di poter recuperare il tempo perduto grazie ai santi che si recava a visitare con tanta devozione nella cappella della cattedrale. Me l'avevano descritto come un essere spregevole e vendicativo; mi parve invece un brav'uomo, solo un po' confuso, come tutti. Finii per provare una sorta di affetto per lui, forse perché mi ricordava mio padre, che celava i segreti del suo cuore a se stesso e agli altri. Andavo spesso a trovarlo, all'insaputa del figlio, nell'appartamento della ronda de San Antonio. Il cappellaio non lavorava più.

«Ho perso la destrezza di un tempo, la vista, i clienti...» diceva.

Ci vedevamo quasi tutti i giovedì. Mi offriva caffè, biscotti e pasticcini che lui assaggiava appena. Mi parlava per ore dell'infanzia di Julián, di quando lavoravano insieme in negozio, e mi mostrava vecchie fotografie. Mi portava nella stanza del figlio, un santuario dove conservava vecchi quaderni e oggetti che venerava come reliquie di un'esistenza soltanto immaginata, dimentico di avermeli già mostrati, di avermi raccontato le stesse storie qualche giorno prima. Uno di quei giovedì incrociai sulle scale il suo medico. Gli domandai come stava il signor Fortuny.

«È una sua parente?»

Gli risposi che ero l'unica persona che si interessava di lui. Allora il medico mi disse che Fortuny non sarebbe vissuto a lungo.

«Che cos'ha?»

«Potrei dirle che è malato di cuore ma in realtà sta morendo di solitudine. I ricordi non lasciano scampo.»

Quel giorno, Antoni Fortuny mi disse che non si fidava del medico, perché i dottori erano solo stregoni da strapazzo. La vecchiaia aveva accentuato le sue manie religiose; scorgeva ovunque la mano del demonio, sempre pronto a condurre gli uomini alla perdizione.

«Guardi me. Adesso sono un vecchio innocuo ma da giovane sono stato malvagio e pavido.»

Era stato il demonio a strappargli Julián, aggiunse.

«Dio ci dà la vita ma chi governa il mondo è il diavolo...»

Passavamo il pomeriggio così, tra dissertazioni teologiche e pasticcini rancidi.

A volte dicevo a Julián che se voleva rivedere suo padre vivo doveva sbrigarsi. In realtà andava spesso da lui senza che il cappellaio se ne accorgesse. Lo guardava invecchiare da lontano, al crepuscolo, seduto su una panchina della piazza. Julián preferiva che conservasse di lui il ricordo idealizzato degli ultimi tempi e non voleva che vedesse cos'era diventato.

«Questo è un privilegio che riservi a me» gli dissi, pentendomi subito.

Non disse nulla, ma per un istante parve tornare lucido e rendersi conto dell'inferno in cui eravamo finiti. La prognosi del medico si rivelò esatta. Il signor Fortuny non vide la fine della guerra. Lo trovarono morto sulla poltrona, con le vecchie fotografie di Sophie e di Julián fra le mani, ucciso dai ricordi.

Gli ultimi giorni del conflitto furono l'anticamera dell'inferno. Fino ad allora, i combattimenti erano avvenuti a una certa distanza dalla città, come una ferita aperta ma anestetizzata. Erano stati mesi di bombardamenti e di fame. Le morti violente, gli scontri e le congiure fiaccavano da anni lo spirito della città, però molti preferivano credere che la guerra fosse sempre altrove, il brontolio lontano di un temporale estivo. L'attesa rese ancora più drammatico l'inevitabile epilogo. Non vi fu pietà per nessuno. Eppure nulla alimenta l'oblio più di una guerra, Daniel. La legge del silenzio prevalse e ci convincemmo che quanto avevamo visto, fatto o saputo non fosse che un incubo. Le guerre negano la memoria dissuadendoci dall'indagare sulle loro radici, finché non si è spenta la voce di chi può raccontarle. Allora ritornano, con un altro nome e un altro volto, a distruggere quel poco che avevano risparmiato.

A Julián erano rimasti ben pochi libri da bruciare, dato che era diventato un passatempo praticato su larga scala. La morte del padre, di cui non parlava mai, lo aveva trasformato in un invalido e aveva placato il suo odio. Vivevamo come due reclusi, senza mai abbassare la guardia. Venimmo a sapere che Fumero aveva tradito i suoi amici ed era saltato sul carro dei vincitori. Girava voce che stesse giustiziando di persona i suoi ex alleati sparando loro a bruciapelo nelle celle del castello di Montjuïc. La macchina dell'oblio si mise in moto appena le armi tacquero, perché niente è più temibile di un eroe vivo che può rivelare ciò che altri non possono più raccontare. Nelle settimane successive alla caduta di Barcellona venne sparso più sangue che in oltre due anni di guerra, ma di nascosto, in segreto. Quando finalmente arrivò, la pace era la pace livida dei cimiteri. Non c'erano più né mani né sguardi innocenti. Da allora, una cappa di silenzio e di vergogna ci opprime l'anima. Chiunque abbia vissuto quegli anni si porterà il segreto nella tomba.

Julián e io avevamo speso tutti i nostri risparmi e i proventi delle scorrerie notturne di Laín Coubert e in casa non c'era più nulla da vendere. Io continuavo a cercare lavoro come traduttrice, dattilografa o sguattera, ma il mio precedente impiego alla casa editrice Cabestany era visto con sospetto. Un viscido funzionario con i capelli unti di brillantina, due baffetti ridicoli e un abito nuovo, uno dei tanti che stavano spuntando come funghi, mi fece capire che una bella ragazza come me non aveva bisogno di lavorare. I vicini, convinti che mi stessi prendendo cura del mio povero marito Miquel, tornato dalla guerra invalido, ogni tanto ci regalavano un po' di latte, di formaggio o di pane, e a volte anche del pesce secco e dei salumi che ricevevano dai parenti. Dopo mesi di penuria, decisi di utilizzare uno stratagemma preso in prestito da un romanzo di Julián.

Scrissi a Sophie, a Bogotá, spacciandomi per un avvocato a cui il signor Fortuny si era rivolto per mettere ordine nei propri conti. Nella lettera la informavo che, essendo il cappellaio deceduto senza fare testamento, i suoi beni, compreso l'appartamento della ronda de San Antonio e il negozio situato nello stesso immobile, erano stati ereditati dal figlio Julián, che presumibilmente viveva in esilio in Francia. Dal momento che i diritti di successione non erano stati soddisfatti, e risiedendo lei all'estero, l'avvocato, che chiamai José María Requejo come il primo ragazzo che mi aveva baciata sulla bocca, sollecitava la sua autorizzazione per poter avviare le pratiche necessarie a effettuare il trasferimento del titolo di proprietà dei beni al figlio Julián, una volta che l'avesse localizzato tramite l'ambasciata spagnola di Parigi, e per assumere in via provvisoria la titolarità degli stessi, dietro un adeguato compenso. L'avvocato, inoltre, la pregava di mettersi in contatto con l'amministratore dello stabile affinché questi provvedesse a inviare la necessaria documentazione e il dovuto compenso al suo studio. Aprii una casella postale a nome dell'avvocato Requejo dichiarando un indirizzo falso, un vecchio garage vuoto a due isolati dalla villa degli Aldaya. Speravo che Sophie, di fronte alla prospettiva di ritrovare il figlio e di poterlo aiutare, non avrebbe fatto caso alle incongruenze di quel guazzabuglio legale e avrebbe inviato il denaro senza indugio, data la prospera condizione economica di cui godeva nella lontana Colombia.

Un paio di mesi dopo, l'amministratore dello stabile ricevette il primo dei vaglia mensili che doveva coprire le spese dell'appartamento della ronda de San Antonio, nonché il compenso destinato allo studio legale di José María Requejo, che provvide a spedire sotto forma di assegno circolare alla casella postale 2321 di Barcellona, come gli aveva indicato Sophie Carax. Ben presto mi accorsi che l'amministratore tratteneva una percentuale della somma inviata da Sophie. Non dissi niente: il facile guadagno lo avrebbe indotto a non porsi troppe domande. Con quei soldi, Julián e io riuscivamo a sopravvivere. Furono anni terribili, ma alla fine riuscii a procurarmi qualche lavoro di traduzione. Nessuno ormai si ricordava più di Cabestany e si tendeva ad adottare la politica del perdono, a dimenticare le vecchie inimicizie. Io vivevo nel terrore che Fumero ricominciasse a perseguitare Julián. Speravo che lo credesse morto, che si fosse dimenticato di lui. Fumero era diventato un personaggio pubblico, aveva fatto carriera nel regime e, mi dicevo, non poteva permettersi il lusso di inseguire il fantasma di Julián Carax. A volte però mi svegliavo nel cuore della notte, in un bagno di sudore, credendo che alla porta ci fossero degli agenti armati. Temevo che qualche vicino si insospettisse per quel marito malato che non usciva mai di casa ma che a volte piangeva e batteva i pugni sui muri come un pazzo, e ci denunciasse alla polizia. Temevo che Julián scomparisse di nuovo, che ricominciasse a dare la caccia ai pochi libri superstiti per ridurli in cenere e cancellare anche le ultime tracce del suo passaggio nel mondo. Così mi scordai di me stessa, del fatto che stavo invecchiando e che avevo sprecato la mia gioventù amando un relitto, un essere senza anima, uno spettro.

Ma gli anni che seguirono furono tranquilli e trascorsero in fretta. Le vite vuote sono treni che non si fermano nella tua stazione. Intanto il tempo chiudeva le ferite della guerra. Avevo trovato lavoro in un paio di case editrici e passavo la maggior parte della giornata fuori casa. Ho avuto amanti senza nome, volti disperati che incontravo al cinema o sul metrò, con i quali condividevo la mia solitudine. Poi, inspiegabilmente, mi sentivo in colpa, guardavo Julián e mi veniva da piangere; giuravo a me stessa che non lo avrei più tradito, come se gli dovessi qualcosa. Per strada e sugli autobus osservavo le donne più giovani di me che tenevano per mano dei bambini. Sembravano felici, o perlomeno appagate, come se quelle creature avessero dato un senso alla loro esistenza. Anch'io, a volte, sognando a occhi aperti, mi ero vista con un bambino in braccio, un figlio di Julián. Poi pensavo che anche chi aveva fatto la guerra era stato bambino.

Un giorno ricevemmo la visita di un giovanotto imberbe che arrossiva quando mi guardava negli occhi. Voleva alcune informazioni sul signor Miquel Moliner per aggiornare l'archivio dell'ordine dei giornalisti. Mi disse che forse il signor Moliner avrebbe potuto beneficiare di una rendita mensile e che per questo era indispensabile una serie di dati. Risposi che il signor Moliner si era trasferito all'estero all'inizio della guerra. Lui si mostrò dispiaciuto e se ne andò col suo sorriso falso e la sua acne da apprendista spione. Non c'era tempo da perdere, Julián doveva andarsene quella notte stessa. Ormai era diventato come un bambino. Sembrava che vivesse per i momenti che passavamo insieme la sera, ascoltando musica alla radio, mentre lui stringeva la mia mano accarezzandola in silenzio.

Quella notte, utilizzando le chiavi dell'appartamento di Fortuny che l'amministratore dello stabile aveva inviato al fantomatico avvocato Requejo, accompagnai Julián nella casa in cui era cresciuto. Lo lasciai nella sua stanza e gli promisi di tornare il giorno dopo, raccomandandogli di essere molto prudente.

«Fumero ti sta cercando di nuovo» gli dissi.

Julián annuì come se non si ricordasse o non gli importasse nulla di Fumero. Passarono diverse settimane. Tutte le notti, dopo mezzanotte, andavo da lui e gli domandavo cosa aveva fatto durante la giornata. Julián mi guardava stranito, come se non capisse le mie parole. Dormivamo abbracciati e al mattino uscivo promettendogli di tornare appena possibile e lo chiudevo dentro a chiave. Lui non ne aveva copia. Meglio prigioniero che cadavere.

Non venne più nessuno a chiedere notizie di mio marito e misi in giro la voce che Miquel era in Francia. Scrissi un paio di lettere al consolato spagnolo di Parigi in cui affermavo di essere a conoscenza che il signor Julián Carax risiedeva in quella città e sollecitavo il loro aiuto per rintracciarlo. Presumevo che prima o poi le lettere sarebbero finite nelle mani giuste. Presi ogni possibile precauzione, sapendo che era solo questione di tempo. Gli uomini come Fumero non smettono mai di odiare. Il loro odio non è motivato: odiano come respirano.

L'appartamento della ronda de San Antonio era all'ultimo piano e sul pianerottolo c'era una porta che si apriva sul tetto. Le terrazze di tutto l'isolato, che le massaie usavano per stendere il bucato, formavano un mosaico di cortili separati da parapetti alti appena un metro. Individuai un edificio di calle Joaquín Costa, sul lato opposto dell'isolato, da cui potevo raggiungere i tetti e, saltando un parapetto, arrivare alla terrazza della casa della ronda de San Antonio senza che nessuno mi vedesse entrare o uscire dallo stabile. Un giorno l'amministratore mi scrisse per informarmi che alcuni inquilini avevano udito rumori nell'appartamento dei Fortuny. Risposi a nome dell'avvocato Requejo che alcuni dipendenti dello studio erano entrati a cercare dei documenti e che non c'era ragione di preoccuparsi, anche se i rumori erano notturni. Conclusi lasciandogli intendere che tra gentiluomini un segreto piccante era più sacro della Domenica delle Palme. L'amministratore, animato da spirito corporativo, rispose che non dovevo preoccuparmi.

In quegli anni, impersonare l'avvocato Requejo fu il mio unico diversivo. Una volta al mese andavo a trovare mio padre al Cimitero dei Libri Dimenticati. Non manifestò mai il desiderio di conoscere quel marito invisibile né io glielo proposi. Evitavamo l'argomento come due naviganti esperti che schivano uno scoglio. A volte mi domandava se avevo bisogno di aiuto, se poteva fare qualcosa per me. Di tanto in tanto, all'alba del sabato, accompagnavo Julián a vedere il mare. Uscivamo sul tetto, passavamo sulla terrazza vicina, scendevamo in calle Joaquín Costa e raggiungevamo il porto camminando per i vicoli del Raval. Nessuno si avvicinava mai a noi: Julián faceva paura anche a distanza. Di tanto in tanto ci spingevamo fino al frangiflutti. A Julián piaceva sedersi sugli scogli e guardare la città. Passavamo così delle ore, quasi senza parlare. A volte al pomeriggio andavamo al cinema, sgusciando in sala a proiezione già iniziata. Nel buio nessuno faceva caso a Julián. Vivevamo di notte e in silenzio. Col tempo imparai a confondere la routine con la normalità e arrivai persino a credere di aver ideato un piano perfetto. Povera idiota.

12

Il 1945 fu un anno di ceneri. La guerra era finita solo da sei anni e anche se il ricordo era ancora vivo, si preferiva non nominarla. Adesso si parlava di un altro conflitto, quello mondiale, che aveva appestato il mondo con un fetore di cui non si sarebbe più liberato. Erano anni di privazioni, pervasi da una strana pace simile alla compassione che ispirano i muti e gli storpi. Finalmente, dopo aver cercato invano un lavoro come traduttrice, venni assunta come correttrice di bozze nella casa editrice di Pedro Sanmartí, un imprenditore dell'ultima generazione. Aveva fondato l'azienda con i soldi del suocero e l'aveva sistemato in una casa di riposo sul lago di Bañolas in attesa di ricevere per posta il suo certificato di morte. Sanmartí, il cui principale svago era corteggiare ragazze molto più giovani di lui, si piccava di essere un uomo che si era fatto da solo, un concetto che cominciava ad andare di moda. Parlava un inglese improbabile, la lingua del futuro, con un marcato accento di Vilanova i la Geltrú e terminava ogni frase con l'immancabile "Okay".

La casa editrice, che Sanmartí aveva chiamato "Endymion" perché gli sembrava un nome prestigioso, pubblicava catechismi, manuali di galateo e una collana di romanzetti che avevano come protagonisti suorine da commedia, crocerossine eroiche e impiegatucci di provata fede cristiana. Pubblicavamo anche una serie di fumetti di soldati americani, "Comando Valor", che spopolava tra una gioventù bisognosa di eroi che mangiassero carne tutti i giorni. Ero diventata amica della segretaria di Sanmartí, Mercedes Pietro, una vedova di guerra che era rimasta sola con un bambino di sette anni malato di distrofia muscolare. Mercedes e io avevamo molto in comune: eravamo due donne alla deriva, circondate da uomini morti o invisibili. Aveva solo trentadue anni ma la fatica di vivere le aveva segnato il viso. In tutti quegli anni Mercedes fu l'unica persona a cui fui tentata di aprire il mio cuore.

Fu lei a dirmi che Sanmartí era grande amico dell'ispettore capo Francisco Javier Fumero. Entrambi appartenevano a una cricca che, a guerra finita, aveva esteso la sua influenza sulla città, come una ragnatela. Era l'élite dei nuovi tempi. Un giorno Fumero passò a prendere il suo amico Sanmartí perché dovevano pranzare insieme. Io mi nascosi nella stanza dell'archivio finché loro due non furono usciti. Quando tornai alla mia scrivania, Mercedes mi lanciò un'occhiata eloquente. Da allora, ogni volta che Fumero passava di lì, lei mi avvisava in modo che potessi nascondermi.

Non c'era giorno in cui Sanmartí non mi invitasse a cena, a teatro o al cinema. Io gli rispondevo che mio marito mi stava aspettando e che sua moglie doveva essere preoccupata, non vedendolo tornare. La signora Sanmartí era assai meno importante della lussuosa Bugatti nella gerarchia degli affetti del consorte, interessato soprattutto a mettere le mani sul patrimonio del suocero. Mercedes mi aveva già messa sull'avviso. Il nostro datore di lavoro aveva un costante bisogno di novità, pertanto le sue attenzioni erano sempre per l'ultima arrivata, che in quel caso ero io. Sanmartí ricorreva a ogni possibile pretesto per attaccar discorso con me.

«*Ho saputo che tuo marito, quel Moliner, è uno scrittore... Magari potrebbe scrivere un libro sul mio amico Fumero, guarda, ho già il titolo:* Fumero, il terrore del crimine o la legge della strada. *Cosa ne dici, Nurieta?*»

«*Lei è molto gentile, signor Sanmartí, ma Miquel è preso da un romanzo e non credo che in questo momento possa...*»

Sanmartí rideva.

«*Un romanzo? Perdio, Nurieta... il romanzo è morto e sepolto. Me lo diceva qualche giorno fa un amico appena rientrato da New York. Gli americani stanno inventando un apparecchio che si chiama televisione, che assomiglia al cinema ma si vede a casa. Non ci sarà più bisogno né di libri né di messe. Di' a tuo marito di lasciar perdere i romanzi. Se almeno fosse uno famoso, un calciatore o un torero... Senti, perché non ce ne andiamo a Castelldefels con la Bugatti e ne parliamo davanti a una paella? Insomma, devi metterci un po' di buona volontà... Sai bene che vorrei aiutare te e anche tuo marito. In questo paese senza padrini non si ottiene niente.*»

Cominciai a vestirmi come una vedova inconsolabile, di quelle che sembrano confondere la luce del sole col peccato mortale. Andavo a lavorare coi capelli raccolti in una crocchia e senza un filo di trucco, ma Sanmartí insisteva con le sue avance, esibendo il sorriso falso e sprezzante degli eunuchi prepotenti che spesso occupano i posti di potere. Mi presentai a un paio di colloqui di lavoro ma ogni volta mi imbattevo in un'altra versione di Sanmartí. Era una specie che si propagava rapidamente, nutrita da un terreno fertile. Uno di loro si prese la briga di telefonare a Sanmartí per dirgli che una certa Nuria Monfort stava cercando lavoro a sua insaputa e lui mi chiamò nel suo ufficio. Mi accarezzò una guancia. Le dita gli puzzavano di tabacco e di sudore. Non osavo muovermi.

«*Se non sei contenta, devi solo dirmelo. Cosa posso fare per te? Ti stimo molto e puoi immaginare quanto mi abbia ferito sapere da altri che vuoi lasciarci. Senti, ti porto fuori a cena, così facciamo la pace.*»

Scostai quella mano dal mio viso, senza riuscire a nascondere la ripugnanza che mi ispirava.

«Mi deludi, Nuria. Vedo che non hai spirito di squadra né fede nei progetti di questa azienda.»

Mercedes mi aveva avvertito che prima o poi sarebbe successo qualcosa del genere. Alcuni giorni dopo, Sanmartí, che aveva la competenza linguistica di uno scimpanzé, cominciò a restituirmi tutti i manoscritti che correggevo sostenendo che erano pieni di errori. Ogni sera restavo in ufficio fino alle dieci o alle undici per lavorare sulle pagine con le cancellature e i commenti di Sanmartí.

"*Troppi verbi al passato. Sa di vecchio, manca di nerbo... L'infinito non si usa dopo il punto e virgola, lo sanno tutti...*"

Spesso anche Sanmartí si tratteneva fino a tardi, chiuso nel suo ufficio. Mercedes cercava di fermarsi il più possibile ma più di una volta lui l'aveva mandata a casa. A quel punto Sanmartí mi raggiungeva.

«*Non esagerare, Nurieta. Il lavoro non è tutto, bisogna anche divertirsi. Sei ancora giovane e la gioventù passa in fretta.*»

Si sedeva sul bordo della mia scrivania e mi piantava gli occhi addosso. A volte si fermava alle mie spalle e io sentivo il suo alito pesante; altre, invece, mi posava le mani sulle spalle.

«*Sei troppo tesa. Rilassati.*»

Avrei voluto gridare, fuggire via e non tornare più, ma avevo bisogno di quel misero stipendio. Una sera, dopo i soliti massaggi, Sanmartí, eccitato, cominciò a toccarmi con avidità.

«*Un giorno o l'altro mi farai perdere la testa*» gemeva.

Mi alzai di scatto e mi precipitai verso l'uscita, afferrando il cappotto e la borsa. Sanmartí rideva. Sulle scale incontrai un uomo che sembrava procedere senza appoggiare i piedi a terra.

«*Quale onore, signora Moliner...*»

Era il sorriso infido dell'ispettore Fumero.

«*E così lavora per il mio amico Sanmartí. Anche lui, come me, è il migliore nel suo campo. Mi dica, come sta suo marito?*»

Capii che la mia sorte era segnata. Il mattino seguente in ufficio si sparse la voce che Nuria Monfort era lesbica, dato che sembrava immune al fascino e all'alito mefitico di don Pedro Sanmartí, e che se la intendeva con Mercedes Pietro. Più di un giovane impiegato arrivista giurò di aver visto "quelle due" sbaciucchiarsi in archivio. Nel pomeriggio Mercedes mi chiese se poteva parlarmi un attimo. Ci recammo al caffè dell'angolo e lei mi confessò che Sanmartí le aveva detto di non approvare la nostra amicizia e di essere stato informato dalla polizia di un mio presunto passato di militante comunista.

«*Non posso perdere questo lavoro Nuria. Devo pensare a mio figlio...*» disse piangendo, sopraffatta dalla vergogna e dall'umiliazione.

«*Non preoccuparti, Mercedes. Ti capisco.*»

«*Quel Fumero ce l'ha con te. Non so perché, ma glielo si legge in faccia...*»

«*Sì, lo so.*»

Il lunedì successivo, alla mia scrivania trovai un elegantone imbrillantinato. Era Salvador Benades, il nuovo correttore, disse.

«*E lei chi è?*»

Nessun collega ebbe il coraggio di guardarmi in faccia mentre raccoglievo le mie cose. Mercedes mi corse dietro sulle scale e mi consegnò una busta. Conteneva un fascio di banconote e delle monete.

«*Hanno contribuito quasi tutti secondo le loro possibilità. Prendili, per favore. Fallo per noi.*»

Quella notte andai all'appartamento della ronda de San Antonio. Julián mi aspettava, come sempre, seduto al buio. Aveva scritto una poesia per me, disse, le prime righe che metteva sulla carta in nove anni. Io crollai e gli raccontai quello che era accaduto. Temevo che, prima o poi, Fumero l'avrebbe trovato. Julián mi ascoltò in silenzio, stringendomi tra le braccia e accarezzandomi i capelli, e per la prima volta dopo tanti anni sentii di poter fare affidamento su di lui. Volevo baciarlo, ma Julián non aveva una bocca da offrirmi. Mi addormentai tra le sue braccia, rannicchiata sul suo letto di ragazzo. Quando mi svegliai, lui era sparito. All'alba udii un rumore di passi sulla terrazza e finsi di dormire. Più tardi sentii la notizia alla radio. Su una panchina del paseo del Borne era stato ritrovato il corpo di un uomo, seduto, con le mani incrociate sul petto, rivolto verso la chiesa di Santa María del Mar. I piccioni che gli beccavano gli occhi avevano richiamato l'attenzione di un abitante della zona che aveva avvertito la polizia. Il cadavere aveva il collo rotto. La signora Sanmartí lo identificò: era suo marito, Pedro Sanmartí Monegal. Quando la notizia giunse alla casa di riposo di Bañolas, il suocero del defunto rese grazie al cielo e si disse che finalmente poteva morire in pace.

13

Una volta Julián ha scritto che le coincidenze sono le cicatrici del destino. Le coincidenze non esistono, Daniel: siamo solo marionette mosse dalla nostra incoscienza. Per anni mi sono illusa che Julián fosse ancora l'uomo di cui ero innamorata, o ciò che ne restava, e ho sperato che Laín Coubert fosse tornato a essere solo il personaggio di un libro. Gli esseri umani sono disposti a credere a qualunque cosa tranne che alla verità.

L'assassinio di Sanmartí mi aprì gli occhi. Laín Coubert era più vivo che mai. Si era rifugiato nel corpo scarnificato di Julián e si alimentava dei suoi ricordi. Scoprii che aveva trovato il modo di entrare e uscire dalla casa della ronda de San Antonio attraverso una finestra del cortiletto, senza bisogno di forzare la porta che io chiudevo quando me ne andavo di lì. Scoprii anche che Laín Coubert, mascherato da Julián, andava ogni notte a villa Aldaya dopo aver girovagato per la città e che era entrato di nuovo nella cripta, che aveva violato le lapidi e aveva estratto le bare di Penélope e del figlio. "Cosa hai fatto, Julián?"

A casa trovai la polizia che voleva interrogarmi in merito alla morte dell'editore Sanmartí. Mi portarono in commissariato. Mi lasciarono per cinque ore in un ufficio, al buio, e poi si presentò Fumero vestito di nero. Mi offrì una sigaretta.

«Noi due potremmo diventare buoni amici, signora Moliner. I miei uomini mi dicono che suo marito non è in casa.»

«Mio marito mi ha lasciata. Non so dov'è.»

Un ceffone mi buttò giù dalla sedia. Mi trascinai in un angolo senza neppure alzare lo sguardo. Fumero si inginocchiò accanto a me e mi afferrò per i capelli.

«*Ascoltami bene, brutta troia: lo troverò e vi ucciderò tutti e due. Prima tu, perché possa vederti con le budella di fuori e poi lui, ma solo dopo avergli detto che l'altra zoccola, quella che ha spedito al creatore, era sua sorella.*»

«*Ti ucciderà prima lui, figlio di puttana.*»

Fumero mi sputò in faccia. Pensavo che mi avrebbe massacrata di botte, invece udii i suoi passi che si allontanavano lungo il corridoio. Tremando, mi rialzai e mi asciugai il sangue dal viso. Mi sentivo addosso il puzzo delle sue mani luride mischiato all'odore acre della paura.

Mi tennero in quella stanza, al buio e senz'acqua, per altre sei ore. Quando finalmente mi lasciarono andare era notte fonda e pioveva a dirotto. Trovai la casa a soqquadro. Gli uomini di Fumero erano stati lì. Sul pavimento, tra mobili e cassetti rovesciati e scaffali divelti, trovai i miei vestiti a brandelli e i libri di Miquel strappati. Sul letto c'erano delle feci e sul muro, con gli escrementi, avevano scritto "PUTTANA".

Andai all'appartamento della ronda de San Antonio, facendo un lungo giro e controllando che nessuno mi seguisse. Entrai nell'edificio di calle Joaquín Costa, salii sui tetti e raggiunsi il rifugio di Julián attraverso le terrazze bagnate di pioggia. Vidi con sollievo che la porta non era stata forzata. Entrai con cautela. Julián non era lì. Attesi il suo ritorno in salotto, al buio, ascoltando lo scrosciare della pioggia, fino all'alba. Allora uscii sulla terrazza e guardai la città immobile sotto un cielo plumbeo. Julián non sarebbe più tornato in quella casa. Lo avevo perduto per sempre.

Lo rividi due mesi dopo. Ero andata al cinema per fuggire dalla desolazione della mia casa. A metà film, una storia d'amore stucchevole tra una principessa rumena desiderosa di avventure e un aitante reporter americano che non si spettinava mai, un uomo si sedette accanto a me. Non era la prima volta. Capitava spesso che nei cinema dei disgraziati che puzzavano di solitudine, urina e acqua di colonia da due soldi allungassero mani sudaticce in cerca di un'effimera compagnia. Stavo per alzarmi e avvertire la maschera quando riconobbi il profilo sfigurato di Julián. Mi strinse la mano con forza e per un po' rimanemmo immobili, fingendo di guardare il film.

«Sei stato tu a uccidere Sanmartí?» sussurrai.

«Qualcuno ne ha sentito la mancanza?»

Parlavamo bisbigliando, sotto lo sguardo attento dei tanti cuori solitari sparsi per la sala, invidiosi dell'apparente successo di quel rivale tenebroso. Gli domandai dove si fosse nascosto ma non mi rispose.

«Esiste un'altra copia di *L'ombra del vento*» mormorò. «Qui a Barcellona.»

«Ti sbagli, Julián. Le hai bruciate tutte.»

«Tutte meno una. A quanto pare, una persona più astuta di me l'ha nascosta in un luogo sicuro. Tu.»

Fu la prima volta che sentii parlare di te. Un libraio fanfarone, un certo Gustavo Barceló, si era vantato con alcuni collezionisti di aver trovato una copia di *L'ombra del vento*. Nell'ambiente dei librai antiquari le voci circolano in fretta. Nel giro di un paio di mesi Barceló ricevette offerte da collezionisti di Berlino, Parigi e Roma interessati ad acquistare il libro. La misteriosa fuga di Julián da Parigi dopo un duello sanguinoso e la sua morte oscura durante la guerra civile spagnola avevano conferito alle sue opere un valore notevole, e la cupa leggenda di un uomo senza volto che saccheggiava librerie, biblioteche e collezioni private per dare alle fiamme i romanzi di Carax aveva fatto lievitare la curiosità e le quotazioni. «Abbiamo il circo nel sangue» sosteneva Barceló.

Ben presto la voce giunse anche a Julián, sempre più deciso a far tacere gli echi delle proprie parole. Scoprì così che il libro non apparteneva a Gustavo Barceló bensì a un ragazzo che lo aveva trovato per caso e, affascinato dalla storia e dal suo misterioso autore, si rifiutava di venderlo. Quel ragazzo eri tu, Daniel.

«Per l'amor di Dio, Julián, non vorrai fare del male a un ragazzino» mormorai incerta.

Julián mi spiegò che tutte le copie che aveva distrutto erano state sottratte a chi non aveva un vero interesse per le sue opere, a chi si limitava a ricavarne un profitto, a collezionisti stravaganti o a qualche topo di biblioteca. Tu, che rifiutavi qualsiasi offerta per il libro e volevi far risorgere Carax dalle macerie del suo passato, gli ispiravi una strana simpatia, addirittura un certo rispetto. A tua insaputa, Julián ti seguiva e ti osservava.

«Quando capirà chi sono e cosa ho fatto, forse brucerà lui stesso il libro.»

Julián si esprimeva con la lucidità perentoria dei folli che sono immuni dall'ipocrisia della realtà.

«Chi è quel ragazzo?»

«Si chiama Daniel, è il figlio di un libraio di calle Santa Ana di cui Miquel era cliente. Vive col padre sopra il negozio. Ha perso la madre da bambino.»

«Sembra quasi che tu stia parlando di te stesso.»

«Quel ragazzo mi assomiglia.»

«Lascialo in pace, Julián. È solo un ragazzo. La sua unica colpa è quella di ammirarti.»

«Non è una colpa, è un peccato d'ingenuità. Ma gli passerà. Quando smetterà di ammirarmi e comincerà a capirmi forse mi restituirà il libro.»

Un minuto prima che finisse il film, Julián si alzò e se ne andò. Per vari mesi ci incontrammo così, in sale cinematografiche fumose o in vicoli bui, di notte. Julián sapeva sempre come trovarmi; avvertivo la sua presenza silenziosa senza vederlo. Ogni volta che ti nominava, nella sua voce si insinuava la tenerezza, un sentimento di cui non lo credevo più capace. Venni a sapere che viveva nella residenza degli Aldaya come un mendicante e un fantasma, prigioniero delle rovine della propria vita, vegliando i resti di Penélope e del figlio. Quello era l'unico luogo al mondo da cui non si sentiva respinto. Esistono carceri peggiori delle parole, Daniel.

Andavo da lui una volta al mese, scavalcando il muro di cinta semidiroccato, per assicurarmi che stesse bene o semplicemente che fosse ancora vivo. A volte lui non c'era. Gli lasciavo un po' di cibo, dei soldi, qualche libro... Lo aspettavo per ore, fino al calar della sera. In due o tre occasioni ho anche esplorato la casa. Mi sono accorta così che Julián aveva spezzato le lapidi della cripta e aveva estratto le due bare. Non mi sembrò una profanazione, ma un gesto tragicamente coerente. Quando lui era lì parlavamo per ore, seduti davanti al fuoco del caminetto. Julián ricordava vagamente i suoi libri, come se fossero opera di qualcun altro, disse che stava tentando di ricominciare a scrivere. La prova del fallimento dei suoi sforzi erano le pagine che consegnava alle fiamme. Un giorno, approfittando della sua assenza, tolsi dalla cenere del caminetto un fascio di fogli. Parlavano di te. Un racconto, mi aveva detto un giorno Julián, è la lettera che un autore scrive a se stesso per mettere a nudo la propria anima. Da qualche tempo Julián dubitava della propria sanità mentale. Il folle è consapevole di esserlo? O i pazzi sono coloro che vogliono convincerlo della sua follia per salvaguardare la loro esistenza insensata? Julián ti osservava e ti guardava crescere. Ti considerava un dono del cielo, pensava che gli avresti offerto un'opportunità di riscatto, se solo avesse potuto insegnarti a non commettere i suoi stessi errori. Ho anche sospettato che, nella sua mente contorta, tu avessi sostituito il figlio perduto, una pagina bianca su cui tracciare la storia che non riusciva a scrivere.

Nel corso degli anni il suo interesse per te crebbe. Mi parlava dei tuoi amici, di una certa Clara di cui ti eri innamorato, di tuo padre, un uomo che stimava, di Fermín e di una ragazza in cui vedeva un'altra Penélope, la tua Bea. Parlava di te come di un figlio. Vi stavate cercando, Daniel. Era convinto che la tua innocenza lo avrebbe salvato da se stesso. Non andava più a caccia dei suoi libri, non voleva più distruggere ogni traccia della sua esistenza. Stava imparando a guardare il mondo attraverso i tuoi occhi, a ritrovare in te il ragazzo che era stato. La prima volta che sei venuto da me ho avuto la sensazione di conoscerti già. Mi sono mostrata diffidente per non farti capire che avevo paura di te, di ciò che potevi scoprire. Temevo che Julián avesse ragione quando diceva che siamo uniti dal destino e dal caso come gli anelli di una catena. Avevo paura di rivedere in te il Julián che avevo perduto. Sapevo che tu e i tuoi amici stavate scavando nel nostro passato e che prima o poi avresti scoperto la verità, ma questo doveva avvenire al momento opportuno, quando saresti stato pronto. Ero sicura che prima o poi tu e Julián vi sareste incontrati. È stato il mio errore. Anche Fumero lo sapeva e aspettava pazientemente che lo conducessi da lui.

Mi resi conto della gravità della situazione quando ormai era impossibile tornare indietro, ma mi illusi che ti saresti dimenticato di noi o che la vita, la tua vita, ti avrebbe portato lontano, in salvo. Il tempo mi ha insegnato a non perdere mai la speranza ma anche a non farvi troppo affidamento, perché è vanitosa e crudele, senza consapevolezza. È da molto che Fumero mi sta addosso. Sa che prima o poi cadrò nella sua rete. Non ha fretta, per questo agisce così. Vive per vendicarsi, di tutti e di se stesso. Senza la vendetta, senza la rabbia, la sua esistenza non avrebbe più senso. Fumero sa che tu e i tuoi amici lo condurrete da Julián. Sa anche che dopo questi quindici lunghi anni, non ho più né energie né risorse. Ha assistito alla mia lenta agonia e sta aspettando l'occasione per darmi il colpo di grazia. Ho sempre saputo che sarei morta per mano sua, e ora il momento è vicino. Darò queste pagine a mio padre e gli chiederò di consegnartele nel caso mi accada qualcosa. Prego il Dio che non ho mai conosciuto che tu non debba leggerle, ma il mio destino – al di là della mia volontà e delle mie vane speranze – è quello di affidarti questa storia. Il tuo, malgrado l'innocenza e la giovane età, è quello di restituirle la libertà.

Se leggerai queste mie memorie, che sono un carcere di ricordi, vorrà dire che non potrò accomiatarmi da te come avrei voluto né supplicarti di perdonare tutti noi, soprattutto Julián, e di vegliare su di lui. Non ho il diritto di chiederti niente, se non di pensare a salvarti. Forse tutte queste pagine sono riuscite a convincermi che, qualsiasi cosa accada, in te avrò sempre un amico, la mia sola vera speranza. Nei libri di Julián c'è un'idea che ho sempre sentito mia: continuiamo a vivere nel ricordo di chi ci ama. Come mi accadde con Julián ancora prima di incontrarlo, sento di conoscerti e di potermi fidare di te. Ricordami, Daniel, anche se in segreto, in un angolo del tuo cuore. Non permettere che me ne vada per sempre.

Nuria Monfort

L'ombra del vento

1955

1

Quando terminai di leggere il manoscritto di Nuria Monfort si stava già facendo giorno. Quella era la mia storia. La nostra storia. Nei passi perduti di Carax riconobbi le orme dei miei, ormai irrecuperabili. Mi misi a camminare avanti e indietro per la stanza come un animale in gabbia. Ero spossato, ma nonostante i miei rimorsi e le mie incertezze non intendevo più sottrarmi alle conseguenze delle mie azioni. Mi infilai il cappotto, misi il manoscritto in una tasca interna e uscii. Faceva freddo e nevicava. Il cielo si disfaceva in lacrime pigre di luce che si posavano sul fiato e svanivano. Al centro di plaza de Cataluña, in totale solitudine, c'era un vecchio – o forse un angelo disertore – dalla chioma bianca, infagottato in un cappottone grigio. Con lo sguardo rivolto al cielo, quel principe dell'alba tentava di afferrare i fiocchi di neve con le mani inguantate, ridendo. Quando gli passai accanto, mi sorrise con aria grave, quasi potesse leggermi nell'anima. I suoi occhi luccicavano come monete sul fondo di uno stagno.

«Buona fortuna» mi parve che mi dicesse.

Gli fui grato di quell'augurio e allungai il passo, sperando che non fosse troppo tardi e che Bea, la Bea della mia storia, mi stesse ancora aspettando.

Mi fermai solo quando arrivai davanti alla casa degli Aguilar, ansante. La neve aveva cominciato a imbiancare il marciapiede. Saturno Molleda, portiere dell'edificio e, secondo Bea, poeta surrealista in incognito, era uscito a contemplare l'inusuale spettacolo della neve armato di scopa, stivaloni e perlomeno tre sciarpe.

«È la forfora di Dio» disse ispirato, ornando la nevicata con versi inediti.

«Sto andando dai signori Aguilar.»

«Va bene che il mattino ha l'oro in bocca, ma non le pare di esagerare, ragazzo?»

«È un'emergenza. Mi aspettano.»

«Ego te absolvo» recitò lui.

Salii velocemente le scale. Con un po' di fortuna, pensai, mi avrebbe aperto una delle domestiche e quello non sarebbe stato un problema; nel peggiore dei casi, data l'ora, mi sarei trovato davanti il padre di Bea. Speravo che nell'intimità del focolare domestico non girasse armato, almeno non prima di colazione. Attesi qualche istante per calmarmi. Il dado era tratto. Bussai alla porta con decisione. Quindici secondi dopo ripetei l'operazione, incurante del sudore freddo che mi imperlava la fronte e dei battiti sordi del mio cuore. La porta si aprì.

«Cosa vuoi?»

Il mio amico Tomás mi guardava con due occhi di ghiaccio.

«Voglio vedere Bea. Puoi anche spaccarmi la faccia, ma non me ne vado senza averle parlato.»

Tomás mi fissava imperturbabile. Mi domandai se intendeva farmi a pezzi seduta stante.

«Mia sorella non c'è.»

«Tomás...»

«Bea se n'è andata.»

La sua rabbia non riusciva a mascherare l'ansietà.

«Dov'è andata?»

«Speravo che tu lo sapessi.»

«Io?»

Ignorando i pugni stretti e l'aria truce di Tomás, oltrepassai la soglia.

«Bea!» gridai. «Bea, sono Daniel.»

Mi fermai a metà corridoio. La mia voce rimbombava nell'appartamento vuoto. Nessuno accorse alle mie grida: né il signor Aguilar né sua moglie né le domestiche.

«Non c'è nessuno, te l'ho detto» ribadì Tomás. «Adesso vattene e non farti più vedere. Mio padre ha giurato che ti ucciderà e non sarò certo io a impedirglielo.»

«Per l'amor di Dio, Tomás, dimmi dov'è tua sorella.»

«Bea è scappata di casa. I miei genitori la stanno cercando da due giorni come pazzi. E anche la polizia.»

«Ma...»

«L'altra sera, quando è tornata a casa dopo essere stata con te, mio padre l'ha presa a schiaffi. Sta' tranquillo, non ha fatto il tuo nome. Non la meriti.»

«Tomás...»

«Sta' zitto. Il giorno dopo i miei genitori l'hanno portata dal medico.»

«Perché? È malata?»

«Malata di te, idiota. Bea è incinta. Non dirmi che non lo sapevi.»

Lo guardai a bocca aperta. Un senso di vertigine mi impedì di parlare. Mi diressi verso la porta e Tomás mi prese per un braccio e mi sbatté contro il muro.

«Cosa le hai fatto?»

«Tomás, io...»

Lui abbassò le palpebre. Il primo colpo mi tolse il respiro. Scivolai a terra, le spalle contro la parete e le ginocchia molli. Una morsa di acciaio mi afferrò per il collo e mi rimise in piedi.

«Cosa le hai fatto, figlio di puttana?»

Cercai di liberarmi, ma Tomás mi scaraventò a terra con un pugno in faccia. Stramazzai sulle mattonelle del corridoio, la testa in fiamme per il dolore. Tomás mi afferrò per il bavero del cappotto e mi trascinò sul pianerottolo come fossi un sacco di rifiuti.

«Se a Bea è successo qualcosa, ti ammazzo» sibilò.

Non mi diede neppure il tempo di riprendere fiato per tentare di farlo ragionare. La porta si richiuse. L'orecchio sinistro mi ronzava e dalla testa dolorante scendeva un rivolo di sangue. Mi rialzai con difficoltà. I muscoli dell'addome, che avevano incassato il primo pugno di Tomás, ardevano in un'agonia che iniziava solo in quel momento. Scesi i gradini barcollando. In fondo alle scale, don Saturno scosse la testa.

«Venga, entri un attimo nella guardiola e si rimetta in sesto...»

Io mi tenevo lo stomaco con le mani. Il lato sinistro della testa mi pulsava come se la carne volesse staccarsi dal cranio.

«Sta sanguinando» disse preoccupato don Saturno.

«Non è la prima volta.»

«Be', se continua così non avrà molte occasioni di ripetere l'esperienza. Mi faccia un favore, entri nella guardiola, le chiamerò un medico.»

Riuscii a raggiungere il portone e a sfuggire alla buona volontà del portiere. La neve cadeva fitta, ammantando i marciapiedi. Il vento gelido mi penetrava fin nelle ossa e lambiva la ferita sanguinante sul viso. Non so se piansi per il dolore, la rabbia o la paura. La neve, indifferente, cancellò le mie lacrime codarde e io mi allontanai nel chiarore dell'alba, un'ombra tra le tante che si aprivano un varco tra la forfora di Dio.

2

Vicino a calle Balmes mi accorsi di essere seguito da un'auto che procedeva costeggiando il marciapiede. Mi girava la testa e camminavo appoggiandomi ai muri delle case. La macchina si fermò e ne scesero due persone. Il fischio alle orecchie mi assordava e non udii il rumore del motore né le parole dei due uomini vestiti di nero che mi sorreggevano per le ascelle e mi portavano verso l'automobile. Mi accasciai sul sedile posteriore stordito dalla nausea. Vedevo dei lampi, come il flusso di un'accecante marea luminosa. L'auto ripartì mentre le mani di quegli uomini mi palpavano il viso, la testa e le costole. Quando trovarono il manoscritto di Nuria Monfort, uno dei due me lo prese. Cercai di impedirlo, ma avevo le braccia molli come gelatina. Uno di loro si chinò su di me. Mi resi conto che mi stava parlando quando avvertii il calore del suo alito. Mi aspettavo di vedere la faccia di Fumero e di sentire la lama del suo coltello sulla gola. Due occhi si posarono su di me e, un attimo prima di svenire, riconobbi il sorriso sdentato di Fermín Romero de Torres.

Mi svegliai in un bagno di sudore mentre due mani decise mi obbligavano a sdraiarmi su una branda circondata da candele come in una veglia funebre. Alla mia destra scorsi Fermín.

Sorrideva, ma anche nel mio stato vidi che era preoccupato. Accanto a lui, in piedi, c'era don Federico Flaviá, l'orologiaio.

«Sta rinvenendo, Fermín» disse don Federico. «Cosa ne dice se gli scaldo un brodino?»

«Male non gli farà. Già che c'è, sarebbe così gentile da prepararmi un panino con quel che trova? Tutta questa agitazione mi ha messo addosso una fame nera.»

Federico, con molto tatto, ci lasciò soli.

«Dove siamo, Fermín?»

«Al sicuro. Ci troviamo in un piccolo appartamento nella sinistra dell'Ensanche, proprietà di amici di don Federico, a cui dobbiamo la vita e qualcosa di più. I benpensanti la definirebbero una garçonnière, ma per noi è un santuario.»

Cercai di sollevarmi. Il dolore alle orecchie era una pulsazione bruciante.

«Diventerò sordo?»

«Non lo so, ma per poco non diventa mezzo scemo. Quell'energumeno del signor Aguilar c'è andato giù pesante.»

«Non è stato il signor Aguilar a picchiarmi. È stato Tomás.»

«Tomás? Il suo amico inventore?»

Annuii.

«Ma perché?»

«Bea è scappata di casa...» dissi.

Fermín aggrottò la fronte.

«Continui.»

«È incinta.»

Fermín era esterrefatto. Per la prima volta, da quando lo conoscevo, vidi sul suo volto un'espressione severa.

«Non mi guardi così, Fermín.»

«Cosa vuole che faccia, che stappi una bottiglia di champagne?»

Cercai di alzarmi, ma il dolore e le mani di Fermín me lo impedirono.

«Devo trovarla, Fermín.»

«Non si muova. Nelle sue condizioni non può andare da nessuna parte. Mi dica dov'è la ragazza e andrò io da lei.»

«Non so dov'è.»

«Devo chiederle di essere più preciso.»

Don Federico comparve sulla soglia con una tazza di brodo. Mi sorrise affettuosamente.

«Come ti senti, Daniel?»

«Molto meglio, grazie, don Federico.»

«Tieni, prendi un paio di queste pillole.»

Scambiò un'occhiata con Fermín, che fece un cenno di assenso.

«Calmano il dolore.»

Inghiottii le pillole e sorseggiai la tazza di brodo, che sapeva di jerez. Don Federico, discreto come sempre, uscì dalla stanza e chiuse la porta. Solo allora mi accorsi che Fermín aveva sulle ginocchia il manoscritto di Nuria Monfort. L'orologio sul comodino segnava l'una. Del pomeriggio, probabilmente.

«Nevica ancora?»

«Nevicare è dir poco. È una tormenta.»

«Lo ha già letto?»

Fermín annuì.

«Devo trovare Bea prima che sia troppo tardi. Credo di sapere dove si nasconde.»

Mi sedetti sul letto, respingendo Fermín. Le pareti della stanza e il soffitto ondeggiavano come alghe sul fondo di uno stagno e la testa mi ciondolava. Fermín mi fece stendere sulla branda.

«Lei non va da nessuna parte, Daniel.»

«Cos'erano quelle pillole?»

«Il lenimento di Morfeo. Dormirà come un ghiro.»

«No, adesso non posso...»

Balbettai qualche parola sconnessa, poi le mie palpebre diventarono pesanti e sprofondai in un sonno tetro come un tunnel. Il sonno dei colpevoli.

Mi destai da quel letargo all'imbrunire. La stanza era rischiarata dalle fiammelle di due ceri posati sul comodino. Fermín dormiva su una poltrona russando come un mantice. Per terra, con le sue pagine sparse come lacrime, c'era il manoscritto di Nuria Monfort. Il dolore alla testa si era ridotto a un lieve pulsare delle tempie. In perfetto silenzio, uscii dalla stanza e mi ritrovai in una saletta con un balcone e una porta che sembrava quella d'entrata. Il mio cappotto e le scarpe erano su una sedia. Una luce color porpora penetrava dalla finestra, punteggiata da riflessi iridati. Guardai fuori e vidi che stava nevicando ancora; ormai i tetti di Barcellona erano tutti bianchi. In lontananza si distinguevano le torri della scuola industriale. Con un dito, scrissi sui vetri coperti di brina:

Vado a cercare Bea. Non mi segua. Tornerò presto.

L'avevo capito svegliandomi, come se qualcuno me l'avesse sussurrato in sogno. Uscii in strada. Calle Urgel era nascosta sotto una candida coltre da cui emergevano piante e lampioni, simili agli alberi di una nave nella nebbia. Il vento mi gettava in faccia la neve. Camminai fino alla fermata Hospital Clínico e scesi nei tunnel del metrò, scaldati da un tepore di seconda mano. La gente commentava l'insolito fenomeno atmosferico e i giornali della sera riportavano la notizia in prima pagina, accanto alle foto delle ramblas sotto la neve e della fontana di Canaletas incrostata di stalattiti. LA NEVICATA DEL SECOLO, annunciavano i titoli. Mi sedetti sulla panca della banchina e aspirai l'aria densa mossa dall'andirivieni dei treni. Sulla parete del binario opposto, in un cartellone che reclamizzava le delizie del luna park del Tibidabo, compariva il piccolo tram blu illuminato a festa, e dietro si intravedeva la sagoma di villa Aldaya. Mi domandai se anche Bea, perduta nella Barcellona degli esclusi, avesse notato quell'immagine e avesse compreso che non le rimaneva altro luogo dove rifugiarsi.

3

Cominciava a imbrunire quando uscii dal metrò. L'avenida del Tibidabo, deserta e buia, era una fuga sepolcrale di palazzi e cipressi. Udii la campanella che annunciava la partenza del tram blu fermo al capolinea. Montai sulla piattaforma proprio mentre il veicolo iniziava la sua corsa e il bigliettaio, lo stesso dell'altra volta, prese le mie monete borbottando. Mi sedetti all'interno della vettura, meno esposto alla neve e al freddo.

411

Le tetre dimore sfilavano lentamente dietro i finestrini ghiacciati. Il bigliettaio mi fissava diffidente e al tempo stesso incuriosito.

«Il numero trentadue, ragazzo.»

Mi voltai: il profilo di villa Aldaya ci veniva incontro come la prua di una nave fantasma. Il tram si fermò con uno scossone e io scesi evitando lo sguardo del bigliettaio.

«Buona fortuna» mormorò.

Osservai la vettura che si allontanava lungo la salita, fin quando mi giunse solo il suono della campanella. Protetto dall'oscurità, girai intorno al muro di cinta in cerca della breccia sul retro della villa. Mentre mi arrampicavo udii un rumore felpato di passi che si avvicinavano sul marciapiede di fronte. Per un attimo rimasi immobile a cavalcioni del muro. Non si sentiva più niente. Attraversai il giardino. Sulle erbacce e sulle statue degli angeli abbattute si stendeva un freddo sudario e l'acqua della fontana aveva formato una nera crosta di ghiaccio da cui emergeva l'artiglio di pietra dell'angelo sommerso, simile a una spada di ossidiana. Lacrime gelate pendevano dall'indice accusatore che indicava il portone socchiuso.

Sperai di non essere arrivato troppo tardi. Nel vestibolo un sentiero luminoso mi guidò fino ai piedi dello scalone: erano le candele di Bea, ridotte ormai a mozziconi. La fila di candele proseguiva fino al primo piano. Salii i gradini insieme alla mia ombra deformata sulle pareti. Di sopra, all'inizio del corridoio, una candela tremolava davanti a quella che era stata la camera di Penélope. Mi avvicinai e bussai alla porta.

«Julián?» sussurrò una voce incerta.

Girai lentamente il pomolo della porta con il cuore in gola. Bea, avvolta in una coperta, era seduta in un angolo della stanza. Le corsi accanto e la abbracciai mentre lei si scioglieva in lacrime.

«Non sapevo dove andare» bisbigliò. «Ti ho chiamato a casa tante volte ma non rispondeva nessuno. Ho avuto paura...»

Bea si asciugò le lacrime con il dorso delle mani e mi fissò. Annuii. Non ci fu bisogno di dire niente.

«Perché mi hai chiamato Julián?»

Bea indicò la porta socchiusa.

«Lui è qui, in questa casa. Mi ha sorpresa l'altro giorno mentre cercavo di entrare. Non ho dovuto spiegargli chi ero, lo sapeva già. Mi ha sistemata in questa stanza e mi ha portato da mangiare e da bere. Mi ha detto di aspettarlo, che tutto si sarebbe risolto. Che tu saresti arrivato. Stanotte mi ha raccontato tante cose, mi ha parlato di Penélope, di Nuria... ma soprattutto di te, di noi due. Vuole insegnarti a dimenticare...»

«Dov'è adesso?»

«Giù in biblioteca. Sta aspettando qualcuno, mi ha detto di non uscire da questa stanza.»

«Chi sta aspettando?»

«Non lo so. Una persona che sarebbe venuta con te, che tu avresti portato qui...»

Quando mi affacciai in corridoio, udii lo scalpiccio in fondo allo scalone. Riconobbi l'ombra di Fumero che si allungava sul muro, il soprabito nero, il cappello calato in testa come un cappuccio e la pistola tra le mani, luccicante come il ferro affilato di una falce. Solo allora compresi chi mi aveva sempre ricordato.

4

Spensi le candele con le dita e feci cenno a Bea di non fiatare. Lei mi afferrò la mano e mi interrogò con gli occhi. Sotto di noi si udiva il lento avanzare dei passi di Fumero. A gesti, le intimai di nascondersi dietro la porta e di non muoversi.

«Non uscire di qui per nessun motivo» sussurrai.

«Non lasciarmi sola, Daniel. Per favore.»

«Devo avvertire Carax.»

Ignorando lo sguardo implorante di Bea, tornai in corridoio e raggiunsi lo scalone. Non vedevo più l'ombra di Fumero. Doveva essersi nascosto in qualche angolo, al buio, vigile, paziente. Guardai fuori da una delle vetrate della facciata. Quattro fasci di luce azzurrina torbida come l'acqua stagnante filtravano da una cortina di ghiaccio. Erano i fari di un'automobile nera parcheggiata davanti alla cancellata: doveva essere la macchina del tenente Palacios. All'interno dell'auto vidi brillare la brace di una sigaretta. Tornai lentamente verso lo scalone e discesi i gradini uno alla volta, cercando di non far rumore. A metà strada, scrutai incerto le tenebre del pianterreno.

Fumero aveva lasciato aperto il portone e il vento aveva spento le candele e spruzzato il pavimento di neve. Foglie secche turbinavano nel vestibolo, sospese in un chiarore lattiginoso. Scesi altri quattro gradini, addossato al muro, e mi bloccai quando scorsi il riflesso della luce esterna sulle vetrate della biblioteca. Forse Fumero era sceso nel seminterrato o nella cripta; la neve che entrava copiosa dal portone spalancato stava cancellando le sue impronte. Quando finalmente arrivai ai piedi della scala guardai verso l'ingresso e il vento gelido mi punse il viso. Si scorgeva l'artiglio dell'angelo sommerso nella fontana fra l'oscurità. A una decina di metri da dove mi trovavo c'era la porta della biblioteca, e la stanza che la precedeva era buia. Respirai profondamente, pensando che con tutta probabilità Fumero stava seguendo le mie mosse e, sollevando appena i piedi da terra, avanzai a tentoni.

Nel grande salone ovale della biblioteca le pareti erano punteggiate dall'ombra dei fiocchi di neve che scendevano al di là delle vetrate. Forse Fumero era nascosto dietro la porta. Un paio di metri alla mia destra, un oggetto sporgeva dal muro e per un attimo mi sembrò che si muovesse, ma era solo il riflesso della luna sulla lama. Un coltello a doppio filo inchiodava al muro un pezzo di carta. Mi avvicinai e vidi che era una fotografia bruciacchiata, identica a quella che qualcuno mi aveva fatto trovare sul banco della libreria. Julián e Penélope, ancora adolescenti, sorridevano a un futuro impossibile, senza sapere che la vita aveva già voltato loro le spalle. La punta del coltello attraversava il petto di Julian. Capii che non era stato Laín Coubert, o Julián Carax, a lasciarmi quella foto. Era stato Fumero. La fotografia era come un invito. Stavo per estrarre il coltello dal muro quando sentii un oggetto freddo sulla nuca.

«Un'immagine vale più di mille parole, Daniel. Se tuo padre non fosse un libraio di merda, te lo avrebbe insegnato.»

Mi girai con calma. La pistola era stata usata di recente,

puzzava di polvere da sparo. Il sorriso di Fumero era una smorfia contratta dal terrore.

«Dov'è Carax?»

«Lontano da qui. Sapeva che sarebbe venuto a cercarlo. Se n'è andato.»

Fumero mi osservava imperturbabile.

«Ti faccio secco, moccioso.»

«Le servirà a poco. Carax non è qui.»

«Apri la bocca» ordinò Fumero.

«Perché?»

«Apri la bocca o te la apro io.»

Obbedii. Fumero mi infilò la canna in bocca. Mi venne un conato di vomito. Lui alzò il cane.

«Adesso, bastardo, pensa se hai una ragione per continuare a vivere.»

Feci un cenno con gli occhi.

«Allora dimmi dov'è Carax.»

Emisi un mugolio strozzato. Fumero tirò fuori la pistola senza fretta.

«Dov'è?»

«Nella cripta.»

«Fammi strada. Voglio che tu sia presente quando racconterò a quel figlio di puttana come gemeva Nuria Monfort quando le ho infilato il coltello nel...»

L'ombra uscì dal nulla. Da sopra la spalla di Fumero vidi qualcosa nell'oscurità e poi un uomo senza volto, con lo sguardo incandescente, che avanzava nel più assoluto silenzio, come se i suoi piedi non toccassero terra. Fumero captò il movimento dei miei occhi pieni di lacrime e si alterò lentamente.

Si girò e sparò senza mirare, ma una morsa d'acciaio gli si serrò intorno alla gola, due mani scure e ruvide come il cuoio invecchiato. Julián spinse Fumero contro il muro. L'ispettore cercò di puntargli la pistola sotto il mento ma prima che potesse premere il grilletto Carax gli afferrò il polso e lo sbatté ripetutamente contro il muro. Dall'arma partì un colpo e la pallottola frantumò un pannello di legno. Una pioggia di schegge e di scintille ardenti investì il viso del poliziotto e un odore di carne bruciata invase la stanza.

Fumero tentò di liberarsi da quella stretta che gli immobilizzava il collo e gli schiacciava la mano contro il muro, ma Carax non allentava la presa. Allora, ruggendo di rabbia, Fumero inclinò la testa e gli morse il pugno. Udii il rumore dei suoi denti che laceravano quella pelle morta e vidi il sangue sulle sue labbra. Carax, forse insensibile al dolore, strappò il pugnale dalla parete e, davanti agli occhi sbarrati di Fumero, gli inchiodò il polso destro sulla parete con un colpo deciso. La lama penetrò nel pannello di legno fino all'impugnatura. Il poliziotto lanciò un urlo disumano e lasciò cadere la pistola. Carax la spinse via con un calcio.

Quella scena terrificante era durata pochi secondi. Ero sconvolto, non riuscivo nemmeno a pensare. Carax si girò verso di me e mi guardò negli occhi. Ricambiai il suo sguardo, sovrapponendo a quel teschio la fisionomia che avevo immaginato tante volte guardando fotografie e ascoltando vecchie storie.

«Porta via da qui Beatriz, Daniel. Lei sa cosa dovete fare. Stalle vicino. Non permettere a niente e a nessuno di portartela via. Abbi cura di lei più che della tua stessa vita» mi disse.

Fumero era riuscito a estrarre il coltello dal polso e cadde in ginocchio, con il braccio sanguinante contro il petto.

«Vattene» mi sussurrò Carax.

Fumero ci guardava con gli occhi spiritati e il coltello insanguinato nella mano sinistra. Carax si diresse verso di lui. Si udirono dei passi e immaginai che Palacios, sentendo gli spari, stesse venendo a dar manforte al suo capo. Un attimo prima che Carax potesse strappare il coltello a Fumero, l'altro poliziotto entrò con una pistola in pugno.

«Indietro» ci ordinò.

Lanciò un'occhiata rapida a Fumero, che si stava rialzando, quindi ci guardò, prima me e poi Carax. Nel suo sguardo balenarono l'orrore e l'incertezza.

«Indietro, ho detto.»

Carax fece un passo indietro. Palacios ci scrutava valutando la situazione. I suoi occhi si posarono su di me.

«Tu vattene. Non c'entri. Va' via.»

«Da qui non se ne va nessuno» disse Fumero. «Palacios, mi dia la sua pistola.»

«No» mormorò Palacios.

Gli occhi folli di Fumero si riempirono di disprezzo. Strappò la pistola a Palacios e gli diede uno spintone. Non avevo dubbi su ciò che sarebbe accaduto. Fumero sollevò lentamente l'arma macchiata di sangue. Carax si mosse in cerca dell'oscurità, ma la canna della pistola seguiva i suoi movimenti. Vedendo il ghigno bieco di Fumero, che pregustava la vendetta tanto attesa, sentii montare la collera. Palacios mi guardò e scosse la testa. Julián, fermo in mezzo alla stanza, attendeva lo sparo.

Fumero non mi vedeva, per lui esistevano solo Carax e quella mano insanguinata che stringeva la pistola. Mi avventai su di lui con un balzo. Ricordo i miei piedi che si sollevavano da terra e in quell'istante tutto si fermò. La detonazione mi giunse attutita, come il rimbombo di un tuono che si allontana. Sentii solo una vampata, come se un'asta di metallo mi avesse colpito con una furia brutale, catapultandomi nel vuoto per un paio di metri. Non ricordo l'impatto della caduta, ma solo la sensazione delle pareti che si avvicinavano e del soffitto che precipitava quasi volesse schiacciarmi.

Julián si chinò su di me e con una mano mi sorresse la nuca. Vidi il suo volto intatto, come se le fiamme non glielo avessero deturpato; nei suoi occhi c'era una disperazione di cui non comprendevo il motivo. Lui posò una mano sul mio petto e mi domandai cosa fosse quel liquido tiepido che gli bagnava le dita. Solo allora avvertii un terribile bruciore all'addome. Avrei voluto gridare ma il mio urlo si spense in un fiotto di sangue. Riconobbi il viso sgomento di Palacios, inginocchiato al mio fianco. E poi vidi lei, Bea, che si avvicinava, il volto contratto in una smorfia di terrore, le dita tremanti sulle labbra. Avrei voluto chiamarla ma il freddo che mi attanagliava mi rubò la voce.

Fumero era in agguato dietro la porta e quando Carax si rialzò di scatto e Bea si girò, allarmata, lui la teneva già sotto tiro. Palacios si lanciò verso di lui per fermarlo ma Carax lo precedette. Udii un grido in lontananza, il nome di Bea. Il lampo di uno sparo illuminò il salone e la pallottola colpì la mano destra di Carax. Un attimo dopo l'uomo senza volto aveva gettato a terra Fumero e Bea era accanto a me, illesa. Cercai Carax con lo sguardo, ma non lo vidi. Un altro essere si era impadronito di lui: Laín Coubert, il demone che avevo imparato a temere leggendo un libro molti anni prima. Questa volta gli artigli di Carax affondarono nelle orbite di Fumero come due uncini. Vidi l'ispettore che si dibatteva mentre Coubert lo trascinava senza pietà verso il portone, le sue ginocchia che sbattevano contro i gradini di marmo della scalinata e la neve che gli sferzava il viso. Poi l'uomo senza volto, dopo averlo afferrato per il collo e averlo sollevato come un fantoccio, lo scagliò contro la fontana. La mano dell'angelo gli trafisse il petto, la sua anima empia abbandonò il corpo e il suo sangue maledetto gocciolò sull'acqua ghiacciata mentre le sue palpebre si chiudevano per sempre.

Fu allora che, di fronte a quello spettacolo raccapricciante, persi i sensi. L'oscurità fu solcata da bagliori e il volto di Bea si dissolse nella nebbia. Avvertii il calore delle sue mani sul viso mentre la sua voce soffocata supplicava Dio di non farmi morire e diceva che mi amava, che non mi avrebbe permesso di lasciarla. Ricordo solo che mi distaccai da quella visione di luce e freddo. Una strana pace cancellò ogni dolore e vidi Bea e me camminare per le vie di una Barcellona magica mano nella mano, entrambi quasi vecchi. Vidi mio padre e Nuria Monfort che posavano un mazzo di rose bianche sulla mia tomba. Vidi Fermín piangere tra le braccia di Bernarda e il mio amico Tomás ammutolito per il rimorso. Sfilarono tutti davanti ai miei occhi come sconosciuti visti da un treno in corsa. In quell'istante rividi il volto di mia madre, il volto che avevo dimenticato tanti anni prima, come se avessi ritrovato un fiore tra le pagine di un libro. La sua luce intensa mi accompagnò durante la discesa.

27 novembre 1955

Post mortem

La stanza era candida e luminosa, un nido di tele e cartine intessute di vapore e sole rilucente. Dalla finestra si vedeva l'azzurro intenso del mare. In seguito mi dissero che dalla clinica Corachán non si scorge nessuna distesa d'acqua, che le sue camere non sono né bianche né eteree e che in quel mese di novembre il mare era una tavola plumbea, fredda e ostile; che in quella settimana su Barcellona era caduto un metro di neve; che persino Fermín, l'eterno ottimista, temeva che morissi di nuovo.

Ero già morto una volta, nell'ambulanza, tra le braccia di Bea e del tenente Palacios, che si era sporcato la divisa con il mio sangue. La pallottola, dicevano i medici, convinti che non potessi udirli, mi aveva perforato il torace frantumando due costole, sfiorando il cuore e tranciando un'arteria, ed era uscita a tutta velocità, trascinando nella sua folle corsa quanto le ostruiva il cammino. Il mio cuore aveva smesso di battere per sessantaquattro secondi. Mi dissero che, una volta rientrato da quel breve viaggio nell'aldilà, avevo riaperto gli occhi e sorriso prima di perdere nuovamente conoscenza.

Mi svegliai otto giorni dopo. I giornali avevano già pubblicato la notizia della morte dell'ispettore capo della polizia, Francisco Javier Fumero, avvenuta durante uno scontro con una banda di malfattori, e le autorità stavano cercando una via, o anche solo un vicolo, da intitolargli. Il suo fu l'unico cadavere a essere rinvenuto nella vecchia dimora degli Aldaya; i corpi di Penélope e del figlio non vennero mai trovati.

Mi svegliai all'alba. Ricordo la luce dorata sulle lenzuola. Aveva smesso di nevicare e qualcuno aveva sostituito il mare al di là della finestra con una piazzetta dove dondolavano alcune altalene. Mio *padre, seduto accanto al mio letto, alzò gli occhi e mi guardò in silenzio. Gli sorrisi e lui scoppiò a piangere. Fermín dormiva della grossa in corridoio con la testa sulle ginocchia di Bea. Si precipitarono nella stanza. Il mio amico era bianco e magro come un grissino perché il sangue che mi scorreva nelle vene, venni poi a sapere, era il suo. Il mio lo avevo perso tutto. Da giorni Fermín si rimpinzava di bistecche alla mensa della clinica per produrre globuli rossi nel caso si rendesse necessaria un'altra trasfusione. Forse per questo avevo la strana sensazione di essere più saggio. Ho un ricordo nebuloso di quella giornata. Ero circondato da una foresta di fiori e la stanza si era riempita di gente: Gustavo Barceló e sua nipote Clara, Bernarda e il mio amico Tomás, che non aveva il coraggio di guardarmi in faccia e che quando lo abbracciai scappò in strada a piangere. Ricordo vagamente don Federico, che era venuto con Merceditas e don Anacleto. Ma soprattutto ricordo Bea, che mi osservava in silenzio mentre tutti si congratulavano e ringraziavano il cielo, e mio padre, che per sette lunghe notti non si era mai mosso da quella sedia, pregando un Dio in cui non credeva.*

Quando i medici obbligarono la brigata a levare le tende e mi imposero di riposare, mio padre si avvicinò al letto per darmi un quaderno e la mia penna, la stilografica di Victor Hugo, nel caso mi venisse voglia di scrivere. Fermín, che aveva consultato l'équipe medica della clinica, mi comunicò esultante che sarei stato esonerato dal servizio militare. Bea mi baciò sulla fronte e accompagnò mio padre a prendere una boccata d'aria, dal momento che non era uscito da quella stanza per un'intera settimana. Restai solo. Ero sfinito e ben presto mi arresi al sonno, guardando l'astuccio della penna appoggiato sul comodino.

Fui svegliato da un rumore di passi. Mi sembrò di vedere mio padre ai piedi del letto, o forse il dottor Mendoza, che veniva a controllarmi dieci volte al giorno, convinto che fossi un miracolato. Il visitatore girò intorno al letto e si accomodò sulla sedia di mio padre. Avevo la bocca secca e non riuscivo a parlare. Julián Carax avvicinò un bicchiere d'acqua alle mie labbra e mi sostenne la testa mentre lo sorseggiavo. Nei suoi occhi c'era uno sguardo di addio, ma compresi che non aveva scoperto la vera identità di Penélope. Non rammento con precisione le sue parole né il suono della sua voce; ricordo però che mi strinse la mano e mi chiese di vivere per lui. Mi disse che non ci saremmo più rivisti. Ma non ho dimenticato le mie parole. Lo pregai di riprendersi quella penna, che era sempre stata sua, e di ricominciare a scrivere.

Quando mi svegliai, Bea mi stava rinfrescando le tempie con un panno inumidito con acqua di colonia. Allarmato, le domandai dove fosse Carax. Lei mi fissò turbata e mi spiegò che Julián era scomparso otto giorni prima nella bufera, lasciando una scia di sangue sulla neve. Tutti lo davano per morto. Le dissi che era appena stato lì con me. Bea mi sorrise condiscendente e l'infermiera che mi stava misurando la pressione mi assicurò che avevo dormito sei ore di fila mentre lei era sempre rimasta seduta al tavolo accanto alla porta della mia stanza e non aveva visto entrare nessuno.

Quella sera, prima di addormentarmi, girai la testa sul guanciale e vidi che l'astuccio era aperto e che la penna non c'era più.

1956

Le acque di marzo

Due mesi dopo Bea e io ci sposammo nella chiesa di Santa Ana. Il signor Aguilar, che mi avrebbe parlato a monosillabi fino alla fine dei suoi giorni, data l'impossibilità di ottenere la mia testa su un vassoio mi concesse la mano della figlia. La fuga di Bea l'aveva indotto a più miti consigli e ormai si era rassegnato che il nipote avrebbe chiamato papà lo sciagurato – tutto ricucito per di più – reo di avergli portato via quella che ai suoi occhi, nonostante le lenti bifocali, era ancora una bambina nel giorno della prima comunione. Una settimana prima della cerimonia, il signor Aguilar venne in libreria per regalarmi un fermacravatte d'oro appartenuto a suo padre e per stringermi la mano.

«Bea è la sola cosa buona della mia vita» disse. «Abbi cura di lei.»

Mio padre lo accompagnò alla porta e mentre si allontanava lungo calle Santa Ana lo seguì con lo sguardo solidale e malinconico che accomuna chi sta invecchiando.

«Non è una cattiva persona, Daniel» commentò. «L'affetto si può manifestare in tanti modi.»

Il dottor Mendoza decretò che non sarei riuscito a stare in piedi per più di mezzora e che i preparativi di una cerimonia nuziale non erano la terapia più adatta per un convalescente.

«Non si preoccupi» lo tranquillizzai. «Non mi lasciano fare niente.»

Era la verità. Fermín Romero de Torres si era autonominato maestro di cerimonie. Quando il parroco della chiesa scoprì che la sposa era incinta si rifiutò categoricamente di celebrare le nozze, minacciando anatemi da Santa Inquisizione. Fermín perse le staffe, lo trascinò sul sagrato e urlò ai quattro venti che era indegno dell'abito e della parrocchia; e che avrebbe sollevato un polverone in curia, così i suoi superiori lo avrebbero spedito in quel di Gibilterra a evangelizzare le bertucce, tanto era meschino e miserabile. Più di un passante applaudì la requisitoria di Fermín e il fioraio della piazza gli regalò un garofano bianco che fece bella mostra di sé all'occhiello della sua giacca finché i petali assunsero lo stesso colore del collo della camicia. Privo di un officiante, Fermín si recò al San Gabriel per richiedere i servigi di padre Fernando Ramos, che non aveva mai celebrato un matrimonio in vita sua e le cui specialità erano il latino, la trigonometria e la ginnastica svedese.

«Eminenza, il promesso sposo è appena scampato alla morte e non posso dargli questo dispiacere. Lui la considera una reincarnazione dei padri della Chiesa, una sorta di san Tommaso o di sant'Agostino, una Vergine di Fatima. Il ragazzo, come il sottoscritto del resto, è molto devoto. Un mistico. Se lei non ci aiuta, ci sarà un funerale invece di uno sposalizio.»

«Be', in tal caso...»

In seguito mi raccontarono – perché io non me ne ricordo e sono sempre gli invitati a ricordare i dettagli dei matrimoni – che prima della cerimonia Bernarda e don Gustavo Barceló, su istruzioni di Fermín, avevano riempito di moscatello il povero sacerdote per scioglierlo un po'. Durante la celebrazione padre Fernando, con un sorriso beato e le guance rubizze, fece uno strappo alla regola e, invece di leggere non so quale Lettera ai Corinzi, recitò un sonetto d'amore di un certo Pablo Neruda, in cui più di un invitato del signor Aguilar riconobbe un pericoloso comunista, mentre altri cercavano sulle pagine del messale quei versi di rara bellezza pagana, domandandosi se si trattasse di un'avvisaglia dell'imminente concilio.

La vigilia delle nozze, Fermín mi annunciò di aver organizzato una festa di addio al celibato per due soli invitati: lui e io.

«Ma, Fermín, io non...»

«Si fidi di me.»

Lo seguii docilmente fino a un tugurio infetto di calle Escudillers dove gli effluvi di un variegato sottobosco umano si mischiavano al puzzo di olio rifritto della peggior cucina mediterranea. Un crocchio di signorine di rodata esperienza ci accolse con sorrisi che avrebbero fatto la felicità di un'intera facoltà di odontoiatria.

«Siamo qui per Rociíto» annunciò Fermín a un magnaccia dalle folte basette.

«Fermín» balbettai terrorizzato. «Per l'amor di Dio...»

«Si fidi di me.»

Rociíto si materializzò in tutto lo splendore dei suoi novanta chili, avvolta in uno scialle da popolana annodato su un abito di viscosa rosso fuoco.

«Ciao, bello. Non ti facevo così giovane» disse, dopo avermi squadrato.

«L'interessato non è lui» precisò Fermín.

Finalmente compresi e tirai un sospiro di sollievo. Fermín non dimenticava mai una promessa, soprattutto se chi si era impegnato ero io. Salimmo su un taxi per andare all'ospizio di Santa Lucía e lungo il tragitto Fermín, che visti il mio precario stato di salute e la mia condizione di promesso sposo mi aveva ceduto il sedile anteriore, non fece che decantare le grazie di Rociíto, seduta dietro accanto a lui.

«Sei una forza della natura, Rociíto. Questo culo avrebbe mandato in visibilio Botticelli.»

«Ah, signor Fermín, da quando è fidanzato mi trascura.»

«Rociíto, tu sei una donna passionale e io sono malato di monogamia.»

«Quella ci pensa Rociíto a curargliela, con frizioni di penicillina.»

Giungemmo in calle Moncada a mezzanotte, scortando la nostra giunone. La facemmo entrare nell'ospizio di Santa Lucía dalla porta sul retro, quella da dove portavano via i cadaveri, che si apriva su un vicolo che sembrava l'esofago dell'inferno. Protetto dall'oscurità del *Tenebrarium*, Fermín diede le ultime istruzioni a Rociíto mentre io cercavo il nonnino a cui avevo promesso un ultimo giro di valzer con Eros prima che Thanatos gli presentasse il conto.

«Ricordati, Rociíto, che il vecchietto è un po' sordo e gli devi parlare a voce alta, dicendo frasi provocanti, come sai fare tu, ma senza esagerare, sennò ci rimane secco prima del tempo.»

«Tranquillo, tesoro, sono una professionista.»

Trovai il beneficiario di quell'amore fugace in un angolo del primo piano. Aveva l'aria di un saggio eremita che ha eretto una muraglia di solitudine tra sé e il mondo. Mi fissò sconcertato.

«Sono morto?»

«No, è vivo e vegeto. Si ricorda di me?»

«Certo, come delle mie prime scarpe, ragazzo, ma è così malmesso che l'ho presa per un abitante dell'aldilà. Non me ne voglia. In questo luogo si perde ciò che voi, fuori di qui, chiamate il discernimento. Sicuro di non essere una visione?»

«No. La visione la aspetta di sotto, se ha la compiacenza di seguirmi.»

Lo condussi in una cella che Fermín e Rociíto avevano rallegrato con qualche candela e spruzzando un po' di profumo. Quando i suoi occhi si posarono sulle forme della nostra venere popolana, il volto del vecchietto si illuminò.

«Che Dio vi benedica.»

«Si diverta» disse Fermín, indicando alla sirena di calle Escudillers che poteva mettersi all'opera.

La matrona prese per mano il vegliardo e baciò le lacrime che gli scorrevano lungo le guance. Fermín e io uscimmo dalla stanza per concedere a quella strana coppia la meritata intimità. Mentre giravamo per quell'antro di disperazione ci imbattemmo in suor Emilia, una delle religiose che gestivano l'ospizio. Ci guardò in cagnesco.

«Mi è giunta voce che avete introdotto in questo luogo una donna di malaffare e adesso anche gli altri ospiti vogliono compagnia.»

«Per chi ci ha preso, illustrissima sorella? Se ci troviamo qui è solo per motivi caritatevoli. Questo giovanotto, i cui sponsali saranno benedetti domani da Santa Madre Chiesa, e io siamo venuti a comunicare la lieta novella alla signora Jacinta Coronado.»

Suor Emilia inarcò un sopracciglio.

«Siete suoi parenti?»

«Spiritualmente.»

«Jacinta ha reso l'anima a Dio quindici giorni fa. La sera prima aveva ricevuto la visita di un signore. È un vostro parente?»

«Si riferisce a padre Fernando?»

«Non era un sacerdote. Mi ha detto di chiamarsi Julián. Non mi ricordo il cognome.»

Fermín mi guardò sbigottito.

«Julián è un mio amico» dissi.

Suor Emilia annuì.

«Sono stati insieme a lungo. Erano anni che non la sentivo ridere. Quando lui se n'è andato Jacinta mi ha detto che avevano parlato dei vecchi tempi, di quando erano giovani. A quanto pare le aveva portato notizie della figlia Penélope. Non sapevo che Jacinta avesse una figlia. Me ne ricordo bene perché la mattina dopo Jacinta mi sorrise e quando le chiesi come mai era così contenta mi rispose che molto presto avrebbe ritrovato la sua Penélope. È morta all'alba, nel sonno.»

Terminato il rituale amoroso, Rociíto lasciò il nonnino tra le braccia di Morfeo. Fermín la pagò il doppio della tariffa, ma lei, che singhiozzava nel vedere quei relitti abbandonati da Dio e dagli uomini, decise di devolvere il suo onorario a suor Emilia perché distribuisse una tazza di cioccolata con biscotti a tutti gli ospiti, dal momento che secondo lei, la regina delle puttane, era la miglior medicina per gli affanni della vita.

«Con l'età si diventa sentimentali, signor Fermín. Pensi che quel poverino voleva solo abbracci e carezze. Come si fa a non commuoversi?»

Mettemmo Rociíto su un taxi con una mancia generosa e imboccammo calle Princesa, che a quell'ora era nebbiosa e deserta.

«Forse è il caso di andare a dormire» disse Fermín.

«Non credo che ci riuscirei.»

Ci incamminammo in direzione della Barceloneta e, passo dopo passo, arrivammo fino al frangiflutti. La città, avvolta nel silenzio, si offriva al nostro sguardo emergendo dalle acque calme del porto come un miraggio. Ci sedemmo sul molo per contemplare lo spettacolo. A una ventina di metri da noi si snodava un'immobile processione di automobili con i vetri dei finestrini appannati o coperti da fogli di giornale.

«Questa città è magica, Daniel. Ti entra nel sangue e ti ruba l'anima.»

«Sta parlando come Rociíto, Fermín.»

«Non rida. Sono le persone come lei che fanno di questo mondo schifoso un luogo in cui vale la pena vivere.»

«Le puttane?»

«No. Puttane siamo tutti, chi più e chi meno. Mi riferivo alla gente di buon cuore. E non mi guardi così. Non è colpa mia se i matrimoni mi commuovono.»

Restammo seduti lì, cullati da una strana calma, a guardare i riflessi sull'acqua del mare. Poco dopo, Barcellona si tinse di una luce ambrata. In lontananza rintoccarono le campane della basilica di Santa María del Mar, visibile nella foschia oltre il porto.

«Pensa che Carax si stia nascondendo in città?»

«Mi chieda qualcos'altro.»

«Ha gli anelli?»

Fermín sorrise.

«Andiamo, Daniel. La vita ci sta aspettando.»

Indossava un abito color avorio e nel suo sguardo c'era tutto il mondo. Ricordo appena le parole del sacerdote e i volti commossi degli invitati che quel mattino di marzo affollavano la chiesa. Rammento solo le nostre labbra che si sfiorarono e il giuramento segreto che feci a me stesso e che avrei rispettato ogni giorno della mia vita.

1966

Dramatis personae

Julián Carax conclude *L'ombra del vento* con un breve epilogo che ragguaglia il lettore sulle vicende successive dei personaggi. Ho letto un'infinità di libri dopo quella lontana notte del 1945, ma l'ultimo romanzo di Carax è ancora il mio preferito. Adesso ho quasi trent'anni e sarà difficile che cambi parere.

Mentre scrivo queste righe appoggiato sul banco della libreria, mio figlio Julián, che domani compie dieci anni, mi osserva sorridente, affascinato dalla pila di fogli che diventa sempre più alta. Chissà, forse è convinto che anche suo padre abbia contratto quella strana malattia dei libri e delle parole. Julián ha gli occhi e l'intelligenza della madre ma mi piace credere che abbia ereditato la mia ingenuità. Mio padre, che sebbene non voglia ammetterlo ormai fatica a leggere i titoli sul dorso dei libri, è di sopra, in casa. Mi domando se sia contento, in pace, se la nostra presenza mitighi la sua malinconia o se vive tra i suoi ricordi e in quella tristezza che l'ha sempre accompagnato. Adesso siamo Bea e io a mandare avanti la libreria. Io mi occupo dell'amministrazione, Bea provvede agli acquisti e serve i clienti, che la preferiscono a me. Li capisco.

Il tempo l'ha resa forte e saggia. Non parla quasi mai del passato, ma spesso la vedo silenziosa e assorta, sola con se stessa. Julián adora sua madre. Basta guardarli per capire che sono uniti da un legame invisibile. Mi accontento di sapere che vivo sulla loro isola e mi ritengo fortunato. La libreria ci dà da vivere; io, d'altra parte, non riesco a immaginare di fare qualcosa di diverso. Le vendite calano di anno in anno ma sono ottimista e mi dico che ciò che scende prima o poi risale. Bea sostiene che leggere è un'arte in via di estinzione e che i libri sono specchi in cui troviamo solo ciò che abbiamo dentro di noi, e che la lettura coinvolge mente e cuore, due merci sempre più rare. Tutti i mesi riceviamo qualche offerta di gente che vorrebbe comprare i locali della libreria per farne un negozio di televisori, di corsetteria o di scarpe. Ma noi non ce ne andremo da qui finché vivremo.

Fermín e Bernarda si sono sposati nel 1958 e hanno già messo al mondo quattro figli, tutti maschi, con le stesse orecchie e il naso del padre. Fermín e io ci vediamo meno di prima, ma ogni tanto rifacciamo la nostra passeggiata antelucana fino al frangiflutti e immaginiamo di cambiare il mondo. Fermín ha lasciato il suo lavoro in libreria alcuni anni fa e alla morte di Isaac Monfort ha preso il suo posto al Cimitero dei Libri Dimenticati. Isaac è sepolto accanto a Nuria nel cimitero di Montjuïc. Vado spesso a trovarli. Parliamo. Sulla tomba di Nuria ci sono sempre fiori freschi.

Il mio amico Tomás Aguilar si è trasferito in Germania. È un ingegnere, lavora in un'azienda che produce macchinari industriali e crea invenzioni prodigiose di cui non sono mai riuscito a capire il funzionamento. Si è sposato un paio di anni fa e ha una bambina che non abbiamo mai visto. Ogni tanto scrive, indirizzando sempre le lettere a sua sorella Bea. Non dimentica mai di mandarmi i suoi saluti ma so che ciò che è accaduto tanti anni fa ci ha allontanati. Forse è inevitabile che la vita ci separi dagli amici d'infanzia, ma non sempre riesco a farmene una ragione.

Il quartiere non è cambiato, eppure ci sono giorni in cui mi pare che la luce diventi sempre più chiara, che torni a Barcellona, come se ci fossimo dati da fare per cacciarla via ma lei alla fine ci avesse perdonato. Don Anacleto ha lasciato l'insegnamento per dedicarsi alla poesia erotica e alla redazione di risvolti di copertina sempre più monumentali. Don Federico Flaviá e Merceditas vivono insieme da quando la madre dell'orologiaio è morta. Sono una coppia invidiabile, anche se i pettegoli affermano che il lupo perde il pelo ma non il vizio e che ogni tanto don Federico si concede qualche scappatella travestito da faraona.

Don Gustavo Barceló ha chiuso la libreria e ci ha ceduto i suoi fondi. Diceva di non poterne più e di voler affrontare nuove sfide. La prima e l'ultima è stata la creazione di una casa editrice che ha ristampato l'opera di Julián Carax. Il volume d'esordio, che riuniva i primi tre romanzi (recuperati dalle bozze trovate nel deposito dove la famiglia Cabestany teneva dei vecchi mobili), ha venduto trecentoquarantadue copie, parecchie migliaia in meno del gran successo dell'anno, un'agiografia illustrata del Cordobés. Ora don Gustavo se ne va in giro per l'Europa in compagnia di attempate signore dell'alta società e ci spedisce cartoline di cattedrali.

Sua nipote Clara si è sposata col banchiere milionario ma la loro unione è durata solo un anno. La lista dei suoi amanti continua a essere piuttosto lunga, anche se si accorcia progressivamente, a mano a mano che la sua bellezza sfiorisce. Adesso vive da sola nell'appartamento di plaza Real ed esce sempre più raramente. Qualche volta sono andato a trovarla, su insistenza di Bea, che mi ricordava la sua solitudine e la sua disgrazia. Ho visto nascere nel suo animo una profonda amarezza nascosta dietro una facciata di ironia e indifferenza. Forse sta ancora aspettando che un Daniel quindicenne torni ad adorarla nell'ombra. La presenza di Bea o di qualsiasi altra donna la irrita. L'ultima volta che l'ho vista si tastava il volto con la punta delle dita alla ricerca di nuove rughe. So che ogni tanto riceve il suo vecchio professore di musica, Adrián Neri, la cui sinfonia è rimasta incompiuta e che a quanto si dice ha fatto carriera come gigolò tra le signore del circolo del Liceo, dove le sue acrobazie amorose gli hanno fatto guadagnare il soprannome di *Flauto Magico*.

Il tempo non è stato generoso con il ricordo dell'ispettore Fumero. Neppure coloro che lo avevano odiato o temuto sembrano più rammentarsi di lui. Un giorno, qualche anno dopo il nostro ultimo incontro, sul paseo de Gracia mi imbattei nel tenente Palacios, che aveva lasciato la polizia e insegnava educazione fisica in una scuola della Bonanova.

Mi ha detto che nello scantinato del commissariato di via Layetana c'è ancora una targa commemorativa in onore di Fumero, ma che ormai è coperta dal distributore automatico di bibite.

La residenza degli Aldaya, contro ogni previsione, è ancora in piedi. Alla fine, l'immobiliare del signor Aguilar è riuscita a venderla. È stata restaurata da cima a fondo e le statue degli angeli sono state trasformate in ghiaia per ricoprire il vialetto del parcheggio che ha preso il posto del giardino. Ora è sede di un'agenzia pubblicitaria che promuove articoli di maglieria, budini pronti e automobili sportive per manager di alto livello. Confesso che un giorno, con un pretesto, ho bussato alla porta e ho chiesto di visitare l'edificio La vecchia biblioteca dove ho rischiato di morire è diventata una sala riunioni con le pareti rivestite di manifesti pubblicitari di deodoranti e detergenti miracolosi. La stanzetta in cui Bea e io abbiamo concepito Julián è il bagno del direttore generale.

Quello stesso giorno in libreria arrivò un pacco con un timbro di Parigi. Conteneva un romanzo intitolato *L'angelo della nebbia*, e l'autore era un certo Boris Laurent. Sfogliai rapidamente le pagine, inalando il magico profumo dei libri nuovi, e mi soffermai a leggere una frase a caso. Compresi subito chi l'aveva scritto e non fui sorpreso quando, sulla pagina iniziale, vergata con l'inchiostro blu della penna che tanto avevo amato da bambino, lessi questa dedica:

Al mio amico Daniel, che mi ha restituito la voce e la penna.
E a Beatriz, che ha ridato a entrambi la vita.

Un uomo giovane, con qualche capello bianco, cammina per le strade di una Barcellona intrappolata sotto cieli di cenere e un sole vaporoso che si spande sulla rambla de Santa Mónica in una ghirlanda di rame liquido.

Tiene per mano un bambino di dieci anni che ha gli occhi pieni di una misteriosa frenesia per la promessa fattagli dal padre all'alba, la promessa del Cimitero dei Libri Dimenticati.

«Julián, quello che vedrai oggi non devi raccontarlo a nessuno. A nessuno.»

«Neppure alla mamma?» domanda il bambino sottovoce.

Il padre sospira, trincerandosi dietro il sorriso dolente che lo segue nella vita.

«Ma certo» risponde. «Per lei non abbiamo segreti. A lei puoi raccontare tutto.»

Poco dopo, figure evanescenti, padre e figlio si confondono tra la folla delle ramblas, mentre l'eco dei loro passi si perde per sempre nell'ombra del vento.

Indice